DRACULA

드라큘라

브램 스토커 지음
진영인 옮김

윌북

소중한 친구
하미 베그에게

이 기록들이 배치된 순서는
책을 읽어가다 보면 확인하게 될 것이다.
후대 독자들의 믿음과는 어긋나는 내용도
엄연한 사실로 받아들일 수 있도록,
불필요한 부분은 모두 삭제하였다.
기억에 오류가 생겼을 만한 부분은 없다.
선택된 모든 기록들은 해당 시간에 벌어진 사건을
담고 있으며, 기록 당사자의 관점에서
그가 아는 지식을 토대로 쓰였기 때문이다.

1장

조너선 하커의 일기

(속기로 기록되었다.)

5월 3일, 비스트리츠(루마니아 트란실바니아 북부에 자리한 도시로 현재 이름
은 비스트리차-옮긴이) 5월 1일 오후 8시 35분 뮌헨을 떠나, 다
음 날 이른 아침 비엔나에 도착했다. 원래 6시 46분 도착 예
정이었으나 기차가 한 시간 연착했다. 부다페스트는 기차에
서 잠깐 보고 거리를 조금 걸어본 게 전부지만 멋진 곳 같다.
기차가 늦게 도착했으나 최대한 제시간에 출발할 예정이었
으므로 나는 역을 멀리 떠나지는 않았다. 그곳에서 내가 받
은 인상은 이제 서양을 떠나 동양으로 가고 있다는 것이었
다. 폭도 수심도 웅대한 다뉴브강에 놓인 근사한 다리들 가
운데 가장 서구적인 모습의 다리를 건너 튀르크의 영향이 가

득한 세계로 향했다.

기차는 거의 제때 떠났고 해가 진 뒤 클라우젠부르크(트란실바니아 중서부에 자리한 도시로 현재 이름은 클루지나포카—옮긴이)에 도착했다. 이곳에서는 로열 호텔에 하룻밤 묵었다. 간단한 저녁 식사를 했는데 붉은 고추로 요리한 닭이 무척 맛있었지만 먹고 나니 목이 말랐다(미나를 위해 요리법을 알아두어야겠다). 직원에게 물어보니 '파프리카 헨들'이라는 전통 요리인데 카르파티아산맥 주변 어디에서든 먹을 수 있다는 답이 돌아왔다. 내 독일어는 더듬거리는 수준이지만 무척 유용했다. 사실 독일어 없이 어떻게 여행할 수 있을지 잘 모르겠다.

런던에 있을 때 시간이 좀 나서 대영박물관을 찾아갔는데, 도서관에서 트란실바니아와 관련된 책이며 지도를 살펴보기도 했다. 현지 귀족을 고객으로 상대하려면 그 지역에 대해 미리 알아두는 일이 매우 중요하다는 생각이 들었다. 귀족이 말한 곳은 트란실바니아의 동쪽 맨 끝이자 카르파티아산맥 한가운데로, 트란실바니아와 몰다비아와 부코비나세 지방과 맞닿아 있고, 유럽에서 가장 험하고 거의 알려지지 않은 지역이라고 한다. 나는 드라큘라성이 정확히 어디에 있는지 알려주는 지도나 다른 어떤 자료도 찾아내지 못했다. 우리 영국의 국립지리원 지도에 견줄 만한 정밀한 지도가 이 지역에는 없기 때문이었다. 그래도 드라큘라 백작이 언급한 비스트리츠는 역마와 우체국이 있고 꽤 잘 알려진 곳임을 알게 되었다. 나는 일부 조사한 내용을 일기에 적어둘 생각이다. 그러면 나중에 미나에게 여행 이야기를 해주면서 기억을 되살릴 수 있을 것이다.

트란실바니아에는 뚜렷이 구분되는 네 민족이 있다. 남부에는 색슨인이 고대 다키아인의 후손인 왈라키아인과 섞여 살고, 서부에는 마자르인이, 동북부에는 세케이인이 산다. 나는 마지막에 언급한 세케이인의 지역으로 가고 있다. 세케이인은 자신들이 아틸라왕과 훈족의 후예라고 주장한다. 마자르인이 11세기에 이 지역을 정복할 때 훈족이 이미 살고 있었다고 하니, 가능한 이야기다. 말굽 모양 카르파티아산맥이 마치 온갖 상상이 가득한 소용돌이인 양 이 세상의 모든 미신이 모여든다는 글도 읽었다. 그렇다면 그곳에 머무는 일이 무척 흥미로울 수 있다(미신에 대해 백작에게 전부 다 물어볼 생각이다).

나는 잠을 잘 이루지 못했다. 침대는 편했으나 온갖 기묘한 꿈을 꾸었다. 창문 아래에서 밤새도록 개가 울부짖은 탓일 수도 있다. 저녁에 먹은 파프리카 요리 때문인지도 모른다. 물병의 물을 다 마셨는데도 목이 계속 말랐다. 아침이 올 무렵에야 잠이 들었고 문을 계속 두드리는 소리를 듣고서야 눈을 떴으니 그때는 푹 잠들었던 것 같다. 아침 식사로 파프리카와 '마말리가'라는 옥수숫가루로 만든 죽을 먹었다. 다진 고기를 끼워 넣은 가지 요리 '임플레타타'는 무척 훌륭했다(역시 미나를 위해 요리법을 알아두어야겠다). 기차가 8시 조금 전에 출발할 예정이라 식사를 서둘러야 했다. 정확히 말하면 출발 예정 시간이 그랬다. 7시 30분까지 기차역으로 급히 갔으나 기차는 한 시간 넘게 그냥 서 있다가 움직였다. 동쪽으로 갈수록 기차가 점점 더 시간을 지키지 않는 것 같다. 중국에서는 어쩌려나?

온종일 기차는 뭉그적거리며 갖가지 아름다운 것들이 다 모인 지역을 지나갔다. 가끔 가파른 언덕 꼭대기에 자리 잡은 작은 마을이나 성이 보였는데 기도서 삽화가 떠오르는 모습이었다. 홍수 때문인지 둑에 널찍이 돌을 쌓아놓은 강이나 시내도 나왔다. 수량이 풍부하고 물살이 세어 물가를 깨끗이 씻어 내리고 있었다. 역마다 사람들이 모여 있었는데 때로는 큰 무리를 짓고 있었다. 차림새가 다양했다. 영국이나 프랑스나 독일을 지나오며 본 농부들처럼 짧은 겉옷에 둥근 모자를 쓰고 직접 만든 바지를 입은 사람이 있는가 하면, 시선을 잡아끄는 차림도 있었다. 여자들은 가까이 가지만 않으면 보기 좋은 모습이었으나 허리 쪽 옷 장식이 조잡했다. 다들 하얀 소매가 달린 옷을 입었으며 대부분 발레복처럼 펄럭대는 술 장식이 여러 개 달린 커다란 허리띠를 둘렀다. 그래도 속치마는 착용하고 있었다. 가장 희한한 차림새를 한 사람은 슬로바키아인으로 그 누구보다도 이국적이었다. 챙이 넓은 카우보이모자에 엉덩이 품이 크고 누르스름한 바지와 하얀 리넨 셔츠를 입었으며, 폭이 30센티미터는 될 법한 데다 징을 한가득 박아 넣은 묵직한 가죽 벨트를 둘렀다. 긴 장화에 바짓단을 쑤셔 넣었으며 검은 머리를 길게 기르고 검은 콧수염도 풍성하게 길렀다. 아주 인상적이긴 했지만 그리 호감 가는 모습은 아니었다. 연극 무대에 오른다면 옛날 동양의 산적 떼 역할을 맡게 되리라. 그렇지만 사실은 정말 무해하며 나서기 싫어하는 사람들이라고 들었다.

비스트리츠에 도착할 무렵에는 땅거미가 져서 어둑했다. 비스트리츠는 역사가 깊고 아주 흥미로운 곳이다. 이곳의 보르고 고개가 부코비나로 이어지니 사실상 국경에 자리하고 있다. 그런 탓에 파란만장한 역사가 이어졌고, 그 흔적도 확실히 남아 있다. 50년 전에는 화재가 다섯 번 잇달아 일어나 엄청나게 파괴되었다. 17세기 초에는 3주 동안 포위 공격을 받는 바람에 전쟁 사망자에다 기근 및 질병으로 인한 사망자까지 더하면 1만 3000명이 목숨을 잃었다.

드라큘라 백작은 골덴 크로네 여관으로 오라고 했었다. 이 지역만의 특색을 보고 싶었던 참이라 아주 예스러운 여관이 무척 반가웠다. 내가 올 줄 알았는지 현관 근처에 활기차 보이는 나이 지긋한 여자가 있었다. 농가에서 주로 입는 흰 드레스 차림에 알록달록한 장식이 달린 긴 앞치마를 앞뒤로 둘렀는데 옷이 너무 꽉 끼어서 단정해 보이지는 않았다. 내가 가까이 다가가니 그쪽에서 허리 숙여 인사했다.

"영국에서 오셨지요?"

"네, 그렇습니다. 조너선 하커입니다."

여자는 미소를 지은 다음, 현관까지 따라온 흰 셔츠 차림의 나이 든 남자에게 뭔가 말했다. 남자는 어디론가 가더니 곧 편지 한 통을 들고 돌아왔다.

조너선 하커 씨에게

카르파티아산맥에 온 것을 환영하오. 당신을 무척 기다리고 있다오. 오늘 밤은 푹 자두길 바라오. 내일 오후 3시에 역마차가 부코비나로 출발할 것이오. 당신 자리가 마련되어 있소. 보르고 고개에서 내 마차가 기다리고 있다가 당신을 태울 것이오. 런던에서 이곳까지의 여정은 만족스러웠으리라 믿고, 아울러 아름다운 내 영지에서도 좋은 시간을 보낼 것이라고 믿고 있다오.

당신의 벗

드라큘라

5월 4일 백작이 여관의 남자 주인에게 나를 위해 역마차에 가장 좋은 자리를 마련해두라고 편지를 보냈다는 사실을 알게 되었다. 더 자세히 물어보았으나 남자 주인은 말을 잘 안하려 했고 내 독일어를 이해하지 못한 척 굴었다. 사실 내 말을 못 알아들을 리는 없었다. 그 전까지만 해도 내 말을 완벽하게 이해했고 적어도 내 질문을 이해한 것처럼 대답했으니까. 나를 맞이했던 나이 지긋한 부인이 여자 주인이었는데, 부부는 뭔가 겁에 질린 듯 시선을 교환했다. 남자 주인은 편지에 돈이 동봉되어 있었으며 아는 것은 그뿐이라고 중얼중얼 말했다. 드라큘라 백작을 알고 있는지, 백작의 성 이야기를 뭐든 해줄 수 있는지 묻자, 두 사람 모두 성호를 긋고는 아무것도 모른다며 더는 말하지 않았다. 출발할 때가 다 되어 이들 말고 다른 사람을 찾아 질문할 틈은 없었다. 그들의 모습이 너무나 의아했고 마음이 하나도 편하지 않았다.

출발 직전에 여자 주인이 내 방으로 오더니 아주 불안한 모습으로 말했다.

"정말 가야 하나요? 나이도 젊은 분이 정말 가야 해?"

부인은 너무 흥분한 나머지 아는 독일어도 제대로 구사할 수 없는 상태였고 내가 전혀 모르는 다른 언어들과 뒤섞어 말했다. 여러 번 묻고 나서야 말을 알아들을 수 있었다. 내가 즉시 가야 한다고, 중요한 업무를 맡았다고 대답하자 부인이 다시 물었다.

"오늘이 무슨 날인지 알아요?"

오늘은 5월 4일이라고 대답했다. 부인은 고개를 저으며 입을 열었다.

"그건 나도 알아요, 안다고요! 하지만 오늘이 어떤 날인 지 알아요?"

무슨 말인지 모르겠다고 하자 부인이 말을 이었다.

"성 조지 축일 전날이에요. 오늘 밤 시계가 자정을 알리 면 이 세상 모든 사악한 것들이 날뛸 텐데 몰라요? 손님은 이 제 어디로 가게 되는지, 무슨 일이 벌어질지 알고 있어요?"

부인은 너무나 괴로워하는 모습이었다. 나는 부인을 달 래주려고 애썼지만 소용없었다. 결국 부인은 내 앞에 무릎을 꿇더니 가지 말라고 애원했다. 가더라도 하루나 이틀 더 있 다가 움직이라고 했다. 터무니없는 소리였지만 느낌이 좋지 않았다. 그래도 맡은 업무가 있고 지장이 생겨서는 안 되었 다. 나는 부인을 일으켜 세우려고 애쓰면서, 최대한 진중한 말투로 마음은 고맙지만 꼭 해야 할 일이 있어서 가야 한다 고 말했다. 부인은 몸을 일으키고 눈물을 닦더니 목에 걸고 있던 십자가를 풀어서 내게 건넸다. 나는 영국국교회 신도로 서 그런 물건은 우상숭배로 간주하라고 배웠으므로 어찌해 야 할지 잘 몰랐다. 하지만 부인이 좋은 뜻으로 건네고 있는

데다 무척 불안해 보여서 거절하면 무례한 일이 될 것 같았다. 부인은 내 얼굴에서 주저하는 마음을 읽었는지 목에 묵주를 걸어주며 "손님의 어머니를 위해서 받아요" 하고는 방을 나갔다.

나는 역마차를 기다리면서 일기를 쓰는 중이다. 놀랄 일도 아니나 마차는 늦어지고 있다. 그리고 십자가는 아직도 목에 걸려 있다. 나이 지긋한 부인의 겁먹은 모습 때문인지, 이곳에서 전해 내려오는 여러 으스스한 이야기 때문인지, 혹은 십자가 때문인지 모르겠지만, 평소와 달리 마음이 불안하다. 이 일기장이 나보다 먼저 미나에게 전해진다면, 일기장이 작별 인사가 되리라. 저기 역마차가 온다!

5월 5일, 성 새벽의 흐릿한 빛이 물러가고 해가 멀리 지평선 위로 높이 솟았다. 지평선은 들쭉날쭉한데, 너무 멀리 있어서 숲 때문인지 언덕 때문인지 세세하게 구분하기 어려웠다. 잠이 오지 않고 또 내가 잠들면 깨우지 않기로 되어 있는 터라, 졸릴 때까지 일기를 쓰기로 한다. 기록해둘 이상한 일들이 많다. 혹시 일기를 읽을 사람들이 내가 비스트리츠를 떠나기 전에 너무 잘 먹었다고 상상하지 않도록 저녁 식사를 정확히 기록하겠다. 나는 '도둑 스테이크'라는 음식을 먹었다. 베이컨 조각과 양파와 쇠고기를 꼬챙이에 꽂아 붉은 고추로 향을 내고 불에 구운 것으로 런던의 고양이 고기(런던 길거리에서 고양이 먹이로 파는 말고기─옮긴이)처럼 간단한 음식이었다. 같이 마신 와인은 '골덴 메디아슈'로, 혀를 톡 쏘는 묘한 맛이었지만 나쁘지는 않았다. 이 와인만 딱 두 잔 마셨다.

역마차에 올랐을 때 마부는 자리에서 벗어나 여관 여주인과 대화를 나누고 있었다. 그들이 자주 내게 눈길을 주는 모습을 보니 분명 내 이야기를 하고 있는 게 틀림없다. 현관 바깥에는 서로 이야기를 주고받는 장소라서 '소문 나는 의자'라고 부르는 벤치가 있었는데, 거기 앉은 사람들 몇몇이 마부와 여주인에게 다가가 대화를 듣더니 나를 쳐다보며 대체로 안타까워하는 표정을 지었다. 그들의 대화에는 반복해서 나오는 단어가 많았는데, 출신이 다양해서 그런지 괴상한 말처럼 들렸다. 그래서 나는 가방에서 다국어 사전을 조용히 꺼내 단어들을 찾아보았다. 기운 나게 하는 단어는 확실히 아니었다. '오르도그'는 악마, '포콜'은 지옥, '스트레고이카'는 마녀를 뜻했다. 슬로바키아어 '브롤로크'와 세르비아어 '블코슬라크'는 같은 뜻으로 늑대 인간이나 흡혈귀를 의미했다(백작에게 이런 미신에 대해서도 물어봐야겠다).

역마차가 출발할 무렵이 되자 여관 현관 근처로 사람들이 제법 많이 모였는데, 다들 성호를 긋고 두 손가락으로 나를 가리켰다. 옆자리 승객에게 물어서 손짓이 무슨 뜻인지 어렵사리 알게 되었다. 승객은 처음에는 대답하지 않으려 했으나 내가 영국인임을 알고 알려주었다. 사악한 눈으로부터 자신을 지키는 주문이자 방어술이라고 했다. 미지의 사내를 만나기 위해 미지의 장소로 막 출발하는 사람에겐 그리 달갑지 않은 이야기였다. 하지만 다들 정이 많아 보였고, 또 무척 속상해하고 안타까워했으니 마음이 움직이지 않을 수 없었다. 마지막으로 본 여관의 안뜰과 사람들을 결코 잊지 못할 것이다. 뜰 가운데 모아둔 녹색 화분에서 풍성히 자란 협죽도와 오렌지 나무를 배경 삼아 넓은 아치형 입구에 둘러서서 성호를 긋던 사람들의 인상적인 모습을. 마부석 앞을 다 가리는 통 넓은 리넨 바지 '갓자'를 입은 마부가 작은 말 네 마리에게 큰 채찍을 철썩 휘두르자, 말들이 달리기 시작했다. 여정이 시작되었다.

　길을 가면서 아름다운 풍경이 이어진 덕분에 한때의 걱정과 불안도 곧 잊었다. 마차 승객들이 쓰는 언어, 더 정확히 말하면 언어들을 알았다면 걱정을 그리 쉽게 떨치지 못했을 것이다. 우리 앞으로 숲과 나무들이 우거진 초록빛 대지가 비탈을 이루며 펼쳐졌다. 여기저기 가파른 언덕 위에는 나무들이 빼곡히 서 있고, 박공벽이 길 쪽을 향한 농가도 보였다. 곳곳에 꽃이 흐드러지게 핀 사과나무며 자두나무, 배나무와 벚나무가 있었다. 마차가 달리는 동안 꽃나무 아래 떨어진 꽃잎이 초록 풀밭에서 반짝이는 모습도 보였다. 이곳 사람들이 '가운데 땅'이라고 부르는 이 푸르른 언덕들 사이로 구불구불한 길이 펼쳐졌다. 길은 풀이 자란 굽이진 곳을 지날 때는 사라지기도 하고 여기저기 자란 소나무숲 언저리에서는 아예 막히기도 했지만, 언덕 비탈에서는 타오르는 불길처럼 마구 뻗어 나가기도 했다. 길바닥이 울퉁불퉁한데도 마차는 날기라도 하듯 미친 듯이 내달렸다. 이렇게 서두르는 이유는 알 수 없었지만, 마부는 잠시도 지체 않고 보르고 고개로 갈 생각에 사로잡힌 모양이었다. 여름에는 이 길이 근사하다고 들었는데 지금은 겨울에 눈이 내린 뒤 아직 손보지 않은 상태였다. 카르파티아산맥의 여느 도로와는 다른 셈이다. 이 지역은 길을 너무 매끄럽게 정비하지 않는 것이 오랜 전통이라고 한다. 옛 통치자들은 길을 잘 보수하지 않았다. 언제나 튀르크와 일촉즉발의 상태인데 길을 정비했다가는 외국 군대를 불러들일 참이라고 오해를 사서 전쟁이 실제로 벌어지기라도 하면 곤란하기 때문이었다.

숲이 우거진 '가운데 땅' 푸른 언덕 너머로 카르파티아 산맥의 험한 절벽과 그 옆으로 가파르게 솟은 산비탈이 보였다. 좌우로 치솟은 산비탈 위로 오후의 햇살이 가득 쏟아져 아름다운 산맥이 찬란한 색으로 빛났다. 산봉우리의 그늘은 짙은 푸른색과 보라색이고, 수풀과 돌이 뒤엉킨 곳은 녹색과 갈색이었다. 삐죽삐죽한 암석과 뾰족한 바위가 끝도 없이 이어지다 멀리 흐릿해지면서 눈 덮인 산봉우리가 웅장하게 솟구쳤다. 산 이곳저곳의 깊은 계곡에서는 폭포가 석양에 반짝이는 모습도 보였다. 마차가 언덕 기슭의 구불구불한 길을 돌아 나가자 눈 덮인 높은 산봉우리가 바로 앞에 있는 것처럼 제 모습을 선명히 드러냈다. 그때 한 승객이 내 팔을 건드렸다.

"봐요! 이스텐 세크예요! 신이 있는 곳이죠!"

그 승객은 경건하게 성호를 그었다. 끝도 없이 굽이진 길을 따라가는 동안 등 뒤에서 해가 서서히 지고 저녁 어둠이 주변에 드리우기 시작했다. 그 덕에 여전히 저물녘의 빛을 받아 고운 분홍빛을 연하게 발하는 눈 덮인 산봉우리가 더 도드라져 보였다. 곳곳에서 지나친 체코 사람과 슬로바키아 사람은 다들 차림이 독특하고 갑상샘종이 널리 퍼졌는지 목 앞쪽이 불룩한 모습이었다. 길가에는 십자가가 많았는데 그 옆을 지나갈 때마다 승객들 모두 성호를 그었다. 성지 앞에 무릎을 꿇은 농민들도 여기저기 눈에 띄었다. 그들은 마차가 다가가도 전혀 돌아보지 않았다. 눈을 감고 귀도 막을 만큼 바깥세상과 거리를 둔 채 기도에 전념하고 있었다. 처음 보는 풍경이 많았다. 나무 사이에 쌓아둔 건초 더미며, 여기저기 무리 지어 가지를 늘어뜨린 청아한 자작나무, 그 흰 가지가 여린 녹색 이파리 틈에서 은빛으로 빛나는 모습. 우리 마차는 농부들이 보통 끌고 다니는 짐마차를 앞지르기도 했다. 짐마차의 수레는 뱀의 척추뼈를 닮은 기다란 모양으로 울퉁불퉁한 길을 오가기 좋았다. 집으로 돌아가는 농부 여럿이 짐마차에 타고 있었다. 체코 사람은 흰 양가죽을 걸쳤고, 슬로바키아 사람은 알록달록한 양가죽을 걸치고 끝에 도끼가 달린 막대기를 창처럼 쥐었다.

저녁이 되자 무척 쌀쌀했다. 어스름이 깔리면서 산모퉁이 사이 깊은 계곡을 따라 자란 떡갈나무며 너도밤나무며 소나무는 짙고 흐릿한 어둠 속으로 사라졌다. 그렇지만 고갯길을 오르는 동안에는 잔설 덕분에 검은 전나무가 여기저기서 모습을 드러냈다. 우리 앞을 가로막는 듯한 어둑한 소나무 숲 사이를 헤치고 지나갈 때도 있었는데, 여기저기 잿빛 나무들이 아주 묘하고 엄숙한 분위기를 자아내는 바람에 잡념과 울적한 환상에 사로잡혔다. 이른 저녁 카르파티아산맥 사이 계곡을 끝도 없이 휘감은 으스스한 구름이 석양을 받아 기묘하게 제 모습을 드러내고 있을 때도 그러했다. 때로 언덕길이 지나치게 가팔라서 마부가 아무리 서둘러도 말들은 천천히 갈 수밖에 없었다. 나는 영국에서처럼 마차에서 내려서 걸었으면 했다. 하지만 마부는 내 말을 듣지 않았다.

"안 됩니다. 여기서는 걸어갈 수 없어요. 개들이 너무 사나워요."

그다음에 한 마디 덧붙인 말은 기분 나쁜 농담 같았다. 마부가 몸을 돌려 다른 승객들이 그 말에 동의한다는 듯 빙긋 웃는 모습을 확인한 것이다.

"지금이 아니어도 손님은 잠들기 전에 이런 상황을 지긋지긋하게 겪을걸요."

마부가 마차를 세운 순간은 등불을 켰을 때뿐이었다.

어둠이 더 밀려오자 승객들은 흥분한 모습이었다. 그들은 잇따라 마부에게 말을 걸었는데 속도를 더 내라고 채근하는 것 같았다. 마부는 긴 채찍으로 말들을 가차 없이 후려갈기고, 빨리 달리라고 시끄럽게 소리 질렀다. 그렇게 달리던 중에 새카만 어둠 속에서 손바닥만 한 흐릿한 빛이 보였다. 언덕 사이에 틈이 생긴 것 같았다. 승객들은 더 달아올랐다. 거세게 내달리는 통에 마차 바닥이 마구 흔들려 폭풍우 치는 바다에 던져진 배 같았다. 가만히 버티는 수밖에 없었다. 길이 점차 반듯해지면서 마차는 날아가듯 달렸다. 어느새 주위로 다가든 산맥은 우리를 위압적으로 내려다보는 듯했다. 이제 보르고 고개에 들어가는 것이다. 몇몇 승객이 차례로 내게 선물을 주었다. 열성적으로 권하는 바람에 거절할 수가 없었다. 선물은 각양각색으로 희한했다. 하지만 착한 마음과 다정한 말과 축복이 담긴 물건이었다. 그들은 비스트리츠 여관의 뜰에서 보았던 그 겁먹은 듯 묘한 손동작도 했다. 성호와 사악한 눈을 막는 주문 말이다.

마차가 빠르게 달리는 동안 마부는 앞으로 몸을 기울였고, 승객들은 마차 가장자리에 앉아 밖으로 목을 길게 뺀 채 어둠 속을 열띠게 바라보았다. 뭔가 관심 가는 일이 일어나고 있거나 일어날 예정임이 분명했다. 승객들에게 물어보았으나 조금이라도 설명해주는 사람은 아무도 없었다. 달아오른 분위기가 한동안 이어졌다. 마침내 우리 앞에 보르고 고개의 동쪽 길이 나타났다. 하늘에 먹구름이 흘러 다니고 무겁고 숨 막히는 대기는 천둥이라도 칠 것 같았다. 산맥 이쪽은 아까 구역과는 날씨가 전혀 달랐다. 우리는 날씨가 불안정한 구역으로 들어온 것이었다.

나를 백작에게 데려다줄 마차가 왔는지 밖을 내다보았다. 어둠 속에서 등불이 빛나기를 기대했으나 컴컴할 뿐이었다. 유일한 빛은 우리 마차에 달린 깜박이는 등불밖에 없었다. 달리느라 지친 말들이 뿜어낸 김이 그 불빛에 구름처럼 비쳤다. 이제 바닥에 모래가 섞인 허연 길이 펼쳐졌으나 탈 것의 흔적은 없었다. 승객들은 실망한 나를 조롱하듯 안도의 숨을 쉬며 원래 자리로 돌아갔다. 어떻게 하면 좋을지 내가 궁리하는 동안 마부는 시계를 보더니 들릴락 말락 아주 조용하고 낮은 목소리로 다른 승객들에게 말을 건넸다. "한 시간 일찍 왔어요"라고 말한 것 같았다. 그런 다음 마부는 나를 돌아보며 나보다 더 어설픈 독일어로 말을 건넸다.

"마차가 없네요. 손님을 기다리는 사람이 아무도 없어요. 이제 부코비나로 갔다가 내일이나 모레 다시 오셔야겠네요. 모레가 더 낫겠어요."

그런데 그때 말들이 힝힝 울고 콧김을 내뿜으며 마구 날뛰기 시작하는 바람에 마부는 말들을 잡아야 했다. 승객들은 일제히 비명을 지르고 성호를 그었다. 말 네 마리가 이끄는 작은 이륜마차 한 대가 뒤에서 나타나 우리 마차를 앞질렀다가 다시 물러나 옆에 섰다. 우리 마차의 불빛이 상대 마차를 비추었다. 칠흑같이 새까만 말들은 생김새가 빼어났다. 마차를 모는 마부는 키가 크고 갈색 수염을 길게 길렀다. 커다란 검은 모자를 썼는데 얼굴을 가리려는 것 같았다. 그가 우리 쪽으로 몸을 돌린 순간 번뜩이는 두 눈만 보였다. 불빛을 받아서인지 밝은 눈은 붉은빛을 띠었다. 사내가 우리 마부에게 말했다.

"오늘 밤은 일찍 왔구먼."

마부는 말을 더듬으며 낯선 사내에게 대답했다.

"영국 손님이 바쁜 것 같아서요."

"그 손님이 부코비나로 쭉 가길 바랐을 것 같은데. 날 속일 순 없지. 내가 다 안다고. 그리고 내 말들은 빠르지."

낯선 남자가 빙긋 웃는 순간, 새빨간 입술과 상아처럼 희고 뾰족한 이를 지닌 사나운 입이 불빛에 드러났다. 승객 한 사람이 다른 사람에게 뷔르거의 시 「레노레」에 나오는 한 구절을 속삭였다.

Denn die Todten reiten schnell.
(죽은 사람은 빨리 달리기 때문이지.)

이륜마차의 마부는 이 말을 들었는지 슬쩍 미소를 지으며 그쪽을 쳐다보았다. 승객은 시선을 외면하며 두 손가락을 내미는 동작을 한 다음 성호를 그었다.

"신사의 짐을 건네줘."

이륜마차의 마부가 말했다. 내 가방은 이륜마차로 아주 신속히 넘겨졌다. 내가 역마차 옆문으로 내리는 사이 이륜마차가 옆으로 바짝 붙었다. 이륜마차의 마부가 도와주려고 내 팔을 잡았는데 아귀힘이 대단했다. 힘이 엄청나게 센 사람임이 분명했다. 그가 말없이 고삐를 흔들자 말들은 방향을 바꾸었고, 우리는 캄캄한 보르고 고개 속으로 나아갔다. 뒤를 돌아보니 등불 불빛에 역마차의 말들이 뿜어내는 김이 보이고 승객들이 성호를 긋는 모습도 비쳤다. 역마차 마부는 채찍을 휘두르며 말들에게 소리친 다음, 부코비나 쪽으로 획 떠나갔다.

역마차가 어둠 속으로 자취를 감추자 이상하게도 냉기가 밀려오고 외로움이 닥쳤다. 마부가 내 어깨에 망토를 걸쳐주고 다리에 무릎 덮개를 덮어주더니, 독일어로 능숙하게 말했다.

"밤이 춥습니다, 선생님. 내 주인이신 백작께서 선생님을 잘 돌봐드리라고 하셨죠. 의자 아래에 슬리보비츠(그 지역의 자두 브랜디다)도 한 병 있습니다. 필요하시면 드세요."

나는 술은 입에 대지 않았으나 술이 있다는 사실만으로도 위안이 되었다. 기분이 좀 이상하고 무척 겁이 났다. 미지의 밤 여행을 대신할 방법이 하나라도 있다면 받아들였을 것이다. 마차는 쉼 없이 앞으로 달리다가 완전히 방향을 틀어서 또 곧장 내달렸다. 그냥 같은 길을 왔다 갔다 달리는 것 같았다. 길에서 눈에 띄는 어떤 지점을 봐두었는데, 그곳을 다시 보게 된 것이다. 어떤 상황인지 마부에게 물어보고 싶었으나 너무 무서웠다. 일부러 시간을 지체하려는 의도로 그러는 것이라면 항의해봐야 아무 소용 없을 것 같았다. 그런데 시간이 얼마나 흘렀는지 궁금했다. 성냥에 불을 붙여 시계 가까이 가져갔다. 몇 분 지나면 자정이었다. 최근 들어 자정과 관련된 미신을 더 많이 알게 된 탓에 깜짝 놀라고 말았다. 조마조마한 마음으로 기다렸다.

개 한 마리가 길 한참 아래쪽 농가 어딘가에서 울부짖기 시작했다. 겁이라도 먹은 듯 오래도록 고통스럽게 울부짖었다. 그 짖음은 연이어 다른 개들의 짖음으로 이어졌고, 고개에 한숨짓듯 부는 바람을 타고 흘러가 마치 곳곳에서 온갖 개들이 짖듯 거친 울부짖음이 되어 상상력이 가닿을 수 있는 곳까지 어두운 밤으로 번져 나갔다. 말들은 처음에 개의 울음소리를 듣고 긴장하더니 앞다리를 번쩍 들었다. 마부가 잘 달래자 말들이 차분해지긴 했다. 그렇지만 깜짝 놀란 탓에, 한참 달리기라도 한 것처럼 부들부들 떨며 땀을 흘렸다. 이번엔 주변 산속 머나먼 곳에서 늑대들이 더 크고 날카롭게 울부짖기 시작했다. 나도 말도 똑같이 혼란에 빠졌다. 나는 작은 마차에서 당장 뛰어내려 도망이라도 갈까 고민했고 말들은 다시 앞다리를 번쩍 들면서 미친 듯이 날뛰었다. 마부는 말들이 달아나지 못하도록 온 힘을 다 써야 했다.

그래도 시간이 좀 지나자 나는 늑대 울음에 적응했고 말들도 진정한 덕에 마부는 자리에서 내려 말들 앞에 갈 수 있었다. 그는 어루만지고 달래주면서 조련사들이 하듯 말들의 귓가에 무언가 속삭였다. 마부의 보살핌은 대단한 효과를 발휘했다. 말들은 여전히 떨긴 했어도 마부의 지시를 따를 수 있는 상태가 되었다. 마부는 다시 자리로 돌아가 고삐를 흔들었다. 빠르게 내달리기 시작한 마차는 고개 저편까지 갔다가 별안간 오른쪽으로 급히 꺾어지는 좁은 길로 들어섰다.

곧 나무가 우리를 에워쌌다. 가지가 축축 휘어진 나무들 아래를 헤치고 나갈 때는 터널 속을 지나는 기분이었다. 다음에는 길 양쪽에 험상궂은 바위들이 우리를 위압하듯 우뚝 서 있었다. 바위가 은신처 역할을 했어도 바람은 틈을 파고들며 신음하듯 쌕쌕거렸다. 마차가 지나가면 나뭇가지끼리 서로 부딪치기도 했다. 점점 추워지고 가랑눈이 흩날리기 시작하더니 주변이 곧 흰 눈으로 뒤덮였다. 매서운 바람을 타고 여전히 개가 울부짖는 소리가 들려왔지만, 그래도 마차가 나아가는 동안 점점 희미해졌다. 그런데 늑대들이 으르렁대는 소리가 점점 가까워졌다. 사방에서 우리를 포위한 것 같았다. 나는 끔찍하게 겁이 났고, 말들도 그런 것 같았다. 하지만 마부는 전혀 흔들림 없었다. 그는 계속 좌우를 살펴보았는데, 어둠 속에서는 아무것도 보이지 않았다.

별안간 왼쪽 먼 곳에서 푸르스름한 불꽃이 반짝였다. 마부도 그 불꽃을 보았다. 그는 바로 말들을 세운 다음 마차에서 뛰어내리더니 어둠 속으로 사라졌다. 나는 어찌해야 할지 몰랐다. 으르렁대는 늑대 소리가 더 가까이 들렸다. 그런데 마부가 다시 불쑥 나타나 말 한마디 없이 자리에 앉았고 마차는 다시 달렸다. 돌이켜보면 내가 잠에 빠져 꿈을 꾼 것 같기도 했다. 같은 일이 끝도 없이 반복되다니 끔찍한 악몽이

나 다름없는 상황이었다.

한번은 불꽃이 길 가까운 곳에 나타나서, 주변이 어두운 와중에도 마부가 움직이는 모습을 볼 수 있었다. 그는 푸른 불꽃이 피어오르는 곳으로 서둘러 향했다. 주변이 하나도 밝아지지 않은 것을 보면 아주 희미한 불꽃이었다. 마부는 돌 몇 개를 주워 와서 무언가 만들었다. 나는 이상한 착시 현상도 겪었다. 마부가 나와 불꽃 사이에 서 있는데도 마부 너머로 그 으스스한 불꽃이 계속 보였다. 소스라치게 놀랐으나 워낙 찰나라 어둠 속에서 지친 눈이 잘못 본 것이라고 생각했다. 이후 한동안 푸른 불꽃은 보이지 않았고, 마차는 늑대들의 울부짖음이 들려오는 가운데 어둠 속을 빠르게 내달렸다. 늑대들이 원형으로 무리 지어 쫓아오는지, 울음소리는 줄어들지 않았다.

그러다 마부가 불꽃을 쫓아 그 어느 때보다도 멀리 가버린 순간이 왔다. 마부가 없는 사이 말들은 몹시 벌벌 떨었고 겁에 질려서 콧김을 내뿜으며 힝힝거리기 시작했다. 늑대 울음소리도 멈춘 터에 말들이 왜 그러는지 알 수 없었다. 그때 새카만 구름을 벗어난 달이 소나무로 뒤덮인 우뚝한 바위 꼭대기 뒤에 걸렸다. 그제야 말들을 이해할 수 있었다. 달빛에 우리 주변을 둥글게 에워싼 늑대들이 보였다. 흰 이빨에 붉은 혀를 축 내민 늑대들은 근육이 잘 발달한 긴 다리를 지녔고 털이 덥수룩했다. 음산하리만치 가만히 있는 모습이 울부 짖을 때보다 수백 배 더 무서웠다. 나는 공포로 온몸이 거의 마비될 지경이었다. 얼마나 무서운지 직접 본 사람만이 이해할 것이다.

달빛이 어떤 효과를 발휘한 것처럼 늑대들이 한꺼번에 울부짖었다. 말들은 펄쩍펄쩍 앞다리를 쳐들었고 고통스럽게 눈알을 굴리며 주변을 둘러보았다. 하지만 공포스러운 존재가 사방을 에워싸고 있으니 말들은 달아날 수도 없었다. 나는 마부에게 돌아오라고 외쳤다. 우리가 살아남으려면 늑대들이 만든 고리를 깨서 마부가 마차로 돌아올 수 있게 돕는 방법밖에 없어 보였다. 그래서 소리를 지르며 마차 옆면을 두들겼다. 늑대들이 놀라 마부가 마차로 돌아올 기회가 생기기를 바랐다. 어떻게 다시 돌아왔는지는 모르겠으나 마부가 고압적으로 호령하는 소리가 들렸다. 소리 나는 쪽을 보니 마부가 길가에 서 있었다. 마부가 보이지 않는 장애물을 옆으로 밀쳐내듯 긴 팔을 휘두르니 늑대들이 멀리 물러갔다. 그때 두꺼운 구름 한 덩이가 달을 가리면서 우리는 다시 암흑 속에 갇혔다.

마부는 다시 마차에 올랐고 늑대들은 사라졌다. 너무나 희한하고 기괴해서 나는 끔찍한 공포에 사로잡혔다. 말도 안 나오고 몸을 꼼짝할 수도 없었다. 시간이 끝없이 계속되는 것 같았다. 흘러가는 구름이 달을 가린 탓에 칠흑처럼 어두웠다. 오르막길이 계속 이어졌다. 가파른 내리막길도 잠깐잠깐 나왔으나 마차는 대체로 오르막길을 달렸다. 문득 마부가 광대한 폐허 같은 성의 안마당으로 말을 몰고 있다는 사실을 깨달았다. 성의 기다란 검은 창문에서는 빛이 하나도 흘러나오지 않았고 부서진 성가퀴는 달이 빛나는 하늘 아래 삐쭉삐쭉한 선을 그리고 있었다.

2장

조너선 하커의 일기

(계속)

5월 5일 마차에서 잠든 모양이었다. 깨어 있었다면 이렇게 눈길을 끄는 곳에 왔다는 사실을 몰랐을 리 없다. 어둠 속에서 안마당은 상당히 넓어 보였다. 안마당의 여러 갈래 길이 거대한 둥근 아치 아래로 이어져 실제보다 더 커 보였을 것이다. 밝을 때 안마당이 어떤지는 아직 보지 못했다.

마차가 멈추자 마부가 뛰어내리더니 나를 도우려고 손을 내밀었다. 아귀힘이 어찌나 억센지 다시금 실감했다. 그 손은 강철로 만든 바이스 같아서 마음만 먹는다면 내 손을 뭉갤 수도 있을 것 같았다. 그는 짐을 꺼내어 내 옆쪽에 내려놓았다. 근처에는 큰 쇠못을 박아 장식한 낡고 거대한 문이 있었는데, 툭 튀어나온 육중한 돌이 문 주위를 두르고 있었다. 불빛은 희미했으나 돌에 무언가 커다랗게 새겨져 있음을 알아볼 수 있었다. 오랜 세월 풍파를 겪어서 조각이 상당히 닳은 상태였다. 내가 문가에 서 있는 사이, 마부는 다시 마차로 뛰어올라 고삐를 흔들었다. 말들은 앞으로 달려나갔고, 마차도 마부도 말도 모두 컴컴한 입구 가운데 한곳으로 사라졌다.

나는 어찌해야 할지 몰라서 그냥 가만히 서 있었다. 초인종도 문 두드리는 고리도 보이지 않았다. 내 목소리가 위압적인 벽과 컴컴한 창문을 뚫고 전해질 것 같지는 않았다. 끝도 없이 기다리는 동안 의심과 두려움이 솟아났다. 도대체 나는 어디에 온 것일까? 이곳에는 어떤 사람들이 있는 걸까? 내가 발을 들인 이 으스스한 사건은 과연 어떤 일일까? 외국인에게 런던 부동산 구매에 관해 설명하기 위해 파견된 변호사 서기라면 으레 겪는 일일까? 변호사 서기! 이렇게 말하면 미나는 반기지 않을 것이다. 나는 변호사다. 런던을 떠나기 직전에 시험에 통과했다는 소식을 들었으니 이제는 완전한 변호사다. 내가 정말 깨어 있는지 궁금해서 눈을 비비고 살을 꼬집어보았다. 끔찍한 악몽에 빠진 것 같았다. 가끔 과로한 날 아침이면 불쑥 깨어나 내가 집에 있고 새벽빛이 창문으로 파고들 무렵임을 깨닫곤 하는데, 지금도 그런 상황이면 좋겠다. 하지만 꼬집은 데가 아프고 눈앞의 풍경도 거짓이 아니니 현실이었다. 나는 맨정신으로 카르파티아산맥에 있었다. 이제 꾹 참고 아침을 기다리는 수밖에 없었다.

생각을 막 정리한 때에 거대한 문 뒤로 무거운 발소리가 다가왔고 문틈 사이로 빛이 새어들었다. 이윽고 쇠사슬이 덜커덕거리는 소리와 묵직한 빗장이 철컥 빠지는 소리가 들렸다. 오랫동안 쓰지 않은 탓에 열쇠는 뻑뻑대며 돌아갔다. 거대한 문이 뒤로 휙 움직였다.

안에 키가 큰 노인이 서 있었다. 길고 하얀 콧수염만 남기고 말끔하게 면도를 했고 머리부터 발끝까지 검은 옷을 걸쳐서 흑백으로 이루어진 사람 같았다. 손에는 은으로 만든 예스러운 등불이 들려 있었는데, 불을 감싸는 등피도 등갓도 없어서 열린 문틈으로 들어온 바람에 불빛이 껌뻑거리고 긴 그림자도 흔들흔들 움직였다. 노인은 오른손으로 정중히 들어오라는 손짓을 하며 능숙하나 억양이 묘한 영어로 말했다.

"우리 집에 온 것을 환영하오. 원한다면 마음대로 들어올 수 있다오."

노인은 나를 맞이하려고 다가오는 대신 동상처럼 가만 서 있기만 했다. 들어오라는 손짓을 하다가 그대로 돌처럼 굳어버린 것 같았다. 그런데 내가 문지방을 넘어가자마자 불쑥 앞으로 나서서 내 손을 꽉 붙잡았다. 아귀힘이 센 데다 손이 얼음처럼 차가워 움찔했다. 살아 있는 사람이 아니라 죽은 사람의 손 같았다. 노인이 말을 이었다.

"우리 집에 온 것을 환영하오. 자유로이 들어왔다가 안전히 돌아가시오. 당신이 안고 온 행복을 조금만 남겨놓고 가면 좋겠소."

악수하는 노인의 아귀힘은 성까지 나를 데려온 마부와 무척 비슷했다. 마부의 얼굴을 보진 못했지만, 지금 말하는 상대가 마부와 같은 사람은 아닌지 잠시 의심스러웠다. 그래서 확인차 미심쩍은 투로 물어보았다.

"드라큘라 백작이신가요?"

노인은 정중히 허리 굽혀 인사하며 말했다.

"내가 드라큘라 백작이 맞소. 환영하오, 하커 씨. 들어오시오. 밤공기가 차오. 뭘 좀 먹고 쉬어야 할 것 같구려."

백작은 말을 이어가며 등불을 벽 선반에 올려둔 다음 밖으로 나가 내 짐을 들었다. 내가 손을 쓰기도 전에 짐을 들고 들어왔다. 그러지 말라고 했으나 그는 뜻을 굽히지 않았다.

"아니, 당신은 내 손님이오. 시간이 늦어서 사람을 쓸 수가 없소. 내가 직접 손님을 챙겨야지."

백작은 뜻대로 내 짐을 든 채 복도를 따라 걸었다. 커다란 나선계단 다음에 넓은 복도가 이어졌다. 돌바닥에 우리 발소리가 묵직하게 울려 퍼졌다. 복도 끝에 다다르자 백작은 육중한 문을 밀어제쳤다. 불이 환히 켜진 방에 저녁 식사가 준비되어 있고 큰 벽난로에서는 장작불이 활활 타오르고 있어서 기분이 좋아졌다.

백작은 걸음을 멈추고 내 짐을 내려놓은 다음 문을 닫았다. 그리고 방을 가로질러 가더니 다른 문을 열었다. 팔각형 작은 방이 나왔다. 등불이 하나만 켜져 있고 창문 같은 것은 보이지 않았다. 백작은 그 방을 지나 또 다른 문을 열더니 내게 들어오라고 손짓했다. 반가운 광경이 펼쳐졌다. 침실은 환하고 역시 장작불을 피워서 따뜻했다. 벽난로 속 불길이 넓은 굴뚝을 향해 타닥타닥 타오르고 있었다.

백작은 내 짐을 방 안쪽으로 옮겨놓은 다음 물러났다. 그러고는 문을 닫기 전에 이렇게 말했다.

"여행하느라 힘들었을 테니 목욕을 하며 피로를 푸시오. 필요한 건 다 있을 거요. 준비가 끝나면 아까 그 방으로 오시오. 저녁을 준비해두겠소."

환하고 따뜻한 방으로 백작이 정중히 맞아주어 내 마음속 의심과 공포가 싹 가시는 듯했다. 평소 상태로 돌아오니 몹시 허기졌다. 그래서 얼른 씻은 다음 식탁이 있던 방으로 갔다.

음식은 이미 차려져 있었다. 거대한 석조 벽난로 한쪽에 기대서 있던 백작은 식탁 쪽으로 우아하게 손짓했다.

"자, 앉아서 얼마든지 드시오. 내가 같이 먹지는 못하니 양해 바라오. 식사를 이미 했소."

나는 호킨스 씨가 맡긴 봉인된 편지를 백작에게 건넸다. 백작은 편지를 뜯어 진지하게 읽었다. 그러고는 기분 좋은 미소를 지으며 내게 읽어보라고 건넸다. 편지에는 무척 기쁜 구절이 최소한 하나 있었다고 말할 수 있다.

"통풍에 시달려오던 차에 너무나 아쉽게도 통증이 심해 져서 직접 그쪽으로 가는 일은 당분간 어렵게 되었습니다. 그렇지만 다행히 대리인으로 만족스러운 사람을 보낼 수 있 게 되었습니다. 제가 무척 신뢰하는 사람입니다. 젊고 기운 이 넘치며 나름의 재주도 있고 충직합니다. 사려 깊고 조심 스러운 성격으로 제 밑에서 일을 배우며 자랐습니다. 그곳에 머무르는 동안 백작님이 청하는 대로 일을 봐드릴 것이고 백 작님의 지시라면 무엇이든 따를 겁니다."

백작은 식탁으로 다가와 음식이 담긴 접시 뚜껑을 직접 열어주었다. 나는 훌륭한 닭구이를 얼른 먹어치우기 시작했 다. 치즈와 샐러드를 곁들여 먹고 오래된 토커이 와인(헝가리 토커이 근처에서 생산되는 진하고 달콤하며 향이 좋은 포도주―옮긴이) 두 잔 도 마셨다. 그사이 백작은 여행에 대해 이런저런 질문을 던 졌다. 나는 그동안 겪은 일을 찬찬히 이야기했다.

식사를 마친 나는 백작의 바람대로 벽난로 곁으로 의자

를 옮기고 그가 건넨 시가를 피우기 시작했다. 백작은 담배를 피우지 않는다며 양해를 구했다. 이제 백작을 가까이에서 관찰할 기회가 생겼다. 그는 생김새가 남다른 사람이었다.

백작의 얼굴은 강인한 독수리 같았다. 가느다랗고 높은 콧대에 콧날은 날카롭고 코끝은 특이하게 휘었다. 이마는 툭 튀어나왔고, 머리숱은 관자놀이 부근만 듬성듬성하고 전체적으로 풍성했다. 크고 굵은 두 눈썹은 미간에서 서로 닿을 것 같고 풍성한 숱이 곱슬곱슬했다. 덥수룩한 콧수염 아래 꾹 다문 입은 좀 잔인해 보였는데, 날카로운 흰 이가 입술 위로 튀어나왔다. 새빨간 입술이 나이치고 놀라운 활력을 풍겼다. 또, 핏기 없는 귀는 윗부분이 아주 뾰족했다. 턱은 넓고 강인했고, 뺨은 야위었지만 단단해 보였다. 전반적으로 놀라울 만큼 창백했다.

벽난로 곁의 백작은 무릎에 손을 내려놓았다. 손등은 꽤 희고 고운 줄 알았는데, 가까이서 보니 제법 거칠고 넓적한데다 손가락도 길이가 짧았다. 희한하게도 손바닥 가운데에 털이 자랐다. 길고 가느다란 손톱은 끝이 뾰족하게 다듬어져 있었다. 백작이 내 쪽으로 몸을 기울이며 손을 댄 순간 나는 그만 부르르 진저리를 쳤다. 백작의 숨에서 나는 악취 때문이었던 듯한데, 구역질이라도 하고 싶을 만큼 끔찍해서 티를 내지 않을 수가 없었다. 백작은 눈치를 챘는지 뒤로 물러나며 오싹한 미소를 지어 보였는데, 툭 튀어나온 이가 더 도드라졌다. 그는 원래 있던 벽난로 옆자리로 돌아갔다. 우리는 잠시 아무 말도 하지 않았다. 창문을 보니 희미한 첫 새벽빛이 들어오고 있었다. 어디에나 기묘한 정적이 깃들었다. 그런데 계곡 아래쪽에서 늑대 여러 마리가 울부짖는 것 같은 소리가 들렸다. 백작은 눈을 반짝였다.

"저 소리를 들어보시오. 밤의 자식들이라오. 정말 멋진 음악이야!"

내 표정이 좀 이상했는지 백작이 덧붙였다.

"하긴, 당신 같은 도시인들은 사냥꾼의 마음을 잘 모르겠구려."

백작은 자리에서 일어났다.

"피곤하겠지. 잠자리도 챙겨놓았으니 내일은 푹 자두시오. 나는 오후까지 성을 비울 거요. 그러니 잘 자고 좋은 꿈 꾸시오."

백작은 정중히 인사한 다음 팔각형 방의 방문을 직접 열어주었다. 나는 침실로 들어갔다.

궁금한 것들이 너무나 많다. 의심스럽고, 두렵다. 내 영혼에 감히 털어놓을 수 없는 이상한 생각이 든다. 하느님, 부디 내 소중한 사람들을 위해서라도 나를 지켜주시기를.

5월 7일 다시 이른 아침이다. 지난 24시간 동안 잘 쉬었다. 오후까지 푹 자다 보니 눈이 저절로 떠졌다. 옷을 갈아입고 저녁을 먹었던 방으로 갔다. 차게 식은 아침 식사가 기다리고 있었다. 벽난로 위의 주전자 속 커피는 따뜻했다. 식탁 위에는 카드가 한 장 있었다.

"잠시 자리를 비워야 하니 나를 기다리지 마시오. D로부터."

그래서 나는 아침을 마음껏 먹었다. 식사를 끝낸 뒤 하인들에게 식사가 끝났다고 알리고 싶어 초인종을 찾았다. 하지만 눈에 띄지 않았다. 값비싼 물건들이 가득한 이 저택에도 희한하게 부족한 것이 있었다. 식기는 아름답게 세공된 금제품으로 어마어마하게 비쌀 터였다. 커튼이며 의자며 소파 덮개며 침대 가리개는 아주 값지고 아름다운 천으로 만들어졌는데, 만든 당시에는 그 가치가 엄청났을 것이다. 몇백 년은 되어 보였지만 지금도 상태가 아주 좋았다. 햄프턴궁전(1515년 울지 추기경이 세운 궁전으로 템스 강가에 있다─옮긴이)에서 비슷한 것을 보긴 했지만 낡고 해지고 좀먹은 모습이었다. 그런데 이곳에는 그 어떤 방에도 거울이 없다. 내 책상 위에도 작은 거울 하나 보이지 않는다. 면도하거나 머리를 빗으려면 내 가방에서 작은 면도용 거울을 꺼내서 써야 한다. 그리고 아직 어디서도 하인을 보지 못했다. 성 근처에서는 늑대의 울부짖음 말고는 어떤 소리도 듣지 못했다. 오후 대여섯 시에 아침 식사라고 할지 저녁 식사라고 할지 모를 식사를 마친 뒤 읽을거리를 찾았다. 백작의 허락 없이 성을 둘러보고 싶지는 않았다. 그런데 방에는 책도 신문도 없고 필기도구도 없었다. 방에 있는 다른 문을 열어보니 서재가 나왔다. 맞은편 문도 열어보려 했지만 잠겨 있었다.

서재의 책장에는 영어로 된 책들이 가득했고 잡지며 신문 꾸러미도 있어서 무척 기뻤다. 방 가운데 책상 위에는 최신판은 아니어도 영국 잡지와 신문이 흩어져 있었다. 책은 역사, 지리, 정치, 경제, 식물학, 지질학, 법률 등 주제가 폭넓었는데, 모두 영국이며 영국에서의 생활과 관습과 예절을 다루고 있었다.『런던 인명부』,『신사 인명부』,『심의회 및 위원회 보고서』,『휘터커 연감』,『육해군 인명부』같은 참고용 도서도 있었는데, 법조계 관련 인사들을 정리한『법조계 인명부』같은 책은 반갑기도 했다.

책을 둘러보는데 문이 열리고 백작이 들어왔다. 그는 친절하게 인사하며 지난밤에 잘 잤는지 묻고는 이렇게 말했다.

"서재에 잘 왔소. 이곳에는 당신에게 흥미로운 책이 많을 거요."

백작은 책 몇 권에 손을 올렸다.

"내가 런던에 가겠다고 생각한 이래로 이 책들이 좋은

벗이 되어주었소. 몇 년 동안 즐거운 시간을 오래도록 선사
했지. 책을 읽으면서 당신네 나라 위대한 영국에 대해 잘 알
게 되었소. 그렇게 알게 되니 사랑하는 마음도 생겼다오. 런
던이라는 그 굉장한 곳의 인파 가득한 거리를 걷고 싶소. 이
리저리 바삐 돌아다니는 사람들 속에서 그 생명과 변화와 죽
음을, 그들을 그들답게 만든 모든 것을 누려보고 싶다오. 하
지만 아직은 당신이 쓰는 말을 책으로 공부했을 뿐이오. 당
신이 듣기엔 내 영어가 어떻소?"

"백작님의 영어는 완벽합니다!"

백작은 점잖게 고개를 숙였다.

"듣기 좋으라고 한 칭찬이겠지만 고맙소. 하지만 이제
막 시작한 단계일 뿐이오. 사실 문법과 단어는 알지만 발음
쪽은 잘 모르오."

"진심으로 하는 말입니다. 영어를 정말 훌륭하게 구사하
고 계십니다."

"그렇지 않소. 내가 런던에 가서 말하면 다들 이방인으
로 보겠지. 그 정도로는 안 되오. 나는 귀족이라오. 여기서는
보야르라고 부르지. 다들 나를 알고, 나는 주인이오. 하지만
타국의 객(출애굽기 2장 22절에서 모세가 한 말-옮긴이)이 되면 아무
존재도 아니오. 사람들은 나를 알아보지 못할 것이고, 모르
니까 관심도 없겠지. 나는 여느 사람들과 다르게 보이고 싶

지 않소. 누가 나를 봐도 멈추는 일이 없었으면 좋겠고, 내 말을 듣고 '아, 외국인이네!' 하고 입을 닫아버리는 일도 없었으면 하오. 나는 오랫동안 주인으로 살아왔고 계속 그렇게 지내고 싶소. 적어도 누구든 내 주인 노릇을 해서는 안 될 일이지. 당신이 여기 온 것은 엑서터 회사의 내 친구 피터 호킨스의 대리인으로서 런던에 구매한 내 새 부동산에 관해 설명해주기 위해서만은 아니오. 이곳에 당신이 한동안 머무르게 되면 난 당신과 대화를 나누면서 영어 억양을 배울 수 있을 거요. 내가 말하다가 실수를 저지르면 아무리 사소하다 해도 지적해주었으면 하오. 오늘 자리를 오래 비운 일은 미안하구려. 하지만 직접 처리할 중요한 일이 많아서 그러니 양해해주었으면 하오."

물론 나는 기꺼이 그러겠다고 대답한 다음, 서재를 이용하고 싶을 때 이용해도 되느냐고 물었다.

"물론이오. 원한다면 여기 어디든 가도 좋소. 문이 잠긴 방만 빼면. 아마 그런 곳은 당신도 가고 싶지 않을 거요. 모든 것이 지금 상태로 유지되는 이유가 있다오. 내가 세상을 보는 대로 당신이 세상을 본다면, 또 내가 아는 대로 당신이 세상을 안다면 당신도 더 잘 이해하게 될 거요."

나는 백작의 말에 동의한다고 했다. 백작은 말을 계속 이었다.

"이곳은 트란실바니아라오. 트란실바니아는 영국이 아니지. 우리 방식은 당신 나라 방식과는 다르오. 그러니 당신에겐 많은 것들이 낯설 거요. 여행 동안 겪은 일에 대해 당신이 했던 이야기를 고려해보면 당신도 이곳에서 어떤 낯선 일들이 일어날 수 있는지 좀 아는 것 같소."

백작의 이 말을 계기로 우리는 더 많은 대화를 나누게 되었다. 백작은 대화 그 자체를 원하는 것 같았다. 그래서 그동안 겪은 일들이나 눈길을 끈 일들에 대해 여러 가지 질문을 했다. 백작은 이야기에서 벗어나거나 내 말을 알아듣지 못하는 척 화제를 돌릴 때도 있었지만 전체적으로 아주 솔직하게 대답해주었다. 시간이 흐르며 좀 대담해진 나는 지난밤에 있었던 이상한 일에 대해 질문했다. 예를 들면 마부는 왜 푸른 불꽃 쪽으로 갔는지, 그 불꽃은 정말로 금이 숨겨진 곳을 알려주는지. 백작의 설명에 따르면, 어젯밤은 모든 사악한 것들이 풀려나 활개 친다고 알려진 밤이고, 이때는 보물이 숨겨진 곳 어디든 그 위에 푸른 불꽃이 나타난다는 속설이 있다고 했다.

"보물은 바로 지난밤 당신이 지나온 지역에 숨겨져 있소. 의심의 여지가 없다오. 지난 몇백 년 동안 왈라키아 사람과 색슨 사람과 튀르크 사람이 이곳에서 싸웠거든. 애국자의 피든 침략자의 피든 피가 묻어나지 않는 땅은 단 한 뼘도 없소. 오스트리아 사람과 헝가리 사람이 떼를 지어 침략해 온 어지러운 시절, 남녀노소 가리지 않고 애국자들이 맞서러 나갔다오. 그들은 적이 오면 바위를 굴려 처치하려고 고개 위 바위 앞에서 적을 기다리고 있었소. 결국 침략자가 이기긴 했지만 얻어 간 것은 거의 없었소. 값나가는 것들은 무엇이든 편리한 곳에 묻어두었으니까."

"그렇지만 그렇게 오랫동안 찾지 못할 수 있나요? 잘 감추어두었다고 해도 어떤 표시가 있다면 말이죠."

백작이 미소를 짓자 입술이 올라가며 잇몸과 길고 날카로운 송곳니가 기괴하게 드러났다.

"그 마부가 사실 겁쟁이에다 멍청해서 그렇소. 불꽃은 1년에 하룻밤만 나타난다오. 그리고 그날 밤이 되면 이 지역 사람들은 누구도 밖에 나가지 않으려 하오. 그리고 밖에 나간다고 해도 어떻게 해야 할지 모를 거요. 설사 당신이 말한 그자가 불꽃이 나타난 장소를 표시해두었다고 해도 대낮에는 어디가 어디인지 잘 모를 거요. 맹세컨대 당신도 어디를 다시 찾아야 할지 모를 거요."

"백작님 말씀이 맞습니다. 전 어디를 찾아야 할지 눈곱만큼도 모르겠습니다."

우리는 다른 화제로 넘어갔다. 드디어 백작이 본론을 꺼냈다.

48

"자, 런던에 대해 말해주시오. 당신이 구한 집에 대해서도."

나는 집 이야기를 먼저 꺼내지 못한 과실에 대해 사과한 뒤 가방 속 서류를 가지러 내 방으로 돌아갔다. 서류를 순서 대로 정리하고 있는데 옆방에서 달그락거리는 그릇 소리가 났다. 지나가면서 보니 식탁 위는 깨끗이 치워졌고 등불이 켜져 있었다. 이미 어두워진 시간이었다. 서재에도 불이 켜 졌고 백작은 소파에 누워 그 많은 책 중에서도 영국 『브래드 쇼 철도 안내서』(1839년부터 1961년까지 발간된 철도 시간표 책-옮긴 이)를 읽고 있었다. 내가 서재에 들어가니 그는 책상 위의 책 과 서류를 정리했다. 나는 저택의 평면도와 권리증이며 여러 비용에 관해 설명했다. 그는 어떤 것이든 관심이 있었고 저 택이 있는 장소와 그 주변에 대해 많은 질문을 던졌다. 나보 다 훨씬 많이 아는 것을 보건대 백작은 주변 지역에 대한 정 보를 미리 충분히 알아본 모양이었다. 내 생각을 전하니 백 작이 대답했다.

"그렇지만 당연히 그래야 하지 않겠소? 런던에 가면 나 는 혼자가 될 테고 하커 조너선은…… 아니지, 우리 식으로 성을 먼저 말하는 실수를 했구려. 지금은 곁에 있는 조너선 하커도 옆에서 내 실수를 바로잡아주지 못할 테고 도움을 주 지도 못하게 될 테니 말이오. 당신은 한참 멀리 있는 엑서터에서 피터 호킨스와 함께 법률 문서를 작업하고 있겠지."

우리는 퍼플리트(런던에서 동쪽으로 24킬로미터쯤 떨어진 템스강 북쪽 교외-옮긴이)의 부동산 구매 문제를 꼼꼼히 살폈다. 정보를 제공하고 관련 서류에 백작의 서명을 받은 뒤 서류와 함께 호킨스 씨에게 보낼 편지도 썼다. 백작에게 딱 맞는 장소를 내가 어떻게 찾아냈는지 백작이 물었다. 나는 당시에 쓴 기록을 백작에게 읽어주었다. 내용은 다음과 같다.

"퍼플리트의 샛길에서 백작의 요구를 모두 충족하는 곳을 우연히 발견했다. 저택을 판다는 망가진 광고판이 있었다. 높은 담을 둘러치고 육중한 돌로 지은 오래된 건물이었다. 상당 기간 수리하지 않은 것 같았다. 닫힌 문은 묵직한 떡갈나무와 쇠로 만들었는데 오래되어 다 녹슬었다.

영지의 이름은 카팩스라고 하는데, '사면'을 뜻하는 프랑스어 '카트르 파스'에서 변형된 말 같다. 이름에 어울리게 네 벽은 정확히 동서남북을 가리키고 있다. 토지는 모두 8만 제곱미터쯤 되며 언급했듯이 단단한 돌담이 에워싸고 있다. 나무가 많아서 군데군데 어둑어둑하고 작은 호수라고 해도 좋을 깊고 검은 연못이 있는데, 물이 맑고 꽤 큰 시내로 흘러나가는 것으로 보아 어디선가 물이 솟아나는 모양이다. 저택은 아주 크고 여러 시대에 걸쳐 지은 듯하다. 무지막지하게 두꺼운 돌로 쌓고 창문을 높은 곳에 몇 개만 내고 쇠창살로 단단히 막은 부분을 보면, 아무래도 중세 시대까지도 거슬러 올라갈 것 같다. 성채의 일부 같기도 하고, 근처에 오래된 예배당 아니면 교회가 있다. 저택에서 그곳으로 통하는 문을 여는 열쇠가 없어서 들어갈 수는 없었지만 코닥 카메라로 여러 각도에서 실물을 찍었다. 큰 계획 없이 계속 늘려 지은 것으로 보이는 이 저택은 짐작하건대 대지 면적이 어마어마하다. 근처에는 집이 거의 없다. 아주 커다란 건물 한 채가 최근에 증축되어 사설 정신병원으로 쓰이고 있다. 하지만 이 저택의 뜰에서는 잘 보이지 않는다."

내가 다 읽고 나니 백작이 말했다.

"오래되고 큰 저택이라니 기쁘오. 나는 오래된 가문 출신이고 새집에서는 도저히 못 살 것 같소. 집이란 하루 만에 살 만한 곳으로 변하기 어렵소. 며칠이 어떻게 100년을 버티겠소. 오래된 예배당이 있는 것도 좋소. 우리 트란실바니아 귀족들은 죽어서 보통 사람들 사이에 묻힌다고 생각하길 좋아하지 않는다오. 나는 흥겨움이나 즐거움을 좇지 않고, 쏟아지는 햇빛이나 반짝이는 물이 선사하는 눈부신 관능에도 끌리지 않소. 그런 것은 젊고 인생이 즐거운 사람들이나 좋아하겠지. 난 더 이상 젊지 않아. 내 심장은 죽은 사람들을 애도하며 피곤한 시간을 보내온 탓에 유쾌한 것들에 반응하지 않는다오. 게다가 내 성은 담이 허물어졌어. 여기저기 그늘지고 부서진 성가퀴와 창으로 바람이 차갑게 불어온다오. 나는 그늘과 어둠을 아끼지. 그럴 수만 있다면 홀로 생각에 빠져 지내고 싶소."

그런데 백작의 표정은 말과 달랐다. 혹은 그의 얼굴 생김새 때문에 미소가 사악하고 비뚤어져 보였을 것이다.

곧 백작은 내게 서류를 다 챙겨달라고 부탁하더니 양해를 구하고 자리를 떠났다. 잠시 나가 있을 모양이었다. 나는 주변의 책을 좀 살펴보기 시작했다. 지도책이 눈에 띄어서 펴드니 백작이 자주 찾아보았는지 영국 지도가 실린 페이지가 자연스럽게 나왔다. 작은 동그라미 몇 개가 지도에 그려져 있어서 살펴보니 동그라미 하나는 백작의 새 영지가 있는 런던 동쪽 부근이었다. 엑서터도, 요크셔 해안의 휘트비도 동그라미가 그려져 있었다.

한 시간쯤 지나자 백작이 돌아왔다.

"아! 아직도 책을 보고 있소? 좋아, 하지만 계속 일만 해서는 안 되겠지. 저녁이 준비되었소."

백작은 내 팔을 잡았다. 옆방으로 가니 근사한 저녁 식사가 준비되어 있었다. 백작은 이번에도 밖에서 저녁을 먹었다며 같이 식사할 수 없다고 했다. 대신 어젯밤처럼 곁에 앉아서 내가 식사하는 동안 말을 걸었다. 식사 후 나는 지난 저녁처럼 담배를 피웠고, 백작은 옆에서 몇 시간이고 생각나는 화제는 무엇이든 꺼내 이야기하고 질문을 던졌다. 시간이 정말 늦은 것 같았지만 아무 말도 하지 않았다. 고객이 원하는 대로 다 해주어야 한다고 생각했기 때문이었다. 졸리지는 않았다. 어제 오래 잔 덕분에 기운을 차렸다. 하지만 새벽이 되니 마치 조류가 바뀌는 것처럼 한기가 밀어닥쳤다. 죽음을 목전에 둔 사람은 보통 새벽이나 조류가 바뀔 때 죽는다고 한다. 누구든 피곤한 가운데 일에 묶여 있을 때 이런 식의 변화를 겪어본 사람이라면 믿을 것이다. 별안간 수탉의 울음소리가 맑은 새벽 공기를 가르고 들려왔다. 기이하리만치 새된 소리였다. 드라큘라 백작은 자리에서 벌떡 일어났다.

"이런, 또 아침이 되었군. 이렇게 오래 붙잡아두다니 내가 실수했소. 당신이 영국의 내 새 영지에 대해 좀 재미없게 이야기했어야 했는데. 그랬다면 시간이 얼마나 빨리 흘렀는지 내가 잊지 않았을 거요."

백작은 예의 바르게 고개를 숙이고 방을 떠났다.

나는 내 방으로 가서 커튼을 걷었다. 하지만 눈길을 끄는 모습은 없었다. 창문은 안마당을 향해 나 있고 보이는 것은 동트는 옅은 잿빛 하늘이 전부였다. 그래서 다시 커튼을 치고 일기를 썼다.

5월 8일 너무 장황하게 일기를 쓰고 있는 것은 아닌가 걱정했는데 이제는 생각이 달라졌다. 처음부터 자세하게 써두기를 잘했다. 이 집과 집 안 모든 것이 너무 기묘하여 불편한 기분을 떨쳐낼 수가 없다. 이 집을 벗어나 안전하게 있을 수 있다면, 혹은 아예 오지 말았더라면 얼마나 좋았을까. 밤에 계속 깨어 있다 보니 영향을 받는지도 모른다. 그랬으면 좋겠다. 누구라도 이야기할 사람이 있다면 견딜 수 있을 텐데 아무도 없다. 말 상대는 드라큘라 백작뿐이다. 백작 말인데, 이 집에 살아 있는 사람은 나밖에 없는 것 같다. 상상을 죽이고 현실을 받아들이자. 그래야 견딜 수 있을 것이다. 상상에 휘둘려서는 안 된다. 그랬다가 제정신을 잃고 말 것이다. 내가 어떻게 버티는지, 혹은 버티는 것처럼 보이는지 써보겠다.

침대에서 몇 시간밖에 잠들지 못했고, 더 이상 잘 수 없을 것 같아 일어났다. 창문에 면도용 거울을 걸어두고 막 면도를 하려 했다. 별안간 누군가 내 어깨에 손을 얹었다. "잘 잤소?"라고 인사하는 백작의 목소리가 들렸다. 나는 화들짝 놀랐다. 거울에는 내 뒤쪽 방만 보였기 때문이다. 놀란 나머지 면도칼에 베이고 말았지만, 다친 줄도 몰랐다. 백작의 인사에 답하며 나는 내가 잘못 본 줄 알고 거울을 다시 확인했다. 백작이 가까이 있고 내 어깨 너머로도 보였기 때문이다. 그런데 내가 잘못 본 것이 아니었다. 거울 속에는 그가 없었다! 뒤쪽 방 전체가 거울에 비쳤지만 나 말고 다른 사람은 보이지 않았다. 괴상한 일들을 여러 차례 겪었지만 이번이 제일 놀라웠다. 백작이 곁에 있을 때 언제나 느껴온 희미한 불안감이 한층 심해지기 시작했다. 그때 상처에서 피가 조금 났다는 사실을 깨달았다. 턱으로 피가 흘러내리고 있었다. 나는 면도칼을 내려놓고 반창고를 찾으려고 몸을 틀었다. 그런데 내 얼굴을 본 백작의 눈이 마귀가 깃들기라도 한 듯 사납게 흥분하더니, 그가 내 목을 확 붙잡았다. 내가 뒤로 물러나자, 백작의 손에 십자가를 꿴 묵주가 닿았다. 백작의 태도가 바로 달라졌다. 끓어오르던 눈이 빠르게 가라앉았다. 진짜 일어난 일이 아닌 것 같기도 했다.

"조심해서 면도하시오. 상처가 났군. 이 지역은 당신 생각 이상으로 위험한 곳이라오."

백작은 면도용 거울을 잡고 말을 이었다.

"이 형편없는 물건 때문에 당신이 실수를 저질렀지. 인간의 허영심이 빚어낸 질 나쁜 싸구려 물건이오. 내다버리겠소!"

백작은 그 무시무시하게 힘센 손으로 무거운 창문을 한 번에 열더니 거울을 멀리 밖으로 던졌다. 거울은 안마당의 돌에 곤두박질쳐 산산조각 났다. 그런 다음 백작은 말없이 방을 떠났다. 면도를 어떻게 해야 할지 알 수 없어서 짜증이 났다. 회중시계 덮개나 면도용 그릇 바닥이 금속이니 거울로 쓸 수 있겠다. 그나마 다행일까.

식당으로 가니 아침 식사가 준비되어 있었다. 하지만 백작은 보이지 않았다. 혼자 아침 식사를 했다. 이상하게도 백작이 먹거나 마시는 모습을 아직 본 적이 없다. 정말이지 특이한 사람이다. 식사 후 성을 좀 돌아다녔다. 계단을 따라 올라가니 남쪽으로 난 방이 나왔다. 전망이 근사했다. 서 있으면 어느 곳이나 다 보였다. 성은 엄청나게 높은 절벽 끝에 자리하고 있었다. 창문에서 돌을 떨어뜨리면 어디에도 부딪치지 않고 몇백 미터쯤 떨어질 것 같았다. 눈이 가는 곳마다 푸르른 나무들이 넘실거리고 깊이 갈라진 단층이 보이기도 했다. 곳곳에서 숲속 깊은 협곡을 따라 강이 흐르는 모습이 은빛 실로 휘감은 듯했다.

하지만 이 아름다운 풍경을 묘사할 마음이 생기지 않는다. 성을 더 조사해보니 문이란 문은 다 잠겨 있고 빗장이 질러져 있다. 성에 난 창문을 제외하면 빠져나갈 곳이 어디에도 없다.

성은 감옥 그 자체고, 나는 죄수 신세다!

3장

조너선 하커의 일기

(계속)

내가 죄수나 다름없는 처지임을 깨닫고 나니 분노가 울컥 치밀어 올랐다. 계단을 마구 오르내리며 문마다 열어보고 창문마다 내다보았다. 하지만 시간이 좀 지나니 무력감이 다른 감정들을 압도하고 말았다. 몇 시간 후에 돌아보니 이때 나는 확실히 미친 상태였다. 덫에 갇힌 쥐처럼 굴었던 것이다. 그렇지만 아무것도 할 수 없는 현실을 받아들이면서 침착하게(살면서 이렇게 침착했던 적은 처음일 것이다) 자리에 앉았다. 그리고 어떻게 대처해야 최선일까 생각하기 시작했다. 지금도 생각하고 있고, 아직 확실한 결론을 내리지는 못했다. 그렇지만 한 가지는 확실하다. 백작에게 내 생각을 알려봐야 소용이 없다는 것이다. 백작은 내가 감금된 상태임을 잘 알고 있다. 본인이 직접 그렇게 한 것이고, 나름의 이유가 있을 것이다. 그러니 내가 백작을 믿고 속내를 털어놓아봐야 그는 나를 속일 것이다. 내 생각이며 내 두려움은 되도록 혼자 간직하면서 정신 차리고 있어야 한다. 지금 나는 아이처럼 혼자 겁먹고 잘못 생각하고 있을 수도 있고, 아니면 정말 심각한 곤경에 빠졌을 수도 있다. 그리고 후자가 맞는다면, 나는 이 상황을 헤쳐나가야 한다.

이렇게 결론에 어렵사리 도달할 즈음 아래쪽에서 그 거대한 문이 닫히는 소리가 났다. 백작이 돌아온 것이다. 그는 바로 서재로 오지 않았다. 그래서 나는 조심스럽게 내 방으로 돌아갔다. 백작은 잠자리를 정돈하고 있었다. 정말 이상한 상황으로, 이 저택에는 하인이 없다는 생각을 굳히게 되었을 뿐이다. 나중에 문 경첩 틈으로 백작이 식당에서 식탁을 차리는 모습을 보면서 다시 한번 확신했다. 백작이 이 모든 허드렛일을 직접 한다는 것은 일을 할 다른 사람이 없다는 뜻이기 때문이다. 소스라치게 놀라웠다. 성에 아무도 없다면, 나를 이곳으로 데려다준 마부가 백작 본인이라는 뜻이니 말이다. 생각만 해도 끔찍하다. 그렇다면 백작이 그저 가만히 손을 들기만 해도 늑대들을 다룰 수 있다는 것은 어떤 의미일까? 비스트리츠와 마차의 모든 사람이 엄청난 두려움에 사로잡힌 것은 왜일까? 내게 십자가, 마늘, 들장미, 마가목을 준 의미는 무엇일까? 내 목에 십자가를 걸어준 그 선하고 선한 여성에게 축복이 있기를. 나는 십자가를 만질 때마다 위안과 힘을 얻는다. 탐탁잖은 우상숭배라고 배운 물건이 외롭고 힘든 시기에 도움이 되다니 뜻밖의 일이다. 십자가 자체에 본질적으로 무언가 있는지, 아니면 그저 연민과 위안의 기억이 담겨 있어서 만지면 도움이 되는 도구인지 궁금하다. 언젠가 때가 되면 이 문제를 살펴서 결론을 내려야 할 것이다. 지금은 드라큘라 백작에 대한 모든 것을 알아내야 한다. 이 상황을 이해하는 데 도움이 될지도 모른다. 오늘 밤 백작이 자기 이야기를 하도록 이끌어봐야겠다. 하지만 의심을 사지 않도록 아주 조심해야 한다.

자정 나는 백작과 긴 대화를 나누었다. 트란실바니아의 역사에 대해 질문을 몇 가지 하자, 백작은 놀랍도록 열성적으로 답했다. 당시 상황이며 사람들, 특히 전투에 관해 이야기하는 모습을 보면 그때 실제로 있었던 사람 같았다. 나중에 백작이 설명하기를, 보야르에게 가문의 자부심이란 곧 자신의 자부심이고, 가문의 영광은 자신의 영광이며, 가문의 운명은 자신의 운명과 같다고 했다. 백작은 가문에 대해 언급할 때마다 마치 왕이 말하듯 '우리'라고 복수형을 사용했다.

백작의 이야기는 모두 매혹적이어서 나는 정확히 옮기고 싶어졌다. 이 지역 전체의 역사가 담긴 듯한 이야기였다. 말을 이어가는 동안 백작은 점점 흥분해서, 풍성한 흰 수염을 잡아당기며 방을 돌아다녔다. 손에 닿는 것은 무엇이든 그 손아귀로 부수어버릴 것처럼 꽉 잡기도 했다. 그의 이야기 가운데 가능한 한 전부 다 옮겨 적을 것이 하나 있었다. 백작 집안의 이력을 나름대로 담고 있는 이야기였다.

"우리 세케이 사람들은 자부심을 가질 만하다오. 우리 혈관에는 이 땅을 통치하기 위해 사자처럼 용감하게 싸운 조상들의 피가 흐르거든. 유럽의 여러 종족이 서로 물고 뜯으며 다툴 때, 토르 신과 오딘 신의 투지를 물려받은 우그리아족(핀란드어, 라프어, 에스토니아어, 헝가리어를 포함하는 핀·우그리아어족 중에서 우그리아어군을 쓰는 민족-옮긴이)이 아이슬란드에서부터 내려왔소. 우그리아의 전사 버서커들은 유럽 해안뿐만 아니라 아시아와 아프리카에서도 너무나 잔인하게 군 나머지, 진짜 늑대 인간이 나타났다고 여겨지기도 했다오. 그들도 이 땅에 와서 훈족과 마주했소. 호전적이고 격정적인 훈족은 타오르는 불길처럼 이 땅을 쓸고 다녔다오. 그들 때문에 죽어가는 사람들은 훈족의 혈관에 스키타이에서 쫓겨나 사막의 악마와 짝지은 옛 마녀들의 피가 흐른다고 생각하게 되었어. 바보 같은 소리요. 정말 말도 안 돼! 위대한 아틸라왕을 무슨 악마나 마녀의 피에 엮으려 하다니, 우리 혈관에 흐르는 피가 바로 아틸라왕의 것인데."

백작은 팔을 들었다.

"우리는 정복자였고 자부심이 넘쳤소. 놀라운 일이었다오. 마자르족, 롬바르드족, 아바르족, 불가르족, 또는 튀르크까지 우리 국경으로 수천 명의 군사를 보냈지만 우리는 그들을 물리쳤소. 마자르족의 아르파드 족장과 군대가 헝가리 땅을 휩쓸고 우리 국경까지 와서 우리를 마주했고, 그렇게 '고국의 정복'이 완성되었소. 그리고 헝가리가 동쪽을 휩쓸 동안, 승리를 거둔 마자르족은 우리 세케이인을 형제라고 부르면서 수백 년 동안 튀르크 국경의 수비를 믿고 맡겼다오. 아니, 그 이상이지. 튀르크에서 '물은 잠들지 몰라도 적은 잠들지 않는다'라고 말할 만큼 우리는 헝가리를 위해 튀르크 국경을 끝도 없이 지켰다고. 그러니 마자르, 왈라키아, 색슨, 세케이 네 종족 가운데 우리 세케이인이 전쟁에 나가라는 왕의 부름을 뜻하는 '피 묻은 칼'을 가장 기쁘게 받았겠지. 왈라키아와 마자르의 깃발이 튀르크의 초승달 깃발 아래로 내려간 수치스러운 그 사건(1389년 튀르크의 승리로 끝난 '코소보 전투'를 가리킨다-옮긴이), 일명 '코소바의 수치'를 만회하려든 것도 바로 우리 일족이었다오. 군주로서 다뉴브강을 건너 튀르크 땅에서 그들을 쓰러뜨린 존재도 바로 드라큘라 가문의 사람이었다고! 하지만 형제 중에 추잡한 자가 있었으니 전투에서 패하자 백성들을 튀르크에 팔아 노예로 만들어버렸소. 비통한 일이었소! 그자에게 분개한 드라큘라 가문의 후손이 군대를 이끌고 다뉴브강 건너 튀르크로 계속 쳐들어갔소. 졌지만, 쳐들어가고 또 쳐들어갔지. 군사들이 모두 몰살당해 피가 흐르는 평원에서 혼자 돌아와야 하기도 했소. 결국에는 혼자 승리할 줄 알았기 때문일까. 사람들은 그가 자기 생각만 한다고 했소. 모르는 소리. 왕이 없으면 백성이 무얼 하겠소. 전쟁을 치를 두뇌와 심장이 없으면 전쟁이 어떻게 끝나겠소. 모하치 전투로 튀르크가 헝가리를 정복하자 우리는 헝가리라는 굴레를 벗어던지게 되었소. 우리 드라큘라 가문도 전쟁을 이끈 지도자에 속해 있었거든. 우리 영혼은 자유 없는 세상을 용납하지 않지. 하커 선생, 세케이인의 심장이자 두뇌이며 칼인 우리 드라큘라 집안은 버섯처럼 막 자란 합스부르크나 로마노프 가문과는 비교할 수준이 아닌 자랑스러운 가문이라오. 전쟁의 시대는 이제 끝났지. 이런 불명예스러운 평화의 시대에는 피가 너무나 고귀하다오. 위대한 종족들의 영광은 이제 옛이야기가 되었구려."

이제 아침이 다가오고, 우리는 자러 갔다. (내 일기는 『아라비안나이트』의 시작과 몹시 닮았다. 닭이 울면 이야기가 중단된다. 햄릿 아버지의 유령도 생각난다.)

5월 12일 사실을 기록하고자 한다. 얼마 안 되지만, 책과 수치가 뒷받침해주는, 의심의 여지 없는 사실들 말이다. 내가 잘못 볼 수도 있고 잘못 기억할 수도 있는 경험과 사실을 헷갈려서는 안 된다. 어젯밤 자기 방에서 나와서 나를 찾은 백작은 법률적 문제와 어떤 사업상의 업무에 대해 질문했다. 낮에 나는 지치도록 책을 살펴보았다. 그저 마음을 다잡으려고 링컨 법학원에서 시험을 치면서 본 문제도 다시 검토했다. 백작은 분명 무언가를 염두에 두고 질문한 것 같았다. 그러니 순서대로 써두면, 언젠가는 도움이 될지도 모른다.

먼저 백작은 영국에서 변호사를 두 명 이상 고용할 수 있는지 물었다. 원한다면 열두 명도 가능하다고 대답했다. 하지만 한 가지 업무에 변호사가 한 명 이상 매달리는 것은 현명치 못하다고, 한 명도 일을 충분히 해낼 수 있으며 중간에 담당 변호사가 바뀌면 손해일 수 있다고 알려주었다. 백작은 잘 이해한 것 같았다. 그다음에는 금융 업무를 맡은 변호사 한 명이 있을 때, 멀리 떨어진 곳에 또 볼일이 있어서 다른 변호사에게 선적 관리를 맡기게 되면 현실적인 어려움이 있겠느냐고 물었다. 나는 혹시라도 내가 잘못 이해할까 봐 좀 더 자세히 설명해달라고 했다.

"예를 들겠소. 우리 둘 다 아는 피터 호킨스 씨는 런던에서 멀리 떨어져 있고 근방에 아름다운 성당이 있는 엑서터라는 곳에 살면서 런던의 내 집을 사주었어. 좋은 일이오. 난 런던에 사는 사람 대신 멀리 떨어진 곳에 있는 사람에게 업무를 맡겼소. 당신이 이상하게 여길지도 모르니 솔직히 말해주지. 내가 찾는 사람은 오로지 내 일만 봐줄 사람이라오. 런던 거주자라면 자기 일이 있거나 아니면 다른 고객의 일이 있을 테고, 나는 나를 위해서만 움직일 대리인을 구하고 싶은 거지. 나는 할 일이 많다오. 뉴캐슬이나 더럼, 하리치, 도버로 짐을 보내고 싶소. 그렇다면 이런 항구에 사는 변호사에게 일을 맡기면 더 편하지 않을까?"

나는 그렇게 일을 맡기면 아주 편할 테지만, 우리 변호사들은 서로를 대리하는 체계를 갖추고 있어서 지역 일은 그 지역 변호사로 대신 해결할 수 있으므로 고객은 변호사 한 명만 고용해도 별문제 없을 것이라고 대답했다.

"하지만 내가 직접 지시를 내릴 수 있어야 하오. 가능한가?"

"물론 그렇습니다. 본인의 일이 누구에게도 알려지길 원치 않는 사업가들이 그렇게 할 때가 있습니다."

"잘됐소."

이어 백작은 운송 수단, 필요한 서류, 운송 과정에서 생길 수 있는 문제, 그에 대비해 준비할 것들에 관한 질문을 계속했다. 나는 이 모든 일에 대해 최선을 다해 설명해주었다.

백작이 미리 생각해두지 않았거나 예견하지 못한 문제가 없었기에, 이미 좋은 변호사를 구해두었나 싶었다. 영국에 가본 적 없고 사업을 별반 해보지 않았을 텐데도 백작의 지식과 감각은 놀라웠다. 백작은 앞서 말한 문제들에 대해 납득하고, 나는 손에 잡히는 책을 다 살피며 가능한 한 모든 내용을 확인해준 때였다. 백작이 불쑥 자리에서 일어났다.

"처음에 피터 호킨스 씨에게 편지를 쓴 뒤로, 그 사람이든 다른 사람에게든 편지를 쓴 적이 있소?"

나는 아니라고, 아직 그 누구에게도 편지를 전할 기회가 없었다고 대답하며 씁쓸한 기분을 느꼈다.

"그럼 지금 편지를 쓰시오."

백작은 내 어깨 위에 묵직한 손을 얹었다.

"호킨스 씨나 다른 누구에게나 상관없이 쓰시오. 그리고 괜찮다면, 한 달 더 이곳에 머물러주시오."

"그렇게 오랫동안 머물러야 할까요?"

나는 마음이 착 가라앉았다.

"그렇게 해주길 바라오. 아니, 그렇게 해줘야 하오. 당신의 주인이자 고용인이 대리인을 보낸다고 했을 때, 나는 내 요구가 최우선으로 고려된다는 뜻으로 이해했는데. 비용 문제에서 인색하게 굴지는 않았소. 안 그런가?"

나는 백작의 뜻을 받아들일 수밖에 없었다. 계약의 당사자는 호킨스 씨이지 내가 아니었다. 나 자신이 아니라 호킨스 씨를 생각해야 했다. 게다가 드라큘라 백작이 말하는 동안 눈빛이며 태도를 보니 감금된 것이나 다름없는 내 현실이 떠올랐다. 내 뜻이 달라도 선택의 여지가 있을 수 없었다. 내가 동의의 뜻으로 고개를 숙이자 백작은 승리를 확인했다. 내 괴로운 표정에서 자신의 지배력을 깨달았는지, 그는 바로 특유의 부드럽고 저항하기 어려운 방식으로 힘을 휘두르기 시작했다.

"아무쪼록 편지에 업무 이야기 말고 다른 것은 쓰지 말았으면 좋겠소. 당신이 여기서 잘 지내고 있고 집에 가길 고대하고 있다고 친구들이 알고 있으면 좋을 테니 말이오."

백작은 편지지 세 장과 봉투 세 장을 주었다. 편지지는 외국에서 오고 가는 편지에서 볼 수 있는 아주 얇은 종이였다. 편지를 보다가 시선을 돌리니, 백작은 조용히 미소 지으며 붉은 아랫입술 위로 그 날카로운 송곳니를 드러냈다. 자신도 볼 수 있으니 편지를 조심스럽게 쓰라는 표정 같았다. 그래서 나는 이번에는 사무적인 내용만 쓰고, 호킨스 씨에게는 나중에 은밀히 털어놓기로 했다. 미나에게도 그럴 생각이었다. 미나에게는 속기로 편지를 쓸 수 있는데, 속기 편지라면 백작이 봐도 잘 모를 터였다. 편지 두 통을 쓴 다음 나는 조용히 자리에 앉아 책을 보았다. 그동안 백작도 책상에 있는 책 몇 권을 참조해가며 짤막한 편지 몇 통을 썼다. 그러고는 내 편지를 집어 들어 자기가 쓰던 편지 옆에 놓고 필기도구를 옆으로 밀어놓았다. 백작이 나가고 문이 닫히자마자 나는 몸을 기울여 책상에 엎어둔 편지들을 보았다. 이런 상황에서는 무슨 수를 써서라도 나 자신을 보호해야 할 것 같아서 아무 거리낌이 없었다.

편지 가운데 한 통은 휘트비 크레슨트가 7번지 새뮤얼 F. 빌링턴에게 보내는 것이었다. 바르나(불가리아 북동부 흑해의 항구 도시-옮긴이)의 로이트너 씨에게 보내는 편지도 있었다. 세 번째는 런던에 있는 쿠츠 상사, 네 번째는 부다페스트에 있는 은행가 클롭슈톡과 빌로이트에게 보내는 편지였다. 두 번째와 네 번째 편지는 봉해져 있지 않았다. 내가 막 편지를 읽어보려는 찰나, 문손잡이가 돌아가는 소리가 들렸다. 나는 내 자리로 돌아갔다. 그래도 편지를 원래대로 돌려놓은 다음 내 책을 다시 집어 들 시간이 있었다. 백작은 또 다른 편지를 들고 방에 들어왔다. 그리고 책상의 편지들을 집어 들어 조심스럽게 우표를 붙이더니 내 쪽을 보며 말했다.

"오늘 밤에는 내가 개인적으로 처리할 일이 많아서 양해를 구해야겠소. 당신에게 필요한 것들은 다 있을 것이오."

백작은 문가로 갔다가 나를 돌아보더니 잠시 기다렸다 입을 열었다.

"충고 하나만 하겠소. 아니, 진지하게 경고하오. 이 방을 나가더라도 이 성의 다른 곳에서 잠을 자서는 안 되오. 이 성은 오래된 곳이고 기념물도 많아. 그러니 섣불리 아무 곳에서나 자다가는 악몽을 꿀 수 있다오. 조심해야 하오. 잠이 오거나, 잠이 올 것 같으면 얼른 당신의 침실이나 지금 쓰는 방으로 가시오. 그래야 안전히 지낼 수 있소. 하지만 이런 문제에 신경 쓰지 않는다면, 그땐."

백작은 말을 마치며 섬뜩하게도 손을 씻는 듯한 동작을 취했다. 나는 백작의 말을 다 이해했다. 그저 속을 알 수 없는 어둠을 품고 나를 휘감는 기괴하고 무시무시한 그물보다 더 끔찍한 꿈이 있을지 궁금했다.

얼마 뒤 마지막으로 쓴 문장은 이제 의심의 여지가 없다. 백작이 없는 곳이라면 어디서든 잠을 자도 두렵지 않을 것이다. 침대 머리맡에 십자가를 두었는데, 계속 둘 생각이다. 그렇게 하면 꿈에서 자유롭게 쉴 수 있을 것 같았다.

백작이 나가자 나는 내 방으로 돌아갔다. 잠시 후 아무 소리도 들리지 않기에 남쪽이 보이는 방으로 가려고 돌계단을 올랐다. 그 방의 광활한 전망은 내가 가닿을 수 없는 풍경이긴 했지만 좁고 어두운 안마당에 비해 가슴이 탁 트이는 자유를 선사했다. 내 방에서 밖을 내다보면 정말 감옥에 간

헌 기분이었다. 그리고 나는 밤이었어도 신선한 공기를 마시고 싶었다. 이 야행성 생활이 내게 영향을 미친다는 느낌이 들기 시작했다. 밤에 계속 깨어 있으니 신경이 죽어가고 있었다. 내 그림자에도 깜짝 놀라는가 하면 온갖 무시무시한 생각이 머릿속을 가득 메웠다. 이 저주받은 성에서 끔찍한 공포를 느끼는 이유는 대체 무엇일까. 나는 아름답고 드넓은 풍경을 바라보았다. 대낮처럼 밝고 부드러운 노란 달빛이 세상을 물들이고 있었다. 그 부드러운 빛 속에 멀리 언덕이 녹아들었고 검은 벨벳 같은 골짜기에는 그림자가 드리웠다. 아름다운 경치를 보고 있으니 기운이 났다. 숨을 마실 때마다 평화와 위안이 느껴졌다. 창문에 기대고 있다 보니 아래층에서 움직이는 무언가가 눈길을 끌었다. 그곳은 내 왼편으로, 방 위치로 짐작해보면 백작의 방 창문 같았다. 내가 있는 창문은 높고 안쪽으로 깊숙이 자리 잡았으며 돌로 된 창살도 있었다. 창살은 기나긴 세월 풍파에 시달려 닳긴 했으나 멀쩡했다. 나는 몸을 숨기고 조심스레 아래를 살펴보았다.

내가 본 것은 창문 밖으로 나오는 백작의 머리였다. 얼굴은 볼 수 없었으나 목의 생김새나 등과 팔의 움직임을 보니 백작이었다. 그토록 자주 살핀 그 손을 보면 절대 틀릴 수 없었다. 처음에는 흥미롭고 좀 재미있었다. 죄수 상태로 지내면 아무리 사소한 문제라도 흥미가 생기고 재미있게 느껴

지나 보다. 하지만 그 감정은 바로 혐오와 공포로 바뀌었다. 백작은 창문으로 천천히 빠져나간 다음 저 무시무시한 심연을 향해 아래로 기어 내려가기 시작했다. 그의 외투가 거대한 날개처럼 펼쳐졌다. 처음에는 내 눈을 믿을 수가 없었다. 달빛이 속임수를 썼거나 그림자 때문에 이상하게 보이는 줄 알았다. 하지만 계속 지켜보니 환영이 아니었다. 백작이 손가락과 발가락으로 돌의 모서리를 붙잡는 모습을 확인했다. 오랜 세월에 모서리의 모르타르가 벗겨지고 표면이 울퉁불퉁 튀어나온 부분이 있는데, 그는 그런 부분을 붙잡고 상당히 빠른 속도로 내려가고 있었다. 벽을 타고 움직이는 도마뱀 같았다.

백작은 도대체 어떤 사람일까? 아니, 사람을 닮은 형상을 한 괴물일까? 나를 짓누르는 이 끔찍한 공간이 두렵다. 겁이 난다. 소름 끼치도록 겁이 난다. 탈출구는 없다. 감히 생각조차 할 수 없는 공포가 나를 에워싸고 있다.

5월 15일 나는 백작이 도마뱀처럼 기어서 밖으로 나가는 모습을 또 보았다. 그는 수십 미터 아래로 비스듬히 내려가더니 구멍이나 창문 같은 곳으로 자취를 감추었다. 백작의 머리가 안 보여서, 몸을 밖으로 내밀어 더 보려고 했지만 실패했다. 너무 멀어서 시야가 확보되지 않았다. 백작은 이제 성을 떠났으니, 전보다 더 철저하게 성을 탐색해보기로 했다. 내 방으로 돌아가 등불을 가지고 나와서 보이는 문은 전부 다 밀어보았다. 다 잠겨 있었다. 예상대로였다. 자물쇠는 비교적 새것이었다. 돌계단을 내려가 성에 맨 처음 도착했을 때 들어온 홀로 향했다. 빗장도 쉽게 빠지고 거대한 사슬도 간단히 풀어낼 수 있었지만 문은 잠겨 있었고 열쇠가 사라졌다. 열쇠는 틀림없이 백작의 방에 있으리라. 백작의 방문이 열려 있을 때를 노려 열쇠를 찾으면 탈출할 수 있다. 나는 계단이며 복도를 꼼꼼히 살피며 문을 열어보려 했다. 홀 근처의 작은 방 한두 곳은 열려 있었으나 그 안에는 오래되어 먼지로 뒤덮인 낡고 좀먹은 가구밖에 없었다. 그러다 마침내 어느 계단 꼭대기에서 문을 하나 찾았다. 겉보기엔 잠겨 있는 것 같았지만 슬쩍 밀어보았다. 힘을 더 주어보니 완전히 잠긴 상태는 아니었다. 경첩이 떨어져 묵직한 문이 바닥에 닿아서 잘 움직이지 않은 것이었다. 다시 오지 않을 기회일지 몰라서 나는 온 힘을 다해 문을 밀고 안으로 들어갔다.

이 방은 성 옆으로 이어 지은 건물에 있었다. 내가 있던 방들보다 한 층 아래에다 오른쪽으로 한참 들어간 곳이었다. 창문 밖을 보니 여러 칸으로 구성된 방이 성의 남쪽을 따라 줄지어 있었다. 맨 끝 창문에서는 서쪽과 남쪽 다 내다볼 수 있었다. 서쪽에도 남쪽에도 아주 가파른 벼랑이 있었다. 성이 거대한 암벽 모서리에 자리한 덕에 세 방향에서 난공불락이었다. 커다란 창문은 투석기나 활이나 컬버린 포로 공격하기 어려울 만한 곳에 자리해서 빛이 잘 들고 안락했다. 적에 대한 방어를 고려해야 하는 위치에서는 얻기 힘든 분위기였다. 서쪽에는 거대한 골짜기가 있었다. 저 멀리 들쭉날쭉 거대한 산은 뾰족한 봉우리들이 우뚝하고, 봉우리의 깎아 세운 듯한 바위에는 마가목과 가시나무가 바위틈이며 구멍에 뿌리를 내리고 자라나 산 전체가 요새처럼 보였다. 이 방의 가구들에 그 어느 방보다도 편안한 분위기가 감돈다는 점을 고려하면 예전에는 이 방도 성 사람들이 쓰던 곳이었을 것이다. 창문에는 커튼이 없고 노란 달빛이 마름모 모양 창살을 끼운 창문으로 흘러 들어왔다. 그래서 여러 물건의 색깔도 알아볼 만큼 안이 환했다. 달빛 덕분에 가구 어디나 뒤덮은 두꺼운 먼지가 흐릿해 보이고 긴 세월 좀먹어 망가진 몇몇 물건들이 가려지기도 했다. 내 등불은 환한 달빛에 비하면 별것 아니었지만, 그래도 등불이 있어 기뻤다. 너무 적막한 곳이라 심장이 얼어붙는 것만 같고 신경이 곤두섰다. 그렇지만 백작과 같이 있는 것이 너무 싫었기에 혼자 이 방에 있는 편이 나았다. 마음을 좀 가다듬고 나니 점차 평온해졌다.

이제 나는 작은 떡갈나무 책상에 앉아 있다. 옛 시절에는 어느 아름다운 숙녀가 글을 쓰려고 앉아 있었을 법한 곳이었다. 온갖 생각에 잠겨 얼굴을 붉히기도 하며, 맞춤법이 틀린 사랑 편지를 썼겠지. 나는 속기로, 마지막 일기에 덧붙여 그 뒤에 일어난 모든 일을 기록하고 있다. 지금은 그야말로 현대적인 19세기다. 그렇지만 내 감각이 나를 속이는 것이 아니라면 옛 시절이 '현대성' 따위가 죽일 수 없는 그만의 힘을 발휘해왔고 여전히 그렇다.

얼마 뒤, 5월 16일 아침　하느님, 제가 미치지 않도록 도와주소서. 이제는 정신이 무너져 내린 것 같다. 안전하게 해달라고 빌기에는 너무 늦었다. 이곳에서 바라는 것은 단 하나, 내가 이미 미친 것이 아니라면 제발 미치지 않으면 좋겠다. 이 혐오스러운 공간에 숨겨진 온갖 역겨운 것들을 생각하니 미칠 것만 같다. 그것들보다는 백작이 덜 위험하다는 생각이 든다. 백작과 같이 있으면 안전은 보장된다. 내가 백작에게 쓸모가 있는 동안에만 그렇겠지만. 위대하고 자비로운 하느님! 부디 제가 진정하도록 도와주세요. 그렇지 않으면 전 정말 미쳐버릴 것입니다. 지금까지 잘 모르고 헤맨 문제를 새로이 이해하게 되었다. 이제는 셰익스피어의 햄릿이 한 말이 무슨 의미인지 알겠다.

내 수첩! 얼른, 내 수첩을 줘!

수첩에 기록하겠어.

(『햄릿』 1막 5장에 등장하는 대사는 "내 수첩에 적어두겠어. 사람은 미소
를 지으면서 악인일 수 있지."-옮긴이)

머릿속이 너무나 어지럽고 충격이 사라지지 않을 것 같
아서 평정을 찾기 위해 일기를 쓴다. 상황을 정확히 기록하
면 마음이 가라앉게 될 것이다.

백작의 수수께끼 같은 경고를 들었을 때는 겁이 났다.
이제 다시 생각해보니 더욱 두렵다. 내가 나중에 할 행동을
그가 예상하고 있었다는 뜻이니까. 이제 백작의 말을 의심하
지도 못할 것이다.

일기를 다 쓴 다음 일기장과 펜을 다행히 주머니에 잘
챙겨놓았다. 그런데 졸리기 시작했다. 백작의 경고가 떠올랐
으나 무시하며 기쁨을 느꼈다. 졸음이 닥치니 고집도 부리고
싶어졌다. 부드러운 달빛이 나를 달랬고, 탁 트인 공간이 주
는 해방감에 기분이 좋아졌다. 오늘 밤에는 그 음침한 방으
로 돌아가지 않고 이곳에서 잠들기로 마음먹었다. 무자비한
전쟁터로 떠난 남자들을 그리며 슬픔에 빠진 옛 귀부인들이
이 방에 앉아 노래도 부르며 아름답게 살아갔겠지. 나는 구석
가까이 있는 침상을 끌어냈다. 침상에 누우니 동남쪽의 근사

한 풍경이 잘 보였다. 먼지에는 관심을 끄고 잠을 청했다.

내 생각에 나는 잠들었던 것 같다. 그랬길 바란다. 하지
만 두렵다. 그 이후에 벌어진 모든 일이 놀랍도록 생생하기
때문이다. 너무나 현실적이어서, 아침의 환한 햇빛이 가득한
곳에 앉아 있는 지금도 그 일이 모두 꿈이었다고 도저히 믿
을 수가 없다.

나는 혼자가 아니었다. 방 자체는 그전과 같았다. 내가
들어온 뒤로 아무것도 변하지 않았다. 환한 달빛 아래 바닥
에는 오래도록 쌓인 먼지 위에 내 발자국만 찍혀 있었다. 그
런데 내 맞은편에 젊은 세 여자가 달빛 아래 서 있었다. 옷
차림이나 태도로 보아 귀부인 같았다. 그때는 그들을 보면
서 꿈을 꾸고 있는 줄 알았다. 달빛이 뒤에서 비치는데도 바
닥에 그들의 그림자가 없었던 것이다. 여자들은 가까이 와서
한동안 나를 들여다보더니 서로 속삭였다. 두 명은 머리칼
도 얼굴도 거무스름하고 백작처럼 높이 솟은 매부리코를 지
녔으며, 짙은 색의 날카로운 눈은 창백한 노란 달빛과 대조
를 이루며 거의 붉은색으로 보였다. 나머지 한 명은 무척 아
름다운 모습으로 풍성하게 구불거리는 금발에 눈은 옅은 사
파이어색이었다. 그 얼굴을 어디선가 본 것 같고 묘하게 두
려웠지만 그때는 어디서 어떻게 만났는지 기억하지 못했다.
세 명 다 눈부시게 흰 이가 육감적인 붉은 입술 위에서 진주

처럼 빛나고 있었다. 그들에겐 나를 불편하게 하는 무언가가 있었다. 그들을 향한 욕망이 솟아나는 동시에 몹시 겁도 났다. 마음속에서 그들이 그 붉은 입술로 내게 입을 맞춰주길 바라는 부도덕한 욕망이 타올랐다. 이런 내용은 일기에 남기면 언젠가 미나가 읽고 괴로워할지도 모르니 쓰지 않는 편이 나을 것이다. 하지만 그런 욕망을 느낀 것은 사실이다. 그들은 서로 속닥거리더니 함께 웃었다. 그들의 웃음은 또랑또랑하고 흡사 음악처럼 들렸지만 인간의 부드러운 입술을 통해서는 흘러나오기 힘든 금속성의 소리이기도 했다. 물이 든 유리잔들을 솜씨 좋게 두드릴 때 나는 소리처럼 감미로우면서도 견디기 힘들 만큼 귀 아픈 소리였다. 아름다운 여자가 교태를 부리듯 고개를 저었다. 나머지 두 명이 여자를 독촉했다. 한 명이 말했다.

"얼른 해. 네가 먼저고 우리가 그다음에 할게. 네가 먼저 하는 게 맞아."

다른 한 명이 말했다.

"저 남자는 젊고 튼튼해. 우리 모두 키스할 수 있을 거야."

기분 좋은 일이 있으리라 기대한 나는 가만히 누워 눈만 살짝 떴다. 아름다운 여자가 내 앞으로 다가와 몸을 숙이자 여자의 들숨과 날숨이 느껴졌다. 달콤하긴 했다. 무척 달콤하면서도 여자의 목소리처럼 신경을 쑤시듯 자극적이었고, 피 냄새처럼 심한 역겨움이 깔려 있었다.

나는 눈을 크게 뜰 자신이 없어 살짝 뜨고 다 보았다. 아름다운 여자는 무릎을 꿇고 무척 흡족한 모습으로 몸을 기울였다. 천천히 다가오는 관능적인 모습이 무척 흥분되면서도 혐오스러웠다. 여자는 고개를 숙이며 입술을 짐승처럼 핥았다. 혀로 하얗고 날카로운 이를 핥는 동안 달빛 아래 붉은 입술과 혀가 촉촉하게 빛났다. 여자가 고개를 더 숙이자 얼굴이 내 입과 턱 근처까지 왔는데 내 목이 목표인 것 같았다. 여자는 잠시 가만히 있었다. 혀로 이와 입술을 핥는 소리가 들렸다. 이어 뜨거운 숨이 내 목에 닿았다. 내 목 피부가 달아올라 욱신거리는 느낌마저 들기 시작했다. 간지럼 태우는 손이 가까이 왔을 때처럼 피부가 곤두섰다. 달아오른 목 피부로 부드럽게 떨리는 입술의 감촉이 느껴졌다. 날카로운 두 치아의 끝이 목 피부에 가만히 닿았다. 나는 나른한 황홀경에 빠져서 눈을 감고 기다렸다. 심장이 쿵쿵 뛰었다.

하지만 바로 그때, 또 다른 기운이 번개처럼 몰아쳤다. 나는 백작이 왔다는 사실을 깨달았다. 그는 격노에 휩싸인 것 같았다. 나도 모르게 눈을 떠보니 백작은 그 강한 손으로 아름다운 여자의 가느다란 목을 붙잡아 무시무시한 힘으로 끌어냈다. 백작의 푸른 눈이 분노로 가득했고, 화를 참지 못해 흰 이를 갈고 있었다. 감정이 끓어오른 나머지 그 창백한 뺨이 붉게 달아올랐다. 지옥의 악마도 저렇게까지 격분하지 못하리라. 백작의 눈이 이글거렸다. 그 눈에서 내쏘는 붉은 눈빛은 지옥의 불길이 타오르기라도 하듯 무시무시했다. 죽은 사람처럼 창백한 얼굴은 철사로 선을 그은 듯 딱딱해 보였다. 미간에서 맞닿은 굵은 두 눈썹은 희게 달구어진 금속 막대 같았다. 백작은 팔을 사납게 휘둘러 여자를 집어 던졌다. 그다음 나머지 둘도 때릴 것처럼 팔을 쳐들었다. 전에 늑대들을 움직인 그 거만한 손놀림이었다. 백작은 저음으로 속삭이듯 말했지만 그 목소리는 허공을 가르고 온 방에 울려 퍼졌다.

"감히 너희 셋이 이자를 건드려? 하지 말라고 했는데도 눈독을 들이다니. 물러나, 셋 다! 이자는 내 것이야! 이자를 건드리지 말라고. 안 그러면 너희는 나를 상대해야 할 것이다."

아름다운 여자는 상스럽게 교태를 부리며 웃음을 터트렸다.

"당신은 그 누구도 사랑해본 적이 없지. 아무도 사랑한 적 없잖아!"

다른 여자들도 같이 웃기 시작했다. 딱딱하고 차가운 억지웃음이 방을 가득 메우자 나는 기절할 것 같았다. 악마들

78

이 기뻐하며 내는 소리 같았다. 백작은 몸을 돌려 내 얼굴을 유심히 본 다음 부드럽게 속삭였다.

"그렇지 않아. 나도 사랑할 줄 알아. 옛날과는 다르다고. 약속하지. 내가 저자와 일을 끝내면 너희들이 하고 싶은 대로 키스해도 좋아. 지금은 가, 가라고! 난 저자를 깨워야 해. 할 일이 남아 있거든."

"오늘 밤엔 그럼 아무것도 없어?"

한 여자가 낮은 웃음소리를 내며 묻더니, 백작이 바닥에 던져놓은 자루를 가리켰다. 자루 안에는 무언가 산 것이 들어 있는지 꿈틀댔다. 백작은 고개를 끄덕였다. 한 여자가 앞으로 뛰어나가 자루를 열었다. 내가 잘못 들은 것이 아니라면, 자루 속에서 숨이 막혀 헉헉대며 흐느끼는 어린아이 소리가 났다. 여자들이 자루 가까이 다가갔고, 나는 두려움에 넋이 나갈 지경이었다. 그런데 그쪽을 보니 여자들은 사라지고 그 끔찍한 자루도 없었다. 그들 근처에는 문이 없었으므로 그들은 나 모르게 문으로 나갈 수는 없었다. 말 그대로 달빛 속으로 사라져 창문으로 나간 것 같았다. 그들이 완전히 자취를 감추기 전에, 창문 밖에서 어렴풋한 형체를 보았다.

두려움에 휩싸인 나는 그만 의식을 잃고 말았다.

4장

조너선 하커의 일기

(계속)

깨어나보니 내 침대였다. 내가 겪은 일이 꿈이 아니라면, 백작이 나를 여기로 옮겨 왔을 것이다. 내 나름으로 상황을 납득하려고 생각해보았지만 확실한 결론을 내릴 수는 없었다. 사소하지만 확실한 증거가 몇 가지 있긴 했다. 옷이 내 방식과는 다르게 정리되었다. 나는 자러 가기 전에 시계를 꼭 풀어놓는데 이번에는 여태 차고 있었다. 그 밖에도 여러 가지 작은 부분들이 달랐다. 하지만 이런 것들은 지난밤 내가 겪은 일이 꿈이 아니라는 증거가 될 수는 없었다. 내 정신 상태가 평소와 다르고, 어떤 이유에서인지 내가 계속 혼란스러웠다는 증거가 될 수도 있었다. 확실한 증거를 찾아야 한다. 기쁜 일도 한 가지 있다. 호주머니는 손댄 흔적이 없었다. 백작이 정말로 나를 여기로 옮기고 옷을 갈아입혔다면 서두른 모양이다. 백작이 일기장을 보았다면, 속기로 쓴 일기를 이해할 수 없었을 테니 그냥 놔두지 않았을 것이다. 가져갔거나 없애버렸겠지. 나는 방을 둘러보았다. 이전에는 두려운 곳이었지만 이제는 성역 비슷하다. 그 무시무시한 여자들보다 더 끔찍한 존재는 있을 수 없다. 그들은 내 피를 빨아 먹으려고 기다리고 있었고, 지금도 기다리고 있다.

5월 18일　진실을 꼭 알아야 했으므로 나는 대낮에 그 방을 다시 보려고 갔다. 층계 맨 위쪽 문에 도착해보니 문이 잠겨 있었다. 억지로 꽉 닫은 바람에 문 일부에 금이 갈 지경이었다. 잠금장치의 빗장은 질러져 있지 않았지만 안에서 잠겨 있다. 어제 일은 정말 꿈이 아니었나 보다. 그러니 이제 그에 맞게 움직여야 한다.

5월 19일　나는 덫에 걸리고 말았다. 지난밤 백작은 아주 정중한 어조로 편지 세 통을 써달라고 했다. 하나는 이곳 일이 거의 끝나가서 며칠 내로 집으로 돌아간다는 내용이었다. 다른 하나는 편지에 적은 날짜를 기준으로 그다음 날 아침에 출발한다는 내용이었다. 세 번째 편지는 내가 성을 떠나 비스트리츠에 도착했다는 내용이었다. 이 요구를 거부할 수도 있었지만, 내가 백작에게 완전히 지배당하는 현 상태에서 그와 대놓고 다투는 일은 미친 짓이나 다름없는 것 같았다. 편지를 쓰지 않겠다고 하면 백작의 의심에 부채질을 하고 부아를 돋우게 될 터였다. 백작도 안다. 나는 너무 많이 알고 있어서 계속 살아 있으면 그에게 위험한 존재가 될 것이다. 내가 살아남을 유일한 방법은 계속 기회를 엿보는 것이다. 도망칠 기회가 생길 수도 있다. 그때 그 아름다운 여자를 내게서 끌어낸 순간 백작의 눈에 서린 그 분노가 이번에도 엿보였다. 백작의 설명에 따르면 이 성까지 편지를 수거하러 오는 일이 드물고 언제 올지 알 수도 없으니, 지금 편지를 써두면 친구들이 안심하게 된단다. 내가 성에 머무르는 시간이 길어지면 때가 될 때까지 나중의 두 편지는 비스트리츠에 계속 놔두고 발송하지 않겠다고 힘주어 말했다. 백작의 뜻에 반대하면 새로운 의심을 사겠다는 생각이 들 정도였다. 그래서 백작의 뜻에 동의하는 척하고, 편지에 쓸 날짜를 어떻게 할지 물었다. 백작은 잠깐 계산하더니 말했다.

"첫 번째 편지는 6월 12일로 하고, 두 번째는 6월 19일, 세 번째는 6월 29일로 하시오."

나는 이제 내 목숨이 얼마나 남았는지 알았다. 하느님, 부디 나를 도와주시길.

5월 28일 탈출의 기회, 적어도 집으로 소식을 보낼 기회가 생겼다. 스가니족 무리가 성을 찾아 안마당에서 야영하고 있다. 스가니 사람들은 집시다. 전에 스가니족에 대해 메모해 두었다. 이 지역에 있는 집시를 부르는 명칭으로, 사실 전 세계에 널리 퍼져 있는 일반적인 집시와 다르지 않다. 헝가리와 트란실바니아에 수천 명이 있는데 모든 법의 테두리 밖에서 산다. 대귀족이나 보야르에게 붙어 살며 그 귀족의 이름을 자기네 이름으로 쓴다고 한다. 겁이 없고 종교가 없으며 미신만 믿는다. 집시 말의 일종인 자기네 언어만 쓴다.

집으로 보낼 편지를 몇 통 써서 그들에게 보내달라고 부탁해봐야겠다. 이미 안면을 트려고 창문으로 그들에게 말을 건네보기도 했다. 그들은 모자를 벗고 인사하더니 이런저런 몸짓을 해 보였다. 하지만 그들의 언어를 이해하지 못하는 만큼이나 몸짓도 이해하지 못했다…….

편지를 썼다. 미나에게 보내는 편지는 속기로 쓰고 호킨스 씨에게는 간단히 미나와 연락해달라고 썼다. 미나에게 내 상황을 설명했지만, 아직은 추측에 불과한 그 무서운 일은 쓰지 않았다. 속사정을 털어놓으면 미나는 소스라치게 놀랄 것이다. 편지가 미나 손에 닿지 않는다 해도, 백작은 내 비밀을 모를 것이고 내가 얼마나 아는지도 모를 것이다…….

창문 창살 사이로 편지와 금붙이를 건넸다. 편지를 부

처달라고 온갖 몸짓을 했다. 건네받은 사람은 편지를 가슴에 대고 꾹 누른 다음 고개 숙여 인사하고 편지를 모자에 넣었다. 더 할 수 있는 일은 없었다. 나는 서재로 살며시 돌아와 책을 읽기 시작했다. 백작이 아직 오지 않아서 이곳에서 일기를 쓰고 있다······.

백작이 왔다. 그는 내 곁에 앉아서 편지 두 통을 뜯으며 아주 부드러운 목소리로 말했다.

"스가니 사람이 주었소. 누가 보내는 편지인지는 모르겠지만, 내가 맡아야겠지. 봅시다."

백작은 벌써 편지를 읽은 모양이었다.

"하나는 당신이 내 친구 호킨스에게 보내는 거고, 다른 하나는······."

백작은 봉투를 열고 기묘한 기호들을 보았다. 그의 얼굴이 어두워지고 눈빛이 악의로 번뜩였다.

"이 편지는 아주 고약하군. 우정과 환대에 어긋나는 무례한 짓이오. 서명이 없어. 그렇다면 내게도 당신에게도 중요하지 않은 편지라는 소리겠지."

백작은 편지와 봉투를 등불에 가져다 대고 다 태웠다.

"호킨스 씨에게 보내는 편지는 물론 내가 부쳐주겠소. 당신 것이니까. 당신 편지는 내게 신성하다오. 내가 잘 몰라서 봉투를 뜯어버렸으니 양해를 구하오. 다시 봉하겠소?"

백작은 내게 편지를 건네고 정중히 인사하며 깨끗한 봉투를 주었다. 나는 주소를 다시 써서 편지를 봉한 뒤 말없이 그에게 돌려줄 수밖에 없었다. 백작이 방을 나가자 조용히 열쇠 돌아가는 소리가 났다. 잠시 후 문을 열어보려 하니 잠겨 있었다.

한두 시간 뒤 백작이 조용히 방으로 돌아왔다. 나는 소파에 잠들어 있다가 깨어났다. 그는 무척 예의 바르고 활기 있게 움직였다. 내가 잤다는 걸 알고 이렇게 말했다.

"그래, 피곤한 모양이오. 침대로 가시오. 아주 편히 쉴 수 있을 거요. 오늘 밤에는 함께 이야기를 나누며 즐겁게 보내지 못할 것 같소. 할 일이 많거든. 그러니 당신은 잠을 잘 수 있겠구려."

나는 내 방으로 가서 잠자리에 들었다. 희한하게도 꿈을 꾸지 않고 잤다. 절망은 그만의 평정을 품는 모양이다.

5월 31일 오늘 아침 잠에서 깨어났을 때, 가방에서 종이와 봉투를 챙겨서 주머니에 넣고 다녀야겠다는 생각을 했다. 기회가 생기면 편지를 쓸 수 있을 것이다. 그런데 다시 한번 충격적인 일이 닥쳤다.

모아둔 종이들이 다 사라졌다. 메모해둔 것이며 철도와 여행에 대한 기록도 그렇고 신용장도 없어졌다. 성 밖으로 나가면 유용하게 사용할 것들이 사실상 싹 다 사라졌다. 나는 자리에 앉아 잠시 생각에 잠겼다. 그러다 어떤 생각이 떠올라 여행 가방도 찾아보고 옷을 두었던 옷장도 살펴보았다.

여행할 때 입었던 옷이 없었다. 외투도 무릎 덮개도 보이지 않았다. 어디로 갔는지 전혀 알 수 없었다. 새로운 음모가 기다리고 있는 것 같았다…….

6월 17일 오늘 아침에는 침대에 걸터앉아 머리를 쥐어짜고 있었다. 밖에서 채찍질 소리와 안마당 너머 돌투성이 길을 걷는 말발굽 소리가 들려왔다. 기쁜 마음에 창가로 달려갔다. 튼튼한 말 여덟 필이 끄는 거대한 짐마차 두 대가 안마당으로 들어오고 있었다. 마부 자리에 앉은 두 슬로바키아 사람은 챙 넓은 모자를 쓰고 장식 못을 박은 허리띠를 두르고 더러운 양가죽 옷을 걸치고 긴 장화를 신었다. 손에는 그들이 흔히 드는 긴 막대도 들려 있었다. 나는 문으로 향했다. 아래로 내려가 중앙 홀을 거쳐 그들에게 갈 생각이었다. 그들 쪽으로는 문이 열릴지도 몰랐다. 하지만 충격적인 일이 또 나를 기다리고 있었다. 내 방문이 밖에서 잠겨 있었다.

나는 창문으로 뛰어가 그들에게 소리쳤다. 그들은 멍청한 표정으로 나를 보며 손짓했다. 그때 스가니족 우두머리가 나타나 창문을 가리키는 사람들을 보더니 뭐라고 말했다. 그러자 사람들이 웃었다. 그때부터는 내가 아무리 슬프게 소리치고 애처롭게 간청해도 쳐다보지 않았다. 그들은 나를 단호히 물리쳤다. 짐마차에는 굵은 밧줄 손잡이가 달린 네모난 큰 상자들이 있었다. 슬로바키아 사람들이 상자를 쉽게 옮기는 모습을 봐도 그렇고, 상자를 마구 움직일 때 울리는 소리가 나는 것도 그렇고 속이 빈 것 같았다. 슬로바키아 사람들은 마차에서 상자를 다 내린 다음 안마당 한쪽에 쌓았다. 그러고는 스가니 사람에게 돈을 받더니, 행운을 비는 뜻으로 돈에 침을 뱉었다. 이제 그들은 제각각 마차로 느릿느릿 돌아갔다. 곧 채찍 휘두르는 소리가 멀리 사라졌다.

6월 24일, 아침이 오기 전 어젯밤 백작은 나를 일찍 놓아주더니 자기 방으로 돌아가 문을 잠갔다. 나는 용기를 내어 나선형 계단을 올라가 남쪽으로 난 창문 밖을 내다보았다. 백작이 나타나리라 생각했다. 어떤 일이 진행되고 있으니 말이다. 스가니는 성 어딘가에서 야영하면서 무언가 하고 있다. 소음이 나지 않게 곡괭이와 삽을 조심스레 쓰는 소리가 멀리서 들릴 때가 있다. 어떤 일이든 간에 이 흉한 음모의 대단원이 되리라.

　창가에 선 지 30분도 지나지 않아 백작 방 창문에서 무언가 나왔다. 나는 몸을 숨기고 조심스럽게 관찰했다. 사람의 몸 전체가 다 나왔다. 그런데 놀랍게도 내가 여행할 때 입었던 옷을 걸친 백작이 어제 여자들이 챙겨 간 끔찍한 자루를 메고 있었다. 입은 옷도 그렇고, 백작의 목적은 의심의 여지가 없다. 그가 새로 꾸민 악한 계획이란, 다른 사람들이 백작을 보고 나라고 생각하게끔 하는 것이다. 그렇게 내가 시내나 마을에서 편지를 직접 부친 증거가 생기는 것이다. 또 백작이 무슨 나쁜 짓을 저질러도 이 지역 사람들이 내 소행이라고 여길 증거도 된다.

내가 이곳에 갇혀 진짜 죄인처럼 지내며 법의 보호를 받지 못하는 동안 이런 일이 일어나고 있다고 생각하니 분노가 치밀어 올랐다. 범죄자조차 법의 보호를 받아야 하고 위안을 구하는데 말이다.

나는 백작이 돌아오는 모습을 보려고 창가에서 오랫동안 끈덕지게 기다렸다. 그런데 달빛 속에서 작고 신기한 알갱이 같은 것이 떠다니는 모습이 눈길을 끌었다. 아주 작은 먼지 입자 같은 것들이 빙글빙글 돌다가 한데 모여 구름 덩어리 같은 형상이 되었다. 보고 있으니 마음이 진정되고 한결 차분해졌다. 허공의 들뜬 장난을 더 즐겁게 보기 위해 움푹 들어간 창문에 몸을 기대고 더 편한 자세를 잡았다.

그런데 뭔가 깜짝 놀랄 일이 생겼다. 계곡 저 아래, 내 쪽에서는 보이지 않는 어딘가에서 개들이 나직이 구슬프게 울고 있었다. 울음소리가 점점 커지며 귓가에 울렸다. 먼지들이 달빛 속에서 떠돌면서 개의 울음소리에 따라 새로운 모양을 빚어내는 것 같았다. 어쩐 일인지 내 본능이 나를 부르고, 나는 깨어나려고 애썼다. 아니, 내 영혼이 애를 쓰고, 반쯤 살아난 내 감각도 부름에 답하려고 분투했다. 나는 최면에 빠지고 있었다! 먼지들은 점점 더 빠르게 춤을 추고, 달빛은 내 옆을 지나 저 멀리 어둠 속으로 떨리며 나아가는 것 같았다. 먼지는 계속 모여들어 희미한 유령 같은 형상이 되었다.

그 순간 깜짝 놀라서 완전히 정신을 차렸다. 감각도 원래대로 돌아왔다. 나는 비명을 지르며 그곳에서 달아났다. 그 유령 같은 형상은 달빛 속에서 점점 분명해져서 전에 나를 노렸던 무시무시한 세 여자가 되었다. 나는 내 방으로 도망쳐 왔다. 달빛이 없고 등불이 밝게 타오르는 방에 오니 좀 안심이 되었다.

몇 시간이 지나 백작의 방에서 무언가 움직이는 소리가 났다. 날카로운 울음소리가 나더니 금세 제지당한 것 같았다. 어느새 깊고 무시무시한 침묵이 이어져 오싹했다. 두근대는 가슴으로 방문을 밀어보았다. 문은 잠겨 있었다. 나는 또 감옥에 갇힌 것이었다. 아무것도 할 수 없었다. 주저앉아 그저 흐느끼는 수밖에 없었다.

그런데 안마당에서 무슨 소리가 났다. 여자가 고통스러

위하며 우는 소리였다. 창가로 가서 창문을 밀어 올리고 창살 틈으로 내다보았다. 머리가 헝클어진 한 여자가 그곳에 있었는데 달리다가 숨이 찬 사람처럼 가슴에 손을 대고 있었다. 출입문 한쪽에 몸을 기대고 있던 여자는 창문에 나타난 내 얼굴을 보더니 앞으로 뛰어나와 가만두지 않을 것처럼 소리 질렀다.

"이 괴물아! 내 아이를 내놔!"

여자는 털썩 무릎을 꿇더니 손을 들었다. 같은 말을 반복해서 외치는 소리에 마음이 찢어질 것 같았다. 여자는 자기 머리칼을 쥐어뜯고 가슴을 내려치더니 북받치는 감정에 마구 몸부림쳤다. 결국 여자가 몸을 앞으로 던지는 바람에 모습을 볼 수 없었다. 그렇지만 맨손으로 문을 두드리는 소리는 들을 수 있었다.

아마도 탑 위인 듯한 높은 곳에서 백작이 거친 쇳소리 같은 목소리로 누군가를 불렀다. 그의 부름에 멀리 늑대들이 여기저기서 울부짖으며 답하는 것 같았다. 몇 분 지나기도 전에 댐 수문이 열리고 물이 쏟아지듯 늑대 한 무리가 안마당으로 쏟아져 들어왔다.

여자는 울음소리도 내지 못했다. 늑대의 울부짖음도 잠시였다. 오래지 않아 그들은 주둥이를 핥으며 한 마리씩 성을 떠났다.

나는 여자를 가엾게 여길 수가 없었다. 여자의 아이가 어떻게 되었는지 알고 있으니 차라리 그렇게 세상을 떠나는 편이 낫다는 생각이 들었다.

나는 어찌해야 하나? 무슨 일을 할 수 있을까? 밤과 암흑과 공포가 지배하는 이 끔찍한 곳에서 어떻게 빠져나갈 수 있을까?

6월 25일, 아침 밤의 고통을 겪지 않은 사람은 아침이 얼마나 달콤하고 소중하게 느껴지는지 모른다. 오늘 아침 높이 솟은 태양이 내 창문 맞은편의 거대한 출입문 꼭대기를 비추는 순간, 마치 노아의 방주에 나오는 비둘기가 환히 빛나는 듯했다. 아침 이슬이 온기에 증발하듯 공포도 가셨다. 대낮이 용기를 주는 동안 행동에 나서야 한다. 전에 썼던 편지 가운데 한 통이 어젯밤 발송되었다. 내 존재를 지워버릴 결정적인 편지들 가운데 첫 편지가 떠난 것이다.

이 생각은 그만하자. 움직여야 한다!

내가 괴롭힘을 당하거나 위협을 받았을 때, 혹은 위험에 처하거나 두려움에 떨었을 때는 언제나 밤이었다. 낮에는 아직 백작을 본 적이 없다. 백작은 다른 사람들이 깨어 있는 시간에는 잠들었다가 밤에 깨어나는 것일까? 백작의 방에 들어갈 수만 있다면! 하지만 그럴 수 없다. 문이 언제나 잠겨 있으니 방법이 없다.

용기를 낸다면 방법이 하나 있긴 있다. 백작의 방식으로 움직여보면 어떨까. 백작은 창문으로 곧장 기어 나갔다. 나도 흉내 내어 그의 방 창문으로 들어가볼까. 정말 위험한 짓이지만 더욱 위험한 상황에 처했으니 감당해야 한다. 최악의 결과라고 해봐야 죽기밖에 더하겠는가. 그리고 사람의 죽음은 짐승의 죽음과는 다르니, 죽는다 해도 내세가 있다. 하느님, 저를 도와주소서! 만일 실패한다면, 미나에게는 이 글이 작별 인사가 될 것이다. 내 소중한 친구이자 아버지나 다름없는 호킨스 씨에게도 인사드려야겠다. 다들 안녕히. 미나에게 마지막으로 인사를 보낸다.

같은 날, 얼마 뒤 하느님의 가호로 내 방으로 안전하게 돌아왔다. 순서대로 정확하게 일기에 기록하겠다. 나는 아직 용기가 있는 동안 남쪽 방의 창문으로 곧장 갔다. 그리고 성의 남쪽 면을 쭉 두른 난간에 망설임 없이 올라갔다. 돌은 크고 거칠었으며 돌 틈새의 모르타르는 세월에 닳아 사라졌다. 신발을 벗고 간절한 마음으로 과감히 움직였다. 한번은 아래를 내려다보았다. 그 아찔한 아래쪽을 잠깐 보았다가 압도당하지 않기 위함이었다. 이후에는 아래로 시선을 돌리지 않고 나아갔다. 나는 백작의 창문이 어느 쪽인지, 거리는 얼마나 되는지 잘 알고 있었다. 그래서 주어진 기회를 고려하면서 방에 잘 들어갈 수 있었다. 어지럽진 않았는데 너무 흥분했던 모양이다. 창턱에 서서 창문을 들어 올리기까지 어처구니없을 만큼 시간이 조금 걸린 것 같았다. 그렇지만 몸을 숙이고 창문에 다리를 집어넣어 방 안으로 들어갈 때는 잔뜩 긴장했다. 백작이 방에 있나 둘러보았다. 놀랍게도 방이 비어 있어서 다행이었다. 방에는 기묘하게 생긴 가구 몇 점만 있었는데 한 번도 쓴 적 없어 보였다. 남쪽 방에 있는 가구와 양식이 같고 먼지가 쌓여 있었다. 열쇠를 찾아보았지만 자물쇠에는 없고 다른 데도 보이지 않았다. 찾아낸 것은 구석에 쌓인 엄청난 금화 더미뿐이었다. 로마, 영국, 오스트리아, 헝가리, 그리스, 튀르크의 돈까지 온갖 금화가 오랫동안 그 자리를 지킨 듯 먼지를 뒤집어쓰고 있었다. 최소 300년은 된 것 같았다. 보석으로 장식된 목걸이며 장신구가 있었지만 오래되고 녹슬었다.

방 한쪽에 무거운 문이 있었다. 문을 열어보았다. 이번 모험의 목적인 이 방 열쇠나 바깥 문 열쇠를 찾으려면 더 살펴야 했다. 안 그러면 노력이 모두 허사로 돌아갈 터였다. 문이 열렸다. 그 문으로 들어가서 돌로 된 복도를 지나니 아래로 가파르게 내려가는 나선계단이 나왔다. 조심스럽게 아래로 내려갔다. 두꺼운 돌벽에 난 구멍으로만 빛이 들어와서 계단이 어둑어둑했다. 계단 맨 아래에 어두운 굴 같은 복도가 있었다. 묵은 땅을 파헤칠 때 나는 지독히 역겨운 냄새가 복도에서 났다. 복도를 나아갈수록 냄새가 점점 심해졌다. 드디어 문이 나왔다. 약간 열린 문을 당겼다. 오래되고 황폐한 예배당이었다. 묘지로 썼던 곳임이 분명했다. 천장은 부서졌고 두 곳에 지하 묘지로 이어지는 계단이 있었다. 그런데 땅바닥은 최근에 파헤친 듯했고, 그 흙이 큰 나무 상자 안에 담겨 있었다. 슬로바키아인들이 가져온 상자임이 분명했다. 아무도 없었다. 출구가 없나 더 찾아보았으나 허사였다. 기회를 놓칠까 봐 샅샅이 살펴보았다. 끔찍이도 무서웠으나, 빛이 희미하게 드는 묘지에도 내려갔다. 두 곳은 오래된 관 조각과 먼지 더미만 있을 뿐이었다. 그런데 세 번째로 가본 곳에서 무언가 나왔다.

전부 쉰 개나 되는 큰 나무 상자 가운데 하나에 드라큘라 백작이 새로 파낸 흙을 깔고 누워 있었다. 죽었거나 잠들었거나 둘 중 하나인데, 어느 쪽인지는 알 수 없었다. 눈을 뜨고 있지만 돌처럼 움직임이 없고 그렇다고 눈빛이 풀려 있지도 않았다. 뺨은 창백하지만 생명의 온기가 감돌았다. 입술은 늘 그렇듯 붉었다. 그렇지만 백작에게서는 그 어떤 움직임도 엿보이지 않았다. 맥박도 호흡도 심장의 고동도 없었다. 나는 백작에게 몸을 숙여 그가 살아 있다는 신호라면 무엇이든 찾아보려 했으나 실패했다. 몇 시간이면 사라질 흙냄새가 아직도 나는 것을 보면 백작이 그곳에 오래 누워 있지는 않은 모양이었다. 상자 옆에는 여기저기 구멍을 낸 뚜껑이 있었다. 백작이 열쇠를 갖고 있을지도 몰라서 그의 몸을 뒤져보려 하자, 내가 곁에 있다는 사실을 알 리가 없는데도 백작의 죽은 듯한 눈에 생생한 분노가 서렸다. 그래서 나는 그곳을 빠져나왔다. 창문으로 백작의 방을 나와 성벽을 기어올랐다. 다시 내 방으로 돌아온 나는 가쁘게 숨을 몰아쉬며 침대에 누운 채 생각에 빠졌다······.

6월 29일 마지막 편지에 쓴 날짜가 바로 오늘이다. 백작은 그 편지가 진짜임을 증명하려고 손을 써두었다. 그는 내 옷을 입고 같은 창문으로 빠져나갔다. 백작이 도마뱀 같은 모습으로 벽을 기어 내려가는 모습을 보며 생각했다. 총이나 흉기가 있으면 좋겠다고. 그럼 그를 해치워버릴 수 있을 것이다. 하지만 사람 손으로 만든 무기는 어떤 것이든 효과가 없을 것 같았다. 그 무시무시한 여자들을 볼까 겁이 나서 백작이 돌아올 때까지 그 방에서 기다릴 수는 없었다. 서재로 돌아가 책을 읽다 잠들었다.

　　백작이 들어와 나는 잠에서 깼다. 그는 정말이지 오싹한 시선으로 나를 바라보았다.

"자, 내일이면 우린 헤어져야 하오. 당신은 아름다운 영국으로 돌아가고 나는 끝을 내야 하는 일이 있으니 우리는 다시 만나지 못할 수도 있소. 당신 편지는 고향으로 보냈어. 내일 나는 여기 없겠지만, 당신이 여행을 떠날 준비는 다 되어 있을 거요. 아침에 스가니 사람들이 올 것이오. 그들은 이곳에서 할 일이 좀 있소. 그리고 슬로바키아 사람들도 오고. 그들이 떠나면 내 마차가 당신을 태워줄 거요. 보르고 고개까지 간 다음에, 부코비나에서 비스트리츠로 가는 역마차로 갈아타시오. 그래도 드라큘라성에서 당신을 다시 만나면 좋겠소."

나는 백작의 말이 의심스러워, 그 진정성을 시험해보기로 했다. 진정성이라니, 저런 괴물 같은 존재와 진정성 같은 단어를 연결 짓다니 단어에 대한 모독 같았다. 솔직하게 물어보았다.

"오늘 밤에 가면 어떨까요?"

"내 마부와 마차가 일이 있어 자리를 비웠다오. 지금은 성에 없어."

"그렇다면 기꺼이 걸어가겠습니다. 당장 떠나고 싶습니다."

백작은 무척 부드럽고 상냥하면서도 사악한 미소를 지었다. 그 상냥한 태도 뒤에 속임수가 있다는 사실을 알 수 있었다.

"그렇다면 짐은?"

"괜찮습니다. 나중에 사람을 따로 보낼 수 있습니다."

백작은 자리에서 일어나 내 눈을 의심케 할 만큼 따뜻하고 정중하게 말했다.

"당신들 영국인은 내 마음에 딱 와닿는 속담을 하나 가지고 있더군. '오는 사람 막지 않고, 가는 사람 붙잡지 않는다.' 우리 보야르들도 꼭 그렇다오. 자, 이리 오시오. 당신 마음이 그렇다면 한 시간도 잡아두지 않겠소. 당신이 간다니 슬프지만 갑자기 그렇게 가고 싶다면야. 갑시다."

백작은 위엄 있고 엄숙한 모습으로 등불을 들고 앞장섰다. 우리는 계단 아래로 내려가 홀로 향했다. 갑자기 백작이 멈추어 섰다.

"들어보시오!"

늑대 여러 마리가 울부짖는 소리가 아주 가까이 들려왔다. 백작이 손을 들어 올릴 때마다 소리가 솟구쳤다. 마치 지휘자의 지휘봉을 따라 거대 오케스트라의 소리가 커지는 것 같았다. 백작은 잠시 가만히 있다가 문으로 위엄 있게 다시 걸어갔다. 묵직한 빗장을 빼내고 무거운 쇠사슬을 푼 다음 문을 잡아당겨 열었다.

문이 잠겨 있지 않아서 너무 놀랐다. 의심스러워 주변을 살펴보았지만 열쇠 같은 것은 보이지 않았다.

　　문이 열리기 시작하자 늑대들은 더 크게 성내며 울어댔다. 이를 우두둑대며 붉은 턱과 뭉툭한 발톱이 달린 앞다리를 문틈으로 밀어 넣었다. 지금 백작과 맞서봐야 소용없다는 사실을 깨달았다. 이렇게 백작의 명령대로 움직이는 무리가 있으니 나는 아무것도 할 수 없었다. 문이 계속 천천히 열리고 있었다. 늑대를 막고 있는 존재는 백작뿐이었다. 갑자기 지금이 내가 최후를 맞이하는 순간일지도 모른다는 생각이 들었다. 내가 우기는 바람에 늑대의 먹잇감이 되어버리는 최후. 백작이라면 충분히 생각해낼 수 있는 사악한 발상이었다. 마지막 기회라고 생각하고 소리쳤다.

　　"문을 닫아주세요! 내일 아침까지 기다리겠습니다."

　　너무나 원통해서 흘린 쓰라린 눈물을 감추려고 손으로 얼굴을 가렸다. 백작은 힘차게 팔을 휘두르고 문을 닫았다. 거대한 빗장이 원래 자리로 돌아가는 동안 철커덩 소리가 홀에 울려 퍼졌다.

　　우리는 말없이 서재로 돌아왔다. 잠시 후 나는 내 방으로 왔다. 드라큘라 백작은 마지막으로 자기 손에 입을 맞추고 내 쪽으로 날려 보내는 동작을 했다. 그의 눈은 승리에 취해 붉게 빛났고 입가에는 지옥의 유다가 자랑스러워할 법한 미소가 어렸다.

침대에 막 누우려는데 문가에서 속삭이는 소리가 들렸다. 조용히 문으로 다가가 귀를 가져다 댔다. 내가 잘못 들은 것이 아니라면, 백작은 이렇게 말했다.

"돌아가, 돌아가라고, 원래 있던 곳으로. 아직 때가 되지 않았어. 기다려. 참아. 내일 밤, 내일 밤이면 너희 것이야!"

기쁨에 찬 나직한 웃음이 잔물결처럼 퍼져나갔다. 격분한 나는 문을 열어젖혔다. 그 끔찍한 세 여자가 입술을 핥으며 서 있었다. 내가 나타나자 그들은 끔찍한 웃음을 터트리며 사라졌다.

나는 내 방으로 돌아와 무릎을 꿇었다. 이제 최후가 다가온 것일까. 내일, 내일이라니. 하느님, 저와 저의 소중한 사람들을 모두 도와주소서!

6월 30일, 아침 일기장에 쓰는 마지막 일기가 될지도 모른다. 동이 트기 직전까지 잠을 자고 깨어나 무릎을 꿇었다. 죽음이 온다면 바로 맞이하려고 마음의 준비를 했다.

마침내 공기가 미묘하게 달라졌다. 아침이 온 것이다. 닭이 우는 반가운 소리에 안심했다. 기쁜 마음으로 문을 열고 홀로 뛰어 내려갔다. 어젯밤 문이 잠기지 않은 것을 확인했으니, 바로 탈출할 수 있으리라 생각했다. 나가고 싶은 마음이 지나친 나머지 벌벌 떨리는 두 손으로 쇠사슬을 풀고 거대한 빗장을 당겼다.

하지만 문은 움직이지 않았다. 절망에 휩싸여서 문을 밀고 또 밀었다. 흔들어보기도 했다. 그 육중한 문이 문틀에서 덜컹거릴 정도로 흔들었다. 걸쇠가 걸려 있었다. 백작이 나와 헤어진 뒤 문을 잠근 것이다.

어떻게든 열쇠를 손에 넣고야 말겠다는 열망이 마구 끓어올랐다. 다시 벽을 기어 백작의 방으로 내려가기로 결정했다. 백작이 나를 죽일 수도 있지만 차라리 죽는 편이 나을 것 같았다. 나는 조금도 머뭇거리지 않고 창문으로 달려가 전처럼 벽을 타고 백작의 방으로 들어갔다. 방이 비어 있었지만 그럴 줄 알았다. 열쇠는 보이지 않고 금화는 그대로였다. 구석의 문을 지나 나선계단을 내려가 어두운 복도를 따라 옛 예배당으로 들어갔다. 내가 쫓는 괴물이 어디에 있는지 이제는 잘 알고 있었다.

그 커다란 상자는 이전처럼 벽 가까이 그대로 있고, 뚜껑으로 덮여 있었다. 망치질할 자리에 못이 있긴 했으나 아직 완전히 고정되지는 않았다. 열쇠를 찾으려면 백작의 몸을 수색해야 한다. 그래서 뚜껑을 열어 벽에 기대 놓았다. 상자 안에는 내 영혼을 두려워 떨게 하는 광경이 기다리고 있었다. 백작은 젊음이 반쯤 돌아온 것 같은 모습으로 누워 있었다. 흰 머리칼과 수염은 짙은 철흑색으로 변했다. 뺨에는 살이 오르고 창백한 피부에는 핏기가 감돌았다. 입은 더 새빨개졌는데, 입술에 묻은 신선한 핏방울이 입가에서 흘러나와 턱과 목으로 흐르고 있었다. 눈꺼풀이며 눈두덩도 부풀어 올라, 움푹 들어간 이글거리는 눈이 살에 파묻힌 것 같았다. 몸 전체에 피가 꽉 들어찬 끔찍한 생명체 같았다. 과식으로 지친 역겨운 거머리처럼 누운 모습이었다. 백작의 몸을 뒤지려고 몸을 숙이다가 몸서리를 쳤다. 온몸의 감각이 백작을 거부했다. 하지만 열쇠를 찾아야 했다. 못 찾으면 죽는다. 다가오는 밤이면 그 지독한 세 명이 내 몸을 비슷한 방식으로 제물 삼아 진수성찬을 즐길 것이다. 백작의 몸을 다 뒤져보았지만 열쇠는 찾을 수 없었다. 나는 손을 멈추고 백작을 내려다보았다. 그 부풀어 오른 얼굴에 조소가 어려 있어 미칠 것 같았다. 이자는 내 도움을 받아 런던으로 갈 것이다. 아마 앞으로 수백 년 동안 수백만 명이 바글거리는 곳에서 질리도록 피를 마셔댈 것이고, 그렇게 힘없는 사람들을 먹이 삼아 호의호식할 반인반마의 무리가 새로 늘어날 것이다. 여기까지 생각이 미치자 정신이 나갈 것 같았다. 그런 괴물의 세계를 끝장내고 싶은 강렬한 욕망이 나를 사로잡았다. 주변에 백작을 없앨 만한 무기는 없었지만 일꾼들이 상자에 흙을 담는 데 쓴 삽이 있었다. 나는 삽을 쥐고 높이 들어 삽날을 그 혐오스러운 얼굴에 겨냥했다. 그런데 바로 그때 백작이 고개를 돌리더니 나를 똑바로 쳐다보았다. 한번 보기만 해도 사람을 죽인다는 전설의 뱀 바실리스크처럼 눈이 번뜩였다. 그 시선에 몸이 마비된 것 같았다. 내 손을 떠나간 삽은 백작의 얼굴을 비껴 이마에만 깊은 상처를 냈을 뿐이다. 삽은 상자 밖으로 떨어졌다. 삽을 다시 집어 들다가 삽날이 뚜껑 모서리에 걸리는 바람에 뚜껑이 상자 위로 떨어졌다. 그렇게 그 끔찍한 존재는 눈앞에서 사라졌다. 내가 마지막으로 본 백작의 얼굴은 부어오르고 피로 얼룩진 가운데 지옥 밑바닥에서나 볼 법한 사악한 미소를 짓고 있었다.

이제 어떻게 해야 할까. 나는 생각하고 또 생각했다. 머리가 터질 것만 같았다. 절망감이 몰려오기 시작했다. 그러는 동안 멀리 집시들이 신나게 노래를 부르는 소리가 가까이 다가왔다. 노랫소리와 함께 무거운 바퀴가 굴러가는 소리, 채찍을 휘두르는 소리도 났다. 백작이 말한 대로 스가니 사람들과 슬로바키아 사람들이었다. 그 역겨운 몸이 담긴 상자와 주변을 마지막으로 둘러본 다음, 나는 그곳을 뛰쳐나가 백작의 방으로 돌아갔다. 문이 열리는 순간 밖으로 나갈 심산이었다. 주의 깊게 귀를 기울였다. 아래층의 큰 자물쇠에서 열쇠가 돌아가는 소리와 무거운 문이 열리는 소리가 났다. 안으로 들어오는 다른 길이 있거나 누군가 잠긴 문들 가운데 하나에 맞는 열쇠를 가지고 있는 모양이었다. 여러 사람이 복도를 쾅쾅 걸어가는 소리가 울려 퍼지다 잦아들었다. 나는 지하 묘지를 향해 뛰어가려 했다. 그곳에서 새로운 출입구를 찾아낼지도 모른다. 그런데 그 순간 바람이 한바탕 거칠게 불었는지 나선계단으로 가는 문이 쾅 닫혔다. 위쪽 문틀의 먼지가 날렸다. 달려가서 문을 잡으려고 했으나 너무 빨리 닫혔다. 나는 다시 감금되었다. 나를 파멸시킬 그물이 점점 가까이 죄어들고 있었다.

이 일기를 쓰는 동안 저 아래 복도에서는 여러 사람의 발소리와 무거운 짐을 내려놓을 때 나는 요란한 소리가 들려온다. 흙을 담아서 무거운 그 상자들일 것이다. 망치질하는 소리가 난다. 상자를 못질하는 것이다. 이제 저벅저벅 무겁게 걸어가는 발소리가 홀을 통과하고 있다. 그 뒤로 하는 일 없는 듯 느릿느릿 따르는 수많은 발소리가 들린다.

문이 닫히고 쇠사슬이 철커덩 소리를 낸다. 열쇠로 자물쇠를 잠그는 소리가 난다. 열쇠를 빼는 소리가 난다. 또 다른 문이 열렸다 닫힌다. 자물쇠와 빗장이 삐거덕댄다.

들어보라. 안마당 돌투성이 길을 따라 무거운 바퀴가 굴러가고 채찍을 휘두르는 소리를. 스가니 사람들의 합창이 차츰 멀어지는 소리를.

이제 이 성에는 나와 그 끔찍한 여자들밖에 없다. 참, 미나도 여자이지만 그들 사이에는 공통점이 하나도 없다. 그들은 지옥에서 온 악마들이다.

　나는 그 여자들과 함께 남지 않을 것이다. 이번에는 훨씬 아래까지 벽을 기어 내려갈 것이다. 나중에 필요할지도 모르니 금화도 좀 챙길 것이다. 이 끔찍한 공간에서 벗어날 방법을 찾을 것이다.

　집으로 갈 것이다. 가장 빠르고 가까운 기차역으로 갈 것이다. 악마와 그 자식들이 아직도 땅을 밟고 돌아다니는 이 저주받은 곳, 저주받은 땅을 떠날 것이다!

　하느님의 자비가 그 괴물들만 못할까. 절벽은 가파르고 깊다. 절벽 아래에 한 사람이 잠들지도 모른다. 그래도 사람으로서 잠드는 것이다. 모두 안녕히. 미나, 안녕!

5장

미나 머리가 루시 웨스턴라에게 보낸 편지

5월 9일

사랑하는 루시에게.

편지가 늦어서 미안해. 일이 너무 많아서 어쩔 수 없었어. 보조 교사의 생활이란 힘들 때가 있어. 너와 함께할 날을 고대하고 있어. 바닷가에서 마음껏 이야기하고 우리만의 상상을 펼치고 싶어.

요즘 정말 열심히 공부했어. 조녀선의 공부에 뒤처지고 싶지 않았거든. 속기도 부지런히 연습했어. 우리가 결혼하는 날이면 난 조녀선에게 유용한 사람이 될 수 있을 거야. 내가 속기를 제법 잘할 수 있게 되면 조녀선이 하고 싶은 말을 속기로 받아 적었다가, 지금 맹렬히 연습 중인 타자기로 다시

처서 정리해줄 수 있겠지. 그와 나는 속기로 쓴 편지를 주고 받기도 해. 그리고 조너선은 지금 외국을 여행하면서 속기로 일기를 쓰고 있지. 나도 네 곁에서 머무를 때 속기로 일기를 쓸 거야.

내 일기는 한 주에 겨우 두 페이지 썼다가 일요일이 되면 쥐어짜서 쓰는 그런 일기가 아니야. 쓰고 싶은 마음이 들면 언제든 쓰는 일기지. 다른 사람들이 관심을 보일 만한 내용은 아니겠지만 그들을 위해 쓰는 것은 아니니까. 언젠가 조너선에게 조금이라도 보여줄 만하다 싶으면 그에게 보여줄지도 모르겠어. 그렇지만 내 일기는 사실 연습 같은 거야. 여성 기자들이 하는 방식대로 쓸 생각이야. 인터뷰처럼 글을 써보고 당시 상황을 묘사하고 대화도 기억해두었다가 쓰는 거지. 사람은 연습을 좀 하면 하루에 일어난 모든 일이나 그 날 들은 이야기를 기억할 수 있대.

어쨌든 우리는 곧 만나게 될 거야. 그렇게 되면 내 소소한 계획들을 전부 말해줄게. 트란실바니아로 떠난 조너선에게서 급히 쓴 것 같은 짧은 편지가 왔어. 잘 지내고 있고 일주일쯤 지나면 돌아온대. 그가 어떻게 지냈는지 다 알고 싶어. 낯선 나라를 여행하는 일은 정말 근사할 것 같아. 우리가, 그러니까 조너선과 나 말이야, 언젠가 낯선 나라로 떠날 수 있을까. 10시를 알리는 시계 소리가 들리네. 안녕.

애정을 담아, 미나.

추신. 답장에 네 소식을 전부 알려줘. 오랫동안 아무 얘기도 안 했잖아. 소문을 들었어. 키 크고 잘생긴 곱슬머리 남자라니!

루시 웨스턴라가 미나 머리에게 보내는 편지

채텀가 17번지, 수요일

사랑하는 미나에게.

내 소식을 오랫동안 전하지 않았다니, 추신 내용은 '너무' 부당해. 우리가 전에 만난 뒤로 나는 네게 '두 번이나' 편지를 썼어. 그리고 네 마지막 편지가 겨우 '두 번째' 편지였다고. 사실은 너에게 전해줄 말이 없어. 네가 관심 가질 만한 일이 정말 없었거든. 요즘 시내는 딱 좋은 때야. 갤러리에도 자주 가고 공원에서 산책하고 자전거를 타지.

키가 큰 곱슬머리 남자라면 지난번 연주회에 같이 간 사람 이야기 같은데, 누가 계속 이야기를 하고 다니나 봐. 그 남자는 홈우드 씨야. 홈우드 씨는 종종 우리를 방문해. 엄마와 잘 지내지. 그 둘이 할 이야기가 아주 많아. 얼마 전에 만난 어떤 남자는, 네가 조너선과 먼저 약혼하지만 않았어도 '네게 어울릴' 사람이었어. 이상적인 '결혼 상대'야. 잘생기고, 부유하고, 집안도 좋아. 직업은 의사이고 아주 똑똑해. 환상적이지! 스물아홉 살밖에 안 되었는데 직접 관리하는 아주 큰 정신병원도 가지고 있어. 홈우드 씨가 소개해준 사람이야. 그는 우리를 한번 만나러 오더니, 요즘은 종종 찾아와.

그는 내가 본 사람들 중에서 최고로 의지가 굳은 사람 같아. 정말 침착하고. 절대 쉽게 흔들릴 일이 없어 보여. 환자들을 아주 잘 다룰 거라고 봐. 그는 생각을 읽어낼 것처럼 상대를 똑바로 쳐다보는 신기한 습관을 갖고 있어. 바로 나한테도 그 습관을 발휘하고 있는데, 감히 자부하건대 난 만만한 상대가 아닐걸. 거울을 보면 알지. 넌 네 표정을 읽어내려고 시도한 적 있어? '난 해본 적 있어.' 그리 헛된 일은 아니야. 한 번도 해본 적 없다면 생각보다 더 힘들 거야.

그가 말하길, 내가 흥미로운 심리학적 과제를 주고 있대. 나도 그렇게 생각하긴 해. 난 옷에는 큰 관심이 없어서 요즘 유행도 잘 모르거든, 너도 알겠지만. 드레스는 깝깝해. 이런, 표준어가 아닌 말을 또 써버렸네. 괜찮아. 아서는 매일 그런 단어를 써. 아주 대놓고 쓰지. 어머, 다 말해버렸네. 미나, 우리는 진짜 '어렸을 때'부터 서로 비밀을 털어놓으며 지냈지. 같이 자고 같이 먹고 같이 웃고 울며 자랐잖아. 벌써 말했지만 더 말하고 싶어. 미나, 내가 무슨 말을 할지 알겠니? 나는 아서를 사랑해. 이렇게 쓰고 있으니 얼굴이 달아오르네. 내 '생각'에는 그도 나를 사랑하는 것 같은데, 아직 내게 고백하지는 않았거든. 하지만 미나, 나는 그를 사랑해, 그를 사랑해. 나는 그를 사랑해! 그를 사랑하니 정말 좋아.

네가 내 곁에 있으면 좋겠어. 늘 하던 대로, 편한 옷차림으로 벽난로 근처에 앉아서, 내가 어떤 기분인지 너에게 털어놓고 싶어. 어쩌다 너한테 이런 글을 쓰게 되었는지 모르겠어. 더 쓰면 안 될 것 같아. 아니면 편지를 찢어버릴지도 몰라. 그렇지만 그만 쓰고 싶지도 않아. 네게 정말 전부 다 말하고 싶거든. '편지를 받는 즉시' 답장을 써주면 좋겠어. 네 생각이 어떤지 다 말해주렴. 미나, 이제 편지를 마무리할게. 안녕. 기도할 때 나를 축복해줘. 그리고 나의 행복을 빌어줘.

루시.

추신. 이걸 비밀로 해달라고 할 필요는 없을 것 같아. 그럼 다시 한번 인사할게, 잘 자.

'L.'

루시 웨스턴라가 미나 머리에게 보내는 편지

5월 24일

사랑하는 미나에게.

너무나 다정한 네 편지가 고맙고 고마워, 정말 고마워. 너에게 이야기할 수 있고 또 네가 내 마음을 알아주어 너무 좋았어.

비는 한 번에 많이 내린다고 하잖아. 오래된 속담은 정말 진실을 담고 있나 봐. 나는 9월이면 스무 살인데 이때까지 한 번도 청혼을 받아보지 못했어. 진짜 청혼 말이야. 그런데 오늘 청혼을 세 번 받았어. 세상에, 하루에 '세 번'이나 청혼을 받다니 정말 굉장한 일이야. 나머지 두 사람에게 정말, 진심으로 미안해. 그런데 미나, 너무 행복해서 어떻게 해야 할지 모르겠어. 청혼을 세 번이나 받다니!

하지만 부디 다른 여자들에게는 말하지 말아줘. 온갖 엉뚱한 생각에 빠져서 청혼 받는 첫날부터 적어도 여섯 명이 집으로 찾아와 청혼하지 않으면 상처 입고 모욕감을 느낄 거라고 여길지도 몰라. 세상에는 허영심 강한 여자들이 있지. 사랑하는 미나, 너와 나는 약혼을 했고 곧 기혼 여성으로 잘 자리 잡을 사람들이니 그런 허영심은 질색해도 되겠지.

자, 내게 세 남자가 청혼한 이야기를 할게. '누구에게도'

절대 말해서는 안 돼. 물론 조너선은 괜찮지만. 넌 조너선에 겐 이야기하겠지. 내가 네 입장이라도 아서에게는 말할 테니까. 여자는 남편 되는 사람에게는 모든 것을 터놓아야 하잖아. 너도 그렇게 생각하지 않니? 나는 반듯하게 살 거야. 남자들은 자기들이 반듯한 만큼 여자들, 특히 아내들도 반듯하면 좋아하겠지. 그런데 여자들은 그만큼 반듯한 모습을 보이지 않을 때도 있는 것 같아.

첫 번째 남자는 점심 식사 직전에 왔어. 전에 말한 적 있는 존 수어드 박사야. 정신병원을 운영하고 강한 턱과 보기 좋은 이마를 지녔지. 겉모습은 무척 차분했지만 사실 계속 긴장하고 있었어. 온갖 사소한 것들을 다 익힌 사람이고 기억력도 좋은데 이번에는 자기 실크해트를 깔고 앉을 뻔했지 뭐야. 정말 차분하다면 안 그랬겠지. 그러고는 자기가 얼마나 느긋한지 보여주고 싶어서 의료용 칼을 만지작거리는 바람에 나는 비명을 지를 뻔했어.

미나, 그 사람이 내게 단도직입적으로 말했어. 나에 대해 아는 게 별로 없지만 내가 정말 소중한 사람이고, 나와 같이 살면 큰 도움이 될 것 같고 활력을 얻을 것 같대. 내가 자기를 챙겨주지 않으면 정말 슬플 거라고 말했어. 그런데 내가 우는 모습을 보더니 자기가 나빴다고 더는 괴롭히지 않겠다고 말했지. 그런 다음 잠시 뜸을 들이다가 질문했어. 나중에 시간이 지나면 자기를 사랑할 수 있겠느냐고. 내가 고개를 저었더니 그의 손이 떨렸어. 좀 머뭇거리다가 내게 이미 좋아하는 사람이 있느냐고 물었어. 아주 점잖게, 억지로 내 마음을 얻고 싶지는 않고 단지 여자의 마음에 빈자리가 있으면 남자가 희망을 품을 수 있으니 알고 싶은 것이라고 했어. 미나, 그에게 이미 좋아하는 사람이 있다고 알려야 할 것 같았어. 그래서 그렇다고 했지. 그러자 그는 자리에서 일어났어. 무척 강하고도 진중한 모습으로 내 두 손을 잡으면서 내가 행복하길 빈다고, 친구가 필요하면 자신을 정말 좋은 친구로 생각해달라고 했지.

세상에, 미나, 울음을 그칠 수가 없네. 편지에 온통 얼룩이 가득해도 이해해주길 바라. 구애를 받는다는 것은 여러모로 멋진 일이야. 하지만 진심 어린 사랑을 품은 남자가 자리를 떠나며 상심한 모습을 보여도, 그가 무슨 말을 한들 나는 그의 삶에서 벗어나고 있을 뿐이니 속상해. 미나, 지금은 편지를 그만 써야겠어. 너무 행복하지만 마음이 괴로워.

저녁
아서는 막 떠났어. 아까 편지를 썼을 때보다는 한결 기운이 나서 오늘 있었던 일을 계속 말해줄게. 미나, 두 번째 청혼자가 점심 식사 후에 도착했어. 그는 텍사스에서 온 미국인인데 멋진 남자야. 무척 젊고 풋내기 같은데 정말 많은 곳을 다니며 여러 차례 모험했다니 믿기 어려울 지경이야.

그의 이야기를 듣다 보니 데스데모나가 생각났어. 그 흑인 남자가 전하는 무서운 무용담이 귓가에 쏟아질 때 마음이 어땠는지 알 것 같았어. 우리 여자들은 겁이 많아서 남자들이 두려움에서 우리를 구해줄 거라 생각하고 결혼하게 되나 봐. 내가 남자라면 여자가 나를 사랑하도록 만들 방법을 이제 알 것 같아. 아니, 아직은 이렇게 쓰면 안 되겠지. 지금은 모리스 씨가 자기 모험담을 들려주고 있고 아서는 아직 아무 이야기도 안 했으니까. 미나야, 내가 좀 앞서 나갔어. 퀸시 P. 모리스 씨는 내가 혼자인 줄 알았나 봐. 남자는 언제나 여자가 혼자라고 생각하는 것 같아. 하지만 그렇지 않아. 아서는 벌써 두 번이나 내게 청혼할 기회를 '노렸고' 나는 최선을 다해 아서를 도와주려고 했거든. 이런 이야기는 이제 꺼내도 부끄럽지 않네.

먼저 모리스 씨가 언제나 속어를 쓰는 사람은 아니라고 미리 알려야겠어. 낯선 사람에게 말을 건넬 때나 낯선 사람이 있을 때는 안 그런다는 이야기야. 그 사람은 교육을 잘 받았고 세련된 매너를 갖추었거든. 하지만 미국 속어를 사용하면 내가 즐거워한다는 사실을 그는 알고 있어. 그래서 나와 같이 있을 때 자기 말에 충격받을 사람이 주변에 없으면 정말 재미있는 속어를 써. 어쩌면 모리스 본인이 직접 만든 속어가 아닐까 싶기도 해. 그가 하는 모든 말에 딱 들어맞거든. 하지만 속어란 그런 거지. 내가 속어를 쓴 적이 있는지 잘 모르겠어. 아서가 속어를 좋아하는지도 모르겠고. 속어를 쓰는 아서를 한 번도 본 적 없거든. 아무튼, 모리스 씨는 내 옆에 아주 즐겁고 행복한 모습으로 앉아 있었어. 그렇지만 아주 긴장한 상태라는 것도 알 수 있었지. 그는 내 손을 잡고 무척 다정하게 말했어.

"루시, 내가 당신의 작은 신발 끈을 고쳐 매줄 만큼 훌륭한 사람은 아니라는 사실을 알고 있어요. 하지만 당신이 결혼 상대자를 알아볼 때까지 기다릴 생각이라면, 이 방을 떠날 때 당신은 등불을 들고 결혼할 사람을 맞으러 나간 일곱 젊은 여자 무리에 합류하게 될 겁니다. 당신의 말을 내 마차에 매달고 사이좋게 먼 길을 떠나는 건 어떨까요?"

모리스 씨는 무척 쾌활하고 즐거워 보여서 그의 청혼을 거절하는 일이 가련한 수어드 박사를 거절할 때만큼 힘들지는 않았어. 그래서 최대한 가벼운 말투로, 말을 마차에 매는 일은 하나도 모르고 말도 잘 다루지 못한다고 말했어. 그러자 모리스 씨는 좀 가볍게 말을 꺼냈다며, 중요하고 중대한 순간에 실수를 저질렀다면 용서해달라고 했어. 그는 정말 진지해 보였어. 그러니 나도 좀 심각해질 수밖에. 미나. 넌 내가 진저리 날 만큼 가볍게 군다고 생각하겠지. 그렇지만 오늘 두 번째로 청혼을 받으니 너무 기뻐서 들뜨긴 하더라고. 미나, 내가 무슨 말을 하기도 전에 모리스 씨는 완벽한 구애의 말을 쏟아내며 자기 마음과 영혼을 내 발치에 바쳤어. 진심이 느껴졌어. 평소에 늘 신나 있다고 해서 언제나 장난기 가득하고 진지하지 않은 모습만 보여주는 법은 없나 봐. 내가 모리스 씨를 살펴보는 사이 그도 내 얼굴을 보며 알게 되었나 봐. 그가 갑자기 말을 멈추었다가, 내 마음에 자리가 있다면 자기를 사랑할 수 있었을 거라고 남자답게 열정적으로 말했어.

"루시는 정말 정직한 사람이군요. 당신의 영혼에 깃든 담대함을 믿기에 제가 지금처럼 말하는 겁니다. 솔직하게 알려주세요. 마음에 둔 사람이 있나요? 만일 그렇다면 손끝 하나도 힘들게 하지 않겠습니다. 당신이 허락한다면, 믿음직한 친구로 남을게요."

미나, 어쩜 이렇게도 고귀할까. 우리가 이런 대우를 받을 가치가 있는지 잘 모르겠어. 이토록 마음이 넓고 진실한 신사를 내가 놀릴 뻔했어. 눈물이 쏟아졌어. 미나, 넌 내 편지가 정말 감상적이라고 생각하겠지. 정말 유감이야. 왜 한 여자는 세 남자와, 아니, 그 여자를 원하는 모든 남자와 결혼할 수 없는 걸까? 그럼 다들 괴롭지 않을 텐데. 하지만 이런 말은 이단이니까 하면 안 되겠지. 나는 울고 있었지만 그래도 모리스 씨의 용감한 눈을 보면서 솔직하게 털어놓았어.

"네, 사랑하는 사람이 있어요. 아직 그 사람에게 사랑한다는 말도 듣지 못했지만."

모리스 씨에게 솔직하게 말하기를 잘했어. 그는 얼굴이 환해지더니 내 손을 잡았어. 내가 그의 손안에 손을 넣은 것 같기도 해. 그는 따뜻하게 말했어.

"정말 용감한 아가씨군요. 때가 되어 다른 여자와 결혼하는 것보다, 나중에라도 당신의 마음을 얻는 일이 더 가치 있을 것 같네요. 울지 말아요. 나란 사람은 만만치 않답니다. 바람맞았다고 생각할게요. 당신의 그 남자가 얼마나 복을 받았는지 모르는 상황이라면 얼른 깨닫는 편이 나을 겁니다. 아니면 나를 상대해야 할 테니까. 아가씨, 당신의 정직함과 결단력에 반한 나는 당신과 친구가 되었습니다. 그리고 친구란 연인보다 더 귀한 존재죠. 어쨌든 욕심 없는 관계니까요. 자, 이제 나는 이제 천국에 갈 때까지 제법 외로운 길을 걷게 될 겁니다. 한 번만 키스해주겠습니까? 때로 어둠이 다가와도 그 입맞춤이 나를 보호해줄 겁니다. 부탁해요. 어쨌든 그 남자는, 당신이 사랑하니까 당연히 좋은 사람이겠지만, 아직 당신에게 고백하지 않았으니까 괜찮겠지요."

나는 모리스 씨의 말에 설득되었어. 용기 있고 다정한

사람이고, 경쟁자에게도 품위를 잃지 않았으니까. 안 그래? 그리고 그는 무척 슬퍼 보였어. 그래서 나는 몸을 기울여 그에게 입맞춤했어. 모리스 씨는 내 두 손을 잡고 일어서서 내 얼굴을 내려다보며 말했어. 내 얼굴은 새빨개졌을 거야.

"아가씨, 나는 당신의 손을 잡았고 당신은 내게 키스를 했어요. 그렇다고 해도 우리는 친구 이상의 사이가 되지는 않을 겁니다. 다정하고 솔직하게 대해주어 고마워요. 안녕."

모리스 씨는 내 손을 꼭 잡았다가 놓은 다음 모자를 쓰고 뒤도 돌아보지 않고 방을 떠났어. 눈물도 흘리지 않고 몸을 떨지도 않고 걸음을 멈추지도 않았어. 나는 어린애처럼 울고 있지. 그가 걸어간 길바닥조차 숭배할 여자들이 널려 있을 텐데 그는 왜 저렇게 불행한 걸까. 알아, 내 마음에 자리가 있다면 그를 받아들였을 거야. 이미 사랑하는 사람이 있고 그를 계속 마음에 담아두고 싶을 뿐. 미나야, 마음이 너무나 어지러워 행복한 이야기를 이어 쓰진 못하겠어. 행복해질 때까지는 세 번째 청혼에 대해서는 말하고 싶지 않아.

사랑을 담아,

루시.

추신. 세 번째 청혼 말인데, 굳이 말할 필요가 없을 것 같아. 뭐가 뭔지 하나도 모르겠어. 정말 순식간에, 그는 방으로 들어오자마자 나를 감싸 안고 입을 맞추었어. 정말, 정말 행복하고 내가 이런 사랑을 받을 가치가 있는 사람인지 잘 모르겠어. 하느님께서 이토록 좋은 연인이자 남편이자 친구를 보내는 은혜를 베풀어주셨으니 이제 나는 그 은혜에 감사하는 모습을 보여야 할 거야.

안녕.

수어드 박사의 일기

(축음기에 녹음된 것)

5월 25일 오늘은 식욕이 싹 가셨다. 먹을 수 없고, 쉴 수도 없다. 그래서 대신 일기를 쓴다. 어제 퇴짜를 맞은 후 마음이 텅 비었다. 세상 그 무엇도 가치가 없어 보인다. 이런 상태의 유일한 치료법은 일밖에 없다고 알고 있어서, 환자들을 보러 내려갔다. 무척 흥미로운 연구 대상인 환자 한 명을 골랐다. 그는 무척 독특한 사상의 소유자로 일반적인 광인과는 달라서, 그를 최대한 이해해보기로 결심한 바 있다. 오늘은 어느 때보다도 그가 품은 수수께끼의 핵심에 다가간 것 같다.

나는 환자가 품은 환각의 내용을 모두 파악하기 위해 그에게 전보다 더 많은 질문을 던졌다. 지금 생각해보니 그때 내 태도는 좀 잔인했다. 나는 그가 광기를 계속 유지하길 바랐던 것 같다. 환자들의 광기란 지옥의 입구를 피하듯 멀리 하는 대상인데 말이다. (어떤 상황이라면 내가 지옥을 피하지 않 게 될까?) *Omnia Romae venalia sunt*(로마의 모든 것은 돈으로 살 수 있다). 지옥도 돈으로 살 수 있다. *verb. sap*(현명한 사람은 말 한마디면 충분하다). 만일 지옥도 피하지 않는 본능 속에 무 언가 있다면, 나중에 꼼꼼하게 관찰할 가치가 있을 것이다. 그러니 지금 일을 시작하자.

R. M. 렌필드, 59세. 다혈질. 대단히 힘이 세고 병적으 로 흥분을 잘한다. 한때 우울증이었다가 지금은 내가 알아내 지 못한 어떤 생각에 편집증처럼 매달리고 있다. 기질 자체 가 흥분을 잘하는 데다 마음을 어지럽히는 무슨 영향을 받아 서 특정 심리 상태에 다다른 것 같다. 위험 요소가 있는 사람 으로, 이타적인 마음씨의 소유자라면 아마도 위험할 것이다. 이기적인 사람에게 타인의 경고란, 자기 자신에게도 타인들 에게도 갑옷 같은 안전장치 역할을 한다. 내 생각은 이렇다. 사람의 자아가 정신세계의 구심점이 되면 구심력과 원심력 이 균형을 이룬다. 그런데 의무감이나 다른 이유가 구심점이 되면, 원심력이 더 커진다. 그러므로 어떤 사건, 혹은 일련의 사건들이 일어나야 두 힘이 균형을 다시 이룰 수 있다.

퀸시 P. 모리스가 아서 홈우드에게 보내는 편지

5월 25일

친애하는 아트에게

　　우린 대초원에 모닥불을 피워놓고 이야기를 나누었지. 남태평양의 화산섬 마르키즈 제도에 내려서 서로의 상처를 치료해주기도 했고, 세상에서 가장 높은 곳에 자리한 티티카카 호숫가에서 서로의 건강을 기원하며 축배도 나누었지. 그런데 우린 지금도 해야 할 이야기가 많고, 치료할 상처도 많고, 같이 나눌 축배도 많아. 내일 밤 불을 피워놓고 그런 시간을 가지는 건 어때? 내가 알기로 그 숙녀가 저녁 파티에 참석할 예정이라서 자네는 시간이 날 거야.

　　우리 모임에는 한 명 더 참석할 거야. 오래전 코레아에서 만난 잭 수어드라는 친구야. 우리 두 사람은 포도주 잔에 눈물을 섞어서, 이 세상에서 가장 행복한 남자를 위해 진심으로 축배를 들 생각이야. 자네도 누군지 알겠지. 하느님께서 만드신 가장 고결한 마음을, 이 세상에서 가장 얻을 가치가 있는 마음을 얻은 남자니까.

　　우린 자네를 진심으로 환영하고, 다정한 인사와 함께 자네의 건강을 진실로 기원할 거야. 혹시라도 그분이 보기에 자네가 술을 너무 많이 마신 상태가 되면 자네 편한 대로 해주겠어. 꼭 오게.

언제나 변함없는 자네의 벗

퀸시 P. 모리스

아서 홈우드가 퀸시 P. 모리스에게 보내는 전보

5월 26일

언제든 나를 불러주게. 자네들 귀가 따끔할 소식이 있어.

아트

6장

미나 머리의 일기

7월 24일, 휘트비　루시가 역으로 마중 나왔다. 전보다 더 다정하고 아름다운 모습이었다. 우리는 루시네가 머물고 있는 크레슨트가의 저택까지 마차로 갔다. 휘트비는 아름다운 곳이다. 계곡을 따라 흐르는 작은 에스크강은 항구에 다가가면서 폭이 넓어진다. 높은 교각이 받치는 거대한 구름다리가 강을 가로지르고 있다. 다리에서 보면 경치가 실제보다 더 멀어 보인다. 아름다운 녹색 계곡은 무척 가팔라서 계곡 어느 쪽이든 높은 곳에 서 있으면 건너편이 훤히 보인다. 아래가 내려다보일 만큼 계곡 끝에 바짝 다가가지 않는 한 그렇다. 우리 숙소에서 좀 떨어진 구시가지는 오래된 집들의 지붕이 모두 빨간색인데, 뉘른베르크의 풍경을 담은 그림처럼 지붕

들을 층층이 쌓아 올린 것처럼 보이기도 한다. 이 시가지 바로 위쪽에 그 옛날 데인족에게 약탈당한 휘트비 수도원의 폐허가 있다. 월터 스콧의 서사시 『마미온』에는 휘트비 수도원의 벽 속에 갇힌 여자가 나오기도 한다. 아주 근사하고 규모도 어마어마한 유적으로, 아름답고 낭만적인 것들이 가득하다. 어떤 창문에 하얀 옷을 입은 여인이 나타난다는 전설도 있다. 그리고 수도원과 시가지 사이에는 교구 소속 교회가 하나 있고, 묘비가 즐비한 커다란 묘지가 주변을 에워싸고 있다. 내게는 이곳이 휘트비에서 가장 멋진 장소다. 시가지 바로 위에 자리하고 있으면서, 항구며 만을 다 둘러볼 수 있고 케틀니스라는 곳이 바다로 뻗어나간 모습까지 눈에 들어온다. 묘지에서 항구까지 가는 길은 무척 가파르다. 그래서인지 둑 일부가 떨어져 나가고 무덤 몇 개도 부서졌다. 묘지의 돌들이 아래쪽 모랫길까지 흩어진 곳도 있다. 묘지에는 산책길이 있고 그 옆에는 벤치도 있다. 덕분에 이곳을 찾은 사람들은 종일 앉아 아름다운 전망을 바라보며 바람을 즐긴다. 나도 자주 이곳에 와서 자리에 앉아 일할 생각이다. 사실 나는 지금도 무릎에 일기장을 올려놓고 일기를 쓰면서, 곁에 앉은 세 노인의 대화를 듣고 있다. 그들은 종일토록 이곳에 앉아 이야기하는 것 같다.

항구는 내 아래쪽에 있다. 멀리 바다로 이어지는 화강암

벽은 끝부분이 바깥으로 휘어나간다. 가운데에 등대가 있다. 화강암 벽의 바깥쪽을 따라 방파제가 둘러져 있다. 가까운 쪽에도 기역 자 모양으로 꺾은 방파제가 있고 그 끝에도 등대가 있다. 두 방파제 사이에 항구로 통하는 좁은 입구가 있는데, 안으로 들어오면 확 넓어진다.

밀물 때는 풍경이 멋지지만 썰물 때가 되어 바닷물이 다 빠져나가면 에스크강의 물줄기만이 모래톱 사이를 흐를 뿐이고 바위가 이곳저곳에서 모습을 드러낸다. 항구 바깥쪽으로 몇백 미터는 될 거대한 암초가 솟아 있고, 암초의 날카로운 모서리가 남쪽 등대 뒤로 뻗어나간다. 암초 끝부분에는 종이 달린 부표가 있다. 날씨가 나쁘면 부표가 흔들리면서 바람을 타고 애처로운 종소리가 흐른다. 배가 실종되면 바다에서 종소리가 들린다는 전설이 있다. 이 전설이 사실인지 노인에게 물어봐야겠다. 노인이 이쪽으로 오고 있다……

재미있는 노인이다. 나무껍질처럼 쭈글쭈글하고 주름진 얼굴을 보면 나이가 정말 많은 것 같다. 본인 말에 따르면 거의 백 살이 되었고 워털루전투가 벌어지던 시절 그린란드 어선단에서 선원으로 일했다. 의심이 많은 사람 같다. 내가 바다의 종소리와 수도원에 나타나는 하얀 옷을 입은 여자에 관해 묻자 아주 퉁명스럽게, 이런 대답을 했기 때문이다.

"내는 그런 데 관심 없소. 너무 옛날이야기야. 진짜 없었다고 말하지는 않겠소. 내가 한창때에는 없었다는 말이지. 여기 찾아오는 사람들이나 여행자들한테는 솔깃하겠지만도 그쪽같이 멀쩡한 아가씨들은 관심도 없을 거구마. 요크나 리드에서 와서 절인 청어나 먹고 차 마시고 싸구려 흑옥이나 살라꼬 돌아댕기는 족속들이나 낚이더라꼬. 누가 괜히 거짓말을 하는지 모르겠소. 신문에서도 헛소리나 써대고 말이야."

이 노인이라면 재미있는 이야기를 들려주겠다 싶어서, 고래잡이 시절 이야기를 해줄 수 있는지 물었다. 그가 막 이야기를 시작할 참에 시계가 6시를 가리켰고, 그는 힘들게 일어났다.

"내는 이제 집에 가야겠소. 우리 손녀는 차 마실 준비 해놓고 기다리는 걸 싫어하거든. 다리가 말을 안 들어서 계단 내려가는 데 한참 걸린다오. 계단이 또 어찌나 많은지. 배도 엄청 고프고."

노인은 다리를 절룩이며 걸어갔다. 나는 그가 서둘러 계단을 내려가는 모습을 보았다. 이 계단은 휘트비의 명소였다. 계단은 시가지에서 교회까지 이어지는데 정확히는 몰라도 계단 수가 몇백 개는 된다. 곡선 모양으로 무척 완만하여 말도 쉽게 오르내릴 수 있다. 원래 수도원으로 통하는 구조물이었을 것이다. 나도 집으로 가야겠다. 루시는 어머니와

외출했는데, 인사차 간 자리 같아서 나는 같이 가지 않았다. 지금쯤이면 집에 왔을 것이다.

7월 25일 한 시간 전에 루시와 이곳에 왔다. 이제는 친한 사이가 된 노인과 늘 함께 다니는 다른 두 노인도 같이 아주 재미있는 이야기를 했다. 노인은 셰익스피어의 『베니스의 상인』에 나오는 오라클 경 같은 사람이다. 한창 시절에는 아주 오만했으리라. 무슨 이야기든 받아들이지 않고 고집을 부린다. 논리로 이기지 못하면 상대를 깎아내리고, 그렇게 상대가 입을 다물면 자기가 이겼다고 여기는 식이다. 얇은 흰색 드레스를 입은 루시는 무척 예뻐 보인다. 여기에 온 뒤로 안색이 아름다워졌다. 그러고 보니 우리가 자리에 앉자, 노인들은 조금도 지체 없이 다가와 루시 곁에 앉았다. 루시는 노인들에게 참 상냥하다. 다들 루시에게 반한 것 같다. 심지어이 고집쟁이 노인도 루시가 마음에 든 나머지 루시의 말에는 반박하지 않고, 그 대신 내게 두 배로 퉁명스럽게 굴었다. 전설 이야기를 꺼내자 바로 화를 내며 잔소리를 했다. 그가 한 말을 기억해서 일기에 쓸 것이다.

"다 바보 같은 소리요. 마카 쓸데없는 소리지. 저주에 걸렸다는 둥 유령이니 귀신이니 도깨비니 싹 다 얼라들이나 어디 모자란 여자들 겁주려는 거요. 다 황당한 말이야. 무슨 기적이니 징조니 좀 배웠다 카는 목사들이나 기차 표팔이들이 못된 마음으로 만들어내서 사람을 휘두르려는 수작이지. 그 놈들 생각하면 열불 난다. 그놈들은 그런 거짓말을 종이에다 찍어내고 연단에서 설교도 하고 그것도 모자라 묘비에다가 새기고 싶어서 난리요. 주변을 둘러보소. 고개 든 묘비마다 옆으로 넘어지게 생겼잖소. '여기 누구 잠들다' '누구를 추모하며' 같은 거짓말이 묘비에 쓰여 있어 짓눌린 거요. 진짜로 말하면 시신이 있는 무덤은 절반도 안 되는구마. 신경 쓸 사람도 없고, 관심도 없지. 마카 거짓말이오, 거짓말. 심판의 날이 오면 억수로 희한한 일이 벌어질걸. 죽은 사람들이 수의를 입고 막 나타나겠지. 자기가 생전에 얼마나 착했는지 증명할라꼬 자기 묘비를 질질 끌고 올 거구마. 바다에 누워 있다 온 사람들은 손이 쪼글쪼글 미끈거려서 옷도 못 챙기고 떨겠지."

우쭐한 노인은 스스로 만족한 모습으로 친구들이 동의해주길 기대하며 둘러보았다. 그래서 내가 한마디 거들었다.

"스웨일스 씨, 진담은 아니시겠죠. 이 묘비들이 정말 다 틀렸을까요?"

"그렇다니까. 하기사 시신이 있는 무덤도 있긴 할 거요. 그런데 그런 무덤도 사실과는 다르게 너무 좋은 사람으로 써놨소. 사람들은 자기네 일이라고 하면 뭐든 아주 크고 좋게 보니까. 그러니 거짓말이 되는 거지. 어쨌든 아가씨는 외부인이니까 이쪽 묘비는 처음 보는 거고."

나는 고개를 끄덕였다. 노인의 말을 다 알아들은 것은 아니었지만 동의하는 편이 낫다고 생각했다. 교회와 관련된 말인가 보다 했다. 그는 계속 말했다.

"여기 시신을 묻고 묘비를 세웠다고 믿소?"

나는 다시 고개를 끄덕였다.

"그렇게 거짓말에 속는 거지. 여기 이 무덤들은 금요일 밤 던 노인의 담배 상자처럼 거의 비어 있소."

노인은 일행 가운데 한 명을 쿡 찔렀다. 모두 웃었다.

"도통 못 믿겠으면, 저길 보소. 저 끝에 있는 묘비 말이오. 읽어보소."

나는 가서 읽었다.

"에드워드 스펜슬라프 선장. 1854년 4월 안드레스 해안에서 해적들에게 목숨을 잃음. 향년 30세."

내가 돌아오자 스웨일스 씨가 계속 말했다.

"누가 그 시신을 고향으로 가꼬 와서 여기 묻었을까? 안드레스 해안에서 살해당했는데! 그래도 저 아래에 그 사람 시신이 누워 있는 것 같소? 내는 그린란드 바닷속에 뼈를 묻은 사람 이름을 여럿 댈 수 있구마."

그는 북쪽을 가리켰다.

"아니면 바닷물에 뼈가 떠댕기는 사람들 이름도 댈 수 있소. 그쪽 근처에 무덤이 많이 있군. 젊어서 눈도 밝을 테니 거기 작게 새겨진 거짓말을 읽어보소. 브레이드웨이트 로리는 그 아버지캉 내가 아는 사이인데, 1820년에 그린란드 리벨리 바다에서 사라졌소. 앤드루 우드하우스는 1777년에 같은 바다에서 익사했고. 존 팩스턴은 한 해 뒤 페어웰곶에 빠져 죽었고. 존 롤링스는 그 할아버지가 내캉 같이 항해한 사이인데, 1850년에 핀란드만에서 익사했소. 심판의 날이 되어 나팔 소리가 울리면 이 사람들 전부 다 휘트비로 헐레벌떡 와야 할까? 내 생각은 안 그렇소. 마카 여기로 오면 서로 밀치는 꼴이 옛날에 얼음 위에서 싸움하는 모습이나 매한가지겠지. 그때 아침부터 밤까지 같이 싸우다가 상처 나면 북극광 빛 아래서 치료하고 그랬소."

이 지역에서 통하는 농담인지 노인이 킬킬 웃고 일행도 신나게 웃었다.

"하지만 스웨일스 씨 말씀이 다 옳다고 할 수는 없어요. 심판의 날에는 그 가련한 사람들이나 그 영혼이 모두 묘비를 가지고 있어야 한다는 말씀인데, 그게 정말 필요할까요?"

"그게 아니면 묘비는 왜 있어야 하오? 대답해보시오."

"가족이나 친척들을 위해서가 아닐까요?"

"가족이나 친척을 위해서라니."

노인의 대답에는 경멸이 담겨 있었다.

"거짓말이 묘비에 새겨진 걸 알면 가족이나 친척이 그렇게 기뻐할까? 이 동네에선 그게 거짓말인지 다들 아는데 말이지."

노인은 우리 발치에 있는 묘비 하나를 가리켰다. 절벽 끝 가까운 자리에 평평하게 놓인 묘비인데 그 위에 벤치가 마련되어 있었다.

"저 묘비에 새겨진 거짓말 좀 읽어보소."

내 자리에서는 글자가 뒤집혀 보여서 맞은편의 루시가 몸을 기울여 글을 읽었다.

"조지 캐넌을 기리며. 1873년 7월 29일, 케틀니스곶의 암벽에서 떨어져 세상을 떠난 그의 영광스러운 부활을 바란다. 이 묘비는 비통한 어머니가 소중한 아들을 위해 세웠다. '그는 외아들이고 그의 어머니는 남편도 잃었다.' 스웨일스 씨, 재미있는 내용은 전혀 아닌데요. 정말로."

루시의 말투는 무척 진중하고 좀 딱딱했다.

"재미있는 내용이 없다니. 그 비통한 어머니라는 사람이 아들을 싫어하는 악독한 사람이었다는 건 모르겠구먼. 아들이 몸을 제대로 못 쓰는 상태였소. 아들도 엄마를 엄청 싫어해서 엄마가 자기 앞으로 들어놓은 보험금을 못 받도록 자살했소. 까마귀 겁줄 때 쓰는 머스킷 총으로 머리를 거의 날려

버렸어. 그렇게 까마귀 말고, 파리 떼며 죽은 고기를 먹는 새들이 몰려오게 된 거라. 이게 절벽에서 떨어진 아들의 진짜 사연이구마. 묘비에서는 영광스러운 부활을 바란다 캐도 내가 듣기로 그 아들은 지옥으로 가고 싶다고 자주 말했소. 엄마가 워낙 독실한 신자라서 천국에 갈 게 뻔한데 엄마 있는 데서 지내고 싶지 않다는 거였소. 그러니 이 묘비는 거짓말 천지일 수밖에."

그는 말을 이으며 지팡이로 묘비를 두드렸다.

"이러니 조지 캐넌이 등에 묘비를 지고 숨을 헐떡거리며 나타나 천국으로 들어갈 증거로 쳐달라꼬 하면 가브리엘 천사가 얼마나 웃겠소!"

나는 무슨 말을 해야 할지 몰랐다. 루시는 자리에서 일어나며 화제를 돌렸다.

"왜 그런 말씀을 하세요. 여기는 제가 좋아하는 자리예요. 다른 자리로 가고 싶지 않은데. 이제 난 자살한 사람의 무덤 위에 앉게 되었네요."

"별문제 없을 거요, 예쁜 아가씨. 불쌍한 조지는 자기 무릎에 예쁜 아가씨가 앉았다고 기뻐하겠지. 아무 문제 없소. 나는 여기 거의 20년 동안 앉았어도 별일 없었어. 그러니 아가씨 아래 무덤에 시신이 있든 없든 신경 쓰지 마소. 묘비가 싹 사라지고 나무 그루터기만 남은 꼴로 황량하게 변하면 그

때가 겁을 먹을 때구마. 시계가 종을 치니 나는 가야겠소. 그럼 이만 가겠소."

그는 다리를 절며 떠났다.

루시와 나는 한동안 자리에 앉아 있었다. 앞에 펼쳐진 풍경이 너무도 아름다워 우리는 손을 잡고 있었다. 루시는 아서 이야기며 다가온 결혼 이야기를 하고 또 했다. 마음이 좀 아팠다. 조너선에게서 한 달 째 소식이 없기 때문이었다.

같은 날　너무 슬퍼서 이곳에 혼자 왔다. 편지가 오지 않았다. 조너선에게 아무 문제 없길 바라고 있다. 시계가 막 9시를 알렸다. 불빛이 점점이 시가지를 밝힌다. 길거리에서 일렬로 빛나기도 하고, 따로 떨어져 빛나기도 한다. 불빛은 에스크강 바로 위쪽까지 반짝이다가 계곡이 한쪽으로 휘는 곳에서 사라진다. 왼편은 수도원 옆 오래된 집의 검은 지붕에 가려 풍경이 보이지 않는다. 내 뒤쪽 멀리 떨어진 들판에서는 양 떼 우는 소리가, 아래쪽 포장도로에선 당나귀 발굽 소리가 난다. 부두 위의 악단은 흥이 나서 격렬히 왈츠를 연주하고 있다. 부두를 따라 쭉 들어가면 먼 뒷골목에서 구세군 집회가 있다. 악단은 구세군의 소리를 들을 수 있을 것 같지 않지만, 여기서는 다 보이고 들린다. 조너선은 어디에 있을까. 내 생각을 하고 있을까. 그가 여기에 있다면 얼마나 좋을까.

수어드 박사의 일기

6월 5일 렌필드의 사례는 점점 흥미로워져가고 나는 그만큼 환자를 더 잘 알게 되었다. 그는 어떤 특징이 아주 잘 발달해 있다. 이기적이고, 마음을 잘 숨기며, 목적의식이 뚜렷하다. 나는 그 목적의식의 대상이 알고 싶다. 나름대로 계획을 정해놓고 있는 것 같은데 아직 잘 모르겠다. 그의 장점이라면 동물을 좋아하는 사람이라는 것이다. 그렇지만 동물에게 아주 기이하게 구는 모습을 보면 그저 병적으로 잔인한 사람이 아닐까 싶기도 하다. 렌필드는 의외의 동물들을 키운다. 요즘은 파리 잡기가 취미다. 파리를 너무 많이 모았길래 이제 그만하라고 내가 직접 타일러야 했다. 격분할 줄 알았는데 놀랍게도 그는 문제를 진지하게 받아들였다. 잠시 생각해보더니 이렇게 말했다.

"사흘만 시간을 주실 수 있나요? 다 없애버리겠습니다."
물론 나는 알겠다고 했다. 이제 그를 지켜보아야 한다.

6월 18일 마음이 변한 렌필드는 이제 거미를 키운다. 상자에 아주 큰 거미 몇 마리를 모았다. 이제껏 모은 파리를 거미 먹이로 준다. 바깥의 파리를 방 안으로 끌어모으느라 자기 음식의 반이나 쓰는데도, 파리 수는 눈에 띄게 줄고 있다.

7월 1일　렌필드의 거미는 이제 파리만큼이나 골칫거리가 되어가고 있다. 오늘은 렌필드에게 거미도 없애야 한다고 말했다. 그는 무척 아쉬워하는 모습이었다. 그래서 몇 마리만이라도 없애야 한다고 했다. 렌필드는 기꺼이 내 말을 받아들였다. 그래서 지난번과 똑같이 거미 수를 줄일 시간을 주었다. 그는 몹시 역겹게 굴었다. 썩은 음식을 먹고 통통해진 끔찍한 금파리 한 마리가 방으로 날아들자, 그는 파리를 엄지와 검지로 잡고 잠깐 의기양양하더니, 무슨 짓을 할지 짐작하기도 전에 입안에 넣고 먹어치워버렸다. 나는 렌필드를 나무랐으나 그는 아주 이롭고 건강에 좋은 일이라고 조용히 대꾸했다. 파리는 생명, 그것도 강한 생명으로 자신에게 생명을 준다는 것이었다. 이 일을 계기로 어떤 생각 혹은 생각의 실마리 하나가 떠올랐다. 렌필드가 거미를 어떻게 없애는지 지켜보겠다. 그가 언제나 가지고 다니며 끄적이는 공책을 보면, 정신 상태가 확실히 심각하다. 그 공책은 페이지마다 숫자들이 가득하다. 보통 숫자를 하나씩 쓰고 다 더해나간 다음, 그 숫자들의 합을 또 더해나간다. 회계 감사원처럼 결산 작업을 하는 것 같다.

7월 8일　렌필드의 광기는 체계적이고, 그 체계를 이해할 실마리가 조금씩 잡힌다. 아직 내 생각은 씨앗에 불과하지만 곧 전체 형태가 잡힐 것이다. 그렇게 되면 곧 뇌의 무의식적 활동에 기대지 않고 의식적인 사고를 할 수 있다. 렌필드에게 어떤 변화가 있는지 파악하기 위해 나는 며칠 동안 그와 거리를 두었다. 키우는 동물 일부를 버리고 새로운 동물을 들였다는 점만 제외하면 변화가 없다. 렌필드는 어찌어찌해서 참새 한 마리를 얻었고 벌써 조금 길들였다. 길들이는 수단은 뻔하다. 거미의 수가 줄었다. 그렇지만 남아 있는 거미들은 살이 잘 올랐다. 그가 여전히 음식으로 파리를 끌어들이기 때문이다.

7월 19일   연구가 진전을 보인다. 내 환자는 이제 참새 떼를 키우고 있고, 파리와 거미는 거의 사라졌다. 내가 방에 들어가자 그는 내게 뛰어와서 부탁이 있다고, 정말정말 중요한 일이라며 개가 알랑거리듯 비위를 맞추었다. 무슨 부탁이냐고 묻자 그는 잔뜩 기쁨을 담아 말했다.

   "새끼 고양이요, 이쁘고 조그맣고 보드랍고 장난 잘 치는 고양이. 내가 데리고 놀 수 있고 훈련도 시킬 수 있고 먹이도 줄 수 있죠, 먹이!"

   렌필드가 이런 부탁을 할 줄 모르지는 않았다. 그는 점점 크기도 크고 활동적인 동물들을 키우고 있다. 하지만 그가 길들인 꽤 많은 참새 떼가 파리와 거미가 사라진 방식으로 사라지게 생겼으니 부탁을 들어주고 싶지가 않았다. 그래서 한번 알아보겠다고 하며, 새끼 고양이 말고 다 큰 고양이는 어떠냐고 물었다. 열성적으로 답하는 렌필드의 모습에서 속내가 드러났다.

"그럼요, 다 큰 고양이라면 좋습니다. 선생님이 안 된다고 할까 봐 새끼 고양이를 달라고 한 것이죠. 새끼 고양이를 달라는데 거절하는 사람은 없을 테니까요, 안 그래요?"

나는 고개를 저으며 지금은 어렵고 생각은 해보겠다고 했다. 렌필드는 실망했다. 나는 그에게 나타난 위험 신호를 알아챘다. 별안간 나를 죽이기라도 할 것처럼 잔혹한 눈빛을 흘린 것이다. 이 남자에게는 살인광 기질이 잠재되어 있다. 그의 현재 갈망을 시험해서 어떻게 발현되는지 살펴볼 것이다. 그러면 환자를 더 잘 알게 될 것이다.

밤 10시 다시 찾아가보니 렌필드는 구석에 울적한 모습으로 앉아 있었다. 내가 들어가자 렌필드는 내 앞에 무릎을 꿇고 앉아 고양이를 갖게 해달라고 간청했다. 고양이가 자기를 구해줄 수 있다고 했다. 그렇지만 내 뜻은 변함이 없어서 그렇게 할 수는 없다고 했다. 렌필드는 말없이 원래 자리로 돌아가 앉아 손가락을 물어뜯었다. 내일 이른 아침에 그를 살펴볼 것이다.

7월 20일 나는 간호인이 병실들을 돌아보기 전, 아주 이른 시간에 렌필드를 찾았다. 그는 일어나서 콧노래를 흥얼거리고 있었다. 미리 챙겨둔 설탕을 창문에 흩뿌리고 있었는데, 다시 파리를 잡으려는 것이 분명했다. 활기차고 기분 좋아 보였다. 새를 찾아보았지만 보이지 않았다. 참새가 어디에 있느냐고 물었다. 렌필드는 돌아보지도 않고 새가 날아가버렸다고 대답했다. 방에는 깃털 몇 개가 떨어져 있고 베개에는 피가 묻어 있었다. 나는 아무 말도 하지 않았다. 돌아가서 담당자에게 낮 동안 렌필드가 뭔가 이상한 모습을 보이면 알려달라고 말했다.

오전 11시 간호인이 내게 와서 렌필드가 아주 아파하더니 깃털 한 뭉치를 토해냈다고 말했다.

"선생님, 제 생각에 환자가 키우던 새를 먹어치운 것 같아요. 그냥 산 채로 삼킨 거죠!"

오후 11시 그날 밤 렌필드가 잠을 잘 수 있도록 강한 진정제를 처방했다. 그리고 그의 공책을 읽어보려고 가지고 왔다. 최근 내 머릿속에서 흘러 다닌 생각은 이제 다 정리되었고, 내 이론은 입증되었다. 내가 맡은 살인광은 아주 특이한 유형이다. 그를 분류할 새로운 범주가 필요한데, 육식(날것을 먹는) 살인광이라고 불러야 할 것 같다. 렌필드는 최대한 많은 생명을 흡수하기를 욕망하며, 이를 위해 먹이사슬 방식을 이용했다. 파리를 잔뜩 모아 거미에게 주고, 또 거미를 잔뜩 모아 새에게 주었으며, 결국은 고양이가 새들을 먹어치우게 할 셈이었다. 그다음 단계는 무엇일까? 이 실험은 끝까지 해볼 가치가 있다. 충분한 이유만 있다면 완성할 수 있다. 생체 해부는 비웃음을 샀지만 오늘날 그 연구로 얻은 성과를 보라. 여러 과학 분야 중에서도 가장 어렵고 중요한 뇌과학의 진전을 이루어내자. 나는 광인의 망상을 알아낼 열쇠를 가지고 있다. 그렇게 인간의 마음을 알아낸다면, 내 연구 분야를 버든 샌더슨의 생리학이나 페리에의 두뇌학과는 비교도 안 될 수준으로 끌어올리게 될 것이다. 실험을 계속할 이유만 생각해낸다면! 이 문제를 너무 많이 생각하지는 말아야 한다. 아니면 유혹에 넘어갈지도 모른다. 어떤 그럴듯한 이유가 상황을 결정지을 수 있다. 나 또한 특별한 두뇌를 타고난 사람은 아니니까.

렌필드는 참으로 논리정연하다. 광인들은 언제나 그만의 사고방식이 있다. 나는 렌필드가 사람의 목숨을 다른 생명 몇 마리로 계산할지 궁금하다. 사람 한 명당 동물 한 마리일까. 렌필드의 수첩을 보면 아주 정확하게 결산을 끝냈고 오늘 새롭게 계산을 시작했다. 매일 새로운 기록을 시작하는 사람은 얼마나 될까?

내 경우엔 바로 어제, 이제껏 살아온 삶을 정리한 다음 새로운 희망을 품고 진정으로 새로운 기록을 시작했다. 위대한 기록자이신 하느님이 전체 합산을 끝내시고 흑자인지 적자인지 원장 결산을 하실 때까지 나는 계속 기록할 것이다. 아, 루시. 나는 그대에겐 화를 낼 수가 없고 그대와 행복을 함께할 내 친구에게도 화를 낼 수가 없다. 그저 희망 없이 버티며 일을 해야 한다. 일! 일뿐이다.

내가 그 가련한 광인처럼 강력한 목적의식을 가진다면, 선하고 이타적인 목적의식 속에서 일한다면, 정말 행복할 것이다.

미나 머리의 일기

7월 26일 불안하다. 일기를 쓰니 조금 안심이 된다. 나 자신에게 말을 건네는 동시에 내 말을 들어주는 기분이다. 그리고 속기 부호로 글을 쓰니 좀 다르다. 루시도 그렇고 조너선도 그렇고 생각하면 슬프다. 한동안 조너선에게 소식이 없어 무척 걱정했다. 그런데 어제, 언제나 친절한 호킨스 씨가 조너선에게서 온 편지를 내게 보내왔다. 전에 호킨스 씨에게 조너선의 소식을 들은 게 없는지 물어보는 편지를 보냈었다. 호킨스 씨는 동봉된 편지를 막 받았다고 전해왔다. 드라큘라 성에서 부친 그 편지에는 집으로 막 출발했다고 단 한 줄만 쓰여 있었다. 조너선답지 않은 편지라서 이해가 안 간다. 마음이 불편하다. 루시는 잘 지내지만 최근 들어 잠든 상태로 걸어 다니는 오래된 증세가 도졌다. 루시 어머니가 이 상황을 전해주었고, 매일 밤 내가 방문을 잘 잠가두기로 의견을 모았다. 웨스턴라 부인은 몽유병자가 늘 집 지붕이며 절벽 끝을 따라 걷다가 갑자기 잠에서 깨어나 절망에 가득 찬 비명을 지르며 아래로 떨어진다고 생각한다. 그래서 온 사방에 그 울음이 메아리친다는 것이다. 그러니 자연히 부인은 루시도 걱정한다. 게다가 루시의 아버지도 같은 증세가 있었다고 한다. 누가 막지 않으면 밤에 일어나서 직접 옷을 갈아입고 나갔다는 것이다. 루시는 가을에 결혼할 예정이고 이미 드레스는 어떻게 할지, 집은 어떻게 꾸밀지 계획하고 있다. 나도 결혼할 예정이라 루시의 마음을 알 것 같다. 물론 조너선과 나는 아주 작은 살림으로 시작해서 아끼며 살 것이다. 홈우드 씨는 귀족의 자제로 고덜밍 경의 외아들인데, 얼마 뒤면 이곳에 올 것이다. 아버지가 편찮으셔서 당장 떠날 수는 없으나 상황이 허락하는 대로 온다고 한다. 루시는 홈우드 씨가 올 때를 손꼽아 기다리는 것 같다. 루시는 홈우드 씨를 데리고 절벽이 있는 교회 묘지로 가서 휘트비의 아름다운 경치를 보여주고 싶어 한다. 아마도 루시는 연락을 기다리느라 안절부절못하는 것 같다. 홈우드 씨가 오면 다 괜찮아질 것이다.

7월 27일　조녀선에게서는 여전히 소식이 없다. 이유는 모르겠지만 점점 걱정된다. 한 줄만이라도 좋으니 그가 편지를 써주면 좋겠다. 루시는 전보다 증세가 더 심해져서 밤마다 방을 돌아다니는 통에 나도 잠에서 깬다. 다행히 날이 더워 루시가 감기에 걸릴 일은 없다. 하지만 나도 영향을 받기 시작했다. 조녀선 때문에 마음이 불안한 데다 자꾸 잠에서 깨다 보니 예민해지고 제대로 잠을 이룰 수가 없다. 그래도 루시의 건강이 나빠지지 않아서 다행이다. 홈우드 씨는 부친이 몹시 편찮으셔서 갑자기 링으로 부름을 받아서 간 뒤 아직 휘트비에 오지 않았다. 루시는 만남이 미뤄져 애태우면서도 여전히 예쁜 모습이다. 살이 약간 오르고 뺨은 사랑스러운 장밋빛이다. 한때 빈혈이 있는 듯 창백했지만 지금은 아니다. 루시가 계속 건강하길 기도한다.

8월 3일　한 주가 또 가고 조녀선에게서는 여전히 소식이 없다. 그의 소식을 전해주었던 호킨스 씨에게서도 편지가 없다. 조너선이 아프지 않기를 바란다. 그는 편지를 쓰긴 했을 것이다. 그의 마지막 편지를 보는데, 뭔가 석연치 않다. 그가 쓰지 않은 것 같은데, 필체를 보면 그의 편지가 맞는다. 틀림없다. 루시는 지난주에는 밤에 걸어 다니는 날이 줄었다. 하지만 뭔가에 집착하고 있는데, 그게 뭔지 모르겠다. 잠을 잘 때도 루시는 나를 감시하는 것 같다. 문을 열려다가 잠겼다는 사실을 알면 열쇠를 찾아 방을 돌아다닌다.

8월 6일 사흘이 또 지났는데 소식이 없다. 조마조마하다 못해 점차 겁이 난다. 어디로 편지를 써야 하는지 혹은 어디로 가야 하는지 알기만 한다면, 마음이 편해질 것이다. 하지만 마지막 편지 이후로 조너선 소식을 들은 사람은 아무도 없다. 그저 하느님에게 인내심을 달라고 기도드려야 한다. 루시는 이전보다 자주 흥분하긴 해도 건강은 좋다. 어젯밤은 날씨가 무척 험했는데 어부는 폭풍이 올 거라고 했다. 날씨를 지켜보고 폭풍을 알리는 신호를 익혀놓아야겠다. 오늘은 흐린 날이다. 일기를 쓰는 지금, 케틀니스곶 위로 드리운 두꺼운 구름 속으로 태양은 모습을 감추었다. 에메랄드처럼 빛나는 초록색 풀밭을 제외하면 어디나 잿빛이다. 바위도 잿빛이고, 잿빛 바다에 드리운 구름도 가장자리만 반짝일 뿐 잿빛이다. 손가락 모양으로 뻗어나간 모래톱도 잿빛이다. 바닷물이 모래톱 얕은 곳이며 평평한 부분으로 밀려들며 포효하는데, 육지를 떠다니는 바다 안개가 그 소리를 먹어버린다. 수평선은 잿빛 안개에 가려 보이지 않는다. 어마어마한 광경이다. 구름은 거대한 바위처럼 층층이 쌓여 있고, 세상의 종말을 알리는 듯한 낮은 웅얼거림이 바다에서 들려온다. 해안가 여기저기에 어두운 형상이 있는데 안개에 반쯤 가릴 때도 있다. 나무가 걸어 다니는 것처럼 보이기도 한다. 급히 돌아오는 어선들은 큰 파도에 솟구쳤다 가라앉았다 한쪽으로 기울어지기도 하며 항구로 온다. 스웨일스 씨도 온다. 곧장 내쪽으로 오고 있다. 모자를 벗고 대화를 청한다. 노인의 태도가 달라져서 마음이 짠했다. 그는 내 옆에 앉더니 부드럽게 말했다.

"아가씨한테 하고 싶은 말이 있소."

그는 어딘가 불편해 보인다. 그래서 늙고 주름져 애처로운 그의 손을 잡고 다 말해보라고 했다. 그는 손을 그대로 둔 채 말했다.

"그기, 지난 몇 주 내내 죽은 사람들 이야기며 이런저런 것들을 나쁘게 말해서 아가씨가 충격받았을까 봐서. 그럴 뜻은 없었는데. 내가 세상을 떠나도 알아주면 좋겠구마. 한쪽 발을 무덤에 걸쳐놓은 우리 나이 든 사람들은 죽음을 생각하길 좋아하지 않소. 그런 생각에 겁먹고 싶지 않은 거지. 그래서 내가 그것들을 얕보게 된 거요. 내 기분이 좋아야 하니까. 하지만 말이다, 내는 죽는 게 무섭지는 않소. 하나도 안 무서워. 그저 가능하면 안 죽고 싶은 거지. 이제 갈 때가 됐는갑소. 난 늙었어. 100년이면 너무 오래 살았지. 누구든 더 살기를 바랄 수도 없지. 죽음이 코앞꺼정 와서 저승사자가 이미 낫을 갈고 있다. 참, 가볍게 말하는 버릇을 버리질 못하네. 조금 있으면 죽음의 천사가 내한테 나팔을 불겠지. 하지만 그렇게 울 건 없소."

내가 우는 모습을 보고 그가 말했다.

"만약에 천사가 오늘 밤에 온다 캐도 내는 천사의 부름을 거절하지 않을 끼다. 삶은 결국 우리가 하는 일 말고 다른 무언가를 기다리는 일일 뿐이고, 우리가 당연히 기댈 수 있는 것은 죽음이지. 죽음이 다가오고 있어서 내는 만족스럽다. 그것도 빨리 오고 있지. 우리가 주위를 둘러보며 궁금해하는 사이에 올 수도 있고. 사람 목숨을 앗아가고 배를 난파시켜 가슴 아프고 슬프게 하는 저 바닷바람 속에 죽음이 있을지도 모르고. 보소! 보라고!"

그가 갑자기 소리쳤다.

"저기 바람과 안개 속에 뭐가 있다. 소리며 모습이며 맛이며 냄새에 죽음이 깃들어 있다. 저 바람 속에 있다고. 죽음이 다가오는 기 느껴진다. 하느님, 저를 부르실 땐 제가 기쁜 마음으로 받들도록 해주소서."

그는 경건히 팔을 들더니 모자를 들어 보였다. 입은 기도하듯 움직였다. 잠시 침묵이 흐른 뒤, 그는 자리에서 일어나 악수를 하고 나를 축복하고는 작별 인사를 남기고 다리를 절며 자리를 떠났다. 마음이 아프고 무척 속상했다.

겨드랑이에 작은 망원경을 낀 해안 경비원이 와서 나는 반가웠다. 그는 언제나처럼 내게 말을 건네려고 발걸음을 멈추었다. 그렇지만 바다 위 낯선 배 한 척에서 시선을 돌리지 않았다.

"저 배가 왜 저러는지 모르겠네요. 러시아 배 같은데 정말 이상하게 떠다니고 있어요. 어떻게 해야 할지 잘 모르는 것 같아요. 폭풍우가 오는 건 아는 것 같은데, 육지에서 멀어져 북쪽으로 올라갈지 여기에 정박할지 결정을 못 하고 있나 봐요. 저기 보세요! 배가 아주 이상하게 가고 있어요. 키잡이와 상관없이 움직이잖아요. 바람이 불 때마다 방향이 변하네요. 내일 이맘때가 되기 전에 저 배에 대한 정보를 자세히 얻을 수 있겠죠."

7장

8월 8일 자 《데일리그래프》 기사

(미나 머리의 일기에 첨부)

특파원 보고, 휘트비에서

유례없이 강력한 폭풍이 갑작스레 닥치는 바람에 낯설고 희한한 사건이 발생했다. 날씨는 후덥지근했으나 8월치고 유달리 덥지는 않았다. 토요일 저녁은 날씨가 무척 좋아서 어제 휴일을 즐기려는 수많은 사람이 멀그레이브 숲, 로빈 후드만, 리그밀, 런스위크, 스테이스며 휘트비 인근으로 길을 나섰다. 증기선 에마호와 스카보로호는 해안을 오르내리며 평소보다 많은 여행객을 실어 날랐다.

　　날씨는 오후까지는 아주 좋았다. 하지만 이스트 클리프 묘지를 자주 찾는 몇몇이 그 전망 좋은 언덕에서 북쪽과 동

쪽의 탁 트인 바다를 보다가 갑자기 북서쪽 하늘 높이 나타
난 새털구름을 포착했다. 그때 바람은 남서쪽에서 적당히 불
어오고 있었는데, 풍력계급으로는 '2등급: 남실 바람'이었다.
근무하던 해안 경비원이 즉시 보고했고, 반세기 넘게 이스트
클리프에서 날씨 변화를 관찰해왔다는 어느 나이 든 어부는
갑작스러운 폭풍이 올 것이라고 확신했다.

　저물녘 풍경은 무척 아름다웠고 노을빛에 화려하게 물
든 구름 덩어리들이 장관을 이루었다. 그 절경을 즐기려고
많은 사람이 묘지가 있는 절벽 산책길을 거닐었다. 태양이
서쪽 하늘로 불쑥 솟은 시커먼 케틀니스곶 아래로 사라지는
동안, 끝도 없는 구름 덩어리들이 저물녘의 빛깔로 물들며
태양의 궤적을 그렸다. 붉은 구름, 자주 구름, 분홍 구름, 녹
색 구름, 보라색 구름, 갖가지 금색으로 물든 구름이 찬란했
다. 크진 않아도 칠흑처럼 검어 선명하게 눈에 띄는 먹구름
덩어리도 온갖 모양으로 여기저기 떠 있었다. 화가들은 이
광경을 놓치지 않았다. '대폭풍의 서막'을 담은 몇몇 그림이
내년 5월 왕립미술원과 왕립수채화화가협회의 전시를 빛낼
것이다.

　여러 선장들은 날씨를 살핀 다음 마음을 정했다. 종류에
따라 '자갈' 또는 '노새'라고 부르는 배들을 폭풍이 지나갈 때
까지 항구에 정박해두기로 했다. 저녁에는 바람이 완전히 가

셨고 자정이 되자 쥐 죽은 듯 고요한 가운데 무척 더웠다. 곧 닥쳐올 천둥을 앞두고 예민한 사람이라면 동요할 만한 긴장 감이 대기를 감돌았다.

바다에는 불빛이 얼마 없었다. 해안 가까이 다니는 증기 선도 여느 때와는 달리 바다에 머무르고 있었다. 어선도 거 의 보이지 않았다. 눈에 띄는 유일한 배는 외국에서 온 범선 으로 돛을 모두 올리고 서쪽으로 가는 것 같았다. 그 배가 눈 에 보이는 동안, 사람들 사이에선 항해사들이 만용을 부리는 것인지, 몰라서 그러는 것인지 등의 여러 말들이 오갔다. 사람 들은 그 배에 위험하니 돛을 내리라는 신호를 보내려고 애썼 다. 밤이 완전히 되기 전에 그 배는 한가로이 돛을 펄럭이면서 물결치는 바다를 오르락내리락 부드럽게 헤쳐나갔다.

그림 바다에 뜬 그림 배처럼 한가로이(새뮤얼 테일러 콜리지의 「늙은 선원의 노래」 중 한 대목 — 옮긴이)

밤 10시가 되기 직전, 대기의 흐름이 멈춘 가운데 점차 숨이 막힐 것처럼 후텁지근해졌다. 워낙 조용하다 보니 먼 땅에서 양이 울거나 마을에서 개가 짖는 소리가 선명하게 들 렸다. 부두에서 악대가 신나게 연주하는 프랑스 음악은 자연 의 고요한 연주를 깨는 불협화음 같았다. 자정이 얼마 지나지 않아 바다에서 기묘한 소리가 났다. 저 높은 하늘에서는 우르릉거리는 낯선 소리가 희미하게 들리기 시작했다.

그때 폭풍이 전조도 없이 닥쳤다. 온 세상이 단번에, 어마어마하게 빨리 요동쳤다. 나중에도 실감하기 어려울 정도였다. 파도가 점점 성을 내며 솟구치고, 그 위에 또 솟구쳤다. 그 평화롭던 바다가 몇 분 만에 으르렁대며 다 집어삼키려드는 괴물이 되었다. 파도의 하얀 물마루가 평평한 모래밭을 미친 듯이 때리고 벼랑 쪽 완만한 비탈로 몰려갔다. 부두 위로 쏟아지는 파도의 물보라는 휘트비 항구의 양쪽 부두 끝에 서 있는 등대의 등불을 쓸었다. 바람이 천둥처럼 포효하며 거세게 불어오는 통에 건장한 남자들도 제 발로 서 있기 어려워 쇠기둥을 꽉 잡고 버텨야 했다. 이제 부두의 구경꾼들을 모두 내보내야 했다. 그렇게 하지 않았다면 밤새 사망자가 늘어났을 것이다.

그런 데다 무지막지한 바다 안개가 육지로 밀려와 이 힘겹고 위험한 상황을 더욱 어렵게 했다. 희고 젖은 구름 같은 안개가 유령처럼 떠다녔다. 너무나 축축하고 차가운 안개가 쓸고 지나가면 사람들은 몸서리치곤 했다. 바다에서 사라진 사람들의 영혼이 차고 끈적한 죽음의 손으로 건드리고 다니는 것 같았다. 때로 안개가 걷히면 번개가 번쩍이며 먼바다를 드러냈다. 번개는 더 세게 더 자주 떨어지기 시작했고 천둥소리가 뒤를 이었다. 태풍의 거센 발걸음에 온 하늘이 놀라서 부들부들 떠는 것 같았다. 너무나 장엄하여 온 마음을 잡아끄는 장면도 있었다. 바다가 산처럼 높이 솟아오르면서 엄청난 물거품을 뿜어내는 모습은 흡사 폭풍이 물거품을 잡아채 빙빙 돌리다 내던지는 듯했다.

너덜너덜해진 돛을 단 어선들이 여기저기서 폭풍의 공격을 피해 안전한 곳을 찾아 미친 듯이 내달렸다. 폭풍에 휩쓸린 바닷새의 하얀 날개가 보일 때도 있었다. 이스트 클리프 꼭대기에서는 아직 한 번도 써보지 않은 새로운 탐조등을 쓸 준비를 하고 있었다. 담당자가 작동을 시작했다. 육지로 밀려드는 바다 안개가 잠시 가신 동안, 불빛은 바다 표면을 비추었다. 탐조등은 한두 번 아주 큰 효과를 발휘했다. 뱃전이 물에 잠긴 어선 한 척이 항구로 돌진하다가 탐조등 불빛의 안내를 받아 부두에 부딪히는 일을 면했다. 배들이 무사히 항구에 도착할 때마다 해안가 사람들은 기뻐하며 환호성을 질렀다. 그 외침은 잠시 강풍을 헤치고 들려왔으나 몰려온 바람에 곧 쓸려갔다.

오래지 않아 탐조등은 얼마쯤 떨어진 바다에서 돛을 다 올린 범선 한 척을 발견했다. 아침 일찍 눈에 띈 그 배가 분명했다. 이제 바람은 다시 동쪽으로 불고 있었다. 절벽 위의 구경꾼들은 배가 심각한 위험에 처했음을 깨닫고 몸서리쳤다.

그 배와 항구 사이에는 빼어난 배들도 종종 애먹는 거대하고 평평한 암초가 놓여 있었다. 또 동쪽에서 불어오는 바람 때문에 배는 항구 입구로 오기가 아주 어려워 보였다. 만조가 거의 다가왔지만 파도가 여전히 너무 높아 파도의 골에서 얕은 해안이 거의 다 드러날 정도였다. 범선이 돛을 모두 올린 채 아주 빠르게 달리는 모습을 보고 어느 노련한 선원이 말했다.

"저 배는 어디든 도착하긴 할 거야, 지옥이라 해도."

더욱 짙은 바다 안개가 또 한차례 몰려왔다. 눅눅한 안개 덩어리는 잿빛 휘장처럼 모든 것을 덮어버린 채 사람의 청각기관만 남겨놓은 것 같았다. 태풍이 포효하는 소리와 요란한 천둥소리와 어마어마한 파도가 굽이치는 소리가 축축한 장막 사이로 이전보다 더 크게 터져 나온 것이다. 탐조등 불빛은 여전히 동쪽 부두를 가로질러 항구 입구를 비추고 있었다. 다들 충격적인 일이 벌어지리라 생각하며 숨죽인 채 기다렸다. 갑자기 바람이 북동쪽으로 방향을 옮겨갔고 남은 바다 안개는 돌풍에 흩어졌다. *mirabile dictu*(놀랍게도), 그 범선이 폭풍을 뒤로하고 돛을 모두 올린 채 파도 사이를 뛰어넘듯 아주 빠르게 두 부두 사이로 돌진하더니, 항구에 안전히 도착했다.

탐조등이 배를 쫓았다. 지켜본 모두가 몸서리를 쳤다.

배의 키에 고개를 축 늘어뜨린 시체 하나가 묶여 있었던 것
이다. 배가 움직일 때마다 앞뒤로 흔들리는 모습이 끔찍했
다. 갑판 위에 다른 사람은 보이지 않았다. 배가 기적처럼 항
구에 도착했는데 죽은 자의 손 말고는 키를 조종한 사람이
없는 상황이 사람들에게 어마어마한 경외심을 불러일으켰
다. 사실 이 글을 쓰는 속도보다 더 빨리 순식간에 상황이 진
행되었다. 범선은 멈추지 않고 항구를 가로지르더니, 이스트
클리프 아래 튀어나온 부두의 남동쪽 구석에 있는 모래와 자
갈이 퇴적된 부분에 곤두박질치듯 멈추었다. 수많은 파도와
폭풍이 씻어 내린 곳으로 이 지역에서는 테이트힐 부두라고
부른다.

당연하겠지만 배는 모래 더미로 돌진하면서 상당한 충
격을 받았다. 돛대며 밧줄이며 버팀줄이 모두 팽팽해졌다.
위쪽 돛대는 일부가 부서졌다. 하지만 가장 이상한 일은 배
가 해안에 닿은 그 순간, 몸집이 대단히 큰 개 한 마리가 마치
배가 받은 충격에 튀어 오른 듯 밑창에서 갑판으로 뛰쳐나온
것이다. 개는 앞으로 달려 나오더니 뱃머리에서 모래사장으
로 뛰어내렸다. 그런 다음 가파른 절벽을 향해 바로 달렸다.
절벽에는 묘지에서 동쪽 부두로 가는 길이 있는데, 무척 가
파르다. 절벽이 내려앉아 평평한 묘석 일부가 튀어나온 곳도
있다. 휘트비에서는 뻗어 나온 돌이라고도 부르는 묘석이다.

그 가파른 길의 어둠 속으로 개는 사라졌다. 탐조등 불빛을 벗어난 곳이라서 더 어두워 보였다.

마침 그 순간 테이트힐 부두에는 아무도 없었다. 근처에 사는 사람들은 모두 잠들었거나 높은 지대에 올라가 있었다. 그래서 동쪽 항구에서 근무하던 경비원이 즉시 그 작은 부두로 달려갔다. 그렇게 그는 갑판에 오른 첫 번째 사람이 되었다. 탐조등을 맡은 사람들은 항구 입구를 살펴봐도 아무것도 안 보이자 등불을 돌려 난파선 쪽으로 고정해두었다. 경비원은 고물 쪽으로 달려갔다. 키의 손잡이 옆으로 가서 몸을 숙여 살펴보려다 갑자기 놀라기라도 한 듯 바로 뒷걸음쳤다.

이 광경을 본 사람들은 다들 호기심이 생겼다. 여러 사람이 배 쪽으로 달려가기 시작했다. 웨스트 클리프에서 테이트힐 부두로 가려면 도개교를 거쳐 돌아가야 해서 꽤 먼 길이었지만 본 특파원은 제법 잘 뛰는 편이어서 선두에 나섰다. 부두에 도착해보니 이미 사람들이 몰려들었고 해안경비대와 경찰은 누구도 배에 올라가지 못하게 했다. 현장 책임자가 호의를 베푼 덕분에 나는 특파원으로서 갑판에 올라가도 좋다고 허락받았다. 키 손잡이에 묶인 채 죽은 선원을 직접 본 사람은 몇 안 되는데, 나도 그중 한 명이 되었다.

경비원이 놀라고 겁에 질린 것도 당연했다. 자주 볼 수 있는 광경이 아니었다. 그 남자의 양손은 포개진 채 키의 손잡이 가운데 하나에 묶여 있었다. 십자가가 안쪽 손과 나무 사이에 끼어 있고 십자가를 매단 묵주가 손목과 키 주변에 감겨 있었다. 전부 끈으로 고정되었다. 그 가엾은 사람은 한때 앉아 있었을 테지만, 돛이 퍼덕퍼덕 흔들리면서 키 손잡이도 움직이고 그의 몸도 앞뒤로 왔다 갔다 끌려다닌 것 같았다. 그 탓에 손을 묶은 줄이 살을 깊이 파고들어 뼈까지 닿은 것이다.

이 상황은 정확히 기록되었다. 내 뒤에 바로 도착한 의사 J. M. 카핀(이스트 엘리엇 플레이스 거주, 33세)이 시신을 살펴본 후 남자가 사망한 지 이틀이 되었다고 밝혔다. 죽은 선원의 주머니에는 코르크 마개로 입구를 틀어막은 병이 들어 있었다. 돌돌 만 종이가 병에서 나왔는데, 항해일지를 보충한 기록으로 밝혀졌다. 해안경비대는 선원이 자신의 손을 직접 묶고 이로 매듭을 지은 것 같다고 했다. 갑판에 오른 첫 번째 사람이 해안경비원이므로 훗날 해군 재판소에서 곤란한 상황이 줄어들 것으로 보인다. 난파선에 민간인이 맨 먼저 들어가면 구조에 대한 사례를 요구할 수 있지만, 경비대는 그럴 권리가 없기 때문이다. 그렇지만 이미 법적인 말들이 쉴 새 없이 오가고 있었다. 어느 젊은 법학도는 배 소유주의 권리가 상실되었다고 거세게 주장했다. 확실한 증거가 없다면 키의 손잡이가 배를 위임받았다는 상징이 될 수 있는데,

바로 그 손잡이를 **죽은** 사람이 잡고 있었으니 그 배에는 양도 불능의 소유권이라는 규정이 적용된다는 것이었다.

당연한 말이지만, 선원은 죽기 전까지 명예로이 밤낮으로 바다를 감시하던 장소에서 조심히 옮겨져 시체 보관소에서 검시를 기다리고 있다. 그는 고귀하고 성실한 카사비앙카("소년이 불타는 갑판에 서 있네"로 시작하는 펠리샤 헤먼스의 시 「카사비앙카」(1827)에 등장하는 소년-옮긴이) 같은 사람이었다.

갑작스레 닥친 폭풍은 어느새 지나가고 기세도 누그러졌다. 사람들은 흩어져 집으로 향했다. 요크셔고원 너머 하늘이 붉어지기 시작했다. 다음 호에는 폭풍 속에서 기적처럼 항구로 가는 길을 찾아낸 난파선에 대해 더 자세히 쓰겠다.

8월 9일, 휘트비 어젯밤 폭풍을 뚫고 도착한 그 기묘한 난파선은 사건 자체보다 뒷이야기가 더욱 놀랍다. 범선은 바르나에서 출발한 러시아 배 데메테르호다. 배의 바닥짐은 대부분 흰 모래이고 화물을 조금 싣고 있는데 흙을 채운 나무 상자 여러 개다. 화물은 크레슨트 7번가에 사는 휘트비의 사무 변호사 S. F. 빌링턴 씨에게 보낸 것으로 오늘 아침 빌링턴 씨가 배에 올라 정식으로 인수했다. 또 용선계약의 당사자를 대리하여 러시아 영사가 입항세 등을 모두 내고 배를 정식으로 인수했다. 이 이상한 우연의 일치 같은 사건이 온통 화젯

거리다. 상무부 직원들은 일이 규정대로 진행되었는지 꼼꼼히 살폈다. 이 사건도 잠깐 동안 계속 입에 오르내릴 것이고, 나중에 논쟁거리가 나와서는 안 된다고 직원들이 단단히 마음먹은 모양이었다.

배가 해안에 부딪혔을 때 뛰어내린 개는 많은 관심을 끌었다. 휘트비에서 활발히 활동하는 동물학대방지협회의 여러 회원이 그 동물을 도우려 했다. 그렇지만 실망스럽게도 찾을 수 없었다. 시가지에서 완전히 사라진 것 같았다. 겁을 먹고 황무지로 달아나 지금도 두려움에 떨며 숨어 있을지도 모른다. 분명 사나운 짐승이었으니 나중에 그 개 자체가 위험이 될 수도 있다고 걱정하는 사람들도 있다.

오늘 이른 아침 테이트힐 부두 가까이 사는 어느 석탄 상인네 커다란 잡종 마스티프 한 마리가 뜰 건너편 길에서 죽은 채 발견되었다. 목덜미가 뜯겨 나가고 사나운 발톱 같은 것으로 배가 찢긴 것을 보면 마스티프는 난폭한 상대와 싸움을 벌인 것이 분명했다.

얼마 뒤 상무부 조사관의 호의에 힘입어 데메테르호의 항해 일지를 살펴볼 기회를 얻었다. 사흘 전까지의 일이 순서대로 쓰여 있었다. 실종된 사람들에 대한 언급을 제외하면 특별히 관심을 끄는 내용은 없었다. 더 관심을 끈 것은 병 속에서 나온 종이로 오늘 조사에서 다루어졌다. 조사관 두 명이 털어 놓은 그 종이 내용보다 더 이상한 이야기는 들어본 적이 없다. 숨길 이유가 없으니 기사로 써도 좋다고 허락을 받았다. 그에 따라 배 조종이나 화물 관리인과 관련된 기술적인 내용은 제외하고 신문사 측에 항해일지 사본을 전하기로 한다.

선장은 항해를 시작하기 전부터 편집증에 시달리는 상태였는데, 항해 동안 증세가 점점 심해진 것으로 보인다. 물론 내 기록은 시간이 얼마 없는 탓에 러시아 영사관 직원이 친절하게도 내게 옮겨준 말을 받아쓴 것이라 완전히 정확하지는 않다는 점을 감안해서 읽어주기 바란다.

데메테르호의 항해일지
바르나에서 휘트비로

7월 18일에 적기 시작했다. 너무 이상한 일이 일어나고 있어 도착할 때까지 정확하게 기록할 생각이다.

7월 6일 뱃짐을 다 실었다. 바닥짐으로 흰 모래를 실었고 화물은 흙이 든 상자다. 정오에 돛을 올렸다. 강한 동풍. 탑승자는 선원 다섯 명, 항해사 두 명, 요리사, 그리고 나(선장)다.

7월 11일　새벽에 보스포루스해협(발칸반도와 튀르키예 사이에 있는 해협-옮긴이)으로 들어왔다. 튀르크 세관원이 배에 올랐다. 뒷돈을 건네자 문제없이 통과했다. 오후 4시에 출발했다.

7월 12일　다르다넬스해협을 통과했다. 더 많은 세관원이 올라오고 경비대 기함 한 척이 왔다. 다시 뒷돈을 건넸다. 세관원들은 꼼꼼하고 빠르게 일했다. 그들은 우리에게 곧 떠나라고 했다. 해가 떨어질 무렵 에게해에 들어왔다.

7월 13일　마타판곶(그리스 본토의 남쪽 끝으로 현재 테나론곶으로 알려져 있다-옮긴이)을 지났다. 선원들은 뭔가 불만족스럽다. 겁에 질린 것 같은데 제대로 말을 하지는 않는다.

7월 14일　선원들이 좀 걱정된다. 전에 나와 항해한 적 있는 성실한 친구들이다. 항해사는 무엇이 문제인지 알아내지 못했다. 선원들은 항해사에게 그저 무언가 있다고만 하며 성호를 그을 뿐이다. 항해사는 선원 한 명에게 화가 나 이성을 잃고 때렸다. 심한 싸움이 일어날 줄 알았는데 조용히 끝났다.

7월 16일　항해사가 아침에 선원 중 한 사람인 페트롭스키가 사라졌다고 보고했다. 이유는 알 수 없다. 지난밤 그는 네 시간 동안 왼쪽 뱃전에서 불침번을 서고 아브라모프와 교대했다. 그런데 침대로 가지는 않았다. 선원들은 더욱 풀이 죽었다. 다들 그런 비슷한 일이 일어날 줄 알았다면서도 무언가 배에 있다는 말 이상은 하지 않는다. 항해사는 선원들에게 점점 짜증을 내면서도 말썽이 생길까 걱정한다.

7월 17일 어제 선원 중 한 명인 올가렌이 내 선실로 와서 겁에 질린 모습으로 배에 낯선 사람이 타고 있는 것 같다고 털어놓았다. 불침번을 서던 중 비바람이 몰아쳐 갑판실 뒤로 몸을 피했는데 키 크고 마른 사람이 나타났다는 것이다. 배의 누구와도 닮지 않은 그 사람은 갑판과 선실 사이의 계단으로 올라와 뱃머리 쪽으로 가더니 사라졌다. 올가렌은 조심스럽게 뒤를 따라갔으나 뱃머리 쪽에는 아무도 없고 갑판 승강구는 모두 닫혀 있었다. 그는 미신적인 공포에 사로잡혀 불안하다. 나는 그 여파가 선원들 사이에 퍼질까 두렵다. 겁이 난 그를 달래기 위해 오늘 이물에서 고물까지 배 전체를 주의 깊게 수색할 것이다.

그날 늦은 시간 나는 선원 전체를 모아놓고, 선원들이 틀림없이 배에 누가 있다고 생각하는 모양이니 이물에서 고물까지 다 뒤져보겠다고 말했다. 일등 항해사는 화가 났다. 바보 같은 짓이라며, 그런 어리석은 생각에 굴복당하면 선원들 버릇만 나빠질 것이라고 했다. 몽둥이 하나만 있으면 일이 다 해결된다고도 했다. 나는 일등 항해사에게 키를 맡긴 다음 나머지 사람들과 함께 랜턴을 들고 나란히 배를 수색했다. 샅샅이 뒤졌다. 짐은 커다란 나무 상자가 전부이고 사람이 숨을 만한 곳은 없었다. 수색이 끝나자 다들 안도하면서 기분 좋게 일하러 돌아갔다. 일등 항해사는 싫은 기색이었지만 아무 말도 하지 않았다.

7월 22일 지난 사흘 동안 날씨가 계속 나빠서 다들 돛을 조정하기 바빴다. 두려움에 떨 시간도 없었다. 선원들은 공포를 잊은 듯했다. 항해사는 다시 활기를 찾았고 다들 사이가 좋아졌다. 나쁜 날씨에 일하느라 고생이 많다고 말해주었다. 지브롤터해협을 빠져나왔다. 문제없다.

7월 24일 배에 액운이 든 것 같다. 이미 선원 한 명이 사라진 가운데 나쁜 날씨를 예상하고 비스케이만으로 들어왔는데, 어젯밤 또 한 명이 실종되었다. 첫 번째 선원처럼 불침번을 본 뒤 자취를 감추었다. 모두 잔뜩 겁에 질려서, 혼자는 무서우니 두 명이 불침번을 서게 해달라는 요청서를 다 같이 작성했다. 항해사는 성질을 냈다. 항해사나 선원이 난폭하게 굴 것 같은데, 성가신 사건이 될까 두렵다.

7월 28일　지옥 같은 나흘을 보냈다. 바다가 소용돌이치고 폭풍 같은 바람까지 불어와 배가 심하게 흔들렸다. 아무도 잠들지 못했다. 모두 나가떨어졌다. 불침번을 설 만한 사람이 없어서 누가 서야 할지 알 수 없었다. 이등 항해사가 키도 잡고 불침번도 서겠다고 나섰다. 덕분에 선원들이 몇 시간은 잘 수 있다. 바람이 약해졌다. 바다는 여전히 거칠지만 기세가 한결 꺾여서 배가 안정적으로 나아간다.

7월 29일　비극이 또 발생했다. 선원들이 너무 피곤해서 불침번을 두 명이 아니라 한 명만 섰다. 아침 근무자가 갑판에 올라가니 키잡이 말고는 아무도 보이지 않았다. 다들 아우성을 치며 갑판으로 모였다. 배를 철저히 수색했지만 아무도 찾을 수 없었다. 이제 이등 항해사가 없다. 선원들은 충격에 빠졌다. 일등 항해사와 나는 이제부터 무장하고 사태의 원인을 알아내기로 했다.

7월 30일　지난밤 영국 근처까지 와서 기뻤다. 날씨가 좋아서 돛을 모두 올렸다. 너무 지쳐 선실에 돌아가 푹 잠들었다. 항해사가 와서 깨어났다. 불침번을 선 선원과 키잡이 모두 사라졌다고 한다. 이제 배를 몰 사람은 나와 항해사와 선원 두 명밖에 없다.

8월 1일 이틀 동안 안개가 끼었고 다른 배는 눈에 띄지 않았다. 영국해협에 들어가면 도움을 청하는 신호를 보내거나, 아니면 항구 어디든 들어갈 수 있기를 기대했다. 그런데 돛을 움직일 힘이 없어 바람을 등지고 배를 몰아야 했다. 돛을 내렸다간 다시 올릴 수 없을 터였다. 배는 끔찍한 파멸을 향해 떠내려가는 것 같다. 항해사는 이제 누구보다도 기가 꺾였다. 강한 성격이라 마음이 더 괴로운 것 같다. 선원들은 두려움을 넘어서서 무심하고 참을성 있게 일하는데 최악의 사태를 맞이할 준비가 된 것 같다. 그들은 러시아 사람이고 항해사는 루마니아 사람이다.

8월 2일, 자정 몇 분 잠들었다가 비명에 깨어났다. 선실 밖에서 난 것 같았다. 안개가 가득해 아무것도 볼 수 없었다. 갑판으로 서둘러 갔다가 항해사와 마주쳤다. 그도 비명을 듣고 달려 나왔다며, 불침번을 선 선원이 보이지 않는다고 했다. 또 한 명 사라졌다. 주여, 우리를 도와주소서! 항해사는 우리가 도버해협을 지난 것 같다고, 사라진 선원의 비명 소리를 들었을 때 잠시 안개가 걷혀 영국 남동부 해안가에 있는 노스포랜드 등대가 보였다고 했다. 이제 우리가 항로를 벗어나 북해로 들어왔다면 하느님만이 안개 속에서 우리를 인도해 줄 수 있다. 안개는 우리를 따라다니는 것 같고 하느님은 우리를 저버리신 것 같다.

8월 3일 자정에 키잡이와 교대하러 갔는데 아무도 보이지 않았다. 바람은 같은 방향으로 계속 불었다. 배는 바람을 등지고 달렸으므로 키잡이가 없어도 방향이 달라지지 않았다. 키를 놔두고 떠날 수 없어 항해사를 소리쳐 불렀다. 몇 초 뒤 운동복 차림의 항해사가 갑판으로 달려왔다. 눈빛이 거칠고 사나웠다. 제정신이 아닌 것 같아 정말 두려웠다. 항해사는 내게 가까이 오더니 자기 말을 공기마저 엿들을까 겁난다는 듯 내 귓가에 대고 쉰 목소리로 속삭였다.

"그것이 여기 있어요. 이제 알겠어요. 어젯밤 불침번을 서다가 봤어요. 키 크고 마른 남자 같은데 유령처럼 창백했어요. 그자는 뱃머리에서 바다를 내다보았어요. 그 뒤로 다가가 칼을 휘둘렀더니 칼이 공기를 찌른 것처럼 남자를 그냥 통과했어요."

항해사는 칼을 꺼내 허공에 대고 사납게 휘둘렀다.

"어쨌든 그것이 있으니 내가 찾을 겁니다. 선창 상자 가운데 하나에 있는 것 같아요. 내일 하나씩 열어볼 겁니다. 선장님은 키를 맡으세요."

항해사는 조심하라는 표정을 짓고 손가락을 입에 대더니 아래로 내려갔다. 별안간 바람이 변덕스럽게 불어닥쳐 키를 놓고 갈 수가 없었다. 나는 항해사가 연장 상자와 랜턴을 들고 갑판으로 나온 뒤 승강구로 내려가는 모습을 보았다. 완전히 정신이 나간 모양이다. 막아봐야 소용이 없다. 송장에 '진흙'이라고 쓰여 있는 걸 보면 항해사가 어떻게 한들 그 큰 상자는 손상을 입지 않을 것이다. 막 다룬다고 해도 별일 아닐 것이다. 그래서 나는 이곳에서 키를 맡은 채 일지를 쓰고 있다. 그저 하느님을 믿으며 안개가 걷히기를 기다릴 뿐이다. 이 바람으로 어떤 항구로도 들어갈 수 없다면, 돛을 내리고 가만히 기다리며 구조 신호를 보낼 것이다.

이제 상황은 거의 다 끝났다. 항해사가 평정을 찾아서 돌아오리라고 기대하기 시작한 때였다. 선창에서 무언가 두들기며 떼어내는 소리가 나기에, 그렇게 해서라도 그의 상태가 좋아질 줄 알았다. 갑자기 승강구에서 들려오는 공포 어린 절규에 피가 싸늘히 식는 듯했다. 항해사가 갑판으로 후다닥 뛰쳐나왔다. 완전히 미친 사람처럼 눈은 희번덕거리고 얼굴은 겁에 질려 경련했다.

"사람 살려! 사람 살려!"

항해사가 울부짖었다. 그러더니 주위를 에워싼 안개를 보았다.

"선장님도 너무 늦기 전에 가는 게 좋을 겁니다. 그가 여기 있어요. 이제 비밀을 알았어요. 바다가 우리를 구해줄 겁니다. 남은 것은 이것밖에 없어요!"

　내가 무슨 말이라도 하거나, 말리려고 앞으로 나설 틈도 없었다. 항해사는 난간 위로 뛰어오르더니 바다로 몸을 던졌다. 이제 나는 비밀을 알 것 같다. 배 위의 선원들을 하나씩 처리한 것은 바로 저 미친 남자다. 그리고 스스로 그 뒤를 따른 것이다. 하느님, 저를 도와주소서! 항구에 도착하면 이 끔찍한 일을 어떻게 설명할 수 있을까? 언제 항구로 가게 될까? 갈 수는 있나?

8월 4일　여전히 안개가 끼어서 해가 떠도 안개를 뚫지 못한다. 나는 뱃사람이라 이제 일출이라는 사실쯤은 알고 있다. 감히 아래쪽 선실로 내려가지 못하겠다. 키를 놔둘 수 없다. 그래서 밤새도록 이 자리에 머물렀다. 그런데 어젯밤 어둑한 가운데 그것을, 그자를 보았다! 하느님, 저를 용서하세요! 배 밖으로 뛰어내린 항해사가 옳았다. 그 사람처럼 죽는 쪽이 낫다. 선원답게 푸르른 바다에서 죽는다면 두말없으리라.

　하지만 나는 선장이고 배를 버릴 수 없다. 악마인지 괴물인지 모를 그자의 계획을 저지해야겠다. 힘이 떨어지기 시작하면 내 손을 키에 묶어버릴 것이다. 그렇게 묶으면 그자가, 그것이 감히 키를 건드리지 못할 것이다. 그러면 순풍이 불든 역풍이 불든 나는 내 영혼도, 선장으로서 내 명예도 지키게 될 것이다. 나는 점점 지쳐가고 밤이 온다. 그가 내 얼굴을 다시 보는 순간에는 행동에 옮길 시간이 없을지도 모른다⋯⋯.

배가 난파한다면 누군가 이 병을 발견할 것이고, 그러면 나를 이해할 것이다. 난파하지 않는다면 내가 내 믿음에 충실했음을 모두가 알게 될 것이다. 하느님, 성모 마리아님, 모든 성인이시여, 이 불쌍하고 무지한 영혼이 의무를 다하도록 도와주소서⋯⋯.

물론 이 일지는 사람마다 다르게 판단할 것이다. 내세울 증거는 없고, 선장이 직접 살인을 저질렀는지 않았는지 증언할 사람도 없다. 이곳에서는 선장이 진짜 영웅이며 장례를 공적으로 치러야 한다는 의견이 대세다. 선장의 시신은 배여러 척의 행렬과 함께 에스크강을 거슬러 올라갔다가 테이트힐 부두로 돌아간 다음, 수도원 계단 위로 옮겨질 것이다. 절벽의 묘지에 묻힐 예정이다. 100척이 넘는 배의 선주들이 장례식 때 선장을 따르겠다며 벌써 명단을 제출했다.

그 커다란 개는 어디서도 발견되지 않았다. 현재 이곳 분위기를 보면 마을에서 개를 받아들였을 터라 다들 더 슬퍼한다. 내일은 장례식이 있을 것이고 이 '바다의 수수께끼'도 끝이 날 것이다.

미나 머리의 일기

8월 8일　루시가 밤새도록 가만있지 않아서 나도 잠을 잘 수 없었다. 폭풍은 무서웠다. 굴뚝을 타고 전해지는 시끄러운 소리에 몸서리를 쳤다. 돌풍이 한바탕 닥칠 때는 멀리서 총이라도 쏘는 것 같았다. 희한하게도 루시는 잠이 깨지는 않았다. 대신 잠든 채로 두 번 일어나서 옷을 갈아입었다. 다행히 그때마다 내가 깨어 있었기에 루시를 깨우지 않고 옷을 다시 갈아입힌 다음 침대에 눕혔다. 몽유병이란 매우 이상한 증세다. 무언가를 하려다가도 물리적으로 제지당하면, 그럴 뜻이 없었다는 듯이 거의 원래대로 돌아간다.

　아침 일찍 우리 둘 다 일어나 밤사이 무슨 일이 있었나 보려고 항구로 내려갔다. 사람이 거의 없었다. 해가 밝았고 대기는 맑고 신선했다. 그렇지만 크고 험악한 파도는 맨 위쪽 물마루에 눈처럼 하얗게 인 거품 때문에 검푸르게 보이고, 항구의 좁은 입구로 밀고 들어가는 형상은 마치 군중을 헤치고 나서는 무뢰한 같았다. 어쨌든 조너선이 지난밤 바다가 아니라 육지에 있어서 기쁘다. 그런데 그가 정말 육지에 있을까? 혹시 바다에 있나? 그는 지금 어디에 있을까? 어떻게 지낼까? 그가 너무나 걱정되어 겁이 날 지경이다. 어떻게 해야 하는지 알기만 한다면 무슨 일이든 할 텐데!

8월 10일 오늘 열린 그 안타까운 선장의 장례식은 무척 감동적이었다. 항구의 모든 배가 나온 것 같았다. 선장들이 테이트힐 부두에서 묘지까지 관을 옮겼다. 나는 루시와 함께 늘 앉던 자리로 일찍 갔다. 배들이 다 같이 강을 거슬러 올라 구름다리까지 갔다가 다시 내려왔다. 전망이 좋은 우리 자리에서 장례식 행렬을 거의 다 볼 수 있었다. 선장은 우리 자리 가까운 곳에 묻히게 되었다. 우리는 그 자리에 그대로 있다가 모든 과정을 지켜보았다.

　　루시는 가엾게도 무척 혼란스러운 것 같았다. 내내 안절부절못하고 불편한 기색이었다. 간밤에 꿈자리가 사나워서 그럴 것이다. 루시에겐 한 가지 이상한 점이 있다. 이렇게 정신 사나운 이유가 있을 텐데 아니라고 한다. 혹은 이유가 있다 해도 스스로 이해하지 못하는 것이다. 슬프게도 스웨일스 씨가 오늘 아침 우리 자리에서 죽은 채 발견된 것도 루시의 불안에 한몫했다. 그는 목이 부러졌다. 의사 말로는 무언가에 깜짝 놀라 뒤로 넘어진 것 같단다. 그가 끔찍이도 겁에 질린 표정을 짓고 있었다는데, 시신을 본 사람들도 소스라쳤다고 했다. 너무나 안타깝다. 아마도 그는 죽어가는 눈으로 죽음의 신을 보았을 것이다. 루시는 무척 착하고 예민해서 어떤 일이 벌어지면 여느 사람보다 훨씬 더 큰 영향을 받는다. 방금 전에도 동물과 관련된 작은 사건이 벌어져 루시는 심란해했다. 나도 동물을 무척 좋아하지만 아무렇지 않았다. 배를 보러 종종 이곳에 오던 사람 한 명이 개를 데리고 왔다. 개는 언제나 주인과 같이 다닌다. 둘 다 조용하다. 나는 개 주인이 화를 내거나 개가 짖는 모습을 본 적 없다. 장례식 동안 개는 우리 곁의 주인에게 오는 대신, 몇 미터 떨어진 곳에서 컹컹 짖고 으르렁거렸다. 주인은 부드럽게 개를 타이르다가, 따끔하게 한마디 했고 나중에는 화를 냈다. 하지만 개는 주인에게 오지도 않고 계속 짖었다. 심하게 성이 났는지 눈빛이 사나웠고 고양이가 싸우려고 꼬리를 세우듯 그렇게 털을 곤두세웠다. 마침내 개 주인도 화가 났다. 뛰어 내려가서 개를 걷어찼다. 그리고 개의 목덜미를 잡고 질질 끌어오더니 우리 의자가 붙어 있는 묘석에 집어 던졌다. 그 불쌍한 녀석은 묘석에 부딪힌 순간 조용해지더니 벌벌 떨었다. 어디 가려 하지도 않고 웅크리고 앉아 부들거리며 몸을 움츠렸다. 내가 겁에 질린 가련한 개를 토닥여주었지만 별 효과는 없었다. 루시도 개를 가엾게 여겼으나 개에게 손을 뻗지도 못하고 그저 지켜보며 괴로워했다. 루시는 너무나 민감해서 고통 없이 세상을 살아갈 수 없을 것 같아 정말 걱정이다. 오늘 밤에도 루시는 꿈을 꿀 것이다. 죽은 사람이 몰아서 항구로 들어온 배, 십자가와 묵주와 함께 키에 묶인 그 죽은 선장의 모습, 마음을 건드리는 장례식, 화가 났다가 겁에 질린 개. 이

169

모든 것들이 한데 모여 루시의 꿈 재료가 될 것이다.

루시가 몸을 많이 쓰고 지쳐 잠들면 제일 좋겠다는 생각이 든다. 그래서 루시와 절벽의 긴 산책길을 따라 휘트비 남쪽의 로빈후드만까지 갔다가 돌아올 생각이다. 그러면 몽유병 증세에서 좀 벗어날 수 있을지 모른다.

8장

미나 머리의 일기

같은 날, 오후 11시 정말 피곤하다. 일기 쓰기를 의무로 정해놓지 않았다면 오늘 밤에는 일기장을 펼치지 않았을 것이다. 기분 좋은 산책이었다. 루시는 시간이 좀 지나자 활기를 찾았다. 내 생각에는 등대 가까운 들판에서 우리에게 다가와 겁을 준 소들 때문이다. 개인적인 걱정거리까지 떨치지는 못했어도 덕분에 다른 잡념들은 다 잊어버렸다. 그렇게 머릿속을 다 비우고 새 출발을 하게 된 것 같다. 우리가 찾아간 곳은 로빈후드만에 있는 아담하고 작고 오래된 여관이었다. 해초가 뒤덮은 물가 바위 위에 자리 잡은 이곳은 외벽으로 돌출된 활 모양 창문을 갖추었다. 이곳에서 우리는 차와 디저트를 잔뜩 먹었다. 우리 식욕에 요즘 '신여성'들이 충격받았을 것이다. 관대한 남자들에게 축복이 함께하길. 집으로 돌아오는 길에는 잠깐 동안, 사실은 꽤 자주 걸음을 멈추고 쉬었다. 우리는 그 거친 황소들을 계속 겁냈다. 루시가 몹시 지쳐서 우리는 최대한 빨리 자러 갈 작정이었다. 그런데 젊은 부목사가 찾아왔고, 웨스턴라 부인은 부목사에게 저녁 식사를 권했다. 루시와 나는 너무 졸려서 반대 의견을 냈다. 내 입장에서는 부담스럽긴 했지만 그래도 용감하게 뜻을 밝혔다. 언젠가 주교들이 함께 모여서 부목사를 새롭게 양성하는 문제를 논의해야 한다고 본다. 아무리 권유를 받아도 저녁 식사를 사양하고, 여자들이 피곤한 상황을 알아보는 부목사가 필요하다.

잠든 루시는 고르게 숨을 쉬고 있다. 평소보다 뺨이 발그레하고, 무척 예뻐 보인다. 홈우드 씨가 거실에서만 루시를 보고 사랑에 빠졌다면, 지금 같은 루시를 보고 뭐라고 할까. 언젠가 '신여성' 작가들이 결혼 신청과 수락 전에 남자와 여자가 서로 잠든 모습을 볼 수 있어야 한다고 주장할지도 모른다. 그런데 나는 신여성이 훗날 청혼을 받겠다고 억지로 허리를 굽히지 않고, 스스로 청혼할 것이라고 본다. 물론 멋지게 해낼 것이다. 그렇게 생각하니 위안이 되기도 한다. 오늘 밤에는 무척 행복하다. 루시가 좋아 보이기 때문이다. 루시는 고비를 넘긴 것 같고, 이제 우리는 꿈자리 문제로 고생하지 않을 것이다. 조너선의 안부만 안다면 정말로 행복할 텐데. 하느님, 조너선을 보살피고 지켜주소서.

8월 11일, 새벽 3시　다시 일기를 쓴다. 잠이 오지 않아서, 일기를 쓰는 편이 낫겠다. 마음이 너무 어지러워서 잠을 잘 수가 없다. 아주 희한한 사건이 벌어졌다. 무척 힘든 경험이었다. 나는 일기를 덮자마자 잠들었다. 그러다 불쑥 잠에서 깨어 일어나 앉았다. 끔찍한 두려움이 나를 사로잡았다. 주변이 텅 빈 느낌이 들었다. 방이 어두워서 루시의 침대가 보이지 않았다. 조심스럽게 루시 침대로 다가가서 쓰다듬어보았다. 침대는 비어 있었다. 성냥을 켜서 확인해보니 루시가 방에 없었다. 문은 닫혀 있었지만, 잠겨 있지는 않았다. 내가 잠그지 않았던 것이다. 최근 들어 평소보다 더 아픈 루시 어머니를 깨우고 싶지 않았다. 그래서 옷을 좀 걸치고 루시를 찾으러 나갈 준비를 했다. 방을 나가다가 생각 하나가 떠올랐다. 루시가 어떤 옷을 입었는지 알면 루시가 꿈을 꾸면서 어디로 갔는지 찾을 단서가 되지 않을까. 실내복을 입었다면 집에 있을 것이고, 드레스를 입었다면 밖으로 나갔을 것이다. 그런데 실내복과 드레스 모두 제자리에 있었다.

　"하느님, 감사합니다."

　나는 혼잣말을 했다.

"멀리 가지 못했을 거야. 잠옷만 입고 있으니까."

나는 계단을 뛰어 내려가 거실을 살폈다. 없다. 잠기지 않은 다른 방을 다 살폈다. 점점 겁이 나며 마음이 착 가라앉았다. 마침내 현관으로 와보니 문이 열려 있었다. 활짝 열려 있지는 않으나 잠금장치가 풀려 있었다. 집안사람들은 매일 밤 문을 꼭 잠근다. 루시가 밖으로 나간 게 틀림없었다. 무슨 일이 일어났을지 생각할 겨를이 없었다. 정체 모를 두려움이 압도하여 다른 생각은 할 수도 없었다.

크고 두꺼운 숄을 걸치고 밖으로 나섰다. 크레슨트가에 도착하니 시계가 새벽 1시를 알렸다. 아무도 보이지 않았다. 북쪽 거리를 달렸지만 바람과는 달리 하얀 옷을 입은 여자의 흔적은 찾을 수 없었다. 부두 위 웨스트 클리프 가장자리에 서서 맞은편 이스트 클리프 쪽 항구를 건너다보았다. 우리가 늘 앉던 자리에 루시가 있기를 바란 것일까, 아니면 루시가 있으면 어쩌나 겁을 낸 것일까. 내 마음이 어느 쪽인지 모른 채 그 자리를 보았다. 밝은 보름달과 그 곁을 맴도는 두꺼운 먹구름이 빛과 그림자를 빚어내, 절벽 위의 그 자리를 연극 무대처럼 만들었다. 잠시 동안 아무것도 보이지 않았다. 구름 그림자가 성모 마리아 교회와 그 주변을 가렸다. 그러다 구름이 지나가자 수도원의 폐허가 눈에 들어왔다. 칼자국처럼 날카롭고 가느다란 빛줄기가 움직이자 교회와 교회 묘지도 점차 모습을 드러냈다. 내 바람이 어떻든, 실망할 일은 없었다. 은처럼 반짝이는 달빛이 우리가 좋아하는 자리에 몸을 반쯤 기댄 새하얀 형상을 비추었다. 흘러온 구름이 너무 빨리 달빛을 가려, 자세히 보지는 못했다. 그런데 그 하얗고 빛나는 형상이 앉은 의자 뒤에, 뭔지 모를 검은 것이 서 있다가 몸을 숙인 것 같았다. 검은 그것이 사람인지 짐승인지는 알수 없었다. 다시 보기 위해 구름이 사라질 때까지 기다릴 수 없어서, 부두 방향의 가파른 계단을 뛰어 내려가 어시장과 구름다리를 지났다. 이스트 클리프로 가는 유일한 길이었다. 시가지는 죽은 듯 고요했고 아무도 눈에 띄지 않았다. 반가운 상황이었다. 가련한 루시를 아무도 못 보았으면 했다. 시간이 너무 오래 걸리고 길도 너무 먼 것 같았다. 수도원으로 가는 기나긴 계단을 힘겹게 오르는 동안 다리가 후들거리고 숨은 가빴다. 빨리 가야 하는데, 다리가 납을 매단 듯 무겁고 관절마다 녹이라도 슬었는지 제대로 움직일 수 없었다. 계단 꼭대기에 거의 다 다다르자 우리 자리와 하얀 형상이 보였다. 구름 그림자가 드리워 있어도 볼 수 있을 만큼 가까워진 것이다. 의자에 몸을 반쯤 기댄 하얀 형상에게 길고 검은 무언가가 몸을 숙이고 있었다. 확실했다. 경악한 내가 외쳤다.

"루시! 루시!"

그 검은 무언가가 고개를 들자, 내 쪽에서는 하얀 얼굴과 이글거리는 붉은 눈만 보였다. 루시는 대답하지 않았다. 나는 묘지 입구까지 달려갔다. 교회에 가로막혀서 잠시 시야에서 루시가 사라졌다. 다시 의자가 보였다. 구름은 흘러가고 달빛이 아주 환히 쏟아져서 루시가 의자 등받이에 머리를 기댄 채 반쯤 누워 있는 모습을 볼 수 있었다. 루시는 혼자 같았다. 주변에 생명체의 흔적은 없었다.

몸을 숙여 살펴보니, 루시는 여전히 잠들어 있었다. 입술은 벌어졌고, 숨은 계속 쉬고 있었다. 평소처럼 부드럽게 호흡하는 대신, 숨으로 폐를 꽉 채우려는 듯 길고 거칠게 호흡했다. 내가 곁으로 가자 루시는 계속 자면서도 손을 들어 잠옷 옷깃을 당겨 목 근처를 가렸다. 그러면서 한기라도 드는지 부르르 떨었다. 나는 루시에게 따뜻한 숄을 걸쳐주고 옷깃을 꼭 여며주었다. 옷을 제대로 입지 않은 루시가 심하게 한기가 들까 걱정되었다. 루시를 갑자기 깨우고 싶지 않아서 일단 부축할 참이었다. 그러려면 숄에서 손을 떼야 했다. 루시의 목둘레를 숄로 감싸고 커다란 안전핀으로 고정했다. 그런데 너무 긴장해서 서투르게 손을 놀렸는지 핀으로 루시를 찌른 모양이었다. 루시는 차츰 호흡을 편안히 가져가다가, 숄을 여민 순간 손을 목에 다시 가져가더니 신음했다. 나는 루시를 숄로 잘 감싸고 내 신발을 벗어 루시의 발에 신겨준 다음 부드럽게 깨워보았다. 처음에 루시는 별 반

응이 없었다. 그렇지만 점차 불편해하며 신음하고 한숨을 쉬기도 했다. 시간이 많이 흘렀고 다른 이유들도 있어서 결국 나는 루시를 당장 집에 데려가기로 했다. 그래서 루시를 좀 더 세게 흔들었다. 마침내 루시는 눈을 뜨고 잠에서 깨어났다. 루시는 나를 보고도 놀라지 않은 것 같았다. 당연하지만 자신이 어디에 있는지 전혀 깨닫지도 못했다. 잠에서 깬 루시는 언제나처럼 고운 모습이었다. 한밤의 추위에 싸늘하게 식은 데다 옷도 제대로 갖춰 입지 않은 채 묘지에서 깨어났으니 질겁할 만한데도 여전히 우아했다. 루시는 잠시 부르르 떨다가 내게 기댔다. 얼른 집에 가자고 하자 말없이 일어나 어린애처럼 나를 따랐다. 걸어가는 동안 자갈 때문에 발바닥이 아파서 움찔했다. 루시가 보더니 걸음을 멈추고, 내가 신발을 신어야 한다고 우겼다. 하지만 나는 그럴 생각이 없었다. 묘지 밖의 길로 나오자 폭풍이 남긴 웅덩이가 고여 있었다. 나는 양발을 번갈아 써서 발에 진흙을 발랐다. 집으로 가는 동안 혹시 누구를 만나더라도 내 발에 신경 쓰지 않게 할 셈이었다.

다행히 우리는 아무도 마주치지 않고 집으로 왔다. 한 남자를 보긴 했는데 술에 취해 맨정신이 아닌 꼴로 우리 앞에서 길을 따라 지나갔다. 그렇지만 그 남자가 스코틀랜드에서 '와인드'라고 부르는 가파르고 좁은 골목길 입구에서 완전히 자취를 감출 때까지 우리는 어떤 집 대문 안쪽에 숨었다. 심장이 어찌나 세게 뛰던지 기절하는 게 아닐까 싶기도 했다. 루시가 너무나 걱정스러웠다. 그렇게 밤에 나가 있었으니 건강도 건강이지만, 소문이 나서 평판이 나빠질 수 있었다. 집에 도착한 우리는 발을 씻은 다음 함께 감사 기도를 드렸다. 나는 루시를 침대에 눕혔다. 잠들기 전에 루시가 부탁했다. 아니, 간청했다고 표현해야겠다. 밤에 몽유병 증세로 돌아다닌 일을 그 누구에게도, 심지어 어머니에게도 말하지 말아달라고. 나는 처음에는 약속을 망설였다. 하지만 루시 어머니의 현재 상태를 생각해보니, 부인이 이 사실을 알면 건강을 해칠 터였다. 또 소문이 퍼지면 왜곡될 수도 있었다. 아니, 일단 말이 새어나가면 분명 왜곡될 것이다. 루시의 생각이 현명하다 싶었다. 내가 제대로 판단을 내렸기를. 나는 문을 잠그고 열쇠를 손목에 묶어두었다. 소란스러운 일이 다시는 일어나지 않을 것이다. 루시는 곤히 잠들었다. 바다 저 너머에 새벽빛이 어린다.

같은 날, 정오　다 괜찮다. 루시는 내가 깨울 때까지 잠들어 있었다. 몸을 뒤척이지도 않은 것 같다. 지난밤 야행으로 루시의 건강이 나빠진 것 같지는 않다. 오히려 유익했던 모양이다. 오늘 아침 루시는 지난 몇 주보다 더 좋아 보인다. 안전핀을 서툴게 놀리다가 루시를 다치게 해서 미안하다. 목 피부에 구멍이 나서 상처가 덧날 수도 있다. 내가 루시의 목을 꼬집으면서 핀으로 찔렀던 모양이다. 핀에 찔린 듯 작고 붉은 자국이 두 개 나 있고, 잠옷을 여미는 끈에도 피가 한 방울 묻었다. 내가 사과하고 걱정하자, 루시는 웃으면서 나를 토닥였다. 상처가 있는지도 몰랐다고 했다. 다행히 상처가 작아서 흉터가 남지는 않을 것 같다.

같은 날, 밤   우리는 행복한 하루를 보냈다. 맑은 공기와 밝은 태양과 시원한 산들바람이 함께했다. 우리는 멀그레이브 숲에 가서 점심을 먹었다. 웨스턴라 부인은 마차를 탔고, 루시와 나는 절벽 산책길을 따라 걸어가 숲 입구에서 부인과 만났다. 약간 슬프긴 했다. 조녀선이 함께 있기만 하면 완벽하게 행복할 것 같았다. 그렇지만 그는 곁에 없다. 참고 기다려야 한다. 저녁에 우리는 카지노 테라스를 거닐고 슈포어와 매켄지가 작곡한 아름다운 음악도 들었다. 그리고 일찍 잠자리로 향했다. 루시는 최근 그 어느 때보다도 편안해 보였고 곧 잠들었다. 오늘 밤엔 별문제 없을 것 같지만, 문을 잠그고 하던 대로 열쇠를 잘 챙겨둘 것이다.

8월 12일   내 생각이 빗나갔다. 루시가 밖으로 나가려고 해서 밤에 두 번이나 잠에서 깼다. 루시는 잠든 와중에도 문이 닫힌 것을 알고 짜증을 내더니 항의하듯 침대로 돌아갔다. 새벽에 깨어보니 새들이 창문 밖에서 지저귀는 소리가 들렸다. 루시도 깼는데, 어제 아침보다 더 좋은 모습이어서 기뻤다. 예전의 명랑함이 돌아온 것 같았다. 루시는 내 곁에 바싹 붙어 앉아서 이야기를 잔뜩 늘어놓았다. 내가 조너선 때문에 너무 불안하다고 하자 루시는 위로해주려고 애썼다. 루시의 시도는 어느 정도 성공한 것 같다. 연민은 현실을 바꿀 수는 없어도, 현실을 견딜 만하게 해줄 수 있다.

8월 13일　조용한 날이다. 전처럼 손목에 열쇠를 묶어두고 잠자리에 누웠다. 밤에 또 깼다. 루시가 잠든 상태로 침대에 앉아 창문을 가리키고 있었다. 나는 조용히 일어나 블라인드를 걷고 밖을 보았다. 달 밝은 밤이었다. 부드러운 달빛이 하늘이며 바다를 물들여 거대하고 신비로운 풍경을 빚어냈다. 형언할 수 없을 만큼 아름다웠다. 내 앞의 달빛 속에서 커다란 박쥐 한 마리가 커다란 원을 그리며 왔다 갔다 움직였다. 박쥐는 한두 번 창가에 바싹 붙기도 했는데, 나를 보고 놀랐는지 항구를 가로질러 수도원 쪽으로 날아갔다. 창가에서 돌아오니 루시는 다시 누워 평화롭게 잠들어 있었다. 이후 밤새 뒤척이지 않고 잠들었다.

8월 14일   이스트 클리프에서 종일 책을 읽고 일기를 썼다. 루시도 나처럼 이곳을 아주 좋아하게 된 모양이었다. 점심 식사 때나 차 시간이나 저녁 식사 때가 되어 집으로 돌아가야 하는 상황에도 루시를 일으켜 세우기 힘들었다. 오늘 오후 루시는 흥미로운 말을 했다. 저녁을 먹으러 집에 돌아갈 때였다. 서쪽 부두에서 계단을 올라 꼭대기에 이르러 여느 때처럼 주변 풍경을 살펴보던 참이었다. 해는 이제 케틀니스곶 너머로 떨어지고 있었다. 붉은 노을이 이스트 클리프와 수도원에 깔리며 온 세상을 아름다운 장밋빛으로 물들였다. 우리는 잠시 침묵했다. 루시가 갑자기 혼잣말하듯 속삭였다.

"또 그 사람의 붉은 눈이 보여. 아주 똑같아."

난데없는 희한한 말에 나는 깜짝 놀랐다. 루시 모르게 약간 몸을 틀어 슬쩍 살펴보니, 루시는 반쯤 꿈꾸는 듯한 상태였고 전혀 이해할 수 없는 기묘한 표정을 짓고 있었다. 나는 아무 말도 하지 않고 루시의 시선을 쫓았다. 루시는 우리가 앉았던 자리를 건너다보는 것 같았다. 그런데 그 자리에 검은 형상 하나가 혼자 앉아 있었다. 나는 깜짝 놀랐다. 잠깐이었지만, 그 낯선 존재의 커다란 눈이 타오르는 불길처럼 보였다. 하지만 다시 보니 헛것 같았다. 붉은 햇빛이 우리 자리 뒤편의 성모 마리아 교회 창문에서 빛나고 있었는데, 해가 지면서 햇빛이 굴절되고 반사되는 정도가 달라져 빛이 움직이는 듯한 효과를 냈다. 나는 루시에게 이 특이한 현상을 보라고 했다. 루시는 놀란 듯했으나 줄곧 슬퍼 보였다. 밤에 저기서 벌어진 그 끔찍한 사건을 생각하고 있었던 모양이다. 우리는 한 번도 그 사건을 입에 올린 적 없다. 그래서 나는 아무 말도 안 했다.

우리는 집으로 돌아와 저녁을 먹었다. 루시는 두통이 있었고 일찍 잠들었다. 나는 루시가 잠든 모습을 본 뒤 잠깐 산책하러 혼자 나왔다. 절벽을 따라 서쪽으로 가는 동안 조너선 생각을 하며 애수에 잠겼다. 집으로 돌아가는 길은 달빛이 무척 밝아서 크레슨트가의 우리 집 앞이 그늘지긴 했어도 주변은 다 잘 보였다. 우리 방 창문을 힐끗 보니 루시가 머리를 밖으로 내밀고 있었다. 나를 찾는 줄 알고, 손수건을 꺼내 흔들었다. 루시는 나를 알아본 것 같지도 꼼짝하지도 않았다. 그때 달빛이 집의 모서리 쪽으로 슬금슬금 다가와 창가를 비추었다. 루시가 창턱 가장자리에 머리를 기댄 채 눈을 감은 모습이 아주 잘 보였다. 바로 잠든 것 같았다. 그리고 루시 옆에는 제법 커다란 새 같은 것이 있었다. 루시가 한기라도 들까 걱정되어서 집으로 들어가 계단을 뛰어올랐다. 하지만 방으로 돌아오니 루시는 잠이 든 채 침대로 돌아가고 있었다. 숨을 몰아쉬고, 추위를 막기라도 하듯 목에 손을 대고 있었다.

나는 루시를 깨우지 않으려고 이불을 따뜻하게 덮어주었다. 문을 잠그고 창문도 꼭 닫았다.

잠든 루시는 참으로 어여쁘다. 그런데 평소보다 더 창백해 보인다. 눈 밑이 핼쑥하고 초췌하여 마음 한쪽이 편치 않다. 루시가 어떤 일로 애태우는 것은 아닐까. 이유를 알게 되면 좋겠다.

8월 15일 평소보다 늦게 일어났다. 루시는 나른하고 피곤해하며 누가 깨우러 와도 계속 잤다. 아침 식사 때 반가운 소식이 도착했다. 아서의 아버지가 건강이 좋아져 곧 결혼식을 올리길 바란다는 것이다. 루시는 들뜨지는 않아도 무척 기뻐했고 루시의 어머니는 반가워하면서도 아쉬워했다. 나중에 루시의 어머니가 이유를 알려주었다. 딸 루시를 떠나보낸다고 생각하니 슬프면서도 딸을 보호해줄 사람이 곧 생긴다니 기쁘다는 것이었다. 정말 좋으신 분인데 안타깝다. 루시의 어머니는 죽음이 임박한 사실을 털어놓았다. 루시에게는 말하지 않았다며 비밀을 지켜달라고 했다. 의사 말로는 루시의 어머니가 심장이 약해져서 기껏해야 몇 달 더 산다는 것이다. 어느 때든, 심지어 당장이라도 갑자기 충격을 받으면 루시의 어머니는 죽을 수 있다. 루시가 밤에 집 밖으로 나간 그 무서운 사건을 전하지 않은 건 현명한 일이었다.

8월 17일 이틀 동안 일기를 쓰지 못했다. 일기를 쓸 마음이 아니었다. 우리 행복에 어떤 어둠이 드리워지고 있는 것 같다. 조녀선에게서는 소식이 없고, 루시는 날로 쇠약해지고 있으며, 루시의 어머니는 죽을 날을 기다리고 있다. 루시의 일상을 보면 루시가 왜 시름시름 앓는지 이해가 안 간다. 잘 먹고 잘 자고 신선한 공기를 마시는데도 장밋빛 뺨이 창백하다. 나날이 힘이 빠지고 기운이 없다. 밤이면 숨이 막히기라도 하는지 호흡이 거칠다. 나는 밤이면 언제나 내 손목에 우리 방 열쇠를 묶어둔다. 그런데 루시는 침대에서 일어나 방을 걷다 열린 창가에 앉는다. 지난밤에는 창밖으로 몸을 내밀고 있는 루시를 깨우려고 했지만 허사였다. 아예 의식을 잃은 모양이었다. 내 노력으로 간신히 의식을 되찾은 루시는 너무나 기운 없는 모습으로 힘겹게 숨 쉬며 가만히 울기도 했다. 어쩌다 창가에 가게 되었느냐고 묻자 루시는 고개를 저으며 몸을 돌렸다. 안전핀에 운 나쁘게 찔려서 감정이 상한 것은 아니라고 믿는다. 루시가 잠들자 나는 루시의 목을 확인했다. 작은 상처가 낫지 않는 것 같다. 여전히 벌어져 있고, 전보다 더 커진 것 같기도 하다. 상처 가장자리가 약간 희게 변했다. 가운데가 빨간, 작고 하얀 점처럼 생겼다. 하루이틀이 지나도 낫지 않으면 의사에게 상처를 좀 봐달라고 해야겠다.

휘트비의 변호사 새뮤얼 F. 빌링턴과 그의 아들이
런던의 카터와 패터슨 상사에 보내는 편지

8월 17일

인사드립니다.

그레이트 노던 철도회사의 철도로 보낸 화물의 송장을 동봉하였습니다. 킹스크로스 화물역에서 받으시는 대로 퍼플리트 근방 카팩스 저택으로 보내주십시오. 저택은 현재 비어 있습니다. 열쇠를 동봉하니 받아주십시오. 열쇠마다 라벨이 붙어 있습니다.

위탁 화물은 상자 50개입니다. 저택 안에 반쯤 부서진 부속 건물이 있는데 그곳에 상자들을 두면 됩니다. 약도도 동봉합니다. 화물을 둘 곳에 'A'라고 표시해두었습니다. 오래된 예배당 건물이니 귀사 직원들이 쉽게 찾을 것입니다. 화물을 실은 기차는 오늘 밤 9시 30분에 출발하여 내일 오후 4시 30분 킹스크로스역에 도착할 것입니다. 우리 고객은 되도록 빨리 화물이 배송되기를 원하므로, 귀사 쪽에서 시간에 맞게 킹스크로스역에 대기하고 있다가 화물이 도착하면 바로 운반해주시면 고맙겠습니다. 으레 거치는 비용 지불 절차 때문에 배송이 늦어질 수도 있으니, 그런 상황을 막기 위해 10파운드짜리 수표를 동봉합니다. 수령하는 대로 알려주시기 바랍니다. 쓴 비용이 10파운드보다 적으면 잔액을 돌려주시면 됩니다. 비용이 초과할 경우 연락을 주시면 그 금액만큼 바로 수표를 드리겠습니다. 열쇠는 저택을 나오면서 중앙 홀에 두고 오시면 됩니다. 집주인은 여벌 열쇠로 저택에 들어가 귀사가 남긴 열쇠를 확인할 것입니다.

신속한 처리를 부탁드리는 과정에서 부디 귀사에 업무상 결례를 범하지는 않았기를 바랍니다. 양해 부탁드립니다.

귀사의 신실한 벗
새뮤얼 F. 빌링턴과 그의 아들.

런던의 카터와 패터슨 상사가
휘트비의 변호사 빌링턴과 그의 아들에게 보내는 편지

8월 21일

인사드립니다.

10파운드를 수령하였고 동봉한 계산서에서 확인하실 수 있겠지만 잔액 1파운드 17실링 9펜스를 돌려드립니다. 화물은 지침에 따라 정확히 전달하였으며, 열쇠는 지시대로 중앙 홀에 두었습니다.

신실한 벗

카터와 패터슨 상사.

미나 머리의 일기

8월 18일 오늘은 기분이 좋아서, 교회 묘지의 그 자리에 앉아 일기를 쓰고 있다. 루시는 훨씬 좋아졌다. 어젯밤에는 밤새 푹 잤고 나를 깨우지도 않았다. 아직도 창백하고 지친 모습이지만 장밋빛 뺨이 돌아오는 것 같다. 루시가 빈혈이라면 이해가 갈 텐데, 빈혈이 아니다. 그래도 기분이 좋고 활기 넘치며 명랑하다. 울적하게 입을 다물었던 모습은 싹 사라진 듯했다. 루시는 그때 그 사건 이야기를 꺼냈다. 여기 바로 이 자리에서 내가 잠든 자기를 발견했다면서, 그날 밤 사건을 내가 기억해야 한다는 듯 말했다. 루시는 구두 뒤축으로 평평한 돌바닥을 경쾌하게 두드리며 말했다.

"내 불쌍한 작은 발은 그땐 이렇게 큰 소리를 내지 못했어. 아마 스웨일스 씨라면 내가 여기 묻힌 조디를 깨우고 싶지 않아서 그랬을 거라고 말씀하셨겠지."

루시는 뭔가 이야기를 하고 싶어 농담한 것 같았다. 그날 밤 혹시 꿈을 꾸었냐고 루시에게 물어보았다. 대답하기 전에 루시는 이마를 귀엽게 찡그렸다. 아서는 저 표정을 사랑한단다. 당연히 그럴 만하다. 아, 루시가 아서라고 불러서 나도 그렇게 습관이 들었다. 루시는 그때 일을 기억해내려고 애쓰는 듯, 반쯤 꿈에 젖은 모습으로 말했다.

"사실 꿈만 꾼 건 아니야. 오히려 모든 일이 너무나 진짜 같아. 나는 그냥 이 자리에 오고 싶었어. 이유는 모르겠어. 무언가 두려웠는데 그게 뭔지 모르겠어. 잠든 상태였던 것 같긴 한데, 그래도 거리를 걷고 다리를 건너간 일은 기억나. 걸어가는데 물고기 한 마리가 뛰어올라서, 그 모습을 보려고 난간 너머로 몸을 구부렸어. 그리고 계단을 올라갈 때 개 여러 마리가 한꺼번에 울부짖는 소리가 들렸어. 울부짖음이 마을 전체에 다 퍼지는 것 같았지. 그리고 확실하진 않지만, 붉은 눈을 지닌 길쭉하고 검은 형상이 기억나. 우리가 저물녘에 본 그거야. 그리고 아주 달콤하면서도 씁쓸한 것이 나를 감쌌어. 나는 깊고 푸른 물속으로 빠져드는 기분이었어. 귓가에 뭔가 울리는 소리가 났는데 죽어가는 사람들이 그런 소리를 듣는다고 했어. 모든 것이 내게서 빠져나가는 듯했어. 내 영혼이 내 몸에서 빠져나가 허공을 떠도는 기분이었지. 서쪽 등대가 바로 내 앞에 있던 순간, 지진을 겪기라도 한 것처럼 고통스러운 기분이 들었던 것도 기억나. 돌아와보니 네가 나를 흔드는 모습이 보였어. 난 널 느끼기 전에 네 모습을 먼저 본 거야."

그러고는 루시는 웃기 시작했다. 나는 숨을 죽이고 이야기를 들었는데, 그렇게 웃다니 좀 기괴했다. 썩 듣기 좋은 이야기는 아니었고 루시가 그 일을 마음에 담아두지 않는 편이 낫겠다는 생각이 들었다. 그래서 화제를 돌렸고 루시는 이전 모습을 되찾았다. 집으로 돌아가는 동안 신선한 바람이 불어와 루시의 기운을 북돋웠다. 루시의 파리한 뺨이 진한 장밋빛으로 물들었다. 루시네 어머니는 그런 루시를 보고 흐뭇해했다. 우리 모두 만족스러운 저녁을 보냈다.

8월 19일 기쁘다! 정말 기쁘다! 다 기쁘다고 할 수는 없지만. 일단 조너선에게서 소식이 왔다. 조너선은 계속 아파서 편지를 쓰지 못했다고 한다. 이제 사실을 알았으니 겁낼 것 없이 조너선이 아프다고 생각해도 되고 아프다고 말을 해도 된다. 호킨스 씨가 내게 조너선의 편지를 동봉해 보내며 친절하게도 따로 편지를 써주었다. 나는 아침에 조너선에게로 떠날 것이다. 필요하다면 간호사를 도와 조너선을 간호할 것이고 집으로 데려올 것이다. 호킨스 씨는 우리가 객지에서 결혼해도 괜찮을 것이라고 한다. 친절한 간호사가 보내온 편지를 가슴에 끌어안고 울다 보니 결국 편지가 다 젖었다. 조너선에 관한 편지니까, 내 심장 옆에 있어야 한다. 조너선이 내 마음속에 있기 때문이다. 여행 계획은 다 짰고 짐도 꾸렸다. 갈아입을 드레스는 하나만 갖고 간다. 루시는 내 여행 가방을 런던으로 보내서 내가 짐을 챙기러 사람을 보낼 때까지 보관해두겠다고 한다. 짐이 필요해질 수도 있다……. 더는 일기를 쓸 수가 없다. 내 남편이 될 조너선에게 이야기를 들려주려면 일기장을 챙겨야 한다. 조너선이 보고 만진 이 편지는 우리가 다시 만날 때까지 내게 위안이 될 것이다.

부다페스트의 성 요셉과 성모 마리아 병원 소속 어거터 간호사가 윌헬미나 머리에게 보내는 편지

8월 12일

친애하는 머리 씨에게.

조너선 하커 씨의 부탁으로 이 편지를 씁니다. 하커 씨는 아직 편지를 쓸 기력은 없지만 현재 하느님과 성 요셉과 성모 마리아의 은총을 입어 잘 회복하고 있습니다. 하커 씨는 심한 뇌막염으로 고생하며 지난 6주 동안 우리 병원에서 치료를 받아왔습니다. 조너선 씨는 당신에 대한 사랑을 대신 전해달라고 하셨습니다. 그리고 엑서터의 피터 호킨스 씨에게 연락이 늦어져 죄송하고 업무는 다 마쳤다고 알려주기를 바라셨습니다. 조너선 씨는 언덕에 자리한 우리 요양원에서 몇 주 동안 더 쉬어야 할 것입니다. 그러고 나면 귀국이 가능할 것입니다. 조녀선 씨는 도움이 필요한 다른 환자들을 생각해서 병원에 머문 비용을 지불하고 싶지만, 수중에 돈이 충분하지 않은 상황이라고 하십니다.

동정과 축복을 드리며

간호사 어거터.

추신. 환자가 잠든 동안 몇 가지 더 알려드리려고 편지를 다시 열어 덧붙여 씁니다. 조녀선 씨는 당신에 대한 모든 것을 알려주었습니다. 당신이 곧 그의 부인이 된다는 이야기도요. 두 분께 축복이 있기를 빕니다. 의사 말로는, 조녀선 씨는 아주 심한 충격을 받았다고 합니다. 정신착란 상태에서 무시무시한 이야기를 쏟아냈다고 해요. 늑대와 독과 피, 유령과 악마에다 말하기조차 두려운 이야기도 있습니다. 조녀선 씨 곁에서 한동안 이런 이야기를 꺼내어 자극하는 일이 없도록 조심해주시기 바랍니다. 조녀선 씨가 앓은 병은 후유증이 쉽게 사라지지 않습니다. 한참 전에 편지를 썼어야 했는데, 조녀선 씨의 지인에 대해 아는 바가 없었습니다. 그리고 조녀선 씨에게도 단서가 하나도 없었습니다. 조녀선 씨는 클라우젠부르크에서 기차를 타고 왔는데, 역장이 직원에게 한 말에 따르면 조녀선 씨가 별안간 역으로 뛰쳐 들어오며 집으로 가는 기차표를 달라고 외쳤답니다. 조녀선 씨의 그

격한 몸짓을 보니 영국 사람 같아서, 기차가 갈 수 있는 가장 먼 곳까지 표를 끊어주었다고 합니다.

조너선 씨는 잘 치료받고 있습니다. 상냥하고 부드러운 분이라 모두가 그를 아낍니다. 병세가 호전되고 있으니 몇 주 내로 회복하리라 믿습니다. 하지만 만약의 경우를 대비하여 잘 지켜보아야 합니다. 당신들 두 사람에게 오래오래 행복이 가득하길 하느님과 성 요셉과 성모 마리아께 간절히 기도드립니다.

수어드 박사의 일기

8월 19일 어젯밤 렌필드에게 갑자기 기묘한 변화가 닥쳤다. 8시가 되자 렌필드는 흥분하더니 개가 사냥을 나설 때처럼 킁킁대기 시작했다. 우연히 렌필드의 모습을 목격한 간호인은 내가 관심이 많다는 사실을 알고 있어서 그에게 말을 시켰다. 렌필드는 항상 간호인을 존중하고 때로는 굽실거렸다. 그런데 간호인의 말에 따르면 그는 이번에는 아주 오만하게 굴었다. 간호인과 대화하려고 허리를 숙이는 모습은 찾아볼 수 없었다. 이렇게만 말했다.

"나는 당신과 이야기하고 싶지 않아. 당신은 이제 중요하지 않으니까. 주인님이 가까이 왔어."

　간호인은 렌필드가 종교적 편집증에 사로잡힌 건 아닐까 생각한다. 그렇다면 큰 소란이 일어날지도 모르니 대비해야 한다. 살인 충동이 있는 데다 종교에 집착하는 힘센 사람은 위험할 것이다. 무시무시한 조합이다. 9시에 나는 혼자 렌필드를 찾았다. 렌필드는 간호인을 대하듯 나를 대했다. 자기애가 지나쳐서 나와 간호인이 다르다는 사실쯤은 그에게 별 의미 없는 모양이었다. 종교적 광기에 사로잡힌 모습이다. 곧 렌필드는 자신이 신이라고 생각할 것이다. 사람 사이의 아주 작은 차이는 전지전능한 존재에게 시시한 문제다. 광인들은 이런 식으로 자기 자신을 드러낸다. 진짜 신은 참새가 떨어질까 걱정하는데, 인간의 허영심이 창조한 신은 독수리와 참새의 차이를 구분하지 못한다. 인간이 그 차이를 알기만 한다면!

　30분 넘게 시간이 흐르는 동안 렌필드는 점점 흥분했다. 나는 티 내지 않으면서 계속 꼼꼼히 관찰했다. 별안간 그의 눈에 교활한 기색이 어렸다. 광인의 머릿속에 어떤 생각이 떠올랐다는 뜻으로 우리에겐 아주 익숙하다. 몸짓도 교활해졌다. 역시 정신병원에서 일하는 사람들이 아주 잘 아는 모습이다. 그는 조용해지더니 체념한 듯 침대로 돌아가 가장자리에 걸터앉은 채 김빠진 눈빛으로 허공을 응시했다. 나는

렌필드의 무심한 태도가 진짜인지 그런 척하는 것인지 알아
내야겠다는 생각으로, 그가 키우는 동물 이야기를 끄집어내
보았다. 환자의 관심을 끌지 않을 수 없는 주제였다. 처음에
렌필드는 답이 없었다. 그러다 결국 성질을 내며 말했다.

"다 귀찮아요! 그 녀석들 이제 신경 안 씁니다."

"뭐라고요? 거미에게 아무 관심이 없다는 얘기는 아니
겠지요?"

요즘 렌필드의 취미는 거미인데, 공책이 줄지어 쓴 작은
숫자들로 가득하다. 렌필드는 알쏭달쏭한 대답을 했다.

"신부의 들러리는 신부를 기다리는 사람들의 눈을 즐겁
게 하지요. 하지만 막상 신부가 가까이 다가오면, 다들 신부
를 쳐다보기 바빠서 들러리들은 빛이 나지 않아요."

렌필드는 이 말을 따로 설명하지 않았고, 내가 그곳에
있는 내내 침대 자리를 고집스레 지켰다.

오늘 밤은 지치고 무기력하다. 루시 생각을 하지 않을
수 없다. 루시가 청혼을 받아주었다면 상황이 얼마나 많이 달
라졌을까. 바로 잠이 오지 않으면 그리스신화 속 꿈의 신 모르
페우스 역할을 맡은 수면진정제 클로랄, 즉 $C_2HCl_3O \cdot H_2O$
의 도움을 받아야겠지. 습관적으로 복용하지 않도록 조심해
야 한다. 아니, 오늘 밤에는 복용하지 않겠다! 루시 생각을 하
다가 수면제를 복용하다니 루시의 명예를 손상하는 일이 될

것이다. 오늘 밤을 새운다고 해도 어쩔 수 없다.

결론을 내고 나니 기쁘고, 그 결론대로 행동해서 더 기쁘다. 침대에 누워서 계속 뒤척였다. 시계 종소리가 딱 두 번 울렸을 때, 야간 경비원이 찾아왔다. 병실에서 보낸 사람으로, 렌필드가 탈출했다고 했다. 나는 옷을 걸치고 즉시 뛰어내려갔다. 내 환자는 너무 위험한 사람이라 그냥 돌아다니게 둘 수 없었다. 렌필드의 머릿속 생각으로 보건대 낯선 사람들과 마주치면 상황이 위험해질 수 있었다. 간호인은 나를 기다리고 있었다. 10분 전에 관찰 구멍으로 보았을 때는 침대에서 잠든 모습이었단다. 그런데 창문을 억지로 떼어내는 소리가 들렸다. 달려가보니 렌필드의 발이 창문에서 빠져나가고 있었다. 그래서 곧바로 나를 부른 것이었다. 렌필드는 잠옷 바람이라 멀리 갈 수 없을 터였다. 간호인은 렌필드를 쫓아가기보다는 렌필드가 갈 만한 곳을 살피는 쪽이 낫겠다고 생각했다. 현관을 지나 건물 밖에 나갔다가 렌필드를 놓칠 수도 있었다. 덩치가 커서 창문을 빠져나갈 수 없기도 했다. 나는 마른 편이라서 간호인의 도움을 받아 창문을 빠져나갈 수 있었다. 창문에서 땅까지 높이가 불과 몇십 센티미터밖에 되지 않아 발을 먼저 내민 다음 다치지 않고 착지했다. 간호인은 환자가 왼편으로 돈 다음 곧장 갔다고 했다. 나는 최대한 빨리 달렸다. 늘어선 나무들을 통과하자, 우리 병원과 버려진 이웃 저택을 가르는 높은 돌담을 오르는 하얀 형상이 보였다.

나는 병원으로 되돌아갔다. 야간 경비원에게 서너 사람을 더 데리고 나를 따라 카팩스 저택의 뜰로 오라고 했다. 우리 환자가 위험하게 굴 경우를 대비하기 위해서였다. 나는 직접 사다리를 챙겨 담에 걸치고 반대편으로 내려갔다. 렌필드가 저택 모퉁이 뒤로 막 사라지고 있었다. 나는 렌필드를 쫓아갔다. 저택 저편에서 렌필드가 예배당 문에 딱 붙어 있는 모습이 보였다. 예배당 문은 오래된 쇠테를 두른 떡갈나무 문이었다. 렌필드는 누군가에게 말을 걸고 있는 것 같았다. 하지만 무슨 말을 하는지 들릴 만큼 가까이 가긴 어려웠다. 자칫하다 그가 놀라 달아날 수도 있었다. 잠옷 바람으로 언제라도 달아날 준비가 되어 있는 광인을 쫓는 일에 비하면 이리저리 돌아다니는 벌떼를 쫓아다니는 일은 아무것도 아니다. 그런데 잠시 후 렌필드가 주변을 하나도 신경 쓰지 않는다는 사실을 알게 되었다. 그래서 과감하게 다가갔다. 마침 내가 부른 병원 사람들이 이제 담을 넘어 렌필드에게 접근하고 있기도 했다. 나는 렌필드가 하는 말을 들었다.

"주인님, 주인님의 부름을 받고 왔습니다. 저는 주인님의 노예입니다. 제가 충실히 주인님을 섬길 테니, 주인님은 제게 상을 내려주시겠지요. 저는 멀리서 오랫동안 주인님을 섬겨왔습니다. 이제 가까이 오셨으니, 저는 주인님의 명을 기다리고 있겠습니다. 좋은 것들을 나누어 주실 때 저를 모른 척하지 않으시겠지요?"

하여간 렌필드는 늙고 이기적인 거지 같은 사람이다. 그리스도의 성찬식에 참석했다고 쳐도 빵과 물고기 생각을 하겠지. 그의 광기는 실로 놀라운 힘을 발휘했다. 우리가 가까이 가자 렌필드는 호랑이처럼 강력히 맞섰다. 어마어마하게 힘이 세서, 사람이 아니라 거친 짐승에 가까웠다. 그렇게 분노하여 발작하는 광인은 본 적이 없다. 다시는 보고 싶지 않은 모습이다. 렌필드가 얼마나 힘이 세고 위험한지 우리가 미리 알고 있어서 다행이었다. 그처럼 힘도 고집도 센 사람이라 붙잡기 전에 위험한 짓을 저지를 수도 있었다. 어쨌든 렌필드는 이제 안전하다. 잭 셰퍼드(대담한 탈옥 행각으로 유명했던 18세기 초 영국의 범죄자-옮긴이)조차 탈출할 수 없을 구속복을 입은 렌필드는 벽에 완충제를 댄 방에 쇠사슬로 묶여 있다. 렌필드는 지독한 비명을 지르기도 했다. 그렇지만 비명 다음에 이어지는 고요한 침묵이 더 끔찍했다. 몸을 움직일 때마다 그가 살의를 드러낼 것이기 때문이었다.

방금 렌필드가 처음으로 알아들을 수 있는 말을 했다.

"주인님, 저는 참고 기다릴 겁니다. 이제 오고 있습니다, 오고 있어!"

나는 상황을 파악하고 내 방으로 돌아왔다. 너무 흥분해서 잠을 이룰 수가 없었다. 하지만 일기를 쓰니 마음이 평정을 찾았다. 오늘 밤에는 잠을 좀 잘 수 있을 것 같다.

9장

미나 하커가 루시 웨스턴라에게 보내는 편지

8월 24일, 부다페스트

사랑하는 루시에게.

휘트비역에서 헤어진 뒤로 무슨 일이 있었는지 전부 알고 싶을 거야. 나는 무사히 헐 항구에 도착했어. 함부르크로 가는 배를 탔고, 이어서 기차를 타고 도착했어. 오는 동안 무슨 일이 있었는지 기억이 잘 안 나. 그저 내가 조너선에게 가고 있고, 도착하면 간호를 해야 할 테니 최대한 잠을 푹 자두는 편이 낫겠다는 생각만 했어.

나의 소중한 사람을 만났어. 조너선은 정말 마르고 창백하고 초췌한 모습이었어. 눈에 서려 있던 결기는 다 사라졌고, 전에 네게 말했던 차분하면서도 위엄 있는 표정도 찾아볼 수 없었어. 이제 과거의 잔해만 남은 것 같아. 그리고 지난 오랜 시간 무슨 일이 일어났는지 아무것도 기억하지 못해. 어쩌면 내가 그렇게 믿어주길 바라고 있을지도 몰라. 그러니 나는 아무것도 묻지 않을 거야. 조녀선은 충격을 아주 심하게 받았어. 과거의 일을 되살리려고 애쓰다가 안 그래도 아픈 머리를 혹사하게 될지도 모르니까.

어거터는 좋은 분이고 타고난 간호사야. 그분 말로는 조녀선이 제정신이 아닐 때 끔찍한 소리를 쏟아낸다고 했어. 어떤 말을 했는지 간호사가 알려주면 좋겠어. 하지만 그저 성호를 그을 뿐 절대 말하지 않겠다고 해. 환자가 헛소리를 쏟아내도 하느님만 아셔야 하는 비밀이고, 간호사로서 사명을 이행하다 듣게 되어도 입을 다물어야 한다는 거야. 다정하고 착한 분이야. 다음 날 내가 괴로워하는 모습을 보더니 그 이야기를 다시 꺼냈어. 가엾은 조녀선이 어떤 헛소리를 했는지는 절대 말할 수 없다고 하더니 덧붙였어.

"이 정도는 알려드릴 수 있어요. 환자분이 무슨 잘못을 저질러서 그렇게 말씀드렸던 것은 절대 아니랍니다. 그분의 아내 될 사람이 걱정할 만한 내용도 아니었고요. 그분은 당신을 잊지 않았고, 당신에게 빚진 것도 잊지 않았어요. 환자분은 어마어마하고 소름 끼치는 무언가를 두려워하고 있어요. 인간이 대응할 수 없는 그런 존재죠."

이 마음씨 착한 사람은 조녀선이 다른 여자와 사랑에 빠진 줄 알고 내가 질투한다고 생각했나 봐. 내가 조녀선을 질투하다니! 그런데 루시, 너한테만 하는 이야기인데, 다른 여자가 문제의 원인이 아니라는 사실을 알고 너무나 기뻤어. 나는 지금 침대 곁에 앉아서 잠든 그이의 얼굴을 보고 있어. 조녀선이 깨어나네! 잠에서 깬 조녀선이 겉옷을 달라고 했어. 주머니에서 무언가 꺼내야 한대. 어거터 간호사에게 부탁하니 조녀선의 소지품을 모두 가져다주었어. 소지품 중에 수첩이 하나 있더라고. 읽어봐도 되는지 물어보려던 참이었어. 조녀선이 겪고 있는 괴로움에 대해 뭔가 실마리를 찾을 수 있을지도 모른다고 생각했거든. 그런데 조녀선이 내 눈빛을 보고 눈치챘나 봐. 내게 창가로 가달라면서 잠시 혼자 있고 싶다고 말했어. 잠시 후 조녀선이 다시 불렀어. 내가 다가가자 조녀선은 수첩에 손을 올리더니 아주 진중하게 말했어.

"윌헬미나(나는 조녀선의 간곡한 마음을 알 수 있었어. 청혼할 때 말고는 이렇게 부른 적이 없거든), 알다시피, 난 남편과 아내가 서로 신뢰해야 한다고 생각해. 비밀도, 속이는 일도 없어야겠지. 난 정말 충격적인 일을 겪었어. 그게 어떤 일인지 생각만 해도 머리가 빙빙 도는 것 같고, 정말 있었던 일인지 아니면 그저 광인이 꾸는 꿈인지 모르겠어. 당신도 알겠지만 난 뇌막염을 앓고 있어. 정상이 아니라는 뜻이지. 모든 비밀이 이 수첩에 담겨 있는데, 그 내용을 알고 싶지 않아. 난 결혼을 계기로 내 삶을 다시 시작하고 싶어(루시, 우리는 형식적 절차를 갖추는 대로 결혼하기로 했었어). 윌헬미나, 이 일을 덮어두고 싶은 내 마음을 당신도 기꺼이 알아줄까? 여기 일기장이 있어. 받아서 간직해줘. 읽고 싶다면 읽어도 좋지만 내가 모르게 해줘. 어떤 중대한 의무가 있다면 모를까, 여기 일기장에 기록된 괴로운 시간을 돌이켜보고 싶지는 않아. 잠들어 있었는지 깨어 있었는지 제정신이었는지 미쳤었는지 모를 시간이었어."

지친 조너선은 자리에 누웠어. 나는 조너선의 베개 밑에 일기장을 둔 다음 조너선에게 입맞춤했지. 어거터 간호사에게 오늘 오후 결혼식을 올릴 수 있도록 원장에게 전해달라고 부탁했었어. 이제 간호사의 대답을 기다리고 있고…….

어거터 간호사가 돌아와서 영국국교회 선교회의 목사가 오기로 했다고 알려주었어. 우리는 한 시간 내로, 혹은 조너선이 깨어나는 대로 식을 올릴 거야.

루시, 때가 되었어. 나는 아주 진지하지만 정말정말 행복하기도 해. 조너선이 한 시간쯤 지나 잠에서 깨어났어. 모든 준비가 끝나고 조너선은 침대에 앉아 베개에 몸을 기댔지. 그리고 "네, 그러겠습니다"라고 힘차게 서약했어. 나는 말을 거의 하지도 못했어. 가슴이 벅차올라 그 말만으로도 숨을 제대로 쉴 수 없을 지경이었어. 간호사들은 정말 친절했어. 절대로 그들을 잊지 않을 거고 내게 주어진 중대하고도 소중한 의무도 잊지 않을 거야.

내 결혼 선물을 이야기해야겠지. 목사와 간호사들은 나와 내 남편을 위해 자리를 비워주었어. 루시, '내 남편'이라는 말을 처음으로 써보게 되네. 우리 둘만 남게 되자 나는 조너선의 베개 밑에서 일기장을 꺼내어 흰 종이로 싼 다음 내 목에 두른 옅은 푸른색 리본을 좀 잘라내어 일기장을 묶었어. 매듭 부분을 봉랍으로 덮고 그 위에 내 결혼반지를 찍어서 봉인했지. 일기장에 키스한 뒤 남편에게 보여주며 내가 잘 간직하겠다고, 이것은 평생 우리가 서로를 믿는 징표가 될 것이라고 했어. 조너선을 위해서나 어떤 중대한 의무를 위해서가 아니면, 절대 이 봉인을 뜯지 않겠다고 했어. 그러자 조너선은 내 손을 잡았어. 루시, 조너선이 '아내'의 손을 처음으로 잡는 순간이야. 조너선이 말하기를 내가 이 세상에서 가장 소중한 일을 해주었다고, 필요하다면 과거와 맞서 이기기 위해 모든 과거를 되짚어보겠다고 했어. 모든 과거가 아니라, 일부 과거를 뜻한 거였겠지. 하지만 안타깝게도 조너선은 아직 시간개념이 제대로 돌아오지 않았어. 그가 달뿐만 아니라 연도를 헷갈린다 해도 놀라지 않을 거야.

루시, 내가 무슨 말을 더 할 수 있었을까? 조너선에게 내가 세상에서 가장 행복한 여자이고 나 자신과 나의 삶과 나의 믿음 말고는 아무것도 줄 것이 없고 평생 사랑과 의무를 지켜가겠다고 했어. 루시, 조너선이 내게 키스하고 그 힘없는 손으로 나를 끌어당긴 순간, 우리 둘 사이에 아주 숭고한 서약이 이루어진 것이었어.

루시, 내가 왜 이 모든 이야기를 하는지 아니? 내게 너무나 기쁜 일이기도 하지만, 루시 네가 나에게 예전이나 지금이나 똑같이 너무나 소중한 존재라서 그래. 내가 네 친구이자, 네가 학교를 졸업하고 사회생활을 준비하는 동안 네 안내자 역할을 하게 되다니 정말 영광이야. 이제 네가 행복한 아내의 눈으로, 내가 의무를 지키며 어떻게 살아가는지 봐주면 좋겠어. 그러면 너도 결혼해서 나처럼 행복할 거야. 루시, 네 삶이 오랫동안 햇빛 가득한 나날이 되기를 전능하신 하느님께 기도드릴게. 모진 풍파 없이, 의무를 잊는 일도 믿음을 잃는 일도 없기를 바라. 괴로움도 없으면 좋겠지만, 살면서 괴롭지 않을 수는 없겠지. 그래도 네가 지금 나처럼 언제나 행복하길 바라. 안녕, 이 편지는 당장 부칠 거야. 그리고 바로 편지를 또 쓰겠어. 이제 이 편지는 마무리할게. 조너선이 깨어나고 있거든. 내 남편을 보살펴야 하니까!

언제나 너를 사랑하는
미나 하커.

루시 웨스턴라가 미나 하커에게 보내는 편지

8월 30일, 휘트비

사랑하는 미나에게.

바다 같은 사랑과 키스 수백만 번을 보낼게. 곧 네 집에서 남편과 함께 지내기를 바라. 네가 빨리 돌아와 우리와 같이 지내면 좋겠어. 이곳의 힘찬 공기가 네 남편을 회복시켜 줄 거야. 난 제법 좋아졌거든. 가마우지처럼 대단한 식욕이 생겼고, 기운이 샘솟고 잠도 잘 자고 있어. 몽유병 증세도 거의 사라졌다는 사실을 너도 알면 기쁠 거야. 지난 일주일 동안은 침대에서 한 번도 일어나지 않은 것 같아. 아서는 내가 통통해졌대. 참, 이곳에 아서가 왔다는 말을 깜빡했네. 우리는 같이 산책하고 마차를 타고 돌아다녀. 승마도 하고 뱃놀이도 하고 테니스도 치고 낚시도 해. 그리고 나는 전보다 더 아서를 사랑해. 아서도 나를 더 사랑한다고 말하긴 했는데, 모를 일이야. 맨 처음 사랑을 고백했을 때도 이보다 더 사랑할 수 없을 만큼 사랑한다고 했거든. 그냥 하는 말이야. 아서가 나를 불러. 그럼 여기까지만 쓸게, 사랑하는 친구야.

루시.

추신. 엄마가 안부 전해달라고 하셔. 엄마는 그래도 좀 좋아지신 것 같아.

추신 2. 우리는 9월 28일에 결혼할 거야.

수어드 박사의 일기

8월 20일 렌필드의 증상이 더 흥미로워지고 있다. 렌필드는 발작적으로 흥분하던 기간이 끝나고 휴지기에 접어들어 무척 조용하다. 탈출 시도 이후 첫 주 동안 렌필드는 쉴 새 없이 난폭하게 굴었다. 그러다 어느 날 밤, 달이 뜨자 조용해지더니 혼잣말을 중얼거렸다.

"이제 기다릴 수 있어요. 기다릴 수 있어요."

간호인에게 이 사실을 전달받자마자 바로 뛰어내려가 렌필드를 보았다. 렌필드는 여전히 갑갑한 구속복 차림으로 완충제를 벽에 댄 방에 있었다. 한때의 표정은 사라진 대신 눈빛은 '굽실댄다'는 표현이 지나치지 않을 만큼 예전처럼 간절했다. 이런 렌필드의 모습을 보니 마음이 놓여서 구속복을 풀어주라고 지시했다. 간호인들은 주저하였으나, 결국 반대 의견을 내지 않고 내 말을 따랐다. 희한하게도 렌필드는 간호인들의 불신을 알아차리고도 기분이 상하지 않았는지, 내 근처로 와서 간호인들을 슬쩍 엿보며 속삭였다.

"저자들은 내가 박사님을 해칠 수 있다고 생각하나 봅니다! 내가 박사님을 해친다고 상상하다니! 멍청이들!"

이 광인도 마음으로는 나를 여느 사람과 구분 짓고 있다니 어쩐지 마음이 누그러지는 기분이었다. 그래도 렌필드의 생각을 다 이해하진 못하겠다. 나와 렌필드가 공통점이라도 있어서 힘을 합치기라도 해야 한다는 것일까? 아니면 렌필드가 내게서 엄청난 덕이라도 보고 있어서 내 안위가 그에게 중요하다는 것일까? 나중에 분명히 해둘 문제다. 오늘 밤에는 렌필드가 말을 하지 않으려 한다. 심지어 새끼 고양이나 다 자란 고양이까지 키우게 해주겠다고 제안했으나 렌필드의 마음은 흔들리지 않는다. 렌필드는 이렇게만 말한다.

"이제는 고양이를 모으지 않을 겁니다. 지금은 생각할 거리가 많고, 나는 기다릴 수 있어요. 기다릴 수 있어."

이윽고 나는 렌필드의 방을 떠났다. 간호인에 따르면, 렌필드는 계속 조용하다가 새벽이 되자 불안정해져서 한참 난폭하게 굴더니 결국 발작을 일으키고 탈진하여 정신을 잃었다.

사흘 동안 같은 상황이 반복되었다. 낮에는 거칠게 행동하다 달이 뜰 때부터 해가 뜰 때까지는 잠잠했다. 이런 현상의 원인이 무엇인지 단서를 찾고 싶다. 어떤 힘이 다가와 영향력을 발휘했다가 물러나는 것 같다. 괜찮은 생각이 한 가지 떠올랐다. 오늘 밤에는 우리 멀쩡한 사람들이 기지를 발휘해 광인을 상대해야겠다. 렌필드는 지난번에 우리 도움 없이 탈출했다. 오늘 렌필드는 우리 도움을 받아 탈출하게 된다. 우리는 탈출 기회를 줄 것이다. 혹시 모르니 사람들이 그를 따라가게 해야겠다.

8월 23일 "예상치 못한 일은 언제나 일어난다." 디즈레일리는 인생을 너무나 잘 알고 있었다.(벤저민 디즈레일리는 소설 『엔디미온』에서 "인생에서 우리가 예상한 사건은 거의 일어나지 않고, 안 일어날 줄 알았던 사건이 보통 발생한다"라고 썼다―옮긴이) 우리 새는 새장이 열려 있어도 날아가지 않았다. 우리가 신경 써서 준비한 일은 허사로 돌아갔다. 어쨌든 한 가지는 확인했다. 휴지기가 일정 시간 지속된다는 것. 앞으로는 하루에 몇 시간씩 구속복을 벗기고 좀 풀어줄 계획이다. 밤에 일하는 간호인에게 렌필드가 조용한 모습을 보이면 해 뜨기 한 시간 전까지 구속복을 입히지 말고 완충제를 댄 방에 그냥 가둬두기만 하라고 지시했다. 그 가련한 사람은 마음이 여전히 답답하다 해도 몸은 안도감을 누릴 것이다. 이런! 예상치 못한 일이 또 발생했다. 사람들이 나를 부른다. 렌필드가 다시 탈출했다.

얼마 뒤 밤에 다시 한바탕 소동이 벌어졌다. 렌필드는 간호인이 방을 살피러 들어올 때까지 일부러 기다렸다. 그러다 간호인을 떠밀고 복도로 후다닥 뛰쳐나갔다. 간호인들에게 환자를 추적하라고 지시했다. 렌필드는 또 그 버려진 집의 뜰로 들어갔다. 저번처럼 오래된 예배당 문에 기대고 있었다. 렌필드는 나를 보자 격분했다. 간호인이 때맞춰 붙잡지 못했다면 나를 죽이려 들었을 것이다. 렌필드를 붙잡고 있는 동안, 이상한 일이 벌어졌다. 렌필드는 별안간 미친 듯이 저항하다가 이내 차분해졌다. 나도 모르게 주변을 둘러보았는데 아무것도 보이지 않았다. 환자의 시선이 향한 곳을 찾았다. 어딘가 물끄러미 바라보는 시선을 따라가보니, 달빛이 쏟아지는 가운데 커다란 박쥐 한 마리가 있을 뿐이었다. 박쥐는 소리 없이 유령처럼 날개를 저으며 서쪽으로 나아갔다. 보통은 빙빙 돌면서 날아다니는데 이 박쥐는 마치 갈 곳이 정해져 있거나 무슨 목적이 있는 것처럼 곧장 날아갔다. 환자는 차츰 안정을 되찾더니 이렇게 말했다.

"묶어둘 필요 없어요. 얌전히 있을 테니까!"

힘든 일 없이 우리는 병원으로 돌아왔다. 렌필드가 차분해지다니 뭔가 불길하다. 오늘 밤을 잊지 못할 것이다.

루시 웨스턴라의 일기

8월 24일, 힐링엄　나도 미나처럼 일기를 꾸준히 쓸 참이다. 그러면 미나와 다시 만났을 때 많은 이야기를 나눌 수 있을 것이다. 그때가 언제일까. 미나가 다시 곁에 있으면 좋겠다. 지금은 무척 힘들다. 어젯밤 휘트비에 있을 때처럼 꿈을 또 꾼 것 같다. 마시는 공기가 달라져서일까, 런던 집으로 돌아온 탓일까. 내용은 하나도 기억나지 않지만 어둡고 무시무시한 꿈이었다. 자꾸 겁이 난다. 힘이 하나도 없고 지쳤다. 점심때 찾아온 아서는 나를 보고 무척 서글퍼하는 모습이었다. 그렇지만 기운을 차릴 마음조차 안 난다. 오늘 밤 엄마 방에서 잘 수 있을까. 구실을 만들어봐야겠다.

8월 25일　또 좋지 않은 밤이었다. 엄마는 내 제안을 받아들일 것 같지 않았다. 당신 상태가 그리 좋지 않으니 나를 걱정시키고 싶지 않은 것이다. 나는 밤에 깨어 있으려고 노력했고, 한동안 버텼다. 하지만 자정을 알리는 시계 소리에 깬 것을 보면, 분명 잠들긴 했다. 창문 긁는 소리나 뭔가 퍼덕이는 소리가 들렸지만 마음에 두진 않았다. 그다음 일이 기억나지 않는 것을 보면 다시 잠들었나 보다. 악몽을 또 꾸었다. 내용이 기억나면 좋겠다. 오늘 아침에는 무섭도록 힘이 없다. 얼굴은 유령처럼 창백하고 목이 아프다. 폐에 문제가 생긴 모양이다. 숨을 충분히 쉴 수가 없다. 아서가 오면 기운을 차려야겠다. 아니면 아서가 보고 슬퍼할 것이다.

아서 홈우드가 수어드 박사에게 보내는 편지

8월 31일, 앨버말 호텔

잭에게

　　부탁이 있네. 루시가 아파. 특별한 병은 없지만 아주 나빠 보이고 하루가 다르게 심해져. 무슨 이유라도 있나 물어보기도 했어. 루시 어머니에겐 차마 물어보지 못했지만. 그분의 현재 상태로 봐서는 딸 걱정을 하기만 해도 건강을 치명적으로 해칠 수 있어. 웨스턴라 부인은 심장병으로 죽을 날이 멀지 않다고 고백했어. 가엾은 루시는 까맣게 모르고 있지만. 무언가 내 연인의 마음을 괴롭히고 있는 것 같아. 루시를 생각하면 너무나 심란하고, 보기만 해도 내가 다 아프다네. 자네에게 진찰을 부탁하겠다고 루시에게 말했어. 루시는 처음에는 반대하는 것 같았는데 그 이유는 알아, 친구. 결국에는 루시도 동의했어. 자네에겐 힘든 일이겠지. 하지만 루시를 위한 일이라서 망설임 없이 부탁하게 되었어. 내일

2시 힐링엄에 점심을 먹으러 와주면 좋겠어. 그래야 웨스턴라 부인이 의심을 품지 않을 테고, 점심이 끝나면 루시가 자네와 단둘이 있을 기회를 잡을 거야. 차 마시는 시간에 내가 그곳으로 갈 테니 함께 출발하세. 정말 불안해. 루시의 진찰이 끝나면 바로 자네 생각을 듣고 싶네. 꼭 부탁하네.

아서

아서 홈우드가 수어드 박사에게 보내는 전보

9월 1일
아버지 병세가 나빠져 집으로 돌아가게 되었어. 편지하겠네. 오늘 밤 역마차 편으로 링에 편지를 보내주길. 필요하다면 전보를 보내주게.

수어드 박사가 아서 홈우드에게 보내는 편지

9월 2일
아서에게

　웨스턴라 양의 건강과 관련해서 일단 몇 가지 알려주겠

네. 내가 보기에 웨스턴라 양에게는 어떤 기능장애도 질병도 없어. 그렇지만 지금 모습은 이해가 안 되네. 마지막으로 본 모습과 너무 달라져서 통탄할 지경이야. 물론 욕심껏 검사할 수 있는 상황은 아니었다는 사실을 염두에 두길 바라네. 우리가 친구 사이라는 점을 고려하면, 의학적 관점 혹은 의사의 관행에 따라 할 수 있는 일도 해보기 힘든 면이 있네. 상황이 어땠는지 정확히 말하는 편이 낫겠어. 그러면 자네가 나름의 결론을 어느 정도 내릴 수 있겠지. 그다음 내 진찰 내용과 제안을 전하겠네.

웨스턴라 양은 겉보기엔 쾌활했어. 웨스턴라 양의 어머니도 있었어. 난 바로 눈치챘어. 딸 쪽에서 어머니가 상황을 잘 모르도록, 그래서 근심하지 않도록 온갖 노력을 기울이고 있었던 거야. 확실히는 몰라도 짐작건대 어머니 건강에 신경을 쓸 필요가 있다고 여겼던 거지. 우리 세 사람만 점심을 먹었고, 다들 명랑한 분위기를 내려고 무척 애썼어. 노력에 대한 보상인지, 정말 분위기가 좋아지긴 했어. 그런 다음 웨스턴라 부인은 자리에 누우러 떠났고 웨스턴라 양과 나만 남았어. 우리는 웨스턴라 양의 방으로 갔어. 웨스턴라 양은 하인들이 오가는 동안에는 계속 명랑하게 굴었지. 하지만 문이 닫히자마자 본모습을 드러냈어. 크게 한숨을 쉬며 의자에 주저앉더니 손으로 얼굴을 가렸지. 그런 모습을 보고 나는 바로 진찰 준비를 했어. 웨스턴라 양은 아주 상냥하게 말했지.

"전 제 이야기를 하는 게 너무나 싫어요."

의사가 환자의 비밀을 지키는 일은 신성한 의무이긴 하지만, 자네가 웨스턴라 양을 걱정하느라 슬퍼하고 있다는 말을 전했어. 웨스턴라 양은 내 뜻을 바로 알아차리더니 단칼에 정리했지.

"아서에게는 하고 싶은 말씀 다 하셔도 돼요. 아서를 위한 일이라면, 저는 상관없어요."

그래서 내 마음이 가벼워졌어.

웨스턴라 양이 피가 모자란 상태임은 쉽게 알아보았어. 하지만 일반적인 빈혈 증세가 보이지는 않았어. 실제로 웨스턴라 양의 피 상태를 확인할 기회가 우연히 생겼어. 뻑뻑한 창문을 열려다가 끈이 빠져 유리가 깨지는 바람에 웨스턴라 양이 손을 약간 베었거든. 그 자체로는 큰일이 아니었지만 내겐 확실한 기회였지. 나는 피 몇 방울을 입수해서 분석해보았어. 피의 성분을 알아내는 정성분석을 해보았는데 결과는 아주 정상이야. 웨스턴라 양이 아주 건강하다는 뜻이지. 다른 신체적인 문제도 걱정할 필요가 없어. 그렇지만 뭔가 원인이 있긴 할 테니, 정신적인 문제라고 결론을 내리게 되었어. 웨스턴라 양은 호흡이 종종 불편하다고 호소했어. 그리고 기절한 것처럼 깊은 잠을 잘 때가 있는데, 그때 무서운 꿈을 꾼대.

내용은 아무것도 기억나지 않고. 웨스턴라 양 말로는 어렸을 때 몽유병 증세가 있었는데 휘트비에서 지내면서 증세가 돌아왔고, 어느 날 밤 집 밖으로 나가 이스트 클리프까지 가버리는 바람에 머리 양이 찾아낸 일도 있었다고 했어. 하지만 최근에는 증세가 나타나지 않았다고 단언하더라고.

뭔가 의심스러워서, 내가 아는 한도 내에서 최선의 선택을 했지. 내 오랜 친구이자 스승인 암스테르담의 반 헬싱 선생에게 편지를 보냈어. 선생은 잘 알려지지 않은 질병에 관해 이 세상 누구보다도 잘 아는 사람이야. 그분께 와주십사 부탁드렸어. 비용 문제는 자네가 다 책임진다고 했으니, 선생에게 자네가 어떤 사람이고 웨스턴라 양과는 어떤 사이인지 알려드렸네. 친구, 이건 정말 자네 바람에 따라 한 일이야. 난 그저 웨스턴라 양을 위해 무엇이든 할 수 있어 뿌듯하고 만족스러울 뿐이네. 반 헬싱 선생은 내가 어떤 일을 부탁하든 들어줄 거야. 그럴 만한 개인적인 사정이 있거든. 그러니 선생이 어떤 이유로 오든 간에, 선생의 뜻을 받아들이자고. 선생은 독단적인 사람처럼 보일 수도 있어. 하지만 그는 자기가 하는 말에 관해 누구보다도 분명히 알고 있어. 선생은 철학자이자 형이상학자이고, 우리 시대의 가장 빼어난 과학자 가운데 한 명이네. 내 생각에는 대단히 열린 마음의 소유자이기도 해. 강철 같은 신경과 얼음물처럼 냉정한 기질을 지녔으면서도 의지가 굳세고 참을성이 대단하며 관대하다네. 미덕을 갖춘 수준을 넘어서서 축복받은 성품이라고 해야할 거야. 진실로 친절하고 따뜻한 마음씨를 지니기도 했고. 그리고 선생은 이런 성격을 토대로 인류를 위해 이론과 실천 양쪽에서 고귀한 일을 하고 있어. 그 어떤 일도 포용할 수 있는 마음씨만큼이나 시야의 폭이 넓거든.

이런 이야기를 하는 건, 내가 선생을 왜 그토록 신뢰하는지 알았으면 하는 마음에서야. 선생에게 얼른 와달라고 부탁했네. 그리고 웨스턴라 양을 내일 다시 만날 거야. 스토어(당대에 유명했던 런던 나이츠브리지의 해러즈 백화점을 가리킨다—옮긴이)에서 보기로 했네. 내가 하루 만에 그 집을 또 찾아가면 웨스턴라 양의 어머니가 놀랄지도 몰라서 그렇게 정했어.

자네의 벗
존 수어드

의학박사이자 철학박사이고 문학박사인
아브라함 반 헬싱이 수어드 박사에게 보내는 편지

9월 2일
내 친구 존에게

자네 편지를 받자마자 떠날 준비를 하고 있네. 운 좋게도, 나를 믿어주는 누구에게도 폐를 끼치지 않으면서 바로 떠날 수 있는 상황이야. 운이 나빴다면 나를 믿어주는 사람들에게 실망을 안겨주었겠지. 친구가 사랑하는 사람들을 도와달라고 부르면, 나는 친구에게로 갈 사람이니까. 자네 친구에게 그때 일을 알려주게나. 어떤 친구가 너무 긴장해서 칼을 떨어뜨리는 바람에 내가 상처를 입었는데, 그때 자네가 괴저성 독을 과감하게 빨아주었다고. 그러니 자네 친구의 모든 재산을 다 합쳐도 가능하지 않은 일이 자네 덕분에 가능해진 것이지. 물론 자네 친구를 위해 일하게 되어 기쁘다네. 환자 가까이 머물 수 있도록 그레이트 이스턴 호텔에 방을 잡아주게. 그리고 내일 너무 늦지 않은 시간에 그 젊은 여성을 만날 수 있도록 일정을 잡고. 내일 밤 나는 이곳으로 다시 돌아와야 할 것 같거든. 그렇지만 필요하다면 사흘 내로 그곳으로 다시 갈 것이고, 상황을 봐서 더 오래 머물 수도 있어. 그럼 내 친구 존, 그때까지 잘 있게.

반 헬싱

수어드 박사가 아서 홈우드 경에게 보내는 편지

9월 3일

친애하는 아트에게

반 헬싱 선생이 다녀가셨어. 선생은 나와 함께 힐링엄에 갔지. 루시가 사려 깊게 어머니를 집 밖에서 점심을 드시게 한 덕에 우리끼리 있을 수 있었네. 반 헬싱 선생은 환자를 아주 꼼꼼히 살폈어. 진찰 결과를 알려주시면, 자네에게 전하겠네. 내가 진찰 시간 내내 함께 있지는 않았거든. 반 헬싱 선생은 무척 근심 어린 모습이었지만 좀 더 생각이 필요하다고 말했어. 선생에게 우리 사이가 어떤지, 또 자네가 이 일에서 나를 얼마나 신뢰하는지 알려주자 선생이 그러더군.

"자네 생각을 친구에게 다 말해주어야 하네. 내 생각이 어떤지 짐작하고 있다면 그것까지 알려주게. 그럴 뜻이 있다면 말이야. 농담이 아니라 이 일은 삶과 죽음의 문제, 혹은 더 큰 문제일 수 있어."

선생이 너무나 진지해서 무슨 뜻인지 물어보았어. 우리가 시내로 돌아온 다음에 주고받은 대화라네. 선생은 암스테르담으로 돌아갈 채비를 하기 전에 차 한잔을 마시고 있었고, 그는 어떤 실마리도 주지 않았어. 그렇지만 아트, 선생에게 화내서는 안 돼. 선생은 전력을 다해 환자의 건강을 생각하느라 입을 다문 것이니까. 때가 되면 솔직하게 알려줄 거야. 그래서 나는 《데일리 텔레그래프》의 특별 기사처럼 우리 방문을 객관적으로 설명하는 편지를 자네에게 쓰겠다고 했어. 선생은 내 말에 관심이 없어 보였고 런던 스모그가 예전에 공부하던 시절보다는 크게 나쁘지 않다는 소리를 했어. 진찰 결과를 담은 보고서를 선생이 끝낸다면 내일 내가 받게 될 거야. 보고서가 아니라도 편지는 받기로 되어 있어.

그럼 루시를 만난 이야기를 할게. 루시는 내가 전날 처음 보았을 때보다는 활기찬 모습이었어. 확실히 더 좋아 보였지. 자네가 걱정했던 유령처럼 창백한 모습도 사라졌고 호흡도 정상이었어. 루시는 사람들을 대할 때 으레 그렇듯 선생에게 매우 친절했고 선생이 자리를 불편하게 느끼지 않도록 애썼어. 물론 나는 루시가 얼마나 애쓰는지 알았지만 말이야. 반 헬싱 선생도 눈치챘다고 봐. 선생의 짙은 눈썹 아래 내가 아는 바로 그 눈빛이 잠깐 나타났거든. 선생은 이런저런 이야기를 했어. 우리 이야기나 질병 이야기는 빼고. 선생의 다정한 마음 씀씀이 덕분에 그동안 활기찬 척하던 루시는 정말로 활기를 찾게 되었어. 선생은 티가 나지 않게 화제를 틀어 이곳에 방문한 이유를 밝혔어. 그리고 점잖게 말했지.

"이렇게 사랑스러운 분을 만나게 되어 무척 기쁘오. 물론 루시 씨가 지금과는 다른 모습이라 해도 기뻤을 테지만.

듣기로는 루시 씨가 기운이 없고 유령처럼 창백하다던데, 이 친구들이 쓸데없는 소리를 했소."

선생은 내 쪽으로 손가락을 딱 소리 나게 튕기고는 말을 이었어.

"우리 함께 이 친구들이 완전히 잘못 생각했다는 것을 입증해 보입시다. 저 친구가 무얼 알겠소? (반 헬싱 선생의 표정이며 몸짓은 예전 수업 시간에 나를 가리킬 때와 똑같았어. 나중에도 내게 뭔가 일깨워주려고 할 때 저랬지.) 저 친구는 젊은 여성에 대해서는 아는 게 별로 없다오. 저 친구는 광인을 다루면서 광인과 광인을 사랑하는 사람들에게 행복을 돌려주는 일을 할 뿐이거든. 할 일은 많지만 행복을 주니 보람 있을 거요. 그렇지만 젊은 여성에 관해서라면 이야기가 다르지. 저 친구는 아내도 없고 딸도 없소. 그리고 젊은이들은 또래에겐 자기 이야기를 하지 않고. 그렇지만 나 같은 늙은이는 슬픔과 그 원인에 대해 두루두루 알고 있소. 그러니 루시 씨, 담배를 핑계로 저 친구를 정원에 내보낸 다음 우리끼리 이야기를 좀 합시다."

나는 선생의 말뜻을 알아차리고 밖으로 나가서 거닐었어. 얼마 지나지 않아 선생이 창가로 와서 나를 불렀지. 표정이 심각했어.

"주의 깊게 살펴보았네. 신체 기능에 문제가 있지는 않

아. 피가 많이 빠져나간 것 같다는 자네 의견에는 동의해. 예전 일이고 지금은 아니긴 하지. 그런데 빈혈은 아니야. 하인을 보내달라고 부탁했어. 한두 가지 물어보려고. 뭐든 놓쳐서는 안 되니까. 하인이 무슨 말을 할지는 잘 알고 있어. 그렇지만 이 사태의 원인이 있을 거야. 모든 일에는 언제나 원인이 있지. 암스테르담으로 돌아가서 생각을 좀 해봐야겠네. 내게 매일 전보를 보내주게. 원인을 찾게 되면 다시 돌아오겠네. 루시 씨의 병(건강하지 않은 상태는 병이니까 병이라고 불러도 되겠지)이 내 관심을 끄는군. 그 다정한 여성도 내 관심을 끌어. 매력 있는 사람이야. 자네나 병 때문이 아니라 루시 씨를 보러 돌아오겠네."

　말했듯이, 선생은 우리 둘만 있을 때도 더 말하려 하지 않았어. 그러니 내가 아는 것은 이제 아트, 자네도 다 아는 셈이야. 난 루시를 잘 살펴볼 작정이네. 자네 아버님도 건강을 회복하고 계시리라 믿네. 자네에게 똑같이 소중한 두 사람을 모두 신경 써야 하니, 정말 힘들겠지. 자네는 아버님 곁을 지켜야 한다는 책임감을 느끼고 있을 거야. 아들로서 그것이 도리겠고. 하지만 필요하다면 루시를 보러 바로 와달라고 전하겠네. 그러니 소식이 없다 해도 너무 걱정하지는 말게.

수어드 박사의 일기

9월 4일　육식 애호 환자는 여전히 우리 관심 대상이다. 렌필드는 어제 딱 한 번 발작했는데, 평소와는 다른 시간이었다. 정오가 되기 직전 그는 점점 좌불안석이었다. 간호인은 익히 아는 증상이라 바로 도움을 청했다. 운 좋게도 직원들이 때맞춰 달려왔다. 환자가 정오에 아주 난폭해져서 직원 모두 달려들어 간신히 붙잡은 것이다. 그렇지만 그는 5분 만에 다시 차분해지더니 결국 울적해졌고 아직도 그 상태다. 간호인은 렌필드가 발작하면서 지른 비명이 정말 오싹했다고 한다. 병원에 돌아온 나는 렌필드에게 놀란 다른 환자들을 보살피기 바빴다. 사실 나는 간호인의 말을 잘 이해할 수 있다. 심지어 꽤 멀리 있던 나조차 그 비명을 듣고 마음이 뒤숭숭해졌던 것이다. 이제 병원의 저녁 식사 시간이 막 지났는데 내 환자는 아직도 구석에 울적하게 앉아 있다. 활기도 없고 시무룩하니 슬픔에 잠긴 표정이었다. 암시가 아니라 무언가 직접 가리키는 것 같았다. 전혀 알 수 없다.

얼마 뒤　환자가 또 달라졌다. 5시에 환자를 보러 갔더니 예전처럼 행복하고 만족스러운 모습이었다. 렌필드는 파리를 잡아먹고는 문에 붙인 완충제 틈에다 손톱자국으로 몇 마리를 먹었는지 기록하고 있었다. 환자는 나를 보더니 다가와서, 사고를 쳐서 미안하다고 사과했다. 자기를 낮추는 태도로 굽실거리면서 원래 방으로 돌려보내주고 일기를 다시 쓰게 해달라고 부탁했다. 나는 렌필드의 비위를 맞춰주는 편이 좋겠다고 생각했다. 이제 환자는 원래 방으로 돌아간 상태다. 렌필드는 창문을 열고, 차에 넣는 설탕을 창턱에 뿌려두고 파리를 잡아들인다. 지금은 먹지는 않고 예전처럼 상자에 모은다. 거미를 찾아내려고 벌써부터 방을 구석구석 살핀다. 지난 며칠 동안의 일에 대해 이야기하도록 말을 걸어보았다. 무슨 생각으로 그러는지 실마리를 구한다면 내겐 큰 도움이 될 터였다. 그렇지만 렌필드는 자리에서 일어나지 않았다. 잠시 아주 슬퍼 보였다. 그는 상대방에게 말하는 것이 아니라 혼잣말을 하듯 아득한 목소리로 말했다.

"다 끝났어! 다 끝났어! 그는 나를 저버렸어. 이제 내가 직접 나서지 않으면 희망이 없어!"

렌필드는 별안간 단호하게 고개를 돌려 나를 보았다.

"선생님, 설탕을 조금만 더 가져다줄 수 없나요? 정말 도움이 될 것 같은데."

"파리는?"

"그렇죠. 파리도 설탕을 좋아하죠. 나는 파리를 좋아하니까, 설탕도 좋아하죠."

광인이 논리적이지 않다고 생각하는 사람들이 있는데 잘 모르는 말이다. 나는 설탕을 환자가 달라는 양의 두 배로 주었다. 내가 떠날 때 그는 아주 행복한 모습이었다. 그의 마음을 알 수 있으면 좋겠다.

밤 12시　렌필드가 또 달라졌다. 나는 웨스턴라 양을 만나고 돌아왔다. 웨스턴라 양은 훨씬 좋아 보였다. 나는 병원으로 막 돌아와서 해가 저무는 하늘을 바라보며 병원 문 앞에 서 있었다. 그때 렌필드의 비명이 또 들렸다. 그의 병실이 병원 문과 가까워서 비명이 아침보다 더 잘 들렸다. 그때 나는 뿌연 런던 하늘에 진 근사한 노을을 바라보고 있었다. 그 타오르는 빛과 검은 그림자가 시커먼 구름에 시커먼 물까지 경이로운 색채로 물들였다. 그러다 렌필드 소리에 놀라 고개를 돌리며 새삼 깨달았다. 병원의 싸늘한 석조 건물이 얼마나 음산하고 무서워 보이는지. 그리고 환자들의 고통이 묻어나는 이 건물에서 버티는 내 마음이 얼마나 쓸쓸한지.

　　렌필드의 방을 찾았을 때는 해가 막 저물고 있었다. 창문에서 붉은 원이 지는 모습이 보였다. 미친 듯이 날뛰던 렌필드는 해가 지는 동안 점점 광기를 잃었다. 해가 넘어가자 힘없이 쓰러지며 자기를 붙들고 있던 손에서 벗어났다. 그의 정신 회복력은 정말 대단했다. 몇 분 만에 렌필드는 차분히 일어나서 주변을 둘러보았다. 나는 간호인들에게 환자를 붙잡지 말라고 신호를 보냈다. 환자가 어떤 행동을 하는지 알고 싶었다. 렌필드는 창가로 곧장 가더니 설탕 부스러기를 털어냈다. 그러고는 파리 상자를 챙겨 들고 창밖에서 비워버리고는 상자도 던졌다. 이어 창문을 닫고 방을 가로질러 침대에 앉았다. 나는 놀라서 그에게 물었다.

"파리를 더는 기르지 않을 건가요?"

"그럼요. 이 쓰레기 같은 것들, 죄다 지긋지긋합니다."

렌필드는 대단히 흥미로운 연구 대상임이 틀림없다. 그의 마음속을 엿볼 수 있으면, 혹은 그가 갑작스레 격정에 휘말리는 이유를 알 수 있으면 좋겠다. 잠깐. 환자가 왜 정오와 저물녘에 발작했는지 이유를 알아낸다면 단서를 찾을 수 있을 것이다. 태양이 주기적으로 사람의 기질에 악의적인 기운을 미칠 수 있을까? 달이 그런 영향력을 행사하는 것처럼 말이다. 두고 봐야겠다.

런던에서 수어드가 암스테르담의 반 헬싱에게 보내는 전보

9월 4일

환자는 오늘 훨씬 좋아졌음.

런던에서 수어드가 암스테르담의 반 헬싱에게 보내는 전보

9월 5일

환자는 아주 좋아졌음. 식욕이 왕성하고 숙면을 취함. 기운이 넘치고 혈색이 돌아옴.

런던에서 수어드가 암스테르담의 반 헬싱에게 보내는 전보

9월 6일

갑자기 상태가 악화됨. 즉시 와야 함. 한시도 지체해서는 안 됨. 올 때까지 홈우드에게 보내는 전보를 보류하겠음.

10장

수어드 박사가 아서 홈우드 경에게 보내는 편지

9월 6일

친애하는 아트에게

오늘은 그리 좋지 않은 소식을 전해야겠어. 오늘 아침 루시의 상태가 예전처럼 좀 나빠졌어. 그렇지만 좋은 소식도 한 가지 생겼지. 자연스레 루시를 걱정하게 된 웨스턴라 부인이 내게 의사로서 루시를 진찰해달라고 요청했어. 이때다 싶어 내 오랜 스승이자 훌륭한 전문가인 반 헬싱 교수가 나를 찾아오고 있으니, 반 헬싱과 함께 루시를 맡겠다고 했지. 그러니 우리가 그 집을 오가도 웨스턴라 부인은 크게 놀라지 않을 거야. 부인은 충격을 받기라도 했다가는 갑자기 세상을 떠날 수 있는 상태고, 루시도 몸이 약해진 상태라 어머니가 돌아가시면 심각한 영향을 받을 수 있지. 그러니 잘된 일이야. 지금은 다들 어려운 상황이야. 그렇지만 우린 이 어려움을 극복하게 될 거야. 필요하다면 편지를 쓰겠네. 그러니 내 편지가 없으면 나도 별 소식이 없어 기다리는 중이라고 생각하면 될 거야. 그럼 이만 쓰겠네.

자네의 벗
존 수어드.

수어드 박사의 일기

9월 7일 리버풀가에서 만난 반 헬싱이 던진 첫 마디는 이러했다.

"루시의 연인인 자네 친구에게 무슨 말이라도 했나?"

"아뇨. 선생님을 만날 때까지 저는 기다렸습니다. 전보에 썼듯이, 웨스턴라 양이 그리 좋은 상태는 아니라서 선생님이 오는 중이라고 간단한 편지를 썼습니다. 필요하다면 연락하겠다고 했고요."

"잘했네, 아주 잘했어. 그쪽은 아직 모르는 편이 나아. 아마 끝까지 모를 수도 있고. 그러기를 바라고 있다네. 그렇지만 필요하다면 그도 다 알아야겠지. 존, 자네가 조심할 부분이 있어. 자넨 광인들을 상대하고 있지. 사실 모든 사람은 어떤 식으로든 미쳐 있다네. 그러니 환자들을 조심스럽게 대하는 만큼, 다른 세상 사람들도 하느님의 광인이라고 생각하고 조심스레 대하게. 자넨 환자들에게 자네가 어떤 연구를 하는지, 왜 하는지 알려주지 않지. 어떤 생각을 하는지도 알려주지 않고. 그러니 자네의 지식은 그냥 마음에만 품고 있게. 그럼 그 지식은 평화로이 있다가 비슷한 부류끼리 모여 발전할 수 있어. 자네와 나는 우리가 아는 것을 아직은 여기, 그리고 여기에만 간직해야 해."

이렇게 말하며 선생은 내 심장 쪽과 이마에 손을 가져다 댔다. 그리고 자신의 가슴과 이마에도 똑같이 손을 댔다.

"지금은 나 혼자 해보는 생각이 있어. 나중에 알려주겠네."

"왜 지금은 알려주시지 않나요?"

"그게 더 나을 테니까. 나중에 어떤 결론을 내릴 수 있을 거야."

선생은 말을 멈추고 나를 바라보았다.

"존, 밀을 재배하는 농부는 밀이 다 익기도 전에, 그러니까 아직 밀이 어머니 대지의 양분을 머금고 있고 햇빛에 금빛으로 물들지 않았을 때 이삭을 딴다네. 이삭을 거친 손으로 비벼 초록색 겨를 불어버리고 말하지. '보세요, 농사가 잘

되었어요. 때가 되면 아주 잘 익을 겁니다.'"

선생이 왜 이런 일화를 인용하는지 몰라서 나는 그에게 무슨 말인지 모르겠다고 했다. 그러자 선생은 오래전 강의할 때처럼 손을 뻗어 내 귀를 장난스레 당기며 말했다.

"좋은 농부는 때가 되지 않아도 풍작인지 흉작인지 아니까 그렇게 말하는 거야. 그렇지만 좋은 농부라면 밀이 잘 자라는지 확인하려고 땅에서 뽑지는 않네. 농사를 장난으로 아는 애들이나 하는 짓이지, 농사를 일생의 과업으로 여기는 사람들은 그러지 않아. 이제 알겠나, 존? 나는 내 씨를 뿌렸고, 그 씨는 자연 속에서 싹트겠지. 일단 싹이 튼다면 잘될 가능성이 있어. 그러니 이삭이 여물 때까지 기다릴 것이네."

반 헬싱은 말을 멈추고 내가 이해했는지 확인했다. 그러고는 계속 진중한 어조로 말을 이었다.

"자넨 언제나 신중한 학생이었지. 자네가 내는 보고서는 다른 학생들보다 언제나 훨씬 충실했고. 그때는 학생이었지만 이제 자네는 의사야. 그리고 내 생각에, 좋은 습관은 나쁜 결과를 불러오지 않아. 지식은 기억보다 더 강하고 우리는 더 약한 쪽을 믿어서는 안 된다는 점을 유념하게. 설령 지금은 그 좋은 습관을 더는 유지하지 않고 있다 해도, 이번 사례는 기록을 잘해두도록 하게. 그 젊은 여성의 증세는 딱 잘라 말할 수 없지만 우리 말고도 여러 사람에게 아주 중요할 수 있어. 저울에 올려놓는다 치면, 다른 병들을 다 합쳐도 이쪽이 더 무거울 거야. 별것 아닌 듯해도 적어둬. 뭔가 의심스러운 부분이나 추측까지도 말이지. 나중에 그 추측이 얼마나 맞아떨어지나 확인해보면 흥미로울 거야. 우리는 성공이 아니라 실패에서 배우는 법이니까."

나는 루시가 전과 비슷한데 증세가 더 심해졌다고 말했다. 선생은 아주 심각한 모습이었지만 아무 말도 하지 않았다. 선생은 여러 치료 도구며 약이 든 가방을 가지고 있었다. 그는 언젠가 강의를 하다가 의사의 장비를 가리켜 '인간을 이롭게 하는 직종의 불쾌한 용품'이라고 부른 적이 있었다. 루시의 집에 도착하니 웨스턴라 부인이 우리를 맞이했다. 부인은 놀란 것 같긴 했지만 예상만큼은 아니었다. 자애로운 대자연이 죽음이 불러일으키는 공포를 해소하도록 방책을 쓴 모양이었다. 부인은 약간만 충격을 받아도 바로 쓰러질 수 있는 위험한 상황이었지만, 어쩐지 직접 겪는 일이 아니면 와닿지 않는 모양이었다. 심지어 사랑하는 딸이 지금 끔찍하게 변했는데도 그랬다. 몸속에 이물질이 들어오면 그 때문에 신체가 다치지 않도록 덜 민감한 세포 조직이 그 주변을 감싸는 현상과도 비슷했다. 이것이 자연이 정해준 이기심이라면, 누구의 이기심이라도 악하다고 탓하지 말아야 한다. 우리가 아는 범위를 넘어서는 근본적 원인이 있을 수 있기 때문이다.

　나는 정신병리학 지식을 근거로, 웨스턴라 부인은 이제 루시와 함께 있으면 안 되며 꼭 필요한 경우를 제외하면 딸의 병을 걱정하지 말아야 한다고 알렸다. 웨스턴라 부인은 기꺼이 내 뜻에 동의했다. 이 또한 생명을 지키려는 대자연의 섭리 같았다. 반 헬싱과 나는 루시의 방에 갔다. 어제의 루시는 충격적이었는데, 오늘은 충격적이다 못해 두려울 지경이었다. 루시는 유령처럼 새하얀 모습이었다. 입술과 잇몸조차 핏기가 사라졌다. 얼굴 뼈가 도드라진 채 너무나 힘들게 숨을 쉬고 있어 내 눈과 귀 모두 고통스러웠다. 반 헬싱의 얼굴은 돌처럼 굳었다. 찌푸린 양쪽 눈썹이 미간에서 맞닿을 것 같았다. 루시는 꼼짝하지 않았고 말할 기력도 없어 보였다. 우리는 한동안 침묵했다. 반 헬싱이 나가자고 손짓해서 조심히 방을 나왔다. 문을 닫자마자 선생은 빠른 걸음으로 문이 열린 옆방으로 향했다. 나를 얼른 끌어 함께 방으로 들어간 다음 문을 닫았다.

　"큰일이야. 정말 무시무시한 상황이네. 잠시도 지체할 수 없어. 루시 씨는 심장을 뛰게 할 피조차 모자라서 죽게 될 거야. 얼른 수혈해야 하네. 자네가 하겠나? 아니면 내가?"

　"젊고 튼튼한 제가 해야죠, 선생님."

　"그럼 얼른 준비하게. 내 가방을 가지고 오겠네. 난 준비

가 끝났어."

선생과 함께 아래층으로 내려가는데, 누군가 현관문을 두드렸다. 우리가 홀에 도착했을 때 하인이 현관문을 열었다. 아서가 서둘러 들어왔다. 아서는 내게 뛰어와 간절하게 속삭였다.

"잭, 너무 걱정되어 왔어. 자네 편지에 담긴 뜻을 파악했거든. 그동안 너무 힘들었네. 아버지 건강이 좋아지셔서, 직접 이곳으로 달려왔지. 반 헬싱 박사님이신가요? 여기까지 와주셔서 정말 감사합니다."

처음에 선생은 아서가 하필 이렇게 중대한 때에 끼어들었다고 화가 난 듯했다. 그렇지만 아서의 건장한 몸이며 그가 풍기는 젊고 강하고 용감한 기운을 알아보자, 선생의 눈이 반짝였다. 선생은 손을 내밀며 진중하게 말을 건넸다.

"홈우드 씨, 때마침 잘 왔소. 당신이 환자의 연인이군. 루시 씨는 지금 상태가 아주 나쁘다오. 그렇지만 그렇게 기운을 잃지는 마시오."

갑자기 창백해지더니 정신을 잃기라도 하듯 의자에 주저앉는 아서를 보고 한 말이었다.

"당신이 루시 씨를 도와야 하오. 세상 그 누구보다도 잘해낼 거요. 당신의 용기가 최고로 도움이 될 거요."

"어떻게 하면 되나요?"

아서가 쉰 목소리로 물었다.

"말씀해주시면 따르겠습니다. 제 삶은 루시의 것이고, 루시를 위해서라면 제 피를 남김없이 줄 생각입니다."

선생은 농담을 잘하는 사람이라, 이번 대답에서 그다운 모습을 엿볼 수 있었다.

"그렇게까지 다 가져가진 않겠소. 피를 마지막 한 방울까지 줄 필요는 없다오."

"그러면 어떻게 할까요?"

아서의 눈이 불타오르고 콧구멍은 열의로 벌름거렸다. 반 헬싱은 아서의 어깨를 두드렸다.

"자, 당신은 남자고 우린 남자가 필요하오. 당신은 나보다 낫고, 내 친구 존보다도 낫지."

아서는 갈피를 잡지 못한 모양이었다. 선생은 친절하게 설명했다.

"루시 씨는 상태가 무척 나쁘다오. 피가 필요하고, 피를 얻지 못하면 죽을 거요. 존과 함께 진찰한 끝에 환자에게 수혈이라고 부르는 시술을 할 생각이었소. 피가 가득한 혈관에서, 피를 갈망하는 텅 빈 혈관으로 피를 전달하는 일이지. 존이 피를 내줄 계획이었소. 그는 나보다 더 젊고 튼튼하니까."

이때 아서는 내 손을 말없이 꼭 잡았다.

"그렇지만 이제 당신이 왔소. 당신이 우리보다 더 적절한 상대요. 우리는 나이와는 상관없이 머릿속에 생각이 가득한 사람들이니 말이오. 신경이 그리 안정적이지도 않고 피도 당신보다 맑지 않으니."

아서는 반 헬싱 쪽으로 몸을 돌렸다.

"루시를 위해 제가 기꺼이 죽음을 맞이하리라는 것을 아신다면, 이해하실 텐데……."

아서는 목이 메어 말을 멈추었다.

"참 좋은 사람이군. 사랑하는 사람을 위해 할 수 있는 모든 일을 다 하게 될 테니, 곧 만족할 거요. 이제 조용히 방으로 갑시다. 수혈하기 전에는 한 번 키스해도 되지만 바로 물러나야 하오. 그리고 내가 신호를 보내면 방에서 나가야 하고. 웨스턴라 부인에게는 아무 말도 하지 말고. 선생도 잘 알고 있겠지만, 부인은 충격을 받아서는 안 되오. 이 상황을 조금이라도 알게 되었다가는 위험할 수 있어. 자, 갑시다."

모두 함께 루시의 방으로 올라갔다. 아서는 지시에 따라 밖에서 기다렸다. 루시는 고개를 돌려 우리를 보았지만 아무 말도 하지 않았다. 잠든 것은 아니고 정말 힘이 하나도 없어서 말을 못 하는 것 같았다. 그저 눈빛을 보내는 것이 전부였다. 반 헬싱은 가방에서 장비들을 꺼내 루시 눈에 들어오지 않는 탁자에 올려놓았다. 그리고 마취제를 타서 침대로 다가가더니 활기차게 말했다.

"자, 루시 씨. 약을 먹어야 하오. 착한 아이처럼 쭉 마시지요. 내가 일으켜주면 쉽게 마실 수 있을 거요. 좋아."

루시는 힘들게 약을 먹었다.

약이 효과를 발휘하기까지 놀라울 만큼 긴 시간이 걸렸다. 루시가 얼마나 허약한지 보여주는 일이었다. 졸음이 와서 눈꺼풀을 깜박이기까지 너무나 긴 시간이 흘렀다. 마침내 약효가 통해서 루시는 깊이 잠들었다. 반 헬싱은 이제 때가 되었다고 보고 아서를 부르더니, 코트를 벗으라고 했다.

"내가 저 탁자를 옮기는 동안 가볍게 키스해도 좋소. 존, 나를 도와주게."

아서가 루시에게 몸을 기울이는 사이 우리 둘 다 다른 곳을 보았다.

반 헬싱은 내게 고개를 돌렸다.

"아주 젊고 튼튼하고 피가 깨끗해서, 혈액을 응고시키는 피브린을 제거할 필요는 없을 거야."

그런 다음 선생은 신속하면서도 아주 정확하게 수혈 작업을 시작했다. 수혈이 진행되는 동안 가엾은 루시의 뺨에 생기가 돌아왔다. 아서는 점점 창백해지긴 했어도 얼굴은 기쁨으로 환히 빛났다. 이내 나는 걱정되기 시작했다. 아서같이 튼튼한 사내도 피를 많이 잃으니 영향을 받지 않을 수 없었다. 루시의 몸이 얼마나 손상되었길래 아서가 저렇게 약해질 만큼 피를 주어도 회복하지 못하는 걸까. 그렇지만 선생의 얼굴은 흔들림이 없었고, 손에 시계를 든 채 환자와 아서를 번갈아 보며 관찰했다. 나는 심장이 쿵쿵 뛰는 소리를 들을 수 있었다. 곧 선생이 부드럽게 말했다.

"자, 이제 그만하자고. 충분해. 자넨 친구를 살피게. 나는 환자를 보겠네."

수혈 후 나는 아서가 얼마나 쇠약해졌는지 바로 알아보았다. 상처에 붕대를 감고 아서의 팔을 잡아 부축했다. 그때 반 헬싱이 뒤통수에도 눈이 달린 것처럼 돌아보지도 않고 말했다.

"용감한 연인은 한 번 더 키스할 자격이 있다고 봐. 곧 그 기회가 올 거야."

반 헬싱은 수혈 작업을 마친 다음 환자가 누운 베개를 매만져주었다. 그러는 사이 루시가 언제나 목에 두르고 다니는 듯한 검은 벨벳 끈이 약간 풀어졌다. 아서가 준 오래된 다이아몬드 고리로 묶은 끈이 풀리자 목의 붉은 자국이 드러났다. 아서는 몰랐겠지만, 나는 선생이 숨을 흡 들이켜는 소리를 들었다. 반 헬싱이 속내를 드러낼 때 내는 소리다. 선생은 그에 대해선 말하지 않고 내게 몸을 돌렸다.

"이제 우리 용감한 청년을 아래층으로 데려가게. 포트와인을 먹인 다음 한동안 누워 있도록 하게. 집으로 돌아가면 푹 쉬고 잘 자고 잘 먹어야 하고. 그래야 연인에게 준 피를 다시 만들어낼 수 있어. 여기 있어서는 안 되네. 잠깐! 아서 선생, 선생이 결과를 궁금해할 것 같으니 말해주겠소. 수술은 여러모로 성공적이었다오. 선생은 이번에 루시의 생명을 구했으니, 집으로 돌아가 마음 편히 쉴 수 있을 거요. 상태가 좋아지면 루시 씨에게 다 알려주겠소. 선생의 희생을 알면 더 사랑하게 되겠지. 그럼 이만."

나는 아서를 집으로 보내고 루시 방으로 돌아갔다. 루시는 가만히 잠들어 있었다. 그렇지만 숨을 쉬며 가슴이 움직일 때 이불도 함께 움직이는 것을 보니, 한층 힘차게 숨 쉬고 있음을 알 수 있었다. 침대 곁에서 반 헬싱은 루시를 골똘히 쳐다보고 있었다. 검은 끈은 다시 붉은 자국을 가렸다. 나는 교수에게 나직이 물었다.

"루시 목의 상처에 대해 어떻게 생각하세요?"

"자네 생각은?"

"아직 잘 보지 못했어요."

나는 대답한 다음 그 끈을 풀었다. 경정맥 바로 위에, 그리 크진 않아도 건강에 해로워 보이는 구멍 두 개가 나 있었다. 병 때문에 생긴 것 같지는 않았다. 그렇지만 누가 씹어대기라도 한 것처럼 구멍 둘레가 희게 닳았다. 상처인지 아니면 다른 무엇인지 알 수 없는 이 자국으로 피를 그렇게 빼앗겼을지도 모른다는 생각이 언뜻 들었다. 그렇지만 바로 그 생각을 버렸다. 가능할 리 없었다. 침대 전체를 붉게 물들이고도 남을 만큼 피를 잃어야 수혈받기 전의 그 창백한 모습이 된다.

"어때?"

"글쎄요, 잘 모르겠습니다."

선생은 일어났다.

"나는 오늘 밤 암스테르담으로 돌아가야 하네. 필요한 책과 물건 들이 거기에 있어. 자넨 오늘 밤 여기 남아야 하네. 그리고 환자에게서 잠시라도 눈을 떼면 안 돼."

"간호사를 부를까요?"

"자네와 내가 최고의 간호사야. 자네가 밤새 살펴보면서 환자가 식사를 잘하는지, 성가신 일이 생기지는 않는지 확인하게. 밤에 잠을 자면 안 돼. 잠은 나중에 보충할 수 있어. 가능한 한 빨리 돌아오겠네. 그러면 일을 시작할 수 있어."

"시작요? 대체 무슨 말씀인가요?"

"곧 보자고!"

반 헬싱은 서둘러 방을 떠나더니, 잠시 후 돌아와 문 사이로 머리를 내밀며 경고하듯 손가락을 세웠다.

"명심하게, 자네가 책임져야 하네. 루시 씨를 혼자 두었다가 문제라도 생기면 자넨 그때부터 평생 잠을 편히 못 자게 될 거야."

수어드 박사의 일기

(계속)

9월 8일　나는 밤새 루시 곁에 있었다. 저물녘이 되자 마취 기운이 가시고 루시는 자연스럽게 눈을 떴다. 수혈하기 전과는 달랐다. 기분이 훨씬 좋아졌고, 행복하고 생기 넘치는 모습이었다. 그렇지만 이전의 쇠약했던 기색이 다 가신 것은 아니었다. 웨스턴라 부인에게 반 헬싱 교수의 지시에 따라 내가 루시 곁을 지켜야 한다고 전하니, 부인은 딸이 기력을 되찾아 상태가 아주 좋아졌다며 내 말을 거의 무시하려 들었다. 그렇지만 나는 흔들림 없이 밤새 환자를 지킬 준비를 했다. 하인이 루시의 잠자리를 준비하는 사이에 나는 저녁 식사를 마쳤다. 루시의 방으로 돌아가 침대 곁에 자리를 잡고 앉았다. 루시는 내 뜻에 반대하지 않았다. 오히려 눈이 마주칠 때마다 고마움을 담은 눈빛을 보냈다. 한참 후 루시는 잠에 빠져드는 것 같았다. 그러면서도 애써 정신을 차리고 잠을 쫓아 보냈다. 이런 일이 몇 번 더 있었다. 시간이 흐를수록 점점 깜박깜박 졸려서 더 힘주어 잠을 쫓아야 했다. 분명 잠을 원치 않는 것이었다. 나는 바로 솔직히 물어보았다.

"잠들고 싶지 않나요?"

"네, 두려워요."

"잠이 두렵다니! 왜죠? 다들 잠을 자고 싶어 하는데."

"제 입장이 되어보면 다르게 생각하실 거예요. 잠이 무서운 일의 징조라고 생각해보세요."

"무서운 일의 징조라니, 대체 무슨 뜻이죠?"

"잘 모르겠어요, 정말 모르겠어. 그래서 더 무서워요. 내가 이렇게 허약해진 것도 잠자는 동안 벌어진 일이었어요. 그러니 잠을 잔다는 생각만으로도 끔찍해요."

"하지만 루시, 오늘 밤은 잠을 자도 좋아요. 내가 여기서 지켜보고 있으니까. 아무 일도 일어나지 않을 거라고 약속해요."

"당신이라면 믿어도 될 것 같아요."

이때를 틈타 내가 말했다.

"당신이 조금이라도 악몽을 꾸는 것 같으면, 바로 깨울게요."

"그래요? 정말로? 정말 고마워요. 그럼 이제 잠을 청할게요."

이 말을 하자마자 루시는 안도의 숨을 깊이 내쉬더니 곧 잠들었다.

밤새도록 나는 루시를 지켜보았다. 루시는 한 번도 뒤척이지 않고, 오히려 깊고 고요한 잠에 빠졌다. 생기와 건강을 주는 잠이었다. 입술이 약간 벌어졌고, 추가 규칙적으로 움직이듯 가슴이 오르내렸다. 얼굴에는 미소가 감돌았다. 평화를 해치는 악몽 같은 건 꾸지 않는다는 증거였다.

아침 일찍 하인이 왔고 나는 루시의 집을 떠나 병원으로 돌아왔다. 신경 쓰이는 일이 많았다. 반 헬싱과 아서에게 수술 결과가 좋다는 내용을 담은 짧은 전보를 쳤다. 병원 일이 이것저것 늦어져 하루 꼬박 일했다. 날이 어두워져서야 날것을 먹는 내 환자에 관해 물어볼 짬이 생겼다. 보고 내용은 괜찮았다. 렌필드는 전날 종일 조용히 지냈다고 한다. 암스테르담의 반 헬싱이 내가 저녁을 먹을 때 전보를 보내왔다. 오늘 밤에도 내가 힐링엄에 있어야 한다고, 환자 가까이 있는 편이 좋겠다고 했다. 선생은 야간열차를 타고 아침 일찍 나와 합류할 계획이다.

9월 9일 힐링엄에 도착한 나는 아주 지치고 피곤한 상태였다. 이틀 밤 잠을 거의 자지 못해 머릿속이 멍했다. 뇌가 탈진 상태라는 뜻이었다. 루시는 기분 좋고 활기찬 모습이었다. 악수하면서 내 얼굴을 면밀히 살피더니 말했다.

"오늘은 밤새우지 마세요. 지치셨어요. 전 다시 좋아졌어요. 정말이에요. 밤새워야 할 사람이 있다면 바로 저일 거예요."

나는 이 문제로 말씨름을 할 생각이 없어서, 저녁을 먹으러 갔다. 루시는 나와 함께했다. 루시처럼 매력적인 사람이 곁에 있으니 기운이 났다. 밥을 잘 먹고 훌륭한 포트 와인도 두 잔 마셨다. 루시는 나를 위층으로 데려가더니 자기 옆방으로 안내했다. 벽난로에 불이 타올라 방이 따스했다.

"이제 여기서 쉬세요. 저는 이 방과 내 방문을 열어둘게요. 의사들은 돌보아야 할 환자가 있으면 절대 잠자리에 눕지 않는다고 알고 있지만, 소파에 눕는 정도는 괜찮겠죠. 일이 생기면 소리칠게요. 그럼 바로 제 방에 오실 수 있어요."

나는 너무나 지쳐 밤을 새울 수가 없는 상황이었으므로 어쩔 수 없이 루시의 제안을 받아들였다. 필요하면 부르겠다고 루시가 반복해서 말한 덕에 나는 소파에 누워 모든 것을 잊었다.

루시 웨스턴라의 일기

9월 9일 나는 오늘 밤 정말 행복하다. 그동안 너무나 쇠약해서 비참할 지경이었다. 이렇게 생각하고 행동할 수 있다니,

오랫동안 강철 같은 하늘에서 동풍이 불어오다 햇빛이 쏟아지는 기분이다. 어쩐지 아서가 너무나 가깝게 느껴진다. 아서의 따뜻한 존재를 내 안에서 느낄 수 있다. 아프고 허약해지면 사람은 이기적으로 변하는 법이라 내면의 시선이며 연민의 힘이 마음속에 갇히는 모양이다. 하지만 건강하고 힘이 세지면 사랑도 자유를 찾아, 제 생각과 느낌대로 마음껏 돌아다닐 수 있게 되나 보다. 나는 내 생각이 어디에 있는지 안다. 아서가 알아준다면 얼마나 좋을까. 내 사랑, 당신의 귀는 잠든 사이에 간지러울걸요. 내 귀가 그렇듯이. 어젯밤은 축복이라도 내린 듯 잘 잤다. 잠든 동안 그 착한 수어드 박사가 지켜주었다. 오늘 밤은 잠이 두렵지 않다. 수어드 박사가 가까이 있고 내가 부르면 바로 올 테니까. 내게 이렇게 잘해주는 모두에게 감사하다. 하느님, 감사합니다. 잘 자요, 아서.

수어드 박사의 일기

9월 10일 반 헬싱 선생의 손이 내 머리에 닿자마자 바로 잠에서 깨어났다. 정신병원에 있다 보면 어쨌든 배우게 되는 일이다.

"우리 환자는 어떤가?"

"괜찮았습니다. 제가 환자를 혼자 두고 나왔을 때까지는요. 환자가 저를 혼자 두었다고 할 수도 있고요."

"가보자고."

우리는 함께 루시 방으로 갔다.

나는 조심스럽게 블라인드를 걷어 올렸다. 그동안 반 헬싱 선생은 고양이처럼 부드럽게 걸어 침대로 다가갔다.

블라인드를 걷자 아침 햇살이 방 안 가득 쏟아졌다. 선생이 숨을 들이쉬며 낮은 소리를 냈다. 그가 좀처럼 내지 않는 소리라는 사실을 알기에 엄청난 두려움이 가슴을 치고 지나갔다. 내가 다가가자 선생은 뒤로 물러나며 겁에 질려 외쳤다.

"세상에!"

선생의 괴로운 얼굴은 안 봐도 알 수 있었다. 선생은 손을 들어 침대를 가리켰다. 평소에 감정 없던 선생의 얼굴이 일그러지고 새하얗게 질렸다. 내 무릎이 떨리기 시작했다.

침대 위에는 가련한 루시가 그 어느 때보다도 창백하고 힘없는 모습으로 거의 기절한 듯 누워 있었다. 입술조차도 핏기가 가셨고 잇몸은 쭈그러들어 쑥 들어갔다. 오랜 병을 앓다 죽은 사람에게서 종종 보는 모습이었다. 반 헬싱은 화가 나서 발을 구르려고 했지만 타고난 성격과 오랜 습관 덕분에 꾹 참고 발을 슬며시 내려놓았다.

"얼른 브랜디를 가져오게!"

나는 식당으로 달려가 술병을 챙겨 돌아왔다. 반 헬싱은 루시의 하얀 입술을 브랜드로 축였다. 나와 힘을 합쳐 루시의 손바닥과 손목과 심장 부위를 문질렀다. 선생은 루시의 심장 소리를 확인했다. 피 말리게 긴장되는 시간이 잠시 이어진 후, 선생이 입을 열었다.

"너무 늦진 않았어. 심장이 미약하게나마 뛰고 있어. 이제까지 우리가 한 일은 허사로 돌아갔네. 다시 시작해야 해. 아서는 이곳에 없어. 그러니 이번에는 자네에게 부탁해야겠네, 존."

반 헬싱은 말을 하면서 가방을 뒤적여 수혈에 필요한 장비를 꺼냈다. 나는 코트를 벗고 셔츠 소매를 걷어 올렸다. 이번에는 마취제를 쓸 수도 없고 그럴 필요도 없었다. 그래서 잠시도 지체 않고 우리는 바로 수혈 작업을 시작했다. 시간이 얼마 지났다. 그리 짧은 시간 같지 않았다. 아무리 기꺼이 수혈한다고 해도 피가 빠져나가는 것은 끔찍한 느낌이니까. 선생은 경고 조로 손가락을 들었다.

"움직이지 말게. 그런데 환자가 힘을 되찾으면서 깨어날까 걱정되는군. 그렇게 되면 위험해질 수 있어. 아주 위험해. 예방 차원에서 모르핀 피하주사를 한 대 놓겠네."

반 헬싱은 신속하고 솜씨 좋게 주사를 놓았다. 주사 효과가 나쁜 것 같지 않았다. 기절한 상태에서 서서히 마취 상태로 넘어가며 루시는 잠에 빠졌다. 그 핼쑥한 뺨과 입술에 희미하게 혈색이 돌아오는 모습을 보니 뿌듯했다. 자기 생명이 담긴 피를 뽑아 사랑하는 여인의 혈관으로 전해주는 기분이 어떤지, 겪어본 사람이 아니면 모를 것이다.

선생은 나를 유심히 보았다.

"이제 됐네."

"벌써요? 아서 때는 피를 훨씬 더 많이 뽑으셨는데."

내가 못마땅한 투로 말하자 선생은 딱한 미소를 지으며 대답했다.

"아서는 루시의 연인이자 약혼자니까. 자네는 루시와 다른 사람들을 위해서 할 일이 있지. 할 일이 아주 많아. 지금은 이 정도로 충분해."

수혈 작업을 끝낸 다음 반 헬싱은 루시에게 다가갔다. 그동안 나는 내 상처 부위를 손가락으로 눌렀다. 자리에 누워서 선생이 나를 살펴보러 오길 기다렸다. 어지럽고 좀 토할 것 같기도 했다. 곧 선생이 내 상처에 붕대를 감아주고는 아래층으로 내려가 와인이라도 한잔 마시라고 했다. 방을 나가는데 선생이 쫓아오더니 조용히 말했다.

"아무것도 말해서는 안 되네. 루시의 연인이 전처럼 불쑥 나타나도 아무 말 하지 말도록 해. 아서는 정말 놀랄 거고 질투하게 될 거야. 비밀을 지켜야 해."

다시 돌아온 나를 반 헬싱은 주의 깊게 살폈다.

"상태가 크게 나빠 보이지는 않아. 방으로 가서 소파에 누워 쉬게. 그리고 아침을 많이 먹고 돌아오게."

나는 반 헬싱의 말이 얼마나 적절하고 현명한지 아는 터라 그의 지시를 따랐다. 나는 내 할 일을 했고 이제는 체력을 유지해야 했다. 몸이 워낙 지치다 보니 루시에게 일어난 일에 크게 놀라지도 못했다. 그렇지만 루시의 상태가 어떻게 그렇게 다시 나빠질 수 있는지, 그리고 그렇게 많은 피가 어떻게 흔적 하나 없이 사라졌는지에 대해 계속 생각하고 생각하다 그만 소파에서 잠들어버렸다. 꿈속에서도 계속 생각한 모양이다. 잠을 잘 때나 깰 때나 내 생각은 루시의 목에 난 구멍과 그 주변의 너덜너덜해진 살갗으로 언제나 돌아왔기 때문이다. 아주 작은 구멍이지만 계속 생각이 났다.

루시는 해가 뜨고 나서도 한참이나 더 푹 잤다. 깨어나니 전날만큼은 아니었지만 제법 건강하고 튼튼해진 모습이었다. 반 헬싱은 루시를 살펴본 뒤 산책을 나서며 내게 환자를 맡겼다. 잠시도 루시 곁을 떠나서는 안 된다고 준엄한 경고를 했다. 현관 쪽에서 선생이 가장 가까운 전신국으로 가는 길을 묻는 목소리가 들렸다.

루시는 나와 두서없이 수다를 떨었다. 지난밤에 무슨 일이 일어났는지 전혀 모르는 눈치였다. 나는 루시가 계속 기분 좋고 즐거운 마음을 유지하도록 애썼다. 루시의 어머니가 딸을 보러 왔는데 변화를 전혀 모르는 모습이었다. 오히려 내게 고마워하며 말했다.

"수어드 박사, 박사님이 해주신 모든 일에 정말 감사드려요. 하지만 이제 너무 과로하지 않도록 신경 쓰셔야 해요. 박사님 안색이 나빠 보이네요. 박사님에겐 박사님을 간호해주고 돌보아줄 아내가 필요해요. 결혼을 하셔야겠네요."

부인이 말하는 동안 루시의 얼굴이 새빨개졌다. 물론 지금은 혈관이 너무 약한 상태라 머리로 피를 오랫동안 보내는 일은 벅찼기에 잠시 동안만 그랬다. 대신 반작용이 일어나 얼굴이 심하게 창백해졌다. 루시는 내게 애원하는 듯한 눈빛을 보냈다. 나는 미소를 지으며 고개를 끄덕이고 손가락을 입술에 댔다. 루시는 한숨을 쉬며 베개에 다시 몸을 기댔다.

반 헬싱은 몇 시간 후 돌아와서 내게 말했다.

"이제 집으로 돌아가서 충분히 먹고 마시게. 튼튼해져야 하네. 오늘 밤에는 내가 여기 머물면서 직접 지키겠네. 자네와 나는 환자를 주시해야 하고, 누구도 알게 해서는 안 돼. 중대한 이유가 있어. 묻지는 말고, 스스로 생각해보게. 가능성이 전혀 없는 생각이라도 주저하지 말고 검토해봐. 그럼 잘가게."

홀로 내려오니 하인 두 명이 다가왔다. 둘이서 혹은 한 사람이 루시 곁에서 밤을 새워도 되는지 허락을 구했다. 그들의 요청은 간절했다. 반 헬싱 선생은 본인이나 내가 지켜보길 바란다고 대답하니, 하인들은 '외국 신사분'에게 말씀 좀 잘 전해달라고 애처롭게 부탁했다. 나는 그들의 다정한 모습에 감동했다. 아마도 내가 지금 허약한 데다 루시와 관련된 일이라서 그들의 헌신이 더 크게 다가왔으리라. 여성들이 친절을 베푸는 모습은 여러 번 보았으니.

집으로 돌아오니 늦은 저녁을 먹을 수 있는 시간이어서 식사를 하고 회진을 돌았다. 별문제 없었다. 그리고 이제 잠을 청하면서 일기를 쓰고 있다. 잠이 온다.

9월 11일 오후에 힐링엄으로 갔다. 반 헬싱은 기분이 무척 좋아 보였고 루시도 건강을 많이 회복했다. 뒤이어, 해외에서 선생 앞으로 보낸 커다란 소포가 왔다. 선생은 무척 열성적으로 소포를 풀더니, 커다란 흰 꽃다발을 꺼냈다.

"루시 씨를 위한 물건이오."

"저요? 어머, 반 헬싱 박사님!"

"그렇소. 하지만 가지고 노는 물건은 아니오. 이건 약이랍니다."

루시는 얼굴을 찌푸렸다.

"그렇지만 달여서 먹는 약도 아니고 모양이 역겹지도 않으니, 그 예쁜 코를 괴롭힐 필요는 없다오. 아니면 아서 선생에게 그토록 사랑하는 아름다운 사람이 얼굴을 구기고 있다고 정말 슬프겠다고 알려야겠구려. 오, 이제 그 멋진 코가 원래대로 반듯해졌소. 이 꽃은 의학적 차원에서 쓰는 것인데 왜 그런지는 몰라도 되오. 나는 이 꽃을 창문에 둘 거고, 예쁜 화환을 만들어서 목에도 걸어줄 거요. 그럼 루시 씨는 잠을 잘 자게 될 거요. 이 꽃들은 연꽃처럼 근심거리를 잊게 해준다오. 그 향기도 레테강(그리스 신화 속 망각의 강으로 그 물을 마시면 기억을 잊게 된다-옮긴이)이나 옛날 스페인 정복자가 플로리다에서 찾았으나 이미 뒤늦었던 젊음의 샘과 비슷하지."

반 헬싱이 말하는 동안 루시는 꽃을 살펴보고 냄새를 맡더니 집어 던졌다. 그리고 웃음기 섞은 짜증을 내며 말했다.

"참, 교수님도. 그냥 농담하시는 거죠. 이건 그냥 평범한 마늘꽃이잖아요."

놀랍게도 반 헬싱은 자리에서 일어나 정말 근엄하게 이야기를 꺼냈다. 이를 악문 데다, 짙은 눈썹끼리 서로 닿을 만큼 미간을 찌푸린 모습이었다.

"하찮게 보면 안 되오. 농담이 아니니까. 내가 하는 일에는 다 엄연한 목적이 있소. 그러니 루시 씨는 내 계획을 막지 마시오. 본인을 위해서가 아니면 남을 위해서라도 조심해야 하오."

당연하지만 루시는 겁에 질렸고, 그 모습을 본 반 헬싱은 어조를 좀 누그러뜨렸다.

"저런, 겁을 낼 필요는 없소. 다 루시 씨를 위한 일이니. 이 꽃은 흔하다고 해도 루시 씨에겐 큰 도움이 될 거요. 자, 내가 직접 방에 꽃을 두겠소. 루시 씨가 쓸 화환도 직접 만들거고. 그렇지만 물어보기 좋아하는 다른 사람들에게는 비밀이오. 계획에 충실히 따라야 하니까. 그리고 계획을 잘 따르려면 침묵 또한 필요하다오. 그렇게 잘 따라야 루시 씨는 튼튼하고 건강해져서 사랑하는 이의 품으로 돌아갈 수 있소. 이제 잠깐 앉아 있으시오. 존, 나와 같이 움직이세. 나를 도와 마늘꽃으로 방을 장식하자고. 이 꽃들은 모두 할렘에서 왔어. 내 친구 밴더풀이 그곳 온실에서 1년 내내 약초를 키우고 있다네. 어제 전보를 보내지 않았다면, 오늘 꽃이 도착하지 못했을 거야."

우리는 꽃다발을 가지고 루시 방으로 들어갔다. 선생의 조치는 분명 희한했다. 어느 약전에서도 본 적 없었다. 먼저 선생은 창문을 닫고 빗장을 튼튼하게 질렀다. 그런 다음 꽃을 한 움큼 집어 들어 창틀 곳곳에 빈틈없이 문질렀다. 바람이 휙 들어와도 마늘 냄새가 풍기도록 하려는 것 같았다. 그 다음에는 꽃 뭉치를 들고 문설주며 문지방이며 문 주변을 전부 문질렀다. 벽난로 주변에도 똑같이 했다. 너무 기괴해서 결국 나는 한마디 했다.

"선생님, 선생님이 하시는 일에는 언제나 이유가 있다고 알고 있습니다. 하지만 지금은 뭐가 뭔지 잘 모르겠습니다. 이 자리에 무신론자가 없으니 다행입니다. 무신론자라면 선생님께서 악귀를 몰아내려고 마법을 쓴다고 말할 테니까요."

"아마 그럴지도 모르지."

선생은 담담히 대답하며 루시가 목에 두를 화환을 만들기 시작했다.

이제 우리는 루시가 잠자리에 들 준비를 하는 동안 기다렸다. 루시가 침대에 눕자 선생이 다가가 직접 루시의 목에 화환을 걸어주었다. 선생은 마지막으로 이런 말을 남겼다.

"화환을 그대로 두어야 하오. 방이 답답하게 느껴지더라도 오늘 밤에는 창문이나 문을 열지 마시오."

"그럴게요. 두 분의 친절에 너무나 감사드려요. 이런 분들이 계시다니 저는 정말 축복받은 사람이네요."

우리는 그 집을 떠나 대기하고 있던 마차에 올라탔다. 반 헬싱이 말했다.

"오늘 밤은 편히 잠잘 수 있겠어. 난 잠이 부족해. 이틀밤 여행하고 낮에는 책을 계속 읽었어. 그다음 날에는 한참 불안에 시달렸고, 또 밤에는 눈도 붙이지 못했지. 내일 아침 일찍 연락하게. 같이 루시 씨를 보러 가자고. 내가 쓴 마법 덕분에 아주 튼튼해질 거네."

반 헬싱은 아주 자신 있는 모습이었다. 이틀 전 내가 얼마나 자신 있었는지, 그리고 얼마나 치명적인 결과를 마주했는지 떠올리자 겁도 나고 막연히 무섭기도 했다. 내 생각을 선생에게 말하길 주저했던 것은 마음이 약해서였을 것이다. 그렇지만 두려움은 점점 커졌다. 눈가에 눈물이 고일 때처럼 감정이 밀려왔다.

11장

루시 웨스턴라의 일기

9월 11일 다들 내게 정말 잘해주신다. 반 헬싱 선생님이 좋아졌다. 선생님이 왜 이 꽃에 그토록 관심을 기울이는지 궁금하다. 그분이 너무 매섭게 말해서 놀라긴 했다. 그렇지만 그분 말이 맞았다. 이제는 꽃이 익숙하다. 어떤 이유에선지 오늘 밤 혼자 있어도 무섭지 않고 두려움 없이 잠들 수 있을 것 같다. 창문 밖에서 퍼덕이는 소리가 들려도 신경 쓰지 않을 것이다. 요사이 잠을 자지 않으려고 힘들게 발버둥 친 일이 얼마나 잦았는지. 잠을 잘 수 없어서, 혹은 잠 자체가 무서워서 너무나 괴로웠다. 미지의 공포가 닥쳐온다는 생각에 잠을 피할 수밖에 없었다. 공포도 두려움도 느끼지 않는 사람은 참으로 축복받은 것이다. 잠이 밤마다 찾아오는 축복이고 행복한 꿈만 꾸는 사람들. 자, 오늘 밤에는 나도 잠을 기다린다. 『햄릿』에 나오는 오필리아처럼 '젊은이에게 어울리는 화환' 을 하고 누워 있을 것이다. 마늘을 좋아한 적 없었으나 오늘 밤에는 좋다. 냄새를 맡으니 평화롭다. 나는 이미 잠에 빠지 고 있다. 다들 좋은 밤 되길.

수어드 박사의 일기

9월 12일 버클리 호텔에 들러 반 헬싱을 만났다. 선생은 언제 나처럼 제시간에 나와 있었다. 호텔에서 불러준 마차가 대기 중이었다. 선생은 요즘 늘 가지고 다니는 가방을 이번에도 들고 있다.

모든 일을 정확히 기록하겠다. 반 헬싱과 나는 8시에 힐 링엄에 도착했다. 화창한 아침이었다. 환한 햇빛 속에 초가 을의 신선한 기운이 가득했다. 지금이 1년 가운데 대자연이 가장 멋진 작품을 완성하는 시절이라는 생각이 들었다. 나뭇 잎들은 온갖 아름다운 색채로 물들기 시작했으나 아직 낙엽 은 이른 시기였다. 집으로 들어가니 웨스턴라 부인이 거실에 서 나왔다. 부인은 언제나 일찍 일어난다. 우리를 따뜻이 맞 이하며 이렇게 말했다.

"정말 기쁜 소식이 있어요. 루시가 더 좋아졌답니다. 방 안을 보니까 아직 자고 있더라고요. 혹시 잠을 깨울까 봐 안에 들어가진 않았어요."

선생은 기뻐하며 미소를 지었다. 그러고는 두 손을 비비며 말했다.

"아, 제가 진단을 제대로 한 모양이군요. 치료가 통하고 있어요."

"하지만 전부 선생님 덕분은 아니랍니다. 오늘 아침에는 루시의 건강에 저도 한몫했어요."

"무슨 말씀이신가요, 웨스턴라 부인?"

"어젯밤 그 불쌍한 것이 걱정되어 방에 들어가보았어요. 잘 자고 있더군요. 정말 푹 잠들어서 제가 들어가도 깨지 않더군요. 그런데 방이 숨 막히게 답답했어요. 지독하게 강한 냄새를 풍기는 꽃들이 곳곳에 널려 있고, 심지어 딸은 목에도 꽃을 걸고 있더라고요. 안 그래도 건강이 좋지 않은데 그 독한 냄새 때문에 더 안 좋아질까 봐 꽃을 다 치워버리고 창문을 조금 열어 환기했어요. 딸을 보면 기쁘실 거예요."

부인은 평소에 이른 아침 식사를 하는 자기 내실로 들어갔다. 부인이 말하는 동안, 선생의 얼굴은 잿빛으로 변했다. 그래도 선생은 애써 자제력을 발휘해야 했다. 부인이 조금만 충격을 받아도 건강을 해칠 수 있는 상황임을 잘 알고 있었다. 선생은 미소까지 지으며 부인이 방으로 들어가도록 문을 열어주었다. 그렇지만 부인이 사라지자마자 별안간 나를 붙잡고 식당으로 끌고 가더니 방문을 닫았다.

나는 생전 처음으로 반 헬싱이 무너지는 모습을 보았다. 선생은 절망에 빠진 듯 손을 머리 위로 조용히 들더니 힘없이 손뼉을 쳤다. 결국 의자에 주저앉아 손으로 얼굴을 감싸고 흐느끼기 시작했다. 눈물도 없는 그 흐느낌은 선생의 괴로운 마음에서 솟아나는 것 같았다. 선생은 온 세상에 호소하듯 다시 팔을 들었다.

"하느님! 하느님! 오, 하느님! 대체 우리가 무엇을 했기에, 그 가련한 존재가 무엇을 했기에 이토록 고통받아야 합니까? 옛날 이교도의 세계에서 내려온 운명의 신이 아직도 우리 곁에 있어서 이런 일이 일어나고 말았습니까? 가엾은 어머니는 아무것도 모른 채 최선을 다하다 그만 딸의 육신도 영혼도 잃게 할 지경에 처해버렸죠. 우리는 어머니에게 이런 상황을 말할 수가 없고, 경고조차 할 수 없습니다. 만일 그렇게 하면 어머니는 죽을 테고, 결국 두 사람 다 죽겠죠. 아, 우리는 크나큰 난관에 봉착했습니다. 우리와 맞서는 악마들이 너무나 셉니다."

반 헬싱은 별안간 벌떡 일어섰다.

"가자고. 상황을 살펴보고 대처해야지. 악마든 악마가

아니든, 아니, 악마들이 다 덤벼도 상관없네. 어쨌든 우리는 놈들과 싸워야 해."

반 헬싱은 가방을 찾으러 현관문에 다녀왔다. 우리는 루시의 방으로 갔다.

다시 한번 나는 블라인드를 걷었고 반 헬싱은 침대로 갔다. 전처럼 끔찍하게 창백한 루시가 침대에 누워 있었으나 선생은 이번에는 놀라지 않았다. 대신 깊은 슬픔에 잠긴 채 안타까워했다.

"생각한 대로야."

선생은 흡 하고 숨을 들이마시며 중얼거렸다. 많은 의미가 담긴 숨소리였다. 그는 말없이 문을 잠근 다음 작은 탁자 위에 수혈 도구들을 꺼내놓기 시작했다. 수혈의 필요성을 이미 인지하고 있던 나는 코트를 벗기 시작했다. 그런데 선생은 경고의 뜻으로 손을 들어 나를 막았다.

"아니야. 오늘은 자네가 수혈 작업을 맡게. 내 피를 줄 거야. 자네는 이미 몸이 약해졌어."

반 헬싱은 코트를 벗고 셔츠 소매를 말아 올렸다.

또 수혈이 시작되었다. 다시 마취제를 투여했다. 루시의 잿빛 뺨에 혈색이 돌아왔다. 루시는 규칙적으로 숨을 쉬며 푹 잠들었다. 반 헬싱이 몸을 추스르고 쉬는 동안 내가 루시를 살펴보았다.

곧 반 헬싱은 웨스턴라 부인에게 말을 건넬 기회를 잡았다. 선생은 부인에게 미리 의논하기 전에는 루시 방에서 어떤 물건도 치워서는 안 되며 그 꽃은 의학적으로 가치가 있고 꽃의 냄새를 맡는 것 또한 치료 과정이라고 설명했다. 이후 선생은 오늘 밤과 내일까지 루시를 직접 맡겠다며, 필요하면 내게 연락을 주겠다고 했다.

한 시간 후 잠에서 깨어난 루시는 생기 있고 밝은 모습이었다. 루시가 겪은 끔찍한 시련에 비하면 많이 나빠지지는 않았다.

이 모든 일은 무슨 의미가 있을까. 병원 환자들 사이에서 오랫동안 살아온 탓에 내 뇌도 영향받은 것은 아닐까.

루시 웨스턴라의 일기

9월 17일　나흘 동안 낮밤이 평화로웠다. 나는 다시 튼튼해지기 시작해서 이 모습이 정말 나인지 의심스러울 지경이다. 긴 악몽을 꾸다가 막 깨어나 아름다운 햇살과 아침의 신선한 기운을 맞이하는 것 같다. 기다림과 두려움으로 오랫동안 불안했다는 사실이 흐릿하게 기억난다. 너무나 어두운 나머지, 현재의 고통을 더욱 쓰라리게 만드는 희망의 고통조차 없는 어두운 시간이었다. 그러다 한참 망각에 빠지고, 이어 잠수부가 부력에 밀려 다시 떠오르듯 그렇게 내 삶으로 돌아오는 것이다. 그런데 반 헬싱 박사가 곁에 있어준 이후 모든 악몽이 사라진 것 같다. 나를 겁나게 한 소음들이 모두 사라졌다. 창밖에서 퍼덕이는 소리나 멀리서 내게 다가오는 듯한 소리, 어디서 오는지도 무슨 말인지도 모를 명령을 내리는 거친 목소리가 더는 들리지 않는다. 나는 이제 잠을 두려워하지 않고 침대로 간다. 깨어 있으려고 애쓰지도 않는다. 마늘 냄새를 꽤 좋아하게 되었다. 매일 할렘에서 한 상자 가득 마늘이 배달된다. 오늘 밤은 반 헬싱 박사가 암스테르담에 가야 해서 자리를 비울 예정이다. 그렇지만 나를 지켜보는 사람이 없어도 이제 괜찮다. 혼자 있어도 될 만큼 강해졌으니까. 어머니를 위해서, 아서를 위해서, 내게 그토록 친절했던 모든 친구를 위해서 정말 다행스러운 일이다. 어젯밤에 반 헬싱 선생님은 의자에서 제법 졸았다. 내가 잠에서 깼을 때 선생님이 조는 모습을 두 번이나 보았다. 그렇지만 잠드는 일이 두렵지 않았다. 나뭇가지인지 박쥐인지 모를 무언가가 거의 성내다시피 창턱에서 퍼덕였지만 말이다.

9월 18일 자《펠멜 가제트》기사

늑대의 탈출

본지 기자의 위험천만한 모험

동물원 사육사 인터뷰

여러 차례 물어보고 거절도 당했지만《펠멜 가제트》기자라는 신분을 마법 부리듯 입에 달고 다닌 끝에, 동물원에서 늑대 구역을 책임지는 사육사를 간신히 만날 수 있었다. 토머스 빌더는 코끼리 우리 뒤편에 있는 작은 집들 가운데 한 곳에 산다. 토머스를 만난 순간, 그는 차와 간식을 먹으려고 자리에 앉는 참이었다. 토머스 빌더와 아내는 나이 지긋한 친절한 사람들로 아이는 없다. 부부가 내게 베푼 호의가 일상적인 모습이라면, 그들은 무척 안정된 삶을 누리는 사람들일 것이다. 사육사는 식사가 끝날 때까지 소위 '일'에 관한 이야기는 물어보아도 답하지 않았다. 모두 잘 먹고 자리를 치우자 토머스는 파이프에 불을 붙이고 입을 열었다.

"자, 이제 원하는 대로 질문하셔도 좋습니다. 식사를 끝내기 전까지는 직업 관련 이야기를 피했는데, 양해 바랍니다. 나도 우리 구역에 있는 늑대니 자칼이니 하이에나에게 부탁할 때는 일단 밥부터 주고 합니다."

"동물에게 부탁한다니 무슨 뜻이죠?"

나는 사육사가 말을 많이 했으면 하는 뜻에서 질문했다.

"돈 많은 남자가 여자에게 으스대고 싶을 때는, 동물 머리를 막대기로 때리는 것도 한 방법이고 귓가를 긁어주는 것도 한 방법입니다. 막대기로 때릴 때는 밥을 주기 전이라도 괜찮습니다. 그렇지만 귀 근처를 긁어줄 때는 밥을 다 먹을 때까지 기다려야 합니다. 기자 양반, 이런 말입니다."

사육사는 철학자처럼 덧붙였다.

"우리 사람한테도 동물 비슷한 구석이 있지요. 댁이 갑자기 들어와 내 일에 관해 물어보면서 반 파운드 금화를 내미는 모습에 기분이 상했습니다. 내가 대답할 준비도 안 돼 있는데요. 심지어 동물원 원장한테 먼저 허락을 받아야 하는지 물어본 것도 그렇고. 그래서 내가 욕한 겁니다."

"알겠습니다."

"내가 욕한 걸 보고하겠다고 했지요. 그건 막대기로 내 머리를 때린 거나 마찬가지입니다. 그렇지만 금화는 나쁘지 않아요. 나는 싸울 생각은 없어서 음식을 기다리며 늑대나 사자나 호랑이들이 하듯이 으르렁거린 겁니다. 그렇지만 우리 할멈이 준 과자를 먹고 오래된 주전자로 따라준 차로 목을 씻고 나니 기분이 좋아졌습니다. 이제 내 귓가를 긁어도 좋습니다. 으르렁대는 일은 없을 겁니다. 질문하세요. 댁이 왜 여기 왔는지 알고 있습니다. 탈출한 늑대 때문이지요."

"바로 그렇습니다. 전 그 사건에 대한 선생님의 생각이 궁금합니다. 무슨 일이 일어났는지 말해주세요. 그리고 선생님이 생각하시는 사건의 원인은 무엇인지, 일이 어떻게 끝날 것 같은지도 말씀해주세요."

"좋습니다. 다 이야기해드리겠습니다. 도망친 녀석은 우리 동물원에서 버시커라고 부르는 놈인데, 노르웨이에서 온 회색 늑대 세 마리 가운데 한 마리입니다. 4년 전에 잼래치라는 사람한테 사들였어요. 순하고 말도 잘 들어서 입에 오르내릴 만한 문제를 한 번도 일으킨 적 없습니다. 다른 동물도 아니고 그 녀석이 도망치고 싶어 했다니 놀라울 따름입니다. 늑대는 믿을 게 못 되는가 봅니다, 여자들처럼."

"기자님, 이런 소리는 그냥 넘기세요."

사육사의 부인이 활기차게 웃으며 끼어들었다.

"우리 영감은 너무 오랫동안 동물들을 돌보다가 자기가 늙은 늑대가 되어버렸습니다. 그래도 해를 끼치지는 않을걸요."

"자, 어제 뭔가 시끄러운 소리를 들은 건 동물들한테 밥을 준 지 두 시간이 지난 때였습니다. 나는 아픈 퓨마 새끼 때문에 원숭이 우리에 짚을 깔아주고 있었습니다. 그런데 동물들이 마구 짖고 으르렁대서 바로 버시커 있는 데로 갔습니다. 버시커는 밖으로 나가고 싶은 모양인지 창에 붙어서 미친 듯이 울부짖고 있더라구요. 어젠 동물원에 사람이 많지 않았고 가까이에는 딱 한 명이 있었는데, 키가 크고 마르고 매부리코에다 끝이 뾰족하고 희끗희끗한 수염을 기른 남자였습니다. 딱딱하고 차가운 표정에 눈이 붉었습니다. 나는 그 사람이 마음에 들지 않았습니다. 동물들이 그 사람 때문에 난리를 피우는 것 같았거든요. 그 사람은 부드럽고 얇은 가죽으로 만든 하얀 장갑을 끼고 있었는데, 동물들을 가리키며 내게 이러더라고요.

'사육사 양반, 늑대들이 뭔가에 흥분한 것 같은데.'

'아마 그쪽이 좋아서겠지요.'

나는 그 사람의 태도가 마음에 들지 않아서 그렇게 대답했습니다. 그 사람은 화를 내는 대신, 하얗고 날카로운 이를 드러내며 거만한 미소를 지었어요.

'아니, 녀석들은 나를 좋아하지 않을걸.'

'아니, 좋아할걸요.'

나는 그 사람 말투를 흉내 내서 대답했습니다.

'녀석들은 식사 때가 되면 이를 깨끗이 씻을 뼈다귀 한두 개를 좋아합니다. 댁한테 한가득 있으니 저러겠지요.'

그런데 참 희한하게도, 우리가 대화하는 모습을 보더니 동물들이 가만히 앉았습니다. 버시커에게 다가가 여느 때처럼 귀 쪽을 쓰다듬었더니 가만히 있더라고요. 그 사람도 다가와서 그 늙은 늑대 귀를 쓰다듬었고요.

'조심해요. 버시커는 날랜 놈입니다.'

'난 괜찮아. 녀석들에게 익숙하거든.'

'이쪽 일을 하십니까?'

나는 모자를 벗으며 물어보았습니다. 늑대 관련 일 같은 걸 하는 사람이라면 사육사에게 좋은 친구거든요.

'그렇지 않아. 이쪽 일을 하지는 않네. 그렇지만 몇 마리를 키운 적 있지.'

그 사람은 이 말을 남기고 정중하게 모자를 들어 올리더니 자리를 떠났습니다. 늙은 버시커는 그 사람이 사라질 때까지 뒷모습을 쳐다보다가 구석에 가서 누웠고요. 그러고는 저녁 내내 꼼짝도 안 했습니다. 그런데 어젯밤 달이 뜨자마자 늑대들이 일제히 울부짖기 시작했습니다. 녀석들이 짖어댈 만한 대상이 없는데도 그랬습니다. 동물원 뒤쪽 공원길에서 개를 찾는 사람을 빼면, 근처에 아무도 없었거든요. 녀석들이 괜찮은지 한두 번 나와서 확인했는데 문제는 없었습니다. 더 짖어대지도 않았고요. 자정 직전에 한번 둘러보려고 나갔습니다. 버시커 우리 맞은편에서 보니, 창살이 부서지고 틀어진 채 텅 비어 있더라고요. 내가 아는 건 이게 전부입니다."

"목격자는 따로 없습니까?"

"우리 정원사 한 명이 노래 부르는 모임을 마치고 그 시간에 돌아오고 있었는데, 커다란 회색 개가 동물원 울타리를 넘어가는 모습을 보았다고 하더라고요. 적어도 그 사람 말은 그런데, 크게 신경 쓰진 않습니다. 정원사는 집으로 돌아와서 아내에게도 그런 이야기는 안 하다가, 늑대가 사라졌다는 소식이 전해지고 우리가 밤새도록 버시커를 찾아 공원을 돌아다닌 후에야 자기가 뭘 봤다고 하더라고요. 글쎄, 노래 부르기 모임에만 정신이 팔린 것 같습니다."

"그럼 빌더 씨, 늑대의 탈출에 대해 어떤 식으로든 설명해주실 수 있나요?"

"글쎄요, 기자 양반."

사육사는 겸손한 척 말을 흐렸다.

"가능하긴 하지만, 내 생각이 만족스러울지 모르겠네요."

"선생님 생각이라면 당연히 만족스럽겠지요. 선생님처럼 오랜 경험으로 동물에 통달한 분이 아니면 누가 감히 추측이라도 해보겠습니까?"

"좋습니다, 기자 양반. 이렇게 설명하죠. 늑대가 탈출한 건 그냥 녀석이 나가고 싶어서 그런 겁니다."

토머스와 그의 아내는 농담을 던지고는 신나게 웃어댔다. 이런 식의 농담은 전에도 해본 모양이었다. 사건을 설명하겠다고 나선 것도 그럴듯하게 나를 속이려는 술책이었다. 그렇지만 농담 하나를 놓고 훌륭하신 사육사님과 말씨름을 할 수 없었다. 대신 나는 토머스의 마음을 움직이는 확실한 방법을 알고 있었다.

"자, 빌더 씨. 처음에 드린 반 파운드 금화가 이제 효과가 다한 것 같군요. 여기 똑같은 금화가 선생님께서 그 사건에 대해 어떻게 생각하는지 말씀해주시기를 기다리고 있습니다."

"좋습니다, 기자 양반."

토머스가 기분 좋게 말했다.

"농담을 양해해주길 바랍니다. 우리 할멈이 그렇게 하라고 윙크를 했지 뭡니까."

"언제 그랬다고!"

토머스의 아내가 말했다.

"내 생각은 이렇습니다. 그 늑대는 어딘가에 숨어 있습니다. 아까 그 정원사는 기억도 잘 못 하면서 늑대가 말보다 더 빠르게 북쪽으로 달리고 있었다던데, 나는 그 말을 안 믿습니다. 늑대들은 전속력으로 달리지 않습니다, 개들처럼. 그렇게 생기질 않았거든요. 늑대들은 책에서나 근사합니다. 떼를 지어 다니면서 자기들보다 더 무시무시한 것들을 쫓아다니고, 괴성을 지르면서 뭐든 다 먹어치우는 건 책에나 나오

268

는 거고, 실제로는 하급 동물일 뿐입니다. 훌륭한 개만큼 똑똑하지도 용감하지도 않아요. 싸울 의지도 별로 없고요. 도망간 그 녀석도 싸움은 고사하고 먹이 구하는 일도 못 할 겁니다. 그러니 공원 주변 어딘가에 숨어서 떨고 있겠지요. 녀석이 머리를 굴리기라도 한다면 아침을 어디서 구해야 할지 생각할 겁니다. 아니면 어디로 내려가서 지하 석탄고에 숨어 있을지도 모를 일이고요. 요리사가 석탄을 찾으러 갔다가 어둠 속에서 빛나는 푸르스름한 눈을 보고 얼마나 놀라겠습니까. 늑대는 먹을 걸 못 구하면 찾아다니기 시작할 테고, 운이 좋으면 적절한 때 정육점을 발견할 수 있을 겁니다. 아니면, 아기 보는 아가씨가 군인이랑 돌아다닌다고 아기랑 유아차를 놔두고 떠난 사이에, 사건이 터질 수도 있겠고. 그러니 인구 조사 결과 아기 하나가 없어졌다고 해도 난 놀라지 않을 겁니다. 내 이야기는 끝났습니다.”

내가 사육사에게 반 파운드 금화를 건네고 있는데, 창가에 무언가 불쑥 나타났다. 깜짝 놀란 빌더 씨의 얼굴이 두 배로 길어 보였다.

“세상에, 그 늑은 버시커가 혼자 돌아왔네!”

사육사는 문가로 가서 문을 열었다. 정말이지 문을 열 필요는 없다고 생각했다. 나는 언제나 야생동물과 인간 사이에 아주 튼튼한 장애물이 있어야 동물이 멋져 보인다고 생각해왔다. 이런 생각은 개인적 경험을 통해 희미해지기보다 오히려 강화되었다.

하지만 습관만 한 것은 없는 모양이다. 빌더 씨나 부인은 내가 개를 다루듯 늑대를 자연스럽게 다루고 있었다. 버시커도 동화책에 그려진 늑대들의 원조라도 되는 듯 얌전하고 순한 모습이었다. 빨간 모자에게 초반에 친한 척 굴던 늑대와 비슷했다.

내 눈앞의 풍경은 희비극이 뒤섞여 말로 표현하기 어려웠다. 한나절 동안 런던을 마비시키고 시가지의 모든 아이를 부들부들 떨게 했던 그 사악한 늑대는 이제 참회하는 모습이었고 사육사 부부는 늑대를 돌아온 탕아처럼 쓰다듬고 있었다. 빌더 씨는 늑대를 매우 부드럽게 다루면서 꼼꼼히 살피더니 이렇게 말했다.

"이 불쌍한 녀석한테 문제가 생길 줄 알았습니다. 내가 안 그랬습니까? 머리가 찢어지고 깨진 유리가 잔뜩 박혀 있네요. 담 같은 걸 넘었나 봅니다. 사람들이 깨진 병을 담에 올려두다니 정말 창피한 일입니다. 그래서 녀석이 이렇게 다친 겁니다. 가자, 버시커."

사육사는 늑대를 데리고 가서 우리에 넣고 가두었다. 살찐 암소도 배부를 만큼 고깃덩어리를 충분히 넣어주었다. 그리고 동물원에 늑대가 돌아왔다고 보고하러 떠났다.

나도 동물원에서 일어난 이 기묘한 탈출 사건에 대한 특종 기사를 쓰기 위해 자리에서 일어났다.

수어드 박사의 일기

9월 17일 저녁 식사 후 나는 서재에서 이런저런 자료 정리를 했다. 이런저런 일에다 루시도 여러 번 찾아가다 보니 일이 밀렸다. 그런데 갑자기 문이 벌컥 열리더니, 렌필드가 뛰어들어왔다. 그의 얼굴은 격한 감정이 치밀어 올라 일그러졌다. 나는 정말 깜짝 놀랐다. 환자가 자발적으로 원장의 서재에 찾아온다니, 들어본 적 없는 일이었다. 렌필드는 한순간도 멈추지 않고 내게 돌진했다. 렌필드의 손에는 식사용 칼이 들려 있었다. 나는 위험한 상황임을 깨닫고, 책상을 사이에 두고 상대를 막으려고 했다. 그렇지만 렌필드는 아주 빠르고 힘이 셌다. 내가 몸의 균형을 잡기도 전에 렌필드가 칼을 휘둘러 내 왼쪽 손목에 심한 상처를 냈다. 렌필드가 다시 칼로 공격하기 전에 나는 오른쪽으로 몸을 피했다. 그는 바닥으로 쓰러져 큰대자로 뻗었다. 내 손목에서 피가 철철 흘러 카펫 위에 작은 웅덩이처럼 고였다. 환자가 더는 공격할 뜻이 없어 보여서 나는 손목에 손수 붕대를 감으면서 바닥에 쓰러진 상대를 계속 주시했다. 간호인들이 달려왔고 다들 렌필드를 주목했다. 그는 몹시 구역질 나게 굴었다. 바닥에 배를 깔고 엎드린 채 상처 난 손목에서 흐른 내 피를 개처럼 핥은 것이다. 우리는 어렵지 않게 렌필드를 붙잡았고, 그는 얌전히 간호인들을 따랐다. 그는 그저 이 말만 반복했다.

"피는 생명이다! 피는 생명이다!"

지금 피를 더 잃으면 감당이 안 된다. 최근에 건강을 해칠 만큼 피를 많이 뽑았고, 루시가 계속 아프고 상태가 심각했던 터라 나도 영향을 받지 않을 수 없다. 너무 흥분하기도 하고 지치기도 해서, 정말 휴식이 필요하다. 다행히 반 헬싱이 나를 찾지 않아서 오늘 밤은 잠을 포기하지 않아도 된다. 오늘 밤은 잠 없이는 힘들 것 같다.

반 헬싱이 앤트워프에서 카팩스의 수어드에게 보내는 전보
(서식스주 카팩스로 보냈으나 주 이름을 적지 않아 22시간 늦게 수령)

9월 17일
오늘 밤 힐링엄에 꼭 가 있도록 하게. 계속 지켜볼 수 없는 상황이라면, 자주 들러서 꽃들이 제대로 있는지 확인하게. 정말 중요한 일이니 실수 없도록. 도착하는 대로 찾아가겠네.

수어드 박사의 일기

9월 18일 런던행 기차를 타러 막 나섰다. 반 헬싱의 전보를 받고 경악했다. 하룻밤을 놓쳐버리면, 어떤 일이 일어날 수 있는지 나는 쓰디쓴 경험을 통해 알게 되었다. 물론 별일 없을 수 있다. 그렇지만 사고라도 일어났다면? 우리에게 끔찍한 운명이 드리운 모양이다. 아무리 애써도 사고 하나가 노력을 망쳐버릴 수 있다. 나는 축음기용 원통을 챙겨 갈 것이다. 그러면 루시의 축음기에 내 일기를 기록할 수 있겠지.

루시 웨스턴라가 남긴 메모

9월 17일, 밤 아무도 나 때문에 힘들지 않도록 이렇게 글을 써서 다들 볼 수 있게 남긴다. 오늘 밤 무슨 일이 일어났는지 정확히 기록하겠다. 너무나 지쳐 죽을 것 같고, 글을 쓸 힘도 거의 없지만, 쓰다가 죽더라도 기록을 남겨야 한다.

나는 평소처럼 잠자리에 들었다. 반 헬싱 교수가 지시한 대로 꽃이 잘 있는지 확인한 다음 곧 잠들었다.

창가에서 퍼덕거리는 소리가 나서 깨어났다. 휘트비에서 잠든 채 절벽을 걷다 미나에게 발견되었을 때 처음 들었던 그 소리는 이후에도 계속 들려서 이제는 아주 익숙하다. 두렵지는 않았지만 수어드 박사가 옆방에 있었으면 그를 불렀을 것이다. 반 헬싱 선생의 말과 달리, 수어드 박사는 옆방에 없다. 잠들려고 애썼지만 실패했다. 예전처럼 다시 잠이 무서워졌다. 그래서 깨어 있기로 했다. 잠들지 않으려고 하니 오히려 졸음이 왔다. 혼자 있기 두려워 문을 열고 불러보았다.

"거기 누구 없나요?"

아무도 대답하지 않았다. 엄마를 깨우고 싶지 않아서 다시 문을 닫았다. 그때 바깥 수풀에서 무언가 울부짖는 소리가 났다. 개와 비슷하면서도 더 사납고 굵은 소리였다. 창가로 가서 밖을 보니 커다란 박쥐 한 마리만 보였다. 아까 들렸던 퍼덕거리는 소리는 박쥐가 창에 날개를 부딪치는 소리였던 모양이다. 침대로 돌아왔으나 잠은 안 자기로 마음먹었다. 이내 문이 열리더니 엄마가 방 안을 살폈다. 내가 안 자고 있는 모습을 보더니 방 안에 들어와 곁에 앉았다. 그리고 평소보다 더 상냥하고 부드럽게 말했다.

"네가 걱정스러워서. 괜찮은지 보러 왔어."

나는 엄마가 거기 앉아 있다가 감기라도 걸릴까 봐 겁이 났다. 그래서 침대로 와서 같이 자자고 했다. 엄마도 내 말대로 침대로 들어와 곁에 누웠다. 엄마는 실내복을 벗지는 않고 잠시만 누워 있다 자기 침대로 돌아가겠다고 말했다. 우리가 서로 안고 있는데, 창가에서 퍼덕거리며 무언가 부딪치는 소리가 다시 들려왔다. 깜짝 놀란 엄마가 약간 겁을 내며 소리쳤다.

"저게 뭐지?"

나는 엄마를 안심시키려고 애썼다. 마침내 엄마는 차분해졌다. 하지만 엄마의 심장이 무섭도록 쿵쿵 뛰는 소리를 들을 수 있었다. 잠시 후 수풀에서 다시 낮은 울부짖음이 들려오더니 곧이어 창문이 깨졌고, 깨진 유리 조각이 방바닥에 쏟아졌다. 바람이 불어 창문 블라인드가 안쪽으로 밀려들었다. 그리고 깨진 유리창 사이로 몸집이 크고 생김새가 무시무시한 회색 늑대 한 마리가 머리를 내밀었다. 겁먹은 엄마가 비명을 지르며 침대에서 일어나 앉으려고 애썼다. 도움이 될 만한 것은 무엇이든 움켜쥐려고 했다. 엄마가 쥔 것은 반 헬싱 교수가 내게 꼭 걸고 있으라고 한 화환이었다. 엄마는 화환을 내 목에서 뜯어내 던져버렸다. 문득 엄마는 자리에 앉아 손으로 늑대를 가리켰다. 엄마 목에서 그릉그릉거리는 낯설고 소름 끼치는 소리가 났다. 그러다 엄마는 벼락이라도 맞은 사람처럼 쓰러졌다. 엄마가 쓰러지면서 머리로 내 이마를 쳐서, 잠시 어질어질했다. 방이며 주변 전체가 빙글빙글 도는 것 같았다. 창가를 주시하고 있으려니 늑대가 물

275

러났다. 무수히 많은 작은 알갱이들이 깨진 유리창으로 쏟아져 들어와 빙글빙글 돌며 먼지 기둥을 만들었다. 여행자들이 사막의 모래 폭풍이라고 부르는 것과 비슷했다. 몸을 움직이려 했으나 주문에라도 걸린 것처럼 꼼짝할 수 없었다. 이미 식기 시작한 엄마의 몸이 나를 짓누르고 있었다. 엄마의 심장은 더는 뛰지 않았다. 그다음에 얼마 동안 무슨 일이 있었는지 기억나지 않는다.

다시 의식을 찾기까지 긴 시간이 걸리지는 않았지만 끔찍했다. 어디선가 종소리가 지나갔다. 근방의 모든 개가 울부짖고, 우리 집 수풀에서는 밤꾀꼬리가 바로 밖에 있는 것처럼 울었다. 나는 아프기도 하고 겁도 나고 힘도 빠져서 어지럽고 멍했다. 그렇지만 새의 울음소리는 마치 세상을 떠난 엄마가 나를 위로하려고 돌아온 것처럼 느껴졌다. 새소리 때문에 하인들도 깬 것 같았다. 방문 밖에서 하인들이 맨발로 뛰어오는 소리가 들렸다. 하인들을 불렀다. 방 안으로 들어온 그들은 무슨 일이 벌어졌는지 파악했다. 침대 위에서 나를 덮어 누른 존재를 확인하고 비명을 질렀다. 깨진 유리창으로 바람이 불어와 문이 닫혔다. 하인들이 엄마의 시신을 들어 올리는 동안 나는 침대에서 일어났다. 하인들은 엄마를 다시 눕히고 이불로 덮어주었다. 하인들이 너무나 놀라고 불안해 보여서, 식당으로 내려가 와인을 한 잔씩 마시라고 권했다. 일순간 문이 열렸다가 다시 닫혔다. 하인들은 날카롭게 소리를 지르더니, 식당으로 우르르 내려갔다. 나는 챙겨둔 마늘꽃을 엄마 가슴에 올렸다. 반 헬싱 교수가 한 말이 기억났지만 꽃을 엄마 가슴에 그냥 두고 싶었다. 게다가 이젠 하인들이 내 곁에 있을 것이다. 그런데 놀랍게도 하인들이 돌아오지 않았다. 하인들을 불러보았으나 대답이 없었다. 그들을 찾으러 식당으로 향했다.

심장이 내려앉는 듯했다. 네 하인 모두 간신히 숨을 쉬며 바닥에 힘없이 쓰러져 있었다. 탁자 위 술병에는 셰리주가 반쯤 담겨 있었는데, 기묘하고 톡 쏘는 냄새가 났다. 의심스러워서 술병을 살폈다. 아편 팅크 냄새가 났다. 찬장을 살펴보니 엄마의 주치의가 처방한 약병이 비어 있었다. 어떻게 해야 할까? 어떻게 하지? 나는 엄마가 있는 내 방으로 돌아왔다. 엄마를 그냥 둘 수 없고, 나는 혼자다. 하인들은 누군가 약을 먹이는 바람에 잠에 빠지고 말았다. 죽은 사람 곁에서 혼자라니! 감히 나가지도 못한다. 깨진 유리창 너머로 늑대의 나직한 울부짖음이 들려오기 때문이다.

방 안에 바람을 타고 날아온 알갱이들이 가득하다. 둥둥 떠다니며 빙글빙글 돈다. 방의 불도 푸르스름하니 희미하다. 어떻게 해야 할까? 하느님, 부디 오늘 밤 저를 지켜주세요! 나는 이 종이를 내 품에 숨길 것이다. 사람들이 와서 나를 밖으로 데리고 나갈 때 발견하게 될 것이다. 사랑하는 엄마가 세상을 떠났다. 나도 떠날 때가 되었다. 오늘 밤 내가 살아남지 못한다면 아서에게 작별 인사를 해야겠지. 아서, 하느님께서 당신을 지켜주실 거예요. 하느님, 저를 도와주세요!

12장

수어드 박사의 일기

9월 18일 마차를 타고 바로 힐링엄으로 향했다. 이른 시간에 도착했다. 현관에 마차를 그대로 두고 혼자 진입로를 따라 걸었다. 가볍게 문을 두드린 다음, 되도록 소리가 크게 나지 않도록 벨을 눌렀다. 루시나 루시의 어머니를 방해하고 싶지 않았다. 하인만 현관에 나왔으면 했다. 한동안 아무 반응이 없어서 다시 문을 두드리고 벨을 눌렀다. 여전히 답이 없었다. 10시가 다 되었는데, 이 시간까지 침대에 누워 있는 게 으른 하인들을 탓했다. 다시 벨을 누르고 문을 두드렸다. 마음이 조급해졌다. 여전히 반응이 없다. 하인들을 계속 탓하다 보니 이제 심한 두려움이 엄습했다. 이렇게 적막하다니, 우리 주위를 조여오는 듯한 운명의 사슬과 관련된 일은 아닐까? 내가 너무 늦어서 이 집은 정말 죽음의 집이 된 것일까? 루시가 섬뜩하리만큼 무서운 그 상태에 다시 빠졌다면, 일분 일초라도 늦어서는 안 된다. 루시가 몇 배로 위험하다. 나는 어디라도 입구가 있길 기대하며 집을 빙 돌았다.

어디에도 들어갈 곳은 없었다. 창문과 문은 모두 굳게 닫혀 있었다. 나는 좌절한 채, 현관으로 돌아왔다. 그때 급히 달리는 말발굽 소리가 들려왔다. 마차는 현관에서 멈추었고, 곧 반 헬싱이 진입로로 달려왔다. 선생은 나를 보자마자 숨을 몰아쉬며 외쳤다.

"자네도 이제 왔군. 루시 씨는 어떤가? 너무 늦었나? 내 전보를 받지 못했어?"

나는 최대한 신속하고 조리 있게 전보를 아침 이른 시간에 받았고, 조금도 지체하는 일 없이 왔다고 설명했다. 그리고 집 안에서는 어떤 반응도 없다고 전했다. 반 헬싱은 잠시 가만히 있더니 모자를 들며 침통하게 말했다.

"우리가 너무 늦은 것 같군. 하느님의 뜻이라면."

반 헬싱은 평소의 기운을 되찾고는 말을 이었다.

"가자고. 입구가 없으면 만들어야지. 지체할 시간이 없어."

집 뒤로 돌아가니 부엌 창문이 보였다. 반 헬싱은 가방에서 작은 수술용 톱을 꺼내 내게 건네주며, 창문을 가로지른 쇠막대를 가리켰다. 나는 즉시 행동에 나섰다. 창살 세 개를 바로 잘랐다. 그다음에는 길고 가느다란 칼로 창틀 잠금 장치를 뒤로 밀어 창문을 열었다. 선생이 들어가도록 돕고 나서 나도 들어갔다. 부엌에도, 바로 옆 하인들 방에도 사람이 없었다. 우리는 지나가며 방을 모두 살펴보았다. 식당으로 가니, 덧문으로 들어오는 희미한 빛 속에 하인 네 명이 바닥에 쓰러진 모습이 보였다. 죽은 것 같지는 않았다. 하인들이 그르렁그르렁 거칠게 숨 쉬는 모습이며 아편 팅크의 톡 쏘는 냄새로 보아 상태를 바로 짐작할 수 있었다. 반 헬싱과 나는 시선을 교환했다. 그곳을 떠나면서 선생이 말했다.

"하인들은 나중에 살피자고."

우리는 루시 방으로 올라갔다. 안에서 소리가 나는지 잠시 문 앞에 서서 엿들어보았다. 아무런 소리도 나지 않았다. 우리 얼굴은 하얗게 질리고 손이 떨렸다. 방문을 조심스럽게 열어 안으로 들어갔다.

눈앞의 광경을 어떻게 묘사해야 할지 모르겠다. 침대 위에는 두 여성이 누워 있었다. 루시와 루시의 어머니였다. 루시의 어머니는 침대 안쪽에 누워 있고 흰 천이 덮여 있었다. 깨진 창문으로 들어온 바람에 한쪽 천이 들려서, 일그러진 창백한 얼굴이 드러났다. 공포에 사로잡힌 표정이 그대로 남아 있었다. 그 옆에는 루시가 누워 있었다. 역시 하얀 얼굴에 어머니보다 얼굴을 더 일그러뜨리고 있었다. 목에 둘렀던 꽃은 이제 어머니 가슴에 놓여 있고 그대로 드러난 루시의 목에는 전에 보았던 작은 상처 두 개가 보였다. 상처는 소름 끼치도록 희게 변했고 살이 짓이겨졌다. 선생은 말없이 침대쪽으로 가서 몸을 숙였다. 머리가 루시의 가슴에 거의 닿았다. 그렇게 귀를 기울이다 선생은 고개를 획 돌리더니 벌떡 일어나며 외쳤다.

"아직 늦지 않았네! 서둘러, 얼른! 브랜디를 가지고 와."

나는 아래로 달려가서 술을 찾아낸 뒤 주의 깊게 냄새를 맡고 맛도 보았다. 혹시라도 식탁 위에서 발견한 셰리주처럼 약물을 탔을까 봐 신경 썼다. 하인들은 여전히 숨을 쉬고 있고 좀 더 들썩거렸다. 약물의 효과가 다한 것 같았다. 확실히 확인할 시간은 없어서 반 헬싱에게 돌아왔다. 선생은 지난번처럼 브랜디를 루시의 입술과 잇몸, 손목과 손바닥에 문질렀다.

"지금 할 수 있는 일은 다 하고 있네. 자넨 하인들을 깨우게. 젖은 수건을 얼굴에 대고 살살 두드리다 점점 힘을 주게. 하인들이 깨어나서 일을 해야 해. 난방장치를 가동하고 목욕물도 데워야 하거든. 이 불쌍한 사람은 옆에 있는 시신만큼 차가워. 뭐든 해보기 전에 몸부터 따뜻이 데워야겠어."

나는 당장 내려가서 하인 세 명을 힘들이지 않고 깨웠

다. 네 번째 하인은 아직 어려서인지 약물이 더 센 효과를 낸 것 같았다. 그 하인은 소파로 옮겨 잠을 더 자게 두었다. 나머지는 처음에는 어안이 벙벙하다가 이내 기억이 돌아오자 비명을 지르고 마구 몸부림치며 울었다. 그렇지만 나로서는 엄격하게 굴 수밖에 없었다. 그들에게 조용히 하라고 했다. 한 사람의 생명을 잃는 것은 정말 불행한 일이지만, 그들이 지체한다면 루시의 생명도 잃게 될 것이라고 일렀다. 하인들은 소리치고 흐느끼면서도 옷을 대충 챙겨 입더니 불을 피우고 물을 데웠다. 운 좋게도 부엌과 보일러의 불은 여전히 살아 있고 뜨거운 물도 부족하지 않았다. 우리는 욕조를 준비하고 루시를 그 안으로 옮겼다. 우리가 루시의 팔다리를 문질러 데우는 동안 현관문을 두드리는 소리가 났다. 한 하인이 옷을 대충 걸치고 달려가 문을 열었다. 이내 돌아오더니 어떤 신사가 홈우드 씨의 전갈을 가지고 왔다고 했다. 그냥 기다려야 한다고만 전하라고 하인에게 지시했다. 지금은 아무도 만날 수 없었다. 하인은 내 말을 전하러 나갔고, 나는 다시 일에 몰두하느라 그 남자에 대해 싹 다 잊어버렸다.

반 헬싱이 이토록 열성을 기울이는 모습은 한 번도 본 적 없었다. 내 생각에 이 상황은 죽음과 맞선 격렬한 싸움이었다. 선생도 그렇게 여긴다고 보고, 잠시 쉬는 시간에 선생에게 내 생각을 말했다. 그런데 선생은 이해할 수 없는 말을 몹시 심각한 표정으로 했다.

"그게 전부라면 지금 하는 일을 그만두고, 루시를 평화로이 보내줄 수도 있네. 루시의 지평선에는 생명의 빛이 보이지 않거든."

반 헬싱은 다시, 더욱 새로운 열의를 담아 움직였다.

이내 루시의 체온을 올린 효과가 나타나기 시작했다. 청진기를 대니 심장 박동이 더 잘 들리고 폐도 확실히 움직였다. 반 헬싱의 얼굴에 화색이 감돌았다. 루시를 욕조에서 꺼내 따뜻한 천으로 감싸 물기를 닦는 동안 선생이 말했다.

"첫판은 우리 승리야. 왕을 잡았으니까."

우리는 미리 준비해둔 다른 방으로 루시를 옮겼다. 침대에 루시를 눕히고 브랜디를 몇 방울 삼키도록 했다. 반 헬싱이 부드러운 비단 손수건을 루시 목에 감아주었다. 루시는 여전히 의식이 없고 우리가 처음 발견했을 때만큼은 아니지만 상태가 무척 나빴다.

반 헬싱은 하인 한 명을 불러서 루시 곁에 있으라고, 우리가 돌아올 때까지 절대 눈을 떼지 말라고 말했다. 그리고 나를 방 밖으로 데리고 나갔다.

"이제 어떻게 할지 논의를 하자고."

계단을 내려가며 반 헬싱이 말했다. 선생은 홀 쪽으로 내려와 식당 문을 열었고, 우리는 안으로 들어갔다. 선생이 조심스럽게 문을 닫았다. 덧문은 계속 열려 있었으나 블라인드는 내린 상태였다. 영국의 서민 여성들이 언제나 엄격하게 따르는 예절을 이곳에서도 지키는 것이었다. 그래서 식당 내부는 어둠침침했으나 이야기를 나누는 데는 문제 되지 않았다. 한때 근엄했던 반 헬싱의 얼굴은 이제 어찌할 바를 모르겠다는 기색이 역력했다. 분명 노심초사하는 것이었다. 그래서 나는 잠시 기다렸다. 선생이 입을 열었다.

"이제 어떻게 해야 하나? 어디에 도움을 청해야 하지? 루시에게 또 수혈해야 하네. 아니면 저 가련한 사람은 한 시간도 더 살지 못할 거야. 자네는 이미 지쳤지. 나도 마찬가지고. 하인들이 수혈하겠다고 나선다고 해도 믿어도 될지 자신이 없어. 루시를 위해 자기 혈관을 내어줄 사람을 어떻게 찾을까?"

"상황은 잘 모르지만, 저는 어떻습니까?"

방 저편 소파에서 들려온 목소리의 주인공은 퀸시 모리스였다. 나는 안심했다. 무척 기뻤다. 반 헬싱은 처음에는 흠칫 놀라고 화난 모습이었다. 그러나 내가 "퀸시 모리스!"라고 이름을 부르며 주저 없이 걸어가 팔을 뻗자, 선생의 얼굴이 누그러지고 눈빛에는 반가움이 감돌았다.

"어쩌다 여기에 왔나?"

나는 퀸시 모리스와 악수하며 물었다.

"아트 때문이지."

퀸시 모리스는 내게 전보를 건넸다.

사흘 동안 수어드에게 소식이 없어 너무 걱정됨. 부친의 건
강이 호전되지 않아 이곳을 떠날 수 없음. 루시가 어떤지
전해주길. 늦지 말길.

홈우드

"내가 딱 필요할 때 온 것 같은데. 어떻게 해야 하는지
말만 해주게."

반 헬싱은 앞으로 성큼 나서서 퀸시 모리스의 손을 잡으
며 그의 눈을 똑바로 바라보았다.

"한 여성이 곤경에 처했을 때는 용감한 남성의 피가 최
고로 도움이 되지. 당신이 필시 그 남자요. 악마가 온 힘을 다
해 우리를 방해할지 몰라도, 하느님께서 우리에게 남자가 필
요할 때 그 남자를 보내주셨군."

다시 한번 우리는 그 섬뜩한 작업을 했다. 모든 과정을
자세히 설명할 기분은 아니다. 루시는 심한 충격을 받아서
어느 때보다도 상태가 좋지 않았다. 많은 피가 루시의 혈관
으로 흘러 들어갔으나 예전과 달리 몸이 잘 반응하지 않았던
것이다. 다시 살아나기 위해 애쓰는 루시의 모습을 보고 있

으니 참담하기까지 했다. 그렇지만 심장과 폐의 움직임이 나아졌다. 반 헬싱이 전처럼 모르핀을 피하에 주사하니 효과가 좋았다. 루시는 실신한 상태에서 깊은 수면 상태로 옮겨 갔다. 선생이 루시를 지켜보는 동안 나는 퀸시 모리스와 함께 아래로 내려갔다. 한 하인에게 밖에서 대기 중인 마부에게 마차 삯을 주고 오도록 지시했다. 퀸시에게는 포도주 한 잔을 마시게 하고 자리에 눕도록 했다. 그리고 요리사에게 아침 식사를 충분히 준비하라고 일렀다. 갑자기 어떤 생각이 떠올라 나는 루시가 있는 방으로 향했다. 조심스럽게 방 안으로 들어가니 반 헬싱이 종이 몇 장을 손에 쥐고 있었다. 선생은 그 종이를 읽었는지, 자리에 앉아 손을 이마에 댄 자세로 생각에 잠겨 있었다. 선생은 품고 있던 의심을 해결한 사람처럼 확실한 만족감이 깃든 표정을 짓고 있었다. 선생이 내게 종이를 건네면서 이렇게 말했다.

"우리가 루시를 욕조로 옮길 때 품에서 이 종이가 떨어졌어."

내용을 다 읽은 다음 나는 반 헬싱을 쳐다보며 한동안 가만 서 있다가 입을 열었다.

"대관절 이게 무슨 뜻입니까? 루시가 미쳤나요, 아니면 아직도 미친 상태인가요? 아니면 어떤 무시무시한 위험이 닥쳤다는 뜻인가요?"

나는 당혹스러워서 무슨 말을 더 해야 할지 몰랐다. 반 헬싱은 손을 내밀어 종이를 거둬 간 다음 대답했다.

"지금은 신경 쓰지 말게. 당장은 잊으라고. 적절한 때에 다 알게 되고 이해하게 될 거야. 하지만 시간이 필요해. 그런데 지금은 무슨 말을 하려고 온 거지?"

나는 정신을 차리고 원래대로 돌아왔다.

"사망 증명서 말입니다. 우리가 적절하고 현명하게 대처하지 않는다면, 사망 원인을 밝히기 위해 검시하게 될 수 있고, 그럼 루시가 흘린 저 종이도 제출해야 할 수 있어요. 저는 웨스턴라 부인이 검시를 받는 일은 없었으면 합니다. 그일 때문에 가엾은 루시가 충격을 받아 죽을지도 모르니까요. 부인에겐 심장병이 있었다는 사실을 나도 알고, 선생님도 알고, 웨스턴라 부인의 주치의도 알고 있죠. 그러니 부인이 심장병으로 사망했다고 증명서를 작성할 수 있어요. 사망 증명서를 얼른 작성하면 어떨까요? 그러면 제가 직접 담당자에게 제출하고 장의사도 찾아가겠습니다."

"좋아, 존. 좋은 생각이야. 루시 씨는 적들이 괴롭혀서 애통하겠지만 그래도 사랑하는 친구들이 있어서 그나마 행복하겠어. 나 같은 늙은 사람을 제외해도, 한 명도 아니고 세 명이 루시 씨를 위해 혈관을 절개하고 피를 주었지. 존, 나는 다 알고 있네. 모를 수가 없지. 난 자네가 더 좋아졌어. 그럼 말한 대로 하게."

홀에서 나는 퀸시 모리스를 만났다. 퀸시는 웨스턴라 부인의 죽음을 아서에게 알리는 전보를 들고 있었다. 루시도 아프긴 하지만 상태가 호전되고 있으며 반 헬싱과 내가 곁에 있다는 내용도 담았다. 내가 어디 가는지 알려주자, 퀸시는 얼른 가보라고 재촉하다가 나를 붙잡고 이렇게 말했다.

"잭, 돌아오면 우리끼리 이야기 좀 할 수 있을까?"

나는 고개를 끄덕이고 밖으로 나갔다. 사망 증명서를 제출하는 일은 어려움이 없었다. 이 지역의 장의사가 관 크기를 확인하고 필요한 일을 준비하기 위해 저녁에 집에 오기로 했다.

루시의 집으로 돌아오니 퀸시가 기다리고 있었다. 나는 루시의 안부를 확인하는 대로 빨리 돌아오겠다고 한 뒤 위층으로 향했다. 루시는 여전히 잠들어 있었고 반 헬싱은 그 곁을 떠난 적이 없는 것 같았다. 선생은 입술에 손가락을 대었다. 루시가 머지않아 깨어날 것 같긴 하지만 나 때문에 깰까봐 걱정되는 모양이었다. 그래서 나는 아래층으로 내려가 퀸시를 거실로 데려갔다. 거실은 블라인드를 내리지 않아 다른 방들보다 좀 밝았다. 적어도 음산함은 덜했다. 단둘이 있게 되자 퀸시가 말했다.

"잭 수어드, 나는 내가 있을 자리가 아닌 곳에 끼고 싶지 않아. 그렇지만 이번은 일반적인 상황이 아니야. 알다시피 나는 루시를 사랑했고 그와 결혼하고 싶었네. 다 지나간 일이지만 루시를 신경 쓰지 않을 수는 없어. 대체 루시에게 무슨 일이 일어난 건가? 딱 봐도 그 네덜란드 신사는 훌륭한 사람 같은데. 자네가 그 사람과 방에서 '또' 수혈해야 한다는 이야기를 하더군. 두 사람 다 탈진했다고도 하고. 의사들끼리만 나누는 이야기가 있겠지. 그런 은밀한 이야기를 알려고 해서는 안 된다는 것도 아네. 그렇지만 지금은 보통 문제가 아니잖나. 그리고 어떤 문제든 간에, 난 늘 내 할 일을 했고. 그렇지?"

"맞아."

"내가 오늘 한 일을 자네와 반 헬싱 선생 두 사람 다 했다고 생각해. 그렇지?"

"맞아."

"아트도 마찬가지인 것 같고. 나흘 전 아트네 집에 갔는데 그 친구가 좀 이상해 보였어. 예전에 남미 대초원에 있을 때 내가 좋아하던 암말이 하룻밤 만에 쓰러진 일이 있었거든. 꼭 그 말처럼 아트가 지쳐빠졌더라고. 흡혈박쥐라고 부르는 커다란 박쥐가 밤에 그 말을 공격했어. 박쥐가 피를 잔뜩 빨아 먹고 떠났고, 말은 혈관이 찢어진 데다 피를 너무 많이 빼앗겨 설 수도 없는 지경이었어. 그래서 어쩔 수 없이 누위 있는 그대로 총을 쏴서 말을 보내주어야 했어. 잭, 신뢰를 저버리는 일이 아니라면 말해주게. 맨 처음에 아서가 수혈을 했겠지. 그렇지?"

퀸시는 끔찍이도 불안해 보였다. 사랑하는 여인이 걱정되어 긴장한 나머지 괴로워하고 있었다. 루시를 둘러싼 무시무시한 비밀을 하나도 몰라서 더 괴로울 터였다. 그렇게 마음 아픈 상태지만 그만의 남자다움을 모두 동원하여 간신히 버티고 있었다. 나는 대답하기 전에 잠시 생각했다. 반 헬싱이 비밀로 지켜주길 바라는 내용은 말하지 말아야 할 것 같았다. 그렇지만 퀸시는 이미 많은 것을 알고 또 여러 가지를 짐작하고 있으니 대답하지 않을 이유가 없었다. 그래서 나는 똑같은 대답을 했다.

"맞아."

"그럼 이런 일이 얼마나 되었나?"

"열흘쯤 되었어."

"열흘! 그렇다면 잭 수어드, 열흘 동안 우리 모두 사랑하는 그 안타깝고 어여쁜 사람의 몸에 튼튼한 네 남자의 피가 들어간 것이군. 다들 건강해서, 루시의 몸이 버티지 못한 모양이고."

그런 다음 퀸시는 내 곁으로 오더니 반쯤 속삭이는 투로 차갑게 물었다.

"왜 피가 빠져나가는 거지?"

나는 고개를 저으며 말했다.

"그게 제일 어려운 문제야. 반 헬싱은 그 이유를 알아내려고 혈안이 되어 있고, 나는 정말 모르겠어. 짐작도 못 하겠네. 루시를 계속 지켜보기로 했지만 사소한 일들이 자꾸만 일어나 계산이 모두 어긋나고 말았어. 그렇지만 다시는 그런 일이 없을 거야. 모두 건강해질 때까지 이곳에 머무를 테니까. 모두 아파진다고 해도 똑같아."

퀸시는 손을 내밀었다.

"나도 끼워주게. 자네나 그 네덜란드 신사가 뭐든 시키는 대로 다 하겠네."

루시는 늦은 오후에 깨어났다. 일어나자마자 품속을 확인했다. 놀랍게도 반 헬싱이 내게 읽어보라고 준 그 종이가 나왔다. 세심한 선생이 루시가 깨지 않도록 조심하면서 종이를 원래대로 둔 것이다. 루시는 선생과 나를 보고 눈을 반짝이며 기뻐했다. 그러다 방을 둘러본 다음 자신이 어디에 있는지 깨닫고 몸서리를 쳤다. 루시는 크게 비명을 지르며 창백한 얼굴을 여윈 손으로 가렸다. 우리 둘 다 루시를 이해했다. 루시는 어머니가 죽었다는 사실을 확실히 깨달았다. 우리는 루시를 있는 힘껏 위로했다. 그렇게 달랜 덕분에 루시의 슬픔이 어느 정도 누그러졌다. 그렇지만 기운 없이 울적해 보였고 지친 모습으로 한참 흐느꼈다. 우리 두 사람 중 한 명이 언제나 곁에 있을 것이라고 말하자 루시는 안도한 모습이었다.

저물녘이 되자 루시는 졸기 시작했다. 그런데 매우 이상한 일이 일어났다. 루시는 잠든 채 품에서 종이를 꺼내더니 반으로 찢었다. 반 헬싱이 다가가 종이를 빼앗았다. 그런데도 루시는 종이가 계속 손에 있기라도 한 듯 계속 종이 찢는 시늉을 했다. 결국 루시는 종이를 흩뿌리듯 손을 위로 들어 펼쳤다. 선생은 놀란 것 같았다. 생각에 잠긴 듯 미간을 찌푸렸다. 그렇지만 아무 말도 하지 않았다.

9월 19일 지난밤 루시는 잠을 설쳤고 잠들기를 계속 겁냈다. 그리고 깨어나면 더 쇠약해졌다. 반 헬싱과 나는 돌아가며 루시를 지켰고 잠시도 혼자 두지 않았다. 퀸시 모리스는 아무 말도 하지 않았지만 나는 그가 밤새도록 집 주변을 돌면서 순찰했다는 사실을 알고 있었다.

낮이 되니 루시의 건강이 얼마나 나빠졌는지 확연히 드러났다. 루시는 고개를 돌릴 힘도 없이 음식을 조금 먹었을 뿐 별 차도가 없는 것 같았다. 루시는 간간이 잠이 들었고, 반 헬싱과 나 두 사람 모두 루시가 잠잘 때와 깨어 있을 때 다르다는 점에 주목했다. 루시는 잠든 동안에는 좀 더 파리하긴 해도 기력이 솟는 것 같고 부드럽게 호흡했다. 벌어진 입으로 보이는 창백한 잇몸은 말려 들어간 상태였다. 그래서 이가 평소보다 더 길고 날카로워 보였다. 그러다 잠에서 깨어나면 온화한 눈빛을 되찾으며 확연히 다른 표정을 보였다. 죽어가는 상태이긴 하지만 원래대로 돌아오는 것이다. 오후가 되자 루시는 아서를 찾았다. 우리는 아서에게 전보를 보냈다. 퀸시가 역으로 아서를 마중 나갔다.

저녁 6시가 다 되어 아서가 도착했다. 저무는 해는 따스한 기운을 보내고, 붉은빛이 창문으로 들어와 루시의 창백한 뺨에 색을 더했다. 루시를 본 아서는 그저 감정에 북받쳐 목이 멜 뿐이었다. 누구도 입을 열지 않았다. 시간이 흐르며 루시는 발작성 수면 혹은 잠처럼 보이는 혼수상태를 점점 더 자주 겪게 되었다. 대화를 나눌 수 있는 시간도 줄어들었다. 그렇지만 아서의 존재가 루시에겐 자극이 된 모양이었다. 루시는 조금 회복하여, 우리가 도착한 이래로 가장 밝은 모습으로 이야기했다. 아서도 기운을 되찾아, 있는 힘껏 활기차게 대화를 나누었다.

이제 새벽 1시가 다 되었다. 아서와 반 헬싱이 루시 곁에 앉아 있다. 나는 15분쯤 있다 그들과 교대할 예정이고, 지금은 루시의 축음기로 일기를 기록하고 있다. 아침 6시가 될 때까지 그들은 쉴 것이다. 우리가 루시를 지키는 일도 내일이면 끝날 것 같다. 루시는 너무나 큰 충격을 받아서, 회복할 수가 없다. 하느님, 우리를 도와주소서.

미나 하커가 루시 웨스턴라에게 보내는 편지

(루시가 개봉하지 못함)

9월 17일

사랑하는 루시에게

　네 소식을 들은 지 한참 지난 것 같아. 정확히 말하면 내가 너에게 편지를 쓴 지 오래되었지. 그래도 이제 그간의 내 소식을 모두 읽고 나를 용서해줘. 나는 남편을 무사히 데리고 돌아왔어. 엑서터에 도착하니 마차 한 대가 우리를 맞이했고 그 안에 호킨스 씨가 계셨어. 통풍에 시달리는데도 와주신 거야. 호킨스 씨는 우리를 자기 집으로 데려가서, 근사하고 편안한 방을 내주셨어. 다 같이 저녁 식사를 했지. 밥을 다 먹은 후 호킨스 씨가 말했어.

　"자네들의 건강과 번영을 위해 건배하고 싶어. 하느님의 축복이 두 사람과 함께하길 바라네. 자네들을 어릴 때부터 알고 지냈고, 자네들이 자라는 모습을 지켜보며 사랑과 자부심을 느꼈어. 이제 자네들은 나와 함께 이곳에서 가정을 꾸

295

렸으면 해. 내 자식들은 다들 먼저 떠나버렸어. 그래서 유언
장에는 자네들에게 모든 것을 남기겠다고 해두었어."

조너선이 호킨스 씨와 악수하는 동안 나는 울고 말았어.
우리 저녁은 정말정말 행복했어.

그래서 우리는 이 아름다운 고택에 머물고 있어. 내 침
실과 거실에서 밖을 내다보면 근처 대성당의 거대한 느릅나
무가 보여. 커다랗고 거무스레한 나뭇가지들이 오래된 성당
의 노란 벽돌과 대조를 이뤄. 저 위쪽에서 까마귀들이 깍깍
까옥까옥 종일 지저귀는 소리가 들려와. 그리고 새처럼 재잘
거리는 사람들 소리도 들려오고. 말할 필요도 없겠지만 나는
집을 정리하고 살림하느라 바쁘단다. 조너선과 호킨스 씨도
종일 바빠. 이제 조너선이 동업자가 되어서, 호킨스 씨는 고
객들에 관한 모든 것을 알려주고 싶어 해.

어머니는 좀 어떠시니? 너를 만나러 하루 이틀쯤 나가
고 싶어. 그렇지만 할 일이 너무 많아 어깨가 무거워서 감히
그러지 못하겠네. 조너선은 여전히 신경을 써주어야 하는 상
태야. 살이 좀 붙긴 했지만 오랫동안 앓다 보니 아직도 무척
허약해. 심지어 요즘도 자다가 벌떡 일어나서 부들부들 떨
어. 내가 달래주면 평정을 되찾아. 그렇지만 시간이 갈수록
그런 일이 줄고 있긴 해. 나중에는 완전히 없어지겠지.

내 이야기는 이 정도로 했으니, 네 이야기를 들려줘. 언

제 어디서 결혼할 예정이야? 주례는 누가 서게 되니? 어떤 옷을 입을 거야? 공개 결혼식이야? 아니면 가까운 사람들만 모여서 식을 올리니? 다 이야기해줘. 네가 관심을 기울이는 일이라면 내게도 전부 소중하니까. 조너선이 너에게 경의를 표한다고 전해달래. 그렇지만 '호킨스와 하커'라는 훌륭한 회사의 젊은 동업자치고는 좀 부족한 표현 같아. 너는 나를 사랑하고, 조너선은 나를 사랑하지. 그리고 나는 사랑한다는 동사가 어떤 문법에 따라 변하든 다 끌어와서 너를 사랑한다고 말할 거야. 그러니 그이의 '사랑'을 네게 전할게. 안녕, 사랑하는 루시. 모든 축복이 함께하길.

사랑하는 네 친구

미나 하커

의학박사이자 왕립 의과대학 회원이며 내과학 석사를 소지한 패트릭 헤네시가 의학박사 존 수어드에게 보내는 편지

9월 20일

친애하는 선생님께

　　선생님께서 부탁하신 대로 제가 맡은 일을 작성한 보고서를 동봉합니다. 렌필드 환자의 경우 전할 이야기가 더 있습니다. 환자는 발작을 또 일으켰고, 끔찍한 결과로 이어질 수 있었으나 운 좋게도 그런 일은 일어나지 않았습니다.

오늘 오후에 두 남자가 마차를 끌고 와서 우리 병원 옆 그 빈집에 찾아왔습니다. 기억하시겠지만 렌필드 환자가 두어 차례 달아난 곳이죠. 남자들은 이곳이 처음이었는지 병원 대문 앞에 마차를 세우고 수위에게 길을 물었습니다. 저도 저녁을 먹은 뒤 담배를 한 대 피우면서 환자의 방 창문을 보고 있었죠. 그들 가운데 한 사람이 건물 쪽으로 다가왔습니다. 그가 렌필드의 방이 있는 창가를 지나자, 갑자기 방 안의 렌필드가 그 사람에게 욕설을 퍼부었습니다. 본인이 아는 온갖 더러운 말을 했습니다. 짐꾼은 점잖은 사람이었는지 "입에 걸레를 물었나 본데 입 좀 다물어"라고 쏘아붙이는 정도로 물러났습니다. 그러자 환자는 짐꾼이 자기 물건을 빼앗았으며 자기를 죽이려 한다고 억지를 쓰면서, 교수형을 받는 한이 있더라도 짐꾼이 마음대로 못 하도록 막겠다고 했습니다. 나는 창문을 열고 짐꾼에게 관심을 주지 말라는 신호를 보냈습니다. 짐꾼은 주변을 살펴보고 자신이 온 장소가 어떤 곳인지 파악하고서 다 알겠다는 듯 이렇게 말했습니다.

"정신병원인데 무슨 소리든 들을 수 있습죠. 그렇지만 선상님은 저런 짐승 같은 놈하고 지내야 하니 딱하네요."

짐꾼은 예의 바르게 길을 물었습니다. 나는 짐꾼에게 그 빈집의 정문이 어디인지 알려주었습니다. 사라지는 짐꾼을 향해 우리 환자는 협박과 저주와 욕설을 퍼부었습니다. 나는 환자가 왜 화났는지 알아보려고 아래층으로 내려갔습니다. 환자는 보통 행동거지가 점잖고, 발작이 찾아와 난폭하게 굴 때를 제외하면 이러지 않으니까요.

놀랍게도 환자는 차분하고 상냥했습니다. 방금 전 사건에 대해 말을 시켜보려 했더니 그게 무슨 이야기냐고 아무렇지도 않게 묻더군요. 그래서 저는 환자가 그 사건을 싹 다 잊은 줄 알았습니다. 그렇지만 이는 환자의 교활함을 보여주는 또 다른 사례였을 뿐입니다. 30분 만에 환자가 난동을 부리는 소리가 또 들려왔습니다. 이번에 환자는 창문을 깨고 밖으로 나가 진입로로 달려나갔습니다. 저는 간호인들에게 따라오라고 지시하고 환자를 쫓아갔습니다. 환자가 무슨 잘못이라도 저지를까 봐 겁이 났습니다.

그런데 아까 지나간 마차를 길가에서 다시 보니 제 두려움이 근거가 없지 않다는 생각이 들었습니다. 마차에는 커다란 나무 상자 몇 개가 실려 있었습니다. 짐꾼들은 힘든 일이라도 한 것처럼 이마를 닦고 있었고 얼굴이 벌겋게 달아오른 모습이었습니다. 내가 환자를 붙잡기 전에, 환자가 그쪽으로 돌진하더니 짐꾼 한 명을 마차에서 끌어내 머리를 붙잡아 땅에 내리찍기 시작했습니다. 제가 그때 붙잡지 않았다면, 환자는 아마 그 짐꾼을 죽였을 겁니다. 다른 짐꾼이 마차에서 뛰어내려 묵직한 채찍 손잡이 부분으로 환자의 머리를 때렸습니다. 굉장히 세게 한 방 갈겼는데도 환자는 끄떡없이 오히려 상대를 붙잡더군요. 렌필드는 우리 셋을 상대로 싸웠는데, 우리가 새끼 고양이라도 되는 것처럼 움켜잡고 마구 흔들어댔습니다. 아시다시피 저는 체격이 작은 편이 아니고, 다른 두 사람도 덩치가 컸습니다.

환자는 몸싸움 초반에는 입을 다물고 있었습니다. 그렇지만 우리가 제압하고 간호인들이 와서 구속복을 입히자, 고함을 지르기 시작했습니다.

"내가 네놈들을 막겠어! 네놈들은 내 것을 빼앗을 수 없어! 나를 죽이지도 못할 거야! 나는 내 주인님을 위해 싸울 거라고!"

그는 이런 식으로 온갖 헛소리를 늘어놓았습니다. 간호인들이 힘겹게 환자를 병원으로 다시 끌고 와 벽에 완충제를 댄 방에 가두었습니다. 간호인 중 한 사람인 하디는 손가락이 부러졌습니다. 그래도 제가 잘 고쳐주었고, 지금은 회복하고 있습니다.

두 짐꾼은 처음에는 손해를 보았으니 보상을 하라고 소리를 지르며 협박했습니다. 법에 따라 온갖 처벌을 받게 하겠다고 했습니다. 그렇지만 그렇게 목소리를 높이는 와중에도, 두 사람이 허약한 광인 하나를 어찌하지 못한 상황에 대해 에둘러 사과하기도 했습니다. 무거운 상자를 마차로 옮기느라 힘을 다 써버리지 않았다면 환자를 간단히 제압했을 것이라고 말했습니다. 그리고 먼지가 많이 나는 일을 하다 보니 목이 너무나 마른데 술 한잔을 마실 수 있는 곳이 멀리 있어서 힘을 못 썼다는 핑계도 댔습니다. 나는 짐꾼들의 말뜻을 잘 이해했습니다. 독한 술 한두 잔을 건네고 1파운드 금화를 각각 쥐여주자, 그들은 렌필드가 공격한 사건을 가벼이 넘기게 되었습니다. 저처럼 괜찮은 사람을 만날 수 있다면 그 환자보다 상태가 더 심한 광인도 만나겠다는 소리도 했습니다. 혹시나 해서 짐꾼들의 이름과 주소를 받아두었습니다. 잭 스몰렛: 그레이트 월워스, 킹 조지가, 더딩의 셋집 거주. 토머스 스넬링: 베스널 그린, 가이드 코트, 피터 팔리로 거주. 두 사람 모두 소호, 오렌지 매스터 야드에 있는 해리스 앤드 선스 선적 회사에서 고용했습니다.

중요한 일이 생기면 또 보고할 것입니다. 급한 상황이면 전보를 치겠습니다.

언제나 당신의 벗
패트릭 헤네시

미나 하커가 루시 웨스턴라에게 보내는 편지

(루시가 개봉하지 못함)

9월 18일

사랑하는 루시에게

　　너무나 슬픈 일이 일어났어. 호킨스 씨가 갑자기 돌아가
셨어. 우리에게 그리 슬픈 일이냐고 생각하는 사람도 있겠지
만, 우리 둘 다 호킨스 씨를 정말로 사랑했기에 아버지를 잃
은 것처럼 슬퍼. 나는 내 아버지나 어머니를 모르고 자랐기
때문에 호킨스 씨의 죽음이 너무나 큰 충격이야. 조너선은
무척 힘들어하고 있어. 조너선을 평생 살펴주시고, 돌아가시
기 전에는 친자식처럼 대하며 우리처럼 평범하게 자란 사람
들은 욕심도 내보지 못할 막대한 유산을 남겨주셨으니까. 조
너선이 슬퍼하는 이유는 또 있어. 혼자 회사를 맡는 엄청난
책임 때문에 불안하다고 해. 조너선은 자기 자신을 믿지 못
하고 있어. 나는 조너선이 기운을 내도록 격려해. 내가 믿어
주니 그도 자신감을 찾아가고 있긴 해. 그렇지만 충격적인
경험이 마음을 흔드나 봐. 그렇게 상냥하고 순진하면서도 고
귀하고 굳센 성품을 지녔으니, 소중한 분의 도움을 받아 몇
년 만에 사무원에서 회사의 주인이 된 것이겠지. 그런데 마
음을 너무 심하게 다친 바람에 타고난 힘의 원천을 잃어버린

거야.

　루시, 미안해. 행복하게 지내고 있을 텐데 내가 괜히 힘든 일을 털어놓아서 속상하게 했다면 용서해주렴. 그렇지만 이야기를 안 할 수가 없어. 조너선에게는 씩씩하고 활기 있는 모습을 보여야 할 것 같고, 또 여긴 내 속내를 털어놓을 사람이 아무도 없어. 모레 런던으로 가게 될 것 같아. 호킨스 씨가 선친의 무덤에 같이 묻어달라고 유언을 남기셨거든. 호킨스 씨의 친척이 아무도 없어서 조너선이 상주 노릇을 해야 할 거야. 몇 분이라도 짬이 난다면 너를 만나러 갈게. 너를 속상하게 한 나를 부디 용서해. 모든 축복이 함께하기를.

언제나 너를 사랑하는 친구
미나 하커

수어드 박사의 일기

9월 20일　기록을 남겨야 한다고 결심했고 습관도 들었기에 오늘 밤에도 기록한다. 너무나 비참하고 울적하다. 세상 모든 것들이 지긋지긋하다. 삶 그 자체마저 마찬가지다. 지금 이 순간 죽음의 천사가 날개를 퍼덕이는 소리를 듣는다 해도 상관없을 것 같다. 그 천사는 최근 그 냉혹한 날개를 휘두르며 루시의 어머니와 아서의 아버지를 데려갔다. 그다음은…… 일기를 계속 쓰도록 하겠다.

나는 반 헬싱과 교대로 루시를 지켜보았다. 우리는 아서도 쉬러 가기를 바랐으나 그는 처음에는 거절했다. 하지만 우리가 낮 동안 아서의 도움이 필요하고, 휴식이 모자라 모두 무너지면 루시가 힘들 수도 있다고 말하자 아서는 결국 우리 뜻을 따랐다. 반 헬싱은 아서에게 아주 다정했다.

"자, 같이 가자고. 선생은 몸에 탈이 났소. 힘도 없고. 너무 슬퍼한 데다가 마음이 고통스러워 건강을 해쳤을 거요. 선생은 혼자 있어서는 안 되오. 혼자 있으면 두려움과 불안이 더 심해질 테니까. 거실로 갑시다. 큰 벽난로가 있고 소파가 두 개 있다오. 하나는 선생이 눕고, 다른 하나는 내가 누웁시다. 우리가 아무 말 안 해도, 심지어 잠을 자더라도, 같은 공간에서 서로의 마음을 알아주면 위안이 될 거요."

아서는 루시를 간절히 바라보다가 반 헬싱과 떠났다. 루시는 베개에 몸을 기댄 채 가만히 누워 있었는데 얼굴이 침대 천보다도 희었다. 나는 방을 둘러보며 우리 생각대로 다 잘 챙겨두었나 살폈다. 선생은 지난번에 루시가 쓰던 방에서 그랬듯 이 방에서도 마늘을 활용했다. 창틀에서는 마늘 냄새가 진동했고, 선생이 루시 목에 둘러준 비단 손수건에는 똑같은 꽃으로 만든 화환이 둘러져 있었다. 루시는 식식거리며 좀 거칠게 숨을 쉬고 있었다. 벌어진 입으로 창백한 잇몸이 드러나 얼굴이 몹시 안 좋아 보였다. 어둑한 가운데 루시의 이는 아침보다 더 길고 날카로워 보였다. 빛 때문에 잘못 보았을 수도 있는데, 특히 송곳니가 다른 이보다 더 길고 날카로웠다. 나는 루시 곁에 앉았다. 이내 루시가 불편한 듯 몸을 뒤척였다. 그때 창가에서 무언가 퍼덕이는, 혹은 창을 두들기는 소리가 났다. 나는 조심스럽게 창가로 다가가 블라인드 가장자리 틈으로 밖을 내다보았다. 달빛이 환해서, 커다란 박쥐 한 마리를 볼 수 있었다. 방의 불빛이 희미하긴 해도 박쥐를 끌어들인 모양이었다. 박쥐는 빙빙 돌면서 날다가 창문을 날개로 치기도 했다. 내 자리로 돌아와보니, 그사이 루시가 몸을 움직였고 목에서 마늘꽃도 떼어냈다. 나는 꽃을 원래 자리로 돌려놓고 자리에 앉아 루시를 바라보았다.

이내 루시는 깨어났고 나는 반 헬싱이 지시한 대로 음식을 주었다. 루시는 음식을 조금만 먹었고 힘이 없었다. 여태까지 루시는 생명과 기력을 찾기 위해 의식이 없는 상태에서도 노력해왔는데 이제는 아닌 것 같았다. 희한하게도 의식이 돌아오면 마늘꽃을 잡으며 몸 가까이 두었다. 혼수상태에 빠져 숨을 거칠게 쉴 때는 마늘꽃을 떼어내려 하다가, 깨어나면 다시 꽃을 꼭 잡다니 확실히 이상했다. 내가 잘못 보았을 가능성은 없었다. 루시는 오랫동안 자다 깨다 하면서 이런 모습을 반복했다.

아침 6시가 되자 반 헬싱이 나와 교대하러 왔다. 아서는
자고 있었는데, 선생은 그냥 계속 자게 해주었다. 선생은 루
시 얼굴을 바라보다 흡 하고 숨을 짧게 들이마셨다. 그러고
는 카랑카랑한 목소리로 내게 속삭였다.

"블라인드를 올려. 빛이 필요해."

반 헬싱은 루시 얼굴에 자기 얼굴이 닿을 만큼 몸을 숙
이고 자세히 살폈다. 이윽고 꽃을 치우더니 비단 손수건을
루시 목에서 벗겨냈다. 선생은 깜짝 놀라 뒤로 물러났다. "이
럴 수가!"라고 외쳤는데, 숨이 턱 막힌 듯 외침이 입 밖으로
크게 나오지는 못했다. 나도 몸을 숙여 루시의 목을 본 순간
전율을 느꼈다.

루시 목의 상처가 완전히 사라졌다.

5분 동안 반 헬싱은 그대로 서서 아주 진중한 얼굴로 루
시를 바라보았다. 이어 선생은 내게 고개를 돌리고 차분히
말했다.

"루시는 죽어가고 있어. 오래 걸리지 않을 거야. 의식이
있는 채로 죽는 것과 잠든 채로 죽는 것은 많은 차이가 있네.
가서 그 가엾은 청년을 깨워 오게. 루시의 마지막을 봐야지.
아서는 우리를 믿고 있고, 우린 그에게 약속했으니까."

나는 거실로 가서 아서를 깨웠다. 아서는 잠시 멍한 상

태였지만, 덧문 가장자리로 쏟아지는 햇빛을 보더니 너무 늦게까지 자버린 것은 아닌지 걱정했다. 나는 루시가 아직 잠들어 있긴 하지만 마지막 순간이 다가오는 것 같다고, 반 헬싱과 내 생각은 그렇다고 부드럽게 말했다. 아서는 손으로 얼굴을 가린 채 누워 있던 소파에서 내려오더니 잠깐 무릎을 꿇고 머리를 묻은 채 기도드렸다. 아서의 어깨가 슬픔으로 들썩였다. 나는 손을 내밀어 아서를 일으켜주었다.

"자, 가자고. 친구, 용기를 내. 그게 최선이고, 루시의 마음도 편하겠지."

우리는 루시의 방으로 들어갔다. 반 헬싱은 늘 그렇듯 상황을 잘 따져보고 보기 좋은 모습을 만들기 위해 최선을 다해 정돈했다. 심지어 루시의 머리도 빗겨주었다. 베개에 늘어뜨린 루시의 머리칼은 평소처럼 반짝이며 물결쳤다. 우리가 오자 루시는 눈을 떴다. 그리고 아서를 보더니 부드럽게 속삭였다.

"아서! 내 사랑, 당신이 와서 너무 기뻐요."

아서는 루시에게 키스하려고 몸을 굽혔으나 반 헬싱이 물러나라는 신호를 보냈다.

"아니. 아직은 안 되오. 루시의 손을 잡아주시오. 그게 더 편할 거요."

그러자 아서는 루시의 손을 잡고 무릎을 꿇었다. 루시는 더할 나위 없이 아름다워 보였다. 부드러운 얼굴선이 천사처럼 아름다운 눈과 잘 어울렸다. 이내 루시는 눈을 감고 잠에 빠져들었다. 잠시 가슴이 부드럽게 부풀더니 피곤한 아이처럼 조용히 숨을 쉬었다.

그런데 어젯밤 내가 발견한 그 기묘한 변화가 일어났다. 루시의 호흡이 거칠어지고 입이 벌어졌다. 말려 올라간 허연 잇몸과 그 어느 때보다도 길고 뾰족한 이가 드러났다. 루시가 몽유병 증세처럼 의식이 거의 없는 상태에서 눈을 떴다. 눈빛은 탁하면서도 사나웠다. 내가 이제껏 들어본 적 없는 은은하고 관능적인 목소리로 루시가 말했다.

"아서, 내 사랑. 당신이 와서 너무나 기뻐요. 키스해주세요."

아서는 루시에게 입맞춤하려고 열렬히 몸을 숙였다. 그렇지만 나처럼 루시의 목소리에 깜짝 놀란 반 헬싱이 아서를 붙잡았다. 그는 아서의 목을 두 손으로 잡고 생각도 못 해본 엄청난 힘으로 끌어내더니 방 저편으로 내던지다시피 했다.

"당신 생명을 위해서 안 될 일이오! 당신의 살아 있는 영혼과 루시의 영혼을 위해서 그러면 안 돼!"

반 헬싱은 궁지에 몰린 사자처럼 아서가 침대로 가지 못하게 막았다.

아서는 깜짝 놀라서 잠시 어찌해야 할 바를 몰랐다. 벌컥 화를 낼 수도 있었지만 그러기에 앞서 아서는 분위기를 파악하고 조용히 서서 기다렸다.

나는 반 헬싱과 마찬가지로 루시를 계속 지켜보았다. 루시의 얼굴에 분노로 인한 경련이 그림자가 스쳐 지나가듯 일었다. 날카로운 이끼리 맞부딪치며 딱딱 소리가 났다. 그러다 눈을 감고 힘겹게 숨을 쉬었다.

곧이어 루시는 눈을 떴다. 눈빛에 부드러움이 담겨 있었다. 창백하고 여윈 손을 뻗어 반 헬싱의 커다랗고 그을린 손을 끌어당기더니 입을 맞추었다.

"교수님은 정말 소중한 분입니다."

루시의 목소리는 힘이 없었으나 말로 다 표현할 수 없는 비애가 어려 있었다.

"그리고 아서에게도 소중한 분이시죠. 아서를 지켜주세요. 그리고 저에게 평화를 주세요."

"약속하겠소."

반 헬싱은 맹세하듯 루시 옆에 무릎을 꿇고 손을 위로 높이 들며 근엄한 목소리로 말했다. 그러고는 아서에게 몸을 돌렸다.

"이리 오시오. 루시의 손을 잡아주고 이마에 키스해주시오. 한 번만이오."

루시와 아서는 입술 대신 시선을 교환하고는 이내 멀어

졌다.

루시는 눈을 감았다. 반 헬싱은 가까이서 바라보다가 아서의 팔을 잡고 끌어냈다.

루시의 호흡이 다시 거칠어지다가 갑자기 멈추었다.

"다 끝났네. 루시는 죽었어."

반 헬싱이 말했다.

나는 아서의 팔을 잡고 거실로 데려갔다. 아서는 자리에 앉아 손으로 얼굴을 가리고 흐느꼈다. 그 모습을 보니 나도 무너질 것 같았다.

나는 루시 방으로 돌아갔다. 반 헬싱은 그 어느 때보다도 심각한 얼굴로 가련한 루시를 바라보고 있었다. 루시의 몸에 변화가 일어났다. 죽음이 루시의 아름다움을 어느 정도 되돌려놓았다. 눈썹과 뺨에 다시 부드러운 선이 흘렀고, 지독하게 창백했던 입술도 핏기가 꽤 돌아왔다. 심장으로 더는 갈 필요가 없어진 피가 냉혹한 죽음의 흔적을 최대로 덜어낸 것 같았다.

그 여자가 잠들었을 때는 죽어 있는 듯했고,

그 여자가 죽었을 때는 잠든 것 같았네(영국 시인 토머스 후드의

시 「죽은 자의 침대」 중 한 구절―옮긴이)

나는 반 헬싱 곁으로 다가가 말했다.

"너무나 안쓰럽습니다. 마침내 평화가 찾아왔군요. 끝이 났어요."

반 헬싱은 몸을 돌려 나를 보더니 아주 침통한 어조로 말했다.

"아니야. 슬픈 일이지만 그렇지 않다네. 이제 시작일 뿐이야!"

무슨 뜻이냐고 묻자 반 헬싱은 그저 고개를 저었다.

"아직은 아무것도 할 수 없네. 일단 지켜보자고."

13장

수어드 박사의 일기

(계속)

루시와 루시의 어머니를 함께 묻기 위해 장례식은 이튿날 치르게 되었다. 장례 절차에 마음이 편치 않았지만 그래도 다 챙기려고 신경 썼다. 예의 바른 장의사는 고객에게 지나치다 싶을 만큼 잘 보이려 했고, 이런 태도에 직원들도 시달리는 것 같았다. 직업이 직업인 만큼 잘된 일일까. 루시의 시신을 염습한 여자마저도 빈소를 나오면서 은밀히, 직업적으로 하는 말이라는 듯 이야기했다.

"시신이 정말 아름답네요. 맡게 되어 영광입니다. 고인이 저희 일을 빛나게 해준다고 해도 과언이 아닌 것 같습니다."

반 헬싱은 멀리 떠나는 일이 없었다. 상황이 워낙 혼란스러우니 그럴 법했다. 가까운 곳에는 루시의 친척이 없었다. 아서는 아버지 장례식을 치르고 내일 돌아올 터였다. 우리는 부고장을 받을 사람들에게 연락을 하나도 할 수 없었다. 사정이 이런 까닭에 반 헬싱과 내가 서류들을 조사해야 했다. 선생은 루시의 일기며 편지를 직접 보겠다고 했다. 왜 그러냐고 물어보았다. 선생은 외국인이고, 영국에서 갖추어야 하는 법적 절차들을 잘 몰라서 불필요한 문제가 생길 수도 있었다. 반 헬싱은 이렇게 대답했다.

"알아, 알아. 난 의사인 동시에 변호사이기도 하네. 그런데 이번 일은 법적 문제만이 아니야. 자네도 알고 있으니, 검시관을 피했겠지. 검시관 말고도 피할 사람이 더 있어. 이런 서류들이 더 있을 거야."

반 헬싱은 수첩에서 루시의 품에 있던 메모를 꺼냈다. 루시가 잠결에 찢으려 했던 종이였다.

"혹시 고 웨스턴라 부인이 고용한 변호사에 관해 무엇이든 알게 되면, 부인의 서류들을 모두 봉인해서 오늘 밤에 보내게. 나는 이 방과 루시가 예전에 쓰던 방을 살피겠네. 무엇이든 찾아볼 거야. 잘 모르는 사람들이 루시의 생각을 알게 되면 곤란해."

나는 지시받은 대로 일했다. 30분쯤 찾아본 끝에 웨스턴라 부인을 맡은 변호사의 이름과 주소를 찾아내어 편지를 썼다. 가엾은 노부인의 서류는 잘 정리되어 있었고, 장지를 어디로 할지도 구체적인 지시가 있었다. 편지를 막 봉인하려 할 때 놀랍게도 반 헬싱이 들어왔다.

"존, 좀 도와줄까? 내 일은 다 했어. 괜찮으면 내가 돕지."

"찾던 것은 나왔나요?"

"구체적인 건 하나도 찾지 못했어. 그저 찾으면 좋겠다고 바란 거지. 내가 찾아낸 건 편지 몇 통과 메모지 몇 장과 막 쓰기 시작한 일기뿐이야. 그렇지만 챙겨왔네. 당장은 비밀로 하자고. 나는 아서를 내일 저녁에 만날 거야. 아서가 허락하면 이 자료들을 좀 활용해볼 생각이네."

일을 마치자 반 헬싱이 말했다.

"존, 이제 우린 자야 해. 우리 둘 다 잠이 부족해. 쉬어야 기운을 되찾을 수 있지. 내일은 할 일이 많을 거야. 오늘 밤에는 할 일이 더 없어."

자러 가기 전에 우리는 루시를 보러 갔다. 장의사는 일을 잘한 것 같았다. 방은 신분 높은 이의 시신을 모시는 예배당처럼 꾸며졌다. 아름다운 하얀 꽃들이 여기저기 놓여서 죽음의 거북함을 최대한 덜어내고 있었다. 시신을 감싼 천의 끝자락이 얼굴을 덮고 있었다. 반 헬싱은 몸을 숙여 조심스럽게 천을 걷었다. 긴 양초들이 환히 빛나는 덕분에 루시의 아름다움을 확인할 수 있었는데 너무나 놀라웠다. 루시는 죽어서 그 매력을 되찾았다. 시간이 흘렀는데도 시신은 부패하는 대신 살아 있는 듯 아름다웠다. 내가 지금 시신을 보고 있는 것인지 도저히 믿을 수가 없었다.

반 헬싱은 무척 심각한 모습이었다. 선생은 나처럼 루시를 사랑하지 않았으니, 눈에 눈물이 고일 이유는 없었다. 선생이 말했다.

"내가 돌아올 때까지 기다리게."

방을 떠난 반 헬싱은 뜯지 않고 홀에 놔둔 상자에서 마늘꽃 한 움큼을 가지고 돌아왔다. 선생은 이미 놓인 꽃들 사이며 침대 주변에 마늘꽃을 놓았다. 그리고 옷깃 안쪽에서 목에 두른 작은 금 십자가를 꺼내 루시의 입 위에 올려놓았다. 원래대로 천을 덮은 다음 우리는 그곳에서 물러났다.

내 방에서 옷을 갈아입고 있는데 문 두드리는 소리가 났다. 반 헬싱은 들어오자마자 입을 열었다.

"내일, 밤이 되기 전에 부검용 칼을 가져다주게."

"부검해야 하나요?"

"그렇기도 하고 아니기도 해. 나는 부검을 하긴 할 테지만 자네가 생각하는 그런 부검은 아니야. 이제 말해줄 테니, 비밀을 지켜주게. 나는 루시의 머리를 자르고 심장을 꺼내고 싶네. 아! 수술도 해본 의사인 자네가 충격을 받았군! 남들은 다 무서워하는, 생사가 걸린 수술 앞에서도 자네는 한 번도 떤 적 없다고 알고 있는데. 그렇지만 기억하고 있네, 자네가 루시 씨를 사랑했다는 것을. 그러니 부검은 내가 하고, 자넨 돕기만 하면 돼. 사실 오늘 밤에 하고 싶네. 그렇지만 아서 때문에 그래서는 안 되지. 아서는 내일 아버지 장례식이 끝나야 시간이 생길 테고 그럼 루시를 보러 오고 싶을 거야. 아니, '그것'을 보러 온다고 말해야 할까. 장례식 날 전에 입관할 테니, 다들 잠들 때 여기 오자고. 우린 관 뚜껑을 열고 부검을 한 뒤 다시 원래대로 돌려놓을 거야. 그러면 우리 말고 아무도 모르겠지."

"그렇지만 왜 그렇게 해야 합니까? 루시는 죽었습니다. 그 불쌍한 사람을 까닭 없이 훼손해야 하는 이유가 무엇인가요? 부검할 필요가 없고 얻어낼 것도 없는 상황에서, 대체 루시를 위한 일도 아니고 우리를 위한 일도 아니고 과학이나 인류의 지식을 위한 일도 아니라면, 왜 해야 하나요? 게다가 너무 끔찍한 짓이에요."

반 헬싱은 대답 대신 내 어깨에 손을 얹고 아주 상냥하게 말했다.

"존, 자네가 무척 마음 아파하니 나도 미안하네. 그리고 그렇게 아파하는 모습 때문에 나는 자네가 더 좋네. 가능하다면 자네가 진 짐을 내가 대신 지고 싶어. 그렇지만 자네가 아직은 몰라도 나중에 알게 될 사실이 있어. 그리 유쾌한 사실은 아니나 알게 되면 내게 고마워할걸세. 존, 자넨 오랜 시간 내 친구였지. 내가 아무 이유 없이 행동하는 걸 봤나? 나도 실수할 수 있어, 사람이니까. 하지만 믿음이 있으니 그 모든 일을 하는 거네. 내가 그런 사람이라는 사실을 자네도 아니까 어려운 일이 생기자 나를 부른 것 아닌가? 아서가 죽어가는 연인에게 키스하지 못하도록 내가 온 힘으로 달려들어 끌어냈을 때, 자넨 놀라지도 충격을 받지도 않았어. 그랬지. 그리고 루시가 죽어가면서도 그 아름다운 눈과 힘없는 목소리로 내게 감사를 표현하는 모습도 자넨 보았지. 이 늙고 거친 손에 입을 맞추며 축복도 해주었다고. 그리고 내가 맹세하자 루시는 고마워하며 눈을 감았고. 내가 하는 일에는 다 그럴 만한 이유가 있어. 자넨 오랜 시간 나를 믿어왔어. 지난 몇 주 동안 너무나 기묘한 일들이 벌어져서 의심할 법한데도 나를 믿었지. 나를 조금만 더 믿어주게, 존. 나를 못 믿겠다면 내 생각을 털어놓겠네. 그런데 그리되면 좋지는 않을 거야. 자네가 믿든 믿지 않든 나는 내 할 일을 할 텐데, 내 친구가 나를 믿지 않는다면 마음이 무거울 거야. 도움과 용기가 필요한데, 외롭겠지."

반 헬싱은 잠시 입을 다물었다가 엄숙한 어조로 계속 말했다.

"존, 우리 앞에는 낯설고 무서운 날들이 기다리고 있네. 둘이 아니라 하나가 되자고. 그래야 임무를 완수할 수 있을 거야. 나를 믿어줄 수 없겠나?"

나는 반 헬싱의 손을 잡고 그를 믿겠다고 약속했다. 선생이 방에서 나가도록 문을 열어주었다. 선생이 자기 방으로 들어가서 문을 닫는 모습을 지켜보았다. 그러는 동안, 하인 한 명이 조용히 복도를 걸어가는 뒷모습이 보였다. 하인은 나를 보지 못한 채, 루시의 빈소로 들어갔다. 그 모습에 나는 감동했다. 헌신이란 무척 드문 것인데, 우리가 사랑하는 사람에게 누군가 헌신하는 모습을 보이면 고마울 수밖에 없다. 하인도 죽음이 두려울 텐데 사랑했던 여주인이 영면의 세계로 떠나기 전까지 외롭지 말라고 두려움을 떨쳐내고 빈소에 가서 자리를 지켜주는 것이다.

오랫동안 푹 잠든 모양이었다. 반 헬싱이 내 방으로 와서 깨웠을 때는 날이 훤히 밝았다. 선생은 침대 곁으로 와서 말했다.

"칼 때문에 번거롭게 움직이지 않아도 되네. 부검은 안 할 거야."

"왜죠?"

어젯밤 반 헬싱의 심각한 모습을 쉽사리 잊을 수 없어서 그 말이 의아했다.

반 헬싱은 엄격한 투로 말했다.

"너무 늦었어. 혹은 너무 이른 때라서 그래. 이거 보게."

선생의 손에는 작은 금 십자가가 있었다.

"누가 어젯밤 훔쳤어."

"어떻게 훔친 건가요? 그리고 교수님이 어떻게 되찾은 거죠?"

나는 깜짝 놀랐다.

"이 물건을 훔친 몹쓸 사람에게서 돌려받았지. 죽은 자와 산 자의 물건을 빼앗은 몹쓸 여자였어. 내가 벌을 내리지 않아도 언젠가는 벌을 받게 되겠지. 그 여자는 자신이 무슨 일을 저질렀는지 몰라. 모르니까 물건만 훔친 거지. 이제 우린 기다려야 해."

반 헬싱은 그 말이 끝나기가 무섭게 떠났다. 내겐 새로운 수수께끼, 풀어야 할 새로운 문제가 생긴 셈이었다.

오전은 지루하게 보냈다. 그런데 정오에 변호사가 왔다. 법률사무소 '홀먼, 손스, 마퀀드 앤드 리더데일'에서 온 마퀀드 씨였다. 마퀀드는 무척 싹싹한 사람으로 우리가 한 일에 감사의 말을 거듭 전했고, 자잘한 일들을 다 맡았다. 점심 식사 자리에서 마퀀드는 웨스턴라 부인이 언젠가 심장병으로 갑작스레 세상을 떠날 수 있다고 꽤 오래전부터 예상하고 필요한 것들을 다 정리해두었다고 말했다. 그리고 루시의 아버지가 상속인을 한정해둔 재산은 직계자손이 없으니 먼 친척에게 돌아가게 되겠지만, 그 밖에 부동산과 동산을 포함한 모든 재산은 아서 홈우드에게 돌아간다고 알려주었다. 이렇게 많은 정보를 전하며 그는 덧붙였다.

"솔직히 우리는 웨스턴라 부인이 그런 유언을 남기지 않게 하려고 최선을 다했습니다. 혹시라도 따님이 무일푼이 될 수도 있고 혼인 관계에 발이 묶여버리는 상황에 놓일 수도 있다고 지적했지요. 워낙 강하게 의견을 내다 보니 부인과 마찰을 빚을 뻔했지요. 부인이 우리에게 자신의 바람을 따를 생각인지 아닌지 따져 물어보셨으니까요. 물론 우리야 부인의 지시를 따를 수밖에 없었죠. 원칙적으로는 우리가 옳았습니다. 유언이 집행되는 과정을 보면 십중팔구 우리 판단이 옳았다고 밝혀지는 편이죠. 그렇지만 솔직히 이번 경우는, 부인이 하자는 대로 안 했다면 부인의 바람을 이행할 수 없었을 겁니다. 부인이 먼저 사망하면서 따님이 재산을 상속받게 되었죠. 따님이 5분이라도 어머니보다 더 살았다면 상속을 받는 것이지요. 그런데 따님은 유언을 남기지 않은 상황이고, 이런 경우는 사실 유언장이 있을 수 없으니 따님의 사망과 함께 재산은 유언 없이 죽은 사람의 유산으로 처리되었겠죠. 그렇게 되면 고덜밍 경은, 따님과 그토록 각별한 사이였어도 재산에 대한 권리를 주장할 수 없었을 겁니다. 먼 친척들이 상속인이라고 권리를 주장하고 나섰을 테고요. 그 사람들은 낯선 사람에게 재산을 넘기고 싶은 기분이 아니겠죠. 이제는 걱정할 필요가 없습니다. 결과적으로 아주 만족합니다. 무척 만족하고 있어요."

변호사는 좋은 사람이긴 했으나 이토록 큰 비극이 일어났는데도 업무와 관련된 작은 부분에 매달려 만족하는 모습을 보였다. 인간이 타인에게 공감하는 마음에는 한계가 있음을 보여주는 좋은 본보기였다.

변호사는 오후에 다시 들러 고딜밍 경을 만나겠다며 곧 일어났다. 그래도 변호사가 와서 위안이 되긴 했다. 우리가 한 일에 대해 크게 비난받을 일은 없다고 확인하게 된 셈이었다. 아서는 오후 5시에 오기로 했고, 우리는 그보다 약간 일찍 빈소로 갔다. 이제 엄마와 딸이 나란히 누워 있어 진정으로 죽음의 방이 되었다. 장의사가 본업에 충실하게 자신의 소장품들로 방을 열심히 꾸민 바람에 영안실처럼 보여서 기분이 착 가라앉았다. 반 헬싱은 장의사 측에 다시 어제처럼 해두라고, 고딜밍 경이 곧 올 텐데 약혼녀의 물건만 있어야 마음이 덜 아플 것 같다고 말했다. 장의사는 어리석은 짓을 해버렸다는 사실을 깨닫고 놀랐다. 그리고 되도록 전날 밤 우리가 해둔 대로 살려놓았다. 그래서 아서는 우리처럼 충격을 받을 일은 없었다.

아서는 정말 안쓰러웠다! 지독한 슬픔에 빠져 기가 꺾인 모습이었다. 그만의 굳세고 남자다운 면모마저도 온갖 시련 속에서 지쳐 움츠러든 듯했다. 내가 알기로 아서는 아버지에게 진심으로 헌신하는 사람이었다. 하필 이런 순간에 아버지를 떠나보냈으니 타격이 심할 수밖에 없었다. 아서는 늘 그렇듯이 상냥했고 반 헬싱에게도 무척 예의 바른 모습이었다. 그렇지만 무언가 부자연스러운 구석이 있었다. 선생도 눈치를 채고는 아서를 위층으로 데려가라고 손짓했다. 나는 선생의 지시를 따랐다. 아서를 빈소 문 앞에 두고 자리를 비켜주려고 했다. 루시와 단둘이 있고 싶어 할 것 같았다. 그런데 아서는 내 팔을 잡더니 쉰 목소리로 말했다.

"자네도 루시를 사랑했지. 다 알아. 루시가 다 이야기해주었어. 그리고 자네보다 더 가까운 친구는 루시에게 없었어. 자네가 루시를 위해 해준 모든 일에 어떻게 감사해야 할지 모르겠어. 난 아직도……."

아서가 별안간 허물어지고 말았다. 내 어깨를 잡더니 머리를 내 가슴에 묻은 채 소리쳤다.

"잭! 잭! 도대체 어찌해야 하지! 내 인생이 갑자기 사라져버린 것 같아. 이 넓은 세상에서 살아가야 할 이유가 하나도 없어."

나는 아서를 힘껏 위로했다. 이럴 때 남자에겐 많은 표현이 필요 없다. 손을 꽉 잡아주거나 어깨를 팔로 단단히 감싸거나 같이 눈물을 흘려주면 상대의 마음에 공감한다는 표현이 된다. 나는 가만히 서서 아서의 울음이 그칠 때까지 조용히 있었다. 그런 다음 부드럽게 말했다.

"루시를 만나러 가세."

우리는 함께 침대로 다가갔다. 나는 루시의 얼굴을 덮은 아마포를 들었다. 루시는 너무나 아름다웠다. 시간이 갈수록 매력이 더해지는 것 같았다. 나도 이렇게 깜짝 놀랐으니 아서의 반응은 더 심할 만했다. 그는 부들부들 떨었다. 눈앞의 광경을 믿지 못한 채 오한이라도 겪는 사람처럼 온몸을 떨었다. 한참 침묵한 끝에 아서가 속삭이듯 말했다.

"잭, 루시는 정말 죽은 걸까?"

나는 그렇다고, 슬픈 어조로 말했다. 그런 끔찍한 의심을 오래 품으면 안 될 것 같아서 설명해주었다. 사람이 죽으면 얼굴이 부드러워지고 때로는 젊은 시절의 아름다움을 회복할 때도 있으며, 특히 이런 현상은 심한 고통이나 장기간의 고통을 겪다가 사망한 경우에 잘 나타난다고 일러주었다. 그러자 아서는 의심을 완전히 거둔 것 같았다. 소파 곁에 무릎을 꿇고 앉아 사랑을 담은 눈빛으로 루시를 한동안 바라보다가 물러났다. 나는 아서에게 관이 벌써 준비되었다고, 지금 작별 인사를 하라고 말했다. 아서는 루시 곁으로 돌아가 죽은 연인의 손을 잡고 입을 맞추었다. 몸을 숙여 이마에도 입을 맞추었다. 아서는 방을 떠나는 순간에도 고개를 돌려 다정한 눈빛으로 루시를 바라보았다.

나는 아서를 거실에 데려다준 뒤 아서가 작별 인사를 했다고 반 헬싱에게 전했다. 선생은 부엌으로 가서 장의사 사람들에게 장례 절차를 진행하고 입관하라고 지시했다. 반 헬싱이 밖으로 나오자 나는 아서가 품은 의심을 이야기했다.

"놀랍지 않아. 당장 나조차도 잠깐 의심했으니까."

우리는 함께 저녁을 먹었다. 아서는 최선을 다해 버티려고 애쓰고 있었다. 반 헬싱은 식사 내내 입을 다물고 있었다. 그러다 우리가 담배에 불을 붙이자 반 헬싱이 입을 열었다.

"고덜밍 경."

그렇지만 아서가 말을 잘랐다.

"아닙니다, 그렇게 부르지 마세요. 어쨌든 아직은 그렇게 부르지 마세요. 죄송합니다. 무례하게 굴고 싶진 않았습니다. 아버지 장례식을 막 치른 상황이다 보니."

선생은 무척 상냥하게 말했다.

"어떻게 부를지 몰라서 그렇게 불러보았소. 그렇다고 아서 씨라고 불러서도 안 되겠고. 난 선생에게 정이 들었소. 아서라는 이름에도 정들었고."

아서는 손을 내밀어 나이 든 선생의 손을 다정히 잡았다.

"원하시는 대로 불러주세요. 편하게 불러주셨으면 합니다. 그리고 내 가엾은 연인에게 해주신 모든 일에 대해 아직 감사 인사도 제대로 드리지 못했습니다."

아서는 잠시 말을 멈추었다가 다시 입을 열었다.

"루시는 선생님의 선의를 저보다 훨씬 잘 알고 있었습니다. 기억하시겠지만, 선생님께서 제게 그러셨을 때 말입니다."

선생이 고개를 끄덕이자 아서가 말을 이었다.

"그때 제가 무례했거나 어떤 식으로든 모자란 행동을 보였다면 부디 용서해주시길 바랍니다."

선생은 친절하게 대답했다.

"그땐 자네가 날 신뢰하기 어려웠지. 그런 난폭한 행동에도 믿음을 가지려면, 일단 이해를 해야 하니까. 자네가 아직 이해하지 못했으니, 지금도 나를 믿지 않을 것이고 믿을 수도 없겠지. 자네가 날 이해할 수 없고 아직 이해해서도 안 되지만, 그래도 나를 믿어달라고 부탁할 때가 있을 거야. 그러나 언젠가는 자네가 나를 완전히 신뢰할 때가 오겠지. 햇빛 아래 모든 것이 드러나듯 상황을 다 이해하게 되는 거야. 그때가 되면 자네는 자신을 위해서, 다른 사람을 위해서, 그리고 내가 지키겠다고 맹세한 루시를 위해서도 내게 고맙다고 생각하게 될 거야."

아서가 따뜻하게 말했다.

"저는 어떤 일이 있든 선생님을 믿을 겁니다. 저는 선생님이 아주 고귀한 성품의 소유자라고 알고 있고 또 그렇게 믿고 있습니다. 그리고 잭의 친구이자 루시의 친구셨습니다. 부디 원하시는 대로 하십시오."

교수는 이야기를 시작할 것처럼 몇 번 목청을 가다듬더니 입을 열었다.

"지금 내가 부탁 하나 해도 되겠나?"

"물론입니다."

"웨스턴라 부인이 전 재산을 자네에게 남긴 사실은 알고 있나?"

"아뇨, 그러셨을 줄이야. 생각도 하지 못했습니다."

"자네 재산이니, 자네가 원하는 대로 재산을 처리할 권리가 있네. 나는 자네 허락을 받아 루시 씨의 일기며 편지를 모두 읽고 싶어. 쓸데없는 호기심 때문에 이러는 건 절대 아니야. 믿어주게. 그래야 할 이유가 있고 루시 씨라면 아마 허락해주었을 거야. 여기 다 있어. 소유권이 자네에게 있다는 사실을 알기 전에 모아두었지. 낯선 사람들이 건드리지 못하도록 말이야. 잘 모르는 이가 루시 씨의 속마음을 엿보는 일이 없었으면 했지. 괜찮다면 내가 보관해두겠네. 자네도 아

326

직 못 봤을 수도 있지만, 그래도 잘 간직하고 있겠네. 글자 하나라도 잃어버리는 일은 없을 거야. 때가 되면 다시 돌려주겠네. 힘든 부탁이라는 건 알지만, 루시 씨를 생각해서라도 들어줄 수 있겠나?"

아서는 예전 모습처럼 시원하게 대답했다.

"반 헬싱 박사님, 원하시는 대로 하셔도 됩니다. 이렇게 말하고 나니 제 연인이 허락했을 일을 한다는 느낌이 드네요. 때가 될 때까지 선생님께 아무것도 묻지 않겠습니다."

선생은 자리에서 일어나며 근엄하게 말했다.

"좋아. 우리 모두에게 힘든 일이 있을 거야. 그렇지만 그게 전부는 아니야. 지금이 고통의 끝도 아니고. 단물이 기다리는 곳에 도착하기 전에 우리 모두, 특히 자네는 쓴물을 건너야 할걸세. 그렇지만 용감하고 헌신적인 마음으로 할 일을 하자고. 그러면 다 잘될 거야."

나는 그날 밤 아서의 방에 있는 소파에서 잠들었다. 반 헬싱은 잠을 조금도 자지 않았다. 마치 집을 순찰하기라도 하듯 이리저리 돌아다니며 루시의 관이 있는 방에서 눈을 떼지 않았다. 그 방에 뿌려진 야생 마늘꽃은 백합과 장미 향기 사이로 무겁고 진한 냄새를 밤공기에 풍기고 있었다.

미나 하커의 일기

9월 22일 엑서터로 가는 기차 안이다. 조너선은 잠들어 있다. 마지막 일기를 고작 어제 쓴 것 같은데, 휘트비 시절과 지금 내 앞에 펼쳐진 삶 사이에 얼마나 많은 일이 일어났는지. 그때는 조너선이 내게서 멀리 떨어져 있고 아무 소식이 없었다. 지금 나는 조너선과 결혼했다. 조너선은 변호사가 되었고, 또 변호사 사무실의 동업자이자 주인이 되어 부유하다. 호킨스 씨는 세상을 떠나 무덤에 묻혔다. 그리고 조너선이 또 건강을 해칠 만큼 큰 충격을 받은 일이 벌어졌다. 언젠가 조너선이 이 일에 관해 물어볼 수 있으니 다 기록해야겠다. 속기하는 실력이 예전 같지 않다. 예상치 못한 풍족한 삶을 살게 되어 그런 것이겠지. 어쨌든 연습을 해서 새롭게 다시 시작해보는 편이 낫겠다.

장례식은 엄숙한 분위기 속에서 무척 간소하게 치러졌다. 우리와 그곳 직원들, 엑서터에서 온 고인의 오랜 친구 한두 명, 런던에서 일하는 고인의 대리인, 변호사협회 회장 존 팩스턴 경을 대리한 신사가 전부였다. 조너선과 나는 손을 잡고 서 있었다. 가장 훌륭하고 소중한 우리 벗이 떠나고 있음을 함께 느꼈다.

우리는 하이드 파크 코너로 가는 승합마차를 타고 조용

히 시내로 돌아왔다. 조너선은 하이드 파크의 승마용 도로에 잠시 들르면 내가 좋아할 것이라고 여겼다. 우리는 그곳으로 가서 자리에 앉았다. 그런데 사람이 거의 없었다. 곳곳에 비어 있는 의자를 보니 슬프고 황량한 느낌이었다. 집에 있는 빈 의자가 생각났다. 그래서 우리는 자리에서 일어나 피커딜리 거리를 걸었다. 조너선은 오래전 내가 학교에 나가기 전에 그랬듯 내 팔을 잡았다. 뭔가 보기 좋지 않을 것 같았다. 여자아이들에게 예절을 가르치는 일을 하다 보면 스스로 규칙을 따지게 되는 법이다. 그렇지만 상대는 조너선이고 그는 내 남편이다. 그리고 우리를 쳐다보는 사람 중에는 아는 사람이 없다. 사실 우리를 안다 해도 상관없다. 그래서 우리는 그대로 걸었다. 길리아노 카페 바깥에 사륜마차 한 대가 서 있고 아름다운 여자가 마차에 타고 있었다. 나는 챙이 무척 넓어 수레바퀴 같은 모자를 쓴 그 여자를 바라보았다. 그런데 그때 조너선이 내 팔을 아플 만큼 꽉 붙잡더니, 숨죽인 목소리로 말했다.

"말도 안 돼!"

나는 조너선이 신경쇠약으로 발작이라도 일으킬까 봐 늘 걱정하고 있기에 얼른 고개를 돌려 왜 그러는지 물었다. 조너선은 얼굴에 핏기가 가셨다. 무언가에 깜짝 놀라고 겁도 나는지 눈이 등잔만 했다. 그의 시선 끝에는 키가 크고 마른 남자가 있었다. 매부리코를 지녔고 검은 콧수염과 끝이 뾰족한 턱수염을 길렀다. 그 남자도 내가 보던 아름다운 여자를 뚫어지게 쳐다보고 있어서 우리 두 사람을 보지는 못했다. 그 덕에 나는 그 남자를 자세히 관찰할 수 있었다. 느낌이 좋은 남자는 아니었다. 억세고 잔인한 얼굴은 성적 쾌락에 매달릴 것처럼 보였다. 입술이 워낙 붉다 보니 희고 커다란 이가 더 도드라져 보였는데, 끝이 짐승 이빨처럼 날카로웠다. 조녀선은 눈을 둥그렇게 뜨고 그 남자를 계속 보았다. 나는 남자가 우리 시선을 알아챌까 봐 겁이 났다. 워낙 사납고 비열해 보이는 사람이라 우리 시선을 불쾌하게 받아들일 것 같았다. 나는 조녀선에게 왜 그렇게 불안해하는지 물어보았다. 조녀선은 그 남자에 대해 자기가 아는 만큼 나도 알고 있다는 양 말했다.

"저 사람 알아보겠어?"

"아니. 나는 저 사람을 몰라. 누군데?"

나는 조녀선의 대답에 충격을 받아 가슴이 두근거렸다. 조녀선은 지금 나, 미나와 대화하고 있다는 사실조차 잊은 것 같았다.

"바로 그자야!"

조녀선이 너무나 무서워해서 안쓰러웠다. 내 몸에 기대는 조녀선을 부축하지 않았다면, 그대로 무너져 내렸을 것이다. 조녀선은 남자를 계속 응시했다. 작은 꾸러미를 든 남자가 가게에서 나와서 마차 안의 여자에게 건넸다. 그런 다음 마차는 떠났다. 그 수상한 남자는 마차를 탄 여자에게서 눈을 떼지 않다가 마차가 피커딜리 거리로 달려가자 같은 방향으로 걸어가더니 이륜마차를 불렀다. 조녀선은 남자의 뒷모습을 계속 쳐다보며 혼잣말하듯 말했다.

"분명 백작인 것 같은데. 그런데 더 젊어졌어. 세상에, 정말 그렇다면! 세상에! 세상에! 정말 그런 걸까!"

조녀선이 너무나 괴로워해서 무슨 질문이라도 했다가는 계속 그 문제로 머리를 싸맬 것 같았다. 그래서 입을 다물었다. 내가 조용히 이끄는 대로 조녀선은 내 팔을 잡은 채 순순히 따라왔다. 우리는 좀 더 산책하다가 그린 파크로 들어가서 잠시 앉았다. 가을치고는 더운 날이었는데, 그늘진 곳에 편안한 벤치가 있었다. 몇 분 동안 조녀선은 멍하니 있다가 눈을 감았다. 그대로 가만히 잠에 빠지며 내 어깨에 머리를 기댔다. 조녀선에게는 잠이 최선일 터라 깨우지 않았다. 20분쯤 지나자 조녀선은 잠에서 깨어 아주 활기찬 목소리로 말했다.

"미나, 내가 잠들었어? 마음대로 자버리다니 미안해. 우리 어디 가서 차 한잔 마시자고."

조녀선은 그 기분 나쁜 낯선 사람을 다 잊은 것 같았다.

그때 한참 앓았을 때 과거의 일들을 다 잊은 것처럼 말이다. 나는 이런 망각이 달갑지 않다. 뇌에 손상이 생길 수도 있고, 손상된 상태가 그대로 유지될 수도 있다. 조녀선에게 물어볼 수는 없다. 득보다는 실이 많을 것이다. 그렇지만 조녀선이 외국에 나가서 겪은 일들에 대해 어떻게든 알아내야 한다. 때가 된 것 같다. 일기장을 펼쳐볼 때다. 조녀선, 내가 잘못을 저지른다 해도 나를 용서해줘. 당신을 위한 일이야.

얼마 뒤 집에 돌아오니 여러모로 슬펐다. 우리에게 그토록 잘해주신 다정한 사람이 더는 없는 허전한 집. 조녀선은 예전의 병이 조금 도졌는지 얼굴이 계속 창백하고 현기증에 시달린다. 반 헬싱이라는 사람에게서 전보가 왔다.

　"웨스턴라 부인이 닷새 전에 타계하셨고, 그저께 루시 씨가 세상을 떠났다는 슬픈 소식을 전합니다. 오늘 장례를 치렀습니다."

　세상에, 몇 단어만으로도 이렇게 슬플 수가 있다니. 가엾은 웨스턴라 부인! 가엾은 루시! 이제 다시는 돌아올 수 없는 길을 떠났다! 가엾은 아서, 그토록 소중한 사람을 떠나보내고 어찌 살아야 할까. 하느님, 우리 모두에게 이 고난을 견딜 힘을 주소서.

수어드 박사의 일기

9월 22일 다 끝났다. 아서는 퀸시 모리스와 링으로 돌아갔다. 퀸시는 정말 좋은 친구다. 우리 못지않게 루시의 죽음 때문에 힘들었을 것이다. 그렇지만 바이킹처럼 굳건한 의지로 잘 견뎌냈다. 만일 미국이 퀸시 같은 남자들을 계속 키워낸다면, 실로 세계적 강국이 될 것이다. 반 헬싱은 여정을 앞두고 누워서 쉬고 있다. 그는 오늘 밤 암스테르담으로 가서 내일 밤 돌아올 예정이다. 개인적으로 할 일이 있단다. 그런 다음 가능하면 나와 함께 지낼 것이다. 런던에서 할 일이 있는데 시간이 좀 걸릴 것이라고 한다. 연세도 많으신데 안타깝다. 선생이 아무리 강철 체력의 소유자라도 지난 몇 주 동안은 무리가 되었을 것이다. 장례식 동안 선생은 대단한 자제력을 발휘했다. 식이 끝나고 우리는 가엾은 아서 옆에 서 있었는데, 아서가 자기 피를 루시에게 수혈한 일에 대해 말했다. 나는 반 헬싱의 얼굴이 창백해지다가 자줏빛으로 변하는 모습을 보았다. 아서는 수혈 이후로 두 사람이 정말 결혼한 것 같았고, 하느님이 보시기에도 루시는 그의 아내일 것이라고 말했다. 우리 중 누구도 루시가 수혈을 더 받았다는 이야기는 하지 않았다. 앞으로도 비밀을 지킬 것이다.

　아서와 퀸시는 함께 역으로 갔고 반 헬싱과 나는 집으로 왔다. 마차에 우리 두 사람만 있는 동안 선생은 자꾸 히스테리 발작을 일으켰다. 선생은 히스테리가 아니라고, 너무 힘든 상황 속에서 유머 감각이 발휘되는 것일 뿐이라고 했다. 그는 웃다가 울음을 터트렸다. 나는 누가 보고 오해라도 할까 봐 블라인드를 내리는 수밖에 없었다. 선생은 울다가 다시 웃고, 웃다가 다시 울었다. 여자들이 힘들 때 이따금 그러는 모습 같았다. 나는 그런 여자들에게 하듯 선생에게 단호하게 굴려고 했다. 하지만 효과가 없었다. 남자와 여자는 신경의 강함과 약함을 드러내는 방식이 아주 다른 모양이다. 선생의 얼굴에 다시 진중하고 엄격한 표정이 감돌았다. 나는 선생에게 왜 웃었는지 그리고 왜 하필 이런 때 그랬는지 물어보았다. 선생은 선생다운 대답을 했다. 논리적이고 설득력 있으면서도 알쏭달쏭했다.

"존, 자네는 이해하지 못하는군. 내가 웃는다고 해서 슬프지 않다고 생각하지 말게. 자, 나는 숨 막히도록 웃고 있는 순간에조차 울고 있었어. 그렇지만 내가 운다고 해서 내가 계속 슬퍼한다고 생각하지도 말게. 그 순간에도 웃음이 나오고 있으니까. 마음의 문을 두드리며 '들어가도 되겠습니까?'라고 묻는 웃음은 진짜 웃음이 아니라는 사실을 유념해두게. 웃음은 왕이야. 자기가 오고 싶으면, 원하는 방식으로 온다네. 웃음은 아무에게도 질문하지 않아. 적절한 때를 고르지도 않아. 그저 '난 여기 있어'라고 말할 뿐. 자, 나는 그토록 매력 있던 젊은 여성을 생각하며 마음 깊이 슬퍼하고 있네. 이 늙고 지친 내가 루시에게 피를 주었어. 내 시간과 기술, 내 잠을 바쳤다고. 같이 고생한 다른 사람들도 루시가 인생을 다 누리게 되길 바랐지. 그렇지만 나는 무덤에서 웃을 수 있었어. 교회 인부들이 루시의 관 위에 삽으로 흙을 퍼서 던질 때 쿵쿵 소리가 내 마음에까지 울려서 내 뺨에 핏기가 다 가시던 순간, 웃음이 났다고. 내 마음은 그 가엾은 청년을 위해 피를 흘리고 있어. 계속 살아 있었다면 너무나 고마웠을 내 아들과 그 청년은 나이가 같아. 머리칼이며 눈의 생김새까지 닮았어. 자넨 내가 왜 그 청년을 그렇게 좋아하는지 이제 알겠군. 그 청년이 한 말 때문에 남편으로서 아내를 그리워하는 내 마음이 다시금 살아났고, 다른 누구에게도 느낀 적 없는 부성애가 솟아났어. 존, 나는 자네에게도 부성애를 느낀 적은 없네. 우린 부자 관계라기보다는 같이 일하는 평등한 사이에 가깝지. 그런데 그런 순간에도 웃음이라는 왕이 나를 찾아와서 내 귀에다 우렁차게 외쳤어. '내가 여기 왔어! 왔다고!' 그렇게 피가 다시 돌아오고, 웃음이 몰고 온 빛이 내 뺨에 화색을 더했지. 존, 정말 희한하고 서글픈 세상이야. 불행과 비애와 고통이 가득하지. 그렇지만 웃음이라는 왕이 오면 다들 그가 연주하는 음악에 맞춰 춤을 춰. 피 흘리는 심장, 묘지의 말라빠진 뼈, 뜨겁게 흐르는 눈물까지도 그렇다네. 정작 웃음의 왕은 미소 한번 짓지 않는데 말이지. 존, 웃음의 왕이 오는 것은 좋은 일이야. 고마운 일이고. 우리 인간은 사방으로 팽팽하게 당겨지고 있는 밧줄과도 같아. 여러 방식으로 스트레스를 받는 거지. 그러다 눈물이 흘러. 밧줄에 떨어지는 빗방울처럼. 눈물은 우리를 기운 나게 하지만, 압박이 너무 심하면 우리는 끊어지겠지. 그래도 웃음의 왕은 햇살처럼 다가와 압박감을 덜어주지. 우리는 어떤 상황이든 아무리 힘들어도 애쓰며 살아가게 되는 거야."

설명을 못 알아들은 티를 내서 반 헬싱 선생을 속상하게 하고 싶지는 않았다. 그렇지만 나는 선생이 왜 웃었는지 이해할 수 없어서 그 이유를 물었다. 대답하는 선생의 얼굴이 근엄해지고 말투도 완전히 달라졌다.

"울적하리만치 모순된 상황이어서 그랬네. 꽃으로 장식된 아름다운 여성은 마치 살아 있는 것처럼 아름다운 모습이었어. 다들 루시가 정말 죽었는지 궁금해할 지경이었지. 루시는 지금 쓸쓸한 교회 묘지에 마련된 훌륭한 대리석 집에 누워 있어. 다른 친척들도 여럿 잠들어 있는 곳이야. 루시를 사랑하고, 루시 또한 사랑한 엄마도 함께 있고. 성스러운 종이 느릿느릿 울리며 구슬픈 소리가 났어. '댕! 댕! 댕!' 천사처럼 흰옷을 입은 성직자들은 성경책을 읽는 척했지만 한 번도 책으로 시선을 준 적 없어. 모두가 고개를 숙이고 있었고. 이게 다 무슨 일이지? 루시는 죽었어. 그렇지 않은가?"

"하지만 선생님, 제가 보기엔 그 상황에서 웃을 만한 거리는 하나도 없는데요. 선생님의 설명을 들으니 전보다 더 알쏭달쏭합니다. 장례식이 우스운 구석이 있었다고 해도, 가련한 아서의 고통은 어떤가요? 아서는 정말 마음이 찢어지듯 괴로웠을 텐데요."

"그렇지. 루시에게 피를 주어서 진정으로 결혼하게 되었다는 소리를 했지."

"네, 아서는 그나마 그런 생각으로 위안을 받았겠죠. 기분도 나아졌을 테고."

"물론 그렇지. 하지만 문제가 있어, 존. 그 말대로라면, 다른 남자들은? 거참! 그럼 그 어여쁜 신부는 남편을 여럿 둔 셈이지. 그리고 내 경우는 아내가 이미 죽었으나 교회법에 따르면 살아 있고. 이 세상에 더는 없는 아내에게 충실한 나는 중혼자가 되는 거지."

"어떻게 그런 농담을 생각해내시는지 모르겠네요."

반 헬싱의 말은 그리 유쾌하지 않았다. 선생은 내 어깨에 손을 얹었다.

"존, 내가 힘들게 했다면 용서를 구하네. 내가 타인에게 상처를 줄 상황이라면 나는 내 감정을 타인에게 드러내지 않

아. 그렇지만 자네는 다르지. 내 오랜 친구니까, 내가 믿는 사람이니까. 내가 웃고 싶은 순간에 자네가 내 마음을 들여다볼 수 있다면, 웃음이 나는 순간에 내 마음을 알 수 있다면, 지금 이 순간 웃음의 왕이 왕관과 자기 물건을 다 챙겨서 아주 멀리 오랫동안 떠날 준비를 할 때에 자네가 내 마음을 안다면, 나를 정말 안쓰럽게 여길 거야."

나는 반 헬싱의 부드러운 말투에 마음이 흔들렸다. 그래서 이유를 물었다.

"왜냐면 나는 알고 있으니까."

이제 다들 흩어졌다. 우리 지붕 위에 외로움이 그 울적한 날개를 내려놓는 긴 시간이 올 것이다. 루시는 북적대는 런던에서 먼 호젓한 교회 묘지 안에 있는 훌륭한 가족 묘에 누워 있다. 공기가 신선하고 햄스테드 힐 위로 태양이 솟고 야생화들이 마음대로 피어나는 곳.

이제 일기를 마치겠다. 내가 다시 일기를 쓸지 아무도 모른다. 만일 또 쓴다면, 이 일기장을 다시 펴본다면, 그때는 다른 사람들에 관해, 다른 주제를 가지고 쓸 것이다. 이 일기는 여기서 끝내겠다. 내 인생의 사랑이 담긴 일기였다. 이제 일상의 일로 돌아가면서 슬프고 희망 없이 '끝'이라고 쓴다.

9월 25일 자《웨스터민스터 가제트》기사

햄스테드 미스터리

최근 햄스테드 근방에서 일련의 사건이 벌어지고 있다. "켄 싱턴의 공포", "목을 찌르는 여인", "검은 옷의 여인" 같은 제목으로 보도된 사건들과 유사한 사건이다. 지난 며칠 동안 아이들이 집에 돌아가지 않거나, 햄스테드 히스에서 놀다가 귀가하지 않은 사건이 몇 건 있었다. 사건을 겪은 아이들은 너무 어려서 제대로 된 설명을 할 수가 없지만, 그래도 증언을 모아보면 공통점이 있으니 다들 '예쁜 여자'와 있었다는 것이다. 아이들이 사라진 시간은 언제나 늦은 저녁이다. 다음 날 아침 이른 시간에야 발견된 경우도 두 건 있었다.

처음에 실종된 아이는 '예쁜 여자'가 잠시 같이 산책하자고 하는 바람에 집에 돌아오지 못했다고 했다. 이후 사라진 다른 아이들도 같은 핑계를 댄 것이라고 인근 주민들은 추측하고 있다. 요즘 아이들이 좋아하는 놀이가 속임수를 써서 서로를 꾀어내는 것이라고 하니, 말이 되는 추측이다. 어느 특파원은 '예쁜 여자'인 척하는 작은 꼬마들을 보고 있으면 그렇게 우스울 수가 없다고 썼다. 풍자만화가 중에는 현실과 그림의 차이에서 나타나는 그 기묘한 아이러니를, '예쁜 여자'를 흉내 내는 아이들을 보고 발견할 수 있다고 말하는 사람도 있다. '예쁜 여자'가 아이들의 야외 연극에서 인기 좋은 역할이라니, 인간의 일반적 본성에 잘 어울리는 상황이다. 영국의 유명 배우 엘런 테리도 그 꼬질꼬질한 얼굴의 아이들이 흉내 내고 싶어 하고 심지어 되고 싶어 하는 '예쁜 여자'보다 매력적일 수 없을 거라고, 쉽게 말하는 본지 통신원도 있다.

그렇지만 이 사건에는 심각한 측면도 있다. 몇몇 아이들, 특히 밤에 실종된 아이들은 목이 조금 찢어지거나 다치는 상처를 입었다. 쥐나 작은 개한테 물린 것 같은데, 개별적으로 보면 그리 심각한 문제는 아니지만 어떤 동물의 짓이든 간에 그런 상처를 내는 목적이 있는 것으로 보인다. 이 지역 경찰들에게 햄스테드 히스나 그 주변에서 길을 헤매는 아이들, 특히 어린아이들을 철저히 살펴보라는 지시가 내려졌다. 근방을 돌아다닐 가능성이 있는 개도 주의하라는 지시가 함께 하달되었다.

9월 25일 자 《웨스트민스터 가제트》 호외

헴스테드의 공포

'예쁜 여자'에게 또 다른 아이가 당하다

지난밤 또 한 아이가 실종되었는데, 햄스테드 히스 인근 슈터스 힐의 가시금작화 덤불에서 오전 늦은 시간에나 발견되었다는 정보를 입수했다. 다른 곳에 비하면 사람들이 잘 다니지 않는 장소다. 아이는 이전에 실종된 아이들과 마찬가지로 목에 작은 상처가 생겼다. 너무나 힘이 없고 수척해진 모습이었다. 건강을 어느 정도 회복한 아이는 '예쁜 여자'가 꼬드겼다는 똑같은 이야기를 전했다.

14장

미나 하커의 일기

9월 23일 　조너선은 힘든 밤을 보낸 후 한결 좋아졌다. 조너선이 할 일이 많아서 무척 기쁘다. 그 끔찍한 일에서 관심을 돌려놓을 수 있으니까. 조너선이 새로운 지위가 주는 압박감에 이젠 짓눌리지 않는 것 같아 흐뭇하다. 나는 조너선이 본분을 다하리라 믿고 있었다. 조너선이 지위가 점점 높아지고 책무를 다하는 모습을 보니 정말 자랑스럽다. 조너선은 늦게나 집으로 돌아올 것 같다. 집에서 점심 식사를 할 수 없다고 했다. 집안일은 끝냈으니 이제 조너선이 외국에서 쓴 일기를 챙겨서 내 방문을 닫아걸고 읽어야겠다.

9월 24일 　어젯밤에는 일기를 쓸 용기가 없었다. 조너선이 남긴 그 무시무시한 기록을 읽으니 마음이 혼란스럽다. 너무나 안타깝다. 그 일이 실제로 일어났든 상상이든 정말 힘들었을 것이다. 일기 중 일부라도 진짜 일어난 사건인지 궁금하다. 뇌막염 때문에 그 끔찍한 내용을 쓴 것일까. 아니면 어떤 이유라도 있었을까. 나는 절대 알아낼 수 없을 것 같다. 조너선에게 이야기를 꺼낼 엄두도 안 나니까. 그런데 어제 우리가 본 그 남자의 정체는 무엇일까. 바로 그자가 일기 속 그 남자라고 조너선은 굳게 믿는 모습이었다. 조너선이 가엾다. 아마 조너선은 장례식 때문에 동요해서 그때 그 시절을 다시 떠올리게 되었을 것이다. 조너선은 그때 일이 모두 사실이라고 믿고 있다. 우리가 결혼한 날 조너선이 한 말을 기억한다.

"어떤 막중한 의무가 있다면 모를까, 여기 일기장에 기록된 그 시절, 잠들어 있었는지 깨어 있었는지 제정신이었는지 미쳤었는지 모를 그 괴로운 시절을 더듬어보고 싶지는 않아."

서로 이어지는 어떤 흐름이 보이는 것 같다. 그 무서운 백작은 런던에 오려고 했는데……

"그렇다면 그는 이미 와 있다. 수백만 명이 바글거리는 여기 런던에."

우리에게 막중한 의무가 주어질지도 모른다. 그렇게 된다면 그 의무를 피해서는 안 될 것이다. 준비를 해두어야겠다. 당장 타자기를 구해서 일기를 옮겨두어야겠다. 그렇게 하면 필요할 때 다른 사람에게 바로 보여줄 수 있을 것이다. 그리고 누군가 이 일기를 보고 싶어 할 때 내가 미리 준비해두면 조너선이 혼란에 빠지지 않아도 될 것이다. 내가 대신 말해주면서, 조너선이 이 문제로 힘들어하거나 걱정하게 만들지 않을 수 있다. 조너선이 불안을 이겨낸다면 내게 전부 이야기해주고 싶을 수도 있다. 그러면 나는 조너선에게 질문할 수 있을 것이다. 상황을 파악할 수 있을 테고, 조너선을 안심시킬 방법을 찾아볼 수 있을 것이다.

반 헬싱이 하커 부인에게 보내는 편지

(직접 개봉해달라고 쓰여 있음)

9월 24일

친애하는 부인께

이렇게 편지를 드리게 되어 양해를 구합니다. 저는 부인께 루시 웨스턴라 양의 사망이라는 슬픈 소식을 전한 사람입니다. 고덜밍 경이 친절을 베풀어주신 덕분에 저는 루시 씨의 편지와 일기를 읽을 수 있게 되었습니다. 지극히 중대한 문제가 있어 무척 걱정하고 있기 때문입니다. 그중에서 부인이 보낸 편지도 발견했습니다. 두 분이 얼마나 친한 사이인지, 또 부인이 루시 씨를 얼마나 사랑하는지 알 수 있었습니다. 미나 부인, 루시 씨와 그렇게 아끼는 사이셨으니 감히 부탁드리겠습니다. 몹시 잘못된 일을 바로잡고 끔찍한 불행을 없애기 위해서, 저를 위해서가 아니라 다른 사람을 위해서 부탁드리는 것입니다. 부인의 생각보다 훨씬 더 큰 일일 수 있습니다. 부인을 한번 뵙고 싶습니다. 저를 믿으셔도 좋습니다. 저는 존 수어드 박사와 고덜밍 경(루시 씨의 약혼자였던 아서)의 친구입니다. 당분간은 모든 일을 비밀로 해주셨으면 합니다. 제가 찾아가도 좋다고 허락해주신다면 당장 엑서터로 가겠습니다. 정말 죄송한 마음입니다. 부인께서 그 가엾은 루시 씨에게 보낸 편지를 읽고, 부인이 얼마나 훌륭하신 분인지 또 부군이 얼마나 고생했는지 알게 되었습니다. 그러니 가능하다면 부군께는 말씀드리지 않았으면 합니다. 해가 될 수도 있으니까요. 다시 한번 용서를 구합니다.

반 헬싱

하커 부인이 반 헬싱에게 보내는 전보

9월 25일

가능하시다면 오늘 10시 15분 기차 편으로 오세요. 언제라도 뵙겠습니다.

윌헬미나 하커

미나 하커의 일기

9월 25일 반 헬싱 선생과 만날 시간이 다가오자 가슴이 너무 나 두근거렸으니 어쩔 도리가 없었다. 선생을 만나면 조녀선 의 그 슬픈 경험을 이해할 실마리를 구할 수 있지 않을까 기 대했던 것이다. 마지막까지 아픈 루시 곁에 있었다고 하니 루시에 관한 이야기도 전부 들려줄 수 있을 것이다. 사실 선 생은 루시 일로 여기에 온다. 루시와 루시의 몽유병에 대해 알아보려는 것이지 조녀선 문제는 아니다. 그러니 지금은 진 실을 알 수 없을 것이다. 내 생각이 짧았다. 그 끔찍한 일기가 내 상상력을 틀어쥔 것 같고 무슨 생각을 해도 그 일기의 색 깔이 묻어나는 것 같다. 당연히 오늘 그분은 루시에 대해 알 아보려고 온다. 루시는 가엾게도 몽유병 증세가 도졌고, 절 벽까지 갔던 그 끔찍한 밤의 경험 때문에 아팠을 것이다. 내 일 때문에 루시가 나중에 얼마나 아팠는지 잊고 있었다. 루 시는 분명 반 헬싱 박사에게 몽유병 증세로 절벽까지 걸어간 일에 관해 알려주었으리라. 나는 그 일을 속속들이 알고, 이

346

제 선생은 내가 그 이야기를 들려주길 바란다. 그러면 선생은 상황을 이해할 수 있을 테니까. 웨스턴라 부인에게 아무 얘기도 하지 않은 일이 잘한 선택이었기를 바란다. 나의 어떤 행동이든, 설령 루시를 도우려고 한 행동이라 해도 가엾은 루시에게 해가 되었다면 나 자신을 절대 용서하지 않을 것이다. 반 헬싱 박사가 나를 탓하지 않으면 좋겠다. 최근 들어 너무나 힘들고 불안했으므로 더는 못 버틸 것 같다.

때로 우는 것도 좋다고 생각한다. 비가 내려 공기가 깨끗해지듯 말이다. 이렇게 마음이 어지러운 것은 어제 일기를 읽어서다. 조너선은 오늘 아침 집을 나가서 밤까지 쭉 밖에 있을 예정이다. 결혼한 후로 이렇게 떨어져 있기는 처음이다. 조너선이 자신을 잘 보살피길 바란다. 마음이 흔들릴 일이 생기지 않길 바란다. 오후 2시가 되었으니 박사가 곧 올 것이다. 박사가 따로 질문하지 않는 이상 조너선의 일기에 대해서는 말하지 않을 생각이다. 내 일기를 타자기로 옮겨두어 무척 기쁘다. 박사가 루시에 관해 물으면, 옮겨둔 것을 건네주면 된다. 그러면 질문을 많이 받지 않아도 될 것이다.

얼마 뒤 박사가 다녀갔다. 정말 이상한 만남이었다. 머릿속이 빙빙 도는 기분이다. 꿈 같기도 하다. 전부 다 진짜 일어날 수 있는 일일까? 일부만이라도 사실일 수 있을까? 내가 조너선의 일기를 먼저 읽지 않았다면, 가능성을 조금도 받아들이지 않았을 것이다. 조너선이 너무나 안쓰럽다. 정말 힘들었을 것이다. 조너선이 이 모든 일로 다시 탈이 나는 일은 없기를 바란다. 나는 그 끔찍한 기억에서 조너선을 구해낼 것이다. 그렇지만 조너선이 직접 보고 들은 것이며 생각한 것들이 거짓이 아니라 전부 진짜였다는 사실을 알게 되면, 위안이 되고 고통도 덜 수 있다. 끔찍하고 지독한 결과를 맞더라도 진실을 알아야 한다. 조너선은 계속 그 일을 의심하고 있을 텐데, 현실이든 꿈이든 상관없이 진실이 밝혀져 의심을 지우면 그 충격적인 일을 받아들이고 잘 버틸 것이다. 반 헬싱 박사는 아서의 친구이자 수어드 박사의 친구로 루시를 살펴달라는 부탁을 받고 네덜란드에서 왔다고 하니, 똑똑하고 성품도 좋은 사람임이 분명하다. 오늘 박사를 직접 만나보니 착하고 친절하며 고귀한 성품을 지닌 사람이라는 생각이 든다. 내일 이곳에 다시 온다면 조너선의 일도 한번 물어볼 것이다. 이 모든 슬픔과 불안이 행복한 결말로 이어지길 바란다. 나는 한때 인터뷰를 해보고 싶었다. 《엑서터 뉴스》에서 일하는 조너선의 친구는 기억력이 이런 일에는 가장 중요하다고, 나중에 기사를 조금 고치는 한이 있더라도 일단은 입밖으로 나온 모든 단어를 거의 그대로 받아 적을 수 있어야 한다고 했다. 다음은 반 헬싱 박사와의 만남을 흔치 않게 인터뷰 형식으로 기록한 것이다. 박사와 나눈 대화를 그대로 남길 것이다.

2시 30분에 문을 두드리는 소리가 났다. 나는 마음을 단단히 먹고 기다렸다. 잠시 후 메리가 문을 열고 "반 헬싱 박사님이 오셨어요"라고 알렸다.

자리에서 일어나 고개 숙여 인사하니, 반 헬싱 박사가 다가왔다. 선생은 중간 키에 튼튼한 체격으로 넓은 어깨와 두툼한 가슴을 지녔다. 머리와 목과 몸통의 균형이 잘 잡혀 있다. 머리는 그가 얼마나 생각이 깊고 지적인지 보여주는 지표 같다. 기품 있는 생김새에 크기도 적당하고 안면이 넓고 귀 뒤쪽도 넓다. 얼굴은 깔끔하게 면도했고 턱은 단단하고 네모난 모양이다. 큰 입은 결연한 의지와 풍부한 표정을 담고 있다. 코는 적당한 크기로 콧날이 오뚝하다. 숱 많은 굵은 눈썹이 아래로 처지고 입이 꾹 다물리면 성마르고 예민한 콧구멍이 벌름거린다. 이마는 넓고 보기 좋은 모양이다. 반듯하게 내려오다 쑥 들어간 부분이 두 군데 있고, 그 아래로는 혹이 생긴 듯 불거져 나왔다. 그렇다 보니 붉고 짙은 머리칼은 자연스레 뒤나 옆으로 흘러내린다. 눈동자는 크고 짙은 푸른색이고 미간이 넓은데, 기분에 따라 활기차거나 부드럽거나 근엄한 눈빛을 띠었다. 선생이 입을 열었다.

"하커 부인이시오?"

나는 그렇다는 뜻으로 고개를 숙였다.

"전에는 미나 머리 양이었고."

나는 그렇다는 뜻으로 다시 고개를 숙였다.

"나는 오늘, 너무나 안타깝게 세상을 떠난 루시 웨스턴라의 친구인 미나 머리를 만나러 왔다오. 미나 부인, 고인을 위해 여기까지 왔소."

"박사님. 박사님께서는 루시의 친구이자 루시에게 도움을 주셨던 분입니다. 무엇이든 알려드리겠습니다."

나는 손을 내밀었다. 반 헬싱은 내 손을 잡고 부드럽게 말했다.

"미나 부인, 그 백합 같던 이의 친구이니 당연히 좋은 사람이겠거니 생각했지만, 정말 훌륭하오."

반 헬싱은 정중히 고개 숙여 인사했다. 나는 선생에게 나를 찾아온 이유를 물었다. 그는 바로 이야기를 시작했다.

"루시 씨에게 부인이 보낸 편지를 읽었소. 용서를 구하오. 그렇지만 어디서든 조사를 시작해야 했는데 물어볼 사람이 없었소. 부인이 휘트비에서 루시 씨와 함께 있었다는 것을 알고 있다오. 루시 씨는 이따금 일기를 썼거든. 그렇게 놀랄 필요 없소. 부인이 휘트비를 떠난 뒤로 루시 씨는 부인을 따라 일기를 쓰기 시작했다오. 일기에서 루시 씨는 어떤 일에 대해 추측을 하다가 몽유병 증세에 관해 기록을 남겼소.

그리고 부인이 루시를 구해주었다고 했지. 그런데 그 이야기를 도무지 이해할 수 없어서 부인을 찾아오게 되었소. 부디 기억나는 대로 모두 말해주시면 고맙겠소."

"그 사건이라면 모두 말씀드릴게요, 반 헬싱 박사님."

"자세한 것까지 다 기억하실 수 있소? 젊은 여성분에겐 쉽지 않을 수도 있을 텐데."

"그런 뜻이 아니고, 그때 일을 일기에 다 써두었어요. 원하신다면 보여드릴게요."

"미나 부인, 정말 고맙소. 큰 도움이 될 거요."

나는 반 헬싱이 좀 쩔쩔매는 모습을 보고 싶다는 마음을 버릴 수 없었다. 이브를 유혹하여 원죄를 짓게 한 그 사과 맛이 여전히 우리 입에 남은 모양이다. 나는 속기로 기록한 일기를 건네주었다. 박사는 고개를 숙이며 감사를 표했다.

"읽어도 되겠소?"

"원하신다면."

나는 최대한 점잖게 대답했다. 반 헬싱 박사는 일기장을 펼치더니 바로 얼굴이 어두워졌다. 그런 다음 자리에서 일어나 인사를 했다.

"정말 머리가 좋으신 분이군. 조녀선 씨가 복 받은 사람이라는 것은 진작 알고 있었지만, 부인 되시는 분께서는 어디 하나 부족한 점이 없으시구려. 이제 이것을 읽을 수 있도록 나를 도와줄 수 있소? 아쉽지만 나는 속기법을 모르오."

이쯤해서 내 작은 장난은 끝났다. 창피하기까지 했다. 그래서 타자기로 옮긴 일기를 반짇고리에서 꺼내어 박사에게 건넸다.

"죄송합니다. 그건 안 되겠어요. 제 생각에 박사님이 묻고 싶으신 게 제 친구 루시에 대한 일 같았어요. 박사님이 기다리시지 않게 하려고 제 일기를 타자기로 다시 쳐놓았어요. 저를 위해서가 아니라, 박사님의 시간이 소중하기 때문에 그렇게 했답니다."

일기장을 받은 반 헬싱 박사의 눈이 반짝였다.

"이렇게 친절하다니, 고맙소. 내가 지금 읽어도 되겠소? 다 읽고 나면 질문하고 싶을지도 모르니."

"그럼요. 저는 점심 준비를 지시하러 갈 테니 그동안 읽어보세요. 그럼 식사 중에 질문하실 수 있어요."

반 헬싱 박사는 고개를 숙인 뒤 빛을 등지고 의자에 앉아 내가 준 기록을 열심히 읽기 시작했다. 나는 식사를 챙기러 떠났는데, 실은 박사를 방해하고 싶지 않아서였다. 돌아오니 박사는 방 안을 급한 걸음으로 이리저리 다니고 있었다. 얼굴은 흥분해서 벌겋게 달아올랐다. 박사가 달려와 내두 손을 꼭 잡았다.

"미나 부인, 부인께 형언할 수 없을 만큼 큰 빚을 졌소.

이 일기장은 햇살과도 같소. 내게 문을 열어주었다오. 빛이 너무 환해서 좀 멍하고 눈도 부시군요. 그 빛 뒤로 구름이 시시각각 흘러오고 있긴 하지만. 부인은 그게 뭔지 모를 거요. 그렇지만 정말 고맙소. 부인은 정말 지혜로운 분이오."

반 헬싱 박사는 아주 엄숙하게 말했다.

"나, 아브라함 반 헬싱이 부인이나 부인이 아끼는 사람들을 위해 무엇이든 할 수 있다면 얼마든지 말하시오. 친구로서 부인의 일을 도울 수 있다면 너무나 기쁘고 행복할 거요. 친구로서 내가 배운 모든 것, 내가 할 수 있는 모든 것을 부인과 부인이 사랑하는 사람들을 위해 쓰겠소. 삶에는 어둠이 있고 빛도 있소. 부인은 빛의 삶을 사는 사람이오. 앞으로도 행복하고 선한 삶을 살게 될 것이고, 부군 또한 부인 덕분에 축복받은 삶을 살 것이오."

"하지만 박사님, 과찬이세요. 저를 잘 모르시잖아요."

"부인을 모른다니. 나란 사람은 평생 이 나이가 되도록 인간을 연구했다오. 인간의 뇌와 그것에 속한 모든 것, 그것에서 생겨나는 모든 것을 연구하는 일이 내 전공이오. 그리고 나는 너무나 고맙게도 부인이 나를 위해 타자한 일기를 읽었소. 문장마다 진실이 배어나는 일기였소. 결혼이며 믿음에 관해 루시에게 써서 보낸 그 다정한 편지를 읽은 내가 부인을 모를 수가 없소. 미나 부인, 훌륭한 여자들은 하루, 한 시간, 심지어 1분만 시간이 나도 어떤 인생을 살고 있는지 다 알려준다오. 천사들이 알아볼 수 있소. 그리고 훌륭한 여자들의 인생을 알아보고 싶어 하는 우리 남자들에겐 천사의 시선이 있고. 부군은 고귀한 성품을 지녔고, 부인 또한 고귀하오. 두 사람에겐 믿음이 있고, 비열한 성품의 사람은 믿음을 지닐 수 없으니까. 부군의 이야기를 들려주시오. 이제 괜찮아졌소? 열병에서 회복하여 건강과 기력을 되찾았는지?"

나는 조너선에 관해 물어볼 기회가 생겼다고 보고 입을 열었다.

"거의 다 나았어요. 그렇지만 호킨스 씨가 돌아가셔서 마음이 크게 동요한 것 같아요."

반 헬싱이 내 말을 끊었다.

"알고 있소. 부인이 마지막으로 보낸 편지 두 통을 읽었소."

"그 일로 남편이 동요했나 봐요. 목요일 시내에 나갔을 때 남편이 충격에 휩싸였거든요."

"충격이라. 뇌막염을 앓은 지 얼마 되지도 않았는데 바로 그런 일. 좋지 않은 일이군. 어떤 충격을 받았소?"

"남편이 어떤 사람을 보았는데, 그 순간 바로 뇌막염에 걸리게 된 그 끔찍한 사건을 떠올린 것 같아요."

갑자기 그간의 모든 사건과 감정들이 내게 휘몰아치는

듯했다. 조너선에 대한 연민, 그가 겪은 공포, 그 일기에 쓰인 무서운 수수께끼 같은 내용, 일기를 읽은 뒤로 자꾸만 나를 사로잡는 두려움이 한꺼번에 아우성치며 밀려들었다. 아마도 내가 히스테리를 일으킨 모양이었다. 무릎을 꿇고 반 헬싱 박사를 향해 손을 내밀며 남편을 다시 건강하게 해달라고 부탁했다. 박사는 내 손을 잡아 일으켜 소파에 앉게 했다. 그러고는 내 곁에 앉아 손을 잡고 참으로 다정하게 말했다.

"나는 무척 메마르고 외로운 삶을 살고 있소. 일에만 매달리다 보니 친구들과 보낼 시간이 부족했지. 그런데 친구 존 수어드가 불러준 이후 좋은 사람들을 많이 알게 되었고 정말 고귀한 모습도 보았다오. 그러다 보니, 나이 들어 그렇겠지만 뼈아픈 외로움을 느꼈소. 믿어주시오, 나는 부인을 진심으로 존경하기에 여기 왔소. 부인은 내게 희망을 주었다오. 내가 지금 하는 일에 희망을 주었다는 뜻이 아니라, 이 세상에는 행복한 삶을 만들려는 훌륭한 여성들이 여전히 있다는 희망을 품게 했다는 말이오. 앞으로 태어날 아이들을 진실한 삶으로 잘 이끌어갈 여성들이지. 내가 부인에게 도움을 줄 수도 있다니 정말 기쁘구려. 부군이 고통받고 있다면, 그 고통은 내 연구와 경험으로 다룰 수 있을 것이오. 부군을 위해 내가 할 수 있는 모든 일을 기꺼이 하겠다고 약속하겠소. 부군이 건강하고 남자다운 모습을 되찾아 부인이 행복해지도록 기꺼이 움직이겠소. 자, 이제 식사를 합시다. 부인은 너무 긴장했고 또 지나친 불안에 시달리고 있소. 부군은 그런 창백한 부인의 모습을 보고 싶지 않을 거요. 사랑하는 사람의 그런 모습을 보면 부군의 건강에도 좋지 않고. 그러니 부군을 위해서 잘 먹고 웃어주기 바라오. 부인은 루시에 대한 모든 것을 알려주었소. 마음이 괴로울지도 모르니, 이제는 그 이야기를 하지 않겠소. 나는 오늘 밤 엑서터에 머물 생각이오. 부인이 알려준 것들에 대해 생각해봐야 하고, 부인에게 질문을 할 수도 있소. 그때 부인도 부군의 괴로움에 대해 다 말해주기 바라오. 지금은 아니오. 식사를 할 때니까. 나중에 전부 이야기해주면 되오."

식사가 끝난 후 우리는 거실로 돌아갔다. 반 헬싱 박사가 입을 열었다.

"이제 부군 이야기를 들을 차례요."

반 헬싱 박사처럼 박식한 사람 앞에서 이야기를 꺼내려 하니 나를 나약한 바보로 여기면 어쩌나, 또 기이한 일기 내용 때문에 조너선을 광인으로 여기면 어쩌나 싶어 겁났다. 말하기가 망설여졌다. 그렇지만 박사는 무척 상냥하고 다정한 모습을 보여주었다. 그리고 나를 돕겠다는 약속도 했다. 나는 박사를 믿기로 하고 입을 열었다.

"반 헬싱 박사님, 제가 박사님께 들려드릴 이야기는 너무 괴상해서 저나 제 남편을 비웃으실지도 모르겠어요. 저는 어제부터 계속 의심에 휩싸여서 애가 탈 지경이거든요. 너무 이상한 이야기를 제가 반쯤 믿는다고 해도 부디 저를 잘 참 아주시고, 멍청하다고 생각하지 말아주셨으면 해요."

반 헬싱 박사의 말이며 태도를 보니 안심이 되었다.

"미나 부인, 내가 얼마나 희한한 일로 여기까지 왔는지 안다면 부인이야말로 웃을 거요. 나는 누군가의 믿음이 아무 리 이상해도 경시해서는 안 된다고 배웠소. 나는 열린 마음 을 가지려고 노력해왔다오. 평범한 일들 말고, 기이하고 특 이해서 스스로 미쳤거나 정신이 나간 건 아닌지 의심하게 만 드는 일들 앞에서 열린 마음을 유지하려고 애썼소."

"감사합니다, 정말 감사해요. 박사님은 제 마음의 짐을 덜어주셨어요. 괜찮으시다면 이 자료를 읽어보시기 바랍니 다. 내용이 긴데, 제가 다시 타자했어요. 보시면 저와 조녀선 의 고통에 대해 알게 되실 거예요. 남편이 외국에 나가 있을 때 겪은 모든 일을 기록한 일기를 타자한 자료입니다. 차마 입에 올릴 엄두가 나지 않네요. 박사님이 직접 읽고 판단할 수 있으실 겁니다. 그리고 다시 저를 만나게 되면, 박사님 생 각을 찬찬히 알려주세요."

자료를 건네자 반 헬싱 박사가 말했다.

"약속하겠소. 그리고 내일 아침, 최대한 빨리 다시 오겠소. 부인과 함께 부군도 뵙겠소."

"조너선은 내일 11시 30분에 올 겁니다. 점심때 오시면 같이 식사도 하고 조너선도 만나실 수 있어요. 오후 3시 34분에 출발하는 급행 기차를 타시면 저녁 8시 전에 패딩턴에 도착하실 수 있어요."

반 헬싱 박사는 내가 기차 시간을 바로 알려주자 놀란 모습이었다. 그렇지만 박사는 내가 엑서터를 오가는 모든 기차의 시간표를 안다는 사실을 모른다. 조너선의 상황이 급할 때 도움이 되려고 다 알아놓았다.

그렇게 반 헬싱 박사는 자료를 가지고 집을 떠났다. 나는 자리에 앉아 생각에 잠겨 있다. 무슨 생각인지도 모를 생각 속에.

반 헬싱이 하커 부인에게 보내는 편지

(인편으로 배달)

9월 25일, 오후 6시

미나 부인께

부군이 쓴 너무나 놀라운 일기를 다 읽었소. 부인은 의혹을 거두고 잠들어도 되오. 일기 속의 사건은 기묘하고 무서운 이야기이긴 하지만 진실이오! 내 삶을 걸고 맹세하겠소. 다른 사람이 그런 일을 겪었다면 더 나쁜 상황에 놓였을 수도 있소. 그렇지만 부인이나 부군은 이제 두려워할 필요가 없다오. 부군은 정말 대단한 사람이오. 남자들을 겪어본 바, 벽을 타고 내려가 그 방으로 한 번도 아니고 두 번이나 들어간 사람은 충격을 입는다고 해도 평생 다친 상태로 살지는 않을 거요. 부군의 사고력과 감성에는 아무 문제가 없소. 아직 만나지 못했지만 맹세할 수 있소. 그러니 마음을 놓으시오. 부군에게 물어볼 것들이 많소. 오늘 만남은 참으로 복된 일이었다오. 한꺼번에 너무 많은 것을 알게 되어 머릿속이 그 어느 때보다도 어질어질하오. 생각을 더 해봐야겠소.

신실한 벗
아브라함 반 헬싱

하커 부인이 반 헬싱에게 보내는 편지

9월 25일, 오후 6시 30분
반 헬싱 박사님께

친절한 편지에 정말 감사드립니다. 제 마음의 무거운 짐을 덜어주셨습니다. 그렇지만 조너선의 일기가 진짜라면, 그 괴물 같은 존재가 이 세상에 실제로 존재하고 거기다 런던에 있다는 말이니 너무나 소름이 끼칩니다. 생각만 해도 겁이 납니다. 지금 편지를 쓰는 동안 조너선에게 전보가 도착했습니다. 오늘 저녁 6시 25분 론서스턴을 떠나 10시 18분에 이곳에 도착한다고 하네요. 그러니 오늘 밤은 겁이 나지 않겠네요. 박사님께 너무 이른 시간이 아니라면, 내일 점심 대신에 오전 8시에 오셔서 아침 식사를 함께 하는 것은 어떨까요? 바쁘시면 10시 30분 기차를 타고 떠나실 수 있어요. 그러면 패딩턴역에 2시 35분에 도착합니다. 답장은 안 하셔도 됩니다. 따로 연락이 없으면 아침에 오신다고 생각하겠습니다.

감사의 마음을 담아
미나 하커.

조너선 하커의 일기

9월 26일 이 일기를 다시는 쓸 일이 없을 줄 알았다. 그렇지만 때가 왔다. 어젯밤 집으로 돌아오니 미나가 저녁 식사를 준비해놓고 있었다. 식사를 하는 동안 미나가 알려주었다. 반 헬싱 박사라는 사람이 찾아왔으며 내 일기와 미나의 일기를 타자한 복사본을 박사에게 건넸다는 것이다. 미나는 그

동안 나를 정말 걱정했단다. 그러면서 내 일기가 진실이라고 말하는 박사의 편지도 보여주었다. 그 편지를 읽으니 새롭게 태어난 기분이다. 그 모든 일이 정말 진짜인지 확신할 수 없어서 그동안 힘들었다. 무력감을 느꼈고, 아무것도 알 수 없는 가운데 불신에 빠져 있었다. 그렇지만 이제 알게 되니 두렵지 않다. 심지어 백작도 두렵지 않다. 런던에 오려고 했던 백작의 계획은 결국 성공했다. 내가 본 사람은 백작이 맞았다. 백작은 더 젊어졌다. 어떻게 된 것일까? 미나가 말하는 대로라면, 반 헬싱은 백작의 정체를 밝히고 잡으러 갈 사람이다. 우리는 늦게까지 앉아서 온갖 이야기를 나누었다. 미나는 지금 옷을 갈아입고 있다. 잠시 후 나는 호텔에 찾아가 박사를 데려올 것이다.

박사는 나를 보고 놀란 듯했다. 박사의 방으로 가서 내 소개를 하자, 박사는 내 어깨를 잡고 빛이 들어오는 쪽으로 얼굴을 돌리게 한 다음 꼼꼼히 살폈다.

"미나 부인은 당신이 병을 앓았다고 했습니다. 충격적인 일을 겪었다고요."

무척 군센 얼굴의 나이 지긋한 남자가 내 아내를 '미나 부인'이라고 다정하게 부르니 재미있었다. 나는 미소를 짓고 대답했다.

"한때 병을 앓았습니다. 충격을 받았고요. 하지만 박사님이 벌써 저를 치료하셨습니다."

"어떻게 말이오?"

"지난밤 박사님께서 미나에게 보낸 편지 덕분입니다. 전계속 의심하고 있었습니다. 모든 일이 현실감이 없었죠. 심지어 내가 직접 겪은 일인데도 믿어야 할지 알 수 없었습니다. 무엇을 믿어야 할지, 어찌해야 할지도 몰랐습니다. 그래서 이제껏 습관처럼 해온 일을 계속하는 수밖에 없었습니다. 그렇지만 일도 소용이 없었습니다. 저 자신을 불신했지요. 박사님은 모든 것을 의심하고 심지어 자신조차 의심하는 상태가 어떤 것인지 모르시겠죠. 아뇨, 모르실 겁니다. 그런 눈썹을 하신 분은 아실 수 없어요."

박사는 기분 좋은 모습으로 웃으며 말을 꺼냈다.

"조너선 씨는 관상학자시군. 이곳에 오니 매번 새로운 것을 배우게 되오. 아침 식사를 함께 하게 되어 정말 기쁘오. 나 같은 늙은 사람이 이런 칭찬을 해도 괜찮을지 모르겠지만, 당신은 부인 덕분에 복 받은 사람 같소."

나는 박사가 온종일 미나를 칭찬해도 들을 생각이 있었다. 그래서 그냥 고개를 끄덕이고 입을 다물었다.

"미나 부인은 우리 인간이 들어갈 수 있는 천국이 있고 그 천국의 빛이 지상에도 내려올 수 있음을 보여주기 위해 하느님께서 손수 빚으신 사람입니다. 이토록 의심 많고 이기적인 시대에 미나 부인처럼 정말 진실하고 상냥하며 고귀하고 이타적인 사람이 있는 거요. 그리고 선생, 나는 루시 씨가 받은 편지들을 다 읽었소. 선생 이야기를 나눈 편지도 몇 통 있었소. 지난 며칠 동안 다른 사람에게 듣고 당신에 대해 알게 된 셈이오. 그렇지만 당신의 진짜 모습은 지난밤에 알았소. 나를 도와줄 뜻이 있소? 당신과 평생 친구가 되고 싶소."

우리는 악수를 했다. 진심이 묻어나는 친절한 박사의 모습에 목이 멜 정도였다.

"이제, 부탁 하나 해도 되겠소? 내겐 막중한 의무가 있다오. 맨 먼저 사실을 알아내야 하오. 당신이 나를 도와줄 수 있소? 트란실바니아로 가기 전에 어떤 일을 겪었는지 말해줄 수 있소? 나중에 다른 부탁을 더 하게 되겠지만, 일단 지금은 이렇게 부탁드리오."

"박사님, 박사님께서 하셔야 하는 일이 백작과 관계 있습니까?"

"그렇소."

반 헬싱은 근엄하게 말했다.

"그렇다면 저는 심혈을 기울여 박사님을 돕겠습니다. 박사님이 10시 30분 기차를 타러 가신다면, 자료를 읽을 시간이 모자랄 겁니다. 그렇지만 제가 종이 뭉치를 드릴 테니, 가지고 가셔서 기차에서 읽으시면 됩니다."

아침 식사를 끝낸 후 나는 반 헬싱 박사를 역까지 배웅했다. 헤어지면서 박사가 말했다.

"나중에 연락하면 미나 부인과 함께 런던으로 와주면 좋겠소."

"부르신다면 함께 가겠습니다."

나는 반 헬싱 박사에게 조간신문과 지난밤 런던의 석간신문을 주었다. 기차가 출발하기를 기다리며 객차 창문으로 이야기를 나누는 동안, 박사는 신문을 훑어보았다. 그러다 어떤 기사에서 별안간 무언가를 찾아낸 것 같았다. 종이 색을 보니《웨스트민스터 가제트》같았다. 박사의 얼굴이 하얗게 질렸다. 무언가 열심히 읽으며 혼잣말을 했다.

"말도 안 돼! 세상에! 이렇게나 빨리!"

이때 반 헬싱 박사는 내 존재를 잊은 것 같았다. 곧바로 기적 소리가 울리고 기차가 움직였다. 그제야 내 생각이 났는지 박사는 창문 밖으로 몸을 내밀어 손을 흔들었다.

"미나 부인에게 안부를 전해주시오. 최대한 빨리 연락하겠소."

수어드 박사의 일기

9월 26일 마지막 같은 것은 존재하지 않는 모양이다. '끝'이라고 쓴 지 일주일도 지나지 않았는데, 다시 일기를 쓰기 시작했다. 같은 기록을 계속 남긴다고 해야 할까. 오늘 오후까지는 무슨 문제가 있다고 생각할 이유가 없었다. 렌필드는 사실상 전처럼 멀쩡한 모습으로 돌아왔다. 이미 파리 모으는 단계를 지났고, 거미 단계를 막 시작했다. 그래서 말썽을 빚을 일은 없었다. 아서가 일요일에 쓴 편지를 받았다. 편지를 보니 아서는 아주 잘 버티는 것 같았다. 퀸시 모리스가 곁에 있어서 무척 힘이 되는 모양이다. 퀸시는 활기가 뿜어져 나오는 샘 같은 사람이니 말이다. 퀸시도 아서가 예전의 쾌활한 모습을 되찾기 시작했다고 내게 전해왔다. 그래서 그들은 이제 걱정하지 않아도 된다. 나 자신은 예전처럼 일을 열정적으로 붙잡고 있다. 가엾은 루시가 내게 남긴 상처가 아물고 있다고 말할 수 있겠다. 그렇지만 모든 일이 다시 시작되었고 결말이 어떨지는 하느님만이 아시리라. 반 헬싱 선생 본인도 그 결말을 안다고 생각하는 것 같다. 그렇다 해도 선생은 호기심을 돋우기 위해 자신이 아는 것을 조금씩만 알려줄 것이다. 그는 어제 엑서터로 가서 하룻밤 머물렀다. 오늘 돌아온 그는 내 방으로 거의 뛰어들다시피 들어오더니 어제 저녁에 나온《웨스트민스터 가제트》를 내 손에 쥐여주었다.

"자네 생각은 어때?"

반 헬싱 선생은 뒤로 물러나 팔짱을 끼며 말했다.

나는 신문을 살펴보았다. 선생의 질문이 무슨 뜻인지 정말 알 수 없었다. 선생은 내게서 신문을 가져가더니 햄스테드에서 누군가의 꼬임에 넘어간 아이들에 관한 기사를 가리켰다. 나는 별생각 없이 기사를 읽다가, 아이들의 목에 작은 구멍이 생겼다는 대목을 읽게 되었다. 불현듯 어떤 생각 하나가 떠올라서 고개를 들었다.

"어때?"

"루시와 비슷하네요."

"그럼 자네 생각은 어떤가?"

"분명 이유가 같을 겁니다. 루시의 목에 상처를 낸 어떤 존재가 아이들에게도 상처를 냈겠네요."

"둘러말하면 자네 말이 맞지만, 직접적인 이유는 그게 아니야."

나는 반 헬싱 선생의 대답을 이해할 수 없었다.

"무슨 뜻이죠, 선생님?"

나는 반 헬싱 선생의 심각한 모습을 좀 가볍게 받아들이고 싶었다. 어쨌든 속이 아플 만큼 불안하던 상황에서 벗어나 나흘 동안 쉬었더니 활기를 찾고 있었던 것이다. 그렇지만 선생의 얼굴을 보니, 정신이 번쩍 들었다. 선생은 가엾은 루시 때문에 절망했던 때보다 더 준엄한 얼굴이었다.

"말씀해주세요! 짐작도 안 가네요. 무슨 생각을 해야 할지도 모르겠고 실마리를 찾을 자료도 없습니다."

"그렇다면 존, 자네는 가엾은 루시의 죽음이 전혀 수상하지 않았다는 말인가? 그렇게 많은 단서가 있었는데도 말이야. 여러 사건에서도 실마리가 나왔고, 나도 실마리를 제시했는데."

"엄청난 상실감이나 심한 출혈로 인한 신경쇠약이라고 생각했습니다."

"그렇다면 피는 어떻게 잃어버린 걸까?"

나는 고개를 저었다. 반 헬싱 선생이 다가와 내 곁에 앉았다.

"자넨 똑똑한 사람이야, 존. 합리적으로 사고하고, 대담한 생각도 던질 줄 알지. 그렇지만 편견에 사로잡혀 있어. 눈에 보이는 대로, 귀에 들리는 대로 따라가지 않지. 그리고 일상의 삶 바깥에 있는 것들은 말이 안 되는 일이고. 자네가 이해할 수 없는 것들이 존재한다고 생각하지 않나? 그리고 누군가는 볼 수 없어도 누군가는 볼 수 있는 것이 존재한다고 생각하지는 않아? 옛것이든 새것이든 보통 사람의 눈으로는 해석이 안 되는 것들이 있어. 다른 사람들이 알려준 것만 알거나 혹은 안다고 생각하는 사람들은 알 수 없는 것들이지. 모든 것을 설명하고 싶어 하는 것은 우리 과학의 결점이야. 그리고 설명이 안 되면, 설명할 수 없는 것은 존재하지 않는다고 해버리지. 그런데 우리 주변에는 매일 새로운 믿음이 자라나고 있어. 믿는 사람들이야 새롭다고 믿겠지만, 사실은 새로운 척하는 오래된 믿음일 뿐이야. 나이 든 여성들이 오페라 극장에 가면서 잘 차려입고 젊은 척하는 것처럼. 자넨 영혼이 육신을 옮겨가는 현상을 믿지 않지? 영혼이 육신으로 변하는 현상도 안 믿을 것이고. 영체(靈體, '영적인 몸'이라는 뜻으로, 육체에 깃들어 있으며 육체와 똑같은 형태의 영혼을 가리킨다-옮긴이)도 안 믿겠지. 독심술도 그렇고. 또 최면술도 안 믿겠고."

"아뇨. 최면술은 프랑스의 신경학자 샤르코가 아주 잘 증명해냈으니까요."

선생은 빙긋 웃더니 말을 이었다.

"그러면 자넨 샤르코의 설명을 납득하겠군. 그런가? 물론 최면술이 어떻게 작동하는지 잘 알 것이고, 안타깝게도 더는 이 세상에 없는 위대한 샤르코처럼 자네 또한 최면술이 어떤 원리인지, 환자의 영혼에 어떻게 영향을 미치는지 이해하겠군. 그건 아닌가? 존, 자네는 그저 사실만 받아들이고 전제에서 결론이 나기까지 중간 과정은 모르는 상태라고 봐도 되나? 아닌가? 그럼 말해주게. 나도 뇌를 공부하는 사람이라 자네가 최면술은 받아들이고 독심술을 기각한 이유가 궁금하네. 존, 전기를 발견한 사람들이 보면 불경스럽다고 볼 일들이 오늘날 전기 과학 분야에서 일어나고 있다는 사실을 알고 있나? 불과 얼마 전이라도 그런 일을 했다가는 마법사라고 화형당했겠지. 인생에는 언제나 불가사의한 일이 일어나. 므두셀라는 900년을 살았고, 장수로 유명한 노인 토머스 퍼는 169년을 살았어. 그런데 루시는 남자 네 명의 피를 받아들였는데도 왜 하루밖에 더 살지 못했을까? 하루만 더 살았다면 우리는 루시의 생명을 구할 수 있었어. 자넨 이 모든 삶과 죽음의 불가사의를 알고 있나? 비교해부학에 대해서는 잘 알고 있나? 어떤 사람은 짐승과 비슷하고 어떤 사람은 아닌 이유를 말할 수 있나? 어떤 거미는 크기도 작고 바로 죽는한편, 오래된 스페인 성당 뾰족탑에 수백 년을 살면서 몸집이 점점 더 커져서 나중에는 기어 내려와 교회 등불의 기름을 다 마실 지경이었다는 거미도 있다는데 그 이유를 아나? 남미의 대초원이나 다른 어딘가에는 밤에 나타나 소나 말의혈관을 찢어 피를 다 빨아 먹는 박쥐들이 있다는데 왜일까? 서쪽 바다의 어느 섬에는 거대한 열매나 꼬투리처럼 나무에종일 매달려 있는 박쥐가 있다네. 갑판에서 더위를 탄 선원들이 잠들면 휙 날아든다지. 그러면 선원들은 아침에 하얗게변한 채 죽어서 발견된다는 거야, 루시 씨처럼."

"세상에, 선생님."

나는 깜짝 놀라 외쳤다.

"지금 루시가 그런 박쥐 같은 존재에게 물렸다는 말씀이신가요? 그리고 19세기 런던에 그런 존재가 있다고요?"

반 헬싱 선생은 내게 가만있으라는 뜻으로 손을 내젓고 말을 이었다.

"거북이는 왜 사람이 몇 세대 사는 시간보다 더 오래 사는지 설명해줄 수 있나? 코끼리는 왕조가 시작되어 끝이 날 때까지 오래 살고, 앵무새는 고양이나 개가 물거나 다른 병이 있어도 죽지 않는데 그 이유를 설명해줄 수 있나? 시대와 장소를 막론하고 조건만 맞는다면 영원히 사는 사람들이 있다고 다들 믿고 있어. 죽지 않는 여자와 남자가 있다고 믿는다는 말이야. 수천 년 동안 바위틈에 갇혀 사는 두꺼비가 있다고 과학이 입증한 경우도 있어. 한 마리만 겨우 들어갈 수 있는 구멍에서 아주 옛날부터 살아왔다는 거야. 인도의 고행자는 스스로 죽은 다음 묻어달라고 한다네. 무덤을 봉인하고 밀알을 뿌려서 밀이 자라면 수확을 하지. 또 자라면 또 수확하고 그렇게 농사를 짓다가, 사람들이 봉인을 제거하면 고행자는 안 죽고 그곳에 누워 있다가 전처럼 일어나서 걸어 다닌다는 거야."

여기서 나는 반 헬싱 선생의 말을 잘랐다. 점점 더 갈피를 잡을 수가 없었다. 자연의 온갖 기기괴괴한 일들이며 불가능한데도 현실에서 벌어지는 일들이 마음속에 가득해서, 상상력에 불이 붙은 기분이었다. 선생은 암스테르담의 연구실에서 그랬듯이 내게 무언가 가르치는 것 같았다. 그렇지만 그때는 무엇을 가르치는지 말해주었기 때문에 그냥 그 생각을 하면 됐다. 그렇지만 지금은 그런 도움이 없다. 나는 선생의 말을 이해하고 싶었다. 그래서 입을 열었다.

"선생님, 저를 제자로 다시 받아주십시오. 가르치시는 내용의 명제를 알려주시면 선생님 설명에 따라 그 지식을 적용해볼 수 있을 것 같습니다. 지금은 제정신이 아닌 광인처럼 마음속에서 갈팡질팡하고 있습니다. 경험 없이 안개 낀 늪지대에 들어가 헤매는 사람이 된 기분입니다. 어디로 가는지도 모른 채 그저 맹목적으로 앞으로 나아가겠다고 고집하며 이 수풀에서 저 수풀로 뛰어다니는 거죠."

"좋은 예를 들었군. 그럼 말해주겠네. 내 논지는 이거야. 자네가 믿어주었으면 해."

"무엇을 믿나요?"

"믿을 수 없는 것들을 자네가 믿어주었으면 한다는 거야. 예를 들면 이렇다네. 어느 미국인은 믿음을 이렇게 정의한다고 들었네. 믿음이란 '진짜가 아니라고 알고 있는 것들을 사람들이 믿도록 하는 것.' 우선, 이 정의를 따라가보겠네.

이 사람의 말뜻은 우리가 열린 마음을 가져야 하고, 거대한 진실이 밀어닥칠 때 작은 진실 조각이 그 흐름을 가로막아서는 안 된다는 거야. 작은 돌이 철길을 다니는 화차를 막으면 안 되는 것처럼. 자, 우리는 먼저 작은 진실을 얻었어. 좋아. 우리는 그것을 계속 품고 가면서 소중히 여길 거야. 그렇지만 동시에 그것만 가지고 우주의 모든 진실을 판단해서는 안 되겠지."

"그럼 선생님은 어떤 기이한 문제를 대할 때 제가 선입견 때문에 열린 마음을 저버려서는 안 된다고 생각하시는군요. 이제는 선생님의 가르침을 잘 이해했나요?"

"역시 자넨 내 수제자야. 가르치는 보람이 있어. 이제 이해할 의지가 생겼으니, 이해를 위한 첫 발걸음을 내디딘 것이지. 자네는 지금 아이들 목에 작은 구멍을 낸 자가 루시 씨의 목에도 구멍을 냈다고 생각하고 있어."

"그렇다고 생각합니다."

반 헬싱 선생은 자리에서 일어나 엄숙하게 말했다.

"그럼 자넨 틀린 거야. 그렇기만 하면 얼마나 좋겠나. 하지만 슬픈 일이야. 상황은 훨씬, 훨씬 더 나쁘다네."

"반 헬싱 선생님, 대체 무슨 이야기를 하십니까?"

내가 외쳤다.

반 헬싱 선생은 절망에 사로잡힌 듯 의자에 털썩 주저앉았다. 그러고는 책상에 팔꿈치를 올리고 손으로 얼굴을 가리며 말했다.

"아이들의 상처는 루시 씨의 짓이라네!"

15장

수어드 박사의 일기

(계속)

분노가 치밀어 올라 잠깐 정신을 차릴 수가 없었다. 살아 있는 루시가 선생에게 얼굴을 얻어맞은 것 같았다. 나는 책상을 세게 내리치며 일어나 선생에게 쏘아붙였다.

"반 헬싱 박사님, 지금 제정신이신가요?"

선생은 고개를 들어 나를 바라보았다. 그 얼굴에 깃든 부드러움을 보니 마음이 가라앉았다.

"차라리 미치는 게 나을 수도 있지. 이런 식의 진실을 견디느니 광기가 차라리 쉽다네. 자, 내가 이 간단한 이야기를 하려고 그렇게 말을 돌린 이유가 뭐겠나. 내가 자네를 평생 미워했기 때문일까? 자네를 괴롭히고 싶어서? 내 생명을, 끔

찍한 죽음으로부터 구해준 자네에게 이제 뒤늦게 복수하려
고 그러는 걸까? 그럴 리가 없지."

"죄송합니다. 선생님."

"자, 난 자네가 충격을 되도록 받지 않았으면 했어. 자네
는 그 어여쁜 여성을 사랑했으니까. 그렇지만 아직도 자네가
내 말을 믿으리라 기대하지는 않아. 접해보지 못한 진실은
어떤 것이든 바로 받아들이기 어렵지. 언제나 불가능하다고
믿어왔는데, 갑자기 가능하다고 하면 의심할 수밖에. 게다가
루시 씨 같은 사람이 그런 짓을 저질렀다는 사실을 받아들이
기는 더욱 어렵겠지. 확실한 사실이네, 슬프게도. 오늘 밤 나
는 그 사실을 증명할 작정이네. 나와 같이 가겠나?"

나는 깜짝 놀랐다. 그런 사실을 증명하고 싶은 사람이
있을까. 바이런은 질투하는 사람은 예외라고 했다.

그리고 그는 가장 혐오하던 그 진실을 입증하네.(바이런의 시
『돈 후안』의 구절을 변형해서 인용했다-옮긴이)

반 헬싱 선생은 망설이는 내 모습을 보고 입을 열었다.

"이번에는 간단해. 안개 낀 늪지 속 수풀을 뛰어다니는
광인처럼 생각하지 않아도 된다네. 만일 사실이 아니면, 우
리는 안심해도 되겠지. 아무리 나쁜 상황이라도 해가 되지는

않을 테니까. 그렇지만 사실이라면 정말 두려운 일이야. 그래도 그런 두려움도 도움이 되겠지. 내가 하려는 일에는 믿음이 필요하거든. 자, 어떻게 증명할지 알려주겠네. 먼저 지금 병원으로 가서 그 아이를 볼 거야. 신문에 따르면 아이는 북부 병원에 있는데, 내 친구 빈센트 박사가 거기 있어. 자네도 같이 암스테르담에서 공부했으니까 알 거야. 친구에게는 환자를 보여주지 못한다고 해도 과학자라면 보여줄 수 있겠지. 빈센트 박사에게는 아무 이야기 하지 말고 그냥 연구를 좀 하겠다고 할 거야. 그리고 나서……."

"그리고 나면?"

반 헬싱 선생은 주머니에서 열쇠를 꺼내 들었다.

"우리는 루시가 묻힌 묘지에서 밤을 보낼 거야. 이게 무덤 열쇠야. 아서에게 전해주겠다고 하고 묘지기에게 받아 왔네."

심장이 내려앉는 듯했다. 우리 앞에 무서운 시련이 놓여 있는 것 같았다. 그렇지만 할 수 있는 일이 없었다. 최대한 힘을 짜내, 서두르는 편이 좋겠다고, 벌써 오후가 지나가고 있다고 말했다.

병원에 가보니 아이는 깨어 있었다. 잠을 자고 음식도 먹었고 대체로 잘 회복하고 있었다. 빈센트 박사는 아이의 목에 감은 붕대를 풀어서 구멍 난 상처를 보여주었다. 확실히 루시 목에 났던 상처와 아주 흡사했다. 크기가 더 작고, 가장자리를 보니 갓 생긴 듯했다. 빈센트 박사에게 상처가 생긴 원인을 물었다. 박사는 쥐 같은 동물이 문 것 같다고 대답했다. 그런데 개인적인 생각으로는 런던 북쪽 언덕에 많이 사는 박쥐들의 짓으로 본다고 했다.

"박쥐는 대부분 해롭지 않지요. 하지만 남쪽에서 아주 해로운 야생종이 왔을 수 있습니다. 선원이 집으로 돌아오면서 가져온 박쥐가 탈출했을 수 있죠. 동물원에서 새끼 박쥐가 탈출했을 수도 있고, 흡혈박쥐 새끼가 자라났을 수도 있고요. 아시다시피 가능한 일들이지요. 불과 열흘 전에 동물원에서 늑대 한 마리가 탈출해서, 사람들이 이쪽 지역을 찾아다녔다는 이야기를 들었습니다. 그다음 일주일 동안 햄스테드 히스와 그 근방에서는 아이들이 빨간 모자와 늑대 놀이만 했죠. '예쁜 여자' 사건으로 다들 겁먹기 전까지, 아이들은 축제처럼 흥겹게 놀았던 겁니다. 심지어 이 어린 환자도 오늘 깨어나더니 간호사에게 퇴원해도 되냐고 묻더랍니다. 왜 퇴원하고 싶으냐고 묻자 '예쁜 여자'와 같이 놀고 싶다고 했답니다."

반 헬싱이 말했다.

"그 아이가 퇴원하면 부모에게 잘 지켜보라고 주의를 주었으면 좋겠네. 자꾸 집 밖으로 나가려고 하면 정말 위험하다네. 그 아이가 또 밤에 혼자 있게 되면, 목숨이 위험할지도 몰라. 그래도 아이는 며칠 동안은 계속 입원해야겠지."

"물론 그렇습니다. 적어도 일주일은 머무르게 해야죠. 상처가 낫지 않는다면 더 오래 있게 되겠지요."

우리는 병원에 생각보다 더 오래 머물렀다. 밖으로 나가기 전에 이미 해가 졌다. 반 헬싱은 날이 어두워진 것을 확인하고서 말했다.

"서두를 것 없어. 내 생각보다 더 늦긴 했지만 말이야. 저녁 먹을 만한 곳을 찾은 다음, 할 일을 계속하자고."

우리는 '잭 스트로의 성'이라는 여관에서 저녁을 해결했다. 자전거 여행을 하는 무리와 쾌활하게 떠드는 무리가 있었다. 10시쯤 우리는 여관을 떠났다. 거리는 아주 어둡고 등불이 드문드문 켜져 있었는데 불빛을 벗어나면 어둠이 더 짙어졌다. 선생은 갈 길을 미리 확인해둔 모양이었다. 도통 알수 없는 길을 망설이지 않고 나아갔다. 가면 갈수록 거리에 다니는 사람이 줄었다. 교외 지역을 순찰하는 기마경찰을 마주쳤을 때는 좀 놀라기도 했다. 마침내 우리는 교회 묘지에 도착해서 담을 넘었다. 너무 어두운 탓에 공간 전체가 낯설게 보여서 힘들었지만 웨스턴라 가문의 묘를 찾았다. 선생은 열쇠를 꺼내 삐걱대는 문을 열더니, 뒤로 물러나 내게 먼저 들어가라고 정중히 손짓했다. 무의식적으로 나온 동작 같앗다. 이렇게 으스스한 곳에서 친절하게도 대우해주다니 미묘한 아이러니가 느껴졌다. 선생은 나를 따라 재빨리 들어온 다음 잠금장치가 수동식임을 꼼꼼히 확인하고 주의 깊게 문을 닫았다. 용수철 잠금장치라면 예상치 못한 순간에 문이 잠겨 곤경에 처할 수 있었다. 이어서 선생은 가방에서 성냥갑과 초를 꺼내어 불을 켰다.

낮에 생화로 가득한 무덤을 봤을 때는 아주 울적하고 섬뜩했다. 그런데 며칠 지난 지금은 생각보다 더 비참하고 추해 보였다. 꽃들이 말라 죽어 있었다. 흰 꽃은 거뭇거뭇하고 녹색 잎은 갈색으로 시들었다. 거미와 딱정벌레는 하던 대로 왕성하게 활동하고 있었다. 희미한 촛불 아래로 세월에 색을 잃은 벽돌과 먼지 앉은 모르타르와 축축한 녹슨 쇠와 더러워진 놋쇠와 변색된 은이 보였다. 세상을 떠나는 것은 사람이나 동물의 생명만이 아니라는 생각이 들 수밖에 없었다.

반 헬싱은 순서대로 일을 진행했다. 촛불을 들고 관에 붙은 명판을 읽었다. 촛농이 떨어져 금속판 위에 하얗게 굳었다. 루시의 관을 찾아낸 선생은 가방을 또 뒤적이더니 드라이버를 꺼냈다.

"뭘 하실 건가요?"

"관을 열 거야. 자네도 내 말을 확인하게 되겠지."

선생은 곧 나사를 돌려 뽑더니 관 뚜껑을 열었다. 그 아래 납으로 만든 내관이 보였다. 내겐 감당하기 어려운 상황이었다. 살아 있는 사람이라 치면, 자고 있을 때 옷을 벗기는 일처럼 모욕적으로 보였다. 나는 선생을 막으려고 손을 붙잡기까지 했다. 선생은 이렇게만 말했다.

"이제 알게 될 거야."

이어서 선생은 가방을 또 뒤져 작은 실톱을 꺼냈다. 선생이 납관에 드라이버를 대고 잽싸게 내리치는 바람에 깜짝 놀랐다. 납관에 작은 구멍이 생겼다. 작지만 실톱 끝을 넣기에는 충분했다. 일주일이 지난 시신에서 가스가 나올 줄 알고 나는 문 쪽으로 물러났다. 우리 의사들은 일하면서 겪게 될 위험 상황에 관해 공부해야 하므로, 이런 일에도 익숙할 수밖에 없었다. 그렇지만 선생은 잠시도 손을 멈추지 않았다. 납관의 한 면을 따라 60센티미터쯤 잘랐다. 반대쪽 면도 그렇게 했다. 그렇게 납관의 한쪽 끝이 헐거워지자 선생은 가장자리를 잡고 아래로 당겼다. 그렇게 생긴 틈에 초를 갖다 대더니 안을 보라고 내게 손짓했다.

나는 가까이 다가가서 들여다보았다. 관은 비어 있었다.

너무 놀라서 충격에 휩싸였다. 그렇지만 반 헬싱은 흔들림 없는 모습이었다. 선생은 더욱 확신에 차서 하던 일을 대담하게 계속했다.

"이제 이해할 수 있겠나, 존?"

선생이 질문했다. 끈질기게 물고 늘어지고 싶은 내 안의 본능이 깨어났다.

"루시의 몸이 관 안에 없다는 사실은 알겠습니다. 그렇지만 한 가지만 증명할 뿐이지요."

"그게 뭔가?"

"시신이 여기에 없다는 것이죠."

"훌륭한 논리야, 일단은. 그렇지만 관 속에 왜 없는지 어떻게 설명하겠나?"

"시체 도둑의 짓입니다. 장의사 밑에서 일하는 누군가가 훔쳐 갔을지도 모르고요."

어리석은 소리를 하고 있다는 기분이 들었지만 내가 추측할 수 있는 유일한 현실적인 설명이었다. 교수는 한숨을 쉬었다.

"그래, 증거를 더 모아야겠지. 같이 가자고."

반 헬싱 선생은 관 뚜껑을 다시 덮고 도구들을 다 그러모아 가방에 넣었다. 불을 끄고 양초도 가방에 넣었다. 우리는 문을 열고 밖으로 나갔다. 선생은 문을 다시 닫고 잠근 뒤 열쇠를 내게 건네며 말했다.

"자네가 가지고 있겠나? 확실하게 해두려면 말이야."

나는 웃고 말았다. 기분 좋아서 웃은 건 아니었다. 선생에게 열쇠를 그냥 맡아두라고 손짓했다.

"열쇠는 아무것도 아니죠. 복제할 수 있으니까요. 그리고 저런 잠금장치가 달린 문을 여는 건 어렵지 않아요."

선생은 아무 말 없이 열쇠를 주머니에 넣었다. 그런 다음 내게 묘지 한쪽을 지켜보고 있으면 자신은 다른 쪽을 지켜보겠다고 했다. 나는 주목 한 그루 아래에 자리를 잡았다. 선생의 어두운 형상이 움직이기 시작하더니, 여기저기 자리한 묘석과 나무 사이로 사라졌다.

불침번은 외로운 일이었다. 자리를 잡자마자 멀리서 자정을 알리는 종소리가 들려왔다. 곧 1시가 되고 2시가 되었다. 춥고 불안했다. 이런 일을 시키는 선생도, 따라나선 나 자신도 원망스러웠다. 너무 춥고 졸려서 제대로 지켜볼 수가 없었다. 그렇지만 의무를 저버릴 만큼 졸리지는 않았으므로, 따분하고 괴로운 시간을 보냈다.

주변을 돌아보는데 별안간 허연 선 같은 형상이 눈에 들어왔다. 그것은 루시네 가문의 묘지에서 멀리 떨어진 교회 묘지 한쪽에 있는 주목 두 그루 사이에서 움직였다. 동시에 선생이 감시를 맡은 구역에서 검은 덩어리 같은 것이 나오더니 서둘러 그 흰 형상 쪽으로 향했다. 나도 그쪽으로 갔다. 묘석이며 주변을 난간으로 두른 무덤을 비켜 가야 했다. 그러다 무덤 위로 넘어지기도 했다. 하늘에 구름이 가득하고 멀리서 새벽닭이 울었다. 교회로 가는 길에 드문드문 심어둔 노간주나무들 뒤쪽에서, 희고 흐릿한 형상이 루시네 묘 방향으로 휙 움직였다. 루시네 묘는 나무로 가려 있어서 그 형상이 어디로 사라졌는지는 보지 못했다. 흰 형상을 처음 본 곳에서 부스럭대는 소리가 나더니, 무언가 내게 다가왔다. 반 헬싱 선생이었다. 선생은 자그만 아이를 안아 들고 있었다. 나를 보자 아이를 내 쪽으로 내밀었다.

"이제 이해하겠나?"

"아뇨."

내 말투는 좀 공격적이었다.

"이 아이가 안 보이는 건가?"

"네, 아이가 있죠. 하지만 누가 아이를 여기로 데려왔을까요? 그리고 이 아이도 상처를 입었나요?"

"이제 알게 되겠지."

우리는 함께 교회 묘지에서 나왔다. 교수는 잠든 아이를 계속 안고 있었다.

묘지에서 어느 정도 벗어나 우리는 숲으로 들어갔다. 성냥을 켜서 아이의 목을 확인했다. 긁힌 자국이나 상처 같은 것이 없었다.

"제 말이 맞죠?"

내가 의기양양하게 말했다.

"우리가 적절한 때에 왔나 보군."

반 헬싱 선생은 다행스럽다는 듯 말했다.

이제 아이를 어떻게 할지 결정해야 했다. 우리는 의견을 나누었다. 만일 경찰서에 아이를 데려가면 우리가 밤에 한 일을 설명해야 했다. 적어도 아이를 어떻게 발견하게 되었는지는 진술해야 할 터였다. 그래서 아이를 햄스테드 히스로 데려가기로 했다. 경찰이 오는 소리가 나면, 경찰이 발견하지 못할 리 없는 곳에 아이를 두고 오기로 했다. 그러고는 최대한 빨리 집으로 돌아가자고 결론을 내렸다. 일이 우리 생각대로 잘 풀렸다. 햄스테드 히스의 외곽에서 우리는 기마경찰의 묵직한 말발굽 소리를 들었다. 길에다 아이를 두고 가만 기다리며 관찰했다. 경찰이 불을 이리저리 비추어보다가 아이를 발견했다. 놀란 경찰의 외침을 듣고 우리는 조용히 물러났다. 운 좋게 '스패니어즈'라는 여관 근처에서 마차를 잡아 시내로 돌아왔다.

잠이 오지 않아 이렇게 일기를 쓴다. 그렇지만 몇 시간이라도 잠을 자두어야 한다. 반 헬싱이 정오에 찾아올 예정이다. 선생은 또 다른 원정에 나를 데리고 갈 생각이다.

9월 27일 우리가 적절한 기회를 잡은 시간은 오후 2시였다. 정오에 열린 장례식이 그제야 다 끝나고 뒤늦게 도착한 조문객들이 슬슬 사라졌다. 우리는 오리나무 뒤에서 주의 깊게 상황을 지켜보았다. 교회 묘지 관리인이 문을 잠그고 떠나는 모습을 확인했다. 내일 아침까지 하고 싶은 대로 해도 안전할 터였다. 그렇지만 반 헬싱 선생은 기껏해야 한 시간이면 충분할 것이라고 했다. 모든 일이 현실일지도 모른다는 무시무시한 느낌이 또 들이닥쳤다. 그 어떤 상상을 해봐도 들어맞지 않는 것 같았다. 우리가 저지르고 있는 부정한 일은 분명 법에 저촉될 위험도 있었다. 게다가 다 쓸데없는 짓 같았다. 관을 열어서 일주일 전에 정말로 죽은 여자의 시신이 있나 확인해본 것도 터무니없는데, 그 관을 또 열어본다니 어리석기 그지없게 느껴졌다. 이미 우리 눈으로 직접 관이 비었다는 것을 확인했는데도 말이다. 그래도 나는 어깨를 으쓱하고 가만히 있었다. 반 헬싱은 누가 항의를 하든 제 갈 길을 가는 사람이었다. 선생은 열쇠를 꺼내 묘지 문을 연 다음, 지난번처럼 내게 먼저 들어가라고 정중히 손짓했다. 그곳은 어젯밤처럼 무시무시하지는 않았다. 하지만 햇빛이 비쳐 드니 형언할 수 없이 누추해 보였다. 선생은 다시 루시의 관으로 걸어갔고 나는 뒤를 따랐다. 선생은 몸을 숙여 납관의 한쪽 가장자리를 잡아당겼다. 놀라움과 당혹스러움이 머리끝과 발끝으로 빠르게 퍼져나갔다.

루시가 관 속에 누워 있었다. 장례식 전날 밤에 본 모습 그대로였다. 오히려 그때보다 더 아름답고 환한 모습이었다.

그가 죽었다는 사실을 믿을 수가 없었다. 입술은 전보다 더 새빨갛고 뺨도 발그레했다.

"무슨 속임수라도 쓰셨나요?"

"이제 이해가 되나?"

반 헬싱 선생은 손을 뻗었다. 죽은 루시의 입술을 집어 올려 하얀 이가 드러나게 했다. 나는 몸서리쳤다.

"보라고. 전보다 더 날카로워졌어. 여기, 그리고 여기를 보라고."

반 헬싱 선생은 송곳니 하나와 그 아래 이를 건드렸다.

"이것으로 아이들을 물었겠지. 이제 믿겠나, 존?"

다시 한번 내 안에서 반박하고픈 본능이 깨어났다. 나는 반 헬싱 선생이 주장하는 이 엄청난 생각을 도무지 받아들일 수가 없었다. 그래서 부끄러움을 느끼면서도 반박에 나섰다.

"어젯밤 누가 루시를 여기로 옮겨놓았을 수도 있죠."

"그래? 그렇다면, 누가 그랬지?"

"모르죠. 누군가 그랬겠죠."

"루시는 죽은 지 일주일이 되었어. 일주일 된 시체는 대체로 이런 모습이 아니야."

나는 이 말에는 대답할 수 없어서 입을 다물었다. 반 헬싱 선생은 내 침묵을 눈치채지 못한 것 같았다. 어쨌든 선생은 분한 기색도 승리감도 내비치지 않았다. 대신 죽은 여자의 얼굴을 뚫어지게 바라보고 있었다. 눈꺼풀을 뒤집어 눈동자를 확인해보고, 입술을 한 번 더 뒤집어 올리고 이를 확인했다. 그런 다음 고개를 돌려 내게 말했다.

"자, 루시 씨에게는 이제껏 알려진 것과는 다른 점이 하나 있어. 그리 흔치 않은 이중적인 상태야. 루시 씨는 몽유병 상태에서 의식이 없을 때 흡혈귀에게 물렸어. 아, 자네는 놀라는군. 몰랐겠지만 나중에 알게 될 거야. 아무튼 무의식 상태라서 흡혈귀가 피를 더 많이 빨아 먹기에 아주 좋았을 거야. 의식이 없는 상태에서 루시는 죽었고, 그렇게 '언데드'가 되었어. 그래서 루시는 여느 존재와는 달라. 보통 언데드가 집에서 잠들어 있을 때는 말이야."

반 헬싱은 흡혈귀의 '집'이란 무엇인지 지적하려고 팔을 들어 내저었다.

"그들이 잠든 모습은 흡혈귀 티가 나. 그렇지만 루시는 보통의 언데드와는 달리, 언데드가 아니었던 시절의 무척 아름다웠던 모습을 하고 있네. 사악한 구석이 없지. 그러니 잠든 상태에서 죽이기가 무척 힘들겠어."

이 말을 듣자 피가 차게 식었다. 내가 반 헬싱 선생의 주장을 받아들이고 있다는 생각이 들기 시작했다. 그렇지만 루시가 정말로 죽었다면, 그런 그를 다시 죽인다니 너무나 끔찍한 일 아닐까. 선생은 나를 바라보았다. 내 얼굴에 나타난 생각의 변화를 확인했는지, 거의 반기다시피 하며 말했다.

"이제 내 말을 믿나?"

"그렇게 갑자기 밀어붙이지 마세요. 선생님 말씀을 받아들일 생각입니다. 그럼 이 엄청난 일을 어떻게 하실 건가요?"

"시신의 머리를 자르고 입속에 마늘을 넣을 거야. 그리고 몸에 말뚝을 박을걸세."

사랑했던 여자의 몸을 그렇게 훼손하겠다는 말에 나는 전율했다. 하지만 생각만큼 그렇게 충격을 받지는 않았다. 사실 나는 반 헬싱이 언데드라고 부르는 이 존재 자체에 소름이 끼치고 혐오감이 들기 시작했다. 사랑은 이토록 주관적인 것일까. 아니, 객관적이라고 해야 하나.

나는 반 헬싱이 작업을 시작하기까지 한참 기다렸다. 그런데 선생은 생각에 빠진 듯 서 있기만 했다. 그러다 가방을 딱 소리 내며 잠갔다.

"어떻게 하는 것이 최선인지 계속 생각했고, 결정을 내리긴 했어. 지금 마음 같아서는 그냥 해야 할 일을 하고 싶네. 그렇지만 이번이 끝은 아니고, 잘 몰라도 천 배는 어려운 일이 계속 이어질 거야. 간단해. 루시는 아직 다른 사람의 생명을 빼앗지는 않았어. 시간문제긴 하지만. 그러니 지금 행동에 나서면 루시가 위협적인 존재가 되지 못하도록 영원히 막을 수 있을 거야. 그런데 우리는 아서의 도움이 필요하게 될

지도 몰라. 만일 그렇게 되면, 아서에게 이 일을 어떻게 말하지? 자네만 하더라도, 루시 목에 난 상처를 보았고 그 상처가 병원에 입원한 아이의 상처와 비슷하다는 사실도 알게 되었어. 어젯밤에는 비어 있던 관에 오늘은 시신이 누워 있고 게다가 그 시신이 죽기 일주일 전보다 더욱 아름다운 장밋빛을 띤 모습인 것도 보았고. 그리고 어젯밤 그 흰색 형상이 아이를 교회 묘지로 데려온 사실도 알고 있지. 그렇게 직접 확인했는데도 믿으려 하지 않았어. 그런 터에 이런 사실들을 하나도 모르는 아서가 내 말을 믿을까? 루시가 죽어가는 동안 아서는 루시에게 입맞춤하려 했어. 내가 못 하게 막자 아서는 나를 의심했지. 그래도 아서는 내가 뭔가 잘못 생각해서 응당 자신이 해야 할 작별 인사를 막았다고 여겼어. 그렇게 착각했기 때문에 나를 용서한 거야. 상황이 이러니 우리가 루시를 죽였다고 아서에게 전하면, 아서는 우리가 오해해서 루시를 산 채로 매장했다고 생각할지도 몰라. 그리고 루시를 죽게 한 것은 우리가 저지른 최악의 실수라고 생각할 수도 있고. 아서는 잘못된 우리 판단 때문에 루시가 죽었다고 우기게 될 거야. 그렇게 그는 영원히 불행해질 수 있어. 아무것도 믿을 수 없게 될 테니, 가장 나쁜 상황이지. 나중에도 아서는 사랑했던 여자가 산 채로 묻혔다고 생각하곤 하겠지. 연인이 얼마나 힘들어했을지 생각하며 악몽에 시달리기도 할 거야. 또 그러다가 우리 말이 맞을지도 모른다고 생각할 수 있어. 그토록 사랑했던 연인이 언데드였다고 결국에는 받아들이는 거지. 이렇게 오락가락하게 되면 곤란해. 언젠가 아서에게 언데드 이야기를 한번 꺼낸 적이 있어. 나는 그 이후로 많은 것을 깨쳤지. 이제 이 모든 것이 진실임을 깨달았으니 십만 배는 더 잘 알게 되었어. 아서는 단물을 구하려면 쓴물을 건너가야 해. 안쓰러운 일이지. 진실을 알면, 하늘이 무너지는 듯한 충격을 마주하게 되겠지. 그런 다음 우리는 선한 사람 모두를 위해 행동할 수 있을 것이고 아서도 평화를 찾을 거야. 결심했어. 이제 이곳을 떠나자고. 자넨 오늘 밤 병원으로 돌아가 별일 없는지 살펴보게. 나는 묘지에서 밤을 보내면서 할 일을 하겠어. 내일 밤 10시에 버클리 호텔로 오게. 아서에게, 그리고 수혈을 했던 훌륭한 미국 청년에게도 오라는 전갈을 보내겠네. 나중에 다 같이 할 일이 있을 거야. 일단 자네와 피커딜리까지 가서 저녁을 먹겠네. 해가 지기 전에 다시 돌아와야 하니까."

우리는 묘지 문을 잠그고 밖으로 나왔다. 교회 묘지의 담을 넘는 일은 이제는 그리 힘들지 않았다. 우리는 마차를 몰아 피커딜리로 떠났다.

버클리 호텔에서 반 헬싱이 존 수어드 박사에게 보내려고
작성한 메모로 여행 가방 속에 있었음

(전달되지 않음)

9월 27일

존에게

혹시나 해서 이렇게 글을 남기네. 나는 혼자 묘지에 갈 거야. 언데드가 된 루시가 오늘 밤 밖으로 나가지 못하게 할 생각이야. 그러면 다음 날 더 나가고 싶어 안달이 나겠지. 그러니 마늘과 십자가처럼 루시가 좋아하지 않을 것들을 걸어 묘지 문을 봉쇄할 거야. 루시는 아직 언데드가 된 지 얼마 되지 않아서 이런 것들에 신경을 쓰겠지. 그렇지만 이것들은 루시가 나가지 못하도록 막을 뿐, 안에 계속 머물게 할 수는 없어. 언데드는 어떤 식이든 가장 손쉬운 길을 필사적으로 찾아다니니까. 해가 지면 다시 해가 뜰 때까지 근처에서 지켜볼 생각이야. 새로운 사실을 알게 될지도 몰라. 난 루시 씨를 걱정하지 않아. 루시 씨가 무섭지도 않고. 그렇지만 루시 씨를 언데드로 만든 존재는 무덤을 찾아내어 은신처로 삼을 힘을 가지고 있어. 그자는 교활해. 이제껏 그자가 루시 씨의 생명을 가지고 우리를 농락하다가 결국 우리를 이긴 사실만 봐도 그렇고, 조너선 씨의 경험을 통해서도 알 수 있지. 언데드는 여러 면에서 강하다네. 그자는 아귀힘만 해도 남자 스무 명과 맞먹는 데다, 심지어 우리 네 사람이 루시 씨에게 준 힘까지 가져가버렸지. 또 늑대나 우리가 잘 모르는 존재들을 부릴 수 있어. 그러니 그자가 오늘 밤 묘지에 온다면 나를 찾아내겠지. 그렇지만 다른 존재들은 날 찾지 못할 거야. 뒤늦게 찾아낼지도 모르지만 말이지. 그런데 그자가 오지 않을 수도 있어. 굳이 묘지에 와야 할 이유는 없으니까. 언데드 여성이 잠들어 있고 이 늙은이가 감시하고 있는 교회 묘지보다 그자의 사냥터에 사냥감이 훨씬 많겠지.

그러니 혹시나 해서 이렇게 글을 남기네. 가방 안에 있는 자료들을 모두 챙겨주게. 하커 부부의 일기장과 나머지 것들을 가져가서 읽게. 그리고 그 어마어마한 언데드를 찾아내어 머리를 자르고 심장을 불태우거나 심장에 말뚝을 박아버리게. 그러면 세상은 평화를 되찾을 거야.

만일 그런 일이 생긴다면, 이것이 작별 인사라네.

반 헬싱

수어드 박사의 일기

9월 28일 하룻밤 푹 잤더니 상태가 아주 좋다. 어제 나는 반 헬싱 선생의 터무니없는 생각을 거의 받아들일 뻔했다. 그렇지만 상식적으로 볼 때 인류에 너무 어긋나는 일이라 소름이 끼치기 시작했다. 선생이 그 생각을 믿고 있는 것은 확실하다. 혹시 선생의 정신이 이상해진 것은 아닐까. 이 모든 불가사의한 일은 어떤 식으로든 합리적으로 설명할 수 있을 것이다. 선생이 직접 그 일을 했을 가능성은 없을까? 선생은 말도 안 되게 머리가 좋은 사람이라서 진짜로 머리가 이상해졌다면 본인이 고집하는 믿음을 증명하기 위해 계획을 훌륭하게 실행할 수 있다. 이런 생각은 하고 싶지도 않다. 반 헬싱 선생이 미쳤다니, 현실에서 거의 일어나기 힘든 일이리라. 어쨌든 나는 선생을 주의 깊게 관찰할 것이다. 이 불가사의를 풀 실마리를 얻을지도 모른다.

9월 29일, 아침   어젯밤, 10시가 되기 조금 전에 아서와 퀸시가 반 헬싱 선생의 호텔 방에 도착했다. 선생은 우리가 해주었으면 하는 일을 설명했다. 특히 아서에게 찬찬히 말했다. 우리 의지가 아서에게 모인 것처럼. 선생은 우리가 자신과 함께 가주기를 바란다고 말하며 이야기를 시작했다.

"이 일에는 막중한 의무가 있기 때문이네. 내 편지를 받고 분명 놀랐을 텐데."

이 말은 바로 고덜밍 경을 향한 것이었다.

"그랬습니다. 잠시 혼란스러웠습니다. 최근 들어 집안에 너무나 힘든 일이 계속 일어나서 더는 별일 없기를 바랐거든요. 박사님 말씀이 어떤 뜻인지 궁금하기도 했습니다. 퀸시와도 이야기를 나누어보았습니다만, 이야기할수록 더 헷갈리더군요. 지금은 뭐가 뭔지 정말 하나도 모르겠습니다."

"저도 마찬가지입니다."

퀸시 모리스가 간결히 대답했다.

"그럼 두 사람은 시작점에 더 가까이 온 거야. 존은 시작점에 오려면 한참 먼 길을 돌아와야 할 것 같네."

내가 말 한마디 하지 않았는데도 반 헬싱 선생은 내가 예전에 품었던 의혹에 다시 사로잡힌 상태임을 눈치챘다. 선생은 두 사람 쪽으로 몸을 돌려 아주 심각하게 말했다.

"오늘 밤 나는 선의에서 어떤 일을 할 텐데 여러분의 허락이 필요해. 무리한 부탁이긴 하네. 어떤 부탁인지 알게 되면, 그것이 얼마나 무리한지 깨닫겠지. 그러니 아직 모르는 상태에서 일단 내 제안을 허락해주겠다고 약속할 수 있겠나? 솔직히 말하자면, 한동안 내게 화가 날 수는 있어. 그래도 자책할 일은 없을 거야."

"어쨌든 솔직하시네요."

퀸시가 끼어들었다.

"제가 책임지겠습니다. 취지는 잘 모르겠지만 박사님이

정직한 분인 것은 확실합니다. 제겐 그것으로 충분합니다."

퀸시의 말에 반 헬싱은 만족한 모습으로 말했다.

"고맙네. 자네 같은 사람을 믿을 수 있는 친구로 두었다니 영광이야. 이렇게 나를 지지해주니 고맙네."

선생이 손을 내밀자 퀸시가 맞잡았다.

그때 아서가 입을 열었다.

"반 헬싱 박사님, 스코틀랜드 속담 중에 '자루 속의 돼지 사기'라는 말이 있습니다. 잘 모르면서 물건을 산다는 뜻이라는데 저는 이런 상황은 전혀 반기지 않습니다. 신사로서 제 명예나 기독교도로서 제 믿음에 걸리는 일이라면, 저는 약속할 수가 없습니다. 박사님의 뜻이 이 둘을 해치지 않는다고 확인해주시면, 저도 당장 동의하겠습니다. 정말이지 박사님이 어떤 일을 하시려는 건지 전혀 모르겠습니다."

"자네의 조건을 받아들이겠네. 만일 내가 하는 일을 비난해야 할 것 같으면 먼저 잘 생각해보고 조건에 어긋나는지 그렇지 않은지 생각해주었으면 하네. 그뿐이야."

"좋습니다. 그렇게 하면 공정하네요. 이제 사전 논의가 끝났으니, 우리가 어떤 일을 할지 여쭤봐도 됩니까?"

"나와 함께 킹스테드의 묘지로 비밀리에 갔으면 해."

아서의 얼굴에 그늘이 졌다. 그가 놀랍다는 듯 말했다.

"루시가 묻힌 곳 말씀인가요?"

반 헬싱 선생이 고개를 끄덕이자 아서가 말을 이었다.

"묘지에 간 다음에는요?"

"안으로 들어갈 거야."

아서가 벌떡 일어났다.

"박사님, 진심이신가요? 아니면 그냥 괴이한 농담을 하셨나요? 죄송합니다만, 박사님은 진심 같군요."

아서는 다시 자리에 앉았다. 그렇지만 단호하고 당당한 자세로 앉은 그 모습은 품위를 지키려는 사람의 것이었다. 침묵이 흘렀다. 아서가 다시 질문했다.

"그럼 그 안에서는요?"

"관을 열 거야."

아서가 분노하며 다시 일어섰다.

"너무 지나치십니다. 합리적인 일이라면 무엇이든 받아들일 생각입니다. 그렇지만 이건, 무덤 훼손을, 그것도 하필……."

아서는 분노로 목이 멨다. 반 헬싱 선생은 안타까워하며 아서를 바라보았다.

"자네가 고통을 모면하도록 할 수 있다면, 난 그렇게 할 거야. 그렇지만 오늘 밤 우리는 가시밭길을 가야 하네. 그렇지 않으면 훗날, 자네가 사랑하는 사람의 발은 영원히 불길을 걷게 될 거야."

아서는 하얗게 굳어버린 얼굴로 반 헬싱 선생을 쳐다보았다.

"박사님, 지나치십니다. 지나치세요!"

"내 말을 다 들어보는 것이 좋지 않을까? 그러고 나면 적어도 내가 어디까지 하려는지 알게 될 테니. 계속 이야기할까?"

"그러시는 게 좋겠습니다."

모리스가 끼어들었다.

잠시 후 반 헬싱이 말을 이었는데, 고심하는 모습이 또렷했다.

"루시 씨는 죽었어. 그렇지? 그렇다면 루시 씨에게 그릇된 일을 할 수는 없지. 그런데 만일 죽지 않았다면……"

아서가 펄쩍 뛰듯 일어섰다.

"세상에, 대체 무슨 말씀이신가요? 무슨 실수라도 있어서 루시가 산 채로 묻혔다는 말씀인가요?"

아서는 괴로움에 휩싸인 채 신음했다. 희망조차도 달랠 수 없을 괴로움이었다.

"루시가 살아 있다는 말이 아니야. 그런 생각은 아니라네. 루시가 죽지 않고 언데드가 되었을 수 있다는 이야기야."

"언데드? 살아 있지 않으면서? 그게 무슨 뜻이죠, 박사님? 제가 지금 악몽을 꾸고 있나요? 아니면 대체 무슨 이야기인가요?"

"세상에는 불가사의한 일들이 있지. 추측만 할 수 있고, 세월이 지나도 전부가 아니라 일부분만 풀리는 불가사의야. 자, 우리는 그런 불가사의한 일 앞에 선 거야. 아직은 행동에 나서지 않았어. 내가 죽은 루시 씨의 머리를 잘라도 되겠나?"

"절대 안 될 일입니다!"

아서는 분노를 쏟아냈다.

"세상이 어떻게 바뀌어도 죽은 루시의 시신을 훼손하는 일은 허락하지 않을 겁니다. 반 헬싱 박사님, 제게 너무 심하십니다. 제가 박사님께 뭘 어떻게 했기에 저를 이렇게 괴롭히십니까? 그 가련하고 착한 사람이 뭘 어떻게 했기에 무덤에 그렇게 모욕을 주려 하십니까? 그런 말씀을 하시다니 박사님은 정신이 나가신 건가요? 아니면 그 말을 듣는 제가 미친 건가요? 시신 모독은 생각도 마십시오. 박사님이 어떤 일을 하든 동의하지 않을 것입니다. 저는 그런 모욕으로부터 루시의 무덤을 지킬 의무가 있습니다. 반드시 그렇게 할 겁니다."

자리에 앉아 있던 반 헬싱 선생은 이제 일어나, 진중하고 엄격한 어조로 말했다.

"고덜밍 경, 나 또한 의무가 있네. 다른 사람들을 위한 의무이자 자네를 위한 의무이고 또 죽은 자를 위한 의무야.

반드시 그 의무를 지킬 거야. 일단 나와 같이 가서 한번 확인해보자고. 거기서 내가 똑같은 요청을 했을 때, 의무를 다하려는 자네의 열망이 내 열망보다 절실하지 않다면, 그땐 내 의무를 다하겠네. 그런 다음 자네 뜻에 따르겠네. 자네가 원한다면 언제 어디서든 상황을 설명하겠네.”

반 헬싱 선생의 목소리가 약간 갈라졌다. 이어지는 목소리에는 안타까움이 가득했다.

“하지만 내게 너무 화내진 말아주었으면 하네. 긴 인생을 살아오며 그리 달갑지 않은 일을 종종 했지. 마음이 뒤틀리듯 괴로운 일을 겪기도 했고. 그렇지만 이번처럼 힘든 일은 처음이라네. 나에 대한 자네의 마음이 바뀌는 때가 온다면, 그때 자네가 나를 보는 표정이 이 모든 슬픈 시간을 지워버리겠지. 난 자네의 슬픔을 거둬들이기 위해 할 수 있는 모든 일을 할 테니까. 생각해보게. 왜 내가 이렇게 고생하고, 또 마음 아파하겠나? 나는 좋은 일을 하려고 고향을 떠나 이곳으로 왔어. 처음에는 내 친구 존을 기쁘게 해주고 싶었고, 그 다음에는 그 소중한 여성을 돕고 싶었어. 나는 루시를 아끼게 되었어. 말을 꺼내려니 좀 부끄러운 일이지만, 그래도 이야기를 털어놓는 것이 좋을 것 같아서 말하겠네. 자네가 피를 주었듯이 나도 내 피를 주었다네. 자네처럼 연인으로서 준 것이 아니라, 오로지 의사이자 친구로서 준 것일세. 난 루시를 위해 밤이고 낮이고 모든 시간을 바쳤어. 그가 죽기 전에도 그랬고 죽은 후에도 그랬지. 이제 그가 죽어서 언데드가 된 지금이라도, 내 죽음이 도움이 된다면 기꺼이 죽을 생각이네."

선생은 아주 진중하면서도 당당하게 말했다. 그 말에 무척 감동받은 아서가 선생의 손을 잡고 더듬더듬 말했다.

"생각만으로도 힘들고 이해도 안 되지만, 그래도 선생님과 같이 가서 지켜보겠습니다."

16장

수어드 박사의 일기

(계속)

우리가 낮은 담을 넘어 교회 묘지 안으로 들어간 시간은 자정이 되기 딱 15분 전이었다. 어두운 밤이었다. 하늘을 빠르게 흐르는 두꺼운 구름 사이로 간간이 달빛이 새어 나왔다. 우리는 바짝 붙어 움직였다. 반 헬싱 선생이 길을 안내하느라 약간 앞서 나갔다. 웨스턴라 가문의 묘 가까이 왔을 때 나는 아서를 바라보았다. 쓰라린 기억이 가득한 곳에 가까이 왔으니 마음이 어지러울 것 같았다. 그렇지만 아서는 잘 견디고 있었다. 지금 우리 앞에 있는 불가사의한 일이 슬픔을 누르고 있는 모양이었다.

선생이 문을 열었다. 우리가 각자 나름의 이유로 들어가기 망설이자, 선생은 상황을 타개하기 위해 먼저 안으로 들어갔다. 우리가 따라 들어가자, 선생은 문을 잠갔다. 이윽고 선생은 문을 닫아 걸고 불빛 가리개가 달린 등불을 켠 다음 루시의 관을 가리켰다. 아서는 주저하며 앞으로 나섰다. 선생이 내게 말했다.

"자넨 어제 나와 함께 여기 있었으니 말해보게. 관에 루시 씨의 시신이 있었나?"

"그렇습니다."

선생은 다른 사람들에게 고개를 돌리며 말했다.

"자, 들었지. 그렇지만 나를 믿지 않는 사람이 아직도 있군."

선생은 드라이버를 써서 관 뚜껑을 다시 열었다. 그 광경을 본 아서는 얼굴이 하얗게 질렸지만 입을 다물었다. 뚜껑이 열리자 아서는 앞으로 나섰다. 분명 관 속에 납관이 있는 줄 몰랐거나 적어도 납관 생각은 하지 않았던 것 같았다. 납관의 갈라진 틈을 본 아서의 얼굴에 잠시 피가 몰렸지만, 바로 싹 가셔서 낯빛이 유령처럼 다시 창백해졌다. 여전히 그는 입을 다물고 있었다. 선생은 납관의 한쪽 끝을 젖혔고, 안을 들여다본 우리는 움츠러들었다.

관은 비어 있었다!

몇 분간 침묵이 흘렀다. 퀸시 모리스가 그 침묵을 깼다.

"박사님, 저는 아까 박사님을 믿겠다고 했지요. 그런데 지금 상황은 설명이 좀 필요한 것 같습니다. 보통은 이런 요청을 드리지 않을 겁니다. 박사님을 의심하는 듯한 말로 욕되게 하고 싶지 않으니까요. 그렇지만 지금 이 불가사의한 상황은 명예나 불명예를 따질 처지가 아닌 것 같습니다. 박사님이 하신 일입니까?"

"맹세컨대 나는 루시의 신성한 시신을 옮기지도 않았고 손도 대지 않았다네. 어떤 일이 일어났는지 설명하겠네. 이틀 전 밤에 수어드 박사와 나는 여기 왔어. 선의로 온 것이니 믿어주게. 나는 밀폐된 관을 열었어. 그런데 지금처럼 비어 있었어. 그러다가 밖에서 지켜보았더니, 하얀 형상이 나무 사이를 지나갔어. 다음 날 낮에 다시 와보니 시신이 관에 들어 있었고. 그렇지, 존?"

"그렇습니다."

"그날 밤 우리는 적절한 때에 묘지에 있었어. 아이가 한 명 더 사라진 상황이었는데, 무덤 사이에서 상처 없이 발견되었거든. 다행스러운 일이지. 어제는 내가 해 지기 전에 이곳에 왔어. 언데드는 해가 져야 움직일 수 있거든. 해가 뜰 때까지 밤새도록 기다렸지만 그 어떤 움직임도 못 봤어. 내가 문에 달린 경첩 위에 언데드가 싫어하는 마늘이며 여러 가지를 두어서 그럴 가능성이 커. 어젯밤에는 언데드가 관에서 빠져나가지 않았고, 오늘 밤에는 해가 지기 전에 마을과 다른 물건들을 치웠더니 이렇게 관이 빈 거야. 조금만 더 기다려주면 좋겠네. 지금껏 있었던 일도 아주 이상했지. 밖에서 나와 함께 기다리면 듣도 보도 못한 이상한 일이 일어날 거야. 밖으로 나가자고."

반 헬싱은 등불 가리개를 닫고 문을 열었다. 우리가 차례로 나오고 선생이 맨 마지막으로 나온 다음 문을 잠갔다.

무시무시한 지하 무덤을 벗어나니, 밤공기가 무척 신선하고 맑게 느껴졌다. 경주라도 하듯 하늘을 이리저리 흘러다니는 구름 사이로 반짝이는 달빛이 얼마나 아름다워 보이는지. 기쁨과 슬픔이 오가는 인생과도 같다는 생각이 들었다. 죽음과 부패의 기운으로 더러워지지 않은, 신선한 공기를 마시니 너무나 좋았다. 언덕 너머 하늘의 붉은빛을 보고, 저 멀리 북적이는 대도시에서 들려오는 희미한 소리를 듣고 있으니 인간다움을 찾는 기분이었다.

다들 심각하게 분위기에 짓눌린 모습이었다. 아서는 입을 다문 채, 우리가 이러는 목적은 무엇이며 이 불가사의한 일에는 어떤 의미가 있는지 알아내려고 애쓰고 있었다. 나 또한 상황을 웬만큼 받아들이고 있었다. 의심을 거두고 반 헬싱의 설명을 받아들이고 싶은 마음이 제법 생겼다. 퀸시 모리스는 무슨 일이든 침착하고 담대하게, 어떤 위험을 감내

하더라도 받아들일 사람답게 차분했다. 담배를 피울 수가 없는 상황이라 그는 씹는 담배를 적당한 크기로 잘라 입에 넣고 씹기 시작했다. 반 헬싱은 확실하게 일을 진행하고 있었다. 먼저 가방에서 하얀 냅킨으로 조심스럽게 감싼 덩어리를 꺼냈다. 그 안에는 성체용 빵같이 생긴 얇은 비스킷이 들어 있었다. 그다음엔 밀가루 반죽이나 접착제처럼 보이는 허연 덩어리를 두 주먹 꺼냈다. 선생은 성체용 빵 같은 것을 곱게 부순 뒤 반죽 덩어리에 섞어서 주물렀다. 이어서 반죽을 밀어 가느다란 줄 모양으로 만들고는 묘지 문틈이며 주변에 끼워 넣기 시작했다. 나는 좀 어리둥절한 채 반 헬싱에게 다가가 무슨 일을 하는 것이냐고 물었다. 아서와 퀸시도 몹시 궁금해하며 가까이 왔다. 선생이 대답했다.

"나는 지금 묘지를 봉인하고 있네. 언데드가 들어오지 못하게 하는 거야."

"지금 끼워 넣는 그 물질이 언데드를 막는 역할을 하게 되는 건가요? 대단하네요! 게임이라도 하는 건가요?"

퀸시 모리스가 말했다.

"그렇네."

"지금 사용하는 물질은 뭐죠?"

이번에는 아서가 물었다. 반 헬싱은 쓰고 있던 모자를 경건히 들어 보이며 대답했다.

"성체용 빵이라네. 암스테르담에서 가지고 왔지. 내겐 면죄부가 있어."

반 헬싱의 대답은 우리 중 신앙에 회의적인 사람이 있다 해도 깜짝 놀라게 할 터였다. 이 일에 가장 성스러운 물건을 쓸 만큼 중대한 목적이 있다면, 선생을 의심해서는 안 된다고 다들 생각하게 되었다. 우리는 존경하는 마음으로 말없이, 선생이 정해준 묘지 주변에 자리를 잡았다. 그렇지만 누가 와도 우리를 찾지 못하도록 몸을 숨겼다. 나는 다른 친구들, 특히 아서가 안쓰러웠다. 나만 해도 지난번에 무덤을 찾았다가 무시무시한 상황을 보았다. 이미 경험했지만 한 시간 전까지만 해도 선생이 제시한 증거를 물리치려 하지 않았던가. 이제는 가슴이 내려앉는 기분이다. 하얗게 빛나는 묘지가 이렇게 무시무시해 보일 줄 몰랐다. 삼나무며 주목이며 노간주나무가 왜 울적한 장례식을 상징하는지 이제야 알았다. 나무나 풀이 흔들리거나 바스락거리는 소리가 이토록 불길한 적은 처음이었다. 나뭇가지 소리가 이렇게 기이하게 느껴진 것도 처음이다. 저 멀리 밤을 타고 번지는 개들의 울부짖음이 이렇게나 구슬픈 전조로 느껴질 줄 몰랐다.

침묵이 흐르고 마음을 아리게 하는 공허함이 감돌았다. 그러다 반 헬싱 선생의 날카로운 '쉿' 소리가 들려왔다. 선생이 어딘가를 가리켰다. 멀리 주목이 선 길에 흰 형상이 다가

오고 있었다. 희끄무레한 형상은 어두운 색의 무언가를 품에 안고 있었다. 그 형상이 걸음을 멈추었다. 그리고 하늘에 흐르는 구름 덩어리 사이로 달빛이 비친 순간, 수의를 입은 짙은 색 머리의 여자가 뚜렷이 모습을 드러냈다. 얼굴은 볼 수 없었다. 여자가 금발 아이에게 머리를 숙이고 있었기 때문이다. 그렇게 잠시 멈추어 있는 동안 날카롭고 작은 울음소리가 났다. 잠에 빠진 어린아이 소리 같기도 하고, 개가 불가에 누워 잠들 때 내는 소리 같기도 했다. 우리는 앞으로 나가려 했다. 하지만 주목 뒤에 선 반 헬싱 선생이 그러지 말라고 손짓해서 뒤로 물러났다. 이제 그 허연 형상이 우리 쪽으로 다시 다가오고 있었다. 상대의 얼굴을 확실히 볼 수 있을 만큼 거리가 가까워졌고, 달빛이 여전히 비치고 있었다. 심장이 얼어붙는 듯했다. 아서가 숨이 턱 막힌 소리를 냈다. 그것은 루시 웨스턴라였다. 루시이긴 했지만 달라졌다. 상냥한 모습 대신 아주 강력하고 냉혹하고 잔인해 보이는 모습이었다. 순수함은 자취를 감추었고 관능적이고 방탕해 보였다. 반 헬싱은 밖으로 걸어 나가며 손짓했다. 우리도 앞으로 향했다. 우리 넷이 루시네 집안의 묘지 문 앞에 일렬로 섰다. 반 헬싱이 등불을 들고 가리개를 열었다. 환한 빛이 루시 얼굴에 쏟아졌다. 루시의 입술은 신선한 피에 물들어 새빨갛게 변했고 턱에서 흘러내린 피가 면으로 만든 수의를 더럽혔다.

우리는 겁에 질려 부들부들 떨었다. 등불 불빛마저 흔들리는 것으로 보아 강철 같은 신경을 가진 반 헬싱마저 떨고 있는 모양이었다. 내가 옆에 선 아서의 팔을 붙잡고 부축해 주지 않았다면 아서는 분명 쓰러졌을 것이다.

우리 앞의 그 존재는 루시의 형상을 하고 있긴 했으니 일단 루시라고 부르겠다. 루시는 우리를 보더니 분노로 으르렁거리며 뒤로 물러났다. 미처 모르는 사이에 습격당한 고양이가 낼 법한 소리였다. 루시의 시선이 우리를 훑었다. 눈 자체는 모양이며 색깔이며 루시의 것이었지만, 우리가 아는 맑고 부드러운 눈이 아니었다. 탁하고 이글거리는 눈이었다. 그 순간 루시에게 남아 있던 내 사랑이 증오와 혐오로 바뀌었다. 루시를 죽여야 한다면, 기꺼이 그 일을 맡아 야만적인 기쁨마저 느낄 것 같았다. 우리를 바라보는 루시의 눈이 사악하게 번뜩였고 얼굴에는 쾌락에 젖은 미소가 어렸다. 정말이지 너무나 오싹했다. 루시는 그토록 꽉 안고 있던 아이를 이제 악마처럼 냉담하게 아무렇게나 내던져버렸다. 그리고 개가 뼈 앞에서 으르렁거리듯 아이를 향해 으르렁거렸다. 아이는 날카롭게 비명을 지르고는 바닥에 누워 끙끙거렸다. 그 냉혹한 행동에 아서마저도 괴로워 신음했다. 루시가 유혹적인 미소를 지으며 팔을 벌리고 다가가자, 아서는 뒤로 물러나며 얼굴을 손으로 가렸다.

루시는 나른하고 관능적인 매력을 풍기며 아서에게 계속 다가갔다.

"이리 와요, 아서. 저들을 남겨두고 나와 같이 가요. 내 팔은 당신을 원하고 있어요. 우리 함께 쉬어요. 내 남편, 내게 와요."

그 사악하고도 달콤한 목소리는 유리잔을 두드릴 때 나는 쨍한 소리 같았다. 아서 말고 다른 사람들의 머릿속에서도 맴돌았다. 아서는 마법에 걸린 것 같았다. 얼굴에서 손을 떼고 팔을 벌렸다. 루시는 그 팔로 뛰어들려고 했다. 그때 반 헬싱이 앞으로 튀어나와 둘 사이에 작은 금 십자가를 내밀었다. 루시가 십자가에서 물러났다. 그러고는 별안간 분노에 휩싸여 얼굴을 구기더니, 묘지로 들어갈 것처럼 아서를 지나쳐 내달렸다.

그러나 루시는 묘지 입구와 몇 미터 떨어진 곳에서 누군가 저항할 수 없는 힘으로 붙잡기라도 한 듯 우뚝 서버렸다. 루시가 몸을 돌렸다. 환한 달빛과 등불 빛에 루시의 얼굴이 드러났다. 그렇지만 강철 같은 신경의 반 헬싱은 이제 그 모습을 보아도 떨지 않았다. 뜻이 좌절된 루시의 얼굴에는 한 번도 본 적 없는 적의가 가득했다. 언젠가 죽을 인간이라면 다시 볼 일 없을 얼굴이었다. 그 아름답던 안색은 흙빛이 되었고 눈에서는 지옥 불이 번뜩였다. 찌푸린 이맛살은 마치

메두사의 뱀들이 똬리를 튼 것 같은 모양이었다. 피로 얼룩진 어여쁜 입술은 큰 네모꼴로 벌어져 그리스와 일본 연극에서 쓰는 탈의 입이 떠올랐다. 한번 쳐다보기만 해도 죽음을 부를 수 있는 얼굴이 있다면, 우리는 바로 그 얼굴을 보고 있는 것이었다.

루시가 반 헬싱의 손에 들린 십자가와 성체로 봉인된 묘지 입구 사이에 서 있었던 시간은 30초쯤이었지만 영원처럼 느껴졌다. 선생이 침묵을 깨고 아서에게 질문했다.

"자, 내가 할 일을 계속해도 되는지 말해주게."

아서는 무릎을 꿇고 얼굴을 손으로 가린 채 대답했다.

"부디 뜻대로 하세요. 이런 끔찍한 상황은 더는 안 됩니다."

아서는 괴로움에 앓는 소리를 냈다. 퀸시와 나는 아서에게 동시에 다가가 그의 팔을 잡아주었다. 반 헬싱이 등불을 내려놓고 가리개를 내리자 찰칵 소리가 났다. 선생은 묘지 근처로 다가가, 아까 발라둔 그 성체 반죽을 문틈에서 떼기 시작했다. 우리는 겁을 먹고 놀라움도 느끼면서 그 모습을 바라보았다. 반 헬싱이 뒤로 물러나자, 우리처럼 육체가 분명히 존재했던 그 여자는 칼날이나 통과할 그 좁은 틈으로 들어가버렸다. 선생이 침착하게 문틈에 성체 반죽을 다시 메우는 모습을 보니 마음을 내려놓아도 될 것 같아 기뻤다.

일이 끝나자 반 헬싱 선생은 아이를 안아 올렸다.

"자, 내일까지는 더 할 일이 없네. 내일 정오에 장례식이 있을 테니, 식이 끝난 뒤 바로 이곳에 모이자고. 조문객은 2시까지는 다 떠날 거야. 묘지기가 문을 잠글 때 우린 안에 있어야 해. 그러고 나면 할 일이 더 있겠지. 그렇지만 오늘 밤은 아니야. 이 아이는 크게 다치지는 않았어. 내일 밤이면 괜찮아질 거야. 지난번처럼 경찰이 발견할 만한 곳에 두자고. 그러고 우리는 집으로 돌아가세."

반 헬싱이 아서에게 다가가 말했다.

"아서, 자넨 혹독한 시련을 겪었네. 그렇지만 나중에 돌아보면 필요한 일이었음을 알게 될 거야. 지금은 쓴물 속에 있네. 그렇지만 내일 이 시간이 되면 그 쓴물을 벗어나 단물을 마시게 되겠지. 그러니 너무 슬퍼하지 말게. 그 전까지는 용서해달라고 말하지 않겠네."

아서와 퀸시는 나와 함께 집으로 돌아갔다. 우리는 서로 기운을 북돋우려고 노력했다. 아이는 안전한 곳에 두었다. 우리는 지쳤고, 모두 푹 잤다.

9월 29일, 밤 12시가 되기 조금 전, 아서와 퀸시 모리스와 나는 반 헬싱을 만나러 갔다. 우리 모두 합의라도 한 듯 검은색 옷을 입다니 묘한 일이었다. 물론 아서는 아직 상중이라서 검은 옷을 입었을 터였다. 그렇지만 나머지 둘은 자기도 모르게 검은색 옷을 골랐다. 우리는 1시 반쯤 교회 묘지로 가서 관리인들의 감시를 피해 이리저리 걸어 다녔다. 무덤을 파는 사람들이 일을 마치고 나자, 묘지기는 조문객들이 모두 떠났으리라 생각하고 문을 잠갔다. 그렇게 우리가 그곳을 차지했다. 반 헬싱은 늘 가지고 다니는 작은 검정 가방 대신 크리켓 가방처럼 생긴 긴 가죽 가방을 들고 왔다. 꽤 무거워 보였다.

우리만 남은 가운데 교회 묘지를 마지막으로 떠나는 사람들의 발소리가 길 위에서 사라지자, 우리는 지시라도 받은 것처럼 반 헬싱을 따라 루시네 묘지로 향했다. 선생이 문을 열자 우리는 안으로 들어갔고, 선생도 들어오면서 문을 닫았다. 이윽고 선생은 가방에서 등불을 꺼내 불을 붙였다. 양초 두 자루도 꺼내 불을 붙인 다음 촛농을 다른 관들 위에 흘리고 그 위에 양초를 세웠다. 그러자 작업을 진행할 만큼 넉넉히 밝아졌다. 반 헬싱 선생이 루시의 관 뚜껑을 다시 열었고 우리는 그 안을 들여다보았다. 아서는 사시나무처럼 떨었다. 그 안에는 죽었지만 아름다움을 그대로 뿜어내는 시신이 누워 있었다. 그렇지만 내 마음에는 사랑이 하나도 남지 않았고 영혼 없이 루시의 껍데기만 뒤집어쓴 저 역겨운 존재에 대한 혐오만이 밀려올 뿐이었다. 아서의 얼굴조차 딱딱하게 굳었다. 이내 아서는 선생에게 말했다.

"진짜 루시의 시신인가요? 아니면 루시의 몸을 취한 악마인가요?"

"루시의 시신이기도 하고 아니기도 해. 잠시만 기다리게. 그러면 예전의 루시 모습을 볼 수 있을 거야."

관에 누운 것은 루시가 아니라 루시의 악령 같았다. 뾰족한 이, 피로 얼룩진 육감적인 입술은 보기만 해도 오싹했다. 욕정이 가득하고 영혼은 사라진 듯한 그 모습은 루시의 순수함을 사악하게 흉내 낸 모양 같았다. 반 헬싱 선생은 언제나처럼 꼼꼼하게 준비했다. 가방에서 여러 도구를 꺼내어 필요한 순서대로 배치하기 시작했다. 먼저 인두와 땜납을 꺼내고, 작은 호롱도 꺼냈다. 묘지 구석에 호롱을 켜놓으니 파란 불꽃이 일어나며 뜨겁게 타올랐다. 그다음엔 수술용 칼을 꺼내어 바로 집을 수 있는 곳에 두었다. 마지막은 둥근 나무 말뚝과 망치였다. 말뚝은 굵기 6, 7센티미터, 길이 90센티미터쯤이다. 불에 그을린 한쪽 끝은 검고 단단하고 뾰족한 모양이었다. 무거운 망치는 가정에서 석탄 덩어리를 깨는 데 쓸 법한 물건이었다. 나는 의사로서 어떤 수술이든 준비하는 의사를 보면 자극도 받고 기운도 난다. 그렇지만 아서와 퀸시는 이 물건들을 보고 질겁한 모양이었다. 그렇지만 둘 다 용기를 잃지 않고 말없이 조용히 자리를 지켰다.

준비가 끝나자 반 헬싱이 말했다.

"작업하기 전에 알려둘 것이 있네. 이 물건들은 고대인 및 언데드의 힘을 연구한 모든 이에게서 전승된 지식과 경험을 바탕으로 한 것이네. 언데드가 되면 여러 변화를 겪으면서 불멸성이라는 저주에 걸리게 되네. 그들은 죽을 수가 없어. 그런데 시간이 흐르면 새로운 희생자가 계속 나오고 세상의 악도 늘어난다네. 언데드의 먹이가 되어 죽은 자는 또 언데드가 되어 먹이를 노리기 때문이지. 물에 돌을 던지면 잔물결이 번져나가듯 그렇게 언데드가 점점 늘어나는 거야. 아서, 자넨 루시가 죽기 전에 입맞춤하려 했지. 또 어젯밤 루시에게 팔을 벌렸고. 그냥 그대로 갔다면, 자넨 죽고 나서 동유럽에서 '노스페라투'라고 부르는 존재가 되었을 거야. 그렇게 언데드들이 더 많이 생겨나 우리를 두려움에 떨게 하겠지. 이 불행한 여성의 상황은 이제 시작에 불과하다네. 루시가 피를 빤 아이들은 아직 상태가 그리 나쁘진 않아. 그렇지만 루시가 언데드로 계속 살아가게 되면, 아이들은 피를 점점 더 많이 잃게 될 거야. 루시가 힘을 발휘하면 아이들이 제 발로 찾아갈 테고, 루시는 그 사악한 입으로 아이들 피를 빨겠지. 그렇지만 루시가 진정한 죽음을 맞으면, 모든 일이 멈출 거야. 아이들 목에 난 작은 상처도 사라질 것이고, 아이들은 무슨 일이 일어났는지조차 모른 채 원래대로 놀겠지. 무엇보다도 다행인 일은, 이 언데드가 진정한 죽음을 맞이해안식을 얻는다면 우리가 사랑한 가엾은 여성의 영혼이 다시 자유로워진다는 거야. 밤에는 사악한 짓을 하고 낮에는 빨아 먹은 피를 흡수하며 더 타락하는 대신에 천사들 사이에서 자기 자리를 얻게 된다는 뜻이지. 그러니, 그를 자유롭게 할 일 격을 가하는 손은 축복받은 손이 될 거야. 내게 맡긴다면 기꺼이 하겠네. 그렇지만 우리 중에 이 일을 수행할 더 나은 자격을 갖춘 사람이 있지 않을까? 잠이 오지 않는 고요한 밤에 이런 생각을 하게 되면 기쁠 거야. '저 별들의 세계로 그를 보낸 것은 바로 내 손이었어. 그를 가장 사랑한 사람의 손이었지. 그가 직접 선택할 수 있었다면 내 손을 골랐을 거야.' 우리 중에 누가 이런 손을 가지고 있는지 내게 알려주게."

우리 모두 아서를 바라보았다. 아서 또한 우리 시선에 담긴 뜻을 알았다. 우리는 루시를 불경스러운 모습 대신 성스러운 모습으로 되돌려줄 손의 주인을 우정 가득한 눈빛으로 바라보았다. 아서는 손을 떨고 흰 눈처럼 창백했지만 앞으로 나서서 용감하게 말했다.

"선생님, 진정으로 감사드립니다. 제가 어떻게 하면 되는지 말씀해주십시오. 주저하지 않고 하겠습니다."

반 헬싱 선생은 아서의 어깨에 손을 얹었다.

"좋아. 한순간만 용기를 내면 되네. 이 말뚝으로 시신을 꿰뚫어야 해. 무시무시한 시련이 되겠지. 아니라고 말하지는 않겠네. 그렇지만 얼마 걸리지 않을 것이고, 고통이 큰 만큼 그보다 더 큰 기쁨을 얻게 될 거야. 이 울적한 무덤에서 떠날 때는 날아가는 듯한 기분을 맛보게 되겠지. 그렇지만 한번 시작하고 나면 우물쭈물해서는 안 되네. 자네의 진실한 벗인 우리가 곁에 있고, 자네를 위해 계속 기도하고 있다는 사실만 생각하게."

"알겠습니다. 그럼 방법을 알려주십시오."

아서가 쉰 목소리로 말했다.

"이 말뚝을 왼손으로 잡고 심장 위에 그 끝을 올려놓게. 그리고 오른손으로 망치를 잡게. 우리는 망자를 위한 기도를 올릴 거야. 기도서를 가지고 왔어. 내가 읽으면 다른 사람들은 따라 하게. 그럼 자네는 하느님의 이름으로 말뚝을 내리치게. 그것이 우리가 사랑하는 망자를 위한 일이고 언데드는 사라지게 될 거야."

아서는 말뚝과 망치를 집어 들었다. 한번 마음을 정하자 아서의 손은 부들거리지도 흔들리지도 않았다. 반 헬싱이 기도서를 꺼내 읽기 시작했고, 나와 퀸시도 열심히 따라 읊었다. 아서는 말뚝으로 시신의 심장 부위를 겨냥했다. 말뚝 끝에 닿은 흰 피부가 움푹 들어갔다. 아서는 온 힘을 다해 말뚝을 내리쳤다.

관 속의 그것이 꿈틀거렸다. 벌어진 붉은 입에서 추악하고 소름 끼치는 절규가 터져 나왔다. 온몸을 부들부들 떨면서 이리저리 거칠게 뒤틀었다. 날카로운 하얀 이를 악물다가 입술에 상처가 났다. 입에는 선홍빛 거품이 가득했다. 그렇지만 아서는 흔들리지 않았다. 그 굳센 팔을 들어 올렸다 내리며 구원의 말뚝을 점점 깊이 찔러 넣는 모습은 천둥의 신 토르 같았다. 꿰뚫린 심장에서 피가 솟구쳐 흘러넘쳤다. 아서의 얼굴은 굳은 가운데 의무를 다해야 한다는 결의로 빛났다. 그 모습을 본 우리도 용기가 났다. 기도 소리가 작은 지하 묘지에 가득 울렸다.

이윽고 꿈틀거리며 부들부들 떨던 몸은 움직임이 잦아들었다. 이도 더 갈지 않고 얼굴도 떨지 않았다. 마침내 그것은 가만히 누워 있게 되었다. 무시무시한 임무는 끝이 났다.

망치가 아서의 손에서 떨어졌다. 휘청이는 아서를 우리가 부축하지 않았다면 쓰러졌을 터였다. 굵은 땀방울이 아서의 이마에서 떨어졌다. 아서는 숨을 간신히 몰아쉬었다. 정말 어마어마한 부담이었다. 인간에 대한 경의가 없었다면 임무를 완수하지 못했으리라. 몇 분 동안 우리는 아서를 살피느라 관은 내려다보지 않았다. 그러다 관으로 시선을 돌린 순간 다들 깜짝 놀라 속닥댔다. 우리가 너무나 열심히 들여다보고 있으니, 땅에 앉아 있던 아서도 몸을 일으켜 관으로 다가왔다. 우리가 본 광경을 확인한 아서의 얼굴에는 오랜만에 환한 기쁨이 드리웠다. 그동안 두려움으로 울적했던 모습은 사라졌다.

관 속에 누운 존재는 그 괴물이 아니었다. 너무 끔찍하고 혐오스러워서 그것을 파괴하는 일이 선택받은 자의 특권으로 여겨질 정도였는데, 이제는 사라졌다. 루시는 생전 모습으로, 다시없을 아름답고 순수한 얼굴로 누워 있었다. 물론 시신에는 우리가 아는 그대로 근심과 고통과 쇠약함이 남아 있긴 했다. 그렇지만 우리에겐 소중한 모습이었다. 우리가 아는 진짜 루시의 모습이었다. 그 수척한 얼굴이며 몸에 햇빛이 드리우듯 성스러운 고요함이 감돌았다. 영원한 안식을 맞이하게 되었다는 지상의 징표이자 상징 같았다.

반 헬싱은 아서에게 다가가 그의 어깨에 손을 얹으며 말했다.

"자, 아서, 이제는 나를 용서할 수 있겠나."

그동안 느낀 엄청난 부담감에 대한 반작용처럼, 아서는 나이 든 선생의 손을 잡고 입을 맞추며 말했다.

"용서라니요. 사랑하는 제 연인에게 영혼을 돌려주시고 제게 평화를 주셨습니다. 감사드릴 따름입니다."

아서는 반 헬싱의 어깨에 손을 얹고 그의 가슴에 머리를 묻고 가만히 흐느꼈다. 우리는 조용히 서 있었다. 아서가 고개를 들자 반 헬싱이 말했다.

"자, 이제 루시에게 입맞춤해도 되네. 원한다면 죽은 루시의 입술에 키스하게. 루시도 자네가 그러기를 원하겠지. 이제 루시는 이를 드러내며 비웃는 악마가 아니야. 영원히 사는 추악한 존재가 아니라고. 루시는 더 이상 악마의 언데드가 아니라네. 진정한 죽음을 맞이하였으니 그 영혼은 하느님과 함께 있지."

아서는 몸을 숙여 루시에게 입맞춤했다. 이제 반 헬싱과 나는 아서와 퀸시를 지하 묘지에서 내보냈다. 우리는 말뚝을 톱으로 잘라 뾰족한 부분만 시신에 남겨두었다. 그러고는 머리를 자르고 입에 마늘을 채웠다. 그런 다음 납관을 땜질하고 관 뚜껑을 닫았다. 이어서 물건들을 챙겨 들고 나왔다. 선생은 문을 잠그고 아서에게 열쇠를 건넸다.

신선한 공기가 바깥에서 우리를 기다렸다. 햇빛이 반짝이고 새들이 지저귀었다. 온 세상이 새로운 음악을 노래하는 것 같았다. 어디나 기쁨과 즐거움과 평화가 가득했다. 우리가 함께 평온을 찾았기 때문이었다. 복잡한 심정이긴 했지만 어쨌든 우리는 기뻤다.

헤어지기 전에 반 헬싱이 말했다.

"자, 우리 일은 첫 단계가 끝났어. 너무나 가슴 아픈 일이었지. 그렇지만 더 큰 일이 남아 있어. 이 모든 슬픔을 만들어낸 자를 찾아내어 척결하는 일이야. 어디서 찾아야 하는지 단서가 있네. 그렇지만 시간이 오래 걸리고, 어려운 일이야. 위험하고 고통스럽겠지. 모두 나를 도와주지 않겠나? 우린 그자의 존재를 믿게 되었어. 그렇지? 그러니 우리 의무를 모를 수가 없어. 힘들더라도 끝장을 보기 위해 나아가기로 약속해주겠나?"

우리는 차례로 반 헬싱의 손을 잡았다. 그렇게 약속했다. 막 떠나려는데 선생이 말했다.

"내일 밤 저녁 7시에 존의 집에서 같이 식사하세. 두 사람이 새로 올 텐데, 자네들은 아직 그들을 모를 거야. 그 자리에서 우리 일과 앞으로의 계획에 대해 알려주겠네. 존, 자넨 나와 함께 돌아가세. 논의할 것이 많고, 자네 도움이 필요해. 나는 오늘 밤 암스테르담으로 떠날 예정이지만, 내일 밤 돌아올 거야. 그리고 본격적인 여정을 시작할 생각이야. 그렇지만 그 전에 자네들에게 알려줄 것들이 많아. 그래야 자네들은 무엇을 해야 하고 무엇을 조심해야 하는지 알게 되겠지. 그런 다음 마음을 다시 다잡자고. 우리 앞에는 엄청난 임무가 기다리고 있으니까. 일단 쟁기에 발을 올려놓으면 물러날 수 없는 법이지."

17장

수어드 박사의 일기

(계속)

버클리 호텔에 도착하자 반 헬싱 선생 앞으로 전보가 한 통 와 있었다.

기차로 가겠음. 조너선은 휘트비로. 중요한 소식.

미나 하커.

선생은 기뻐했다.

"미나 부인은 대단해. 아주 소중한 사람이지. 미나 부인이 온다고 하는데 나는 떠나야 하니, 부인은 자네 집으로 모셔야 할 것 같아. 자네가 역으로 마중을 갔으면 하네. 전보를 보내면 부인도 상황을 알게 되겠지."

전보를 보내고 반 헬싱 선생은 차를 한잔 마셨다. 차를 마시면서 선생은 조너선 하커라는 사람이 외국에 나가 있을 때 쓴 일기 이야기를 꺼냈다. 그러면서 그 일기와 미나 하커가 휘트비에서 쓴 일기를 타자한 종이 꾸러미를 건넸다.

"이것들을 잘 읽어두도록 하게. 내가 돌아올 무렵이면 모든 사실을 다 파악하게 될 거고, 그러면 조사도 더 잘되겠지. 잘 챙겨두어야 해. 아주 소중한 내용이 담겨 있으니까. 자네는 오늘 같은 일을 겪었어도 믿음을 더 가져야 한다네. 여기 담긴 내용은 말이지."

반 헬싱은 종이 꾸러미 위에 힘 있게 손을 얹었다.

"자네와 나와 여러 사람에게 종말의 시작이 될 수 있어. 이 땅을 활보하는 언데드의 죽음을 알리는 소리가 될 수도 있고. 열린 마음으로 다 읽어보게. 부탁하네. 여기 쓰인 이야기에 자네가 무엇이든 보탤 수 있다면 알려주게. 아주 중요하니까. 자네도 우리가 겪은 이 기이한 일들을 기록해왔어. 그렇지? 그럼 다시 만나서 자료들을 다 살펴보자고."

반 헬싱 선생은 떠날 준비를 마치자 곧장 리버풀 스트리트역으로 갔다. 나는 패딩턴역으로 향했다. 기차 시간 15분 전에 도착했다.

기차가 도착한 플랫폼이 으레 그렇듯, 북적이는 사람들

은 이내 사라졌다. 마중 나온 손님을 놓치면 어쩌나 불안해지기 시작했다. 그때 어여쁜 얼굴에 우아한 인상의 여자가 다가오더니 나를 슬쩍 살폈다.

"수어드 박사님 아니신가요?"

"하커 부인이시군요."

나는 바로 대답했다. 여자가 손을 내밀었다.

"전부터 박사님을 알고 있었습니다. 제 친구 루시가 알려주었거든요. 아……."

하커 부인은 우뚝 걸음을 멈추며 얼굴을 붉혔다. 내 뺨도 붉어졌으니 그렇게 부인에게 무언의 대답을 준 셈이 되었고, 우리 둘 다 마음을 놓았다. 나는 부인의 짐을 들었는데, 그 안에는 타자기도 들어 있었다. 가정부에게 부인이 쓸 거실과 침실을 정리해두라고 전보를 보낸 다음, 지하철에 올라 펜처치 스트리트역으로 향했다.

이내 우리는 내 병원에 도착했다. 하커 부인은 목적지가 정신병원임을 미리 알고 있었지만 그래도 안으로 들어가면서 몸을 살짝 떨지 않을 수 없었다.

하커 부인은 이야기할 것이 많으니 상황이 허락한다면 바로 내 서재로 가도 되느냐고 물었다. 그래서 나는 지금 부인을 기다리며 축음기로 일기를 마무리하고 있다. 반 헬싱이 주고 간 자료들이 앞에 펼쳐져 있는데도 아직 읽을 틈이 없

423

었다. 부인의 관심을 다른 데로 돌리면, 자료를 읽을 기회를 잡을 수도 있다. 부인은 우리가 받은 시간이 얼마나 소중한지, 혹은 우리가 맡은 일이 얼마나 소중한지 모른다. 부인을 놀라게 하지 않도록 조심해야 한다. 부인이 왔다.

미나 하커의 일기

9월 29일　옷을 갈아입고 수어드 박사의 서재로 내려갔다. 문 앞에서 잠시 기다렸는데, 안에서 박사가 누군가와 이야기하는 소리가 났기 때문이다. 그렇지만 박사가 서둘러달라고 말한 기억이 나서 문을 두드렸다. "들어오세요"라는 대답에 안으로 들어갔다.

　놀랍게도 서재에는 수어드 박사만 있었다. 박사의 맞은편 책상에는 축음기로 보이는 물건이 있었다. 나는 축음기를 한 번도 본 적이 없어서 몹시 관심이 갔다.

　"많이 기다리셨다면 죄송합니다. 그런데 저는 문에서 박사님이 누군가와 이야기 나누는 소리를 들었어요. 그래서 다른 사람과 같이 계신 줄 알았죠."

　수어드 박사는 미소를 지었다.

　"그냥 일기를 녹음하고 있었습니다."

"일기요?"

나는 깜짝 놀랐다.

"네, 여기 있습니다."

수어드 박사는 축음기에 손을 얹었다. 너무나 신기해서 나는 이렇게 말해버렸다.

"와, 속기도 이기겠군요! 제가 한번 들어봐도 될까요?"

"물론이죠."

수어드 박사는 선선히 허락했다. 그리고 기기를 작동할 준비를 했다. 그러다 문득 멈추더니 박사의 얼굴에 난처한 기색이 번졌다.

"사실 저는 여기에다 제 일기만 녹음하고 있습니다. 대부분, 거의 대부분이 제 환자 이야기라서 듣기에 좀 거북할 수도 있고……."

박사는 멋쩍게 말하다 그만 입을 다물고 말았다. 나는 당황한 그를 안심시키려고 나섰다.

"박사님은 제 친구 루시가 세상을 떠날 때 보살펴주셨죠. 루시가 어떻게 죽음을 맞이했는지 알려주실 수 있나요? 루시에 관한 것을 뭐든 알게 된다면 정말 감사하겠습니다. 루시는 너무나 소중한 친구였거든요."

놀랍게도 수어드 박사의 얼굴에 두려움이 가득했다.

"루시의 죽음에 관해서요? 그건 알려드릴 수가 없습니

다."

"왜죠?"

무언가 심상치 않았다. 섬찟한 느낌이 들었다. 수어드 박사는 다시 입을 다물었는데, 변명을 만들어내려는 것 같았다. 결국 박사는 더듬더듬 말했다.

"저, 사실은 제 일기에서 특정 부분을 어떻게 찾아내야 하는지 방법을 모릅니다."

수어드 박사는 말하는 동안 무슨 생각이 났는지, 자기도 모르게 목소리를 바꾸어 어린애처럼 순진하게 말했다.

"제 명예를 걸고, 사실입니다. 정말 그래요."

그 말에 나는 미소를 짓지 않을 수 없었다. 수어드 박사는 그런 나를 보고 얼굴을 찌푸렸다.

"일기를 계속 써왔습니다만, 그렇게 몇 개월 동안 기록을 하면서도 찾고 싶은 부분이 있을 때 어떻게 찾을지는 한 번도 생각해보지 않았어요."

이쯤 되니, 루시를 돌본 의사의 일기에, 그 끔찍한 존재에 대한 새로운 정보가 있을 수 있겠다는 생각이 들었다. 그래서 나는 대담하게 말을 꺼냈다.

"수어드 박사님, 박사님의 축음기 일기를 제가 타자하면 어떨까요?"

수어드 박사는 죽은 사람처럼 창백해졌다.

"아뇨, 아뇨, 안 됩니다. 부인이 그 끔찍한 이야기를 알게 할 수는 없어요."

끔찍한 이야기라니 내 직감이 옳았다. 나는 잠시 생각에 잠겼다. 눈으로는 방을 둘러보면서 나를 도와줄 만한 무언가를 무의식적으로 찾았다. 그러다 내가 타자한 일기들을 책상 위에서 발견했다. 수어드 박사의 시선도 무심코 내 시선을 따랐다. 책상 위의 그 꾸러미를 본 박사는 내 뜻을 깨달았다.

"박사님은 저에 대해 모르시죠. 저 자료들은 제가 타자한 제 일기와 남편의 일기입니다. 읽어보신다면 저를 더 잘 아시게 될 겁니다. 저에 관해 다 알았으면 하는 마음에 주저 없이 일기에 제 모든 생각을 기록했습니다. 물론 박사님은 아직 저에 대해 모르시니, 지금 당장 저를 믿어주시길 바라지는 않아요."

루시의 판단처럼, 수어드 박사는 분명 고결한 성품을 지닌 사람 같았다. 박사는 자리에서 일어나 커다란 서랍을 열었다. 그 안에는 검은 밀랍을 바른 금속 원통 여러 개가 정리되어 있었다.

"부인 말씀이 맞습니다. 저는 부인을 잘 몰라서 신뢰하지 않았습니다. 하지만 이제는 부인을 알게 되었네요. 전부터 부인을 알았다면 더 좋았겠지요. 루시가 제 이야기를 부인에게 했다는 사실을 알고 있었습니다. 루시가 제게도 부인이야기를 했거든요. 부인이 일기를 보여주셨으니 저도 보답을 해야겠지요. 이 원통을 가져가셔서 들어보세요. 처음 여섯 개는 제 개인적인 이야기로 부인이 놀랄 내용은 아닙니다. 들어보시면 저에 대해 더 잘 알게 되실 겁니다. 다 들으실 때쯤이면 저녁 식사가 준비될 겁니다. 그동안 저는 이 자료들을 읽도록 하겠습니다. 그럼 정보를 더 구할 수 있겠지요."

수어드 박사는 축음기를 내 거실로 옮겨준 다음 내가 들을 수 있도록 해주었다. 이제 나는 기분 좋은 이야기를 듣게 된다. 한 사람에게서 전해 들은 진실한 사랑 이야기를 축음기를 거쳐서 상대방의 입장으로 듣게 될 것이기 때문이다.

수어드 박사의 일기

9월 29일　나는 하커 부부가 쓴 놀라운 일기에 너무나 빠져들어서 시간 가는 줄도 몰랐다. 하인이 저녁이 준비되었다고 알리러 왔을 때, 하커 부인은 아직 서재로 내려오지 않았다.

"부인은 아직 피곤할 테니 한 시간 있다가 식사를 하기로 해요."

나는 그렇게 대답하고 계속 일기를 읽었다.

하커 부인의 일기를 막 다 읽었을 때, 부인이 서재에 들

428

어 왔다. 아름다운 얼굴은 무척 슬퍼 보이고 눈시울이 불그레
했다. 내 마음도 뭉클했다. 요즘 나는 울고 싶을 만한 이유가
있었으나 눈물로 위안을 구하는 일을 피했다. 그런데 눈물로
반짝이는 저 아름다운 눈을 보니 마음이 바로 움직였다. 그
래서 최대한 부드럽게 말했다.

"제가 부인을 힘들게 했나 봅니다."

"전혀 그렇지 않아요. 그게 아니라 박사님이 느낀 슬픔
이 말로는 다 표현하지 못할 만큼 제 마음에 절절히 와닿았
어요. 이것은 정말 멋진 기계군요. 그렇지만 잔인하리만치
사실적이고요. 기계는 박사님이 느낀 고뇌를 그대로 전했어
요. 전지전능한 하느님께 외치는 영혼의 소리 같았어요. 다
른 누가 또 이 소리를 들을 이유는 없다고 생각해요. 박사님,
저는 유용한 존재가 되려고 노력해왔답니다. 저와 남편의 일
기를 타자했죠. 저 말고 다른 사람이 선생님의 심장 뛰는 소
리를 들을 필요는 없다고 봐요."

"아무도 알 필요 없고, 그렇게 할 생각도 없습니다."

나는 나직한 목소리로 말했다. 부인은 내 손에 자기 손
을 얹더니 무척 진중하게 말했다.

"그렇지만 다른 사람들도 알 필요가 있어요."

"알 필요가 있다고요? 왜죠?"

"선생님의 일기 또한 그 끔찍한 이야기의 일부를 담고

있으니까요. 가엾은 루시의 죽음과 루시를 죽게 한 존재에
대한 이야기요. 우리는 그 소름 끼치는 괴물을 이 땅에서 없
앨 싸움을 앞두고 있어요. 그 싸움을 위해 최대한 모든 지식
과 정보를 얻어내야 합니다. 선생님이 주신 원통은 의도하신
것보다 더 많은 내용을 담고 있는 것 같아요. 다 이해하진 못
했지만, 도통 알 수 없는 이 불가사의한 상황을 밝힐 빛을 품
고 있다는 것은 알 수 있어요. 제가 도움을 드리면 안 될까
요? 저도 어느 정도는 알고 있어요. 선생님은 9월 7일치까지
만 제게 주셨죠. 하지만 불쌍한 루시가 얼마나 시달렸는지,
그런 끔찍한 죽음을 어쩌다 맞이하게 되었는지는 저도 이미
알고 있답니다. 조너선과 저는 반 헬싱 선생을 만난 뒤로 밤
낮으로 일했어요. 조너선은 정보를 더 찾으려고 휘트비에 갔
고, 내일은 우리를 돕기 위해 여기에 올 겁니다. 우리 사이에
비밀이 있을 필요는 없어요. 우리는 정보를 다 공유하고 서
로를 절대적으로 신뢰하며 움직일 때 더 강해질 수 있어요."

부인은 호소하듯 나를 바라보면서도, 용기 있고 단호한
태도를 보였다. 그래서 나는 바로 부인의 바람에 부응했다.

"그렇게 하셔도 됩니다. 제가 그릇된 일을 하는 것은 아
닌지 모르겠네요. 아직 끔찍한 내용이 남아 있어요. 그렇지
만 부인께서 가엾은 루시의 죽음에 대해 알려고 오랫동안 애
쓰셨다니, 다 아셔야 만족하시겠지요. 그래도 사건의 진짜

결말을 아시게 되면 부인께서는 한 줄기 평화의 빛을 얻으실 수 있을 겁니다. 자, 저녁 식사가 준비되었습니다. 우리에게 주어진 임무를 해내려면 힘이 필요합니다. 잔인하고 끔찍한 일이니까요. 식사를 끝내고 나서 나머지를 들으세요. 이해가 안 되는 부분이 있다면 얼마든지 물어보셔도 됩니다. 대답해드리겠습니다. 그때 그 자리에 있던 사람들에게는 아주 확실한 이야기이긴 합니다."

미나 하커의 일기

9월 29일　저녁 식사 후 나는 수어드 박사와 함께 서재로 갔다. 박사는 내 방에 있던 축음기를 가져왔고 나는 타자기를 챙겨 왔다. 그는 내게 편안한 의자를 내주고 축음기를 조정해주었다. 그 덕에 나는 자리에서 일어나지 않고서도 축음기를 만질 수 있었다. 기계를 멈추려면 어떻게 해야 하는지도 배웠다. 박사는 사려 깊게도 내가 마음 편히 들을 수 있도록 내게서 등을 돌리고 의자에 앉았다. 나는 끝이 갈라진 금속 도구를 귀에 가져다 대고 소리를 듣기 시작했다.

　　루시의 끔찍한 죽음과 그 이후의 이야기를 다 들은 나는 힘없이 의자에 몸을 기댔다. 기절하지 않아 다행이었다. 수어드 박사는 나를 보고 깜짝 놀라 소리치며 자리에서 일어나더니, 찬장으로 가서 네모난 병을 다급히 가지고 왔다. 그가 준 브랜디를 조금 마시니 몇 분 뒤에 다시 기운을 차릴 수 있었다. 머릿속이 어질어질했다. 그저 무시무시한 일들이 계속 벌어진 끝에 루시가 평화를 찾았다는 사실만이 한 줄기 빛이 되어주었다. 그 때문에 수선을 피우지 않을 수 있었다. 너무나 기상천외하고 불가사의하고 기묘한 이야기였다. 트란실바니아에서 조너선이 겪은 일을 몰랐다면 박사의 일기도 믿지 않았을 것이다. 사실 어디까지 믿어야 할지 알 수 없었기에 다른 일에 매달리는 방법으로 난처한 상황을 벗어났다. 타자기 덮개를 열고 수어드 박사에게 말했다.

"박사님의 모든 기록을 지금 타자하게 해주세요. 반 헬싱 박사님이 오실 때까지 준비가 되어 있어야 해요. 조너선에게도 전보를 보냈어요. 휘트비에서 런던으로 돌아오면 이곳에 오라고요. 이런 문제에선 날짜가 아주 중요해요. 모든 자료를 모아서 연대기순으로 정리하면, 많은 진척이 있을 겁니다. 고덜밍 경과 모리스 씨도 이곳으로 오고 있다고 말씀하셨죠. 그분들이 도착하시면 내용을 알려드리자고요."

수어드 박사는 축음기가 느리게 돌아가도록 조정해주었다. 나는 일곱 번째 원통을 처음부터 타자했다. 복사지를 써서 복사본을 총 세 부 만들었다. 일을 마치니 늦은 시간이었다. 그동안 회진을 갔던 박사는 일을 마치고 돌아와 내 곁에 앉아서 책을 읽었다. 덕분에 작업을 하면서도 그리 외롭지는 않았다. 박사는 선량하고 자상한 사람이었다. 이 세상에는 괴물도 있지만 좋은 사람도 많다. 서재를 나오기 전, 반 헬싱 선생이 엑서터역에서 석간신문을 읽다 당황했다고 쓴 조너선의 일기가 기억이 났다. 수어드 박사가 신문들을 챙겨놓았길래,《웨스트민스터 가제트》와《펠멜 가제트》묶음을 챙겨 내 방으로 돌아왔다. 예전에 스크랩해두었던《데일리그래프》와《휘트비 가제트》의 기사 덕분에 드라큘라 백작이 휘트비에 왔을 때 벌어진 그 끔찍한 사건을 이해하는 데 도움이 되었다. 그때 이후에 나온 석간신문들을 살펴볼 생각이다. 아마 실마리를 얻을 수 있을 것이다. 잠이 오지 않으니, 일하면 마음이 차분해질 것이다.

수어드 박사의 일기

9월 30일　하커 씨가 9시에 도착했다. 출발 직전에 아내가 보낸 전보를 받았다고 했다. 얼굴을 보니 유별나게 명석하고 활기 넘치는 사람 같다. 하커 씨의 일기가 진실이라면, 그 놀라운 경험으로 추정해보건대 그는 대단한 용기를 가진 사람

일 것이다. 지하 묘지로 두 번이나 내려갔다니 놀라울 만큼
대담한 행위였다. 사실 일기만 봐서는 하커 씨가 아주 남자
다운 사람일 줄 알았다. 그런데 막상 집으로 찾아온 그는 사
업가 느낌이 나는 차분한 신사였다.

얼마 뒤 점심 식사 후 하커 부부는 방으로 돌아갔다. 아까 그
쪽을 지나가다가 타자기 소리를 들었다. 그들은 작업에 전
념하고 있다. 하커 부인은 모든 자료를 연대기순으로 맞추고
있다고 한다. 하커는 휘트비에서 화물을 받은 사람과 런던에
서 화물을 맡은 운송업자가 주고받은 편지들을 가져왔다. 이
제 그는 부인이 타자한 내 일기를 읽고 있다. 그들이 내 일기
를 어떻게 생각할지 궁금하다. 하커 씨가 온다…….
　　병원 바로 옆집이 백작이 숨어 있는 곳이라니, 왜 그 생
각을 못 했을까. 환자 렌필드의 행적에 충분한 실마리가 있
었는데. 그 집의 매매와 관련된 편지들도 타자한 문서와 함
께 있었다. 조금만 더 빨리 저 편지를 구했다면 루시를 살릴
수 있었을 것이다. 그만두자. 자꾸 이런 생각을 하다 보면 광
기가 깃들게 되는 법(『리어왕』에서 인용—옮긴이). 하커는 자기 방
으로 다시 돌아가 자료를 순서대로 정리하고 있다. 그의 말
에 따르면 저녁 무렵이면 모든 자료를 연결해서 하나로 설명
할 수 있단다. 하커는 그때까지 내게 렌필드를 관찰해달라고

했다. 이제껏 렌필드는 백작이 언제 오고 언제 가는지를 알려주는 하나의 지표였다는 것이다. 정말 그런지 아직까진 난잘 모르겠다. 그렇지만 날짜를 확인하면 이해하게 될 것이다. 하커 부인이 축음기의 내용을 타자한 일은 정말 훌륭하다고 본다. 그렇게 하지 않았다면 일이 일어난 날짜를 파악하기가 어려웠을 것이다…….

렌필드를 보러 가니, 상냥한 미소를 짓고서 손을 모은채 조용히 앉아 있었다. 그때는 여느 사람처럼 멀쩡해 보였다. 나는 자리에 앉아 렌필드와 이런저런 이야기를 나누었다. 모두 그가 자연스럽게 받아들일 화제였다. 그러다 렌필드가 집으로 돌아가고 싶다는 이야기를 꺼냈다. 내가 알기로, 이곳에서 지내는 동안 한 번도 꺼낸 적 없는 이야기였다. 렌필드는 당장이라도 퇴원하겠다고 자신만만하게 말했다. 다행히 나는 하커와 이야기를 나누었고, 편지도 읽어보았다. 렌필드가 발작을 일으킨 날짜도 확인했다. 그렇지 않았다면 나는 그를 잠시 지켜보다 퇴원을 허락했을 터였다. 지금으로서는 렌필드가 무척 의심스러웠다. 렌필드가 발작할 때마다백작이 근처에 있었다. 그렇다면 렌필드가 이렇게 만족스러운 모습이라는 것은 무슨 의미일까? 그 흡혈귀가 궁극적으로 승리를 거두리라고 무의식적으로 확신해서가 아닐까? 그러고 보니 렌필드 본인도 동물을 먹는다. 그 버려진 옆집의 예배당 문 앞에서 거칠게 날뛸 때 렌필드는 언제나 '주인'이라는 말을 썼다. 이런 단서들을 고려해보니 우리 생각이 맞는 것 같다. 그렇지만 잠시 후 나는 그곳을 떠났다. 렌필드는 당장은 너무나 멀쩡하게 굴어서, 깊이 캐물을 수가 없었다. 그랬다간 그도 내 속내를 파악하려들지 모른다. 그래서 나는 그의 방에서 나왔다. 지금처럼 차분한 렌필드는 믿을 수가 없다. 나는 간호인에게 환자를 잘 관찰하라고 지시했다. 구속복도 필요할지 모르니 준비해두라고 했다.

조너선 하커의 일기

9월 29일, 런던행 열차에서 휘트비의 빌링턴 씨는 가지고 있는 어떤 정보든 주겠다고 정중히 뜻을 전해왔다. 그 전갈을 받은 나는 휘트비로 직접 내려가 현장에서 원하는 대로 조사하는 것이 가장 좋겠다고 생각했다. 이번 임무는 백작의 그 끔찍한 짐이 런던의 어디로 보내졌는지 알아내는 것이었다. 그 장소를 알면 나중에 대처할 수 있을 것이다. 빌링턴 씨의 아들이 기차역으로 나를 맞으러 왔다. 훌륭한 청년이었다. 그는 아버지의 집으로 나를 데려다주었다. 그들 덕분에 나는 그 집에서 하룻밤을 보내게 되었다. 빌링턴 부자는 요크식으로 나를 환대했다. 손님에게 뭐든 내주고 손님이 원하는 대로 자유롭게 지내도록 해주는 방식이다. 그들은 내가 바쁘고 체류 시간이 짧다는 사실을 알고 있었다. 그래서 빌링턴 씨는 그 상자의 배송과 관련된 모든 서류를 사무실에 미리 준비해두었다. 백작의 사악한 계획을 알기 전 그자의 책상 위에서 본 편지도 한 통 있어서 깜짝 놀랐다. 모든 일은 꼼꼼하고 용의주도하게 계산되었고, 정확하고 체계적으로 진행되었다. 백작은 실제로 일을 진행하다 우연히 맞닥뜨릴 수 있는 방해물도 모두 염두에 둔 것 같았다. '요행수'를 바라지 않았다고 해야 할까. 일이 빈틈없이 진행된 것은 그가 신경 쓴 당연한 결과일 뿐이었다. 나는 화물 송장을 확인하고 기록했다. '흙이 든 상자 50개, 실험 목적으로 사용.' 카터와 패터슨 상사에 보낸 편지와 그 답장도 있어서 복사본을 챙겼다. 빌링턴 씨가 제공할 수 있는 정보는 여기까지였다.

나는 항구로 내려가서 해안경비대와 세관원과 항만 관리소장을 만났다. 그들은 모두 기이하게 입항한 배 이야기를 했다. 그 배는 이미 지역 전설로 자리 잡은 상태였다. 그렇지만 '흙이 든 상자 50개'라는 단순한 설명 말고 추가로 화물에 대해 언급한 사람은 없었다. 그다음에 역장을 만났다. 역장은 친절하게도 실제로 그 상자를 인수한 사람들과 연결해주었다. 그들이 받은 짐은 목록과 일치했다. 그들 또한 상자를 옮기는 일이 '주된 업무였고 상자는 아주 무거웠으며', 상자를 옮기는 동안 갈증이 났다는 말만 했다. 그중 한 명은 일도 고된데 노고를 위로하며 술 한잔 사줄 '당신 같은 신사'가 현장에 없었다고 했다. 또 누군가 한마디 거들기를, 그 일을 하며 갈증이 너무 심해서 한참 뒤에도 완전히 해소되지 않았다고 했다. 두말할 필요 없이, 나는 떠나기 전에 이런 비난의 원인을 영원히, 적절한 방식으로 지워주었다.

9월 30일　휘트비 역장은 친절하게도 킹스크로스역에 있는 오랜 친구인 역장에게 보여줄 편지를 써주었다. 그래서 나는 아침에 킹스크로스역으로 가서 상자의 도착에 관해 질문할 수 있었다. 그 또한 담당 직원들과 연결해주었다. 그들이 가진 기록에도 상자는 50개였다. 이곳에서는 비정상적인 갈증을 느낄 일이 없었을 텐데도 이들 또한 그랬다고 호소했으니, 그들이 겪은 과거의 문제를 해결하는 것은 내 몫이었다.

　　그다음에 나는 카터와 패터슨 상사의 본사로 향했다. 그곳에서도 나를 깍듯하게 예우했다. 그들은 거래장과 서신 발송 대장을 살피며 상자가 처리된 기록을 찾아보았다. 좀 더 자세히 알아보려고 킹스크로스의 사무실에 바로 전화를 걸었다. 운 좋게도 그때 함께 움직인 일꾼들이 대기 중이었고, 사무실에서는 즉시 그들을 내 쪽으로 보내주었다. 카팩스로 상자를 배송한 화물 송장과 서류 들도 챙겨 보냈다. 이번에도 상자 개수는 같았다. 기록된 내용은 많지 않았지만, 상자를 옮긴 일꾼들은 더 자세한 이야기를 해주었다. 그렇지만 대체로 상자를 옮기면서 갈증을 느꼈다는 내용이었다. 이쪽 업계에서 통용되는 화폐인 술로 그 피해를 뒤늦게나마 해소할 기회를 제공하니, 한 명이 이런 말을 했다.

"거는 내가 가본 중에 제일 괴상한 곳이었습니다. 진짜, 100년 넘게 아무도 안 왔다고 해도 과언이 아닐 낍니다. 먼지가 억수로 많이 쌓여 있어 그냥 거서 잠을 자도 안 다치게 생겼습니다. 냄새는 또 얼마나 심하던지. 오래된 예배당도 있었는데 거가 진짜 최악이어서 식겁했습니다. 전부 다 최대한 빨리 그 집에서 나왔습니다. 해가 지고 나면, 돈을 준다 해도 거는 절대 안 갈 낍니다."

나도 경험이 있으니 그 말을 믿을 수 있었다. 그렇지만 내가 아는 티를 내면 그의 요구 사항이 더 늘어날 것 같아서 가만히 있었다.

한 가지 사실은 확실히 알게 되었다. 바르나에서 데메테르호에 실려 휘트비에 도착한 그 상자들은 전부 카팩스의 오래된 예배당으로 안전히 옮겨졌다. 그 이후로 누가 치우지 않았다면 상자 50개가 그대로 있을 것이다. 수어드 박사의 일기에 따르면 상자를 옮겼을 가능성도 있다.

이제 카팩스에서 상자를 옮기다가 렌필드의 공격을 받은 그 일꾼을 만나보겠다. 이 단서를 따라가면 많은 정보를 구할지도 모른다.

얼마 뒤 미나와 나는 종일 작업하여 모든 자료를 순서대로 정리했다.

미나 하커의 일기

9월 30일 너무나 기뻐서 어찌해야 할지 모르겠다. 그동안 두려움이 머릿속을 떠나지 않았다. 이 끔찍한 사건을 다루다가 과거의 상처를 다시 들쑤시게 되면 조너선이 해를 입을지도 모른다고 생각했다. 조너선이 휘트비로 떠날 때 난 되도록 용감한 표정을 지었지만 사실 너무나 불안했다. 그렇지만 내 노력이 조너선에게 도움이 되었다. 그는 어느 때보다 결의에 차고 강인하며 화산처럼 기운이 솟구치는 모습이다. 지난번에 반 헬싱 선생이 조너선은 진정 기개 있는 사람이라 약한 사람은 견디지 못할 압박 속에서 더 강해진다고 했다. 그 말처럼, 돌아온 조너선은 활기와 희망과 투지를 가득 품고 있다. 우리는 오늘 밤 모든 자료를 순서대로 맞추었다. 나는 몹시 흥분해서 마음을 다스릴 수 없다. 우리에게 쫓기는 백작처럼 마구 쫓기는 사람이 있다면 응당 안쓰럽게 여겨야 할 것이다. 그렇지만 그자는 인간이 아니고, 심지어 짐승도 아니다. 수어드 박사가 가엾은 루시의 죽음과 그 이후에 대해 기록한 내용을 읽어보면 마음속 연민이 싹 말라버릴 것이다.

얼마 뒤 고덜밍 경과 모리스 씨가 예상보다 일찍 도착했다. 수어드 박사는 일 때문에 밖에 나갔고 조너선도 함께 나가서 내가 그들을 맞이해야 했다. 무척 마음 아픈 자리였다. 불과 몇 달 전, 루시가 품었던 소망들이 다시 떠올라서 그랬다. 물론 그들은 루시에게서 내 이야기를 들었다. 반 헬싱 박사 또한 내 자랑을 어지간히 했는지, 모리스 씨의 표현에 따르면 '허풍을 떨었다'고 해도 될 모양이었다. 나는 두 사람 다 루시에게 청혼한 사실을 알고 있었는데, 안타깝게도 그들은 내가 안다는 사실을 몰랐다. 그들은 내가 어디까지 아는지 잘 모르다 보니 무슨 말을 해야 할지 어떻게 행동해야 할지 감을 잡지 못했다. 그래서 이도 저도 아닌 이야기만 꺼내야 했다. 그렇지만 생각해보니 두 사람에게 최근까지 우리가 한 일을 알려주는 게 최선이었다. 나는 수어드 박사의 일기를 읽고 루시가 진정한 죽음을 맞이할 때 그들도 함께 있었다는 사실을 알고 있었다. 그러니 이제까지 모은 정보는 거리낌 없이 알려주어도 된다. 그래서 두 사람에게 내가 모든 자료와 일기를 다 읽었고, 남편과 함께 그 자료들을 타자하였으며, 이제 막 순서대로 정리했다고 전했다. 그리고 서재에서 두 사람에게 사본을 한 부씩 주었다. 고덜밍 경은 분량이 꽤 많은 그 원고를 받아 들고 훑어보았다.

"이것을 다 타자하셨다고요, 하커 부인?"

나는 고개를 끄덕였다.

"이렇게 원고를 만드신 뜻은 잘 모르겠지만, 두 분은 정말 훌륭하고 친절하십니다. 진심을 담아 열정적으로 작업하셨군요. 제가 할 수 있는 일은 두 분의 생각을 받아들이고 도와드리는 것뿐이겠네요. 이미 저는 교훈 하나를 얻었습니다. 생애 마지막 순간까지도 인간을 겸손하게 만드는 진실이라면 수용해야 한다는 것이지요. 게다가 부인께서 루시를 아끼셨다는 사실도 알고 있어요."

이때 고덜밍 경은 돌아서서 얼굴을 손으로 가렸다. 목소리가 울먹였다. 모리스 씨는 자기도 모르게 고덜밍 경을 배려해야 한다고 생각했는지, 고덜밍 경의 어깨에 슬쩍 손을 얹은 다음 조용히 방을 빠져나갔다. 여자의 본성은 남자로 하여금 여자 앞에서 무너지는 마음을 거리낌 없이 드러내고 남성성이 훼손될 걱정 없이 연약하고 감상적인 부분을 표출하게 만드나 보다. 고덜밍 경은 나와 단둘이 있다는 사실을 알게 되자 소파에 앉아 완전히 허물어졌다. 나는 고덜밍 경의 곁에 앉아 손을 잡아주었다. 주제넘은 행동은 아니었으면 했다. 고덜밍 경이 그렇게 생각하지 않기를, 설사 그랬다고 해도 나중에는 그러지 않기를 바랐다. 하지만 내 생각이 틀렸다. 고덜밍 경은 절대 그런 생각을 할 사람이 아니다. 신사 그 자체다. 고덜밍 경이 가슴 찢어지게 아파한다는 사실을 깨닫고 나는 그에게 말했다.

"저는 루시를 사랑했어요. 루시가 당신에게 어떤 사람이었고, 당신이 루시에게 어떤 사람이었는지도 잘 알고 있어요. 루시와 저는 자매와 다름없는 사이였어요. 이제 루시는 떠났으니, 당신이 힘들 때 저를 누이처럼 생각해주세요. 저는 당신이 느끼는 슬픔을 잘 알고 있어요. 그 깊이까지 헤아릴 수는 없지만요. 연민과 동정으로 당신의 고통을 덜 수 있다면, 제가 도움을 드리고 싶어요. 루시를 위해서요."

그 가엾은 사람에게 이내 슬픔이 휘몰아쳤다. 이제껏 가만히 참아온 고통이 일시에 배출구를 찾은 것 같았다. 그는 히스테리에 휩싸여, 지독히 비통한 가운데 양손을 위로 들어 손바닥을 마주쳤다. 자리에서 일어났다가 다시 앉기도 했다. 뺨에서 눈물이 흘러내렸다. 고덜밍 경이 너무나 안쓰러워서 나도 모르게 팔을 벌렸다. 고덜밍 경은 흐느끼며 내 어깨에 머리를 기대더니, 북받치는 감정에 부들부들 떨며 지친 아이처럼 울었다.

우리 여자들은 어머니의 마음을 품고 있어, 모성애가 깨어나면 사소한 문제에는 초연해진다. 이렇게 덩치 큰 남자가 깊은 슬픔에 빠진 채 내게 머리를 기대고 있으니, 언젠가 내 품에 안게 될 작은 아기가 생각났다. 그래서 나는 그가 내 아이인 것처럼 머리를 쓰다듬어주었다. 이 모든 상황이 얼마나 이상한지 그때는 몰랐다.

잠시 후 고덜밍 경의 울음이 잦아들었다. 고덜밍 경은 사과하며 몸을 일으켰지만 그래도 감정을 감추지는 않았다. 고덜밍 경은 지난 시간 동안 낮에는 지치고 밤에는 잠을 이룰 수 없었지만 누구에게도 털어놓지 못했다고 했다. 슬픔이 가득한 시간이었지만 그에게 공감해줄 사람, 그와 이야기할 사람이 없었다. 상황 자체가 너무 끔찍해서 터놓고 말을 꺼낼 수 없었던 것이다. 고덜밍 경은 눈물을 훔치며 말했다.

"제가 얼마나 힘들었는지 이제 알겠네요. 그렇지만 제 슬픔을 알아주신 당신의 다정함이 제게 얼마나 큰 의미가 될지 아직은 모르겠습니다. 그 누구도 모르겠지요. 그렇지만 언젠가는 이해하게 될 겁니다. 지금도 감사하지만, 때가 되면 감사한 마음도 더 커지겠죠. 내게 누이 같은 존재가 되어주시겠습니까? 모두를 위해서, 루시를 위해서라도요."

"루시를 위해서."

나는 고덜밍 경과 악수하며 말했다. 그러자 고덜밍 경이 말했다.

"그리고 부인을 위해서. 한 남자의 존경과 감사의 마음이 가치 있는 것이라면, 오늘은 부인이 제 존경과 감사의 마음을 가지셨습니다. 훗날 남자의 도움이 필요한 때 저를 불러주시면, 부름을 헛되이 하지 않겠습니다. 부인의 인생에는 언제라도 햇빛이 들겠지만, 혹시라도 빛이 들지 않는다면 제게 꼭 알려주세요."

고덜밍 경은 진심이었다. 그가 다시 슬퍼진 것 같아 이렇게 대답했다.

"약속할게요."

복도로 나오니 모리스 씨가 창밖을 바라보는 모습이 눈에 띄었다. 모리스 씨가 내 발소리를 듣고 몸을 돌렸다.

"아트는 어떤가요?"

붉어진 내 눈을 보고 모리스 씨가 말을 이었다.

"부인께서 그 친구를 위로해주셨군요. 가엾은 친구……. 그에게는 위로가 필요했어요. 괴로움을 겪는 남자에게는 여자만이 도움을 줄 수 있죠. 그동안 그를 위로해줄 사람이 없었어요."

의연하게 고통을 견디는 모리스 씨를 보니 무척 슬펐다. 그의 손에 내가 만든 자료가 들려 있었다. 다 읽었다면 내가 그 사건에 대해 얼마나 알고 있는지 그도 알았을 것이다. 그 래서 말을 꺼냈다.

"마음 아픈 사람에게 누구나 위로할 수 있다면 좋을 텐데요. 저를 당신의 친구로 받아주세요. 위로가 필요할 때 제가 그렇게 해드릴 수 있어요. 나중에 제가 이런 말을 하는 이유를 아시게 되겠죠."

모리스 씨는 내 진심을 알아보았다. 몸을 숙이고 내 손을 잡아 올려 입을 맞추었다. 용감하고 사심 없는 영혼의 소유자에게 위로를 전하고 싶어서 충동적으로 그에게 입맞춤했다. 모리스 씨의 눈에서 눈물이 솟았다. 잠시 목멘 그는 그래도 침착하게 말했다.

"아가씨, 이렇게 진심으로 친절을 베푸시다니 영원히 후회할 일은 없을 겁니다. 절대로."

이윽고 모리스 씨는 친구가 있는 서재로 걸어갔다.

아가씨라니, 그가 루시를 부르던 호칭이다. 그렇게 그는 내 친구임을 증명한 것이다.

18장

수어드 박사의 일기

9월 30일 5시에 집으로 돌아왔다. 고덜밍 경과 모리스가 먼저 와서 하커와 그의 훌륭한 아내가 정리해둔 여러 일기며 편지 들을 이미 살펴보았다는 사실을 알게 되었다. 하커는 헤네시 박사가 편지에서 언급한 그 일꾼들을 만나러 가서 아직 돌아오지 않았다. 하커 부인이 우리에게 차를 내주었다. 솔직히 이곳에서 산 이래 처음으로 이 오래된 집이 진짜 집처럼 느껴졌다. 차를 다 마시고 나니 하커 부인이 말했다.

"수어드 박사님, 부탁 하나만 드려도 될까요? 당신의 환자 렌필드 씨를 만나보고 싶습니다. 그 환자에 대해 언급하신 부분이 너무나 흥미로워요."

아름다운 하커 부인이 간절히 부탁하니 거절할 수 없었

다. 사실 거절할 이유가 없기도 했다. 그래서 하커 부인과 함께 렌필드의 방으로 갔다. 내가 먼저 들어가 렌필드에게 어떤 부인이 만나고 싶어 한다고 알렸다. 렌필드의 대답은 간단했다.

"왜죠?"

"그분은 이곳을 둘러보고 있어요. 병원의 모든 사람을 만나고 싶어 합니다."

"오, 잘 알겠어요. 뭐, 들어오게 하세요. 내가 정리할 때까지 잠시만 기다리세요."

렌필드의 정리법은 특이했다. 내가 말리기도 전에 상자 속의 파리와 거미를 다 먹어치웠다. 분명 누군가 개입하는 것을 겁내거나 질투하는 것이었다. 렌필드는 그 혐오스러운 일을 다 마친 다음 명랑하게 말했다.

"들어와도 좋아요."

렌필드는 침대 모서리에 앉아 고개를 숙였다. 그렇지만 들어오는 사람을 지켜보기 위해 눈을 치켜떴다. 나는 잠시 렌필드가 살의를 품지는 않았는지 의심했다. 렌필드가 서재로 와서 나를 공격했을 때만 해도, 직전에는 정말 차분했다. 그래서 혹시나 렌필드가 하커 부인을 공격할 때를 대비해 그를 곧바로 잡을 수 있는 위치에 섰다. 하커 부인은 어떤 광인이라도 존중할 법한 편안하고 우아한 모습으로 들어왔다. 편

448

안함이야말로 광인들이 가장 존경하는 특징들 가운데 하나다. 하커 부인은 렌필드에게 다가가 기분 좋은 미소를 지으며 손을 내밀었다.

"안녕하세요, 렌필드 씨. 수어드 박사님을 통해 말씀 많이 들었습니다."

렌필드는 바로 대답하지는 않았다. 대신 얼굴을 찡그린 채 하커 부인을 머리부터 발끝까지 살펴보았다. 놀란 표정을 짓다 이내 미심쩍어했고, 깜짝 놀랄 만한 말을 했다.

"박사님이 결혼하고 싶어 한 그 여자는 아니죠, 그렇죠? 그럴 수가 없죠. 그 여자는 죽었으니까."

하커 부인은 상냥하게 미소 지었다.

"그럼요. 저는 남편이 있습니다. 결혼한 다음에 수어드 박사님을 만났죠. 저는 하커 부인입니다."

"그럼 여기에 왜 왔나요?"

"제 남편과 저는 수어드 박사를 만나러 왔습니다."

"그럼 더는 여기 있지 마세요."

"왜죠?"

이런 식의 대화는 하커 부인에게 달갑지 않을 것 같았다. 그래서 대화에 끼어들었다.

"내가 결혼하고 싶어 했다는 사실을 어떻게 알았나요?"

렌필드는 내게로 시선을 돌렸다가 다시 하커 부인을 보

았다. 잠시 입을 다물고 있던 렌필드가 경멸조로 대답했다.

"정말 터무니없는 질문이군."

"전혀 그렇지 않은 것 같은데요, 렌필드 씨."

하커 부인이 바로 내 편을 들었다. 렌필드는 나를 경멸한 꼭 그만큼 부인에게는 아주 예의 바르게 대답했다.

"당연히 하커 부인께서는 이해하시겠죠. 우리 박사님처럼 사랑받고 존경받는 사람 이야기라면 이 작은 병원에서는 무조건 흥밋거리지요. 수어드 박사님은 집안사람들과 친구들에게도 사랑받을 뿐만 아니라 병원 환자들에게도 사랑받고 있답니다. 환자들은 원인과 결과를 왜곡하는 경향이 있고, 정신의 균형이 무너진 경우도 있지만요. 이 병원에 입원한 이래 저는 궤변을 늘어놓는 몇몇 환자는 인과오류에 빠지거나 논점을 짚지 못하는 경향이 있다는 사실을 알게 되었습니다. 당연하죠."

이 새로운 상황에 나는 눈이 휘둥그레졌다. 내가 계속 지켜봐왔고 환자 가운데 증상이 가장 심한 렌필드가 우아한 신사의 태도로 철학의 기초를 논하고 있다. 하커 부인의 등장으로 렌필드의 기억이 부분적으로 되살아난 것인지 궁금했다. 이 새로운 면모가 자연스럽게 나타난 것이라면, 즉 하커 부인이 자신도 모르게 어떤 영향력을 발휘하여 렌필드가 변한 것이라면, 분명 부인은 보기 드문 재능이나 힘을 가진 셈이다.

　우리는 한동안 대화를 나누었다. 렌필드가 아주 이성적인 모습을 보이자, 하커 부인은 내게 미심쩍은 눈빛을 보내더니 환자가 좋아할 화제를 과감히 꺼냈다. 나는 다시 한번 놀랐다. 렌필드가 그 질문에도 완전히 정상적인 사람처럼 대답했기 때문이었다. 심지어 자기 자신을 예로 들어 이야기하기도 했다.

　"저 자신이 바로 이상한 믿음을 가진 경우입니다. 친구들이 놀라서 제가 입원해야 한다고 주장한 것도 당연해요. 저는 생명이란 절대적이고 영속적인 실체이며, 하등동물이라도 산 채로 여러 마리 먹으면 제 생명을 무한히 연장할 수 있다는 생각에 빠졌습니다. 때로 그 믿음이 너무 지나친 나머지 실제로 인간의 생명을 취하려고 한 적도 있습니다. 여기, 수어드 박사가 증명해줄 것입니다. 한때 저는 박사를 죽이려고 했습니다. 박사의 피를 흡수하면 그의 생명이 내 몸에 흡수되어, 그렇게 내 생명력이 강해질 줄 알았습니다. 성경의 한 구절에 따르면 '피는 생명'이니까요. 이 진리는 엉터리 약을 파는 상인들 때문에 품격이 떨어져 경멸받게 되긴 했죠. 안 그런가요, 박사님?"

　나는 너무 놀라서 어떤 생각을 해야 할지 무슨 말을 해야 할지 갈피를 못 잡다가 고개를 끄덕이고 말았다. 저 사람이 5분 전만 해도 거미와 파리를 먹던 사람이라니 믿기 어려웠다. 시계를 보니 반 헬싱을 맞이하러 역으로 가야 할 때였다. 그래서 하커 부인에게 이제 가야 한다고 말했다. 하커 부인은 바로 나가면서, 렌필드에게 기분 좋게 인사를 건넸다.

"안녕히 계세요. 더 좋은 분위기에서 자주 만나면 좋겠네요."

놀랍게도 렌필드가 이렇게 대답했다.

"안녕히 가세요. 내가 당신의 어여쁜 얼굴을 다시는 만날 일 없기를 바랍니다. 하느님께서 당신을 축복하고 지켜주시길."

나는 친구들을 집에 남겨놓고 반 헬싱을 만나러 역으로 갔다. 가엾은 아트는 처음 루시가 아팠을 무렵보다는 한결 생기가 나는 것 같았다. 퀸시는 오랜만에 본인다운 활기찬 모습을 되찾았다.

반 헬싱은 얼른 내리려고 서두르는 민첩한 소년처럼 객차에서 내렸다. 나를 보자마자 부리나케 다가왔다.

"존, 상황은 어떤가? 괜찮아? 그래, 나는 계속 바빴어. 이곳에 머무를 일이 있을지도 모르겠어. 내 일은 다 정리되었고, 할 말이 아주 많다네. 미나 부인이 같이 있나? 그래, 부인의 훌륭한 남편도? 아서와 내 친구 퀸시도 같이 있어? 잘되었군."

집으로 마차를 몰고 가면서 나는 그동안 일어난 일을 알려주었다. 내 일기가 하커 부인의 제안 덕에 유용한 기록이 되었다고 전했다. 선생이 얼른 말했다.

"정말 훌륭한 부인이야. 미나 부인은 대단한 재능을 타고난 남성의 두뇌와 여성의 마음을 다 가지고 있어. 전지전능한 하느님께서는 뜻하는 바가 있으니 그렇게 둘 다 가진 부인을 창조하셨을 거야. 존, 지금까지는 부인의 도움이 운명과도 같았어. 그렇지만 오늘 밤 이후로 부인은 이토록 끔찍한 일에 몸담아서는 안 되네. 너무 큰 위험을 무릅써서는 안 돼. 우리 남성들은 그 괴물을 파괴하자고 결정했지. 맹세도 했고. 여성이 할 일은 아니야. 설령 부인이 다치지 않는다고 해도, 너무나 큰 공포가 부인을 삼켜버릴지도 몰라. 그렇게 되면 힘들겠지. 깨어 있을 때는 불안할 테고, 잠들 때는 악몽에 시달리게 되는 거야. 게다가 부인은 젊고 결혼한 지 얼마 되지도 않았어. 지금이 아니라도, 나중에 신경 써야 할 문제들이 생기겠지. 부인이 자료를 전부 기록했다니, 이제 우리와 논의하려 하겠지. 그렇지만 내일부터 부인은 이 일에서 손을 떼야 해. 우리끼리 일을 진행하는 거야."

나는 반 헬싱 선생의 의견에 완전히 동의했다. 그리고 선생이 떠난 동안 알게 된 사실을 말했다. 드라큘라가 구매한 집이 바로 병원 옆집이라는 사실 말이다. 선생은 깜짝 놀라더니 이내 얼굴에 근심이 어렸다.

"진작 그 사실을 알았다면 좋았을 텐데. 그랬다면 그자를 붙잡았을 테고, 가엾은 루시를 살릴 기회를 놓치지 않았겠지. 그렇지만 이미 엎질러진 물이야. 이런 생각은 하지 말고, 할 일을 끝까지 하자고."

이후 반 헬싱 선생은 집으로 들어갈 때까지 입을 다물었다. 저녁을 먹으러 가기 전에 선생은 하커 부인에게 말을 건넸다.

"미나 부인, 전해 듣기로는 부인과 남편께서 지금까지 모은 자료들을 순서대로 정리하셨다고요."

"지금까지는 아니랍니다, 선생님. 오늘 아침까지의 자료를 정리했죠."

"왜 오늘 아침까지지요? 우리는 자잘한 정보들이 얼마나 좋은 실마리가 되는지 알게 되었소. 다들 자신의 비밀을 털어놓았지만, 그 때문에 문제를 겪은 사람은 아직 없소."

하커 부인의 얼굴이 붉어지더니 주머니에서 종이를 한 장 꺼냈다.

"반 헬싱 박사님, 이 종이를 읽어보시고 자료에 포함해야 할지 말씀해주세요. 오늘 일을 기록한 것입니다. 저도 알고 있어요. 지금은 아무리 사소한 것이라도 모든 것을 기록할 필요가 있지요. 그렇지만 이 종이에는 개인적인 내용 말고는 별것 없답니다."

반 헬싱 선생은 진중한 자세로 읽은 다음 종이를 돌려주며 말했다.

"부인께서 바라지 않는다면 자료에 포함하지 않아도 돼요. 그렇지만 내 생각으로는 포함하면 좋겠소. 이 내용을 본 부군께선 부인을 더 사랑하게 될 것이고, 부인의 친구인 우리 모두가 부인에게 더 큰 사랑과 찬사를 보내고 더 존경하게 될 테니 말이오."

미나는 종이를 돌려받으며 다시 한번 얼굴을 붉히고 미소를 지었다.

이렇게 지금 이 순간까지의 자료가 순서대로 완벽하게 정리되었다. 저녁 식사가 끝난 후, 선생은 회의가 열리는 9시 전까지 사본을 읽어보려고 한 권을 가져갔다. 나머지 사람들은 이미 다 읽어보았다. 그러니 서재에서 회의할 때 우리는 확보한 사실을 다 아는 상태에서 그 끔찍하고 기이한 적과 싸울 준비를 계획할 수 있을 것이다.

미나 하커의 일기

9월 30일   저녁 식사는 6시였고, 식사를 마친 후 두 시간이 지나 우리는 수어드 박사의 서재에 모두 모였다. 자연스럽게 위원회나 협회 모임처럼 빙 둘러앉았다. 반 헬싱 선생이 상석에 앉았다. 선생이 들어올 때 수어드 박사가 그 자리에 앉아달라고 했다. 선생은 자기 오른쪽 자리에 나를 앉히고 서기 역할을 부탁했다. 조너선이 내 옆에 앉았다. 우리 맞은편에는 순서대로 고덜밍 경, 수어드 박사, 모리스 씨가 앉았다. 반 헬싱이 입을 열었다.

"모두 이 자료의 내용을 잘 알고 있으리라 생각하네."

다들 동의의 뜻을 전했다. 선생은 말을 이었다.

"우리가 맞서야 하는 적이 어떤 존재인지 설명을 해야겠네. 그런 다음 이자가 어떻게 살아왔는지 내가 확인한 내용을 전하지. 그러고 나면 어떤 행동을 취할지 논의할 수 있을 것이고, 그에 따라 대처에 나설 수 있을 거야.

이 세상에는 소위 흡혈귀가 존재해. 우리 중에는 그것들이 존재한다는 증거를 가진 사람도 있고. 설사 우리가 그 불행한 경험의 산증인이 아니라고 해도, 과거의 가르침과 기록들을 보면 일반인들도 수긍할 만한 증거가 있네. 솔직히 나는 처음에는 회의적이었어. 열린 태도를 견지하기 위해 오랜 시간 스스로 노력하지 않았다면, 사실이 내 귀에다 '봐! 보라고! 내가 증명하잖아, 내가'라고 고함을 지른다고 한들 믿지 못했을 거네. 슬픈 일이지. 내가 지금 아는 것을 처음에 알았다면, 그자의 존재를 짐작만 했더라면, 우리가 사랑한 그 소중한 사람의 생명을 구할 수 있었을 텐데. 그렇지만 이미 지나간 일이야. 우리는 다른 가엾은 생명이 끔찍한 죽음을 맞지 않도록 행동에 나서야 해. 노스페라투는 침을 쏘고 죽어버리는 벌과는 다르네. 힘이 더 세지거든. 점점 세지면 악한 짓도 더 많이 저지를 수 있겠지. 우리와 맞서게 될 흡혈귀는 혼자서 스무 사람과 맞먹을 만큼 힘이 세다네. 그리고 인간보다 훨씬 교활한데, 나이를 먹을수록 교활해지기 때문이지. 흡혈귀라는 단어가 맨 처음 등장한 상황이 암시하듯, 그자는 죽은 자의 영혼을 불러내어 점을 칠 수 있어. 죽은 자에게 가까이 다가가면 명령을 내릴 수도 있고. 그자는 짐승과도 같으면서 짐승 이상의 존재야. 마음 따윈 없는 냉혹한 악마와도 같아. 일정한 한도 안에서는 언제 어디서나 원하는 대로 자신과 관련 있는 형태라면 어떤 모습으로든 나타날 수 있어. 또 어느 정도는 자연을 움직일 수 있고. 폭풍, 안개, 천둥 같은 것들을 일으키는 것이지. 쥐, 올빼미, 박쥐, 나방, 여우, 늑대 같은 하급 동물들을 조종할 수 있어. 몸 자체를 키울 수도 있고 줄일 수도 있다네. 그렇다면 이자를 처단하기 위한 싸움을 어떻게 시작할까? 그자가 어디에 있는지 찾아내는 일도 어렵겠지만 찾아낸 다음에는 어떻게 처치할까? 여러분, 정말 어려운 일이야. 우리는 무시무시한 임무를 맡게 된 거야. 그자와 싸워서, 아무리 용감한 사람이라도 몸서리칠 결말을 맞이하게 될지도 몰라. 우리가 싸움에서 진다면 그가 결국 승리를 거둘 테니까. 그렇다면 우리의 결말은 어떨까? 사실 목숨이 문제가 아니야. 목숨에 신경을 쓸 상황이 아닌 거야. 우리가 진다면, 삶과 죽음의 문제를 넘어서는 상황에 놓이게 될 거야. 우리도 그자와 같은 부류가 되겠지. 밤의 추악한 괴물이 되어 마음도 양심도 없이 사랑하는 사람들의 몸과 영혼을 사냥하겠지. 우리에겐 천국의 문이 영원히 열리지 않을 것이고. 누가 우리에게 문을 다시 열어주겠나? 우리는 영원히 혐오스러운 존재로 살 거야. 하느님의 빛나는 얼굴에 오점이 될 것이고, 인간을 위해 죽은 그분의 몸에 박힌 화살이 되겠지. 우리 앞에 이런 의무가 놓여 있네. 그렇다고 우리가 물러나야 할까? 나라면 아니라고 말하겠네. 그런데 나는 늙었고, 햇빛과 아름다운 풍경도 새들의 지저귐도 좋은 음악과 사랑도 오래전에 다 겪어보았어. 한편 여러분은 젊어. 슬픔을 겪은 사람도 있지만, 좋은 날들이 아직 많이 남아 있어. 어떻게 생각하나?"

반 헬싱이 말하는 동안 조너선이 내 손을 잡았다. 내게 손을 뻗는 그 모습을 보면서 우리 앞에 놓인 끔찍한 위험이 조너선을 덮치면 어쩌나 겁이 났다. 하지만 내 손을 꼭 잡은 그 힘차고 단단하고 굳센 손길이 내게 힘을 주었다. 용기 있는 손은 말을 건넬 수 있다. 설령 사랑하는 마음으로 귀 기울 여줄 사람이 없다 해도 그 용기는 전해질 것이다.

반 헬싱이 말을 마치자 나와 남편은 눈빛을 주고받았다. 말이 필요 없었다.

"미나와 나는 선생님과 함께할 것입니다."

조너선이 말했다.

"나도 그렇습니다."

퀸시 모리스가 언제나처럼 간결히 대답했다.

"나도 함께합니다. 무엇보다도 루시를 위해서."

고덜밍 경이 말했다.

수어드 박사는 그저 고개를 끄덕였다. 반 헬싱은 자리에 서 일어나 탁자 위에 금 십자가를 올려둔 다음 양옆으로 팔 을 뻗었다. 나는 선생의 오른손을, 고덜밍 경은 선생의 왼손 을 잡았다. 조너선은 왼손으로 내 오른손을 잡고 다른 손을 모리스 씨에게 뻗었다. 그렇게 우리는 서로의 손을 잡고 엄 숙한 맹세를 했다. 심장이 얼어붙는 것 같았지만 그래도 뒤 로 물러나야 한다는 생각 따윈 떠오르지 않았다. 우리는 원 래대로 앉았다. 반 헬싱은 한층 기운차게 말을 꺼냈다. 심각 한 일을 진행한다는 신호였다. 우리 임무는 인생의 여느 계 약이 그렇듯 엄숙하게, 사업하듯 해내야 할 일이었다.

"자, 이제 우리가 맞서 싸워야 할 상대의 정체를 알았네.

그런데 우리에게도 힘이 있어. 우리는 다 함께 힘을 뭉칠 수 있지만, 흡혈귀들에게는 불가능한 일이야. 또 과학도 우리 자산이네. 우리는 자유롭게 생각하고 행동할 수 있어. 낮과 밤 모두 활용할 수 있지. 사실, 우리 힘이 늘어날 때는 한계가 없어. 그리고 우리는 그 힘을 자유롭게 쓸 수 있어. 우리는 대의에 헌신하며 이기적인 목표로 움직이지 않아. 아주 중요한 부분이야.

이제 우리와 맞서는 세력은 전체적으로 어떤 한정된 힘을 가지고 있는지, 또 개별 존재로서는 어떤지 살펴보자고. 즉 일반적인 흡혈귀의 한계와 우리가 이번에 상대할 흡혈귀의 한계를 알아보자는 거야.

우리 판단 기준은 전통과 미신이네. 당면한 상황이 삶과 죽음, 아니 그 이상의 문제이기에 전통과 미신은 별 필요 없어 보이겠지. 그렇지만 우리는 이를 받아들여야 해. 우선 우리는 다른 수단을 쓸 수가 없고, 두 번째로 전통과 미신이 결국에는 전부거든. 흡혈귀에 대한 믿음이 남아 있는 이유도 전통과 미신이 있어서가 아니겠나? 아쉽게도 우리에게는 해당하지 않았지만. 과학과 사실을 중시하는 19세기에 사는 우리가 흡혈귀의 존재 가능성을 1년 전만 해도 받아들였을까? 심지어 직접 눈으로 확인하여 정당성을 입증한 믿음마저도 무시했는데. 그러니 흡혈귀가 존재한다는 믿음, 흡혈귀의 한계, 그 퇴치법은 기반이 같다는 것을 일단 받아들여야 하네. 사람이 사는 곳이면 어디서나 흡혈귀가 존재해왔다고 알려져 있어. 고대 그리스와 고대 로마에도 있었고. 지금은 독일 전역, 프랑스와 인도, 그리스 반도에서도 번성하고 있지. 심지어 우리와는 모든 면에서 아주 다른 중국에도 존재하고, 오늘날 사람들이 겁을 낸다네. 흡혈귀는 아이슬란드 전사, 악마의 자손인 훈족, 슬라브족, 색슨족, 마자르족이 움직일 때 뒤에서 쫓아다녔네. 이렇게 우리가 행동의 근거로 삼을 만한 미신과 전통에 대해 알아보았네. 그리고 그 믿음의 상당 부분은 바로 우리가 직접 겪은 불행한 경험이 입증하고 있어. 살아 있는 흡혈귀는 시간이 흐른다고 해서 죽지 않아. 살아 있는 존재의 피를 빨아 먹어 살이 찌면 활동이 더 왕성해져. 심지어 흡혈귀는 더 젊어지기도 한다는 것을 우리 중에 목격한 사람이 있네. 생명력도 더 강해지고. 그자는 즐겨 먹는 먹이가 충분하면 힘이 새로 충전되는 것 같아. 그렇지만 흡혈귀는 이런 특별한 먹이가 없으면 활동을 제대로 하지 못해. 흡혈귀의 식생활은 인간과는 달라. 심지어 조너선은 몇 개월 동안 함께 지내면서도, 그자가 음식을 먹는 모습을 한 번도 보지 못했다고 했어. 단 한 번도. 조너선의 관찰에 따르면 그자에겐 그림자가 없고 거울에 모습이 비치지 않아. 그자가 성 밖의 늑대들을 막으려고 문을 닫았던 것도 그렇고 마차에서 조너선을 부축한 상황을 보면 손힘이 보통 사람의 몇 배는 된다는 것을 알 수 있지. 휘트비에 배가 도착한 후 개를 찢어 죽인 사건을 보면 그는 늑대로 변신할 수 있어. 박쥐로도 변신할 수 있고. 휘트비에 머무르던 미나 부인이 창문에서 박쥐를 보았다고 했네. 그리고 존도 이 집 근처에서 박쥐가 날아다니는 모습을 보았다고 전했고. 퀸시 또한 루시의 창문에서 박쥐를 보았지. 그자는 안개를 만들어 그 안개를 타고 침입할 수 있어. 휘트비에 들어온 배의 그 고귀한 선장이 증명했지. 그렇지만 우리가 아는 사실들로 볼 때, 그자가 안개를 만들 수 있는 거리는 자기 주변으로 제한되어 있어. 그리고 그자는 먼지 알갱이로 변신해서 달빛을 타고 침입할 수도 있지. 조너선이 드라큘라의 성에서 본 그 여자들처럼. 그자는 몸의 크기를 줄일 수 있어. 우리는 루시 씨가 무덤에서 머리카락만 한 틈으로 쑥 들어가는 모습을 목격한 바 있네. 길만 찾아내면 어디로든 빠져나가고 또 어디로든 들어올 수 있다네. 아무리 꽉 막아두어도, 심지어 불을 써서 밀폐해도 소용없어. 그자는 어둠 속에서도 앞이 보인다네. 하루의 절반은 빛이 없는 세계에서 사는 존재에게 이 힘은 결코 작지 않아. 그런데 이 모든 것을 할 수 있다 해도 그자는 자유롭지는 못해. 갤리선의 노예보다, 병실의 광인보다 더 갇힌 몸이지. 그자는 가고 싶은 곳이 있어도 갈 수가 없어. 자연적인 존재는 아니어도 자연의 법칙 몇 가지를 따라야 해. 이유는 모르겠네. 그자는 집 안의 누군가가 들어오라고 허락하지 않으면, 안으로 먼저 들어갈 수 없어. 한번 허락받은 후에는 원하는 대로 들어갈 수 있지. 사악한 힘이 으레 그렇듯 낮에는 힘을 쓸 수 없어. 하루 중 특정한 순간에만 제한적 자유를 누려. 만일 있어야 할 곳에 있지 않다면, 그자는 정오나 일몰이나 일출 때만 변신할 수 있지. 자, 우리는 이런 정보들을 쥐고 있어. 그리고 우리 기록에서 추론해보면 증거를 찾을 수 있지. 즉 그자는 무덤이나 관이나 지옥처럼 원래 거주하는 불경한 곳에서는 어느 정도 제한이 있는 상태에서 마음대로 할 수 있어. 휘트비에 있는 자살자들의 무덤에 그자가 나타났다는 사실을 우리는 알고 있지. 반면 그 밖에는 때가 되어야만 변신할 수 있어. 또 그자는 물이 빠질 때나 물이 흘러들어올 때만 그 물을 건너갈 수 있다고 해. 그리고 그자를 괴롭혀 힘을 빼앗는 물건들도 있어. 우리가 알고 있듯이 마늘이 그렇고, 우리가 결의를 다질 때 함께한 내 십자가 같은 성스러운 물건들도 그렇네. 십자가가 있으면 그자는 멀리 달아나 가만히 있을 거야. 그리고 몇 가지 더 알려주겠네. 그자를 추적하는 과정에서 필요할 수 있으니까. 들장미 가지를 관에 올려두면 그자는 관에서 나올 수 없네. 성스러운 총알을 관에다 쏘면 그자는 정말로 죽어. 몸을 꿰뚫는 말뚝은 우리가

463

이미 그것이 가져다주는 평화를 목격한 바 있지. 머리를 잘라도 마찬가지야. 우린 직접 목격했지.

그러니 우리는 한때 사람이었던 이 흡혈귀의 거처를 찾아내어, 우리가 알아낸 정보에 따라 그자를 관에 가두고 처단할 수 있어. 그렇지만 그자는 영리해. 부다페스트 대학교의 내 친구 아르미니우스에게 그 흡혈귀의 생애에 대해 알아봐달라고 부탁했어. 친구는 모든 방법을 써서 그가 어떤 존재였는지 찾아내주었지. 그자는 튀르크 국경으로 넘어가서 튀르크 사람과 맞서 싸워 이름을 떨친 드라큘라 장군이 확실하네. 정말 그렇다면 평범한 사람이 아니야. 당시에도, 수백 년이 지나서도 '숲 너머 땅'의 아들들 가운데 가장 용감하다고 알려졌을 뿐 아니라, 명석하고 교활하기로 이름난 사람이었거든. 그 엄청난 두뇌와 강철 같은 결단력을 무덤까지 가지고 간 자가 이제 우리와 맞서 싸울 채비를 하고 있네. 아르미니우스의 설명에 따르면 드라큘라 가문은 위대하고 고귀한 집안이지만, 몇몇 후손은 악마와 거래했다는 소문이 돌았다고 해.

그들은 헤르만슈타트 호수 너머 산 사이에 있다는 마법 학교 스칼로맨스에서 마법을 배웠어. 악마는 자기 몫으로 열 번째 제자를 달라고 했다고도 하고. 기록들을 보면 마녀를 뜻하는 '스트레고이카', 악마와 지옥을 뜻하는 '오르도그'

와 '포콜' 같은 단어들을 찾아볼 수 있네. 또 어느 사본에 따르면 바로 이 드라큘라를 우리가 아주 잘 아는 단어인 흡혈귀라고 불러. 이 가문에서는 위대하고 선한 사람들이 태어났는데, 그들의 무덤으로 고결해진 땅에서만 이 사악한 존재가 살 수 있다고 해. 사악한 것은 오직 성스러운 곳에서만 뿌리를 내릴 수 있기 때문이거든. 성스러운 기억이 메마른 땅에서는 그것들이 쉴 수 없네."

반 헬싱 선생이 이야기하는 동안 모리스 씨는 창가를 계속 바라보다가 조용히 일어나 방을 떠났다. 잠시 입을 다물었던 선생이 다시 이야기를 계속했다.

"이제 할 일을 정해야 해. 우리는 많은 자료가 있어. 작전을 짜보자고. 조너선의 조사로 드라큘라의 성에서 휘트비까지 흙이 담긴 상자 50개가 왔고 모두 카팩스로 전해졌다는 사실을 알게 되었어. 최근 상자 몇 개가 사라졌다는 사실도 알고 있고. 내 생각에는, 지금 우리 눈에 보이는 저 담을 넘어가서 남은 상자들이 그대로 있는지 아니면 몇 개가 더 없어졌는지 맨 먼저 확인해야 할 것 같아. 만일 상자가 더 없어졌다면 찾아 나서야……."

그때 깜짝 놀랄 일이 일어났다. 집 바깥에서 총소리가 났다. 총알에 창문 유리가 깨졌다. 총알이 창문 위쪽을 맞히고 건너편 벽으로 튀었다. 비명을 지르다니, 난 겁쟁이인가보다. 남자들은 벌떡 일어났다. 고덜밍 경은 창가로 뛰어가 창문을 밀어 올렸다. 밖에서 모리스 씨 목소리가 들려왔다.

"놀라게 해서 죄송합니다! 들어가서 말씀드릴게요."

잠시 후 모리스가 돌아와 말했다.

"어리석은 짓을 했습니다. 하커 부인, 정말 미안합니다. 많이 놀라셨을 겁니다. 선생님께서 말씀하시는 동안에 커다란 박쥐가 창가에 날아와 앉았습니다. 최근 사건들 때문에 그 더러운 짐승이 너무나 소름 끼쳐 밖으로 나가 총을 쏘고 말았습니다. 그전에도 늦은 밤 박쥐를 볼 때마다 그렇게 했거든요. 내가 그럴 때마다, 아트, 자넨 날 비웃었지."

"박쥐를 맞혔나?"

반 헬싱 박사가 물었다.

"모르겠습니다만, 아닌 것 같아요. 박쥐가 숲속으로 날아갔거든요."

이제 모리스는 자리로 돌아가 앉았다. 선생은 다시 이야기를 시작했다.

"상자를 하나씩 다 찾아야 해. 그리고 준비가 되면, 그 괴물이 은신처에 있을 때 붙잡거나 죽여야 하네. 혹은 상자 속의 흙을 쓸모없게 만들어야 해. 그러면 그자는 더 안전하게 지내지 못할 거야. 그렇게 하면 우리는 언젠가 정오에서 일몰 사이에 사람의 형상을 한 그자를 찾아내게 될 것이고, 그자의 힘이 가장 약한 시간에 싸울 수 있겠지. 그리고 미나 부인, 드릴 말씀이 있소. 일이 다 해결될 때까지는 이 일에 관여하지 말았으면 하오. 부인은 너무나 소중한 존재이기 때문에 그런 위험을 감당해서는 안 되오. 오늘 밤 회의가 끝나면 더는 질문하지 말아주시기를 바라오. 때가 되면 다 알려주겠소. 우리 남자들은 잘 견딜 수 있다오. 그렇지만 부인은 우리의 별이자 희망으로 남아야 하오. 부인이 위험하지 않아야 우리가 더 자유롭게 움직일 수 있소."

남자들은 다들 안도한 모습이었다. 심지어 조너선마저도. 위험을 감수하겠다니, 심지어 나를 챙기다가 더 위험해질지 모르는 상황이라 기분이 좋진 않았다. 그렇지만 그들은 이미 결심했다. 쓴 약을 삼키는 기분이었지만 그들의 기사도 정신을 가만히 받아들이는 것 말고는 방법이 없었다.

모리스 씨가 이야기를 다시 이어나갔다.

"한시도 지체할 수 없으니, 당장 그자의 집을 살피러 가야 합니다. 그자에게는 시간이 정말 중요하니, 우리가 빨리 움직여야 또 다른 희생자를 막을 수 있습니다."

행동에 나설 때가 되자 심장이 내 뜻과 달리 떨리기 시작했다. 하지만 아무 말도 하지 않았다. 내가 그들의 일을 방해한다고 생각되면, 그들은 회의에서 나를 빼버릴지도 몰랐다. 그들은 이제 카팩스로 떠났다. 그 집으로 들어갈 도구도 챙겨서 갔다.

그들은 내게 침실로 가서 잠을 자라고 했다. 남자다운 말이긴 하지만, 사랑하는 사람이 위험에 처했는데 어찌 잠을 이룰 수 있을까. 그래도 누워서 잠을 자는 척해야겠다. 조너선이 돌아와서 나 때문에 걱정할 일이 더 생기면 안 되니까.

수어드 박사의 일기

10월 1일, 새벽 4시 우리가 막 집을 떠나려는데, 렌필드가 당장 와줄 수 있는지 묻는 급한 전갈을 보내왔다. 아주 중요한 이야기라고 했다. 짬을 낼 여유가 없어서 아침에 찾아가겠다고 전했다. 그런데 간호인이 말했다.

"환자가 아주 끈질기게 간청했습니다. 이렇게 간절한 모습은 처음입니다. 잘 모르겠지만, 박사님이 어서 만나주지 않으면 또 발작해서 난폭하게 굴 수 있어요."

간호인이 이유 없이 이런 말을 하지는 않을 터였다.

"알겠네, 금방 가겠네."

나는 간호인에게 대답했다. 그리고 일행에게 몇 분만 기다려달라고, '환자'를 봐야 한다고 설명했다.

"존, 같이 가자고."

반 헬싱이 나섰다.

"자네 일기를 보니 그 환자의 사례가 아주 흥미롭던데. 우리 일과 가끔 관련되기도 하고. 그 환자를 무척 만나보고 싶네. 특히 환자가 이렇게 불안해할 때."

"같이 가도 될까요?"

고덜밍 경도 나섰다.

"저도 같이 가고 싶습니다."

퀸시 모리스도 말했다.

나는 고개를 끄덕였다. 우리는 다 같이 복도를 걸어갔다.

렌필드는 꽤 흥분한 상태였다. 하지만 말이며 태도가 그 어느 때보다 이성적이었다. 자신에 대해서도 특이한 생각을 품고 있었는데, 광인들에게서 이런 모습은 한 번도 본 적 없었다. 렌필드는 자신이 이성을 발휘하면, 미치지 않은 다른 사람들을 당연히 설득할 수 있으리라 생각하고 있었다. 넷이 함께 방으로 들어갔지만 나 말고는 다들 입을 다물었다. 렌필드는 즉시 집으로 돌려보내달라고 요청했다. 최근에 완전히 회복했으며 이제 제정신이라는 것이 이유였다.

"친구분들께 부탁을 드리고 싶습니다. 제 사례를 기꺼이 판단해주실 겁니다. 그런데 아직 저를 소개해주지 않으시는군요."

나는 너무 놀라서, 정신병원에서 환자를 소개하다니 희

한한 상황이라는 생각조차 하지 못했다. 게다가 렌필드는 위엄 있는 모습이었고 우리와 자신이 다르다고 생각하고 있지도 않았다. 나는 그를 일행에게 소개했다.

"이쪽은 고딜밍 경이고, 또 이쪽은 반 헬싱 선생님. 텍사스에서 온 퀸시 모리스 씨. 자, 이쪽은 렌필드 씨입니다."

렌필드는 돌아가며 악수한 다음 말했다.

"고딜밍 경, 저는 런던의 신사 클럽 윈덤에서 경의 부친을 돕는 영광을 누렸습니다. 경께서 작위를 물려받으신 것을 보니, 부친께서는 세상을 떠나셨나 보군요. 애통한 일입니다. 그분을 아는 모든 사람이 그분을 좋아하고 존경했습니다. 그리고 더비 경마 날 밤에 다들 마시는 럼 펀치를 젊은 시절의 그분이 만드셨다고 들었습니다. 모리스 씨, 당신은 위대한 텍사스가 자랑스럽겠군요. 텍사스의 미연방 가입은 훗날 북극과 열대지방이 성조기에 합류할 무렵 대단한 효과를 발휘할 선례가 될 것입니다. 먼로주의가 정치적 신화에 불과하다는 사실이 받아들여질 때면, 연방 조약은 연방이 확장해 나가는 강력한 원동력 구실을 하게 될 것입니다. 반 헬싱 선생님, 선생님을 만나 뵙는 기쁨을 어찌 표현하면 좋을까요. 저는 선생님을 부를 때 으레 앞에 붙는 온갖 수식들을 생략했는데, 사과드리지는 않겠습니다. 인간 두뇌의 지속적 발전을 연구하여 뇌의 치료법을 혁명적으로 바꾼 사람에게 관습적인 표현을 쓰는 것은, 그 훌륭한 사람을 어떤 집단의 일원으로 제한되어 보이게 할 수도 있는 일이니까요. 국적으로 보나 유전 형질로 보나 타고난 재능으로 보나 이토록 빠르게 변하는 세상에서 마땅히 존경받는 지위를 누리실 선생님께서 제 증인이 되어주시길 부탁드립니다. 완전한 자유를 누리고 있는 대다수 사람과 마찬가지로 저 렌필드 또한 미치지 않았다고 증언해주십시오. 그리고 수어드 박사님께 말씀드립니다. 과학자이자 인도주의자이고 법의학자인 박사님께서는 저를 예외적인 상황에 놓인 사람으로 대할 도덕적 의무가 있습니다."

공손한 가운데 확신에 가득 찬 태도로 간청을 마무리하는 렌필드의 모습에서는 어떤 매력마저 느껴졌다.

우리 모두 깜짝 놀랐던 것 같다. 렌필드의 성격이며 병력에 관해 잘 아는 나조차도 그가 이성을 되찾았을지도 모른다고 생각했다. 렌필드에게 다 나은 것 같으니 퇴원에 필요한 절차를 아침에 알아보겠다고 불쑥 말할 뻔했다. 그렇지만 이렇게 중요한 말을 하기 전에 기다려보는 편이 낫다는 생각이 들었다. 렌필드는 특이한 환자이고 이제껏 지켜본 바에 의하면 갑자기 또 달라질 수도 있기 때문이었다. 그래서 그냥 렌필드에게 아주 빠르게 회복하는 것 같다고, 아침에 더 이야기를 나누어본 다음 그의 바람을 충족하는 방향으로 조치할 수 있을지 알아보겠다고 무난하게 말했다. 렌필드는 하나도 만족하지 못한 모습으로 바로 입을 열었다.

"그렇지만 수어드 박사님은 제 바람을 하나도 이해하지 못하신 것 같네요. 저는 지금 이 순간 당장 여기서 나가고 싶습니다. 시간이 촉박합니다. 낫을 들고 다니는 시간의 신과 우리가 맺은 암묵적 계약의 본질이 바로 그러하지요. 수어드 박사처럼 존경스러운 의사라면, 아주 간단하지만 중요한 제 바람을 전하기만 해도 충분히 수용하리라 생각했습니다."

렌필드는 내게 날카로운 눈빛을 보냈다. 내 얼굴에서 부정적인 기색을 읽고는, 나머지 일행에게 몸을 돌려 자세히 살폈다. 그럴듯한 반응이 보이지 않자 렌필드가 말했다.

"내가 뭔가 잘못 생각했나요?"

"그래요."

나는 냉정하다 싶을 만큼 솔직하게 대답했다. 한동안 입을 다물었던 렌필드가 느릿느릿 말했다.

"그렇다면 내가 이런 요청을 하는 다른 근거를 대야겠군요. 혜택이나 특혜라고 해도 좋으니, 퇴원을 허락해주세요. 개인적인 이유가 아니라 다른 사람을 위해서 이렇게 간청하는 것입니다. 모든 이유를 다 설명할 수 있는 상황은 아닙니다. 그렇지만 선하고 건전하며 이타적인 이유가 있고, 고귀한 책임감에서 비롯된 부탁이라는 것만큼은 알려드리고 싶습니다. 선생님이 내 마음을 보실 수 있다면, 어떤 감정에서 이러는지 다 납득하게 될 것입니다. 나아가, 나를 가장 진실하고 훌륭한 친구로 받아들이게 될 겁니다."

우리를 바라보는 렌필드의 시선이 다시 날카로워졌다. 갑자기 머리를 써서 우리를 설득하려 나서다니, 렌필드가 또다른 형태의 광기에 사로잡혔거나 혹은 광기의 새로운 국면에 접어들었다는 생각이 들기 시작했다. 그래서 렌필드가 계속 말하도록 놔두기로 마음먹었다. 경험에 비추어보건대 여느 광인들처럼 본색을 드러내게 될 터였다. 반 헬싱은 렌필드에게 큰 관심을 보였다. 워낙 생각에 골몰하느라 미간을 찌푸린 탓에 굵은 눈썹끼리 닿을 것 같았다. 선생은 렌필드를 동등한 대화 상대로 인정하며 말을 건넸다. 그때는 의식하지 않았으나 나중에 생각해보니 놀라운 일이었다.

"오늘 밤 이곳을 나가고 싶은 진짜 이유를 솔직하게 말해줄 수 없습니까? 당신은 나를 처음 보겠지만, 나는 편견 없이 열린 마음을 가지려고 애쓰는 사람입니다. 내가 납득할 대답을 해주기 바랍니다. 수어드 박사가 위험을 감수하면서 책임을 지고 당신이 말한 그 특권을 부여할 겁니다. 내가 약속하겠습니다."

렌필드는 슬퍼하며 고개를 저었다. 너무나 애석한 얼굴이었다. 선생은 말을 이었다.

"자, 생각해봅시다. 당신은 아주 조리 있게 이야기하면서 완전히 정신이 돌아온 사람처럼 보이려고 애를 쓰고 있습니다. 우리에겐 당신의 정신 상태를 의심할 이유가 있습니다. 당신이 병원 치료를 계속 받고 있으니까요. 당신이 협조해야 우리는 가장 현명한 선택을 내릴 수 있습니다. 그렇지 않으면, 당신이 말하는 그 의무를 수행하기 어렵게 됩니다. 그러니 현명하게 생각하고 도움을 주기 바랍니다. 가능하면 우리는 당신이 바람을 이룰 수 있도록 돕겠습니다."

렌필드는 여전히 고개를 저으며 말했다.

"반 헬싱 박사님, 드릴 말씀이 없습니다. 선생님의 말씀은 흠잡을 곳이 없습니다. 제가 다 털어놓고 말할 수 있다면, 절대 주저하지 않을 겁니다. 그렇지만 지금 상황에서 저는 제 마음대로 할 수가 없습니다. 그저 저를 믿어달라고 말할 수밖에 없습니다. 제가 거절당한다면, 제가 책임을 질 일도 없어지겠지요."

이제 상황을 마무리할 때가 되었다는 생각이 들었다. 어이없을 정도로 심각해지고 있었다. 나는 문을 향해 걸어가며 말했다.

"자, 여러분. 우리는 가야 합니다. 렌필드 씨, 그럼 잘 자요."

내가 문 가까이 가자 렌필드가 갑자기 달라졌다. 내 쪽으로 서둘러 다가왔다. 그 순간 나는 렌필드가 또 나를 죽이려는 것은 아닌지 겁이 났다. 알고 보니 겁내지 않아도 됐다. 렌필드는 애원하듯 두 손을 부여잡고, 무척 간절히 부탁했다. 그렇게 감정을 과도하게 드러냈다가는 내가 그를 예전처럼 다루게 될 텐데도 그는 감정을 전혀 숨기지 않았다. 나는 반 헬싱을 흘끗 보았다. 선생의 눈빛을 보니 그도 나와 생각이 같았다. 그래서 나는 엄격하지는 않아도 단호한 몸짓으로, 그래봐야 소용없다고 전했다. 전에도 렌필드는 마음에 크게 담아둔 일을 부탁하다가 점점 흥분하는 모습을 보이곤했다. 예전에 고양이를 키우게 해달라고 청했을 때처럼 말이다. 그래서 이번에도 렌필드가 결국에는 풀이 죽은 채 상황을 받아들이며 울적한 모습을 보일 줄 알았다. 그렇지만 내 생각처럼 되지 않았다. 렌필드는 애원해도 소용없으리라는 사실을 알게 되자 갑자기 울컥했다. 무릎을 꿇은 다음 두 손을 꽉 잡고 흔들어대면서 애걸했다. 끈질기게 간청하는 동안 뺨에서는 눈물이 줄줄 흘렀다. 얼굴로, 몸으로 격정을 토해내는 모습이었다.

"제발 부탁합니다, 수어드 박사님. 부탁해요. 당장 여기서 나가게 해주세요. 박사님의 뜻대로 어디로든 보내셔도 좋아요. 채찍과 쇠사슬을 가진 감시인들을 붙여도 괜찮습니다. 구속복을 입히고 수갑과 족쇄를 채워 감옥으로 보내도 상관

없습니다. 여기서 나가게만 해주세요. 나를 여기에 가둬두는 일이 어떤 의미인지 박사님은 모릅니다. 정말 진심으로, 내 영혼을 걸고 하는 말입니다. 박사님은 누구에게 해를 끼치고 있는지, 어떻게 그러는지 모르고 있습니다. 그리고 나는 말할 수 없습니다. 그렇죠, 나는 말할 수가 없습니다. 박사님이 성스럽게 여기는 것과 소중하게 여기는 것을 생각해서, 잃어버린 사랑과 남은 삶의 희망을 생각해서라도, 전지전능한 존재를 생각해서라도 나를 여기서 내보내고 내 영혼을 죄로부터 구해주세요. 내 말이 안 들리나요? 이해가 안 되요? 알아듣지 못하나요? 나는 지금 아주 멀쩡한 상태로 진심으로 간청하는데, 왜 모르지요? 나는 미치지 않았습니다. 영혼을 위해 싸우는 보통 사람일 뿐입니다. 제발 제 말을 들어주세요. 나를 나가게 해주세요. 나가게 해주세요. 나가게 해달라고요!"

더 있다가는 렌필드가 더 난폭해져 발작할 것 같았다. 그래서 손을 잡고 렌필드를 일으켰다.

"자, 더는 이러지 말아요. 이미 할 만큼 했으니. 침대로 가서 마음을 가라앉혀봐요."

나는 엄격하게 말했다.

렌필드는 갑자기 모든 행동을 멈추더니 한동안 나를 열띠게 바라보았다. 이윽고 말없이 일어나 침대로 가서 가장자리에 걸터앉았다. 예전처럼 풀이 죽고 울적해진 것이다.

나는 마지막으로 방을 나섰다. 그때 렌필드가 차분하고 점잖게 말했다.

"수어드 박사님, 내가 오늘 밤 박사님을 설득하기 위해 최선을 다했다는 사실을 나중에 깨닫게 될 겁니다."

19장

조너선 하커의 일기

10월 1일, 새벽 5시 나는 편한 마음으로 조사 활동에 나섰다.
미나가 어느 때보다도 굳세고 건강해 보여서였다. 아내가 한
발 물러나 남자들끼리 움직이게 해주어 무척 기쁘다. 어쨌든
미나가 이 끔찍한 일에 발을 들이고 있다고 생각하니 두려웠
다. 그렇지만 이제 미나 몫의 일은 끝났다. 모든 자료를 앞뒤
아귀가 맞도록 정리해낸 것은 미나의 열정과 지성과 예지력
덕분이다. 미나는 아마 제 역할이 끝났고 나머지는 우리에게
맡길 수 있겠다고 여길 것이다.

　내 생각에 우리는 렌필드를 만나는 바람에 약간 동요했
다. 렌필드의 방을 나와서 서재로 돌아가는 동안 우리는 입
을 다물었다. 모리스 씨가 침묵을 깨고 수어드 박사에게 말

했다.

"잭, 저 남자가 괜히 큰소리치는 게 아니라면 말인데 나는 저렇게 멀쩡한 광인을 본 적이 없어. 잘 모르겠지만 뭔가 진지한 목적이 있는 것 같아. 정말 그렇다면 기회를 주어도 나쁘지 않았을 것 같은데."

고덜밍 경과 나는 입을 다물었고 반 헬싱 선생이 입을 열었다.

"존, 자넨 광인에 대해 나보다 더 잘 알지. 잘된 일이야. 나라면 렌필드가 막판에 히스테리를 부리기 전에 그를 내보냈을 거야. 그렇지만 우리는 경험으로 알고 있지. 퀸시의 말도 일리가 있지만, 지금은 모험에 나설 수 없어. 존의 결정이 최선이야."

수어드 박사는 무언가 다른 생각에 빠진 듯한 태도로 말했다.

"잘 모르겠지만 말씀에 동의합니다. 그 사람이 흔한 광인이었다면 저는 한번 믿어보았을 겁니다. 그렇지만 그는 백작과 어떤 식으로 연결된 것 같습니다. 그래서 그가 부리는 변덕에 맞춰주었다가 일을 그르치게 될지도 모른다고 생각했습니다. 고양이를 가지고 싶다며 이번과 아주 비슷하게 간청한 사건을 잊을 수 없습니다. 그렇게 애원하다 내 목을 깨물려고 했었으니까요. 게다가 그는 백작을 '주인님'이라고 부릅니다. 사악한 방법으로 백작을 도우려고 병원을 나갈 생각일지도 모릅니다. 그 소름 끼치는 존재는 늑대며 쥐며 자기가 써먹을 존재들을 부리고 있죠. 어쩌면 꽤 멀쩡한 광인을 이용할 생각일지도 모르죠. 물론 그 환자에게서 진심이 느껴진 것도 사실입니다. 그저 우리가 최선의 결정을 내렸기를 바랄 뿐입니다. 우리 앞에 험난한 일이 기다리고 있는데, 이런 일로 힘이 빠지는군요."

반 헬싱 선생은 수어드 박사에게 다가가 그의 어깨에 손을 얹었다. 그만의 엄숙하면서도 상냥한 투로 말했다.

"존, 너무 걱정할 건 없어. 우린 이 슬프고 끔찍한 상황에서 임무를 다하려고 애쓰고 있지. 그저 최선이라고 판단한 일을 할 수 있을 뿐이야. 위대하신 하느님이 우리를 살펴주시면 그만 아니겠나."

고딜밍 경이 몇 분 동안 자리를 떴다가 돌아왔다. 그러더니 은으로 만든 작은 호루라기를 들어 보였다.

"그 오래된 집은 쥐 천지일 겁니다. 미리 대비해서 가지고 왔습니다."

우리는 담을 넘어 집으로 들어갔다. 달빛이 환히 비칠 때는 잔디밭의 나무 그늘에 몸을 숨기며 조심히 움직였다. 현관에 도착하자 반 헬싱 선생은 가방을 열고 여러 도구를 꺼냈다. 그러고는 도구를 계단에 올려놓고 네 뭉치로 나누었다. 한 사람이 한 뭉치씩 가지게 될 터였다.

"자, 우리는 이제 엄청난 위험을 맞이하게 될 거야. 그러니 여러 무기가 필요하지. 우리 적은 단순히 귀신 같은 존재가 아니야. 그자가 남자 스무 명과 맞먹는 힘을 갖고 있다는 사실을 명심하게. 우리 목이나 숨통은 보통 사람처럼 부서지거나 으스러질 수 있어도 그의 목이나 숨통은 힘으로 처치할 수 없다네. 그자보다 힘이 센 사람이 나서거나 여럿이 힘을 모은다면 그자를 붙들 수야 있겠지. 그렇지만 우리는 그자 때문에 다칠 수 있어도 그자는 우리 때문에 다치지 않는다네. 그러니 그자의 일격에 대비해서 우리 자신을 지켜야 해. 이것을 심장 가까이 간직하게."

반 헬싱은 작은 은 십자가를 들어 가장 가까이 있던 내게 건넸다.

"이 꽃을 목에 걸게."

선생은 시든 마늘꽃 화환도 건넸다.

"다른 평범한 적이면 권총과 칼로 되겠지. 이 작은 전등도 도움이 될 거야. 가슴 쪽에 고정할 수 있어. 마지막으로, 어떤 적에게나 최후의 순간이다 싶을 때 쓸 도구야. 쓸데없이 훼손해서는 안 돼."

그것은 성체용 빵 한 조각이었다. 반 헬싱은 그것을 봉투에 담아서 내게 건넸다. 나머지 두 사람도 똑같이 장비를 갖추었다.

"존, 마스터키는 어디에 있지? 마스터키가 있으면 문을 열 수 있으니 루시네 집에서 그랬듯이 창문을 부수고 들어갈 필요가 없어."

수어드 박사는 마스터키 몇 개로 문을 열어보았다. 수술을 여러 번 해본 의사답게 박사는 열쇠를 잘 다루었다. 맞는 열쇠를 곧 찾아냈다. 빗장이 움직이기 시작하자 이내 녹슨 금속 소리가 나며 빠졌다. 문을 밀자 녹슨 경첩이 끽끽 소리를 내며 문이 천천히 열렸다. 놀랍게도 수어드 박사의 일기에서 웨스턴라 양의 묘지 문이 열린 대목을 읽을 때와 비슷한 인상을 받았다. 다들 같은 생각이 떠오른 모양이었다. 모두 뒷걸음쳤던 것이다. 반 헬싱이 먼저 나서서 열린 문으로 들어갔다.

"*In manus tuas, Domine*(하느님, 당신 손에 맡깁니다)!"

선생은 성호를 그으며 문턱을 넘었다. 우리도 따라 들어간 다음 문을 닫았다. 문을 열어둔 상태로 안에서 불을 켜면 바깥 행인의 관심을 끌 수 있었다. 선생은 조심스럽게 자물쇠를 살폈다. 급히 빠져나가야 하는 상황이 발생했을 때, 안에서 문을 열지 못하면 곤란했다. 이어 우리는 전등을 켜고 앞으로 나아가며 수색을 시작했다.

작은 전등에서 나오는 빛은 서로 교차하기도 하고 우리

몸에 가려 거대한 그림자를 드리우기도 하면서 온갖 기묘한 모양을 그렸다. 우리 사이에 다른 누군가가 있다는 느낌을 떨칠 수가 없었다. 너무나 음침한 곳이다 보니 트란실바니아의 그 무시무시한 경험이 다시 생각났던 모양이다. 다들 비슷한 느낌이었는지 무슨 소리가 나거나 새로운 그림자가 비칠 때마다 나처럼 어깨 너머로 주변을 둘러보았다.

집 안은 어디나 먼지가 두껍게 쌓여 있었다. 바닥 먼지는 최근에 생긴 발자국을 제외하면 높이가 몇 센티미터는 될 것 같았다. 불을 내려 살펴보니 구두 징이 먼지를 꽉 다져놓았다. 벽도 먼지로 잔뜩 뒤덮인 것 같았다. 구석에는 거미줄이 가득했는데 그 위에 잔뜩 쌓인 먼지 무게로 군데군데 찢긴 모습이 낡아빠진 누더기 같았다. 현관 쪽 탁자 위에는 커다란 열쇠 꾸러미가 놓여 있었는데 세월에 누렇게 변한 라벨이 열쇠마다 붙어 있었다. 열쇠는 몇 번 쓴 것 같았다. 반 헬싱 선생이 열쇠를 들어 올리자 먼지로 뒤덮인 탁자 위에 자국이 남았는데 비슷한 자국이 이미 몇 군데 나 있었다. 선생이 내 쪽으로 몸을 돌리며 말했다.

"조너선, 자넨 이곳을 알고 있어. 이 집의 평면도 사본도 가지고 있었고. 적어도 우리보다는 더 잘 알겠지. 예배당으로 가는 길이 어딘지 아나?"

전에 이곳을 찾았을 때는 예배당 안으로 들어갈 수 없었지만 그래도 어디로 가면 되는지 알 것 같았다. 내가 길을 안내했다. 몇 차례 헤맨 끝에 다른 쪽에서 작은 아치 모양에 쇠테를 두른 떡갈나무 문을 찾아냈다.

"여기야."

선생은 작은 평면도에 불을 가져다 댔다. 집 매매와 관련된 자료 묶음에서 복사한 것이었다. 우리는 열쇠 꾸러미에서 다소 힘들게 열쇠를 찾아내 문을 열었다. 다들 불쾌한 일을 겪으리라 각오하고 있었다. 문을 열자 희미한 악취가 틈으로 새어 나왔다. 그렇지만 들어가서 냄새를 직접 맡아보니 그 고약함이란 예상을 훌쩍 뛰어넘었다. 나 말고 다른 사람들은 백작을 가까이서 마주한 적이 없었다. 나는 백작을 만나긴 했으나 그때는 그가 아무것도 먹지 않았다. 또 백작이 신선한 피를 잔뜩 빨아 먹고 누워 있던 곳은 공기가 잘 통했다. 그런데 이곳은 좁고 밀폐되고 오랫동안 환기하지 않아서 공기가 고인 채 오염되었다. 이 오염된 공기에 메마른 땅의 독기 비슷한 흙냄새도 배어 있었다. 말로 표현하기 어려운 냄새였다. 죽음을 부르는 모든 질병의 냄새와 코를 쏘는 듯 역겨운 피 냄새가 섞여 있었다. 썩고 또 썩어 부패 그 자체였다. 지금 생각해도 역겹다. 그 괴물이 뿜어낸 숨이 그곳에 들러붙어 더욱 역겹게 만든 것 같다.

보통 때라면 이런 악취를 맡자마자 일을 그만둘 것이다.

그렇지만 이번 경우는 보통 일이 아니다. 우리는 고귀하고도 무시무시한 일을 위해 움직이고 있기에 육체적 한계를 뛰어넘을 수 있었다. 처음에는 역겨운 냄새에 저도 모르게 움츠러들었지만, 우리는 이 역겨운 곳이 장미 정원이라도 되는 것처럼 일에 착수했다.

우리가 예배당을 꼼꼼히 살피려는데, 선생이 말했다.

"맨 먼저 이곳에 상자가 몇 개나 남았는지 확인해야 하네. 그리고 사라진 상자에 대한 단서를 찾기 위해 이곳에 있는 구멍이며 모서리며 틈을 다 살펴야 하네."

그냥 둘러보기만 해도 상자가 몇 개나 남았는지 셀 수 있었다. 흙이 든 상자는 크기가 커서 실수할 일이 없었다.

50개 중에서 남은 것은 겨우 29개였다! 그동안 나는 한 번 깜짝 놀라기도 했다. 고덜밍 경이 갑자기 몸을 돌려 아치형 문 바깥의 어두운 통로를 바라보았기 때문이다. 나도 그곳을 바라보았다. 순간 심장이 멎는 듯했다. 어두운 가운데 백작의 그 사악한 얼굴이 번뜩이는 모습을 본 것 같았다. 매부리코, 붉은 눈, 새빨간 입술, 지독히도 창백한 안색. 찰나의 일이었다. 고덜밍 경이 말했다.

"얼굴 하나를 본 줄 알았는데, 그냥 그림자였습니다."

고덜밍 경은 다시 수색을 시작했다. 나는 그쪽으로 전등을 비추면서 통로로 나갔다. 사람의 흔적은 없었다. 모퉁이도 없고, 문도 없고, 틈도 없었다. 그저 통로의 단단한 벽만 있었다. 아무리 백작 같은 존재라도 숨을 곳이 없어 보였다. 내가 겁에 질려서 상상해버렸다고 생각하고 아무 말도 하지 않았다.

몇 분 뒤 모리스가 한쪽 구석에서 한참 움직이다 움찔 뒤로 물러났다. 우리는 모두 모리스의 움직임을 살폈다. 우리도 불안해지기 시작한 것이다. 그때 별처럼 반짝이는 인광한 무리가 눈에 들어왔다. 우리 모두 본능적으로 물러섰다. 쥐들이 온통 들끓고 있었다.

우리는 질겁해서 멈칫 서 있었다. 그렇지만 고덜밍 경은 아니었다. 그런 비상 상황이 벌어지리라 마음의 준비를 했던 모양이었다. 고덜밍 경은 쇠테를 두른 커다란 떡갈나무 문으로 달려갔다. 예전에 수어드 박사가 렌필드를 잡으러 왔다가 본 적 있고 나도 봤던 문이었다. 고덜밍 경은 자물쇠에 열쇠를 넣고 돌렸다. 큰 빗장을 풀고 문을 열었다. 주머니에서 작은 은 호루라기를 꺼내 불었다. 나지막하지만 새된 소리가 났다. 호루라기 소리에 화답하듯 수어드 박사의 집 뒤에서 개들이 으르렁댔다. 잠시 후 테리어 세 마리가 집 모퉁이에서 달려 나왔다. 우리는 무심코 문 쪽으로 다가갔다. 그러다 먼지가 어지럽게 흐트러져 있다는 사실을 눈치챘다. 밖으로 꺼낸 상자들을 이쪽으로 옮긴 것이었다. 몇 분 만에 쥐 떼가 엄청나게 불어났다. 곧 예배당을 다 차지할 것 같았다. 불에 비친 쥐들은 검은 몸이 번들거리고 눈은 사악하게 빛났다. 그곳이 마치 반딧불로 가득한 강둑처럼 보였다. 개들이 달려 오긴 했는데 문턱에서 우뚝 멈추더니 으르렁거렸다. 그러다 다들 머리를 쳐들고 애처롭게 짖기 시작했다. 쥐 떼는 이제 수천 마리로 늘어났다. 우리는 문밖으로 나왔다.

고덜밍 경이 개 한 마리를 들고 안으로 들어가 바닥에 내려놓았다. 개는 발이 땅에 닿자마자 바로 용기를 되살려 천적에게 달려들었다. 쥐 떼가 너무 빨리 달아나는 바람에, 개는 스무 마리 정도밖에 해치우지 못했다. 잇달아 똑같은 방식으로 데려온 다른 개들도 쥐를 몇 마리만 죽일 수 있었 다. 그사이 쥐 떼가 모두 사라졌다.

쥐 떼가 달아나면서 사악한 기운도 그곳을 떠난 모양이 었다. 개들은 바닥에 쓰러진 적들에게 갑자기 덤벼들더니 시 체를 물어다가 뒤집기도 하고 허공에 던지기도 하며 잔인하 게 가지고 놀았다. 마구 뛰어다니며 명랑하게 짖었다. 우리 도 활기를 되찾은 듯했다. 예배당 문을 열어서 지독한 공기 를 정화해서인지, 밖으로 나와서 원래 우리 모습으로 돌아와 서인지는 알 수 없었다. 그래도 우리를 덮고 있던 두려움의 그림자가 사라진 것만은 분명했다. 이곳의 으스스함이 사라 진 것 같았다. 물론 우리가 품은 결의는 여전히 단단했다. 우리는 바깥 문을 닫고 빗장을 지른 뒤 개들을 데리고 집 안을 수색했다. 엄청나게 많은 먼지 말고는 아무것도 찾지 못했다. 맨 처음 내가 저택을 방문했을 때 생긴 내 발자국 말고는 그 어떤 흔적도 없었다. 개들은 다시는 불안한 모습을 보이지 않았다. 심지어 예배당으로 돌아오자 여름날 숲에서 토끼 사냥을 하듯 마구 뛰어다녔다.

현관을 나오니 동쪽에서 새벽이 밝아오고 있었다. 반 헬싱 선생은 꾸러미에서 현관문 열쇠를 찾아내 이번엔 통상적인 방법으로 잠그고 열쇠를 주머니에 넣었다.

"한밤의 수색 활동은 아주 성공적이었어. 무척 걱정했는데 아무도 다치지 않았어. 그리고 상자가 몇 개나 사라졌는지도 알아보았고. 아무래도 우리 임무는 첫 단계가 가장 어렵고 위험할 텐데, 미나 부인을 데려오지 않고 완수하여 아주 기쁘다네. 부인도 함께 왔다면 밤낮으로 괴로워하게 될 거야. 그 광경이며 소리며 냄새며 너무 소름 끼쳐서 절대 잊지 못하겠지. 우리가 알게 된 사실이 또 하나 있어. 지나치게 일반화해서 생각하는 것일 수도 있지만, 그 흉한 짐승들은 백작의 지시를 따르게 되어 있긴 해도 영적 힘에 완벽히 통제되지는 않는 것 같아. 쥐 떼는 백작의 명령으로 왔을 거야. 조너선이 성 밖으로 나가려 했을 때나 아이를 빼앗긴 가엾은 어머니가 울부짖었을 때 백작은 성 위에서 늑대를 불러내지 않았나. 그렇지만 쥐 떼는 백작의 부름으로 나타나긴 했어도 아서의 그 작은 개들 앞에서 허둥지둥했어. 그런데 우리 앞엔 문제가 더 있다네. 또 다른 위험과 공포가 도사리고 있지. 그때 이후로 백작은 제힘을 쓰지 않았어. 이런 일은 처음이자 마지막이겠지. 백작이 다른 곳으로 가버렸다는 뜻이야. 좋아. 체스 게임으로 치면 우리가 '체크'를 외칠 기회가 온 셈이야. 우리는 인간의 영혼을 걸고 게임을 하고 있지. 자, 이제 집으로 돌아가자고. 곧 새벽이고, 첫날 밤의 성과는 만족스러워. 낮이고 밤이고 위험으로 가득한 날들이 기다릴지 모르지. 그렇지만 우리는 앞으로 나아가야 해. 어떤 위험이 있어도 굴하지 않을 거야."

병원으로 돌아왔다. 조용한 가운데, 멀리 있는 병동에서 비명을 지르는 가엾은 환자가 있었다. 그리고 렌필드의 방에서 낮은 신음이 흘러나왔다. 렌필드는 그렇게 소동을 벌인 후 분명 고통스러운 생각에 사로잡혀 스스로를 괴롭혀대는 것이다.

나는 내 방으로 살금살금 걸어갔다. 미나는 잠들어 있었는데, 너무나 조용히 숨을 쉬고 있어 귀를 가까이 대어야 숨소리를 들을 수 있었다. 평소보다 창백해 보였다. 지난밤 회의로 미나가 마음 상하지 않았으면 좋겠다. 앞으로 회의 자리에서 미나가 빠지게 되어 너무나 다행스럽다. 여성이 감당하기에는 너무나 부담스러운 상황이다. 처음에는 그렇게 생각하지 않았으나 이제는 잘 알겠다. 반 헬싱 선생의 제안이 받아들여져 기쁘다. 미나가 들으면 충격받을 일이 생길지도 모른다. 그렇지만 무언가 숨겼다고 미나가 의심이라도 한다면, 사실대로 털어놓는 것보다 숨기는 쪽이 더 나쁠 수도 있다. 그러니 이제 우리는 미나에게 절대로 정보를 알려서는 안 된다. 적어도 모든 일이 끝나고 지하 세계의 악마로부터 이제 자유롭다고 말할 수 있기 전까지는 비밀을 지켜야 한다. 우리가 서로를 그토록 신뢰하는데 비밀이 생기다니 그리 쉬운 일은 아닐 것이다. 그렇지만 마음을 단단히 먹어야 한다. 날이 밝으면 지난밤의 일에 대해서는 입도 뻥긋하지 않을 것이다. 미나가 잠에서 깰까 봐 나는 소파에 누웠다.

10월 1일, 얼마 뒤 우리는 자연스럽게 늦잠을 잤다. 전날 낮에도 무척 바빴고 밤에는 조금도 쉬지 못했다. 미나도 탈진한 모양이었다. 해가 높이 뜰 때까지 잠을 자긴 했지만, 내가 미나보다 일찍 일어났다. 두세 번 불러서야 미나도 잠에서 깨어났다. 사실 미나는 워낙 깊은 잠에 빠져서 몇 초 동안 나를 알아보지도 못한 채 겁먹은 사람처럼 멍하니 바라보았다. 악몽에서 깨어난 사람 같았다. 미나는 좀 피곤하다고 했고, 나는 그날 늦게까지 미나가 쉬게 해주었다. 이제 우리는 상자

21개가 치워진 사실을 알고 있다. 몇 개라도 행방을 찾는다면, 나머지도 모두 추적할 수 있을 것이다. 그렇게 되면 일이 아주 간단해질 것이다. 이런 일은 빠를수록 좋다. 오늘 토머스 스넬링을 만나야겠다.

수어드 박사의 일기

10월 1일 선생이 내 방으로 들어와서야 잠에서 깼다. 정오가 다 되었다. 선생은 평소보다 훨씬 활기차고 기분 좋은 모습이었다. 지난밤 해낸 일 덕분에 마음의 부담을 어느 정도 덜어낸 것 같았다. 어젯밤의 모험을 짚어보다 선생이 별안간 말했다.

"자네 환자에게 관심이 가네. 오늘 아침 그 환자를 같이 만나도 괜찮을까? 자네가 너무 바쁘면 나라도 혼자 가겠네. 철학을 논하고 이성적인 이야기를 하는 광인을 만나다니 처음이네."

나는 할 일이 있었다. 그래서 선생에게 기다리지 말고 혼자 렌필드의 방에 가보라고 했다. 간호인을 불러 필요한 지시를 내렸다. 선생이 방을 떠나기 전에, 환자에게 속아서는 안 된다고, 조심하라고 경고했다.

"그렇지만 나는 환자 본인에게 직접 듣고 싶어. 동물을 산 채로 먹어치우는 일에 관한 망상 말이야. 어제 자네가 쓴 일기를 보니, 그는 한때 그런 믿음을 가졌다고 미나 부인에게 말했다면서. 왜 웃는 거지, 존?"

"죄송합니다. 그렇지만 여기에 답이 있습니다."

나는 하커 부인이 타자한 일기를 손으로 짚었다.

"멀쩡하고 아는 것도 많은 우리 광인이 한때 살아 있는 동물을 먹어치웠다는 소리를 했을 때, 환자의 입은 하커 부인이 방에 들어가기 직전에 먹어치운 파리와 거미로 가득했죠. 역겨웠습니다."

반 헬싱은 미소로 화답했다.

"그래, 자네 기억은 정확해. 내가 기억해야 했는데. 그렇지만 렌필드가 보여주는 그 생각과 기억의 왜곡 때문에 정신 질환은 흥미로운 연구 사례가 되는 것이지. 가장 현명한 사람들의 가르침보다 이 광인이 보여주는 어리석은 모습에서 지식을 더 많이 구할 수도 있어. 그렇지 않은가?"

나는 할 일을 계속했다. 오래지 않아 일을 마쳤다. 시간이 아주 잠깐 지난 것 같은데, 반 헬싱이 서재로 돌아왔다.

"들어가도 되겠나?"

선생이 문 앞에서 정중히 물었다.

"그럼요. 일은 끝났습니다. 이제 괜찮으니, 원하시면 같이 움직일 수 있습니다."

"그럴 필요 없네. 렌필드를 만났어."

"어땠습니까?"

"렌필드는 내게 별 관심을 보이지 않았어. 잠깐 만났네. 들어가니 방 가운데에 놓인 의자에 앉아 있었어. 무릎에다 팔꿈치를 괸 자세에, 시무룩하고 불만스러운 얼굴이었어. 렌필드에게 최대한 활기차면서도 정중하게 말을 건넸어. 어떻게 해도 답이 없더군. '나를 모르시오?' 내가 물었어. 렌필드의 대답을 들으니 마음이 편치 않았어. '아주 잘 알고 있죠. 늙은 바보 반 헬싱. 그 멍청한 뇌 이론을 들고 다른 곳으로 가버렸으면. 머리 나쁜 네덜란드 놈들.' 렌필드는 더는 한마디도 하지 않았어. 단단히 언짢은 표정만 짓고는 마치 내가 그 방에 없는 듯 손톱만큼도 관심을 주지 않더군. 그렇게 똑똑한 광인에게 많은 것을 배울 기회는 사라졌어. 그러니 다정한 미나 부인을 만나 기분 좋은 말을 나누며 기운을 좀 내야겠어. 존, 미나 부인이 그 끔찍한 일로 더는 괴로워하지 않고 걱정하지 않게 되어 정말 기쁘다네. 우리로서는 미나 부인의 도움이 아쉽겠지만, 그래도 이쪽이 나아."

"선생님 말씀에 완전히 동의합니다."

나는 진심을 담아 대답했다. 이 문제로 반 헬싱의 마음이 약해지지 말기를 바랐다.

"하커 부인은 빠지는 편이 낫죠. 우리뿐만 아니라 이 세상 모든 남자가 힘들어할 상황입니다. 진퇴양난의 상황을 여러 번 겪은 남자들도 그럴 겁니다. 부인에게는 당연히 힘들겠지요. 부인이 계속 같이 활동하다가는 분명 해를 입을 겁니다."

반 헬싱은 하커 부부와 이야기를 나누러 갔다. 퀸시와 아트는 흙 상자에 관한 단서를 찾고 있었다. 나는 회진을 끝낼 것이다. 우리는 오늘 밤에 모이기로 했다.

미나 하커의 일기

10월 1일 어젯밤의 활동에 대해 아무 이야기가 없어 이상하다. 그토록 오랫동안 내게 모든 이야기를 털어놓던 조너선이 어떤 문제를, 가장 중요한 문제를 피하고 있다. 어제 지쳐서 오늘은 늦게 일어났다. 조너선도 늦게 일어나긴 했지만, 나보다는 일찍 깼다. 조너선은 나가기 전에 매우 다정하고 부드럽게 말을 건넸지만, 백작의 집에서 일어난 일은 단 한마디도 언급하지 않았다. 내가 얼마나 심하게 불안했는지 아는 모양이다. 안타깝다. 아마 나보다도 조너선이 더 힘들 것이다. 사람들은 이 끔찍한 일에서 내가 물러나는 것이 최선이라고 뜻을 모았다. 나도 순순히 따르긴 했다. 그렇지만 조너선이 내게 아무 말도 하지 않다니. 나는 이제 멍청한 바보처럼 울고 있다. 물론 안다. 내 남편의 크나큰 사랑과 다른 남자들의 선한 마음으로 그런 결정이 났다는 것을…….

울고 나니 한결 낫다. 언젠가 조너선은 다 말해줄 것이다. 내가 뭔가를 숨긴다고 조너선이 한순간도 오해하지 않게, 나는 평소처럼 일기를 계속 쓴다. 조너선이 나를 못 믿는 일이 생기면, 내 마음속 모든 생각을 다 쓴 이 일기를 보여줄 것이다. 오늘은 이상하게도 슬프고 기운이 안 난다. 그동안 너무 흥분했다가 이제 긴장의 끈이 풀린 모양이다.

어젯밤 나는 남자들이 떠난 뒤 잠자리에 들었다. 그들이 권한 대로 침대에 누웠지만 잠이 오지 않았다. 근심이 나를 집어삼키는 기분이었다. 조너선이 나를 만나러 런던에 온 뒤로 벌어진 모든 일을 생각했다. 무시무시한 비극 같았다. 정해진 결말을 향해 가차 없이 몰고 가는 운명. 어떤 행동이든, 아무리 적절한 일일 수 있다고 해도 가장 통탄스러운 결과를 야기하는 것 같다. 내가 휘트비에 가지 않았다면 가엾은 루시도 지금 우리 곁에 있을 것이다. 루시는 내가 휘트비에 방문하기 전에는 교회 묘지에 간 적이 없었다. 낮에 나와 함께 가지 않았다면, 잠든 채로 그곳을 걸어 다니지 않았을 것이다. 그리고 루시가 몽유병 증세로 밤에 거기 가지 않았다면,

그 괴물이 루시를 파멸시킬 수도 없었을 것이다. 아, 왜 나는 휘트비에 갔을까? 또 눈물이 난다. 오늘 이러는 이유를 모르겠다. 그렇지만 조너선에게는 숨겨야 한다. 내가 아침에 두 번이나 운 것을 알면 다정한 그이가 마음 아플 것이다. 나는 내 문제로 운 적이 한 번도 없고 조너선 때문에 눈물을 흘린 적도 없는데. 아무 일 없는 척해야겠다. 슬픈 기분이어도 조너선이 절대 모르도록. 우리 불쌍한 여자들이 배워야 할 덕목일까.

지난밤 어떻게 잠들었는지 기억이 잘 안 난다. 갑자기 개들이 짖어대고 이상한 소리도 났다. 야단스럽게 애원하는 소리 같았다. 이 아래 어딘가에 있는 렌필드의 방에서 나는 듯했다. 이어 침묵이 내려앉았다. 너무나 깊은 침묵에 겁이 났다. 나는 침대에서 일어나 창밖을 보았다. 칠흑처럼 깜깜하고 고요했다. 달빛 아래 드리운 짙은 그림자들은 그만의 소리 없는 신비로움을 풍기고 있었다. 아무것도 움직이지 않았다. 죽음이나 파멸이 닥친 것처럼 울적하고 정적인 분위기였다. 그때 가느다란 선 같은 하얀 안개가 거의 눈에 띄지 않을 만큼 천천히 잔디밭을 지나 집으로 다가오고 있었다. 살아 움직이는 생명 같았다. 그런 헛된 생각에 기분이 나아졌는지, 침대로 돌아가자 조금씩 졸렸다. 잠시 누워 있었다. 그렇지만 잠을 잘 수가 없어서 다시 일어나 창가를 또 내다보왔다. 안개가 퍼져나가다가 이제 집 가까이 왔다. 벽 근처에 두껍게 달라붙는 모양이 마치 창문으로 올라오려는 것 같았다. 그 환자는 더 시끄러워졌다. 그가 하는 말을 알아들을 수는 없었으나 어조로 볼 때 무언가 진정으로 간청하고 있었다. 그러다 다투는 소리가 들려왔다. 간호인이 환자를 붙잡은 모양이었다. 너무 겁이 나서 침대로 들어가 이불을 뒤집어쓰고 손가락으로 귀를 막았다. 그때는 졸리지 않았다. 적어도 내 생각은 그랬다. 그렇지만 잠든 게 분명했다. 조녀선이 아침에 깨울 때까지 꿈을 빼고는 아무것도 기억나지 않았다. 조녀선이 깨웠을 때, 한참을 애쓴 끝에 내가 어디에 있는지 깨달았고 나를 내려다보는 사람이 조녀선이라는 것도 알게 되었다. 꿈이 아주 특이했다. 깨어 있을 때의 생각이 꿈에서도 쭉 이어지는 식이었다.

내 생각에, 잠을 자면서도 조녀선이 돌아오기를 기다린 것 같다. 조녀선이 무척 걱정되었으나 움직일 힘은 없었다. 손발이며 머리가 무겁고 평소와는 달랐다. 제대로 자지 못한 채 이런저런 생각을 했다. 그런데 방 안 공기가 답답하고 눅눅하고 차가운 것 같았다. 뒤집어쓴 이불을 젖히니 놀랍게도 주변이 온통 어스레했다. 조녀선을 위해 켜둔 가스등 불빛이 약해져, 안개 속에서 작고 붉은 불꽃만 남았다. 안개가 더욱 짙어져 방으로 흘러온 모양이었다. 그런데 잠자리에 들기 전에 창문을 닫았던 기억이 떠올랐다. 확인해보려면 침대에서 일어나야 했다. 그러나 몽롱한 기운이 무겁게 짓눌러 사지며 의지마저도 묶여버린 것 같았다.

나는 가만히 누운 채 견뎠다. 그게 전부였다. 눈을 감았으나 눈꺼풀로 볼 수 있었다(우리 꿈은 우리에게 잘도 속임수를 부린다. 우리는 멋대로 상상의 나래를 펼칠 수 있다. 대단하다). 안개가 점점 짙어졌다. 안개가 어떻게 들어오는지도 알 수 있었다. 연기나 끓는 물에서 나는 하얀 김 같은 그것은 창문이 아니라 문틈으로 들어왔다. 점점 짙어진 안개가 방 한곳으로 모이더니 마치 구름 기둥 같은 것을 이루었다. 기둥 위쪽에서 가스등 불빛이 붉은 눈처럼 빛났다. 그 구름 기둥이 방 안에서 빙글빙글 돌자, 머릿속이 빙빙 도는 것 같았다. 성서의 한 구절이 떠올랐다. '낮에는 구름 기둥, 밤에는 불기둥.' 내가 잠든 사이 영적 길잡이가 찾아온 것일까? 그렇지만 내가 본 기둥은 낮과 밤 둘 다 안내하는 기둥이었다. 안개 기둥 위쪽 불빛 속에 불기둥이 있었던 것이다. 이렇게 생각하니 새로운 매혹이 느껴졌다. 지켜보고 있으니, 불이 둘로 갈라져 마치 붉은 눈 두 개처럼 안개 속에서 번쩍였다. 성모 마리아 교회의 창문에 석양이 비치는 동안 루시가 잠시 정신이 흐릿한 채 보았다던 붉은 눈 같았다. 갑자기 두려움이 들이닥쳤다. 달빛 속 빙빙 도는 안개 속에서 무시무시한 세 여자가 모습을 드러냈을 때 조너선도 이렇게 겁이 났겠지. 나는 꿈속에서 기절한 모양이었다. 모든 것이 짙은 어둠으로 바뀌었다. 내 상상력이 빚어낸 마지막 이미지는 안개 속에서 창백한 얼굴이 나타나 나를 내려다본 것이었다.

이런 꿈을 조심해야 한다. 너무 많이 꾸면 머릿속이 이상해질 수도 있다. 반 헬싱 박사나 수어드 박사에게 잠이 잘 오는 약을 처방해달라고 부탁해야겠다. 그들이 놀랄까 걱정된다. 이런 꿈 때문에 그들은 나를 더 걱정할 것이다. 오늘 밤에는 잘 자도록 노력해야겠다. 그럴 수 없다면, 내일 밤에는 클로랄 1회분을 달라고 해야겠다. 한번 먹는다고 해가 되지는 않을 것이고, 잠을 푹 잘 수 있을 것이다. 어젯밤을 보내고 나니, 밤새운 상태보다 더 지쳤다.

10월 2일, 오후 10시 어젯밤에는 잠을 잤지만 꿈은 꾸지 않았다. 푹 잠든 것이 분명했다. 조너선이 침대로 왔을 때도 깨지 않았다. 그렇지만 잠을 자도 기운이 돌아오지는 않았다. 오늘은 온몸에 힘이 없고 활기를 찾기 어렵다. 어제는 책을 읽거나 누워서 졸며 시간을 보냈다. 오후에 렌필드가 나를 만날 수 있는지 물어왔다. 가엾은 사람이다. 렌필드는 무척 상냥했다. 헤어질 때 렌필드는 내 손에 입맞춤하며 하느님의 축복을 빌어주었다. 마음이 무척 흔들렸다. 그를 생각하며 울고 있다. 마음이 약해졌다는 뜻이니 조심해야 한다. 내가 운 걸 알면 조녀선이 분명 슬퍼할 것이다. 조녀선과 일행은 저녁 시간이 될 때까지 밖에 나갔다가 지쳐서 돌아왔다. 나는 그들의 기운을 북돋워주려고 했다. 덕분에 나도 좋아진 것 같다. 내가 얼마나 피곤한지 잊었다. 저녁 식사 후 그들은 내게 자러 가라며, 다 같이 담배를 피우러 간다고 했다. 그날 각자 겪은 일을 공유하고 싶은 모양이었다. 조녀선의 태도를 살피니 뭔가 중요한 정보를 찾은 모양이었다.

　　잠을 자야 할 텐데 잠이 오지 않았다. 그래서 그들이 가기 전에 수어드 박사에게 진정제를 좀 처방해달라고 했다. 어젯밤에 잠을 잘 이루지 못했다고 말했다. 박사는 친절하게 도 수면제를 조제해주었다. 순해서 몸에 나쁘지 않은 약이라 고 했다. 나는 약을 먹었고 이제 잠이 오길 기다리고 있다. 여전히 잠이 안 온다. 약을 괜히 먹은 게 아닌지 걱정된다. 잠이 오기 시작하자 새로운 두려움이 닥쳤기 때문이다. 잠에서 깨 어나는 힘을 스스로 빼앗는 어리석은 짓을 한 것이 아닐까. 어쩌면 그러기를 바랐을지도 모른다. 잠이 온다. 그럼 안녕.

20장

조너선 하커의 일기

10월 1일, 저녁　베스널 그린에 사는 토머스 스넬링의 집을 찾았다. 아쉽게도 스넬링은 예전 일을 기억해낼 상태가 아니었다. 내가 오면 맥주를 마시리라 기대한 그는 너무 이른 시간부터 술에 빠지고 만 것이다. 그렇지만 친절한 스넬링의 아내에게서 정보를 얻었다. 일꾼 두 명 중 책임자는 스몰렛이라는 사람이고, 스넬링은 그냥 조수라는 것이다. 그래서 월워스로 가서 조지프 스몰렛의 집을 찾았다. 스몰렛은 셔츠바람으로 찻잔 받침도 없이 차를 마시고 있었다. 예의 바르고 똑똑한 사람이었다. 착하고 믿을 만한 일꾼으로 머리도 좋아 보였다. 스몰렛은 상자를 옮긴 일을 다 기억하고 있었다. 바지 뒷주머니에서 귀퉁이를 잔뜩 접은 공책을 꺼냈다.

연필로 굵직하게 쓴 글씨는 반쯤 지워졌지만 스폴렛은 내용을 확인하더니 상자가 옮겨진 장소를 알려주었다. 6개는 카팩스에서 마일 엔드 뉴타운의 칙샌드가 197번지로 마차에 실려 갔다. 다른 6개는 버몬지의 저메이카 레인으로 보내졌다. 백작이 이 섬뜩한 은신처를 런던 곳곳에 나눠놓을 계획이었다면, 먼저 이 두 곳에 상자들을 옮긴 다음 나중에 더 여러 곳으로 나눌 수 있다. 상자들이 체계적으로 옮겨진 것으로 보아, 애초에 런던의 두 지역에만 둘 계획이 아니었던 모양이다. 이제 템스강 북쪽 기슭의 동쪽 끝과 남쪽 기슭의 동쪽과 남쪽에 은신처가 마련되었다. 북쪽과 서쪽이 백작의 사악한 계획에서 빠질 리 없었다. 남서부 및 서부에 있는 런던의 부유한 핵심 지역도 빠지지 않을 터였다. 나는 스폴렛에게 카팩스에서 더 옮겨진 상자는 없느냐고 물었다. 금화 반 파운드를 주자, 스폴렛이 말했다.

"선생님은 인심도 좋으십니다. 아는 건 다 말씀드리겠습니다. 나흘 전에 핀처스 앨리에 있는 '토끼와 사냥개'라는 술집에서 블록샘이라는 남자가 그랬습니다. 퍼플리트에 있는 낡은 집에서 그 먼지 나는 일을 했다고요. 이 동네에서는 드문 일입니다. 아마 샘 블록샘이 정보를 줄 껍니다."

나는 블록샘의 주소를 알려줄 수 있는지 물어보았다. 그의 주소를 알아내면 금화 반 파운드를 더 주겠다고 했다. 스몰렛은 남은 차를 꿀꺽 마신 뒤 자리에서 일어났다. 블록샘을 찾으러 나서겠다고 했다. 그러더니 문가에서 멈춰 섰다.

　"그런데 선생님, 여기서 계속 기다리실 필요는 없습니다. 샘을 금방 찾을 수도 있지만 못 찾을 수도 있으이까요. 만나더라도 샘이 오늘 밤에 이야기를 마이 할 것 같지도 않고요. 한번 마셨다 하면 진탕 퍼마시는 놈이라서요. 우표 붙인 봉투에다 주소를 적어서 제게 주고 가이소. 샘이 어디 있는지 찾아내면 오늘 밤에 바로 연락드리겠습니다. 아침 일찍 출발하시는 편이 좋을 낍니더. 아니면 만날 수도 없을 낍니더. 샘은 억수로 일찍 나가거든요. 전날 폭음하든 말든 그렇게 합니더."

　말이 되는 이야기였다. 한 아이에게 1페니를 가지고 봉투 한 장과 종이 한 장을 사 오라고 시켰다. 잔돈은 가지라고 일렀다. 아이가 나갔다가 돌아온 뒤, 나는 봉투에 주소를 쓰고 우표를 붙였다. 스폴렛은 샘을 찾게 되면 이 주소로 꼭 편지를 보내겠다고 굳게 약속했다. 나는 집으로 돌아왔다. 어쨌든 일은 진행되고 있다. 오늘 밤은 피곤해서 잠을 자고 싶다. 미나는 빨리 잠들었고 좀 창백해 보였다. 눈을 보니 운 것 같았다. 안쓰럽다. 백작과 관련된 일을 계속 비밀로 해두고 있으니 미나가 초조할 것이다. 나와 사람들을 두 배로 걱정하고 있을지도 모른다. 그렇지만 지금이 최선이다. 신경쇠약보다는 지금처럼 실망한 가운데 걱정하는 편이 낫다. 이 끔찍한 일에서 미나가 손을 떼야 한다는 의사들의 주장은 아주 적절했다. 나는 단호하게 대처해야 한다. 입을 다물어야 하는 이 특별한 짐은 내 몫이어야 한다. 어떤 상황에서도 이 주제를 가지고 미나와 이야기하지 않을 것이다. 사실 그리 어려운 일이 아닐 수도 있다. 결정을 내린 뒤로, 미나 본인이 이 주제를 꺼내는 법이 없고, 백작이나 백작의 행동에 대해서도 아무 말이 없다.

10월 2일, 저녁　기나긴 하루였다. 힘들고 흥분되는 날이었다. 내가 쓴 봉투 속에 더러운 종이 한 장을 넣은 편지가 가장 이른 우편 편으로 도착했다. 목수들이 쓰는 연필로 아무렇게나 쓴 내용은 다음과 같았다.

　'샘 블록샘, 월워스 바텔가, 파터스 코트 4번지. 코크란스. 대린을 찾으소.'

　침대에서 이 편지를 받아 들고 미나가 깨지 않게 일어났다. 깊은 잠에 빠진 미나는 얼굴이 창백해서 건강이 좋아 보이지 않았다. 일단 미나를 깨우지 않기로 하고, 이번 조사를 끝내고 돌아와서 엑서터로 돌아가면 어떨지 미나에게 물어보자고 마음먹었다. 우리 집으로 돌아가면 미나의 관심을 끄는 일이 매일 있을 테니, 아무것도 모른 채 남자들 사이에 있

504

는 것보다는 행복할 것 같았다. 나는 수어드 박사를 잠깐 만나 내 목적지를 말해주고, 무언가 알아내면 돌아와서 곧바로 동료들에게 알리겠다고 약속했다. 그다음엔 월워스로 가서 좀 고생한 끝에 포터스 코트를 찾아냈다. 스몰렛 씨가 맞춤법을 틀려서 파터스 코트라고 쓴 것이다. 어쨌든 그곳을 찾은 다음에는 코코란의 하숙집을 찾기가 어렵지 않았다. 문을 열어주러 온 남자에게 '대린'이란 사람을 찾으러 왔다고 하니, 남자가 고개를 저으며 말했다.

"모르겠는데요. 여긴 그런 사람 없습니다. 그런 사람은 한 번도 못 들어봤습니다. 여기든 어디든 그런 사람은 안 살낍니다."

나는 스몰렛의 편지를 꺼냈다. 다시 읽다 보니, 스몰렛이 포터스도 잘못 쓴 만큼 또 철자를 틀렸을 수 있겠다는 생각이 들었다.

"당신은 어떤 일을 하십니까?"

"대리인입니다."

대답을 듣자마자 제대로 찾아왔다는 사실을 바로 깨달았다. 스몰렛 씨가 잘못 쓴 것이다. 금화 반 파운드를 주고 대리인에게 정보를 구했다. 블록샘은 전날 이곳에서 맥주를 마시다가 잠들었고 아침 5시에 포플라로 일하러 갔다고 했다. 그렇지만 일터가 어디인지는 알지 못했다. '최신식 창고' 같

505

은 곳이라고만 알고 있었다. 나는 이 빈약한 단서를 가지고 포플라로 떠나야 했다. 정오가 되어 쓸 만한 정보를 구했다. 카페에 갔더니 일꾼 몇 명이 식사하고 있었는데, 그중 한 명이 크로스 에인절가에 새로운 '냉장창고' 건물이 생겼다고 했다. '최신식 창고' 같은 건물이겠거니 생각하고 바로 그곳으로 향했다. 무뚝뚝한 문지기에 이어 더 무뚝뚝한 현장감독을 돈으로 구슬리며 이야기를 나누었다. 그 결과 블록샘이 어디 있는지 알게 되었다. 블록샘에게 개인적인 질문 몇 가지를 하게 해주면 그 대신 일당을 현장감독에게 지불하겠다고 제안하자, 감독은 블록샘을 불러주었다. 블록샘은 말이나 태도는 거칠었으나 영리한 사람이었다. 정보를 주면 돈을 주겠다고 약속하며 몇 푼을 먼저 건네자, 카팩스의 집에서 피커딜리의 집으로 두 번 오가면서 큰 상자 9개를 옮겼다고 알려주었다. 아주 무거워서 마차를 빌려서 옮겼다고 했다. 혹시 피커딜리에 있는 집 번지수를 알려줄 수 있느냐고 묻자 블록샘이 대답했다.

"글쎄요, 선생님. 번지수는 기억 안 납니더. 그렇지만 근처에 지은 지 얼마 안 된 크고 하얀 교회 같은 건물이 있었습니더. 먼지투성이 오래된 집이었고요. 물론 카팩스 집의 먼지에 비하면 아무것도 아니었지만도요."

"둘 다 빈집이면, 어떻게 안으로 들어갔습니까?"

"퍼플리트 그 집에서는 어떤 노인이 기다리고 있다가 문을 열어줍디다. 상자를 마차에 싣는 것도 도와줍디다. 시상에, 노인이라도 그렇게 힘센 사람은 처음 봤습니다. 흰 콧수염에 그림자도 안 생길 정도로 빼빼 말랐던데."

이 말을 들으니 오싹했다.

"노인이 몇 킬로 안 나가는 차 상자를 들듯이 가뿐하게 상자 한쪽을 잡아 들더라고요. 내가 풋내기도 아닌데, 다른 쪽을 드느라 엄청 힘들었습니다."

"피커딜리에 있는 집에는 어떻게 들어갔습니까?"

"노인이 그 집에도 있더라고요. 먼저 출발해서 간 모양입니다. 벨을 누르니 그 사람이 문을 열고 나와서 상자를 안으로 들이는 것도 도와주었습니다."

"전부 9개인가요?"

"맞습니다. 처음에 5개, 뒤에 4개 옮겼습니다. 아주 갈증나는 일이었습니다. 집에 우째 왔나 기억도 안 납니더."

나는 바로 질문했다.

"상자들을 현관으로 옮겼나요?"

"네. 현관이 넓더라고요. 아무것도 없고."

나는 정보를 더 구하려고 질문을 던졌다.

"열쇠는 가지고 있지 않았나요?"

"열쇠는 쓰지도 않았고 생각할 필요도 없었습니다. 노인이 문을 직접 열어주었고 내가 나갈 때 닫았습니다. 두 번째 집에서는 어땠는지 기억도 안 납니다. 술을 마셨거든요."

"번지수는 기억나지 않고요?"

"네, 선생님. 그래도 금방 찾으실 낍니다. 집 정면에 활 모양 석상이 있습니다. 현관으로 가는 높은 계단도 있고요. 계단은 기억납니다. 돈 좀 벌어보겠다고 온 날품팔이 셋이랑 그 계단으로 상자를 옮겼거든요. 노인이 가들한테 몇 실링 주었습니다. 제가 보기엔 제법 많이 준 것 같은데, 가들은 더 달라고 합디다. 그라이 노인이 한 사람 어깨를 붙잡고 계단 아래로 막 떤질라고 했습니다. 결국 그놈들은 욕을 퍼부으면서 가더라고요."

이 정도 설명이라면 집을 찾을 수 있을 것 같았다. 그래서 정보에 대한 값을 치르고 피커딜리로 향했다. 쏠쏠한 새 정보도 하나 더 얻었다. 백작은 흙이 든 상자를 직접 다룰 수 있다. 정말 그렇다면 이제 시간이 얼마 없다. 어느 정도 상자 배치가 끝난 상태이므로, 백작은 원하는 시간대에 남들 눈을 피해 일을 끝낼 수 있다. 피커딜리 광장에 도착해서 마차에서 내린 다음 서쪽으로 걸었다. 주니어 컨스티튜셔널 클럽 (보수적 성향의 클럽─옮긴이)을 지나자 블록샘의 설명과 비슷한 집이 나왔다. 드라큘라가 두 번째로 고른 은신처다운 모습이었다. 오랫동안 아무도 살지 않은 집 같았다. 창문은 먼지로 뒤덮였고 덧문은 닫혀 있었다. 건물 뼈대는 오래되어 검게 변했고 쇠에 칠한 페인트는 대부분 벗겨져나갔다. 최근까지 발코니 앞에 커다란 알림판이 있었던 것 같은데, 거의 다 부서지고 알림판 지지대만 남아 있었다. 발코니 난간 뒤에는 가장자리가 벗겨져 흰 속이 드러난 나뭇조각 몇 개가 여기저기 뒹굴고 있었다. 온전한 알림판을 볼 수 있다면 좋을 텐데. 집 주인에 대한 정보를 알아낼 수 있을 것이다. 카팩스 집을 조사하고 매매를 진행한 과정을 떠올려보았다. 집의 전 주인을 알아낸다면 들어가는 방법을 찾을 수 있을지 모른다.

지금으로서는 피커딜리에서 더 알아낼 정보는 없었다. 할 수 있는 일도 없었다. 그래서 혹시 동네에서 정보를 구할 수 있을까 싶어 집 뒤쪽으로 돌아가보았다. 마구간들이 늘어선 거리는 활발한 분위기였다. 집에는 대체로 사람이 살았다. 마부 두어 명과 눈에 띄는 사람들에게 저 빈집에 대해 아는 것이 있다면 뭐든 말해달라고 했다. 그중 한 명은 최근에 집이 팔렸다는 이야기는 들었지만 전 주인이 누군지는 모른다고 했다. 그렇지만 아주 최근까지 알림판에 '매물'이라고 쓰여 있었고 '미첼, 선스 앤드 캔디'라는 부동산 회사 이름을 본 것 같다며 그곳으로 문의하라고 했다. 지나친 관심을 보이는 사람처럼 보이고 싶지도 않고, 상대가 나에 대해 뭔가 너무 많은 것을 알아내거나 추측하는 일도 피하고 싶었다.

그래서 예사로운 태도로 고맙다고 하고 자리를 떠났다. 이제 땅거미가 깔리고 있었다. 가을밤이 다가온다는 신호였다. 조금도 지체할 수 없었다. 버클리 인명부에서 미첼, 선스 앤드 캔디의 주소를 알아낸 다음, 색빌가에 있는 사무실로 갔다.

나를 맞이한 신사는 아주 정중했으나 말이 잘 통하지 않았다. 신사는 피커딜리 하우스를 '대저택'이라고 부르면서, 그 집이 이미 팔려서 내가 끼어들 부분은 없다는 식으로 말했다. 누가 구매했느냐고 묻자 신사는 눈을 휘둥그레 뜨고 잠시 침묵하다 입을 열었다.

"집은 팔렸습니다, 선생님."

나는 예의 바르게 물었다.

"죄송합니다만 저도 특별한 이유가 있어서 여쭤보는 것입니다."

신사는 더 오래 입을 다물었다. 눈썹도 더 치켜세웠다.

"집은 팔렸습니다."

이번에도 신사는 같은 말을 했다.

"그럼요. 그래도 그 정도는 제게 알려주셔도 괜찮을 텐데요."

"곤란합니다. 미첼, 선스 앤드 캔디 회사는 고객 정보를 절대 누설하지 않습니다."

신사는 아주 깐깐한 사람 같았다. 그와 말씨름을 할 필요는 없었다. 오히려 상대의 입장을 맞춰주는 쪽이 좋겠다고 생각했다.

"이렇게 정보를 지켜주시다니 고객들은 아주 만족스럽겠군요. 저도 변호사로 일하고 있습니다."

나는 신사에게 명함을 건넸다.

"제가 그저 호기심 때문에 질문드린 것은 아닙니다. 저는 고딜밍 경을 위해 일하고 있습니다. 경은 최근까지 매물로 나왔던 그 집에 대해 궁금해하십니다."

이렇게 말하니 상대의 태도가 달라졌다.

"하커 씨, 도와드리겠습니다. 특히 고딜밍 경의 부탁이라고 하시니까요. 그분께서 고딜밍 경이 되시기 전에, 방 몇 개를 빌려드리는 작은 일을 맡은 적이 있습니다. 경의 주소를 알려주신다면 이 문제에 대해 논의해보고 어떤 경우든 오늘 밤 우편으로 연락드리겠습니다. 원칙에서 좀 벗어나더라도 경을 위해서라면 정보를 드리고 싶습니다."

나는 적 대신 아군을 얻고 싶었다. 그래서 그에게 감사를 표시하고 수어드 박사의 집 주소를 알려준 다음 그곳을 떠났다. 날은 어둡고 피곤하고 배가 고팠다. 에어레이티드 브레드 컴퍼니(효모 대신 탄산가스를 써서 빵을 빠르게 만들어 저렴하게 파는 곳—옮긴이)에서 간단히 끼니를 때운 뒤 기차를 타고 퍼플리트로 돌아왔다.

집으로 돌아오니 다들 와 있었다. 미나는 피곤하고 안색이 창백했으나 활기찬 분위기를 내려고 무척 애를 썼다. 내가 아무 이야기를 하지 않아서 미나가 저렇게 걱정한다고 생각하니 마음이 아팠다. 그래도 다행히 오늘 밤은 미나가 우리끼리 회의를 하면서 비밀을 지키는 모습을 보며 괴로워하는 마지막 날이 될 것이다. 나는 무서운 우리 임무에서 미나를 떼어놓기로 한 현명한 결정을 바꾸지 않기 위해 마음을 굳게 먹어야 했다. 미나는 어쩐지 상황을 받아들인 모습이었다. 혹은 그 일 자체가 싫어졌을 수도 있다. 어쩌다 그 일이 슬쩍 언급되기만 해도 미나는 실제로 몸서리를 쳤다. 우리가 적절한 순간에 결정을 내려 기쁘다. 미나는 지금도 힘든데, 더 많이 알게 될수록 더 괴로워질테니 말이다.

미나가 자리를 비워주어야 오늘 알아낸 정보를 공유할 수 있다. 그래서 저녁 식사가 끝난 뒤 구색 삼아 음악을 좀 듣다가, 미나와 함께 방으로 돌아갔다. 그리고 미나를 잠자리에 들게 했다. 미나는 그 어느 때보다도 애정 어린 모습이었고 나를 잡아두고 싶은 것처럼 매달렸다. 그렇지만 일행들에게 전할 이야기가 많아서 방을 나와야 했다. 비밀을 계속 지켜도 우리 사이가 달라지지 않아서 다행이었다.

서재로 돌아오니 다들 벽난로 주변에 모여 있었다. 기차에서 나는 일기를 써두었다. 알아낸 정보를 전하는 최선의 방법으로, 일기를 사람들에게 쭉 읽어주었다. 다 읽고 나자 반 헬싱이 입을 열었다.

"오늘 대단한 일을 했네, 조너선. 사라진 상자의 실마리를 찾았군. 그 집에서 상자를 다 찾아낸다면, 우리 일은 거의 끝나는 셈이야. 하지만 다른 곳으로 옮겨진 상자가 또 있을 수 있으니, 다 찾을 때까지는 계속 조사해야 해. 마침내 최후의 일격을 먹여 그 몹쓸 존재를 정말로 죽이는 거야."

우리는 한동안 말없이 앉아 있었다. 모리스 씨가 입을 열었다.

"그 집에는 어떻게 들어갈 수 있을까요?"

"우린 이미 다른 집에도 들어갔었지."

고덜밍 경이 바로 대답했다.

"그렇지만, 아트. 이건 다른 문제야. 카팩스 때는 무단침입이었지. 그래도 밤이고 담이 둘러 있어 안전했어. 피커딜리의 빈집에 들어가는 건 낮이든 밤이든 완전히 다른 일이야. 부동산 회사에서 열쇠를 구해주지 않으면 들어갈 방법을 모르겠어. 내일 아침에 편지가 오면 알 수 있겠지."

고덜밍 경은 미간을 찌푸렸다. 자리에서 일어나 방을 걸어 다녔다. 그러다 걸음을 멈추고 우리 얼굴을 차례로 바라보면서 말했다.

"퀸시의 판단이 정확해요. 가택침입은 문제가 심각해질

수 있어요. 지난번에는 문제없이 해치웠지만, 이번에는 백작이 열쇠를 어디 뒀는지 찾아내지 못하면 애먹을 겁니다."

아침이 오기 전까지는 할 수 있는 일이 없었다. 고덜밍 경이 미첼 회사로부터 편지를 받을 때까지는 기다리는 편이 나았다. 그래서 아침 식사 전까지는 움직이지 않기로 했다. 한동안 우리는 자리에 앉아서 담배를 피우고 문제를 여러 관점에서 살피며 결과가 어떨지 논의했다. 나는 이때를 이용해 일기를 썼다. 무척 졸려서 자러 가야겠다…….

조금만 더 쓰겠다. 미나는 깊이 잠들었고 규칙적으로 숨 쉬고 있다. 찡그려서 주름진 이마를 보니 자면서도 생각에 잠긴 것 같다. 여전히 창백하나 오늘 아침처럼 수척해 보이지는 않는다. 내일은 좋아지길 바란다. 미나는 혼자 엑서터의 집으로 돌아가게 될 것이다. 너무 졸리다.

수어드 박사의 일기

10월 1일   렌필드 때문에 당황스럽다. 렌필드의 기분이 너무 빨리 변해 매번 확인하기 어렵다. 그런 변화는 환자의 원래 상태보다 더 많은 의미를 가지기 때문에, 흥미로운 연구를 넘어서는 관찰 대상이다. 오늘 아침 렌필드가 반 헬싱에게 퇴짜를 놓은 후 나는 렌필드를 만나러 갔다. 렌필드는 저 위에서 운명을 지배하는 사람처럼 굴었다. 사실 나름대로 운명을 조종하고 있기도 했다. 지상의 존재에는 별 관심이 없고, 가엾게도 죽을 수밖에 없는 우리 인간의 약점과 욕망을 구름 속에서 내려다보는 것 같았다. 이 상황을 이용해 무언가 알아낼 수 있을 듯해서 렌필드에게 물었다.

"이제 파리를 모아보는 건 어떻습니까?"

렌필드는 아주 거만한 태도였다. 셰익스피어의 연극 『십이야』에 등장하는 집사 말볼리오가 생각나는 미소를 지었다.

"선생님, 파리는 아주 놀라운 특징을 갖고 있어요. 파리 날개는 정신력이 부력으로 작동하는 전형이랍니다. 고대인들이 파리도 나비처럼 영혼이 있다고 평가할 만했지요."

나는 렌필드의 논리를 극단적으로 밀고 나가야겠다고 생각했다. 그래서 냉큼 말했다.

"아, 당신이 지금 모으고 있는 것은 영혼이군요."

렌필드의 광기가 이성을 밀어냈다. 당혹스러움이 얼굴에 번져나갔다. 렌필드는 고개를 흔들며 내가 거의 본 적 없는 단호한 태도를 보였다.

"아뇨, 아뇨. 난 영혼을 바라지 않아요. 나는 그저 생명을 원할 뿐이에요."

렌필드는 이제 표정이 밝아졌다.

"지금은 영혼에 별 관심 없어요. 생명이면 됩니다. 내가 원하는 것은 가지고 있어요. 선생님이 동물을 먹는 증상을 계속 연구하실 거라면 새로운 환자를 구하셔야 해요."

좀 헷갈려서 렌필드를 떠보았다.

"당신이 생명체를 지배한다니, 그러면 신이라는 뜻인가요?"

렌필드는 상냥한 태도로 어마어마한 우월감을 내비치며 미소 지었다.

"아뇨, 내게 신의 속성이 있다고 우기고 싶지 않아요. 신이 영적으로 행하는 일에도 관심이 없어요. 내 지적 상태에 관해 설명하자면, 순수하게 지상에 몸담은 상황만 놓고 보면 카인의 아들 에녹의 영적 위치에 있다고 할 수 있죠."

어려운 이야기였다. 그때는 에녹의 위치가 어떤지 생각 나지 않았다. 그래서 단순하게 물었다. 광인 앞에 체면을 구기는 일 같다는 생각이 들긴 했다.

"에녹은 왜죠?"

"에녹은 하느님과 동행하였으니까요."

나는 그 비유를 이해할 수 없었지만, 이해할 수 없다고 인정하고 싶지도 않았다. 그래서 렌필드가 앞서 부정한 이야기를 다시 짚었다.

"그렇다면 당신은 생명에 관심이 없고 영혼을 원하지도

않는다는 것이군요. 왜죠?"

나는 재빨리 진지하게 질문을 던졌다. 렌필드를 당황하게 만들 셈이었다. 시도는 성공했다. 렌필드는 자신도 모르게 이전의 굽실대던 태도로 돌아갔다. 자세를 낮추더니 아첨을 떨면서 대답했다.

"나는 영혼을 원하지 않아요, 정말로! 그럼요. 영혼이 있어도 별 쓸데가 없을걸요. 영혼을 먹을 수도 없고."

렌필드는 갑자기 말을 멈추었다. 예전의 그 교활한 표정이 퍼져나갔다. 바람에 쓸려나가는 물의 표면 같았다.

"선생님, 생명 말인데, 결국 생명이 뭐죠? 원하는 것을 다 가지게 되었을 때, 그것을 더는 원치 않는다는 것을 알게 되고, 그게 끝이겠죠. 나는 친구가 있어요, 선생님. 수어드 박사님 같은 좋은 친구."

이렇게 말하면서 렌필드는 아주 교활한 표정으로 나를 곁눈질했다.

"내겐 생명을 구할 수단이 절대 부족하지 않으리라는 것을 알고 있어요."

렌필드는 광기에 사로잡혀 있으면서도 내가 자신에게 적대감을 품고 있다는 사실을 깨달은 모양이었다. 그는 자기 같은 사람에게 최후의 피난처와도 같은 끈질긴 침묵으로 별안간 빠져들었다. 나는 말을 걸어봐야 지금은 소용없다는 사실을 이내 깨달았다. 그래서 골난 모습의 렌필드를 두고 방을 떠났다.

나중에 렌필드가 만나고 싶다는 뜻을 내게 전했다. 보통은 특별한 이유 없이 그런 부름에 응하지 않는다. 그렇지만 지금은 렌필드에게 관심이 있으므로 기꺼이 응했다. 시간을 보낼 일이 생겨 기쁘기도 했다. 하커는 단서를 찾으러 나갔다. 고딜밍 경과 퀸시도 마찬가지였다. 반 헬싱은 내 서재에서 하커 부부가 정리한 기록을 꼼꼼히 검토하고 있었다. 자세하고 정확하게 기록된 정보에서 실마리를 구할 수 있다고 생각하는 것 같았다. 그는 별 이유 없이 방해받고 싶어 하지 않을 터였다. 선생에게도 렌필드를 만나러 같이 가자고 하려다가, 지난번에 렌필드가 선생을 피한 후로 선생도 찾아갈 뜻이 없을 수 있겠다는 생각이 들었다. 또 렌필드는 나와 단둘이 아니면 마음 놓고 이야기하지 않을 수 있었다.

렌필드는 방 가운데 의자에 앉아 있었다. 어떤 정신력이 발휘되고 있다고 암시하는 자세였다. 내가 들어가자 렌필드는 기다렸다는 듯이 입을 열었다.

"영혼에 대해 어떻게 생각해요?"

내 짐작이 확실히 맞았다. 광인이라 해도 자신도 모르게 뇌가 활동하고 있었다. 나는 이번 화제를 마무리 짓자고 결심했다.

"당신 생각은 어때요?"

렌필드는 잠시 말이 없었다. 주변을 둘러보고 위아래를 보는 모습이 어떤 영감을 구하고 싶은 모양이었다.

"나는 영혼을 원치 않아요."

렌필드는 변명하듯 힘없이 대답했다. 그 문제가 머릿속에서 떠나지 않은 듯했다. '친절하려면 잔인해질 수밖에 없었다'는 햄릿의 말(『햄릿』 3막 4장-옮긴이)을 따르기로 했다.

"당신은 생명을 좋아하죠. 그리고 생명을 원하고?"

"그럼요. 그렇지만 괜찮아요. 선생님이 걱정할 필요는 없어요."

"하지만 영혼을 취하지 않으면서 어떻게 생명을 얻나요?"

렌필드는 혼란에 빠진 것 같았다. 나는 말을 이었다.

"당신은 언젠가는 저 밖을 날아다니며 좋은 시간을 누리겠지요. 주위에는 수천 마리나 되는 파리와 거미와 새와 고양이의 영혼이 윙윙거리고 지저귀고 야옹거릴 겁니다. 당신은 그것들의 생명을 취했으니, 그것들의 영혼도 받아야 하겠지요."

무언가 렌필드의 상상력에 영향을 미친 모양이었다. 손가락으로 귀를 막고 눈을 꼭 감다니, 세수하는 어린 소년의 얼굴에 비누를 묻히면 저런 모습을 보이리라. 어딘가 애처로운 모습에 마음이 흔들렸다. 또 한 가지 알게 된 점은, 겉모습은 지쳐 보이고 까칠한 턱수염은 희끗희끗해도 렌필드는 어린아이 같은 존재라는 사실이었다. 확실히 그는 심리적 문제를 겪고 있고, 자신이 기분에 따라 주변 존재들을 자기와는 별 상관 없는 것으로 해석했다는 사실을 깨닫고 있었다. 나는 렌필드의 마음을 최대한 이해하고 그와 함께해야겠다고 생각했다. 그러기 위해서는 먼저 신뢰를 회복해야 했다. 그래서 귀를 틀어막은 렌필드에게 들리도록 크게 외쳤다.

"파리를 다시 잡으려면 설탕이 필요하겠지요?"

렌필드는 바로 정신을 차리고 고개를 저었다. 웃으면서 그가 대답했다.

"그럴 필요 없어요. 파리들은 불쌍한 놈들이죠."

잠시 후 덧붙였다.

"아무래도 내 주변에서 파리의 영혼이 윙윙거리는 건 싫군요."

"아니면 거미는 어때요?"

"망할 거미 같으니. 거미가 대체 무슨 소용이죠? 아무것도 없는데. 먹을 것도 아니고 또 마실⋯⋯."

렌필드는 입 밖으로 꺼내면 안 되는 이야기가 생각났다는 듯 갑자기 입을 다물었다.

머릿속에 어떤 생각이 떠올랐다. 렌필드가 '마신다'라는 단어에서 갑자기 입을 다문 적이 두 번째다. 무슨 의미가 있을까? 렌필드는 실수를 깨달았는지 내 관심을 돌리려는 듯 다급히 말했다.

"그런 문제는 전혀 생각해보지 않았어요. 셰익스피어도 '쥐와 생쥐와 하찮은 것들'을 가리켜 '식품 창고의 닭 모이' 같은 것들이라고 불렀잖아요. 나는 그런 시시한 것들에 관심이 없어요. 앞으로 닥쳐올 일들을 아는 내게 그런 조그만 동물에게 관심을 가지라고 권하는 것보다는, 차라리 젓가락으로 분자를 먹어보라고 하는 편이 나을걸요."

"알겠어요. 이로 씹을 수 있는 큰 것을 원한다는 이야기로군요. 아침으로 코끼리는 어떤가요?"

"말도 안 되는 소리를 하시네요."

렌필드는 완전히 정신을 차린 것 같았다. 그래서 더 세게 몰아붙이기로 했다. 나는 생각에 잠긴 투로 말했다.

"코끼리의 영혼은 어떨지 모르겠군요."

내가 바란 대로 되었다. 렌필드는 바로 오만한 태도를 버리고 아이처럼 굴었다.

"나는 코끼리의 영혼을 원하지 않아요. 그 어떤 영혼도."

잠시 렌필드는 실망한 모습으로 앉아 있었다. 그러다 벌떡 일어섰다. 눈빛이 이글거리고 뇌가 격렬한 흥분 상태에 빠진 티가 넘쳐났다.

"당신과 당신의 영혼 모두 지옥으로 가버려! 영혼 이야기로 왜 자꾸 나를 괴롭히는 거지? 영혼 문제 말고도 난 이미 충분히 걱정거리가 많고 괴롭고 혼란스러운데."

렌필드는 심한 적대감을 드러냈다. 그가 또 살의를 품고 발작할 것 같아서 호루라기를 불었다. 렌필드는 순식간에 아주 차분해져 사과했다.

"선생님, 용서하세요. 내가 잠깐 정신이 나갔어요. 누굴 부를 필요는 없어요. 이렇게 화가 잘 나서 참 걱정이네요. 내가 직면한 문제를, 내가 하는 일을 선생님이 알기만 한다면 나를 불쌍히 봐줄 것이고 용서해줄 겁니다. 내게 구속복을 입히지 말아주세요. 생각을 좀 해야 하는데 몸이 구속되면 자유롭게 생각할 수가 없어요. 이해하시리라 믿습니다."

렌필드는 확실히 자제력이 있었다. 그래서 나는 달려온 간호인들에게 신경 쓰지 말라고 일렀고 그들은 물러났다. 렌필드는 간호인들이 떠나는 모습을 지켜보다가 문이 닫히자 위엄 있고 상냥한 태도로 말했다.

"수어드 박사님, 나를 잘 이해하시는군요. 내가 정말 고마워한다는 것을 알아주세요."

나는 렌필드를 이대로 두는 편이 좋겠다고 생각하고 자리를 떴다. 분명 렌필드에게는 생각해볼 점이 있다. 렌필드가 보인 특징들을 적절한 순서로 나열한다면, 몇 가지 점에서 퀸시가 언급한 '이야기'가 될 수 있을 것 같다.

- '마신다'라는 단어를 쓰지 않으려 한다.
- 어떤 '영혼'이 몸에 들어온다는 생각을 두려워한다.
- 앞으로 '생명'이 모자랄지도 모른다는 두려움이 없다.
- 하찮은 동물들의 영혼에 사로잡히는 상황은 두려워해도, 그 동물들의 생명은 경멸한다.

논리적으로 이 모든 것들은 한 가지를 가리킨다. 렌필드는 더 높은 형태의 생명을 성취하리라고 믿고 있다. 그렇지만 그 결과로 영혼을 가지게 되는 일은 두려워한다. 그렇다면 그가 원하는 것은 인간의 생명이다.

그렇다면 어떻게 그런 믿음을 구했을까?

세상에, 백작이 렌필드를 만난 모양이다. 새로운 끔찍한 계획이 진행되고 있다.

얼마 뒤 회진을 끝낸 후 반 헬싱을 찾아가 렌필드에 대한 의혹을 말했다. 반 헬싱은 아주 심각해졌다. 그 문제에 대해 곰곰 생각하더니 렌필드를 만나게 해달라고 했다. 나는 그러기로 했다. 방 가까이 가자 그 광인이 명랑하게 노래를 부르는 소리가 들렸다. 한참 전부터 그랬던 모양이다. 우리는 안으로 들어갔다가 깜짝 놀랐다. 렌필드는 예전처럼 설탕을 뿌리고 있었다. 가을이라 움직임이 그리 활발하지는 않은 파리들이 방으로 윙윙 날아들기 시작했다. 아까 나눈 이야기를 다시 시켜보았지만 렌필드는 관심이 없었다. 그는 우리를 없는 사람 취급하듯 노래를 계속 불렀다. 그러고는 가진 종이쪽지를 접어 수첩처럼 만들었다. 우리는 들어갈 때와 마찬가지로 나올 때도 무시당했다. 그는 정말 희한한 상태다. 오늘 밤 그를 관찰해야 한다.

미첼, 선스 앤드 캔디 회사에서 고덜밍 경에게 보내는 편지

10월 1일

고덜밍 경께 삼가 말씀드립니다.

경이 원하시는 대로 해드릴 수 있어 정말 기쁩니다. 하커 씨께서 대신 전해주신 경의 부탁과 관련하여 피커딜리 347번지 저택의 매매 정보를 알려드리겠습니다. 매도인은 고인이 되신 아치볼드 윈터서필드 씨의 유언 집행인들이었습니다. 매수인은 드빌 백작이라는 외국인으로 소위 '앉은자리'에서 바로 대금을 내고 저택을 구매했습니다. 품위 없는 표현에 양해를 구합니다. 이 이상으로 저희가 아는 사실은 없습니다.

고객을 충실히 받드는

미첼, 선스 앤드 캔디 회사 드림.

수어드 박사의 일기

10월 2일　지난밤 한 남자를 복도에 세워두었다. 렌필드의 방에서 어떤 소리라도 나면 잘 기록해두고, 이상한 일이 일어나면 나를 부르라고 일렀다. 저녁 식사가 끝나고 하커 부인이 자러 간 후 우리는 서재 벽난로 앞에 모여 그날 한 일과 알아낸 사실을 논의했다. 하커는 성과를 낸 유일한 사람이었다. 우리는 하커가 찾은 단서가 중요한 것이리라는 바람을 가지고 있다.

　자러 가기 전에 나는 렌필드의 방으로 가서 관찰 구멍으로 그를 살폈다. 렌필드는 푹 자고 있고 가슴이 규칙적으로 오르내렸다.

　오늘 아침, 불침번을 선 남자가 말하길 자정이 지난 후 렌필드가 안절부절못하며 큰 소리로 기도를 드렸다고 했다. 그게 전부냐고 물었다. 남자는 그 소리밖에 못 들었다고 대답했다. 남자의 태도가 좀 미심쩍어서 혹시 잠을 잔 것은 아니냐고 단도직입적으로 물어보았다. 남자는 부인했지만 잠시 졸긴 했다고 인정했다. 보는 사람이 없으면 맡은 일을 제대로 안 한다니 너무나 유감이다.

오늘 하커는 단서를 더 찾으러 나갔다. 아서와 퀸시는 말을 구하고 있다. 고덜밍은 언제든 말을 쓸 수 있도록 준비해두면 좋다고 생각한다. 우리가 찾는 정보를 구하면 지체 없이 나갈 수 있어야 하기 때문이다. 우리는 해가 떠 있을 때 백작이 들여온 모든 흙을 쓸모없게 만들어야 한다. 그러면 백작의 힘이 가장 약하고 숨을 곳도 사라졌을 때 붙잡을 수 있을 것이다. 반 헬싱은 고대 의학에 관한 책을 찾으러 대영박물관에 갔다. 옛 의사들은 미래의 의사들이 받아들이지 않을 것들을 다루었다. 선생은 나중에 우리에게 유용할 수도 있는 마녀 및 악마 퇴치법을 찾고 있다.

때로 우리가 전부 미친 게 아닐까, 정신을 차렸을 때는 이미 구속복을 입은 상태가 아닐까 생각한다.

얼마 뒤 우리는 다시 모였다. 마침내 추적할 수 있게 된 것 같다. 우리의 내일 여정은 결말을 향한 시작일 것이다. 렌필드의 잠잠한 상태가 이런 상황과 관련 있을까. 렌필드의 상태는 백작의 행동과 연동되어 있다. 괴물의 파멸이 가까워졌으니, 렌필드도 미묘한 방식으로 영향을 받을 것이다. 오늘 나와 논쟁한 뒤부터 파리를 다시 잡기 시작한 때까지 렌필드가 어떤 생각을 했는지 조금이라도 실마리를 얻는다면, 가치 있는 정보를 얻을지도 모른다. 렌필드는 이제 잠시 조용한 것 같다……. 렌필드가 내는 소리일까? 그의 방에서 거친 비명이 들려오는 것 같다…….

간호인이 내게 달려와 렌필드가 사고를 당한 것 같다고 전했다. 비명을 듣고 병실에 들어가보니 그가 피범벅이 된 채 바닥에 엎어져 있었다는 것이다. 즉시 가야 한다…….

21장

수어드 박사의 일기

10월 3일 지난 일기에 이어, 일어난 사건을 되도록 전부 정확히 기록할 생각이다. 기억할 수 있는 것은 조금이라도 빼먹어서는 안 된다. 차분하게 쓸 것이다.

방으로 가보니, 렌필드는 왼쪽 몸을 바닥에 대고 쓰러져 있고 주변에 핏물이 고여서 번들거리고 있었다. 렌필드를 옮기려고 다가가보니, 아주 심한 부상을 입었음을 대번에 알 수 있었다. 의식이 거의 없는지 몸의 각 부위가 다 따로 움직이는 것 같았다. 얼굴을 보니 마치 바닥에다 대고 찧은 것처럼 지독하게 다쳤다. 실제로 바닥에 고인 핏물은 얼굴 상처에서 흐른 것 같았다. 렌필드 옆에 무릎을 꿇은 간호인은 나와 함께 환자의 몸을 뒤집었다. 간호인이 말했다.

"등뼈가 부러진 것 같아요. 보세요, 오른쪽 팔다리와 얼굴 전체가 마비되었습니다."

간호인은 어떻게 이런 일이 일어날 수 있는지 전혀 이해하지 못하겠는지 어리둥절한 모습으로 미간을 찌푸렸다.

"이해가 안 되는 것이 두 가지 있습니다. 환자가 직접 바닥에 얼굴을 찧어야 저런 상처가 생길 수 있습니다. 에버스필드 정신병원에서 어느 젊은 여성 환자가 누가 말리기도 전에 그렇게 하는 모습을 본 적 있습니다. 등뼈가 부러지는 건 침대에서 떨어지면 발생할 수 있는 일입니다. 환자가 경련을 일으켜 몸을 가눌 수 없으면 그렇게 되겠죠. 하지만 이 두 상황이 어떻게 동시에 일어날 수 있는지 이해가 안 갑니다. 등뼈가 부러졌다면 머리를 바닥에 찧을 수가 없습니다. 침대에서 떨어지기 전에 머리를 찧었다면 그 흔적이 남아 있어야 하겠죠."

나는 간호인에게 말했다.

"반 헬싱 박사에게 가서 얼른 와주실 수 없겠냐고 여쭈어보게. 박사님이 당장 이곳에 오셨으면 해."

간호인은 뛰어나갔다. 몇 분 만에 반 헬싱 선생이 실내복 차림에 슬리퍼를 신고 나타났다. 선생은 바닥에 쓰러진 렌필드를 보자 바로 꼼꼼히 살핀 다음 내게 몸을 돌렸다. 내 눈빛을 보고 내 생각을 알아차린 것 같았다. 그는 간호인 들으라는 듯 아주 차분하게 말했다.

"몹시 슬픈 사고가 났군. 렌필드는 아주 세심하게 지켜보고 잘 간호해야 해. 내가 직접 여기 있겠네. 그렇지만 일단 옷을 갈아입어야겠어. 여기 계속 있겠다면, 나는 방에 갔다가 바로 돌아오겠네."

환자는 이제 힘겹게 숨을 쉬었다. 딱 봐도 심각한 부상으로 고통스러워하는 모습이었다. 반 헬싱은 놀라울 만큼 민첩하게 의사 가방을 가지고 돌아왔다. 그는 고심한 끝에 결정을 내린 것 같았다. 환자를 다시 보기 전에 내게 속삭였다.

"간호인을 내보내게. 수술 후 환자가 의식이 돌아왔을 때 우리만 있어야 하네."

나는 간호인에게 말했다.

"시먼스, 이제 가봐도 좋겠네. 지금은 할 수 있는 일을 다 했어. 자네는 병원을 돌아보는 것이 좋겠어. 반 헬싱 박사님이 수술을 맡으실 거야. 뭔가 이상한 일이 일어나면 즉시 알려주게."

간호인은 물러났다. 우리는 환자를 꼼꼼히 살폈다. 얼굴 상처는 표면에만 났고, 진짜 심각한 부상은 두개골 함몰골절로 운동신경까지 영향을 받은 상태였다. 선생은 잠시 생각에 잠기더니 입을 열었다.

"압박을 최대한 줄여서 원래 상태로 돌려놓아야 해. 광

범위한 출혈이 이렇게 빠르게 일어나고 있다는 것은 부상이 정말 심하다는 뜻이야. 운동신경 전체가 손상된 것 같아. 출혈 속도가 더 빨라질 테니 관상톱을 써서 당장 수술하자고. 아니면 너무 늦어."

반 헬싱이 말하는 동안 문을 살짝 두드리는 소리가 났다. 내가 문을 열었다. 아서와 퀸시가 잠옷과 슬리퍼 차림으로 서 있었다. 아서가 말했다.

"간호인이 반 헬싱 박사님을 부르는 소리를 들었네. 사고가 났다고 하더군. 그래서 퀸시를 깨웠어. 아니, 자고 있지 않았으니 그냥 불렀다고 해야겠군. 요즘은 상황이 너무 빠르고 이상하게 돌아가서 누구든 푹 잘 수가 없지. 난 내일 밤이면 일이 지금과는 다르게 보이겠다는 생각을 하고 있었어. 과거에 한 일들을 좀 더 돌아보고, 앞날도 짚어보아야 하겠지. 들어가도 되나?"

나는 고개를 끄덕이고 그들을 방에 들인 뒤 문을 닫았다. 퀸시는 환자의 자세와 상태를 보다가 바닥에 고인 소름 끼치는 핏물을 발견하고는 낮은 목소리로 말했다.

"세상에! 대체 무슨 일이 일어난 건가? 정말 큰일이네."

나는 상황을 간단히 설명하고 수술이 끝나면 잠시나마 의식이 돌아올 것으로 본다고 말했다. 퀸시는 침대로 가서 모서리에 걸터앉았다. 고덜밍이 그 옆에 앉았다. 우리 셋 모두 가만히 기다리며 지켜보았다. 반 헬싱이 말했다.

"좀 지켜보자고. 어느 부위가 관상톱을 쓰기에 가장 적당할지 살펴야 해. 그런 다음 아주 빠르고 실수 없이 핏덩이를 제거해야 하고. 확실히 출혈이 심해지고 있어."

기다린 시간은 몇 분밖에 되지 않았지만 정말 느리게 흐르는 것 같았다. 심장이 착 가라앉는 듯했다. 반 헬싱의 얼굴을 보니 선생은 앞으로 일어날 일이 두렵거나 불안한 것 같았다. 나도 렌필드가 입을 연다면 어떤 말을 할지 겁이 났다. 생각조차 두려웠다. 그렇지만 죽음이 임박했음을 알려주는 소리를 들은 사람의 글을 읽어보았기에, 어떤 일이 일어날지 짐작할 수 있었다. 렌필드는 불안정하게 숨을 헐떡였다. 언제든 눈을 뜨고 말을 할 것 같다가도 거칠게 숨을 쉬며 다시 의식을 잃었다. 환자의 임종이란 이제 놀라지도 않을 만큼 익숙한 일이지만 이번에는 점점 애가 탔다. 내 심장이 쿵쿵 뛰는 소리가 들리는 것 같고, 관자놀이 아래로 흐르는 피가 망치 두들기는 듯한 소리를 냈다. 이제 입 다물고 참는 일이 고통스러웠다. 동료들을 차례로 바라보았다. 그들의 달아오른 얼굴과 땀에 젖은 이마를 보니 역시 그들도 나처럼 괴로움을 견디고 있었다. 초조하게 긴장감이 감돌았다. 전혀 예상치 못한 순간에 무시무시한 종소리가 저 위에서 시끄럽게 울릴 것만 같은 느낌과 비슷했다.

결국 환자의 몸에서 급속히 힘이 빠져나가는 순간이 왔다. 그는 언제라도 죽을 수 있었다. 나는 반 헬싱을 보았다. 선생도 나를 보았다. 선생은 엄중한 모습이었다.

"한시도 지체할 수 없어. 여기 서서 기다리는 동안, 환자의 말 한마디가 여러 생명을 구할지도 모른다는 생각을 했어. 어떤 영혼이 위험에 처해 있을지도 몰라. 귀 바로 윗부분을 절제하겠네."

반 헬싱은 바로 수술을 시작했다. 환자는 한동안 숨을 할딱였다. 그러다 가슴이 터질 듯 긴 숨을 쉬더니 갑자기 눈을 번쩍 떴다. 그러고는 잔뜩 흥분했지만 어찌할 바를 모르겠다는 눈빛으로 무언가 빤히 바라보았다. 잠시 동안 그랬다. 그러다 그의 눈에 놀라면서 기뻐하는 빛이 어리고, 입술에서는 안도의 숨이 흘러나왔다. 렌필드는 경련을 일으키면서도 입을 열었다.

"선생님, 난동을 부리지 않겠습니다. 이 구속복 좀 벗기라고 말씀해주세요. 끔찍한 꿈에 너무 시달려서 몸을 움직일 수가 없어요. 내 얼굴이 어떻게 되었나요? 퉁퉁 부은 것 같고 지독하게 욱신거리네요."

렌필드는 고개를 돌리려고 했으나 그 정도만 힘을 써도 눈빛이 흐려질 정도였다. 나는 그의 고개를 조심스레 원래대로 돌려놓았다. 반 헬싱이 진중한 어조로 나직이 말했다.

"렌필드 씨, 꿈 이야기를 해주세요."

렌필드는 반 헬싱의 목소리를 듣자 절개 수술을 받은 와중에도 안색이 환해졌다.

"반 헬싱 박사님이시군요. 여기 와 계셔서 정말 고맙습니다. 물 좀 주세요, 입이 말랐어요. 물을 마시면 말씀드릴게요. 나는 꿈을 꾸었어요."

환자는 입을 다물었다. 기절한 것 같았다. 나는 퀸시를 작은 목소리로 불렀다.

"브랜디를 가져다주게. 내 서재에 있어. 빨리."

퀸시는 바로 나가서 유리잔과 브랜디가 든 병과 물병을 들고 돌아왔다. 우리는 렌필드의 바싹 마른 입술을 축여주었다. 환자는 바로 의식을 찾았다. 그런데 의식을 잃은 동안에도 다친 뇌는 계속 활동한 모양이었다. 정신이 확실히 들자 환자는 너무나 괴롭고 혼란에 빠진 눈빛으로 나를 뚫어지게 응시했다. 절대 잊을 수 없는 눈빛이었다.

"나 자신을 속여서는 안 될 일이죠. 그건 꿈이 아니었어요. 엄연한 현실이었어요."

렌필드는 눈만 굴려서 방을 둘러보았다. 그러다 침대 모서리에 가만히 앉아 있는 두 사람을 보았다.

"지금까지 완전히 확신하지 못했다고 해도, 저 두 사람을 보니 이제 알겠네요."

렌필드는 잠시 눈을 감았다. 아프거나 잠이 와서가 아니라 스스로 내린 선택이었다. 온몸에 힘을 끌어내기 위해서 그러는 것 같았다. 환자는 다시 눈을 뜨더니 다급히, 더 힘 있게 말했다.

"빨리요, 선생님, 빨리. 저는 죽어가고 있어요. 몇 분 남지 않은 것 같아요. 그다음엔 죽음을 맞이하거나, 더 나쁜 상황을 맞이하겠죠. 브랜디로 입술을 다시 축여주세요. 내가 죽기 전에, 혹은 가엾게도 박살이 난 내 뇌가 죽기 전에 꼭 할 말이 있어요. 고맙습니다. 선생님이 나를 남기고 간 그날 밤, 내가 밖으로 내보내달라고 애원했던 밤에 벌어진 일입니다. 그때는 혀가 굳기라도 한 것처럼 말을 할 수가 없었어요. 그래도 멀쩡했습니다, 지금처럼. 선생님이 나를 남겨두고 간 뒤 한참 절망에 빠져 괴로워하고 있었습니다. 몇 시간쯤 그랬을 겁니다. 불현듯 평화가 찾아왔습니다. 머리가 다시 맑아지는 기분이었어요. 내가 어디에 있는지 깨달았어요. 우리 병원 뒤에서 개들이 짖었습니다. 하지만 그자는 그곳에 있지 않았지요."

렌필드가 이야기하는 동안 반 헬싱은 눈도 깜박이지 않았으나 손을 뻗어 내 손을 꽉 잡았다. 그래도 속내를 드러내지는 않았다. 그가 가볍게 고개를 끄덕이더니 가만히 말했다.

"계속하십시오."

렌필드는 말을 이었다.

"안개가 깔린 가운데 그자가 창가에 다가왔습니다. 그 전에도 그랬지요. 그렇지만 유령 같은 상태가 아니라 육신이 있었어요. 눈빛은 화난 사람처럼 험악했고요. 그 붉은 입으로 웃어댔습니다. 그자가 개들이 짖는 숲을 돌아보려고 몸을 틀었을 때 날카로운 흰 이가 달빛 아래서 반짝였지요. 나는 그자에게 들어오라고 먼저 말하지 않았습니다. 그자가 그러길 바란다는 것을 알고 있었지만요. 언제나 그랬어요. 그런데 그자가 뭔가 약속했습니다. 말이 아니라 행동으로요."

선생이 불쑥 물었다.

"어떻게?"

"뭔가 해 보인 겁니다. 태양이 빛나는 동안 제게 파리를 보내는 식으로 말이죠. 날개에 강철과 사파이어가 붙은, 아주 크고 통통한 파리들이었어요. 밤에는 거대한 나방을 보내주었어요. 등에 해골과 대퇴골이 십자 모양으로 교차된 무늬가 있는 나방이었어요."

반 헬싱은 고개를 끄덕이고 내게 무심결에 속삭였다.

"지옥의 강 아케론의 아트로포스. 해골박각시나방이라고 부르지."

환자는 계속 이야기했다.

"이윽고 그자가 속삭이기 시작했어요. '쥐, 쥐, 쥐! 수백

536

마리, 수천 마리, 수백만 마리, 모두 살아 있는 놈들로 주겠다. 그리고 쥐를 먹어치울 개와 고양이도. 모든 생명! 윙윙 날아다니는 파리뿐만 아니라 생명이 담긴 붉은 피를 주겠다!' 나는 그자를 비웃었습니다. 그자가 무슨 일을 할 수 있나 알고 싶었거든요. 그러자 그의 집에 있는 컴컴한 숲 너머 개들이 울부짖기 시작했어요. 그자는 창가로 오라고 내게 손짓했어요. 나는 일어나 밖을 내다보았어요. 그자가 손을 들어 올렸는데, 아무 말도 하지 않고 무언가 불러내는 것 같았어요. 시커먼 덩어리가 풀밭 위에 불길이나 불꽃처럼 번져나갔어요. 그다음엔 안개를 좌우로 움직였어요. 그러자 수천 마리 쥐들이 나타났어요. 쥐 눈은 크기만 작았지 그자의 눈처럼 붉었어요. 그자가 손을 들자 쥐들이 모두 멈추었어요. 이런 말을 하는 것 같았어요. '내가 너에게 이 모든 생명을 주겠다. 네가 엎드려 나를 숭배한다면, 끝도 없는 시간 동안 더 많이, 더 큰 생명을 네게 주겠다.' 이번엔 피처럼 벌건 구름이 내 눈을 가린 것 같았어요. 나도 모르게 창문을 열고 외쳤어요. '들어오십시오, 나의 주인님!' 쥐들은 모두 사라졌고 그자는 몇 센티미터밖에 열지 않은 창문으로 쑥 들어왔어요. 달이 아주 작은 틈으로 들어와서는 원래 크기로 광채를 뿜으며 내 앞에 선 것 같았어요."

렌필드의 목소리에서 힘이 빠지고 있었다. 브랜디로 환

자의 입술을 다시 축였다. 렌필드는 말을 이어나갔다. 그렇지만 그사이에도 기억이 작동하고 있었는지 이야기가 앞서 나가버렸다. 나는 렌필드에게 중간에 건너뛴 부분을 알려달라고 할 참이었다. 그렇지만 반 헬싱이 속삭였다.

"그냥 내버려두게. 렌필드의 말을 막아서는 안 되네. 이야기를 돌릴 수도 없고, 진행을 막았다가는 아예 이야기를 못 할 수도 있네."

렌필드는 계속 이야기했다.

"종일 소식을 기다렸어요. 그렇지만 그자는 내게 아무것도 보내주지 않았어요. 쉬파리 한 마리조차 보내지 않았어요. 달이 떴고 나는 그자에게 분노했어요. 그자는 문도 두드리지 않고 닫힌 창문으로 들어왔죠. 내가 분노를 터트리자, 그자가 비웃었어요. 안개 사이로 그 허연 얼굴이 쑥 나오는 것 같더군요. 붉은 눈이 번뜩였고요. 그자는 이곳이 자기 것인 양 굴었고 나를 없는 사람 취급했어요. 심지어 내 곁을 지나는데 냄새도 달라졌어요. 나는 그자를 잡을 수가 없었어요. 어쩐 일인지 하커 부인이 내 방에 찾아온 일이 생각났어요."

침대에 앉아 있던 두 사람이 벌떡 일어나 렌필드 뒤쪽으로 왔다. 렌필드 모르게 그의 말을 더 잘 들을 수 있는 곳이었다. 두 사람 다 가만히 있었지만 반 헬싱 선생은 깜짝 놀라 부들부들 떨었다. 그래도 표정은 더 단호해졌고 여전히 진지했다. 렌필드는 상황을 눈치채지 못한 채 계속 이야기했다.

"오늘 오후 이곳에 온 하커 부인은 이전과 다른 모습이었어요. 물을 더 부어버린 찻주전자의 차 같았어요."

이 말을 듣고 우리 모두 동요했지만 아무도 입을 열지 않았다.

"하커 부인이 입을 열기 전까지는 부인이 온 줄도 몰랐어요. 모습이 달라 보였죠. 난 안색이 창백한 사람에게는 관심 없어요. 혈색 좋은 사람이 좋아요. 그런데 부인은 피가 다 빠져나간 것 같은 모습이었어요. 그때는 별 생각이 없었는데, 부인이 가버린 뒤에 짚어보았습니다. 그자가 정말 부인에게서 생명을 빼앗아가고 있는지 미치도록 알고 싶었지요."

다른 사람들도 나처럼 부들부들 떨고 있었다. 그래도 우리는 계속 조용히 있었다.

"그래서 오늘 밤 그자가 왔을 때 한판 붙어보기로 마음먹었어요. 안개가 슬그머니 스며들자 나는 안개를 꽉 붙들었어요. 광인들이 비정상적으로 힘이 세다는 말이 있죠. 뭐, 나도 내가 가끔은 광인이 된다는 사실을 알고 있어요. 그래서 내 힘을 발휘하기로 했죠. 그자도 눈치챘나 봐요. 나와 싸우려고 안개 밖으로 나왔으니까요. 나는 그자를 꽉 붙들었어요. 내가 이기는 줄 알았죠. 난 그자가 부인의 생명을 더는 앗아가지 못하게 할 작정이었어요. 그런데 그만 그자의 눈을 보았어요. 나를 파고드는 듯한 그 눈에, 내 힘은 물처럼 빠져나갔어요. 그렇게 그자는 빠져나갔어요. 내가 잡으려 하자 그는 나를 들어 바닥으로 내팽개쳤어요. 눈앞에 붉은 구름이 보였어요. 천둥 같은 소리도 들렸고요. 그다음엔 안개가 문 아래로 사라졌어요."

렌필드의 목소리는 더 약해지고 숨도 헐떡였다. 반 헬싱이 본능적으로 몸을 일으켰다.

"이제 최악의 상황을 알게 되었어. 그자는 이곳에 있고, 우리는 그자의 목적을 알고 있지. 너무 늦지 않았을 수도 있어. 무장해야 하네. 지난밤에 그랬듯이. 그렇지만 지체할 시간이 없어. 조금도 늦어서는 안 돼."

우리의 두려움을, 아니 우리의 신념조차 입 밖으로 낼 필요는 없었다. 모두 같은 마음이었다. 서둘러 방으로 돌아가서, 백작의 집에 침입했을 때 챙긴 장비들을 그대로 챙겼다. 선생은 준비를 마쳤고, 복도에 우리가 모이자 의미심장하게 장비들을 가리켰다.

"이 불행한 일이 끝날 때까지는 장비들을 꼭 챙겨야 해. 모두 현명하게 행동하자고. 상대는 평범한 적이 아니야. 소중한 미나 부인이 고통을 받게 될 줄이야."

목소리가 갈라지면서 반 헬싱은 입을 다물었다. 내 마음을 사로잡은 감정이 분노인지 공포인지 알 수 없었다.

하커 부부의 방문 앞에서 우리는 멈추었다. 아서와 퀸시가 물러섰다. 퀸시가 말했다.

"하커 부인을 깨워야 할까요?"

반 헬싱이 엄격하게 대답했다.

"그래야 하네. 문이 잠겼다면 부숴야 해."

"부인이 너무 놀라지 않을까요? 부인의 방으로 쳐들어가다니, 쉽게 할 수 있는 일은 아니죠."

"자네는 언제나 옳아. 그렇지만 지금은 삶과 죽음의 문제야. 의사에겐 모든 방이 비슷해. 심지어 아니라고 해도 오늘 밤에는 같네. 존, 손잡이를 돌려보고 문이 안 열리면 어깨로 떠밀자고. 자네들도 합세하게, 지금."

반 헬싱은 말하면서 손잡이를 돌렸다. 문은 열리지 않았다. 우리는 온몸으로 문을 밀었다. 쾅 소리와 함께 문이 확 열렸다. 우리는 방 안으로 고꾸라질 뻔했다. 선생은 정말 넘어졌다. 선생이 손과 무릎을 짚으며 일어나는 모습이 보였다. 나는 방 안으로 시선을 돌렸다가 소스라쳤다. 목덜미의 털이 곤두서는 느낌이었고 심장이 그대로 멎는 듯했다.

짙은 노란색 블라인드로 가렸는데도 달빛이 너무나 밝아 방이 아주 환했다. 창가 옆 침대에 조너선 하커가 누워 있었다. 얼굴은 달아올랐고, 의식을 잃은 듯 힘겹게 숨 쉬고 있었다. 침대 바깥쪽 가장자리에 무릎을 꿇고 있는 흰 옷차림의 형체는 하커 부인이었다. 하커 부인 곁에는 키가 크고 마른 체격에 검은 옷을 입은 남자가 서 있었다. 남자는 우리에게서 얼굴을 돌리고 있었지만, 우리는 그가 백작임을 대번에 알아보았다. 이마의 흉터까지도 백작이라는 증거였다. 백작은 왼손으로 하커 부인의 양손을 붙들어 힘껏 잡아당기고 있었다. 오른손으로는 하커 부인의 목덜미를 잡고서 부인의 얼굴을 자기 가슴에다 꽉 눌렀다. 부인의 하얀 잠옷은 피로 얼룩졌다. 찢어진 옷 사이로 드러난 백작의 가슴에서 가느다란 피 한 줄기가 흘러내렸다. 고양이의 코를 우유 접시에 마구 눌러 우유를 마시게 하는 아이와 끔찍하리만큼 닮았다.

우리가 방으로 쳐들어가자 백작은 고개를 돌렸다. 그 사악한 얼굴은 내가 읽어온 묘사와 똑같았다. 눈은 악마처럼 격정적으로 타올랐다. 흰 매부리코에서 커다란 콧구멍이 벌어지며 부르르 떨었다. 백작은 피가 뚝뚝 떨어지는 입술 속 희고 날카로운 이를 거친 짐승처럼 갈아댔다. 그는 희생양을 높은 곳에서 집어 던지듯 침대 위로 내던진 다음 몸을 확 비틀어 우리를 향해 달려들었다. 몸을 일으킨 선생이 성체용 빵이 든 봉투를 들이댔다. 백작은 갑자기 멈춰 서더니, 루시가 묘지 밖에서 그랬듯이 뒤로 물러났다. 우리가 십자가를 들고 다가가자 백작은 계속 물러났다. 별안간 새카맣고 거대한 구름이 하늘을 가리며 달빛이 사라졌다. 퀸시가 성냥으로 가스등을 켰다. 방에는 희미한 증기만 보였다. 우리가 지켜보는 동안, 증기는 벌컥 밀렸다가 그 반동으로 닫힌 문 아래로 스르륵 빠져나갔다. 반 헬싱과 아트와 나는 하커 부인에게 다가갔다. 하커 부인은 숨을 들이쉬더니 절망에 찬 비명을 귀가 찢어져라 내질렀다. 그 소리는 죽는 날까지도 내 귓가에서 울릴 것 같았다. 부인은 잠시 흐트러진 차림새로 힘없이 누워 있었다. 파랗게 질린 얼굴은 입과 뺨과 턱에 묻은 피 때문에 더욱 창백해 보였다. 목에서 피 한 줄기가 흘러내렸다. 눈빛은 두려움으로 넋이 나간 듯했다. 부인은 백작에게 붙들렸던 손으로 얼굴을 가렸다. 그자가 꽉 움켜쥔 바람에 붉은 자국이 남은 손이었다. 손 사이로 새어 나오는 너무도 처량한 울음소리를 들으니, 방금 전에 지른 비명은 그저한없는 슬픔을 잠시 분출한 사건일 뿐이라는 생각이 들었다. 반 헬싱은 앞으로 다가가 하커 부인에게 이불을 조심스레 덮어주었다. 아서는 잠시 절망 어린 모습으로 부인을 바라보더니 방을 나갔다. 반 헬싱이 속삭이듯 말했다.

"조너선은 흡혈귀가 혼수상태에 빠뜨렸을 거야. 안타깝게도 미나 부인이 스스로 회복할 때까지는 우리가 해줄 수 있는 일이 없어. 나는 조너선을 깨워야겠네."

반 헬싱은 차가운 물로 수건 끝을 적셔서 조너선의 얼굴을 두드리기 시작했다. 그동안 하커 부인은 손으로 얼굴을 가린 채, 듣는 이의 마음이 아프도록 서럽게 흐느꼈다. 나는 블라인드를 걷고 창밖을 바라보았다. 달빛이 쏟아지고 있었다. 퀸시 모리스가 잔디밭을 가로질러 달려가 거대한 주목 그림자 속에 숨는 모습이 보였다. 왜 그런 행동을 하는지 알수 없었다. 그때 하커가 부분적으로 의식을 되찾으면서 소리를 내질렀다. 나는 침대로 고개를 돌렸다. 당연한 일이지만 하커의 얼굴에는 놀라움이 가득했다. 몇 초 동안 멍한 상태였으나 별안간 정신이 돌아온 듯 일어났다. 하커가 갑자기 움직이자 하커 부인은 상황을 깨닫고 남편을 껴안을 것처럼 팔을 뻗었다. 그렇지만 부인은 팔을 다시 거두었다. 양쪽 팔꿈치를 붙이고 손으로 얼굴을 가렸다. 그리고 침대가 흔들릴 만큼 크게 몸서리쳤다. 하커가 외쳤다.

"대체 이게 무슨 일인가요? 수어드 박사, 반 헬싱 박사님, 대체 무슨 일이죠? 무슨 일이 일어난 건가요? 뭔가 잘못되었나요? 미나, 무슨 일이야? 이 피는 다 뭐지? 세상에! 이런 일이 벌어지다니."

하커는 무릎을 꿇더니 양손을 힘주어 부딪쳤다.

"하느님, 우리를 도우소서! 미나를 도와주소서!"

하커는 재빨리 침대에서 뛰어내린 뒤 옷을 입기 시작했다. 바로 힘을 발휘해야 하는 상황이 되니 그의 마음속 남자다움이 깨어났다.

"무슨 일이 벌어졌나요? 모두 이야기해주세요. 반 헬싱 박사님, 미나를 아끼시는 마음 알고 있습니다. 미나를 구하기 위한 일이라면 무엇이든 해주세요. 아직 너무 늦지는 않았을 겁니다. 내가 그자를 찾는 동안 미나를 지켜주세요."

하커 부인은 겁먹고 고통에 시달리면서도 남편에게 위험이 닥칠 수도 있음을 눈치챘다. 바로 자신의 슬픔을 잊어버린 채, 남편을 붙잡고 외쳤다.

"안 돼, 조너선. 당신은 나를 떠나선 안 돼. 오늘 밤 나는 정말 힘들었어. 그자가 당신까지 해친다면 견딜 수 없을 거야. 내 곁에 있어줘. 여기 계신 분들이 당신을 살펴줄 거야."

하커 부인은 점점 미친 사람처럼 흥분했고 하커는 굴복했다. 그러자 부인은 남편을 침대 옆에 앉게 한 뒤 딱 붙어서 떨어지지 않았다.

반 헬싱과 나는 두 사람을 진정시키려고 했다. 선생은 작은 금 십자가를 들고 놀랍도록 차분하게 말했다.

"겁내지 말아요. 우린 여기 있습니다. 그리고 이 십자가가 가까이 있는 동안 어떤 악한 존재도 다가올 수 없을 겁니다. 부인은 오늘 밤 안전해요. 차분하게 이야기해봅시다."

하커 부인은 몸서리를 치더니 남편의 가슴에 머리를 기댄 채 가만히 있었다. 그러다 머리를 들자 하커의 흰 잠옷에 부인의 입술에 묻었던 피가 떨어졌다. 부인의 목에 난 작게 벌어진 상처에서도 핏방울이 흘러나왔다. 부인은 그 광경을 보고는 뒤로 물러나며 힘없이 흐느꼈다. 그러다가 목멘 소리로 중얼거렸다.

"더러워, 더러워. 이제 난 그를 만질 수도 없고 키스할 수도 없어. 이제 그에게 가장 나쁜 적은 바로 나야. 가장 겁낼 사람이 되었어."

하커가 단호하게 외쳤다.

"말도 안 돼, 미나. 그런 소리를 듣다니 내가 부끄러워. 그런 말은 들을 생각 없어. 당신이 그런 말을 하는 것도 듣지 않을 거고. 하느님께서 내 잘잘못을 판단하실 거고, 내 행동이나 의지로 인해 우리 사이에 무슨 일이 생긴다면 지금 이 순간보다 나를 더 호되게 벌하실 거야."

하커는 팔을 뻗어 아내를 감싸 안았다. 하커 부인은 흐느끼며 잠시 가만히 있었다. 하커는 고개 숙인 아내의 머리 너머로 우리를 보았다. 하커의 젖은 눈이 깜박이고 콧구멍은 떨렸으나 입매는 강철처럼 단단히 다물려 있었다. 부인의 울음이 잦아들고 소리도 희미해지자, 하커는 남은 힘을 끝까지 끌어모은 듯 최대한 평온한 태도를 유지하며 내게 말했다.

"수어드 박사, 다 말해주게. 전체적인 상황은 알고 있어. 그러니 무슨 일이 일어났는지 알려주게나."

나는 하커에게 어떤 일이 있었는지 정확히 말했다. 하커는 덤덤한 모습으로 내 이야기를 들었다. 그러나 백작이 무자비한 손으로 그의 아내를 무섭고 소름 끼치는 자세로 붙잡아다 자신의 가슴에 난 상처에 입을 갖다 대게 했다는 대목에서는 그의 콧구멍이 씰룩거리고 눈빛이 이글거렸다. 그렇지만 내 눈길을 끈 것은 다른 모습이었다. 하커 부인의 숙인 머리 위로 하커의 얼굴이 분노로 하얗게 질린 채 경련을 일으키는데도 그의 두 손은 아내의 흐트러진 머릿결을 부드럽고 다정하게 쓸어내리고 있었다. 내가 이야기를 막 마치자 퀸시와 고덜밍이 문을 두드렸다. 들어오라고 대답하자 그들은 방 안으로 들어왔다. 반 헬싱은 질문을 던지는 듯한 눈빛으로 나를 바라보았다. 그들이 돌아왔으니 이참에 이 불행한 남편과 아내가 서로에게 품은 생각이나 자기 자신에 대해 품은 생각을 좀 떨쳐내도록 하는 편이 낫지 않겠느냐고 물어보는 것 같았다. 나는 동의의 뜻으로 고개를 끄덕였다. 선생은 아서와 퀸시에게 무엇을 보았는지, 아니면 어떤 일을 했는지 물어보았다. 고덜밍 경이 대답했다.

"복도에서는 그자를 발견하지 못했어요. 다른 방에서도요. 서재에 갔더니 그자가 머물긴 했지만 이미 사라지고 없었습니다. 그런데……."

고덜밍 경은 침대 위의 고개 숙인 사람을 보고 말을 멈추었다. 반 헬싱이 진중하게 말했다.

"계속 이야기하게, 아서. 이제는 비밀을 지킬 필요가 없어. 지금은 우리 모두 다 알아야 해. 그러니 신경 쓰지 말고 말해주게."

아서는 계속 말을 이었다.

"그자는 서재에 다녀갔어요. 몇 초밖에 안 되었을 텐데도 서재를 망쳐놓았습니다. 원고는 다 타버려서 하얀 재 위에서 푸른 불꽃이 깜박이고 있었어요. 수어드 박사의 축음기 원통도 불 속에 던져졌어요. 밀랍 때문에 더 잘 탔지요."

내가 끼어들었다.

"다행히 원고 사본이 금고에 있어."

아서의 얼굴이 잠시 밝아졌으나 말을 이으면서 원래대로 돌아갔다.

"계단을 따라 내려갔습니다. 하지만 그자의 흔적을 찾지 못했어요. 렌필드의 방으로 들어가보았는데 아무것도 없었어요. 다만 한 가지가……."

아서가 다시 말을 멈추자 하커가 쉰 목소리로 말했다.

"계속 말해주시오."

아서는 고개를 숙이고 혀로 입술을 축인 다음 말했다.

"그 불쌍한 사람은 죽었습니다."

하커 부인이 고개를 들더니 우리를 차례로 바라보며 엄숙하게 말했다.

"하느님의 뜻이 이루어지게 하소서."

내 생각에 아서는 무언가 숨기는 것 같았다. 그렇지만 이유가 있는 듯해서 입을 다물었다. 반 헬싱이 모리스에게 몸을 돌려 말했다.

"퀸시, 자네는 할 이야기가 없나?"

"조금만 이야기하겠습니다. 나중에는 할 말이 많겠지만, 지금으로서는 딱히 많지 않네요. 저는 백작이 이 집을 떠나 어디로 갈 것인지 알아두면 좋겠다고 생각했어요. 그자를 보지는 못했습니다. 그렇지만 렌필드의 창문에서 박쥐가 날아올라 서쪽으로 날개를 퍼덕이며 가는 모습을 보았습니다. 그자가 어떤 형상으로 변해서 카팩스로 돌아갈 줄 알았는데, 다른 은신처를 구한 것이 분명합니다. 오늘 밤에는 돌아오지 않을 겁니다. 동쪽 하늘이 붉어지고 있으니 새벽이 다가왔다는 뜻이겠지요. 우리는 내일 움직여야 합니다."

퀸시는 마지막 말을 하면서 이를 악물었다. 몇 분간 침묵이 내려앉았다. 너무 조용하여 우리 심장이 뛰는 소리마저도 들을 수 있을 것 같았다. 반 헬싱이 하커 부인의 머리에 부드럽게 손을 얹으며 말했다.

"자, 미나 부인. 부인은 우리에게 소중한 사람이오. 우리에게 정확히 무슨 일이 일어났는지 알려주셔야 하오. 난 부인이 고통받기를 절대 원하지 않소. 그렇지만 우린 모든 것

549

을 알아야 하오. 지금은 그 어느 때보다도 모든 일을 신속하고 정확하게, 그리고 진지하게 처리해야 하니까. 그렇게 한다면 모든 일이 끝날 날이 다가올 거요. 지금은 바로 우리가 살아남아 배울 기회요."

하커 부인은 가엾게도 벌벌 떨었다. 부인이 남편을 꼭 붙들고 남편의 가슴에 머리를 더욱 기대는 모습을 보니 얼마나 불안한 상태인지 알 수 있었다. 그렇지만 부인은 이내 고개를 당당하게 들더니 한 손을 반 헬싱에게 내밀었다. 선생은 부인의 손을 잡고 경건하게 입을 맞춘 다음 꼭 잡았다. 부인의 다른 손은 남편이 잡고 있었다. 하커는 한쪽 팔로 부인을 보호하듯 감싸 안고 있었다. 부인은 잠시 생각을 가다듬고 말을 꺼냈다.

"박사님이 친절하게 처방해주신 약을 복용했지만 한참이나 효과가 없었어요. 점점 잠에서 깨어났고, 마음속으로 끔찍한 환상들이 수도 없이 모여들기 시작했어요. 죽음, 흡혈귀, 피, 고통, 불행 같은 것들과 관련된 환상이었어요."

하커가 자기도 모르게 신음하자 하커 부인은 남편에게 고개를 돌리고 다정하게 말을 건넸다.

"괴로워하지 마. 당신은 용감하고 굳센 마음을 지녀야 해. 이 무시무시한 임무를 수행하면서 나를 도와야지. 내가 겪은 이 끔찍한 일을 입 밖에 꺼내는 일조차 얼마나 힘든지 당신이 알기만 한다면, 당신의 도움이 내게 얼마나 필요한지 이해하게 될 거야. 예, 저는 약이 조금이라도 보탬이 될지 모르니 약효가 나타나도록 제가 노력해야 한다고 생각했어요. 그래서 어떻게 해서든 잠들기로 마음먹었습니다. 곧 잠든 것 같아요. 더는 기억나지 않으니까요. 조너선이 방에 들어왔을 때도 나는 깨어나지 않았습니다. 나중에 조너선이 내 옆에 누웠다는 것을 알았으니까요. 우리 방으로 옅고 하얀 안개가 들어왔습니다. 저는 그 안개를 전에도 본 적 있어요. 여러분이 아시는지 잘 모르겠지만, 나중에 제 일기를 보여드리면 그때 확인하실 수 있어요. 그때처럼 좀 겁이 났고, 누군가 방에 있다는 느낌을 받았어요. 몸을 돌려 조너선을 깨우려고 해보았지만 푹 잠들어 있었어요. 약을 먹은 사람이 내가 아니라 조너선인 것 같았어요. 깨워보았지만 실패했지요. 나는 너무나 겁에 질렸고, 두려워하며 주위를 둘러보았어요. 그러다 심장이 내려앉는 줄 알았어요. 침대 옆에 그자가 있었거든요. 안개 속에서 나온 것 같았어요. 아니, 안개가 완전히 사라졌으니 안개가 그자의 형상으로 변한 것 같았다고 해야 할까요. 그자는 키가 크고 마르고 온통 검은 옷을 입고 있었어요. 다른 분들의 묘사를 읽어서 그자를 바로 알아볼 수 있었어요. 밀랍처럼 허연 얼굴, 불빛을 받아 길쭉한 흰 선을 그리는 매부리코, 벌어진 새빨간 입술 사이로 드러난 날카롭고 하얀 이, 예전에 해 질 무렵 휘트비의 성모 마리아 교회 창문에서 본 듯한 붉은 눈. 그자의 이마에 생긴 벌건 흉터는 조너선이 낸 상처라는 사실도 알고 있었어요. 잠깐 심장이 멎은 것 같았어요. 소리를 지르고 싶었으나 몸이 굳어버렸어요. 그사이 그자는 조너선을 가리키며 몹시 매서운 말투로 속삭였어요. '조용히 해. 그러지 않으면 조너선을 잡아다 네가 보는 앞에서 머리를 박살 내겠어.' 너무 두렵고 혼란스러워서 무슨 말도 어떤 행동도 할 수 없었어요. 그자는 나를 비웃더니 내 어깨 위에 한 손을 올리고는 꽉 붙잡았어요. 다른 손으로 내 목 주변의 옷을 풀어 헤치면서 이렇게 말했어요. '우선 내가 고생을 했으니 기운을 좀 차려야겠어. 넌 가만히 있는 편이 좋을 거야. 네 피가 내 갈증을 달래준 것은 이번이 처음도, 두 번째도 아니거든.' 당황스러웠어요. 그런데 정말 이상하게도 그자의 행동을 막고 싶지 않았어요. 그자의 희생자가 겪게 되는 끔찍한 저주의 일부 같아요. 그런데 세상에, 하느님, 저를 가엾게 여기소서. 그자가 그 악취 나는 입을 내 목에 갖다 댔어요."

하커가 다시 신음했다. 하커 부인은 남편의 손을 더욱 힘주어 잡고서 남편이 상처 입은 사람인 듯이 안타깝게 바라보았다.

"몸에서 힘이 다 빠져나갔어요. 반쯤 기절했지요. 그 끔찍한 일이 얼마나 계속되었는지는 모르겠어요. 하지만 그자가 그 흉측하고 무시무시하고 비웃음을 머금은 입술을 떼어낼 때까지 제법 많은 시간이 흐른 것 같아요. 그자의 입이 신선한 피로 가득 젖었더군요."

그 기억이 잠시 하커 부인을 짓누른 것 같았다. 하커가 부축해주지 않았다면 부인은 쓰러졌을 터였다. 부인은 전력을 다해 기운을 차리고 말을 이었다.

"그자는 나를 비웃으며 말했어요. '그래, 너도 다른 놈들처럼 나와 맞서려고 머리를 썼어. 나를 붙잡아 내 계획을 막으려는 놈들을 도왔다고. 넌 이제 알게 되었어. 그놈들도 조금은 알고 있고, 머지않아 다 알게 되겠지. 내 길을 가로막으면 어떤 일이 벌어지는지 말이야. 그놈들은 힘을 좀 아껴서 집에서나 썼어야 했어. 난 그놈들이 태어나기 수백 년 전부터 여러 나라를 지배했고, 그 나라들을 지키려고 음모도 꾸미고 전투도 했단 말이다. 그런 나와 맞서겠다고 꾀를 부리다니. 난 놈들의 허점을 찌르고 있었지. 그리고 너, 그놈들이 제일 아끼는 너는 이제 내 것이야. 내 살 중의 살, 피 중의 피, 혈족 중의 혈족이 되어 당분간은 내게 포도주를 풍부하게 제공해야 해. 그리고 나중에는 내 동료이자 조력자가 될 거야. 그렇게 되면 네가 차례로 복수하게 될 거야. 녀석들 가운데 네 욕구를 만족시킬 자는 아무도 없으니까. 그러나 넌 일단

553

네 행동에 대해 벌을 받아야 해. 나를 방해하는 일을 도왔으니, 이제 내가 부르는 대로 와야 해. 내가 네 머릿속에서 내게 오라고 명령을 내리면 넌 명령에 따라 땅이든 바다든 건너게 될 거야. 자, 이렇게 하는 거다.' 그자는 셔츠를 잡아당겨 풀더니 길고 날카로운 손톱으로 자기 가슴의 혈관에 상처를 냈어요. 피가 흐르기 시작하자 한 손으로는 내 양손을 꽉 잡고 다른 손으로는 내 목을 붙잡아 내 입을 그 상처에 꽉 갖다 대었어요. 나는 숨이 막혀 죽거나 삼킬 수밖에 없었죠. 내가 대체 무슨 짓을 저질렀나요? 평생 온순하고 정의롭게 살아가려고 노력한 내가 왜 이런 운명을 맞이하게 되었을까요? 하느님, 저를 불쌍히 여겨주소서. 죽음보다 더 끔찍한 위험에 처한 불쌍한 영혼을 굽어 살펴주소서. 그리고 저의 소중한 사람들에게도 자비와 동정을 베푸소서."

하커 부인은 더러움을 닦아내는 것처럼 입술을 마구 문질렀다.

부인이 그 끔찍한 이야기를 들려주는 동안 동쪽 하늘이 빠르게 환해지고 있었다. 모든 것이 점점 선명하게 보였다. 하커는 말없이 가만히 있었다. 그러나 소름 끼치는 이야기가 이어지는 동안 새벽빛 속 그의 얼굴은 점점 침울해졌다. 태양이 솟아오르며 첫 번째 붉은 햇빛을 내려보내자 하커의 얼굴은 희게 센 머리칼과 대조를 이루며 더욱 어두워 보였다.

앞으로 어떻게 할지 다음 회의에서 결정을 내리기 전까지 이 불행한 부부가 부르면 바로 달려갈 수 있도록 우리 중 한 명이 자리를 지키기로 했다.

물론 나는 믿는다. 오늘 떠오른 태양은 그 위대한 궤적을 그리며 비통한 집 위를 지나갈 일이 더는 없을 것이다.

22장

조너선 하커의 일기

10월 3일 뭐든 하지 않으면 미칠 것 같아서 일기를 쓴다. 이제 6시이고 30분 후에 서재에 모여 식사를 하기로 했다. 반헬싱 박사와 수어드 박사가 뭐든 먹지 않으면 제대로 힘을 낼 수 없다고 의견을 냈다. 오늘 우리는 최선을 다해야 한다. 나는 기회가 닿을 때마다 기록을 남길 것이다. 생각에 빠지는 일 자체가 너무 두렵기 때문이다. 중요한 일이든 사소한 일이든 모두 쓰려고 한다. 아마도 결국에는 사소한 것들이 가장 큰 정보를 줄 것이다. 그런데 앞으로 어떤 크고 작은 교훈을 얻든, 그 어떤 일도 오늘 미나와 내가 처한 상황보다 더 힘든 상황으로 몰고 갈 수는 없을 것이다. 그래도 우리는 믿음을 가지고 희망을 품어야 한다. 가엾은 미나는 눈물을 흘리며 방금 전에 말했다. 고난과 시련 속에서 우리 신뢰가 시험당하고 있지만 계속 믿어야 한다고, 하느님께서 최후의 순간에 우리를 도와주실 것이라고. 최후의 순간이라니, 하느님, 어떤 순간인가요? 자, 일하자, 일하자.

반 헬싱 박사와 수어드 박사는 렌필드를 보러 다녀왔다. 우리는 어떤 일을 해야 할지 진중하게 이야기를 나누었다. 먼저 수어드 박사는 반 헬싱 박사와 내려가보니 렌필드가 방 바닥에 쓰러져 있었다고 했다. 얼굴은 온통 멍들고 으스러져 있었으며 목뼈도 부러졌다고 한다.

수어드 박사는 복도에서 당직을 선 간호인에게 무슨 소리라도 듣지 않았느냐고 물었다. 간호인은 그곳에 앉아 좀 졸았다고 털어놓았다. 그러다 방에서 큰 소리가 났는데 렌필드가 "하느님! 하느님!" 하고 여러 번 외쳤다고 했다. 그다음엔 무언가 떨어지는 소리가 나서 방으로 들어가보니, 나중에 의사들이 본 것처럼 렌필드가 얼굴을 바닥에 댄 채 쓰러져 있었다는 것이다. 반 헬싱은 간호인에게 여러 사람의 목소리를 들었는지 아니면 한 사람 목소리를 들었는지 물었다. 간호인은 잘 모르겠다고 했다. 처음에는 두 명인 줄 알았지만 방에 다른 사람은 없었으니 한 명이었을 것이라고 했다. 그렇지만 '하느님'이라는 말은 확실히 환자의 입에서 나왔다고, 맹세할 수도 있다고 했다. 우리끼리만 남게 되자 수어드 박사는 이 문제를 더 파고들고 싶지 않다고 했다. 부검해야 한다는 말이 나올 수 있고, 설사 부검한다고 해도 아무도 믿지 않으려 할 테니 진실에 다가갈 수 없을 것이라고 했다. 그래서 박사는 간호인의 증언을 바탕으로 렌필드가 침대에서 떨어져 죽었다는 사망 증명서를 쓸 생각이었다. 검시관이 부검을 요구한다면 형식적으로 부검하게 되겠지만 결과는 같을 것이라고 했다.

우리가 다음 단계에서 뭘 해야 할지 논의를 시작했다. 맨 처음 내린 결정은 미나가 우리에게 아무것도 숨기지 말아야 한다는 것이었다. 어떤 정보든, 아무리 고통스러운 이야기라 해도 우리에게 알려야 했다. 미나는 이를 현명한 결정으로 받아들였다. 여전히 슬프고 깊은 절망에 빠져 있지만 굳센 모습을 보여주는 미나를 지켜보니 마음이 아팠다.

"숨길 일 없을 겁니다. 이미 너무 많은 일이 일어났죠. 내가 이미 겪었고 지금도 겪고 있는 이 고통보다 나를 더욱 힘들게 할 일은 이 세상에 존재하지 않아요. 어떤 일이 일어나든 내겐 희망이자 용기를 줄 겁니다."

미나가 말하는 동안 지켜보던 반 헬싱이 불쑥 끼어들어 침착히 물었다.

"그렇지만 미나 부인, 두렵지는 않소? 자기 자신이 두려운 것 말고, 이 일이 벌어진 뒤 부인이 다른 사람들에게 어떤 행동을 하게 될지 두렵지 않은가 말이오."

미나의 얼굴이 굳었다. 그렇지만 질문에 대답하는 그 눈은 헌신적인 순교자처럼 빛났다.

"아뇨. 저는 결심했으니까요."

"어떤 결심이오?"

반 헬싱이 상냥하게 묻는 동안, 다들 가만히 있었다. 미나가 어떤 결심을 했는지 각자 어느 정도 짐작하고 있었던 것이다. 미나는 사실만을 이야기하겠다는 듯 구체적이고도 간단하게 대답했다.

"나 자신을 잘 지켜보다가, 사랑하는 사람을 해칠지도 모른다는 신호가 나타나면 죽을 겁니다."

"자살한다는 뜻은 아니겠지요?"

선생은 쉰 목소리로 물었다.

"그럴 겁니다. 나를 사랑하는, 내 고통을 기꺼이 거두어 주려고 애쓸 친구가 없다면 스스로 죽어야겠죠."

미나는 선생을 의미심장하게 쳐다보았다. 선생은 자리에서 일어나 미나에게 다가갔다. 그러고는 미나의 머리에 손을 얹고 엄숙하게 말했다.

"부인을 위해서라면 그런 도움도 가능하오. 도움이 된다면, 지금 이 순간에도 그것이 최선이라면 기꺼이 생각해보겠소. 그것이 안전하다면…… 그런데 부인……."

선생은 크나큰 슬픔이 치밀어 올라 목이 멘 채 잠시 말을 잇지 못했다. 감정을 삼키며 그가 말을 이었다.

"우리는 부인과 죽음 사이에 설 것이오. 부인은 죽어서는 안 되오. 어떤 손으로도, 자기 손으로도 죽어서는 안 되오. 부인의 행복한 삶을 해친 그자가 진짜 죽음을 맞이하기 전까지 죽어서는 안 되오. 그자가 계속 언데드들과 함께 있다면, 부인도 죽어서 그런 존재가 될 테니 말이오. 그러니 부인은 살아 있어야 하오. 죽음이 형언하기 어려운 축복으로 보인다고 해도 살기 위해 노력하고 싸워야 하오. 괴롭거나 행복하거나, 낮이거나 밤이거나, 안전하거나 위험하거나 상관없이 죽음이 찾아오면 싸워야 하오. 부인은 영혼을 걸고 죽지 않겠다고 맹세하시오. 그 거대한 악이 사라질 때까지는 죽음에 대해 생각도 안 하겠다고 맹세하시오."

가엾은 미나는 죽은 사람처럼 하얗게 질렸고 온몸을 부들부들 떨었다. 밀물이 들어올 때 흔들리며 흩어지는 모래가 연상되는 모습이었다. 우리는 모두 입을 다물고 있었다. 아무 말도 할 수 없었다. 결국 미나는 점차 안정을 되찾았다. 그러고는 선생에게 고개를 돌리고 손을 내밀며 다정하고도 애처롭게 말을 건넸다.

"약속하겠습니다, 선생님. 하느님께서 나를 계속 살게 하신다면, 살기 위해 노력할 것입니다. 하느님의 좋은 시간이 온다면, 이 공포도 내게서 물러나겠지요."

미나는 너무나 훌륭하고 용감했다. 그 모습을 본 우리도 미나를 위해 움직이고 버틸 용기를 얻었다. 우리는 이제 어떤 일에 나설지 논의했다. 나는 미나에게 일기며 축음기며 우리가 사용할 모든 자료를 금고에 보관해야 한다고 말했다. 그리고 여태까지 미나가 해왔듯이 기록을 계속해야 한다고도 했다. 미나는 무엇이든 할 일이 있다는 사실에 만족했다. 이렇게도 무시무시한 문제에 '만족'이라는 표현을 써도 되는지 모를 일이지만.

반 헬싱은 언제나처럼 다른 사람들보다 생각이 앞섰다. 우리가 할 일의 순서를 정확히 정해두었다.

"카팩스에 다녀온 후 회의에서 흙 상자는 그냥 두자고 결정한 건 잘한 일 같아. 상자를 건드렸다면 백작이 분명 우리 목적을 알아차렸을 거고, 다른 상자들을 건드리지 못하게 무슨 조치를 미리 했겠지. 지금 그자는 우리 의도를 몰라. 게다가 우리에겐 그자의 은신처를 파괴해서 전처럼 이용하지 못하게 만들 힘이 있는데, 여러모로 따져봐도 그자는 아무것도 몰라. 우리는 이제 상자의 행방에 대해 더 많은 정보를 가지게 되었어. 피커딜리에 있는 그 집을 조사하면 마지막 위치도 추적할 수 있겠지. 오늘은 우리 날이고, 희망이 있어. 오늘 아침 우리가 슬퍼하는 가운데 떠오른 태양은 하늘에서 움직이는 동안에는 우리를 지켜줄 거야. 오늘 밤이 올 때까지 그 괴물이 지금 어떤 형상을 하고 있든 그 모습 그대로 유지해야 해. 현실 세계에 갇혀서 제약을 받고 있지. 옅은 공기로 녹아들 수도 없고 금이 간 곳이나 틈이나 구멍으로 사라질 수도 없어. 만일 그자가 문을 지나야 한다면, 보통 사람처럼 문을 열어야 해. 그러니 우리는 오늘 낮에 그의 은신처를 모두 찾아내어 못 쓰게 만들어야 해. 아직 그자를 잡아서 파괴하지 못했지만, 적절한 때에 붙잡을 수 있도록 몰아가야 해."

나는 더 참지 못하고 일어났다. 지금 이 순간 미나의 행복이 달린 일분일초가 흘러가고 있는데도 행동에 나서지 않고 이야기만 하고 있다는 생각에 견딜 수가 없었다. 하지만 반 헬싱이 손을 들어 나를 막았다.

"조녀선, 아니야. 급할수록 돌아가자는 속담도 있지 않나. 우리는 때가 되면, 다 같이 신속하게 행동에 나설 거야. 지금 상황의 핵심은 피커딜리의 그 집이야. 백작은 집 여러 채를 사들였을 거야. 구매 서류며 열쇠 같은 것들을 가지고 있겠지. 작성한 서류며 수표책도 있겠고. 어딘가에 그 많은 물건을 챙겨놓았을 거야. 중심지에 있으면서도 조용하고, 정문이나 뒷문으로 마음대로 오갈 수 있고 통행량이 많으면서도 눈길을 끌지 않는 곳이 좋지 않겠나? 우리는 피커딜리의 그 집을 수색할 거야. 그곳에 무엇이 있는지 알아낸 뒤에 우리 친구 아서가 사냥할 때 쓰는 표현대로 '굴을 채워 막아서' 그 늙은 여우를 쫓는 거야. 어떤가?"

"그럼 당장 갑시다. 우리는 너무나 소중한 시간을 낭비하고 있어요."

내가 소리치자 선생은 꼼짝 않고 이런 질문만 했다.

"그럼 피커딜리의 그 집으로 어떻게 들어갈까?"

"무슨 방법을 써서든. 필요하다면 부수고 들어가야지요."

"그렇다면 경찰은 어떻게 나올까. 경찰이 있을 텐데, 뭐라고 하지?"

나는 충격을 받았다. 그렇지만 선생이 정말로 시간을 끌마음이라면 그럴 만한 이유가 있을 터였다. 그래서 최대한 차분히 말했다.

"필요 이상으로 기다리게 하지는 말아주십시오. 전 정말 괴롭습니다."

"나도 그래. 자네를 더 괴롭게 할 생각은 절대 없어. 그렇지만 세상 사람들이 활동하는 시간이 되기 전까지는 무엇을 할 수 있을지 그냥 생각만 해야 해. 기다리면 우리가 움직일 시간이 올 거야. 계속 생각해보았는데, 가장 간단한 방법이 최선인 것 같아. 자, 우리는 그 집으로 들어가고 싶어도 열쇠가 없어. 그렇지?"

나는 고개를 끄덕였다.

"자네가 실제로 그 집 주인이라고 해보자고. 그런데 안으로 들어갈 수가 없어. 물건을 훔칠 일은 없지. 이제 어떻게 하겠나?"

"믿을 만한 수리공을 불러 자물쇠를 따라고 할 겁니다."

"경찰은 어떨까? 끼어들지 않을까?"

"아뇨. 수리공이 적법하게 일하고 있다는 사실을 알면 끼어들지 않을 겁니다."

반 헬싱은 내게 날카로운 시선을 던지며 말했다.

"그렇다면 문제는 고용주의 양심이고, 경찰이 고용주의 양심을 어떻게 판단할지 알 수 없다는 거군. 그런데 말이야, 경찰이 아주 열심이고 남의 마음을 영리하게 잘 읽는 사람이어야 끼어들 거야. 그래, 조너선, 사실 자넨 런던에 있는 빈집 수백 채의 자물쇠를 다 딸 수 있어. 런던이 아니라 다른 어떤 도시라도 말이야. 자네가 적당한 때에, 적당한 방식으로 일을 처리한다면 아무도 간섭하지 않을 거야. 런던에 좋은 저택을 소유한 어떤 신사에 대한 글을 예전에 읽은 적 있어. 신사가 집을 잠가놓고 여름에 스위스로 몇 달 동안 떠났어. 그러자 강도들이 와서 뒤쪽 창문을 부수고 집으로 들어왔어. 그러고는 앞쪽 덧문을 열고 현관으로 걸어 나갔다는 거야. 그것도 경찰이 보는 앞에서. 강도들은 집을 경매로 내놓고 경매 광고도 하고 알림판도 내걸었어. 경매일이 되자 그 집 물건을 모두 유명 경매인에게 팔아넘겼지. 그런 다음 건축업자에게 찾아가 그 집을 팔면서, 일정 기한까지 집을 다 허물고 흔적도 다 지워버리겠다고 약속하는 거야. 그리고 경찰과 관계 기관도 강도를 최대한 도와주지. 스위스 휴가에서 돌아온 진짜 집주인은 집이 있던 자리에 공터만 남아 있는 모습을 보게 되는 것이지. 이 모든 일은 자연스럽게 이루어진 거야. 우리 일도 자연스럽게 진행해야 해. 너무 이른 시간에 가면, 생각할 거리가 별로 없는 경찰관이 우리를 수상하게 보겠지. 사람들이 많이 다니고 진짜 집주인이 귀가할 법한 10시 이후에 가자고."

선생의 판단이 적절하다고 인정하지 않을 수 없었다. 미나의 얼굴에 드리웠던 심한 절망감이 조금 가시고, 그 대신에 선생의 훌륭한 설명에서 희망을 찾은 듯 안도감이 깃들었다. 반 헬싱은 말을 이어나갔다.

"일단 그 집에 들어가면 많은 단서가 나올 거야. 우리 중 몇몇은 거기 남고, 나머지는 버몬지와 마일 엔드에서 흙 상자가 더 있을 법한 곳을 찾아야 해."

고덜밍 경이 자리에서 일어났다.

"제가 도움을 드릴 수 있을 것 같습니다. 전보를 쳐서 가장 편리한 곳에다 말과 마차를 준비하라고 지시하겠습니다."

모리스가 말했다.

"이봐, 우리가 말을 타고 갈 생각이면 그렇게 준비하는 것이 좋겠지. 그렇지만 월워스나 마일 엔드의 샛길에서는, 자네 집안 문장으로 장식된 그 멋진 마차가 생각보다 너무 많은 관심을 끌지 않을까? 내 생각엔 남쪽이나 동쪽으로 갈 때는 승합마차를 써야 해. 그리고 목적지 근방에서는 마차에서 내려야 하고."

선생이 말했다.

"일리가 있네. 퀸시는 정말 빈틈없는 사람이야. 우리가 할 일은 어려운 활동이고 최대한 사람들의 눈길을 끌지 말아야 하네."

논의가 이어지는 동안 미나는 점점 관심을 보이기 시작했다. 일이 긴박하게 전개되다 보니 미나가 지난밤의 그 끔찍한 경험을 잠시나마 잊게 된 것 같아 기뻤다. 미나는 유령처럼 창백하고 야윈 바람에 입술이 말려 올라가 이가 도드라졌다. 혹시라도 미나에게 불필요한 고통을 안겨줄까 봐 따로 이야기하지는 않았다. 그렇지만 백작이 루시의 피를 빨았을 때 어떤 일이 벌어졌는지 생각하니 혈관 속 피가 차갑게 식었다. 아직은 이가 날카롭게 자랄 조짐이 없었다. 시간이 아직 얼마 흐르지 않았다. 두려울 수밖에 없는 때였다.

할 일의 순서를 정하고 인원을 어떻게 배치할지 논의하

는 동안, 새로운 난점들이 생겨났다. 그렇지만 피커딜리로 출발하기 전에, 바로 곁에 있는 백작의 은신처를 파괴하기로 최종적으로 의견을 모았다. 그자가 빨리 눈치를 챘다 해도, 우리는 그자보다 먼저 옆집의 관들을 쓸모없게 만들 수 있었다. 그리고 그자가 나타나더라도 힘을 잘 쓰지 못하는 시간대에 육체적 형상을 하고 나타날 테니 새로운 단서를 얻을 수 있었다.

인원 배치 문제에 대해서는 반 헬싱이 다 같이 카팩스에 다녀온 뒤 피커딜리의 집에도 같이 가자고 제안했다. 그런 다음 의사 둘과 내가 피커딜리에 남아서 기다리는 동안, 고덜밍 경과 퀸시가 월워스와 마일 엔드에 있는 백작의 은신처를 찾아내어 쓸모없게 만들자는 것이었다. 낮은 가능성이나마 백작이 낮 시간에 피커딜리의 은신처에 나타날 수 있기는 하지만, 그때는 우리가 그자를 상대할 수 있을 터였다. 어쨌든 그자를 쫓아갈 때는 다 같이 움직일 수 있었다. 반 헬싱의 제안에 나는 거세게 반대했다. 내가 일행에 합류하는 문제에 관해서는, 여기 남아서 미나를 지키겠다고 이미 말해둔 터였다. 결심을 끝낸 문제였다. 그렇지만 미나는 반대하는 내 뜻을 들으려 하지 않았다. 미나는 법적 문제가 있으면 내 존재가 유용할 것이라고 했다. 그리고 내가 트란실바니아에 체류한 경험이 있으니 백작의 서류를 보고 단서를 알아낼 수 있다는 것이었다. 엄청난 힘을 지닌 백작과 맞서려면 우리가 모든 힘을 모아야 한다고도 했다. 나는 뜻을 굽힐 수밖에 없었다. 미나의 결심은 확고했다. 우리 힘을 모두 합치는 것이 마지막 희망이라고 했다.

"내 문제라면 난 두렵지 않아. 더 나빠질 수 없을 만큼 최악의 상황에 놓였으니까. 어떤 일이 일어나든 내겐 희망이나 위안이 될 거야. 자긴 가야 해. 하느님께서 뜻이 있으시다면, 누가 내 곁에 있든 없든 나를 보호해주실 거야."

나는 자리에서 일어나며 소리쳤다.

"그러면 당장 출발합시다. 지금 시간을 낭비하고 있어요. 백작이 우리 생각보다 일찍 피커딜리에 갈 수도 있어요."

"그렇지는 않을 거야."

반 헬싱이 손을 들었다.

"왜죠?"

내가 묻자 반 헬싱은 빙긋 웃었다.

"벌써 잊었나? 지난밤 백작은 성대한 식사를 했으니 늦게까지 자겠지."

그 일을 잊다니. 영원히 잊지 않을 것이며 잊을 수도 없다. 우리 중 누구도 그 끔찍한 상황을 영원히 잊지 못할 것이다. 미나는 담대한 표정을 유지하려고 무척 애썼다. 하지만 고통을 이기지 못하고 손으로 얼굴을 가린 채 흐느끼며 몸을 부르르 떨었다. 반 헬싱은 그 끔찍한 경험을 상기할 뜻은 없었다. 그저 상황 판단에 몰두하다 보니 미나가 그 사건에서 무슨 일을 겪었는지 잊었을 뿐이다. 선생은 자신이 무슨 말을 했는지 깨닫고는 그 무심함에 스스로 질겁하고 미나를 위로하려고 애썼다.

"미나 부인, 소중한 미나 부인. 누구보다도 부인을 존경하는 늙은이가 멍청한 소리를 해버리고 말았소. 부인을 존경할 자격이 없소. 부디 잊어주기 바라오. 그럴 수 있소?"

반 헬싱은 미나 곁에서 몸을 숙이며 말했다. 미나는 선생의 손을 잡고 눈물이 흐르는 눈으로 그를 바라보았다. 그리고 쉰 목소리로 말했다.

"아뇨, 잊지 않을 겁니다. 기억하는 편이 더 나을 겁니다. 그리고 선생님과 함께 보낸 수많은 다정한 시간도 함께 기억할 겁니다. 이제 여러분들은 빨리 떠나셔야 해요. 아침이 준비되었어요. 밥을 먹어야 힘이 나겠죠."

아침 식사 자리는 우리 모두에게 기이했다. 우리는 애써 활기찬 모습으로 서로 힘내라고 격려했다. 미나가 가장 밝고 활기찬 모습이었다. 식사가 끝나자 반 헬싱이 자리에서 일어나 말했다.

"자, 이제 우리는 이 무시무시한 일을 수행하러 갈 거네. 맨 처음 적의 은신처에 들어간 그 밤처럼 무장하고 있나? 신체적 공격뿐만 아니라 영적 공격에도 대비해야 해."

우리 모두 고개를 끄덕였다.

"좋아. 미나 부인, 부인은 해가 질 때까지는 어떤 상황이든 아주 안전할 거요. 만일 해가 지기 전에 우리가 돌아오지 못한다면…… 물론 우리는 돌아올 거요. 그렇지만 혹시 모르니 부인도 공격에 대비되어 있는지 떠나기 전에 확인하고 싶소. 부인이 내려온 동안, 그자가 부인 방에 들어가지 못하도록 우리가 잘 아는 그 물건들로 방을 꾸며놓았다오. 이제 스스로 지켜야 하오. 부인의 이마에 성부, 성자, 성신의 이름으로 성체를……."

심장을 얼어붙게 할 만큼 끔찍한 비명이 터져 나왔다. 반 헬싱이 미나의 이마에 성체를 올려놓자, 성체는 마치 하얗게 달아오른 금속조각인 양 이마의 살을 태워버렸다. 미나는 살이 타서 아픈 것만큼이나 빠르게 상황의 심각성을 파악했다. 그리고 어찌해야 할지 알 수 없는 가운데, 그 고통이며 위중한 상황에 시달린 마음을 끔찍한 비명으로 토해냈던 것이다. 그렇지만 미나는 생각을 곧 정리했다. 비명의 메아리가 사라지기도 전에 그 반동으로 힘이 풀린 채 모멸감에 괴로워하며 무릎을 꿇었다. 그 아름다운 머리칼로 얼굴을 가린 모습은 한센병 환자가 망토로 자신을 숨긴 모습 같았다. 미나는 울부짖었다.

"더러워, 더러워! 전능하신 하느님마저도 내 더러운 몸을 피하시는 거야. 나는 이마의 이 수치스러운 표식을 심판의 날이 올 때까지 가지고 있어야 해."

모두 가만히 있었다. 무력한 슬픔이 밀려와 괴로웠다. 나는 곁으로 다가가 미나를 꼭 안았다. 몇 분 동안 우리 둘의 슬픈 심장이 함께 뛰었고, 동료들은 조용히 눈물을 흘리며 고개를 돌렸다. 반 헬싱이 엄숙히 말했다. 너무나 엄숙해서 그가 어떤 계시를 받아서 전하고 있다는 느낌이 들었다.

"하느님이 직접 보실 때까지 부인께서는 그 표식을 지녀야 할지도 모르오. 하느님은 심판의 날이면 이 지상에 살도록 허락하신 당신의 자녀들이 저지른 잘못을 바로잡으실 거요. 미나 부인, 소중한 미나 부인, 부인을 사랑하는 우리 모두 그 붉은 흉터가 당신의 이마에서 사라져서 우리가 아는 당신의 마음만큼 깨끗해지는 모습을 지켜보겠소. 붉은 흉터는 그동안 무슨 일이 있었는지 하느님이 아신다는 징표니까. 분명 우리가 살아 있는 동안, 하느님께서 우리가 짊어진 무거운 짐을 덜어주는 것이 합당하다고 보시는 날에 흉터가 사라질 거요. 그때까지 우리는 그분의 아들이 그분의 뜻에 따르셨듯이 십자가를 져야 하오. 어쩌면 우리는 하느님이 좋아서 선택하신 도구일지도 모르오. 채찍 자국과 부끄러움, 눈물과 피, 의심과 공포, 하느님과 인간의 차이를 만드는 그 모든 것들을 겪으며 하느님의 명을 따르듯 우리도 그렇게 그의 부름을 따라야 할지도 모르오."

반 헬싱의 말을 들으니 희망도 생기고 안심도 되었다. 마음을 내려놓고 상황을 받아들이게 되었다. 미나와 나 둘 다 그랬다. 우리는 동시에 반 헬싱의 손을 하나씩 잡고 몸을 숙여 입을 맞추었다. 그런 다음 말없이 함께 무릎을 꿇고 손을 맞잡고서 서로에게 진실할 것을 맹세했다. 우리 일행은 각자 나름의 방식으로 사랑하는 미나의 머리에서 슬픔의 장막을 걷어내주기로 맹세했다. 그리고 우리 앞에 놓인 그 끔찍한 과업에 도움과 인도의 손길을 주십사 기도했다.

출발할 때가 되었다. 나는 미나에게 작별 인사를 했다. 우리 둘 중 누구도 죽을 때까지 잊지 못할 인사였다. 우리는 집을 떠났다.

내가 결심한 한 가지는, 미나가 결국 흡혈귀가 될 수밖에 없다면 혼자서 그 끔찍한 미지의 세계로 가도록 내버려두지 않겠다는 것이다. 지난날 흡혈귀 하나가 많은 흡혈귀를 만들어낸 이유가 있었다고 생각한다. 흡혈귀의 흉측한 몸이 성스러운 흙에서만 쉴 수 있듯이, 가장 거룩한 연인은 그 소름 끼치는 군대에 들어갈 병사를 모집하는 징병관 역할을 한다고 했다.

우리는 카팩스로 어렵잖게 들어갔다. 처음 왔을 때와 하나도 달라지지 않았다. 아무도 살피지 않아 먼지를 덮어쓴 채 썩어가는 이 평범한 풍경 속에 우리가 이미 아는 그 끔찍한 공포의 근원이 있다니 믿기 어려웠다. 우리가 결정을 내리지 않았다면, 그토록 끔찍한 기억이 우리에게 박차를 가하지 않았다면, 우리는 계속 밀고 나가지 못했을 것이다. 집에는 어떤 서류도 없고 누가 들어온 흔적도 없었다. 그리고 오래된 예배당에는 커다란 상자가 마지막으로 본 그대로 놓여 있었다. 상자 앞에 서자 반 헬싱 박사가 근엄하게 말했다.

"자, 여기서 우리가 해야 할 일이 있어. 이 흙을 정화해야 하네. 성스러운 기억이 깃든 신성한 이 흙을, 그자는 타락한 용도로 쓰려고 먼 나라에서 가지고 온 거야. 그자는 이 흙이 성스럽기에 선택한 거야. 그러니 우리는 이 흙을 더욱 성스럽게 만들어서 그자의 무기로 그자를 물리치는 것이지. 그자가 사악한 목적으로 성화한 흙을, 우리가 하느님을 위해 성화하는 거야."

반 헬싱은 말하면서 가방에서 드라이버와 렌치를 꺼냈다. 상자 뚜껑 하나를 바로 열었다. 흙에서 퀴퀴하고 숨 막히는 냄새가 났지만 우리는 신경 쓰지 않았다. 우리의 관심 대상은 선생이었다. 선생은 성체 조각을 꺼내 그 흙 위에 경건히 올린 뒤 상자 뚜껑을 닫고 나사를 조였다. 그동안 우리는 그를 도왔다.

우리는 상자를 하나씩 같은 식으로 처리한 다음 원래 자리에 돌려놓았다. 이제 상자마다 성체 조각이 들어 있었다.

예배당 문을 닫고 나오자 선생이 근엄하게 말했다.

"이제 많은 일을 끝냈어. 다른 일들도 성공적으로 처리한다면, 오늘 저녁 해 질 때에는 미나 부인의 이마가 흠 없이 상아처럼 희게 빛날 거야."

잔디밭을 지나 기차역으로 가는 동안 병원 정문이 보였다. 나는 열심히 살피다가 내 방 창가에 서 있는 미나를 보았다. 나는 미나에게 손을 흔들었고, 모든 일이 다 잘 끝났다는 뜻을 전하기 위해 고개를 끄덕였다. 미나도 잘 이해했다는 뜻으로 고개를 끄덕였다. 마지막으로 본 미나는 작별 인사로 손을 흔들고 있었다. 역으로 가는 동안 우리는 마음이 무거웠다. 플랫폼에 도착하니 기차가 증기를 뿜고 있었다.

이 일기는 기차에서 썼다.

피커딜리, 12시 30분 펜처치가에 도착하기 직전 고딜밍 경이 말했다.

"퀸시와 나는 열쇠공을 찾겠네. 혹시 문제가 생길 수도 있으니 자네는 우리와 같이 다니지 않는 편이 낫겠어. 우리는 빈집에 들어가도 큰 문제가 없을 것 같아. 하지만 자네는 변호사라 변호사협회에서 문제 삼을 수 있어."

나는 혼자 안전하게 있을 수는 없다고 반대했다. 그렇지만 고덜밍은 뜻을 굽히지 않았다.

"게다가 사람이 많지 않아야 관심을 덜 받을 것 같네. 난 작위가 있으니 열쇠공과 같이 있어도 별다른 문제가 없을 것이고 경찰이 혹시 지나간다 해도 마찬가지일 거야. 자네는 잭과 교수님과 함께 그린 파크로 가서 집이 보이는 곳에서 기다려주게. 문이 열리고 열쇠공이 떠나면 그때 오면 돼. 우리가 보고 있다가 문을 열어주겠네."

"좋은 의견이야."

반 헬싱의 말에 우리는 더는 말을 얹지 않았다. 고덜밍과 모리스는 승합마차에서 급히 내렸고, 우리는 더 갔다. 알링턴가 모퉁이에서 우리는 마차에서 내려 그린 파크로 걸어갔다. 우리 희망이 걸린 그 집이 눈에 들어오자 심장이 두근거렸다. 활기 있고 깔끔한 집들 사이에 홀로 방치된 그 집은 음산하고 고요했다. 우리는 집이 잘 보이는 벤치에 앉아서 관심을 덜 끌기 위해 담배를 피웠다. 그들이 보이기를 기다리는 동안 시간은 발에 납덩이라도 단 듯 느리게 흘러갔다.

마침내 사륜마차 한 대가 나타났다. 마차에서 고덜밍 경과 모리스가 느긋하게 내렸다. 그리고 떡 벌어진 체격의 사내가 골풀로 짠 연장 바구니를 들고 마부석에서 내렸다. 모리스가 마부에게 요금을 치르자 마부는 모자를 만지며 인사하고 마차를 끌고 떠났다. 두 사람이 함께 계단을 오르자 고덜밍 경은 손짓으로 지시를 내렸다. 열쇠공은 겉옷을 천천히 벗어서 난간의 뾰족한 부분에 걸어놓았다. 마침 주변을 느릿느릿 걷고 있던 경찰에게 무슨 말을 했다. 경찰은 알겠다는 듯 고개를 끄덕였고 열쇠공은 무릎을 꿇고 바구니를 옆에 내려놓았다. 그러고는 바구니 속을 살펴보더니 도구들을 질서 있게 꺼내놓았다. 몸을 일으켜 열쇠 구멍 안을 들여다보며 그 안에 입김을 불더니 고용인들에게 몸을 돌리고 어떤 말을 했다. 그러자 고덜밍 경은 미소를 지었다. 열쇠공은 커다란 열쇠 꾸러미를 들고 그중 하나를 골라서 자물쇠 안을 탐색하듯 밀어 넣었다. 잠시 열쇠를 더듬거리며 돌려보다가 두 번째 열쇠를 집어넣었고 이어 세 번째 열쇠도 넣었다. 열쇠공이 문을 조금 밀자 문이 불쑥 열렸다. 열쇠공과 두 사람은 안으로 들어갔다. 우리는 가만히 앉아 있었다. 내 시가는 마구 타들어가고 있었지만 반 헬싱의 시가는 불이 꺼졌다. 우리는 밖으로 나온 열쇠공이 바구니를 챙기는 모습을 보며 꾹 참고 기다렸다. 열쇠공은 문을 조금 열고 무릎으로 잡아둔 채 자물쇠에 열쇠를 맞추어보았다. 그리고 마지막으로 그 열쇠를 고덜밍 경에게 건넸다. 고덜밍 경이 지갑에서 무언가를 꺼내 건네자 열쇠공은 모자를 만지며 인사한 뒤 바구니를 챙기고 겉옷을 입고 그곳을 떠났다. 이 모든 과정 동안 조금이라도 수상하게 여기는 이는 없었다.

열쇠공이 꽤 멀리 가자, 우리 세 사람은 길을 건너 그 집의 문을 두드렸다. 퀸시 모리스가 즉시 문을 열어주었다. 옆에는 고덜밍 경이 시가를 피우며 서 있었다.

"이 집도 냄새가 아주 고약합니다."

우리가 들어가자 고덜밍 경이 말했다. 카팩스의 오래된 예배당처럼 아주 고약한 냄새가 났다. 그간의 경험으로 비추어볼 때 백작은 이곳을 아주 자유롭게 이용한 것 같았다. 우리는 공격당할 가능성에 대비해 모두 함께 다니며 집을 수색했다. 우리 적은 강하고 교활한 데다 이곳에 있는지 없는지도 모르는 상황이었다. 홀 뒤편의 식당에서 우리는 흙 상자 8개를 찾아냈다. 우리가 찾던 9개 가운데 8개만 찾은 것이다. 일은 끝나지 않았다. 사라진 상자를 찾기 전까지는 끝나지 않을 것이다. 우리는 먼저 창문의 덧문을 열었다. 좁은 뜰 바닥에는 돌을 깔아놓았고 뜰 저편에는 마구간이 있었다. 모형 집처럼 생긴 마구간은 문 하나 없이 밋밋했다. 창문이 없어서 오히려 감시당할 염려가 없었다. 우리는 조금도 지체하지 않고 상자들을 검사했다. 도구로 상자를 열고 오래된 예배당에서 한 것과 똑같이 처리했다. 백작은 지금 집에 없는 것이 분명했다. 그래서 우리는 백작의 물건을 계속 찾아보았다.

지하실부터 다락방까지 나머지 방들을 훑어보았다. 그

결과 식당에 백작의 물건들이 있겠다는 결론에 다다랐다. 그래서 식당을 철저히 살폈다. 커다란 식탁 위의 물건들은 정돈된 것 같으면서도 어수선한 모습이었다. 피커딜리 저택의 권리증서가 큰 꾸러미로 묶여 있었다. 마일 엔드와 버몬지의 집 권리증서도 있었다. 편지지와 봉투와 펜과 잉크도 있었다. 모든 것에 먼지가 앉지 않도록 얇은 포장지로 덮어놓았다. 옷솔, 솔과 빗, 단지와 대야도 있었다. 대야 안에는 피로 붉어진 듯한 더러운 물이 들어 있었다. 마지막으로 종류도 크기도 다양한 열쇠들을 묶은 꾸러미가 나왔다. 다른 집들을 여는 열쇠 같았다. 우리가 열쇠를 살펴보는 동안, 고덜밍 경과 퀸시 모리스는 동쪽과 남쪽에 있는 집들의 주소를 정확히 적은 뒤 꾸러미에서 그 집들의 열쇠를 찾아냈다. 그리고 그곳에 있는 상자들을 못 쓰게 만들러 떠났다. 나머지 사람들은 꾹 참고 그들이 돌아오기를, 혹은 백작이 나타나기를 기다리기로 했다.

23장

수어드 박사의 일기

10월 3일　고덜밍과 퀸시 모리스가 돌아오기를 기다리는 시간이 너무나 길게 느껴졌다. 선생은 우리가 계속 활발하게 생각하도록 만들려고 애썼다. 하커를 이따금 바라보는 모습에서 선생의 다정한 마음을 느낄 수 있었다. 그 가엾은 친구는 고통 속에서 헤매고 있어 지켜보기도 힘들 지경이었다. 지난밤 하커는 젊어 보이는 얼굴에 짙은 갈색 머리를 지닌 활력 넘치는 모습이었다. 태도는 솔직하고 행복해 보였다. 그렇지만 오늘은 핼쑥하고 초췌했다. 하얗게 센 머리칼에 이글거리는 퀭한 눈, 슬픔으로 주름진 얼굴이 어우러져 나이들어 보였다. 그래도 내면의 힘은 여전했다. 살아 있는 불꽃 같았다. 이 힘이 하커를 구조해줄 수도 있다. 일이 잘 풀린다면, 하커가 절망의 시간을 헤쳐나가도록 도와줄 것이다. 그러면 그는 어느 정도 현실로 다시 돌아가게 될 것이다. 나만해도 무척 힘들다고 생각했는데, 하커의 고통이야 이루 말할수가 없다. 선생은 이 사실을 무척 잘 알고 있어서, 하커가 활기찬 마음을 갖도록 최선을 다하고 있다. 선생은 아주 흥미로운 말을 했다. 최대한 기억해서 여기에 옮겨보겠다.

"나는 이 괴물과 관련된 모든 자료를 손에 넣은 뒤로 보고 또 보았어. 살펴보면 볼수록 그자를 완전히 박멸해야 한다고 마음을 굳히게 되더군. 그자가 힘뿐만 아니라 지식도점점 키워나가고 있다는 징후가 곳곳에서 발견되었어. 부다페스트의 내 친구 아르미니우스의 연구를 살펴보니, 백작은생존 당시에는 정말 대단한 사람이었어. 군인이자 정치인이자 연금술사였지. 당대의 연금술은 최첨단 과학이었어. 백작은 비상한 두뇌와 어마어마한 지식을 갖추었고, 두려움도 양심의 가책도 모르는 마음을 지녔어. 심지어 스칼로맨스에도다녔어. 당대에 그가 시도해보지 않은 지식 분야는 없는 것이지. 백작은 육신은 죽었어도 두뇌가 지닌 힘은 살아남았어. 기억이 완벽하게 돌아온 것 같지는 않지만 말이야. 그자의 정신은 어떤 면에서는 어린아이 같았는데 계속 성장하다보니 처음에는 어린아이 같던 면도 이제 어른스러워졌지. 그자는 일종의 실험을 진행 중인데 잘되고 있어. 만일 우리가 그자의 길을 막지 않았더라면, 새로운 종족의 시조나 그 이상의 존재가 되는 거야. 우리가 실패하면 그렇게 될 수 있어. 삶이 아니라 죽음을 통해 탄생하는 종족이지."

하커는 신음하며 말했다.

"우리 미나가 이 모든 실험의 대상이 되었군요. 그런데 그자는 실험을 어떻게 하나요? 그것을 알아낸다면 우리가 무찌르는 데 도움이 될 수도 있어요."

"그자는 흡혈귀로 나타난 이래로 계속 자기 능력을 시험하고 있어. 천천히, 하지만 확실하게. 아이 같은 거대한 뇌가 활동하고 있고. 우리로선 그 뇌가 아직 아이 같아서 다행이긴 하지. 아니었다면 그자는 처음부터 우리 힘을 넘어섰을 테니까. 그렇지만 그자는 목적을 달성할 참이야. 수백 년 세월을 살아온 존재라 기다리며 속도를 줄일 줄 알지. '급할수록 돌아가라'가 그자의 모토일 거야."

"이해가 잘 안 되네요. 좀 더 쉽게 말씀해주세요. 너무 슬프고 힘들어서 머리가 제대로 돌아가지 않나 봐요."

하커가 힘없이 말하자 반 헬싱이 하커의 어깨에 부드럽게 손을 얹으며 말했다.

"자, 조너선. 더 쉽게 이야기하겠네. 최근에 이 괴물이 실험으로 어떻게 지식을 발전시켜나갔는지 자네도 알 거야. 그자는 존의 병원으로 들어가기 위해 짐승을 먹어치우는 그 환자를 이용했지. 흡혈귀는 특정 장소에 나중에는 원하는 대로 들어갈 수 있어도, 처음에는 그 안에 있는 사람이 들어오라고 해야만 들어갈 수 있어. 하지만 그자의 가장 중요한 실험은 따로 있어. 시작할 땐 그 커다란 상자들을 다른 사람들이 옮겼지. 그때만 해도 그자는 그렇게 해야만 한다고 생각했어. 하지만 그 아이 같은 뇌가 점점 성장했고, 이제 상자를 직접 옮기면 어떨까 생각해보게 되었어. 그래서 상자를 옮기는 일꾼을 도왔고, 그래도 괜찮다는 것을 알게 되자 마침내 상자들을 혼자 옮기려 한 거야. 그렇게 그자는 발전하면서 상자들을 여기저기 흩어둔 것이지. 그자 말고는 아무도 상자가 어디에 숨겨져 있는지 몰라. 아마도 땅속 깊숙이 묻으려 했겠지. 밤중에, 혹은 자신이 마음대로 변신할 수 있는 시간에 상자를 쓰기 좋도록. 그자가 그런 곳에 숨는 줄 아무도 모를 테고. 그렇지만 조너선, 절망할 일은 아니야. 그자는 이 지식을 너무 늦게 깨달았어. 이미 그자의 은신처는 하나 빼고 모두 못 쓰게 되었어. 해가 지기 전에 마지막 하나도 그리되겠지. 그러면 그자는 옮겨 다니면서 몸을 숨길 장소가 없어져. 내가 오늘 아침까지 시간을 끌었으니 곧 알게 될 거야. 사실 우리보다는 그자가 더 위험한 상황이야. 그자가 더 조심해야 하지. 내 시계로 벌써 한 시간이 지났어. 아서와 퀸시가 돌아오고 있을 거야. 오늘은 우리 날이고, 일을 느리게 진행하더라도 확실히 해두어야 해. 그래야 기회를 잃지 않아. 떠났던 사람들이 돌아오면 우리는 다섯 명이 되는 거야."

반 헬싱의 이야기가 이어질 때 현관문을 두드리는 소리가 나서 우리는 깜짝 놀랐다. 전보 배달원이 두 번 두드린 것이었다. 우리 모두 곧장 현관으로 향했다. 선생은 손을 들어 조용히 하라는 신호를 보내고 문으로 다가갔다. 선생이 문을 열자 배달원이 전보를 건넸다. 선생은 문을 닫고 배달원이 갔나 확인한 뒤 전보를 꺼내 소리 내어 읽었다.

"D를 주의하기 바람. 그는 12시 45분 현재 카팩스를 급히 떠나 남쪽으로 가고 있음. 한 바퀴 둘러보다 여러분과 마주칠 수 있음. 미나."

조너선 하커의 목소리가 잠시 흐르던 침묵을 깼다.

"하느님 감사합니다. 이제 곧 그자를 만나게 되겠군요."

반 헬싱이 얼른 고개를 돌려 하커에게 말했다.

"하느님께서는 그분이 정한 시간에 그분이 정한 방식으로 움직이실 거야. 두려워하지도 말고, 아직 기뻐하지도 말게. 그러다 우리가 바라던 일이 실패로 돌아갈 수도 있어."

"이 짐승을 파괴하는 일 말고는 아무것도 눈에 들어오지 않습니다. 그렇게만 할 수 있다면 저는 영혼이라도 팔겠습니다."

하커는 열을 냈다.

"흥분하지 말게, 조녀선. 하느님은 그런 식으로 영혼을 사지 않으시네. 그 악마는 영혼을 살지도 모르지만 믿을 수가 없지. 그렇지만 하느님은 자비롭고 공정하시지. 그리고 자네의 고통과 미나 부인을 향한 자네의 헌신을 알고 계시고. 생각해보게. 자네가 내뱉은 말을 알게 되면 미나 부인이 얼마나 괴롭겠는가. 우리 일행 중 누구도 염려할 건 없네. 우리 모두 이 일에만 매달려 있고, 오늘 끝을 낼 거야. 이제 움직일 때가 오고 있어. 오늘 이 흡혈귀는 사람의 힘만 쓸 수 있고, 해가 질 때까지 변신하지 못해. 그자가 여기 오려면 시간이 걸릴 거야. 벌써 1시 20분이야. 도착하려면 시간이 더 걸리겠지. 그자는 빨리 움직일 수 없으니까. 우리 바람은 아서와 퀸시가 먼저 오는 것이네."

하커 부인의 전보를 받고 30분 후 현관문을 나직하면서도 힘 있게 두드리는 소리가 났다. 신사들이 으레 문을 두드리면 나는 평범한 소리였지만 선생과 나는 심장이 고동쳤다. 우리는 시선을 교환하고 현관으로 나갔다. 이미 각자 무장한 상태였다. 왼손에는 영적 무기를, 오른손에는 신체를 공격하는 무기를 들었다. 선생은 걸쇠를 풀고 문을 반쯤 열더니 뒤로 물러나 두 손을 쓸 수 있게 준비했다. 문 가까이 계단 위에 고딜밍 경과 퀸시 모리스의 얼굴이 나타난 순간, 우리 얼굴에 기쁨이 번져나갔을 것이다. 그들은 얼른 안으로 들어와 문을 닫았다. 홀 쪽으로 이동하면서 고덜밍이 말했다.

"일은 잘 끝났습니다. 두 곳 다 찾았습니다. 상자가 6개 씩 있었어요. 다 처치했죠."

"처치했다고?"

선생이 물었다.

"그자가 쓸 상자 말입니다!"

우리는 잠시 침묵했고 퀸시가 입을 열었다.

"이제 여기서 기다리는 일 말고는 할 일이 없군요. 그렇지만 5시까지 그자가 나타나지 않으면, 여기를 떠나야 합니다. 해가 지고 나서 하커 부인을 혼자 두면 안 되니까요."

"그자는 곧 나타날 거네."

반 헬싱은 수첩을 뒤적이며 말했다.

"*Nota bene*(주의하게). 미나 부인의 전보에 따르면 그자는 카팩스에서 남쪽으로 떠났어. 그 말은 강을 건너러 갔다는 뜻인데, 조수가 바뀔 때만 가능한 일이니 한 시간쯤 전이어야 하지. 남쪽으로 갔다는 사실은 우리에게 의미가 있어. 그자는 아직 의심만 하는 거야. 그래서 카팩스를 떠나 우리가 개입했을 가능성이 제일 작아 보이는 곳으로 간 것이지. 자네들은 간발의 차로 그자보다 일찍 버몬지에 도착한 것 같아. 그자가 아직 여기 오지 않았다는 것은 버몬지 다음으로 마일 엔드에 갔다는 뜻이지. 어떤 식으로든 다시 강을 건너

585

야 했을 테니 시간이 좀 걸렸겠지. 자, 내 말을 믿게. 그리 오래 기다리지 않게 될 거야. 기회를 흘려보내지 않으려면 공격 계획을 세워야 해. 서두르게. 시간이 없어. 무기를 갖추고 준비해."

반 헬싱은 말을 하면서 손을 들어 경고 신호를 보냈다. 현관문 자물쇠에 열쇠를 살며시 꽂는 소리를 모두 다 들을 수 있었다.

뛰어난 능력의 소유자는 이런 순간에조차 능력을 제대로 발휘한다는 사실에 경탄하지 않을 수 없었다. 퀸시 모리스는 세계 곳곳을 돌아다니며 사냥을 하고 모험을 겪는 동안 언제나 행동 계획을 세웠고, 아서와 나는 그런 그를 암묵적으로 따르곤 했다. 이제 오래된 습관이 본능적으로 되살아나는 것 같았다. 퀸시는 방을 빠르게 둘러본 다음 바로 공격 계획을 짰다. 말 한마디 없이 몸짓으로 각자 맡을 자리를 정했다. 반 헬싱과 하커와 나는 문 바로 뒤에 있었다. 문이 열리면, 선생은 문을 지키고 우리 두 명은 그자와 문 사이를 막을 것이다. 고덜밍 경과 퀸시는 창문 앞으로 바로 나갈 수 있도록 시야를 벗어난 곳에 앞뒤로 섰다. 우리는 긴장한 채 기다렸다. 일분일초가 느린 악몽처럼 흘러갔다. 느리고 조심스러운 발소리가 현관에서 들려왔다. 백작은 분명 기습에 대비하고 있었다. 최소한 두려워하고 있었다.

갑자기 백작이 방 안으로 단박에 뛰어들었다. 누구 하나 붙잡으려고 손을 들기도 전에 우리를 지나쳤다. 표범과도 비슷한 그 움직임은 비인간적이었다. 우리는 그 모습에 충격을 받았지만 이내 정신 차렸다. 맨 처음 그자를 공격한 사람은 하커였다. 하커는 저택 앞쪽 방으로 통하는 문을 재빠르게 막아섰다. 우리를 본 순간 그자는 당장 덤비겠다는 듯 뾰족한 송곳니를 드러냈다. 하지만 그 사악한 미소를 바로 거두고는 사자처럼 차갑게 경멸하는 눈빛으로 우리를 노려보았다. 한꺼번에 앞으로 돌진하자 그자의 표정은 또 달라졌다. 공격 계획을 더 치밀하게 짜두지 않은 점이 아쉬웠다. 그 순간에조차 어떻게 해야 할지 몰랐다. 치명상을 입히려고 준비한 무기가 소용이 있을지 알 수 없었다. 그렇지만 하커는 무기를 써볼 작정이었다. 커다란 쿠크리 칼을 꺼내 그자에게 바로 거칠게 휘두른 것이다. 하커의 한 방은 강력했다. 그자는 악마처럼 재빨리 물러난 덕에 공격을 피했다. 1초만 늦었더라도 그 예리한 날이 그자의 심장을 꿰뚫었을 것이다. 하커의 칼끝이 그자의 코트를 찢어놓은 통에, 크게 벌어진 틈으로 지폐 다발과 금화가 쏟아졌다. 너무나 흉악한 표정을 짓는 백작을 보니, 한 번 더 일격을 가하려고 그 무시무시한 칼을 높이 드는 하커가 걱정되었다. 본능적으로 하커를 보호하기 위해 왼손에 십자가와 성체를 들고 앞으로 나섰다. 팔에 어마어마한 힘이 흐르는 듯했다. 우리 모두 한꺼번에 비슷한 동작을 취했을 때 괴물이 뒤로 물러나는 모습을 보면서도 놀랍지 않았다. 뜻이 좌절된 그자의 얼굴에서 끓어오른 증오와 지독한 분노와 악의란, 말로 표현하기 어려울 지경이었다. 창백한 얼굴은 불타오르는 눈과 대조를 이루며 푸르스름한 누런색을 띠었고, 이마의 붉은 흉터는 허연 피부 위에서 고동치는 듯했다. 이윽고 백작은 몸을 비스듬히 숙이며 하커의 팔 아래로 뛰어들었다. 바닥에 떨어진 돈을 한 움큼 쥐고 방을 가로질러 달려가더니 창문으로 몸을 내던졌다. 유리를 산산조각 내며 그자는 돌이 깔린 뜰로 굴러떨어졌다. 유리 깨지는 소리와 함께 금화 소리도 났다. 1파운드 금화 몇 개가 바닥에 떨어진 모양이었다.

우리는 창가로 달려가 백작이 하나도 다치지 않은 채 몸을 일으키는 모습을 보았다. 그자는 계단을 달려 올라가 뜰을 가로지른 다음 마구간 문을 열었다. 그러고는 몸을 돌려 우리에게 말했다.

"나를 막을 생각인가 본데, 일렬로 선 너희의 창백한 얼굴은 푸줏간의 양 떼 같군. 후회할 것이다. 너희 모두! 내 복수는 이제 시작일 뿐이야. 수백 년 동안 진행해온 일이고, 시간은 내 편이야. 너희가 사랑한 모든 여자들이 내 것이고. 그들을 통해 너희도 다른 놈들도 내 것이 되겠지. 내 명령에 따르면서 자칼처럼 밥을 얻어먹게 되는 거야."

백작은 경멸하는 비웃음을 남기고 문 안으로 잽싸게 들어갔다. 그자가 문을 닫자 녹슨 빗장이 삐걱대는 소리가 났다. 이어 또 다른 문이 열렸다 닫혔다. 마구간을 지나 백작을 쫓아가기 힘들다는 사실을 깨닫고 우리는 홀 쪽으로 이동했다. 가는 동안 반 헬싱이 먼저 입을 열었다.

"우리가 알게 된 것들이 있어. 아주 많은 것을 알게 되었지. 그렇게 큰소리쳤지만 그자는 겁을 내고 있어. 시간이 두렵고 뭔가 모자라게 될까 봐 두려워하고 있지. 아니면 그렇게 서두를 이유가 없지. 말투가 속내를 드러내는 거야. 아니면 내가 잘못 들었겠지. 그 돈은 왜 가지고 갔을까? 자네들은 빨리 쫓아가게. 거친 짐승을 사냥해보았으니, 잘해내겠지. 나는 이 집에서 그자가 유용하게 쓸 만한 것들을 다 치워버리겠네. 혹시라도 돌아올지 모르니까."

반 헬싱은 남은 돈을 주머니에 넣고 하커가 남긴 부동산 권리증서 꾸러미를 챙겼다. 나머지 물건들은 벽난로에 집어넣고 성냥으로 불을 붙였다.

고딜밍과 모리스는 이미 뜰로 달려나갔고, 하커는 백작을 쫓으려고 창문을 타고 내려갔다. 그자는 마구간 문에 빗장을 질러놓았다. 힘껏 문을 열었을 땐 그자의 흔적조차 없었다. 반 헬싱과 나는 집 뒤편을 살폈다. 뒤쪽 거리는 휑했고,

아무도 그자가 떠나는 모습을 보지 못했다.

이제 늦은 오후가 되었고 해 질 때가 멀지 않았다. 이번 승부가 끝났다는 사실을 깨달은 우리는 마음이 무거웠다.

"미나 부인에게 돌아가자고. 안쓰러운 미나 부인. 그렇지만 우리가 지금 할 수 있는 일은 다 했어. 그리고 이제 미나 부인을 보호할 수 있어. 절망할 필요 없어. 흙 상자가 하나밖에 남지 않았으니까. 마지막 상자를 찾아내야 해. 그 일을 끝내면 괜찮아질 거네."

반 헬싱은 하커를 위로하려고 무척 의연하게 말을 건넸다. 하커는 완전히 힘이 빠져버렸다. 아내를 생각하며, 간간이 참지 못하고 나직하게 신음했다.

우리는 슬픈 마음으로 병원으로 돌아왔다. 하커 부인은 굳세고 헌신적인 사람답게 활기찬 모습으로 우리를 맞이했다. 우리 얼굴을 보자 부인의 얼굴도 죽은 듯 창백해졌다. 부인은 아주 잠깐 몰래 기도를 드리듯 눈을 감았다가 곧 기운차게 말했다.

"여러분 모두에게 어떻게 고마움을 표현할지 모르겠어요. 아, 내 사랑하는 사람."

미나는 남편의 희끗희끗한 머리를 잡고 입을 맞추었다.

"지친 머리를 여기 기대고 좀 쉬어. 다 잘되겠지. 하느님께서 뜻이 있어 그러시는 것이라면 우리를 보호해주실 거야."

하커는 그저 신음할 뿐이었다. 그의 괴로움을 담을 말은 찾기 어려웠다.

우리는 식사 생각이 없었지만 그래도 자리에 앉았다. 배를 채운 덕에 어느 정도 힘을 얻은 것 같다. 아침 식사 후로 아무것도 못 먹어서 배가 고팠던 터라, 음식이 주는 동물적인 온기가 힘이 된 것이다. 아니면 함께 모인 것만으로 힘이 되었을 수도 있다. 어쨌든 우리는 괴로움을 좀 덜었고 내일은 희망이 하나도 없지는 않다고 생각하게 되었다. 약속대로 하커 부인에게 어떤 일이 벌어졌는지 모두 이야기했다. 부인은 남편이 위험에 처한 대목을 들을 때면 하얗게 질리고 남편의 헌신을 보여주는 대목에선 얼굴을 붉히면서 용감하고 침착한 모습으로 이야기를 들었다. 하커가 백작에게 무모하게 돌진한 대목에 이르자 부인은 남편의 팔을 붙들었다. 그렇게 붙들면 어떤 위험이 닥쳐도 그를 보호할 수 있을 것처럼. 그렇지만 이야기가 끝나고 지금 이 순간에 이르기까지 부인은 아무 말도 하지 않았다. 이제 부인은 남편의 손을 잡은 채 자리에서 일어나 입을 열었다. 이 장면은 도무지 글로 옮길 수가 없다. 젊음과 활기로 빛나는 아름다운 여성, 그토록 다정하고 선한 성품의 소유자가 이마의 붉은 흉터를 드러낸 채 말하는 모습이라니. 그 흉터는 본인도 의식하고 있고,

우리도 어쩌다 생겼는지 알고 있기에 이를 갈며 바라보았다. 그런데 부인은 우리의 지독한 증오를 사랑이 가득한 친절로 밀어냈다. 또 애정 어린 믿음으로 우리의 두려움과 의심을 밀어냈다. 부인이 아무리 선의로 가득한 순수한 믿음의 소유자라고 해도 흉터라는 상징이 있는 한에는 하느님에게 버림받은 상태이기에, 우리는 두려움과 의심을 떨칠 수 없었다.

"조너선."

하커 부인이 남편을 불렀다. 사랑과 부드러움이 넘쳐서 음악처럼 들렸다.

"사랑하는 조너선. 그리고 나의 진실한 친구들. 여러분이 이 끔찍한 시간을 겪어내는 동안 마음에 담아두실 것이 있어요. 여러분이 가짜 루시를 파괴해 진짜 루시가 영원히 살도록 해주었던 것처럼, 적과 싸워서 파멸시켜야 한다는 사실을 나도 알아요. 그렇지만 이 일은 증오를 동력으로 삼아서는 안 되는 일입니다. 이 모든 불행을 초래한 그 영혼이야말로 가장 비통할 것입니다. 생각해보세요. 그자의 나쁜 부분이 파괴되어 좋은 부분이 영적 불멸성을 얻게 된다면 그자도 진심으로 기뻐할 것입니다. 여러분은 그자를 파괴하는 손을 멈추지 않더라도 연민을 가지셔야 합니다."

하커 부인이 말하는 동안, 하커는 안색이 어두워지고 얼굴을 찌푸렸다. 그의 마음속 격정이 그의 정수를 시들게 하는 것 같았다. 하커는 자기도 모르게 부인의 손을 꽉 잡았는데 너무 세게 잡는 바람에 관절이 희게 변할 정도였다. 부인은 아플 텐데도 손을 피하려 하지 않았다. 오히려 그 어느 때보다도 간절한 눈빛으로 하커를 바라보았다. 부인이 말을 마치자 하커는 벌떡 일어나며 부인의 손을 거의 뿌리치다시피 했다. 그가 입을 열었다.

"하느님, 우리가 목표로 삼은 그자를 이 세상에서 파괴할 만큼만 시간을 내주시고 그자를 제 손에 맡겨주십시오. 그렇게만 된다면 그자의 영혼을 영원히 불타는 지옥으로 보내버리겠습니다."

"오, 그만해, 그만! 선한 하느님의 이름으로 그래서는 안돼. 그런 말은 입에 담지 마, 조녀선. 그렇지 않으면 당신이 나를 공포와 두려움으로 짓누르게 될 거야. 생각해봐. 나는 오늘, 이 기나긴 하루 동안 이 문제를 생각했어. 어쩌면, 언젠가는 나도 그런 동정이 필요할지 몰라. 당신과 똑같은 이유로 화가 난 사람들은 나를 동정하지 않겠지. 여보, 다른 길이 있다면 당신이 그런 생각을 해도 그냥 넘겼을 거야. 하지만 하느님이 당신의 거친 말을 그저 정 많고 심한 고통에 시달리는 남자가 가슴 찢어지게 통곡한 것이라고 받아들이시길 기도할게. 하느님, 제 남편이 얼마나 괴로웠는지 이 희게 세어버린 가엾은 머리칼이 증명하고 있습니다. 평생 그릇된 일을 한 적 없는데 너무나 큰 슬픔이 닥쳐온 것입니다."

　모두 눈물을 흘렸다. 참지 않고 대놓고 울었다. 하커 부인도 자신의 다정한 조언이 받아들여진 모습을 보고 울었다. 하커는 곁에 무릎을 꿇고 앉아서 부인을 안으며 얼굴을 치맛자락에 묻었다. 반 헬싱이 손짓했고 우리는 밖으로 나왔다. 사랑하는 두 사람이 하느님과 함께 있도록 남겨두었다.

　하커 부부가 방으로 돌아가기 전에 선생은 그들의 방에 흡혈귀가 침입하지 못하도록 손을 써두었다. 그 덕에 부인이 편히 쉴 수 있다고 장담했다. 하커 부인은 그 말을 믿으려고, 아울러 남편을 위해 만족하는 모습을 보이려고 애썼다. 용감한 분투였다. 보상이 없지는 않을 것이라고 믿는다. 반 헬싱은 비상사태가 벌어지면 누구든 알릴 수 있도록 근처에 벨을 설치했다. 그렇게 하커 부부는 방으로 돌아가고, 퀸시와 고덜밍과 나는 고통받는 부인의 안전을 위해 돌아가며 불침번을 서기로 했다. 첫 순서는 퀸시였다. 나머지 사람들은 빨리 자러 가기로 했다. 고덜밍은 두 번째여서 벌써 침실로 갔다. 이제 나도 일을 마쳤으니 자러 가야겠다.

조너선 하커의 일기

10월 3일에서 4일 사이, 자정 무렵 어제가 절대 끝나지 않을 줄 알았다. 자고 싶은 갈망이 나를 사로잡았다. 잠에서 깨어나면 무언가 달라져 있으리라는 믿음, 어떤 식으로든 더 나은 쪽으로 달라지리라는 맹목적인 믿음이 있었다. 헤어지기 전에 우리는 다음에 어떤 행동에 나설지 이야기했지만 아무 결론도 내지 못했다. 우리가 아는 것은 흙 상자가 1개 남아 있고 백작만이 그 위치를 안다는 것이었다. 만일 그자가 숨어 있기로 결심한다면, 몇 년이고 우리 계획은 실행하기 어려워질 수 있다. 그리고 그동안에는! 생각만 해도 끔찍하다. 지금은 생각할 엄두도 안 난다. 나는 안다. 세상에 완벽 그 자체인 여성이 존재한다면, 그 사람은 바로 부당한 일을 겪은 가엾은 내 아내다. 지난밤 아내가 보여준 그 다정한 연민의 마음 때문에 그를 수천 배 더 사랑하게 되었다. 괴물을 향한 내 마음속 증오마저도 비열해 보일 지경이다. 물론 하느님은 그런 괴물을 하나 잃는다고 해서 세상이 더 초라해지게 만들지는 않을 것이다. 내 희망이다. 우리는 모두 암초 방향으로 표류하고 있고 믿음만이 유일한 닻이 된다.

미나는 잠들어 있다. 꿈을 꾸지는 않는 것 같다. 미나의 꿈에 그 끔찍한 기억들이 깃들까 봐 두렵다. 내가 보기엔 해가 진 뒤로 미나는 그리 안정된 상태가 아니었다. 그러다 한동안 3월 돌풍이 지나간 뒤의 봄처럼 편안한 얼굴이 되었다. 그때는 얼굴에 저녁노을의 부드러운 붉은빛이 드리워 그런 줄 알았다. 이제 보니 그 얼굴에 더 큰 의미가 있다는 생각이 든다. 잠은 오지 않는다. 죽을 만큼 피곤하지만. 그래도 자려고 노력해야 한다. 내일을 생각해야 하고, 끝나기 전까지는 휴식이 없을 테니까……

얼마 뒤 깜빡 잠들었나 보다. 미나 때문에 깨어났다. 미나는 깜짝 놀란 표정으로 침대에 앉아 있다. 방을 완전히 어둡게 해두지 않았기 때문에 똑똑히 볼 수 있었다. 미나는 조용히 하라는 뜻으로 내 입에 손가락을 대고는 내 귀에 속삭였다.

"쉿! 복도에 누가 있어!"

나는 조심스럽게 일어나 걸음을 옮기고 문을 살며시 열었다.

문 바로 밖에 모리스가 매트리스를 펴놓고 누워 있었다. 완전히 깬 상태였다. 그가 조용하라고 손짓하며 속삭였다.

"자, 침대로 돌아가게. 여긴 문제없어. 여기서 한 명씩 망을 볼 거야. 우린 기회를 놓칠 수 없어."

모리스의 표정이며 몸짓을 보니 더는 이야기하면 안 될 것 같아 침대로 돌아왔다. 그리고 미나에게 사실을 알렸다.

미나는 한숨을 쉬었다. 옅은 미소가 창백한 얼굴에 번져나갔다. 미나는 나를 팔로 감싸며 부드럽게 말했다.

"정말 용감한 분들이야."

미나는 한숨을 짓고 다시 잠들었다. 나는 지금 잠이 안 와서 일기를 쓴다. 그래도 다시 자려고 노력해야 할 것이다.

10월 4일, 아침 밤사이에 미나 때문에 또 깼다. 이번에는 우리 모두 푹 자다가 깼다. 희뿌연 새벽빛이 창문을 긴 네모 모양으로 밝히고 있었다. 가스등 불꽃은 줄어들어 환한 원반이 아니라 점에 가까워 보였다. 미나가 다급히 말했다.

"반 헬싱 선생님을 불러줘. 당장 그분을 만나야 해."

"무슨 일인데?"

"생각 하나가 떠올랐어. 밤사이 떠오른 생각인데, 나도 모르는 사이에 확실해진 것 같아. 새벽이 오기 전에 선생이 내게 최면을 걸어야 해. 그러면 뭔가 말할 수 있을 것 같아. 여보, 서둘러 다녀와줘. 시간이 다가오고 있어."

나는 문으로 갔다. 매트리스에 누워 있던 수어드 박사가 나를 보더니 놀라서 벌떡 일어났다.

"무슨 문제라도 있나?"

"아니. 미나가 반 헬싱 박사를 당장 만나고 싶다고 해."

"내가 가지."

수어드 박사는 서둘러 선생의 방으로 갔다.

2, 3분 만에 반 헬싱이 실내복 차림으로 나타났다. 모리스와 고덜밍 경도 문가에서 수어드 박사에게 무언가 물어보고 있었다. 미나의 미소를 본 선생의 얼굴에서 불안이 가셨다. 선생이 손을 비비며 말했다.

"미나 부인, 확실히 달라졌소. 조녀선, 미나 부인이 예전 모습으로 우리에게 돌아왔어."

반 헬싱은 미나에게 고개를 돌리고 기운차게 말했다.

"부인을 위해 무슨 일을 하면 되오? 지금 시간에 아무일 없이 부르지는 않았을 테고."

"제게 최면을 걸어주세요. 새벽이 오기 전에요. 그렇게하면 생각이 떠오르는 대로 자유롭게 말할 수 있을 것 같아요. 서둘러주세요. 시간이 얼마 없어요."

선생은 미나에게 침대에서 일어나 앉으라고 말없이 손짓했다.

선생은 미나를 응시하며 최면을 걸기 시작했다. 미나의 머리 위에서부터 아래쪽으로 손을 번갈아 움직였다. 미나는 몇 분 동안 선생을 뚫어지게 바라보았다. 위험이 임박한 듯한 느낌에 내 심장은 스프링 해머처럼 쿵쿵 뛰었다. 점차 미나의 눈이 감겼다. 미나는 꼼짝 않고 가만히 앉아 있었다. 그저 가슴이 가볍게 오르락내리락하는 모습만이 미나가 살아

있음을 보여주었다. 선생은 몇 번 더 최면을 건 뒤 손을 멈추
었다. 선생의 이마에 가득 맺힌 굵은 땀방울이 보였다. 미나
가 눈을 떴다. 하지만 내가 아는 미나가 아니었다. 어딘가 멀
리 바라보는 듯한 눈빛에, 서글프고 아련한 목소리가 낯설었
다. 선생은 조용히 하라는 뜻으로 손을 들고는 다른 사람들
을 들어오게 하라고 내게 지시했다. 그들은 발끝으로 걸어
들어와 문을 닫고 침대 발치에 서서 미나를 바라보았다. 미
나는 그들을 못 보는 것 같았다. 반 헬싱의 질문이 침묵을 깼
다. 미나의 마음속 생각의 흐름을 깨지 않으려는 듯 나지막
한 목소리였다.

"어디에 계십니까?"

선생의 질문에 미나는 감정 없는 목소리로 대답했다.

"모르겠어요. 잠은 특정 장소가 있는 것이 아니잖아요."

몇 분 동안 침묵이 내려앉았다. 미나는 꼿꼿이 앉아 있
고 선생은 미나를 주시하며 서 있었다. 나머지 사람들은 숨
을 쉬기도 힘든 상태였다. 방이 점차 밝아졌다. 미나의 얼굴
에서 눈을 떼지 않은 채 반 헬싱 선생이 내게 블라인드를 걷
으라고 손짓했다. 나는 지시를 따랐다. 아침이 다가왔다. 붉
은 광선 하나가 치솟더니, 불그스름한 빛이 방에 번져나갔
다. 순간 선생이 다시 말했다.

"지금은 어디에 계십니까?"

미나는 꿈을 꾸듯 대답했지만 말뜻은 분명했다. 미나는 무언가 해석하고 있었다. 미나가 속기한 메모를 같은 말투로 읽는 것을 들은 기억이 있다.

"모르겠어요. 모두 낯설어요."

"무엇이 보이나요?"

"아무것도 볼 수 없어요. 온통 깜깜해요."

"무슨 소리가 들리나요?"

선생의 끈기 있는 목소리에 긴장감이 어렸다.

"물이 철썩거리는 소리요. 콸콸 흘러가고 있어요. 작은 파도도 치고요. 밖에서 들려오는 소리예요."

"그럼 지금 배에 있나요?"

우리는 서로를 바라보며 무언가 알아내려고 애썼다. 우리는 생각을 겁내고 있었다. 답이 바로 나왔다.

"맞아요!"

"또 어떤 소리가 들립니까?"

"머리 위쪽에서 사람들이 쿵쿵 뛰어다니는 소리요. 쇠사슬이 삐걱대는 소리도 들리고 닻을 감아올리는 도르래가 톱니바퀴에 걸리면서 철컥거리는 소리도 들려요."

"지금 뭘 합니까?"

"가만히 있어요. 가만히. 죽은 것처럼."

미나의 목소리는 잠에 빠진 것처럼 깊은 숨소리로 가라

앉았다. 눈은 감겼다.

어느새 해가 다 떠올랐고 햇빛이 가득 쏟아졌다. 반 헬싱 박사는 미나의 어깨에 손을 얹고서 머리를 부드럽게 베개에 눕혔다. 미나는 몇 분 동안 잠든 아이처럼 누워 있다가 긴 숨을 쉬며 깨어나더니 둘러선 우리를 놀란 표정으로 바라보았다.

"내가 자면서 말을 했나요?"

이렇게 묻긴 했지만, 미나는 우리가 말하지 않아도 상황을 이미 이해한 것 같았다. 자신이 무슨 이야기를 했는지 무척 알고 싶어 했다. 선생이 둘의 대화를 반복해서 들려주자 미나가 말했다.

"가만있을 때가 아니네요. 너무 늦진 않았을 겁니다."

모리스와 고덜밍 경은 문으로 가려 했으나 선생이 차분한 목소리로 돌려세웠다.

"잠시만 기다리게. 그 배가 어디에 있든, 미나 부인이 말하는 동안에는 닻을 끌어 올리고 있었어. 런던의 거대한 항구에는 지금 이 순간에도 닻을 올리는 배가 아주 많아. 그중 어떤 배일까? 단서를 다시 찾게 되어 정말 다행이야. 단서가 우리를 어디로 이끌지는 알 수 없지만. 우리는 뭔가 놓치고 있었어. 사람들의 행동 양식 말이야. 이전에 그것을 놓치지 않았다면, 미래를 예측할 수 있었을 텐데. 이런, 내가 횡설수

설했군. 자, 우린 이제 백작이 돈을 쥔 순간 무슨 생각을 했는지 알아. 조너선이 사납게 칼을 휘둘러서 백작은 아주 위험한 상황에 놓였지. 그런데도 돈을 쥐었어. 그자는 탈출할 작정이었어. 탈출! 그자는 흙 상자가 1개밖에 남지 않은 것을 알고 있고 여우를 쫓는 개처럼 남자 한 무리가 뒤쫓고 있다는 사실도 알아. 이 런던에는 더 이상 백작이 있을 만한 장소가 없어. 그자는 배에다 하나 남은 마지막 흙 상자를 싣고서 이 나라를 떠나고 있어. 백작은 탈출할 속셈이겠지만 안 될 일이야. 우리가 그자를 쫓아가고 있으니까. 쉭쉭! 아서가 붉은 겉옷을 걸치고 사냥할 때 외치는 소리지. 우리의 늙은 여우는 교활해. 그토록 교활하니 우리도 속임수를 써서 쫓아야해. 나 또한 약삭빠른 사람이니 잠시 그자의 입장에 서서 생각을 해봐야겠어. 그동안 우리는 쉴 수 있겠지. 어차피 우리 사이에는 바다가 있으니까. 그자는 바다를 다시 건너 육지로 돌아오고 싶지 않을 거야. 그리고 싶어도 그럴 수 없어. 배가 육지에 닿은 뒤 밀물이 들거나 조수의 흐름이 바뀔 때만 가능한 일이거든. 자, 해가 막 떠올랐어. 해가 지기 전까지는 우리 시간이야. 목욕하고 옷을 갈아입은 뒤 아침을 먹자고. 그자가 우리와 같은 땅에 있지 않은 이상, 마음 편히 식사할 수 있을 거야."

미나는 선생을 간절한 눈빛으로 바라보며 물었다.

"그런데 그자가 우리를 떠났는데, 왜 더 쫓아가야 하나요?"

선생은 미나의 손을 잡고 가볍게 두드렸다.

"아직은 묻지 마시오. 아침 식사를 하고 나면 어떤 질문이든 대답해드리겠소."

선생은 더 말하려 하지 않았고, 우리는 옷을 갈아입으러 흩어졌다.

식사 후 미나는 같은 질문을 또 했다. 선생은 미나를 엄숙하게 바라보며 슬픈 목소리로 말했다.

"미나 부인, 이제 우리는 지옥 문턱까지 쫓아가야 한다 해도 그자를 찾아야 하오."

미나는 얼굴이 창백해져서 힘없이 물었다.

"왜죠?"

반 헬싱은 근엄하게 대답했다.

"그자는 몇백 년을 더 살 수 있지만, 부인은 언젠가 죽음을 맞이할 사람이기 때문이오. 이제 흘러가는 시간을 두려워해야 합니다. 그자가 이미 부인의 목에 흔적을 남겼으니."

미나가 정신을 잃고 쓰러지는 순간 나는 곧바로 미나를 붙잡았다.

24장

수어드 박사의 축음기에 반 헬싱이 녹음한 내용

조너선 하커에게

　자네는 미나 부인 곁에 있어야 하네. 우리는 수색을 하러 떠날 거야. 사실 상황을 확인하러 가는 것뿐이라서 수색이라고 불러도 될지 모르겠네. 자네는 오늘 집에 남아 부인을 보살펴야 하네. 자네가 할 수 있는 최선이자 성스러운 일이지. 오늘은 그자를 찾아낼 수 없을 거야. 우리 네 사람이 아는 사실을 자네에게도 알려주겠네. 우리 적은 떠났어. 그자는 트란실바니아에 있는 성으로 돌아가는 중이야. 나는 그자가 어떤 방법으로 이 일을 준비해왔는지 훤히 알아. 마지막 흙 상자는 어딘가에서 배로 옮길 준비가 되었다는 것도 알고. 그래서 그자는 돈을 챙기고 해가 지기 전에 잡힐까 봐 그

604

렇게 서두른 것이지. 그게 그자의 마지막 희망이었어. 또 하나 희망이 있다면, 가여운 루시가 자기를 좋아해서 열어둔 무덤에 숨는 것이지. 그자 생각은 그래. 하지만 시간이 없었지. 그래서 마지막 수단을 바로 실행한 거야. 말 그대로 마지막 남은 흙 상자에 눕는 것이지. 그자는 머리가 좋아. 아주 좋지. 이곳에서는 승부가 끝났다는 사실을 알고 집으로 돌아가기로 한 것이네. 자신이 왔던 경로를 따라 돌아가는 배를 찾아서 탔어. 그 배가 어떤 배인지, 어디로 가는지 알아보러 지금 갈 거야. 알아내면 돌아가서 자네에게 알려주겠네. 그럼 우리는 자네와 미나 부인을 새로운 희망으로 위로해줄 수 있겠지. 상황을 잘 생각해보면 희망을 품을 수 있을 거야. 희망이 하나도 없는 것은 아니라네.

우리가 쫓는 그 괴물은 런던에 오기까지 수백 년이 필요했어. 그렇지만 그자를 제거할 방법을 알아내면 하루 만에 쫓아낼 수 있다네. 그자는 크나큰 해를 입힐 수 있을 만큼 강력하고 우리처럼 고통에 시달리지도 않지만, 그래도 유한한 존재야. 우리는 굳세고 각자 목표가 있으며, 하나로 모이면 더 굳세어진다네. 그러니 미나 부인의 남편으로서 마음을 새롭게 다지기를 바라네. 싸움은 이제 시작이야. 그리고 결국에는 우리가 이길 거야. 하느님이 높은 곳에서 그분의 어린양을 지켜보는 한, 꼭 그렇게 될 거야. 그러니 우리가 돌아올 때까지 안심하게.

반 헬싱

조너선 하커의 일기

10월 4일 미나에게 반 헬싱이 축음기에 남긴 녹음 내용을 읽어주자 얼굴이 무척 밝아졌다. 백작이 이미 확실히 이 나라를 떠났다는 사실이 미나에게 위안이 되고 힘이 되었다. 하지만 나는 이제 그 끔찍한 공포가 물러났다는 말을 믿기 어려웠다. 드라큘라성에서 겪은 끔찍한 경험마저도 오래전에 잊은 꿈처럼 느껴졌다. 지금은 가을 공기가 서늘한 가운데 찬란한 햇빛이 쏟아지고 있다.

그렇지만 내가 어찌 믿지 않을 수 있을까. 한참 생각에 빠져 있다가 아내의 하얀 이마 위에 생긴 붉은 흉터에 눈이 갔다. 흉터가 남아 있는 동안에는 그때 일을 믿지 않을 수가 없다. 나중에도 바로 흉터에 대한 기억 때문에 그때 일이 선명하게 떠오를 것이다. 미나와 나는 게으르게 지내고 싶지 않아서 모든 일기를 살피고 또 살폈다. 어쨌든 우리가 겪은 일이 점점 분명한 현실로 다가오긴 했지만, 고통과 두려움은 줄어드는 듯했다. 일기들에는 우리를 이끄는 목적이 분명히 드러나 위안이 되었다. 미나는 우리가 아마도 궁극적인 선의 도구일 것이라고 한다. 그럴지도 모른다. 미나처럼 생각하기 위해 노력해야겠다. 우리는 아직 미래에 대해 아무런 얘기도 나누지 않았다. 선생과 다른 사람들이 조사를 마치고 돌아올 때까지 기다리는 편이 낫겠다.

이렇게까지 시간이 빨리 흘러갈 줄 몰랐다. 이제 오후 3시다.

미나 하커의 일기

10월 5일, 오후 5시 보고를 위한 모임. 참석자: 반 헬싱 선생, 고덜밍 경, 수어드 박사, 퀸시 모리스 씨, 조너선 하커, 미나 하커.

반 헬싱 박사는 드라큘라 백작이 탈출용으로 어떤 배를 골랐고 어디로 갔는지 알아내기 위해 그날 한 일들을 설명했다.

"그자가 트란실바니아로 돌아가고 싶어 한다는 사실을 알고, 아마도 다뉴브강 어귀나 그자가 이곳으로 온 길인 흑해 쪽으로 가리라고 확신했어. 그렇지만 어떻게 시작해야 할지 알 수 없을 만큼 막막했어. 잘 모르는 것은 무엇이든 대단해 보이는 법이지. 그래서 우리는 무거운 마음을 안고 지난 밤 흑해로 떠난 배가 있는지 조사하기 시작했어. 미나 부인이 돛을 올리는 이야기를 했으니 백작은 범선을 타고 있겠지. 《타임스》에 실리는 출항 선박 명단을 확인해야 했어. 우리는 고딜밍 경의 의견에 따라 아무리 배가 작아도 출항 선박이면 모두 기록해두는 로이드 협회로 갔어. 그곳에서 밀물 때 흑해로 떠난 배가 딱 한 척 있다는 사실을 알게 되었어. '예카테리나 대제'라는 배인데, 둘리틀 부두에서 출발해 바르나로 갔다가 다른 곳을 거쳐 다뉴브강을 거슬러 올라갈 예정이라고 해. '이거야, 이 배가 백작이 탄 배야.' 난 기뻐서 외쳤어. 우리는 둘리틀 부두로 가서, 너무 작아서 사람이 더 커 보일 지경인 목조 사무실에서 한 사내를 만났어. 그 사람에게 예카테리나 대제호의 항로에 관해 물었어. 욕을 입에 달고 살면서, 벌건 얼굴에 목소리도 컸지만 좋은 사람이었어. 퀸시가 주머니에서 빠닥빠닥 소리 나는 지폐를 꺼내 돌돌 말아서 옷 속 작은 가방에 넣어주자 더 친절해져서 하인처럼 굴었어. 우리와 같이 다니면서 다혈질로 보이는 남자들 여럿에게 질문을 던졌지. 이 사람들도 목마르지 않게 해주니까 더 친절해졌어. 비속어며 내가 모르는 말들을 많이 했지만 그래도 무슨 뜻인지 짐작할 수 있었지. 그들은 우리가 알고 싶어 하는 것들을 다 알려주었어.

그들 말에 따르면, 오후 5시쯤 한 남자가 급히 왔다는 군. 키가 크고 마른 체격에 얼굴이 창백한 사내로 높은 콧대에 아주 새하얀 이, 불타는 듯한 눈을 지녔다고 해. 잘 어울리지 않고 때에도 맞지 않는 밀짚모자를 쓴 것만 제외하면 온통 검은색 옷을 입고 있었고. 그자는 흑해로 가는 배가 어떤 배이고 항로가 어떤지 알아보기 위해 돈을 마구 뿌렸대. 몇몇이 그자를 사무실로 데려갔고 그다음 배로 데려다주었어. 그자는 승선하지 않았어. 배와 부두 사이에 걸쳐놓은 판자 끝에 서서 선장을 만나고 싶다고 했어. 선장이 왔어. 선장이 돈을 많이 내야 한다고 하자, 그자는 욕을 해대면서도 동의했다는군. 그런 다음 그 마른 남자는 떠났는데, 누군가 그자에게 말과 수레를 빌릴 곳을 알려주었다고 해. 그자는 그곳으로 가서 커다란 상자를 실은 수레를 직접 몰고 돌아와 상자를 혼자서 내려놓았어. 그 상자를 배로 옮길 때는 여러 명이 달라붙어야 했지. 그자는 상자가 어떤 식으로 어느 위치에 놓여야 하는지 길게 설명했는데, 선장은 그게 마음에 들지 않아서 여러 나라 말로 욕설을 퍼부었어. 그리고 원한다면 직접 와서 확인해보라고 했어. 그렇지만 그자는 해야 할 일이 많다며 거절했어. 선장은 그자에게 빨리 오는 편이 나을 거라고, 조수가 바뀌기 전에 배가 출발할 예정이라고 했지. 그러자 그 마른 남자는 미소를 짓더니 적절한 때에 가야 하겠지만 너무 빨리 가면 놀랄 거라고 했어. 선장은 또 여러 나라 말로 욕을 했어. 하지만 그 마른 남자는 허리 굽혀 고맙다고 인사하더니 선장의 친절함에 보답하기 위해 출항 전에 돌아와서 배를 타겠다고 했어. 선장은 너무 화가 나서 시뻘겋게 달아오른 얼굴로 욕설을 퍼부으며 배에 프랑스 사람은 태우지 않겠다고 했어. 그자는 배표를 살 수 있는 가게가 근처에 어디 있는지 물어본 다음 떠났고.

그자가 어디로 갔는지는 아무도 몰랐다는군. 사실 관심이 없었지. 신경 써야 할 일은 따로 있었거든. 예카테리나 대제호가 예정대로 출항 못 할 상황이 되었다는 거야. 옅은 안개가 강에서부터 흘러나오더니 점점 짙어져 배 주변을 에워쌌대. 선장은 더 다양한 나라 말로 욕을 했어. 그렇지만 아무것도 할 수 없었어. 물이 점점 차올랐어. 선장은 물때를 놓칠까 봐 겁이 났어. 막 물이 다 차오르자 그 마른 남자가 배다리 위에 다시 나타나 상자를 어디에 두었는지 보겠다고 했대. 안 그래도 심기가 불편했던 선장은 그자와 그 상자가 지옥으로나 꺼지면 좋겠다고 대꾸했지. 하지만 그자는 그냥 항해사와 같이 내려가서 상자가 어디에 있는지 본 다음에 다시 올라오더니 안개 서린 갑판에 한동안 서 있었대. 그러다 혼자서 가버렸나 봐. 아무도 못 봤으니까. 사실 사람들은 그 남자를 잊고 있었어. 곧 안개가 사라지고 다시 맑아졌거든. 그 목

마르고 욕 잘하는 친구들은 선장이 평소보다 얼마나 심하게 욕을 해댔는지 이야기하며 웃어댔어. 게다가 정말 어이없게도 그 시간에 강을 오르내린 다른 선원들에게 물어보니 부두 주변을 제외하면 안개를 거의 못 봤다는 거야. 그렇지만 배는 밀물 때 떠났으니 의심의 여지 없이 아침 무렵에는 강어귀로 한참 내려갔을 거야. 그들이 우리에게 이야기해준 무렵에는 바다로 멀리 나갔을 것이고.

미나 부인, 상황이 이러하니 우리는 좀 쉬어야 하오. 우리 적은 바다에 있고, 안개를 마음대로 부리면서 다뉴브강 어귀로 가고 있소. 그렇지만 배가 움직이는 데는 시간이 걸리지. 절대 빨리 갈 수 없소. 우리는 땅으로 더 빨리 이동해 그곳에서 그를 만날 거요. 가장 좋은 상황은 해가 떠 있는 시간에 관에 누운 그자를 찾아내는 거요. 그때 그자는 싸울 수 없으니, 우리 방식대로 그자를 다룰 수 있소. 우리에겐 며칠 여유가 있으니 그동안 계획을 짤 수 있소. 우리는 그자가 어디로 가는지 다 알고 있고. 배 주인을 만나보니 화물 송장과 관련 서류들을 모두 보여주었소. 우리가 쫓는 관은 바르나에서 내려져 리스티차라는 성을 쓰는 중개인에게 전해질 예정이오. 이 친구는 현지 상인인데, 신임장을 제시하고 맡은 일을 할 것입니다. 그가 혹시 맡은 일에 문제라도 있는지 궁금해서 바르나에서 전보를 칠 수도 있고 문의를 할 수도 있는데, 우리 쪽에서는 문제가 없다고 해야 하오. 경찰이나 세관과 엮어서 할 일이 아니라 우리가 우리 방식대로 할 일이기 때문이오."

반 헬싱이 말을 마치자 나는 백작이 정말 그 배에 타고 있느냐고 물었다.

"확실한 증거가 있소. 오늘 아침 부인이 최면 상태로 직접 증명했다오."

나는 백작을 꼭 쫓아가야 하느냐고 다시 물어보았다. 조녀선이 나를 두고 갈까 봐 두려웠다. 다른 사람들이 가면 조녀선도 분명 따라갈 터였다. 반 헬싱은 처음에는 나직하게, 하지만 점점 감정이 실린 목소리로 대답했다. 이야기가 진행될수록 노여움이 묻어나는 선생의 말은 설득력이 있었다. 선생이 남자들을 이끄는 역할을 그토록 오랫동안 해낸 이유를 제대로 알게 되었다.

"그렇소, 그자를 꼭 잡아야 하오. 꼭. 일단은 부인을 위해서지만 인류를 위한 일이기도 하오. 이 괴물은 제 모습을 드러낸 그 좁은 활동 반경에서도 이미 너무 많은 해를 끼쳤소. 무지한 상태로, 별것 아닌 수단들을 더듬더듬 찾아 나서는 몸뚱이에 지나지 않은 그 짧은 시간에조차 그랬던 거요. 여기 있는 다른 사람들에게는 이미 말했소. 미나 부인, 존의 축음기나 부인 남편의 축음기를 보면 알게 될 거요. 그자가 인적 없이 황량한 땅을 떠나 비옥하게 자란 곡식처럼 사람들이 가득한 새로운 땅으로 떠나오는 데 수백 년이 걸렸소. 그자와 같은 또 다른 언데드들이 그 시도를 따른다면 아마 수백 년이 걸리지 않을 거요. 그자를 보면, 자연계의 불가사의하고 깊고 강력한 모든 힘이 어떤 경이로운 방식으로 다 같이 작동한 것이 분명하오. 그자가 살았고, 언데드가 되어 수백 년 동안 지낸 바로 그 장소는 지리적으로나 화학적으로 낯선 현상들이 가득한 곳이오. 끝이 어디인지 알 수 없는 깊은 동굴이며 갈라진 틈이 있소. 화산도 있는데, 몇몇 분출구는 기묘한 성분의 물은 물론이고 생명을 죽이거나 활기를 더해주는 가스도 내뿜는다오. 분명 생명체에 영향을 미치는 이 불가사의한 힘들의 조합에는 자력이나 전기력이 깃들어 있소. 그리고 백작 본인도 대단한 자질들을 갖추고 태어났소. 전쟁이 벌어진 힘든 시절, 백작은 그 누구보다도 강철 같은 신경과 뛰어난 두뇌와 용기를 가진 자로 이름을 떨쳤소. 그자는 생명을 유지하는 힘을 특이한 방식으로 극대화하게 되었소. 육체가 강건하게 자라나면서 뇌도 마찬가지로 성장하는 거요. 그자에게 타고난 사악한 힘이 없었다면, 이 모든 것은 선의 상징이자 선에서 비롯된 힘에 굴복했을 거요. 그자의 실체가 이렇소. 그자는 부인을 오염시켰소. 이런 표현을 쓰다니, 용서하길 바라오. 그렇지만 부인을 위해서 하는 말이오.

그자는 아주 교활한 방식으로 부인을 오염시켰소. 그자가 더이상 부인에게 다가오지 못하고 부인이 이전처럼 선하게 살아간다 해도, 때가 되면 모든 인간의 운명이자 하느님의 축성과도 같은 죽음이 다가올 테고, 부인은 그자와 같은 존재가 될 거요. 안 될 일이지. 우리는 그렇게 되지 않게 하겠다고 맹세했소. 그러니 우리는 하느님의 바람을 대신 실현하는 성직자가 된 거요. 이 세상과 그분의 아들께서 죽음으로 구한 사람들이, 존재만으로도 그분을 욕되게 하는 괴물의 손아귀에 넘어가지 않게 할 거요. 이미 하느님은 우리로 하여금 한 영혼을 구하도록 하셨소. 우리는 더 많은 영혼을 구하기 위해 그 옛날 십자군처럼 나아갈 거요. 그들처럼 해가 뜨는 방향으로 갈 거요. 실패하더라도 올바른 대의 아래 실패하는 것뿐."

반 헬싱이 말을 멈추자 내가 말했다.

"그렇지만 백작은 이제 좌절된 상황을 현명하게 받아들이지 않을까요? 영국에서 쫓겨났으니, 다시는 돌아오지 않을지도 모릅니다. 마치 사냥당한 마을에는 다시 오지 않는 호랑이처럼."

"아, 호랑이 비유가 좋으니 한번 이야기해보겠소. 인도에서는 인간의 피 맛을 본 호랑이를 식인 동물이라고 부른다오. 그 동물은 다른 먹이에는 더 관심이 없고 인간을 잡을 때까지 계속 돌아다닌다고 하오. 우리가 사냥하려 한 존재 또한 식인 동물 호랑이일 뿐이고, 절대 사냥을 멈추지 않을 것이오. 그자는 물러나서 가만히 지낼 존재가 아니오. 그자는 생전에 튀르크 국경을 넘었고 자기 땅에서 적을 공격했소. 그자가 패배하고 전투를 그만두었소? 아니오. 그자는 공격하고 또 공격했소. 고집과 인내가 대단했소. 그자는 어린아이 같은 뇌를 지닌 상태로 거대한 도시에 가겠다는 생각을 오랫동안 품었소. 그자가 무엇을 했소? 이 세상에서 자신에게 가장 전도유망한 곳을 찾아냈소. 그리고 목적을 위해 찬찬히 준비했소. 자신의 힘이 어느 정도이며 어떤 특징을 지니고 있는지 인내심을 가지고 알아냈소. 가고자 하는 곳의 언어를 공부했소. 그곳의 사회생활이며 오랜 전통, 정치, 법률, 경제, 과학, 관습에다 자신이 살던 시절 이후에 새롭게 생겨난 사람들에 관해 공부했소. 이런 식의 공부는 식욕을 자극하고 욕망을 키울 뿐이었지. 아니, 뇌의 성장에도 도움이 되었소. 그자가 처음에 세운 가설이 얼마나 맞아떨어졌는지 증명해주었으니까. 그자는 혼자서, 잊힌 땅의 황폐한 무덤에서 혼자서 해냈소. 염두에 두었던 더 큰 세계에 간다면 그자가 못 할 일이 있겠소. 우리가 알다시피 그자는 죽음을 향해 미소 지을 수 있고, 질병이 사람들을 다 죽이는 속에서도 번성할 수 있소. 그런 존재가 악마가 아니라 하느님의 뜻으로 만들어진 것이라면, 우리 세계에는 선을 향한 힘이 없을지도 모르오. 그렇지만 우리는 이 세상을 자유롭게 하리라 맹세했소. 힘들어도 입 밖에 내서는 안 되오. 모든 일을 은밀히 진행해야 하오. 문명의 시대라서 사람들은 자신이 본 것조차 믿지 않소. 소위 현명한 사람의 의심이 그자에게 가장 큰 힘이 될 거요. 그자의 칼집이자 갑옷이자 무기가 될 거요. 우리는 사랑하는 이의 안전과 인류의 선과 하느님의 명예와 영광을 위해 기꺼이 제 영혼도 걸었는데, 사람들의 의심이 그런 우리를 파괴할 것이라는 말이오."

전체적으로 이야기를 나눈 뒤 오늘 밤에는 결론을 확실히 정하지 말자고 했다. 하룻밤 잠을 자고 나서 합당한 결론을 내려야 한다. 내일 아침 식사 시간에 다시 만나 서로 의견을 주고받은 뒤, 확실한 근거를 찾아 행동에 나서야 한다.

오늘 밤은 놀라울 만큼 평화롭고 편안하다. 머릿속을 떠나지 않던 어떤 존재가 떠나간 것 같다. 아마도…….

추측을 마무리하지 못했고 그럴 수도 없다. 이마에 있는 붉은 흉터를 거울로 보았기 때문이다. 나는 내가 아직도 더러워진 상태임을 알고 있다.

수어드 박사의 일기

10월 5일　다들 일찍 일어났다. 잠이 모두에게 큰 힘을 발휘한 것 같다. 이른 아침, 식사를 하러 모인 자리에서는 다시 경험할 일 없을 줄 알았던 활기가 넘쳐흘렀다.

인간의 타고난 회복력이란 얼마나 놀라운가. 어떤 장애요인이든 일단 제거되면, 심지어 죽음을 통해서라도 사라지게 되면 인간은 원래대로 희망차고 즐거운 상태로 돌아온다. 식탁에 둘러앉은 동안, 나는 모든 지난날이 꿈이 아닐까 싶어 몇 번이고 눈을 감았다 떴다. 그러다 하커 부인의 이마 위 붉은 흉터를 보고 비로소 현실로 돌아왔다. 이 문제를 진지하게 생각하는 지금 이 순간에도, 이 모든 문제의 원인이 아직도 존재한다는 사실을 계속 마음에 담아두기는 힘든 일이었다. 심지어 하커 부인마저도 그동안 겪은 고통을 잊은 것 같았다. 그저 마음속에서 종종 현실이 환기될 때나 그 끔찍한 흉터를 생각하는 모습이었다.

우리는 30분 내로 서재에서 만나 행동 계획을 짜기로 했다. 한 가지 어려운 문제가 닥친 상황이긴 하다. 이성이 아니라 본능으로 안다. 다들 솔직하게 의견을 내야 할 텐데, 알 수 없는 방식으로 하커 부인의 입이 묶인 상태는 아닐지 걱정된다. 부인이 나름의 결론을 낸 것은 알고 있다. 여태까지의 경험으로 미루어 보아 아주 현명하고 진실한 결론을 냈으리라 생각한다. 그렇지만 부인은 그 결론을 입에 올리지 않을 것이다. 혹은 그러고 싶어도 못 할 수도 있다. 나는 이 문제를 반 헬싱에게 알렸고, 우리끼리 있을 때 상의하기로 했다. 내 생각으로는 부인의 혈관으로 들어간 그 끔찍한 독이 효과를 나타내기 시작한 것 같다. 선생이 '흡혈귀의 피 세례'라고 언급한 그 짓을 백작이 부인에게 했을 때는 그만의 목적이 있었다. 어쩌면 무해한 것들에서 증류된 독일지도 모른다. 프토마인(동물의 사체나 식물이 부패하는 과정에서 생기는 유독성 물질-옮긴이)에 대해서도 잘 모르는 시대에, 어떤 것에도 놀라서는 안 된다. 내가 아는 한 가지 사실은, 하커 부인의 침묵에 대한 내 본능적 판단이 옳다면 우리 앞에 아직 알지 못하는 끔찍한 위험이 기다리고 있다는 것이다. 부인에게 침묵을 강요하는 힘이 말을 하라고 강요할 수도 있기 때문이다. 더는 생각할 엄두도 안 난다. 그 고귀한 여성의 명예를 깎아내리는 생각을 하게 될 수도 있다.

반 헬싱이 다른 사람들보다 조금 일찍 서재로 올 것이다. 이 문제를 가지고 선생과 터놓고 이야기할 것이다.

얼마 뒤 선생이 들어오고 우리는 이야기를 나누었다. 선생은 하고 싶은 말이 있어도 선뜻 꺼내기 주저하는 모습이었다.

말을 좀 더 빙빙 돌리다가 선생이 불쑥 말했다.

"존, 단둘이 이야기할 것이 있네. 어쨌든 처음에는 말이야. 나중에는 다른 사람들에게도 알려야 할 거야."

선생은 말을 멈추었고 나는 선생이 다시 이야기할 때까지 기다렸다.

"미나 부인, 우리 가엾은 미나 부인이 달라지고 있어."

생각했던 최악의 두려운 상황이 나타나다니 등골이 오싹했다.

"루시 씨를 잃는 너무나 슬픈 경험을 통해 우린 알게 되었어. 이제 상황이 너무 진전되기 전에 주의해야 해. 우리가 할 일은 현실적으로 그 어느 때보다도 어려운 임무야. 그리고 미나 부인의 문제는 매 순간 심각해지고 있고. 난 흡혈귀의 특징이 미나 부인의 얼굴에 나타나고 있는 것을 알아보았네. 지금은 아주 희미하지만, 편견 없이 살펴본다면 눈에 띌 거야. 이는 더 날카로워졌고, 눈빛이 사나워질 때도 있어. 이게 전부가 아니야. 루시처럼 부인도 자주 침묵에 빠지곤 해. 루시는 말을 하지 않았어. 나중에 사람들에게 알리고 싶은 내용이 있으면 글을 썼을 뿐. 내 두려움은 이런 거네. 부인이 우리 최면을 통해 백작이 보고 들은 것을 알아낸다면, 백작 또한 부인에게 아는 내용을 털어놓으라고 강요할 수 있지. 백작은 부인에게 맨 처음 최면을 건 존재이고, 부인의 피를 마시고 부인에게 자기 피를 먹인 존재니까 가능한 일이야."

나는 고개를 끄덕였다.

"우리는 이런 상황을 막아야 해. 미나 부인에게는 우리 의도를 숨겨야 해. 그러면 부인은 자신이 모르는 것을 말할 수는 없겠지. 고통스러운 일이야. 생각만 해도 마음이 찢어지는 것 같지만 어쩔 수 없어. 그러니 오늘 회의 때 부인에게 우리 회의에 더는 나와서는 안 되며 이유는 밝힐 수 없다고, 그냥 우리 보호를 받아야 한다고 전해야겠어."

선생은 이마에 솟아난 땀방울을 닦았다. 이미 고통받은 그 가엾은 영혼을 더 괴롭히게 될지도 모른다는 생각에 괴로웠던 것이다. 나도 사실 같은 생각을 했다고 알려주면 어떨까. 선생은 위안을 받을 수 있다. 어쨌든 자기 판단이 정말 옳은지 의심하며 괴로워할 일은 없다. 선생에게 내 생각을 털어놓으니 기대한 효과가 있었다.

이제 다 같이 모이는 시간이다. 반 헬싱은 모임에서 괴로운 말을 꺼내기 위해 마음의 준비를 하러 방으로 돌아갔다. 혼자 기도드리기 위해 간 것이라 믿는다.

얼마 뒤 모임 자리에서 반 헬싱과 나는 크게 안심했다. 하커 부인이 남편을 통해 이제부터 모임에 참석하지 않겠다면서, 자신 때문에 곤란해하지 말고 마음껏 논의하는 편이 좋겠다는 뜻을 전해왔다. 선생과 나는 잠깐 시선을 교환했는데 둘 다 마음이 한결 편해진 모습이었다. 내 생각에 하커 부인 스스로 위험을 깨달았다면, 위험도 고통도 피할 수 있을 터였다. 그래서 우리는 다시 둘이서만 이야기를 나눌 때까지는 의혹을 계속 비밀로 간직하자고, 서로 눈빛을 주고받고 입에 손가락을 대면서 동의했다. 우리는 바로 작전을 짜기 시작했다. 반 헬싱은 상황을 대략 설명했다.

"예카테리나 대제호는 어제 아침 템스강을 떠났네. 아무리 빠르게 간다 해도 3주 후나 바르나에 도착하겠지. 그렇지만 육로로 움직이면 사흘 만에 목적지에 갈 수 있어. 알다시피 백작은 날씨를 조종할 수 있으니 배가 이틀쯤 일찍 도착할 수 있고, 우리는 하루쯤 늦을 수 있으니, 여유 시간이 조금은 있다고 봐야겠지. 안전하게 가자면 적어도 17일에는 떠나야 하네. 그러면 배가 도착하기 하루 전에는 어쨌든 바르나에 도착할 것이고, 필요한 준비를 할 수 있을 거야. 물론 우리는 무장해야 해. 사악한 것에 맞서기 위해 육체적으로나 영적으로 대비해야지."

퀸시 모리스가 한 마디 더했다.

"백작은 늑대의 고장에서 왔다면서요. 그리고 그자가 우리보다 먼저 도착할 수도 있어요. 윈체스터 소총도 챙겨 가면 좋겠습니다. 저는 힘든 상황이 벌어지면 소총이 도움이

621

된다는 일종의 믿음이 있어요. 아트, 기억나? 토볼스크(시베리아 서쪽에 있는 도시-옮긴이)에 짐을 놔두고 왔던 때 말이야. 딱 연발총 한 자루만 있었으면 좋았을 텐데."

반 헬싱이 말했다.

"좋아. 윈체스터 소총도 추가하기로 하세. 퀸시는 언제나 머리가 비상한데, 사냥하러 갈 때 가장 비상하군. 사람에게 늑대보다 더 위험한 건 비과학적 믿음이긴 하지만. 그런데 우리는 이곳에서는 할 일이 없고 바르나는 다들 낯설 거야. 일찍 출발하면 어떨까? 여기서나 거기서나 기다리긴 마찬가지일 테니. 오늘 밤과 내일 준비해서, 문제가 없다면 여정을 시작할 수 있겠지."

"우리 네 명이서요?"

하커가 우리를 차례로 쳐다보면서 추궁하듯 물었다. 선생이 얼른 대답했다.

"물론이지. 자넨 소중한 부인을 돌보아야 해."

잠시 입을 다물고 있던 하커가 힘없는 목소리로 말했다.

"내일 아침에 다시 이야기했으면 합니다. 미나와 상의해보고 싶어요."

나는 이번에 반 헬싱이 하커에게 우리 계획을 미나에게 말하지 말라고 주의를 주어야 한다고 생각했다. 그런데 선생은 알아차리지 못한 것 같았다. 나는 선생을 의미심장하게 쳐다보고 헛기침도 했다. 그렇지만 선생은 대답으로 입에 손가락을 대고는 돌아섰다.

조너선 하커의 일기

10월 5일, 오후   아침 회의가 끝난 뒤 한동안 생각을 할 수 없었다. 새로운 국면으로 접어들면서 뭐가 뭔지 알 수 없게 되는 바람에 열심히 생각할 수 있는 상황이 아니었다. 회의에 끼지 않겠다는 미나의 결심에 대해 고민했다. 이 문제로 미나와 논의할 수 없으니, 그저 추측만 해볼 뿐이다. 지금은 해답을 전혀 찾지 못하겠다. 다른 사람들이 미나의 결심을 받아들인 것 또한 당황스러웠다. 지난번에 이야기했을 때는 우리 사이에 아무것도 숨기지 말자고 했었다. 지금 미나는 곱고 편안한 모습으로 어린아이처럼 자고 있다. 미소를 띤 입술과 행복으로 빛나는 얼굴. 미나에게 이런 순간이 아직 있어서 다행이다.

얼마 뒤   정말 이상한 일이다. 미나가 행복하게 잠든 모습을 보고 있으니 나도 행복감에 젖어 앞으로도 계속 그러리라는 생각에 이르렀다. 저녁이 다가오고 해가 떨어지면서 그림자

623

가 땅에 길게 늘어졌다. 방 안의 침묵이 점점 엄숙하게 다가
왔다. 미나가 불쑥 눈을 뜨더니 부드럽게 바라보며 말했다.

"조너선, 당신 명예를 걸고 내게 약속해. 나와 하는 약속
이지만 하느님께서도 들으시는 신성한 약속이야. 내가 무릎
을 꿇고 비통한 눈물을 흘리며 애원해도 약속을 깨서는 안
돼. 얼른, 당장 약속해."

"미나, 그런 약속은 당장 할 수 없어. 혼자 결정할 수 있
는 일이 아닌 것 같아."

미나의 눈은 강렬한 영적 기운이 깃들어 북극성처럼 빛
났다.

"그렇지만 그것을 바라는 사람은 바로 나야. 그리고 나
자신을 위해서 하는 부탁이 아니야. 반 헬싱 박사님께 내 판
단이 옳은지 그른지 물어봐도 좋아. 선생이 내 뜻에 동의하
지 않는다면 당신 원하는 대로 해도 돼. 아니, 나중에 모임 사
람들 모두 뜻이 같다면 나와의 약속은 지키지 않아도 돼."

"그럼 약속할게."

잠시 동안 미나는 무척 행복한 모습이었다. 이 모든 행
복을 이마의 붉은 흉터가 인정하지 않는 것 같았지만.

"백작과 맞서기 위해 짠 작전을 절대 내게 알리지 않겠
다고 약속해. 그 어떤 말도 안 되고, 내가 추론도 못 하게 해
야 해. 암시도 안 돼. 이 흉터가 내게 남아 있는 한."

미나는 엄숙하게 흉터를 가리켰다. 나는 미나가 진심이라는 것을 깨닫고 진지하게 말했다.

"약속할게."

이렇게 말하는 순간 우리 사이에 문 하나가 닫히는 느낌이 들었다.

얼마 뒤, 자정 미나는 저녁 내내 밝고 활기찬 모습이었다. 다른 사람들도 미나의 즐거움에 힘이 난 것 같았다. 그 결과 나조차도 우리를 짓누르는 장막 같은 울적함이 다소 걷힌 기분이 들었다. 우리는 일찍 헤어졌다. 미나는 어린아이처럼 자고 있다. 그토록 끔찍한 일을 겪었는데도 잠을 잘 힘이 남아있다니 놀랍다. 하느님, 감사합니다. 잠든 덕분에 미나는 근심을 잊을 수 있게 되었습니다. 오늘 저녁 미나의 활기에 기운을 얻었듯이, 지금은 미나의 잠이 내 잠을 불러올지도 모른다. 잠을 자보도록 하겠다. 아, 꿈 없는 잠이었으면.

10월 6일, 아침 또 놀라운 일이 벌어졌다. 미나가 어제와 비슷하게 이른 시간에 나를 깨우더니 반 헬싱 박사를 데려와달라고 했다. 최면을 걸 때가 되었다고 생각해서 더는 묻지 않고 선생에게 갔다. 선생도 미나가 부를 줄 알고 있었던 모양이다. 가보니 선생은 이미 옷을 차려입고 있었다. 방문이 조금 열린 것을 보면 선생은 우리 방문이 열리는 소리를 들었으리라. 선생은 우리 방으로 바로 왔다. 들어오면서 다른 사람들도 와도 되는지 미나에게 물었다.

"아뇨."

미나는 딱 잘라 대답했다.

"그럴 필요는 없을 것 같아요. 선생님께서 말씀을 전해 주세요. 선생님, 저도 이번 여정에 함께하고 싶어요."

반 헬싱 박사는 나만큼 놀랐다. 입을 다물었던 선생이 잠시 후 질문했다.

"이유가 무엇이오?"

"선생님은 저를 데리고 가셔야 해요. 저는 선생님과 함께 있으면 더 안전해요. 선생님도 그럴 겁니다."

"그렇지만 어째서 그렇소, 미나 부인? 부인의 안전이 우리의 가장 중대한 임무라는 사실을 알고 있지 않소. 우리는 위험한 상황으로 뛰어들 거요. 그리고 이제껏 벌어진 일들을 볼 때 가장 위험해질 수 있는 사람은 부인이오."

선생은 당황한 나머지 말을 멈추었다.

미나는 손을 들어 이마를 가리키며 대답했다.

"알고 있어요. 바로 그 때문에 제가 가야 해요. 지금은 태양이 떠오르고 있으니까 선생님께 말씀드릴 수 있지만 다시는 말을 할 수 없을지도 몰라요. 나는 백작이 원하면 내가 가야 한다는 사실을 알고 있어요. 백작이 내게 은밀히 오라고 명령한다면, 간교한 속임수를 써서라도 가야 해요. 심지어 조너선도 속여야 해요."

미나가 이 말을 하면서 나를 바라보는 표정을 하느님도 보셨을 것이다. 인간의 생전 행위를 기록하는 천사가 있다면 미나의 이 표정을 만고불변의 영광된 모습으로 기록할 것이다. 나는 그저 미나의 손을 잡을 수밖에 없었다. 말도 할 수 없었다. 북받쳐 오르는 감정에 눈물마저 흘릴 수 없었다. 미나는 계속 말했다.

"여러분은 용감하고 강하죠. 같이 있어서 강해요. 혼자서 버텨야 하는 인간이라면 견디지 못하고 무너질 텐데, 다 함께 저항할 수 있으니까요. 더군다나, 내가 도움이 될 수 있어요. 내게 최면을 걸면 나도 모르는 사실을 알아낼 수 있으니까요."

반 헬싱 박사가 아주 진중하게 말했다.

"미나 부인, 언제나처럼 부인은 참으로 현명하오. 함께 가도록 합시다. 그리고 우리가 바라는 성취를 함께 누리도록 합시다."

반 헬싱이 말을 마쳤지만 미나는 한참 말이 없었다. 어느새 베개에 머리를 대고 잠들어 있었다. 블라인드를 걷어 햇빛이 방에 들어오게 했는데도 깨지 않았다. 선생은 내게 같이 가자고 조용히 손짓했다. 우리는 선생 방으로 갔다. 잠시 후 고덜밍 경, 수어드 박사, 모리스 씨도 함께했다. 선생은 미나가 한 말을 전한 다음 말을 이었다.

"아침에 우리는 바르나로 출발할 거야. 이제 미나 부인이 새로운 변수가 되었으니, 잘 대처해야 하네. 물론 부인의 영혼은 진실하지. 이제껏 겪은 일을 우리에게 이야기하는 것만 해도 아주 힘들었을 텐데. 그렇지만 부인의 말이 옳아. 우리는 적당한 때에 주의를 받은 거지. 기회를 놓칠 수는 없지. 바르나에 배가 도착하면 즉시 행동에 나설 준비가 되어 있어야 해."

"정확히 어떤 일을 하게 되죠?"

모리스 씨가 짧게 물었다. 선생은 잠시 생각한 뒤 대답했다.

"맨 먼저 그 배에 올라야 할 거고, 상자를 확인한 다음 그 위에 들장미 다발을 두어야겠지. 들장미 다발을 묶어두면 관 안에서 아무도 나오지 못한다는 미신이 있어. 일단 미신을 믿어야 해. 미신이란 옛날에는 믿음이었고, 지금도 그 뿌리는 믿음에 근거하고 있으니까. 그러고 나서 기회가 생기면, 주변에 아무도 없는지 확인한 뒤 상자를 열고…… 일이 끝나는 거지."

모리스가 말했다.

"어떤 기회든 기다리지는 않을 겁니다. 상자를 보는 순간 바로 열어서 괴물을 처단하겠습니다. 수천 명이 보고 있다 해도, 다음 순간에 제가 죽게 된다고 해도요."

나는 본능적으로 모리스의 손을 잡았다. 손이 강철처럼 단단했다. 모리스는 내 표정을 이해했을 것이다. 그러기를 바란다. 반 헬싱 박사가 말했다.

"정말 용감하고 훌륭해. 이렇게 남자다우니 하느님께서 축복을 내리실 거야. 그런데 퀸시, 단언하건대 우리 중 겁이 나서 꾸물거리거나 주저할 사람은 없네. 난 우리가 어떤 일을 하게 될지, 어떤 일을 해야 하는지 말했을 뿐이야. 하지만 실제로 어떤 일을 하게 될지는 알 수 없다네. 가지가지 사건이 일어날 수 있고 상황이 예상치 못하게 흘러갈 수 있으며 결과도 하나로 예측할 수 없으니, 때가 되기 전까지는 말할 수 없다는 거지. 모든 상황에 대비해서 무장해야 해. 그리고 끝을 낼 때가 오면 모든 힘을 끌어모아서 써야 하네. 오늘은 이곳에서 주변을 정리해두면 좋겠네. 우리에게 소중한 사람들, 우리에게 의지하는 사람들과 관련된 일을 완벽하게 정리해두는 거야. 우리의 끝이 언제 어떻게 될지 아무도 알 수 없으니까. 난 내 일을 정리해두었으니 더는 할 일이 없어. 그러니 여행 준비를 하겠네. 기차표를 구하는 일을 맡지."

더는 할 이야기가 없어서 우리는 헤어졌다. 이제 나는

필요한 일을 정리하고 어떤 사건이 발생하든 대비할 준비를 해야겠다.

얼마 뒤   다 끝냈다. 유언장도 완성했고 모든 게 마무리되었다. 미나가 살아남는다면 내 유일한 상속인이 될 것이다. 그렇지 못하면 우리에게 잘해준 다른 사람들이 유산을 받을 것이다.

이제 해가 질 시간이 다가온다. 미나가 불편해 보여서 신경 쓰인다. 미나의 마음속에 어떤 생각이 있는지, 정확히 해가 지는 시간에 드러날 것이다. 우리 모두에게 가슴 아픈 시간이다. 하느님께서 모든 일을 좋은 결말로 이끌어주시겠지만, 해가 뜨고 질 때마다 새로운 위험, 새로운 고통이 닥쳐서 힘들다. 이 이야기를 일기에 쓰는 것은, 사랑하는 미나가 지금은 알아서는 안 되기 때문이다. 미나가 일기를 읽어도 될 때가 되면, 그때는 알게 될 것이다.

미나가 나를 부른다.

25장

수어드 박사의 일기

10월 11일, 저녁 조너선 하커가 아래 내용을 기록해달라고 부탁했다. 자기로서는 이 일을 감당하기 어렵고, 정확히 기록되길 바란다고 했다.

해가 지기 얼마 전 하커 부인을 보러 가자는 이야기가 나왔을 때 아무도 놀라지 않은 것 같다. 우리는 일출과 일몰이 부인에게 특히 자유로운 시간임을 최근에 알게 되었다. 부인을 억누르거나 제한하거나 이런저런 행동을 부추기는 힘의 지배 없이 부인의 원래 모습이 나타나는 때였다. 이런 기분이나 상태는 일출이나 일몰 30분쯤 전에 시작된다. 그리고 해가 높이 뜰 때까지나 구름이 지평선 너머 햇빛을 받아 계속 빛나는 동안 이어진다. 처음에는 어떤 반작용을 겪는지 부인은 마치 매듭이 풀린 것처럼 미적거리다가 바로 완전히 자유로운 상태가 된다. 그러다 입을 딱 다물면서 자유로운 상태가 끝나고 부인은 바로 이전 상태로 돌아간다.

오늘 저녁에 만난 하커 부인은 약간 부자연스러운 모습이었다. 마음속에서 힘겹게 싸운 기색이 역력했다. 되도록 서둘러 원래 모습을 되찾으려고 안간힘을 써서 그렇다고 생각했다. 부인은 몇 분 만에 완전히 통제력을 되찾았다. 소파에 반쯤 몸을 기댄 채 옆자리로 오라고 남편에게 손짓한 다음, 나머지 사람들에게는 의자를 가지고 와서 가까이 앉으라고 했다. 그러고는 남편의 손을 잡고 이야기를 시작했다.

"우리 모두 제 뜻으로 이 자리에 모였습니다. 어쩌면 마지막일지도 모릅니다. 그래, 조너선. 당신은 끝까지 나와 함께하겠지."

부인은 손을 꼭 쥐고 있는 남편에게 말한 뒤 계속 이야기했다.

"아침이 되면 우리는 임무를 수행하러 떠납니다. 우리 앞에 어떤 일이 기다리고 있을지 하느님만이 아시겠죠. 여러분은 친절하게도 나를 데려가시기로 하셨어요. 용기 있고 진실한 사람들만이 가엾고 허약한 사람, 아직은 영혼이 사라지지 않았지만 사라질 위험에 처한 사람을 위해줄 수 있기에, 여러분이 나섰겠지요. 그렇지만 내가 여러분과 같지 않다는 사실을 명심해야 합니다. 내 피와 영혼에는 독이 있어서 나를 파괴할 수 있어요. 우리에게 구원이 없다면 아마 그 독이 나를 확실히 파괴하겠지요. 여러분은 나만큼 잘 알고 있겠지요. 내 영혼이 위험에 처해 있어요. 내게는 한 가지 길밖에 없다는 것을 알지만, 여러분도 나도 그 길을 가서는 안 됩니다."

부인은 간절한 눈빛으로 남편부터 차례차례 둘러보았다. 반 헬싱이 쉰 목소리로 물었다.

"우리가 택해서는 안 되고 그럴 수도 없는 길이란 무엇이오?"

"내 손으로 죽든, 다른 사람 손으로 죽든 지금보다 더 커진 악에 사로잡히기 전에 내가 죽는 겁니다. 내가 죽으면 여러분이 내 친구 루시에게 했듯이 죽지 않는 내 영혼을 자유롭게 해주리라는 것을 나도 여러분도 알고 있어요. 죽음이나 죽음에 대한 두려움이 우리를 막는 유일한 장애물이라면, 나는 내가 사랑하는 여러분 앞에서 주저 없이 죽음을 택할 겁니다. 그렇지만 죽음은 전부가 아니에요. 우리 앞에 희망이 있고 마쳐야 할 힘든 임무가 있는데 죽음이 하느님의 뜻이라고 믿을 수는 없습니다. 그러니 나는 영원한 안식이 보장되는 확실한 길을 포기하고, 이승이든 지옥이든 가장 사악한 것들이 있을 어둠의 세계로 갈 겁니다."

우리는 본능적으로 하커 부인의 말이 시작에 불과하다

는 것을 깨닫고 침묵했다. 다른 사람들의 얼굴은 굳었고 하커의 얼굴은 잿빛으로 변했다. 하커는 우리 중 누구보다도 부인이 어떤 말을 할지 잘 알고 있었다. 부인이 말을 이었다.

"이것이 내가 재산병합(유산의 균등 상속을 위해 모든 재산을 합치는 일-옮긴이)에 내놓을 수 있는 것입니다."

부인은 이런 상황에서 흔치 않은 법률 용어를 진지한 태도로 썼다. 눈여겨보지 않을 수 없었다.

"여러분은 무엇을 주시겠습니까? 용감한 사람이라면 생명을 쉽게 내놓을 수 있어요. 여러분의 생명은 하느님의 것이고, 생명을 내놓는다는 것은 그분께 생명을 다시 돌려드리는 일이니까요. 그렇다면 내게는 무엇을 주실 수 있나요?"

하커 부인은 다시 한번 질문의 답을 구하듯 우리를 둘러보았으나 이번에는 남편의 얼굴을 피했다. 퀸시는 이해한 것 같았다. 그가 고개를 끄덕이자 부인의 얼굴이 밝아졌다.

"내가 바라는 바를 솔직하게 말씀드릴게요. 지금 우리 사이에 조금이라도 의혹이 있어서는 안 되니까요. 여러분 모두 약속해주셔야 해요. 내 사랑하는 남편 조너선까지도. 때가 되면 저를 죽여주셔야 합니다."

"그때가 언제인가요?"

퀸시의 목소리는 낮고 긴장감이 어려 있었다.

"내가 너무 변해버려서 죽는 편이 더 낫다고 장담할 수 있으면 그렇게 해주세요. 살아 있어도 죽은 것과 다름없는 상태가 되면 여러분은 잠시도 지체하지 말고 말뚝을 박고 머리를 자르세요. 내게 안식을 주기 위해서라면 어떤 일이든 하셔도 됩니다."

침묵이 흐른 후 퀸시가 맨 먼저 일어났다. 그리고는 부인 앞에 무릎을 꿇고 손을 잡으며 엄숙히 말했다.

"전 거칠게 살아왔고 제 인생은 명예를 구하는 삶과는 거리가 멉니다. 그렇지만 제가 소중하게 여기는 모든 것을 걸고 때가 되면 부인이 우리에게 내린 의무를 절대 저버리지 않겠다고 맹세합니다. 조금만 의심이 생겨도 때가 되었다고 받아들이고 맹세를 지키겠습니다."

"진정한 제 친구십니다."

부인은 눈물을 뚝뚝 흘리고, 몸을 숙여 퀸시의 손에 입을 맞추었다.

"똑같이 맹세하겠습니다, 미나 부인."

반 헬싱이 말했다.

"나도 그렇게 하겠습니다."

고덜밍 경도 말했다.

다들 부인 앞에 차례로 무릎을 꿇고 맹세했다. 나도 따랐다. 마침내 부인의 남편이 고개를 돌렸다. 희게 센 머리보다 더욱 파리한 안색에 힘없는 눈으로 그는 부인에게 물었다.

"여보, 나도 약속을 해야 할까?"

"당신도 해야 해."

하커 부인의 목소리와 눈빛에는 남편을 향한 연민이 가득했다.

"겁내면 안 돼. 당신은 내게 가장 가깝고 소중한 사람으로 내 전부니까. 우리 영혼은 언제나, 평생 하나로 묶여 있을 거야. 자, 용감한 남자가 아내와 애인을 죽이던 시절이 있었어. 적의 손아귀에 들어가는 것을 막기 위해서였지. 사랑하는 사람들이 죽여달라고 애원했기 때문에 그들은 조금도 망설이지 않았어. 그 가혹한 시절에는 사랑하는 사람을 죽이는 것이 남자가 마땅히 해야 할 일이었어. 여보, 언제든 내가 죽어야 할 때가 되면 나를 가장 사랑하는 사람의 손에 죽게 해줘. 반 헬싱 박사님, 가엾은 내 친구 루시도 루시를 사랑하는 사람의 손으로……."

하커 부인은 갑자기 얼굴이 달아오르며 입을 다물었다. 그리고 말을 바꾸었다.

"루시에게 안식을 줄 최고의 자격을 갖춘 사람의 손으로 그 일을 해내도록 살펴주셨지요. 그런 순간이 다시 온다면, 그 끔찍한 속박에서 나를 자유롭게 해준 것이 사랑하는 자신의 손이었다고 남편이 행복하게 기억할 수 있게 해주세요."

"다시 한번 맹세하겠소."

반 헬싱 선생은 쩌렁쩌렁 울리는 소리로 말했다. 하커 부인은 미소를 지으면서 안도의 숨을 내쉰 다음 기대앉으며 말했다.

"그리고 이제 여러분이 절대 잊어서는 안 될 경고를 전하겠습니다. 제가 변하는 순간은 아주 빨리, 예상치 못하게 올 수 있습니다. 그럴 때는 기회를 절대 놓쳐서는 안 됩니다. 그 순간에 나 자신은 아마도, 아니 확실히, 적과 한패가 되어 여러분과 맞설 것입니다."

이어 하커 부인은 아주 엄숙한 어조로 말했다.

"부탁이 하나 더 있어요. 아주 중요하거나 필요한 일은 아니지만, 여러분이 괜찮으시다면 해주셨으면 해요."

우리는 모두 동의했지만 아무도 말하지 않았다. 말할 필요가 없었다.

"장례식 기도문을 읽어주셨으면 해요."

하커가 깊이 신음하는 바람에 하커 부인은 말을 멈추었다. 부인은 잡고 있던 남편의 손을 자기 심장 부근으로 끌어온 다음 말을 이었다.

"언젠가는 여러분이 저를 위해 읽어주셔야 할 테니까요. 이 끔찍한 일이 어떤 식으로 흘러가든, 기도문을 읽는다면 우리 모두나 몇몇 사람에겐 좋은 기억이 될 것입니다. 조너선, 내가 누구보다도 사랑하는 당신이 읽어주었으면 해. 무슨 일이 일어나든 내 기억 속에 당신의 목소리가 영원히 남 겠지."

하커는 애원했다.

"하지만 여보. 당신은 아직 죽음과는 멀어."

하커 부인은 아니라는 듯 손을 들었다.

"그렇지 않아. 나는 이 순간에도 죽음으로 빠져들고 있 어. 흙무덤의 무게가 나를 무겁게 짓누른다 해도 이보다 더 깊이 빠질 수는 없어."

이토록 이상한 상황을 어떻게 묘사할 수 있을까. 나뿐만 아니라 누군들 마찬가지일 것이다. 엄숙하고 울적하고 서글 프고 두려움이 어려 있으면서도 다정함이 가득한 상황이었 다. 거룩하거나 감동적인 상황에서 쓰디쓴 진실을 놀리는 일 밖에 못 하는 회의론자마저도 이 장면을 본다면 마음이 녹을 것이다. 고통에 시달리며 슬퍼하는 여성 곁에 무릎을 꿇은 다정하고 헌신적인 친구들, 그 짤막하고 아름다운 장례식의 기도문을 읽다가 북받치는 감정에 자꾸 말을 멈추던 남편의 애정 가득한 목소리. 나는 도무지 말을 이어갈 수가 없다.

부인의 직감이 옳았다. 참으로 희한하고 이상한 일이었 지만 우리는 큰 위안을 받았다. 하커 부인이 다시금 침묵에 빠져 영혼의 자유를 빼앗긴 상태가 되어도, 예전에는 두려워 했지만 이제 크게 절망하지 않게 되었다.

조너선 하커의 일기

10월 15일, 바르나 우리는 12일 아침에 채링 크로스역을 떠나 그날 밤 파리에 도착했다. 오리엔트 특급열차에 올라 예약해 둔 자리에 앉았다. 기차는 밤낮으로 달려 5시 무렵 바르나에 도착했다. 고덜밍 경은 자기 앞으로 온 전보가 있나 확인하려고 영사관에 갔다. 그동안 우리는 오데수스 호텔에 왔다. 도중에 이런저런 일들이 있었지만, 가야 한다는 생각에 몰두한 나머지 신경을 쓸 수 없었다. 예카테리나 대제호가 항구로 들어올 때까지 세상 그 어떤 일도 내 관심을 끌지 못할 것이다.

다행히 미나는 상태가 좋고 점점 건강을 되찾는 모습이다. 혈색이 돌아왔다. 아주 많이 잔다. 여행 동안 미나는 거의 잠만 잤다. 그렇지만 일몰과 일출이 다가오면 정신을 바짝 차린다. 그럴 때면 반 헬싱은 으레 미나에게 최면을 건다. 처음에는 좀 수고로운 일이었고 선생이 여러 번 손을 움직여야 했지만, 이제 미나는 습관처럼 바로 최면에 빠진다. 어떤 동작도 거의 필요 없다. 선생에게는 상대가 최면에 걸리면 능수능란하게 조종하는 힘이 있는 것 같다. 미나의 의식은 선생을 따른다. 선생은 언제나 미나에게 눈앞에 무엇이 보이고 어떤 소리가 들리는지 묻는다. 미나는 처음에는 늘 이렇게 말한다.

"아무것도 안 보여요. 어두워요."

그다음에는 이렇게 말한다.

"파도가 배에 닿아 철썩거려요. 물이 흘러가는 소리가 들려요. 돛과 삭구가 당겨져 있고 돛대와 활대가 끽끽거려요. 바람이 세게 불어 돛대 밧줄에서 윙윙 소리가 나요. 뱃머리가 물거품을 갈라요."

분명 예카테리나 대제호는 아직 바다에 있고 바르나로 서둘러 가고 있었다. 고덜밍 경이 막 돌아왔다. 그는 전보 네 통을 가지고 왔다. 각각 우리가 출발한 날 이후에 보낸 것들로, 내용은 같았다. 예카테리나 대제호의 도착을 알리는 보고가 로이드 협회에 들어오지 않았다는 내용이다. 고덜밍 경은 런던에서 떠나기 전에 대리인에게 배의 도착에 관해 매일 전보를 치라고 지시했다. 배가 도착했다는 보고가 없어도 전보를 치게 했다. 전보를 치는 쪽에도 그렇게 계속 감시하는 눈을 두자는 것이다.

우리는 저녁을 먹고 일찍 잠들었다. 내일은 부영사를 만나서, 가능하다면 배가 도착하는 대로 우리가 승선할 수 있도록 조치해둘 예정이다. 반 헬싱은 해가 떠 있는 시간에 승선할 기회가 올 것이라고 했다. 백작은 박쥐 형상을 해도 마음대로 물을 건널 수는 없다. 그러니 배를 떠날 수 없다. 그자는 의심을 피하기 위해서라도 사람 형상으로 변하지 못할 것이다. 그러니 상자 속에 있을 것이다. 우리가 일출 후에 배에 오른다면, 그자는 우리의 자비를 구해야 한다. 가엾은 루시에게 그랬듯, 우리는 그자가 깨어나기 전에 상자를 열어 확인할 수 있다. 그자가 우리에게서 자비를 조금이라도 구할 수 있을 것 같지 않다. 관리들이나 선원들과는 큰 문제가 생기지 않을 것이다. 다행히 이곳은 뒷돈을 주면 무엇이든 가능한 나라고, 돈은 충분하다. 그저 해가 떠 있는 시간에 배가 우리 모르게 항구로 들어오는 일이 없게 하면 된다. 그러면 우리는 안전할 것이고 돈 욕심 많은 판사가 사건을 해결해줄 것이다.

10월 16일 미나의 대답은 여전히 같다. 파도가 철썩거리고 물이 세차게 흐르고 어둡고 순풍이 분다고 한다. 시간은 충분하고, 예카테리나 대제호에 대한 소식이 들려올 때면 준비가 끝날 것이다. 배는 다르다넬스해협을 지나야 하니, 그때 정보를 얻게 될 것이다.

10월 17일 여행에서 돌아올 백작을 맞이하기 위한 준비가 다 된 것 같다. 고덜밍은 선박 회사 사람들에게 그 배에 실린 상자 속에 친구의 도둑맞은 물건이 들어 있을 수도 있으니 자기가 모든 위험을 부담하는 조건으로 상자를 열어보게 해달라고 부탁했고, 반쯤 승낙을 받았다. 선주는 고덜밍이 승선하면 어떤 시설물이든 살펴볼 수 있게 선장이 허락하라는 내용을 담은 서류를 고덜밍에게 주었고 바르나의 대리인에게도 비슷한 지시를 내렸다. 우리는 대리인을 만나보았는데, 그는 고덜밍의 친절한 태도가 무척 마음에 들었는지 우리가 바라는 대로 무엇이든 도와줄 터였다. 우리는 상자를 연 다음 어떻게 할지 이미 정해두었다. 백작이 상자에 누워 있으면 반 헬싱과 수어드가 바로 머리를 자르고 말뚝을 박는다. 모리스와 고덜밍과 나는 누가 방해하지 못하도록 막을 것이다. 미리 준비해 간 무기를 써야 하는 상황이 닥치더라도 개의치 않을 것이다. 선생 말로는, 우리가 제대로 처리하면 백작의 몸은 바로 먼지로 변하게 된다. 살인을 저질렀다는 의심을 받아도 불리한 증거가 남지 않는다. 하지만 그렇게 되지 않는다면, 우리는 이 행위로 인해 운명을 같이할 것이고 언젠가는 바로 이 일기가 교수형의 증거가 될 수도 있다. 그렇게 된다 해도 나로서는 기회가 온다면 감사한 마음으로 잡을 것이다. 목적을 다하기 위해서라면 온갖 수를 다 쓸 작정이다. 예카테리나 대제호가 나타나는 즉시 특별 전령을 우리에게 보내주도록 관리들에게 이야기해두었다.

10월 24일 한 주 내내 기다렸다. 고덜밍 경은 매일 전보를 받았으나 내용은 같다. '아직 보고 없음.' 아침저녁 최면에 걸린 미나의 대답도 다르지 않다. 철썩이는 파도, 세차게 흐르는 물, 삐걱거리는 돛대.

런던 소재 로이드 협회의 루퍼스 스미스가
고덜밍 경에게 보내는 전보

(바르나 부영사 H. B. M. 전교(轉交, 다른 사람을 거쳐서 전달함—옮긴이))

10월 24일 전보
오늘 아침 다르다넬스해협으로부터 예카테리나 대제호의 보고 있었음.

수어드 박사의 일기

10월 25일 내 축음기가 너무 아쉽다. 펜으로 일기를 쓰려니 귀찮다. 그렇지만 반 헬싱이 일기를 쓰라고 한다. 어제 고덜밍이 로이드 협회에서 전보를 받자 우리는 잔뜩 법석을 떨었다. 전장에서 진격 명령이 떨어지면 병사들이 어떤 기분인지 이제 알 것 같다. 하커 부인만이 어떤 감정도 내비치지 않았다. 이상한 일은 아니었다. 우리는 부인이 아무것도 모르게 하려고 특별히 신경 썼다. 부인이 있으면 들뜬 모습을 보이지 않으려고 애썼다. 예전 같으면 우리가 아무리 감정을 숨기려고 해도 부인이 눈치챘을 것이다. 그렇지만 지난 3주 동안 부인은 아주 많이 달라졌다. 건강하고 좋은 모습으로 혈색도 돌아왔지만 졸음증이 점점 심해졌다. 나와 반 헬싱은 이런 모습이 달갑지 않았다. 우리끼리는 종종 부인 이야기를 했다. 그렇지만 다른 사람들에게는 한마디도 하지 않았다. 말을 꺼내면 가엾은 하커의 마음이 무너지고 신경쇠약 증세를 보일 터였다. 반 헬싱은 최면 상태일 때 부인의 이를 아주 꼼꼼히 살펴본다고 했다. 이가 더 날카로워지지 않는 한 부인에게 확실한 위험이 닥치지는 않을 것이라고 했다. 그런 변화가 나타나면 대처해야 한다. 우리 둘 다 어떻게 대처해야 하는지 알고 있다. 둘 다 입에 올리지는 않고 있다. 생각만 해도 끔찍한 일이지만 피해서는 안 된다.

예카테리나 대제호가 속도를 계속 낸다면, 다르다넬스 해협에서 이곳까지는 약 24시간이면 온다. 아마도 아침에 도착할 것이다. 그 전에는 들어올 수 없으니 일찍 잠들었다가 새벽 1시에 일어나 준비할 것이다.

10월 25일, 정오 배가 도착했다는 소식이 아직 없다. 최면에 걸린 하커 부인은 오늘 아침에도 똑같은 이야기를 전했다. 그러니 언제든 배가 왔다는 소식이 전해질 수 있다. 모두 잔뜩 흥분한 상태였지만 하커는 아니었다. 그는 침착했다. 그의 손은 얼음처럼 차가웠다. 한 시간 전 나는 그가 언제나 가지고 다니는 쿠크리 칼의 날을 가는 모습을 보았다. 저 단단하고 얼음처럼 차가운 손으로 쿠크리 칼을 휘두른다면 칼날이 목에 닿기만 해도 백작은 앞날을 걱정해야 할 것이다.

반 헬싱과 나는 오늘 하커 부인을 조금 걱정했다. 정오 무렵 부인은 우리가 반기지 않는 그 졸음증 상태에 빠졌다. 서로 말하지는 않았지만 달갑지 않은 일이었다. 아침 내내 부인이 안절부절못하는 모습이었던 터라 처음에는 잠이 들었다는 사실에 기뻤다. 그런데 하커가 부인이 너무 푹 잠들어서 깨울 수가 없다고 무심코 이야기하는 바람에 우리는 직접 확인하러 갔다. 부인이 자연스럽게 호흡하고 있고 안정되고 평화로워 보여서 우리는 부인에겐 무엇보다도 잠이 좋겠다고 결론을 내렸다. 가엾은 사람. 부인에게는 잊고 싶은 것이 너무 많으니, 자는 동안 모든 것을 잊을 수 있다면 당연히 잠이 도움이 될 것이다.

얼마 뒤 우리 생각이 옳았다. 몇 시간쯤 잠을 잔 하커 부인은 지난 며칠보다 더 밝고 좋아 보인다. 일몰 때가 되자 선생은 언제나처럼 부인에게 최면을 걸었고, 부인은 같은 내용을 알렸다. 백작이 흑해 어디에 있는지는 모르겠지만, 목적지를 향해 서둘러 가고 있다. 그자가 파멸을 향해 가고 있다고 나는 믿는다.

10월 26일   또 하루가 지났는데 예카테리나 대제호의 소식은 없다. 지금은 도착했어야 한다. 배는 분명 여전히 어딘가를 항해하고 있다. 일출 때 최면에 걸린 하커 부인이 보고한 내용이 전과 같았던 것이다. 배가 안개 때문에 멈추었을 수도 있다. 어제저녁 항구에 들어온 기선 몇 척이 항구의 북쪽과 남쪽에 안개가 깔려 있다고 전했다. 배가 언제든 모습을 보일 수 있으니 계속 지켜보아야 한다.

10월 27일, 정오   정말 희한한 일이다. 아직도 우리가 기다리는 배 소식이 없다. 하커 부인은 어젯밤에도 오늘 아침에도 똑같은 내용을 말했다. 철썩이는 바다와 흐르는 물소리. 그런데 파도가 무척 약하다고 덧붙이긴 했다. 런던에서 온 전보도 같았다. '보고 없음.' 반 헬싱은 무척 불안해하더니 백작이 탈출하고 있는 것은 아닌가 걱정된다고 방금 전 내게 말했다. 그러고는 의미심장한 투로 덧붙였다.

"미나 부인의 졸음증이 달갑지 않아. 최면 상태에서 영혼과 기억은 이상한 일을 해낼 수 있어."

반 헬싱에게 무슨 뜻이냐고 물어보려 했지만 그때 하커가 들어왔다. 선생은 손을 들어서 내 말을 막았다. 오늘 저녁 해가 질 때 하커 부인이 최면에 걸리면 더 많이 말하게 해야 한다.

런던의 루퍼스 스미스가 고덜밍 경에게 보내는 전보

(바르나 부영사 H. B. M. 전교)

10월 28일 전보

예카테리나 대제호가 오늘 1시에 갈라츠에 입항했다고 보고되었음.

수어드 박사의 일기

10월 28일 그 배가 갈라츠로 입항했다는 소식을 접한 순간, 생각보다 큰 충격을 받은 사람은 없는 것 같다. 사실 우리는 벼락이 떨어질 줄 알고 있었다. 언제 어디서 어떤 식으로 떨어질 줄 몰랐을 뿐. 바르나 입항이 늦어지니 일이 우리 예상대로 풀리지 않으리라고 각자 납득했다. 그저 예상과 어떻게 다르게 흘러갈지 알기 위해 기다렸다. 그렇지만 놀라운 일이긴 했다. 우리 인간은 희망을 믿는 본성이 있나 보다. 그래서 상황을 있는 그대로 받아들이는 대신 바라는 방향으로 전개될 것이라고 믿는다. 초월주의는 인간에게는 속기 쉬운 도깨비불 같은 존재일지 몰라도 천사들에게는 신호를 알리는 횃불과도 같다. 어쨌든 이번 소식은 기묘한 일이었으니, 그 일을 각자 다르게 받아들였다. 반 헬싱은 하느님에게 항의라도 하듯 양손을 번쩍 들었다. 그래도 아무 말도 하지 않다가 잠시 후 단단히 굳은 얼굴로 자리에서 일어났다. 고덜밍 경은 얼굴이 창백해지더니 힘겹게 숨을 쉬었다. 나는 반쯤 넋이 나간 채 한 명씩 바라보았다. 퀸시는 허리띠를 빠르게 조였는데 나는 그 동작을 잘 알고 있었다. 오래전 우리가 방랑하던 시절에 '행동 개시'를 뜻하던 동작이었다. 하커 부인은 유령처럼 하얗게 질리는 바람에 이마의 흉터가 불타오르는 것 같았지만, 얌전히 두 손을 모으고 하늘을 보며 기도했다. 하커는 미소 지었다. 희망 없는 사람의 울적하고 쓰디쓴 미소였다. 그렇지만 행동은 달랐다. 본능적으로 쿠크리 칼의 손잡이를 쥔 것이다.

"갈라츠로 가는 다음 기차는 언제지?"

반 헬싱이 모두에게 물었다.

"내일 아침 6시 30분입니다."

모두 깜짝 놀라 하커 부인을 바라보았다.

"어떻게 그걸 아시죠?"

아트가 물었다.

"잊으셨나 봐요. 아니면 모르셨거나. 그래도 조너선과 반 헬싱 선생님은 기억하시겠죠. 저는 기차 시간을 꿰고 있답니다. 엑서터의 집에 있을 때 남편에게 도움이 되라고 시간표를 늘 짜두곤 했거든요. 이렇게 하면 때로 유용하더라고요. 그래서 언제나 기차 시간표를 확인한답니다. 혹시 드라큘라성으로 가야 할 일이 생긴다면 우리는 갈라츠를 지나거나 부쿠레슈티를 경유해야 해요. 그래서 시간표를 아주 꼼꼼히 봐두었어요. 불행히도 알아둘 것이 많지는 않았어요. 내일은 기차가 한 대밖에 떠나지 않는답니다."

"정말 대단한 분이야."

선생이 중얼거렸다.

"특별 기차를 구할 수 없나요?"

고덜밍 경이 묻자 반 헬싱이 고개를 저었다.

"어려울 것 같네. 이 나라는 나나 자네 나라와는 아주 달라. 우리가 특별 열차를 구한다고 해도, 정규 열차처럼 바로 도착하지는 않을걸세. 게다가 우리는 준비를 더 해야 해. 생

649

각을 좀 해보자고. 이렇게 하세. 아서, 자네는 우리 모두 아침에 기차를 탈 수 있도록 기차역으로 가서 표를 구해주게. 조너선, 자네는 선주의 대리인에게 가서 갈라츠의 대리인에게 건넬 편지와 그곳에서도 지금처럼 배를 수색할 수 있는 허가증을 받아 오게. 퀸시 모리스, 자네는 부영사를 찾아가 갈라츠에 있는 동료에게 도움을 받을 수 있게 해주게. 우리가 문제없이 움직일 수 있도록 조처해서 다뉴브강을 지체하지 않고 건널 수 있게 하는 거지. 존과 미나 부인과 나는 같이 기다리면서 논의할 거야. 시간이 오래 걸려서 늦어도 괜찮아. 해가 져도 문제 되지 않을 거야. 내가 여기서 미나 부인과 함께 있으면서 백작에 대한 보고를 받으면 되니 말일세."

하커 부인은 그 어느 때보다도 밝게, 예전 같은 모습으로 말했다.

"어떻게든 도움이 되도록 애써보겠어요. 전처럼 머리를 굴려보고 글도 쓸게요. 무언가 내게서 희한한 방식으로 떠나가고 있고, 그 어느 때보다도 자유로운 기분이 들어요."

세 청년은 하커 부인이 한 말의 의미를 깨닫고 행복한 모습이 되었다. 그러나 반 헬싱과 나는 심각하고 근심 어린 시선을 주고받았다. 어쨌든 우리는 아무 말도 하지 않았다.

세 사람이 맡은 일을 하러 떠나자 반 헬싱은 하커 부인에게 일기 사본 가운데 드라큘라성에서 하커가 기록한 부분을 찾아달라고 했다. 부인은 자료를 가지러 떠났다. 문이 닫히자마자 선생이 내게 말했다.

"우리는 생각이 같군. 말해보게."

"뭔가 변화가 있습니다. 희망적으로 보여서 마음이 아프군요. 우리가 속을 수 있으니까요."

"바로 그거야. 내가 왜 일기 사본을 가져다 달라고 했는지 자네는 알지?"

"글쎄요, 저와 단둘이 있을 기회를 만들기 위해서가 아닌가요?"

"어느 정도는 맞는 말이야, 존. 그렇지만 할 말이 따로 있어. 나는 정말 엄청난 위험을 감수하고 있어. 그렇지만 그게 옳다고 믿어. 미나 부인이 우리 두 사람 모두의 관심을 끈 그 말을 꺼낸 순간, 생각 하나가 떠올랐네. 사흘 전 부인이 최면에 걸렸을 때, 백작은 부인의 마음을 읽기 위해 자기 마음을 보냈어. 아니, 부인의 영혼을 배로 데려갔다고 해야겠지. 해가 뜨고 질 때 자유로워진 부인의 영혼을 데려가, 배가 빠르게 움직이고 있고 자기는 흙 상자에 누워 있다는 것을 보게 한 거야. 그러면서 그자는 우리가 여기 있는 것을 알게 되었어. 하커 부인은 눈이 있고 귀가 있어서 관에 갇혀 있는 그자에 비하면 아는 게 많지. 이제 그자는 우리에게서 벗어나려고 온갖 힘을 쓰고 있어. 지금으로서는 부인이 필요 없는 거야. 자기 부름에 부인이 반드시 응하리라고 자신하고 있지만, 연결을 끊었어. 부인을 자기 힘이 미치는 영역 밖으로 밀어낸 것이지. 그러면 부인은 그자에게 가지 못하지. 자, 나의 희망은 이렇다네. 우리 인간의 뇌는 아주 오랫동안 하느님의 은총을 받아왔고 지금도 잃지 않았어. 그러니 백작의 어린아이 같은 뇌보다 우리 인간의 뇌가 더 강할 거야. 그자의 뇌는 수백 년 동안 무덤에 누워 있었던 탓에 아직 우리 뇌만큼은 자라지 못했고 이기적으로 작동할 뿐이라 하찮아. 미나 부인이 오는군. 부인에게는 최면 상태에 대해 한마디도 하지 말게. 부인은 모르고 있어. 만일 이 사실을 알면 어쩔 줄 모르고 절망하게 될 거야. 지금 우리에게는 부인의 희망과 용기가 필요하거든. 부인의 두뇌도 필요해. 남성의 두뇌처럼 훈련되어 있으면서도 여성의 상냥함을 갖추고 있고 백작에게서 특별한 힘까지 얻었으니. 이제 백작은 그 힘을 마음대로 거두어 가지도 못해. 그자의 생각은 다르겠지만 말이야. 존, 우리는 심각한 곤경에 빠져 있네. 이렇게 두려운 적은 한 번도 없었어. 그저 선하신 하느님을 믿을 수 있을 뿐이지. 쉿, 부인이 오고 있어."

루시가 죽었을 때처럼, 선생이 무너져서 히스테리를 일으키는 것은 아닐까 생각했다. 그렇지만 선생은 엄청난 자제력을 발휘하여 하커 부인이 방으로 들어왔을 무렵에는 아주 침착한 모습을 보였다. 부인은 밝고 행복해 보이는 모습이었는데, 작업하면서 자신의 불행을 잊은 듯했다. 부인은 타자한 종이 뭉치를 반 헬싱에게 건넸다. 내용을 진지하게 살펴보던 반 헬싱의 얼굴이 점차 밝아졌다. 그가 엄지와 검지로 종이를 집더니 이렇게 말했다.

"존, 자네는 경험이 풍부하지. 미나 부인은 아직 젊고. 두 사람에게 전할 교훈이 있네. 생각하기를 두려워하지 말라는 걸세. 반쯤 완성한 생각 하나가 머릿속에서 날개를 움직이며 부산스럽게 굴고 있었어. 그렇지만 생각을 완성해서 훨훨 날게 해주려니 겁이 났어. 이제 지식을 더 얻고 나서 되짚어보니, 반쯤 완성한 게 아니라 그 자체로 완전한 거였지. 너무 어려서 그 작은 날개를 쓸 수 있을 만큼 튼튼하진 않지만 그래도 완전해. 한스 안데르센의 「미운 오리 새끼」처럼 내 생각은 오리가 아니라, 때가 되면 큰 날개로 우아하게 날아오르는 커다란 백조와도 같아. 조너선이 쓴 부분을 읽어보겠네.

'드라큘라 가문의 후손이 군대를 이끌고 다뉴브강 건너 튀르크로 계속 쳐들어갔소. 졌지만, 쳐들어가고 또 쳐들어갔지. 군사들이 모두 몰살당해 피가 흐르는 평원에서 홀로 돌아와야 하기도 했소. 결국에는 혼자 승리할 줄 알았기 때문일까.'

이 대목은 어떤 뜻일까? 별 의미가 없다고? 그렇지 않

아. 백작의 생각은 어린아이 같아서 아무것도 모른다네. 그러니 자유로이 말할 수 있지. 자네들도 나도 어른답게 생각하지만 바로 지금까지는 아무것도 몰랐어. 그렇지만 뜻도 모르고 별생각 없이 전하는 이야기 속에 무언가 들어 있어. 자연을 생각해보자고. 자연이 그 원리에 따라 움직이다 보면 가만히 있다가도 어느 순간 펑 하고 하늘이 열리고 번개가 떨어지며 사람들을 눈멀게 하고 죽이고 파괴하지. 그런데 그 번개가 지상의 온갖 것들을 환히 밝혀주기도 해. 그렇지? 자, 설명하겠네. 먼저 자네들은 범죄 철학을 연구한 적 있나? 네, 아니요로 답하게. 존, 자네는 긍정하는군. 그렇지, 광기에 관한 연구니까. 미나 부인은 아니라고 하는군요. 그렇겠지요, 범죄라고 할 만한 일은 이번에 딱 한 번 접해보았을 테니까요. 부인의 마음은 여전히 진실하고 '보편과 특수' 개념을 따져보지는 않겠지요. 그런데 범죄자들에게는 어떤 특이한 점이 있어. 이 특징은 어느 나라고 어느 시대고 발견되는 불변의 요소야. 심지어 범죄 철학을 잘 모르는 경찰조차도 경험으로 이 특징을 알게 되네. 그런 거야. 경험으로 알게 되는 특징이지. 범죄자는 언제나 한 가지 방식의 범죄에 몰두해. 마치 그 한 가지 범죄를 저지르기로 이미 정해진 것 같고 다른 데는 뜻이 없는 자가 진정한 범죄자라고 할 수 있지. 그리고 이 범죄자는 다 자란 성인의 뇌를 가지고 있지 않아. 똑똑하

고 교활하며 지략이 풍부해도 두뇌는 성인과 달라. 어린아이의 뇌와 비슷한 부분이 많지. 자, 우리가 대적하는 범죄자 또한 범죄를 저지르도록 이미 정해져 있고, 어린아이의 뇌를 가지고 있어. 그자가 저지른 짓도 어린아이 같아. 어린 새, 어린 물고기, 어린 동물은 원칙이 아니라 경험으로 배우지. 그리고 경험으로 배우고 나면 다른 일을 더 시도할 토대가 생기는 거지. 아르키메데스는 '내가 설 곳을 달라, 지렛대를 주면 이 세상을 움직이겠다'라고 말했지. 일단 한번 해보는 경험 자체가 지렛대야. 그리고 지렛대를 이용하면서 어린아이 같은 뇌가 어른의 뇌로 성장하지. 그리고 더 큰 목적이 생길 때까지는 전에 했던 일을 똑같이 반복할걸세. 자, 부인. 눈을 떴군요. 번개가 부인 앞에서 번쩍이며 모든 것을 훤히 드러냈군요."

하커 부인은 손뼉을 치기 시작했고 눈을 빛냈다. 선생이 말을 이었다.

"이제 이야기해보시오. 우리 멋없는 두 과학자에게 그 밝은 눈으로 본 것을 알려주시오."

하커 부인이 말하는 동안 반 헬싱은 부인의 손을 잡고 있었다. 선생이 엄지와 검지로 부인의 맥박을 재는 것은 자기도 모르게 본능적으로 나온 행동인 듯했다.

"백작은 전형적인 범죄자예요. 헝가리 출신의 독일 의사

노르다우와 이탈리아의 의사이자 범죄학자 롬브로소도 그자를 범죄자로 분류했을 것입니다. 그리고 범죄자로서 그자의 정신은 불완전해요. 그래서 어려운 상황에 놓이면 그자는 습관에서 대책을 찾게 됩니다. 그자의 과거가 단서를 주지요. 우리가 방금 짚은 그자의 과거는 그자가 직접 말한 내용으로 모리스 씨라면 '궁지에 빠졌다'고 부를 상황이었습니다. 그자는 쳐들어간 땅에서 물러나 자기 나라로 돌아갔습니다. 그리고 포기하지 않고 새롭게 무장했지요. 다시 쳐들어간 끝에 결국 승리를 거두었습니다. 이제 그자는 새로운 땅을 침략하기 위해 런던에 왔습니다. 패배했지요. 성공 가능성이 모두 사라졌으며 존재 자체가 위험에 처했습니다. 그러자 바다 건너 자기 나라로 돌아왔습니다. 다뉴브강을 건너 튀르크 땅에서 달아난 것처럼."

"좋아, 좋아. 부인은 정말 명민하오."

반 헬싱은 열띠게 말하며, 몸을 숙여 부인의 손에 입맞춤했다. 잠시 후 선생은 내게 아주 차분하게, 병실에서 진찰하듯 말을 건넸다.

"맥박이 72회밖에 안 돼. 이렇게 흥분했는데도. 희망이 있네."

선생은 다시 미나에게 고개를 돌리고 기대를 잔뜩 담은 투로 말을 건넸다.

"계속 이야기해보시오. 우리에게 이야기해줄 내용이 더 있으니. 겁낼 필요 없어요. 존과 나는 다 받아들일 거요. 좌우 간 나는 그럴 거고, 부인 말이 옳다면 그렇다고 이야기할 겁니다. 신경 쓰지 말고 말하시오."

"해볼게요. 그렇지만 너무 자기중심적으로 이야기해도 용서하셔야 해요."

"두려워 마시오. 부인은 부인 생각만 해도 되오. 우리도 항상 부인을 생각하니까."

"알겠습니다. 그자는 범죄자이고 자기밖에 모릅니다. 그 자의 지성은 하찮고 이기심에 따라 움직이기에, 한 가지 목 적에만 매달립니다. 그리고 목적을 위해서는 무자비하게 행 동합니다. 군대가 난도질당하도록 내버려둔 채 다뉴브강으 로 돌아갔던 것처럼, 백작은 지금도 다른 모든 일을 내팽개 치고 자기 안전에만 몰두하고 있습니다. 그렇게 이기적이기 때문에 그 끔찍한 밤 이후로 제게 행사하는 힘을 어느 정도 거두어간 것입니다. 느낌으로 알게 되었습니다. 하느님의 자 비에 감사드립니다. 내 영혼은 그 끔찍한 시간 이후 어느 때 보다 자유로워요. 저는 그저 최면에 걸릴 때나 꿈을 꿀 때 그 자가 자신의 목적을 위해 내 지식을 이용하면 어쩌나 걱정될 뿐입니다."

선생이 자리에서 일어났다.

"백작은 부인의 정신을 이용했소. 그렇게 그자는 우리를 바르나에 남겨두었고, 그동안 그자를 실은 배는 안개로 위장하고 갈라츠로 간 것이오. 분명 우리에게서 달아날 준비를 그곳에 해두었겠지. 그렇지만 그 어린아이 같은 시야로는 한계가 있소. 하느님의 섭리에 따르면 사악한 존재가 이기적인 목적으로 굴다 보면 결국에는 그 속성이 자신에게 가장 나쁜 해악을 끼치게 되오. 위대한 다윗왕의 말처럼 사냥꾼은 자기 자신의 덫에 걸리지. 이제 그자는 우리의 추적에서 달아났으며, 우리가 따라오려면 한참 걸릴 거라고 여길 것이오. 그러니 그자의 이기적이고 어린아이 같은 뇌가 잠을 자도 된다고 속삭이겠지. 그자는 부인의 마음을 끊어냈으니 부인이 그자에 대해 알 리가 없다고 생각하오. 바로 이 점이 그자가 저지른 실수요. 그자가 부인에게 가한 그 끔찍한 피의 세례 때문에 부인은 자유로이 그자의 머릿속으로 찾아갈 수 있소. 이제껏 일출과 일몰 때 부인은 자유롭게 그리 해왔소. 백작의 뜻이 아니라 내 뜻으로 백작에게 찾아간 것이지. 부인에게도 우리 모두에게도 도움이 되는 이 능력은 부인이 그자의 손아귀에 고통받았기 때문에 생겨난 것이오. 지금은 그자가 이 사실을 모르는 데다 자기를 지키기 위해 우리가 어디에 있는지 알려고도 하지 않기에, 부인의 능력이 더욱 소중하오. 우리는 이기적인 목적으로 움직이지 않소. 하느님이 암흑처럼 컴컴한 이 모든 시간을 함께하신다고 믿소. 우리는 그자를 쫓아갈 것이고, 우리가 그자처럼 괴물이 될지 모르는 상황에 처해도 주저하지 않을 것이오. 존, 우리는 대화를 통해 많은 것을 얻었네. 앞으로 걸을 길에 큰 도움이 되었어. 자네가 이 모든 것을 기록해야 하네. 다른 사람들이 일을 마치고 돌아와 기록을 읽으면 그들도 이 내용을 알게 되겠지."

그래서 나는 그들이 돌아오길 기다리며 일기를 썼다. 하커 부인이 그 내용을 타자해 우리에게 가져다주었다.

26장

수어드 박사의 일기

10월 29일　바르나에서 갈라츠로 가는 기차 안에서 쓴 일기다. 어제저녁 우리는 해가 지기 조금 전에 모두 모였다. 각자할 수 있는 만큼 일을 마친 상태였다. 갈라츠로 가는 동안 챙겨야 할 일과 그곳에 도착해서 할 일을 위해 우리는 가진 기회 안에서 생각과 노력이 닿는 한 모든 준비를 했다. 때가 되자 하커 부인은 언제나처럼 최면에 걸릴 준비를 했다. 이번에는 반 헬싱이 평소보다 더 오랫동안 정성껏 최면을 걸어야했다. 부인은 보통 은근한 암시만 던져도 말을 한다. 그런데이번에는 정보를 알아내기 위해 선생이 질문을 아주 확실하게 던져야 했다. 마침내 부인이 대답했다.

"아무것도 안 보여요. 정지 상태입니다. 파도가 철썩대는 소리는 안 들려요. 그렇지만 물이 계속 소용돌이치며 흐르다 배에 묶인 밧줄에 부드럽게 부딪히는 소리가 나요. 가까이에서, 또 멀리서 남자들이 외치는 소리가 들립니다. 노걸이에서 노들이 흔들거리고 삐걱대는 소리도 들리고요. 어딘가에서 총소리가 났어요. 멀리까지 메아리가 전해진 것 같아요. 머리 위에서는 쿵쿵거리는 발소리가 들립니다. 밧줄과 쇠사슬을 질질 끄는 소리도요. 무슨 일일까요? 한 줄기 빛이 보입니다. 내 위에서 바람이 부네요."

이제 하커 부인은 말을 멈추었다. 소파에 누워 있다가 어떤 충동에 이끌린 듯 일어났다. 그리고 손바닥이 위로 향하도록 하고 팔을 들었다. 무거운 물체를 들어 올리는 자세 같았다. 반 헬싱과 나는 어떤 동작인지 파악하고 시선을 교환했다. 퀸시는 눈썹을 살짝 올리고 부인을 주의 깊게 바라보았다. 하커의 손은 본능적으로 쿠크리 칼의 손잡이로 향했다. 오랫동안 침묵이 흘렀다. 우리 모두 부인이 말할 수 있는 시간이 끝나가고 있다는 사실을 알았지만, 무슨 말을 해도 소용없으리라 느꼈다. 갑자기 부인은 자리에 앉더니 눈을 뜨고 다정하게 말했다.

"차 한잔 드실 분 계신가요? 다들 피곤하겠네요."

우리는 하커 부인의 기분이 좋아지기를 바라는 마음으로 동의했다. 부인은 차를 준비하러 급히 자리를 떠났다. 그러자 반 헬싱이 말했다.

"다들 알겠지만, 백작은 육지 가까이 왔어. 이제 관에서 나온 거야. 그렇지만 아직 육지에 가지는 못했어. 밤이 되면 어딘가에 몸을 숨기겠지. 그렇지만 누가 그자를 해변으로 옮기거나 배가 항구에 도착해야 육지에 오를 수 있어. 만일 배가 밤에 항구에 도착한다면 휘트비에서 그랬던 것처럼 형태를 바꾸어 해안으로 뛰어내리거나 날아갈 수 있지. 그렇지만 해안에 닿기 전에 낮이 되면 누가 상자를 운반해야 떠날 수 있어. 그리고 상자가 옮겨지면 세관에서 상자 안에 무엇이 들었나 확인하겠지. 간단히 말해 오늘 밤이나 새벽이 되기 전에 해안에서 빠져나가지 못하면 그자는 하루를 날리게 될 거야. 그렇게 되면 우리는 적절한 때에 도착할 수 있어. 그자가 밤에 빠져나가지 못하면 우리는 낮에 관 속에 누운 그자를 찾아내 뜻대로 처분할 수 있지. 그자는 눈에 띌까 걱정되어 진짜 모습으로 돌아다닐 수 없을 테니까."

더 나눌 말이 없어서 우리는 새벽이 될 때까지 꾹 참고 기다렸다. 새벽이 오면 하커 부인에게서 정보를 더 구할 수 있을 것이다.

이른 아침 우리는 긴장해서 숨도 죽인 가운데 하커 부인이 무슨 말을 할지 주의를 기울였다. 부인이 최면 상태에 빠져들기까지 이전보다 더 오래 걸렸다. 그러다 보니 일출까지 시간이 얼마 남지 않아서 우리는 절망하기 시작했다. 반 헬싱은 혼신의 힘을 기울이는 모습이었다. 마침내 선생의 뜻에 따라 부인이 대답했다.

"어두워요. 나와 같은 높이에서 물이 철썩이는 소리가 들려요. 나무끼리 삐걱대는 소리가 나요."

하커 부인은 입을 다물었다. 붉은 해가 떠올랐다. 오늘 밤까지 기다려야 한다.

그리하여 우리는 앞으로 있을 일을 생각하며 번민하는 가운데 갈라츠를 향해 가고 있다. 새벽 2시에서 3시 사이 도착 예정이지만 부쿠레슈티에서 이미 세 시간 늦었으니 해가 한참 뜬 이후에나 도착할 것이다. 앞으로 하커 부인은 두 차례 최면으로 정보를 줄 것이다. 최면 한 번이, 혹은 두 번 다 현재 상황을 파악할 실마리를 줄 수도 있다.

얼마 뒤 날이 저물었다. 운 좋게도 주변에서 집중을 방해하는 일이 없는 때에 해가 졌다. 역에 있을 때였다면, 최면 작업을 위해 우리끼리 조용하게 있기 힘들었을 것이다. 하커 부인은 아침보다도 더 힘들게 최면에 빠졌다. 지금 이 순간 가장 필요한, 백작의 감각을 읽어내는 부인의 힘이 사라졌을까 봐 걱정된다. 부인이 상상력을 발휘하기 시작한 것 같다. 이제껏 부인은 최면에 빠지면 아주 간단한 사실만 말했다. 그런데 상상력이 영향을 미친다면 우리가 상황을 오인할 수 있다. 부인을 지배하는 백작의 힘이 사라지면서 부인이 백작을 파악하는 힘도 똑같이 사라졌다면 좋은 일이겠지만 아닐 것 같아서 두렵다. 부인은 수수께끼 같은 말을 했다.

"무언가 나가고 있어요. 내 곁을 차가운 바람처럼 지나가는 느낌이 들어요. 멀리서 이것저것 섞인 소리가 들려요. 남자들이 떠드는 낯선 말, 물이 세차게 떨어지는 소리, 늑대들이 울부짖는 소리 같은 것들."

하커 부인은 말을 멈추고 몸을 떨었다. 몇 초 만에 상태가 점점 심해지더니 결국 발작처럼 몸을 막 흔들었다. 선생이 명령하듯 답을 요구했는데도 부인은 대답하지 않았다. 최면에서 깨어난 부인은 추워했다. 기진맥진한데도 정신은 멀쩡했다. 부인은 아무것도 기억하지 못했고, 오히려 자신이 무슨 말을 했는지 물었다. 이야기를 듣더니 한동안 말없이 깊은 생각에 잠겼다.

10월 30일, 오전 7시 우리는 갈라츠 근처에 왔다. 나중에 일기를 쓸 시간이 없을지도 모른다. 오늘 아침 우리는 불안하게 일출을 기다렸다. 반 헬싱은 최면을 거는 일이 점점 어려워지는 상황을 감안하여 평소보다 일찍 시작했다. 그렇지만 원래 최면에 걸리는 시간에 이르렀는데도 아무런 효과가 없었다. 갖은 애를 쓴 끝에 하커 부인이 최면에 빠졌지만 해가 뜨기까지 겨우 1분이 남았다. 선생은 조금도 지체하지 않고 질문을 던졌고 부인은 똑같이 빠르게 대답했다.

"어두워요. 내 귀 높이에서 물이 소용돌이치는 소리와 나무 삐걱대는 소리가 들려요. 멀리서 소 울음소리가 나요. 또 이상한 소리가 하나 더 들리는데……."

부인은 입을 다물었다. 얼굴이 희게 질렸다.

"계속 말해요, 계속! 이건 명령입니다."

반 헬싱이 괴로움 가득한 목소리로 말했다. 동시에 선생의 눈에는 절망이 어렸다. 하늘에 떠오른 해가 하커 부인의 창백한 얼굴까지도 붉게 물들였기 때문이다. 부인은 눈을 뜨고 곧바로 말했다. 상황을 전혀 개의치 않는 상냥한 목소리여서 우리 모두 깜짝 놀랐다.

"선생님, 왜 내가 할 수 없는 일을 하라고 하시나요? 아무것도 기억나지 않아요."

우리 얼굴에 떠오른 놀라움을 알아챈 부인은 난처한 표정으로 한 명씩 차례로 바라보았다.

"내가 뭐라고 했나요? 어떻게 했어요? 아무것도 모르겠어요. 여기에 반쯤 잠든 채 누워 있었던 것 말고는요. '계속 말해요, 계속! 이건 명령입니다'라고 선생님이 말하는 소리는 들었어요. 내가 못된 아이인 것처럼 몰아세우시니 기분이 이상했어요."

반 헬싱이 애석한 투로 말했다.

"미나 부인. 그건 내가 부인을 얼마나 좋아하고 존중하
는지 보여주는 증거라오. 증거가 필요한지는 모르겠습니다
만. 부인을 위해 그 어느 때보다도 진심으로 한 말입니다만,
부인에게 복종하며 자랑스럽게 여길 사람이 명령조로 몰아
붙이니 이상하게 들렸을 거요."

기적 소리가 울린다. 갈라츠에 다 왔다. 우리는 불안하
면서도 간절한 마음으로 끓어오르고 있다.

미나 하커의 일기

10월 30일 모리스 씨가 전보로 예약해둔 호텔에 나를 데려
다주었다. 그는 외국어를 하나도 할 줄 몰라서 달리 할 일이
없었다. 바르나에서처럼 각자 일을 하나씩 맡아 서둘러 움직
였다. 고덜밍 경은 작위 덕분에 공무원들에게 바로 신뢰를
얻을 수 있어서 부영사에게 갔다. 조너선과 두 의사는 예카
테리나 대제호의 입항에 관해 자세히 알아보기 위해 선적 대
리인을 만나러 갔다.

얼마 뒤   고덜밍 경이 돌아왔다. 영사는 자리를 비웠고 부영
사는 아프다고 했다. 일반적인 업무는 서기 한 명이 맡고 있
었단다. 서기는 무척 친절했고 힘이 닿는 한 어떤 일이든 도
와주었다고 한다.

조너선 하커의 일기

10월 30일   9시에 반 헬싱과 수어드 박사와 나는 런던의 햄굿
선박회사를 대리하는 매켄지 앤드 슈타인코프사를 찾았다.
그들은 런던 햄굿사로부터 이미 연락을 받은 상태였다. 고덜
밍 경이 최대한 도움을 달라고 요청하는 전보를 런던으로 보
냈던 것이다. 그들은 아주 친절하고 예의 발랐으며 항구에
정박하고 있는 예카테리나 대제호로 우리를 바로 데려갔다.
우리는 그곳에 앉아 있는 도넬슨이라는 이름의 선장을 만났
다. 선장은 항해 이야기를 들려주었다. 평생 이렇게 순항한
적은 처음이라고 했다.

　"그래도 두려웠습니다. 너무 드물게 운이 좋은 상황이라
나중에 대가를 치를 것 같았거든요. 런던에서 흑해까지 순풍
을 받으며 달리다니 정말 이상한 일이었습니다. 무슨 악마가
뜻이 있어서 돛에 바람을 불어주는 것 같았습니다. 그런데

항해 내내 아무것도 볼 수 없었습니다. 배나 항구나 곶 가까이 가기만 하면 안개가 깔려서 우리를 따라다니더라고요. 그러다 안개가 걷히면 하나도 안 보이고. 우리는 지브롤터해협을 지날 때도 신호를 못 보냈습니다. 다르다넬스해협에 가서 통행 허가를 받으려고 기다릴 때도 어떻게 할 수가 없더라고요. 처음에는 안개가 걷힐 때까지 돛을 늦추고 방향을 바꾸어볼까 생각해보았습니다. 그런데 악마가 우리를 빨리 흑해로 보낼 작정이면, 우리가 어떻게 하든 밀어붙일 거라는 생각이 듭디다. 우리가 빨리 항해한다고 해서 선주에게 나쁠 건 없으니까요. 운송에 방해될 것도 없겠고. 악마도 제 목적을 이루는 데 방해하지 않았으니 아주 고마워하겠고요."

선장은 무지하면서도 미신을 따지고 사업적 계산까지 할 줄 아는 사람이었다. 이런 선장의 모습에 짜증이 난 반 헬싱이 한마디 했다.

"선장, 악마는 사람들 생각보다 더 똑똑하오. 그리고 적수를 만나면 알아보지."

이런 평가를 받아도 선장은 개의치 않았다.

"보스포루스해협을 지날 무렵 선원들이 투덜거리기 시작했습니다. 루마니아 선원 몇 명이 오더니 큰 상자 하나를 배 밖으로 던져버리라는 겁니다. 그 상자는 런던을 떠나기 직전 특이하게 생긴 노인이 맡긴 겁니다. 그때 선원들이 그자에 관해 묻더니, 그자를 향해 사악한 눈을 막는다는 뜻으로 손가락 두 개를 내미는 모습을 보았습니다. 거참. 외국인들의 미신이란 정말 우습거든요. 나는 얼른 일이나 하라고 내보냈습니다. 하지만 안개가 배를 에워싸니 나도 기분이 좀 꺼림칙하더라고요. 상자 때문이라고 볼 수는 없었지만도요. 배가 계속 나아가는 동안 안개가 닷새 동안 끼었습니다. 바람이 그냥 배를 이끌어가도록 두었습니다. 악마가 어딘가로 가고 싶으면, 어떻게든 데려가주겠지 하면서요. 그런 뜻이 아니라면, 어떻게든 우리 쪽에서 잘 살펴야겠죠. 아무튼 배는 순항했고 수심도 깊었습니다. 그러다 이틀 전, 아침 해가 안개를 뚫고 빛난 시간에 갈라츠 맞은편 강에 도착했습니다. 루마니아 선원들이 마구 흥분하더니 맞든 틀리든 상자를 꺼내서 바로 강으로 던져버려야 한다고 우깁디더. 그래서 쇠막대를 들고 가서 그자들을 을러댔습니다. 사악한 눈이든 아니든 물건 주인이 있고 배 주인도 걸려 있는 일이니 다뉴브 강보다야 내 손에 두는 편이 낫다고 했습니다. 그자들은 괴로워하며 갑판에서 내려갔습니다. 사실 그자들이 상자를 집어 던지려고 벌써 갑판으로 옮겨놓은 상태였습니다. 상자를 보니 바르나를 거쳐 갈라츠로 간다고 쓰여 있었어요. 그래서 항구로 내보내게 될 때까지는 기다려야겠다고 생각했습니다. 그날은 못 한 일이 많아서 밤에 닻을 내리고 정박해야 했습니다. 그런데 아침이 되어 공기도 좋아지고 하니까, 해가 뜨기 한 시간 전에 한 남자가 승선했습니다. 영국에서 보내 온 위임장을 들고 있었고요. 드라큘라 백작에게 보내는 상자를 대신 받으러 왔다는 겁니다. 상자를 넘겨받을 준비도 되어 있었습니다. 그 남자가 서류를 가지고 왔으니 나도 그 망할 물건을 해치우게 되어 기뻤습니다. 그 물건이 불편해지기 시작했거든요. 악마가 배에 무슨 물건이라도 두었다면, 바로 그 상자일 겁니다."

"상자를 받아 간 사람의 이름은 뭐죠?"

반 헬싱 선생이 다급한 마음을 꾹 누르고 물었다.

"바로 알려드리겠습니다."

선장은 선장실로 내려가더니 임마누엘 힐데스하임이라고 서명된 영수증을 가지고 왔다. 주소는 부르겐가 16번지였다. 선장이 아는 내용은 더 없어서 우리는 감사 인사를 하고 물러났다.

우리는 힐데스하임을 그의 사무실에서 만났다. 아델피 극장에서 볼 법한 인상의 히브리 사람으로 양처럼 뭉툭한 코에 터키모자를 썼다. 그의 말을 들어보니 돈이 필요한 것 같아서 찔러주었고 짧은 협상 끝에 이야기를 들을 수 있었다. 무척 간단하지만 중요한 정보였다. 힐데스하임은 런던에 있는 드빌 씨에게 편지 한 통을 받았다. 갈라츠에 도착한 예카테리나 대제호에서 상자를 하나 받아달라고, 세관의 눈을 피해야 하니 가능하면 해가 뜨기 전에 움직여달라고 전하는 내용이었다. 상자는 페트로프 스킨스키라는 사람에게 넘기도록 정해져 있었다. 스킨스키는 강을 오가며 항구에서 교역하는 슬로바키아인들과 일하는 사람이었다. 힐데스하임은 영국 지폐로 돈을 받았고, 다뉴브 국제은행에서 금화로 바꾸었다. 그리고 스킨스키가 찾아오자, 힐데스하임은 운송료를 아끼기 위해 스킨스키를 배로 직접 데려가서 상자를 옮기도록 했다. 힐데스하임이 아는 내용은 이것이 전부였다.

우리는 스킨스키를 만나러 갔지만 찾지 못했다. 스킨스키의 이웃 한 명은 스킨스키에게 관심이 전혀 없어 보이는 태도로, 그가 이틀 전에 떠났으며 어디로 갔는지 아무도 모른다고 했다. 그 말이 사실인지 집주인도 심부름꾼에게 방세와 집 열쇠를 전달받았으며, 방세는 영국 돈이었다고 말했다. 어젯밤 10시에서 11시 사이에 벌어진 일이었다. 우리 길은 다시 막히게 되었다.

우리가 이야기를 나누는 동안 누군가 달려와 숨을 헐떡이며 알려주었다. 스킨스키의 시신이 성 베드로 교회 묘지 담장 안쪽에서 발견되었다는 것이다. 야생동물의 소행인지 목이 물어뜯겼다고 했다. 우리와 이야기를 나누던 사람들은 그 끔찍한 현장을 보기 위해 달려갔다. 한 여자가 외쳤다.

"이건 슬로바키아인들 짓이야!"

우리는 혹시라도 그 사건에 연루되어 곤란해질까 봐 서둘러 떠났다.

숙소로 돌아오는 동안 그 어떤 확실한 결론도 내리지 못했다. 분명 상자는 물길을 따라 어디론가 옮겨지고 있었다. 그렇지만 어디를 찾아 나서야 할지 알 수 없었다. 무거운 마음을 안고 우리는 미나가 있는 호텔로 돌아왔다.

다시 모인 우리는 우선 미나에게 진행 상황을 모두 알려 주어도 되는지 상의했다. 일이 절망적으로 흘러가고 있었으므로, 미나에게 정보를 공유하는 일은 위험을 무릅쓰고 해볼 만했다. 나는 미나 앞에서 입을 다물겠다고 한 약속에서 먼저 풀려났다.

미나 하커의 일기

10월 30일, 저녁　다들 지치고 기운 없는 모습으로 의기소침하여 일단 휴식을 취해야 했다. 나는 그들에게 30분쯤 누워서 쉬고 있으면 그동안 자료를 타자해서 가겠다고 했다. 나는 휴대용 타자기를 발명한 사람과, 나를 위해 이 물건을 가져다준 모리스 씨에게 깊이 감사한다. 펜으로 기록해야 했다면 작업하다 헤맸을 것이다…….

　다 끝났다. 가엾은 조너선. 그동안 힘들었을 텐데 지금
도 힘든 것 같다. 숨을 간신히 쉬면서 소파에 축 늘어져 있다.
눈살을 찌푸린 얼굴이 핼쑥하다. 깊은 생각에 빠진 모양이
다. 그는 생각에 집중하면 얼굴을 찡그린다. 내가 도와줄 수
만 있다면 어떤 일이든 할 것이다…….

　반 헬싱 박사에게 부탁해서 내가 아직 보지 못한 자료
들을 모두 구했다. 사람들이 쉬는 동안 면밀하게 검토할 생
각이다. 어떤 결론에 다다를지도 모른다. 선생의 사고방식을
따라, 주어진 정보에 대해 편견 없이 생각해봐야겠다…….

　새롭게 알아낸 것이 있다. 하느님의 섭리다. 지도를 구
해서 살펴봐야겠다…….

　내 생각이 옳다고 확신한다. 새로운 결론을 얻었으니 다
들 불러서 알려야겠다. 사람들이 내 생각을 판단할 것이다.
정확하게 확인해두는 것이 좋겠다. 일분일초가 소중하다.

미나 하커의 비망록

(일기장에 있었음)

추론의 전제—드라큘라 백작은 원래 있던 곳으로 돌아가고

자 한다.

a. 백작은 누가 옮겨주어야 성으로 돌아갈 수 있다. 확실하다. 그자가 스스로 움직일 수 있다면, 사람이나 늑대나 박쥐나 다른 형상으로 변해서 갔을 것이다. 그자는 해가 떠 있는 시간에 상자에 갇혀서 꼼짝 못 할 때 누가 자신을 발견하거나 방해하는 상황을 원치 않는다.

b. 백작은 어떻게 이동할 것인가? 따져보고 가능성이 낮은 것을 하나씩 제외해나가면 될 것이다. 도로로, 철도로, 아니면 배로?

   1. 도로. 어려운 점이 아주 많을 것이다. 특히 도시를 떠나는 과정이 힘들다.

      x. 도로에는 사람들이 있다. 사람들은 호기심이 많고 물어보기도 한다. 상자 속에 무엇이 있는지 사람들이 단서를 찾거나 추측하거나 의심하면 일을 망칠 것이다.

      y. 세관원이나 세금 징수원도 마주칠 수 있다.

      z. 추적자들이 따라갈 수 있다. 그자가 가장 두려워하는 일이다. 그자는 정보를 노출하지 않기 위해 제물인 나까지도 끊어냈다.

   2. 철도. 상자를 챙길 사람이 없다. 기차가 연착될 가능성도 있는데, 연착은 적이 쫓아오는 상황에서는

치명적이다. 그자는 밤이면 달아날 수 있으나 은신처 없이 낯선 곳에서 어디로 갈 수 있을까? 그자가 원하는 상황이 아니다. 그러니 요행수를 바라지는 않을 것이다.

3. 수로. 어떻게 보면 가장 안전하지만, 가장 위험할 수도 있다. 물에서 그자는 밤을 제외하면 힘을 쓸 수 없다. 안개를 소환하고 폭풍과 눈과 늑대를 불러올 수는 있다. 그렇지만 배가 좌초한다면 흘러드는 물이 집어삼킬 테니 아무 대처도 못 하고 정말로 사라질 것이다. 그자는 배를 이끌고 육지로 갈 수 있지만, 도착한 곳이 마음대로 움직일 수 없는 불리한 곳이라면 상황이 좋지 않을 것이다.

기록을 살펴보면 그자는 물을 따라 이동하고 있다. 어디인지 알아내야 한다.

우선 그자가 이때까지 어떻게 움직였는지 정확히 파악해야 한다. 그러면 그자의 다음 행로에 대한 단서를 찾을 수 있다.

첫 번째. 그자가 런던에서 미리 세워둔 전체 계획에 따라 행동한 일과, 시간에 쫓기면서 어쩔 수 없이 해야 했던 일을 구분해야 한다.

두 번째. 우리가 알고 있는 사실에 근거하여 그자가 이곳에서 벌인 일을 추론해야 한다.

첫 번째 문제라면, 그자는 분명 갈라츠에 갈 생각이었다. 영국에서 우리를 속이려고 그자는 화물 송장을 바르나로 보냈다. 그자의 유일하고 절박한 목적은 탈출이었다. 임마누엘 힐데스하임에게 해가 뜨기 전에 상자를 받으라는 지시를 내린 것이 증거다. 또 페트로프 스킨스키에게도 지시했다. 추측이긴 하지만, 스킨스키가 힐데스하임을 찾아간 것을 보면 무슨 편지나 전갈을 보낸 것이 분명하다.

우리가 아는 대로 지금까지는 그자의 계획이 성공했다. 예카테리나 대제호는 이례적으로 빠르게 항해해서 도넬슨 선장의 의심을 샀다. 그렇지만 선장은 약삭빠른 데다 미신도 신경 쓰는 사람이었으므로 상황은 백작에게 유리해졌다. 선장은 안개 속에서 순풍을 받아 갈라츠로 무작정 배를 몰아 도착했다. 백작이 이후의 일 처리도 잘해두었다는 것이 입증되었다. 힐데스하임은 상자를 받아서 스킨스키에게 넘겼다. 스킨스키는 상자를 맡았다. 여기서부터 우리는 그자의 행적을 따라가지 못하고 있다. 그저 상자가 어떤 강을 따라 움직이고 있다는 것만 알 뿐이다. 세관과 징수원이 있다 해도 피해간 모양이다.

이제 백작이 갈라츠에 상륙한 뒤 어떤 일을 했는지 알아보자.

상자는 일출 전에 스킨스키의 손에 넘어갔다. 일출 때 백작은 모습을 드러낼 수 있었을 것이다. 백작이 도움을 구할 상대로 스킨스키를 고른 이유는 무엇일까? 남편의 일기를 보면, 스킨스키는 강을 오가며 항구에서 장사하는 슬로바키아인들을 상대한다고 언급되어 있다. 그리고 누가 시체를 보고 슬로바키아인의 소행이라고 언급한 것은 그 집단을 향한 지역 사람들의 반감을 보여준다. 백작은 외부와 차단되기를 바랐다.

내 추측은 다음과 같다. 런던에서 백작은 가장 안전하고 은밀한 방식인 수로를 이용해 성으로 돌아가기로 마음먹었다. 그자는 성을 떠날 때 스가니인들의 손으로 옮겨졌다. 아마 스가니인들이 슬로바키아인들에게 상자를 넘겼고, 슬로바키아인들은 상자를 바르나로 가져갔을 것이다. 상자들은 바르나에서 배에 실려 런던으로 옮겨졌다. 이때 백작은 상자를 맡길 수 있는 사람들을 알게 되었을 것이다. 상자가 육지에 도착하자, 일출 전이나 일몰 후 백작은 상자에서 나온 뒤 스킨스키를 만나서 어떤 강을 거슬러 올라 상자를 옮기라고 지시했다. 모든 준비가 다 된 것을 확인한 다음 대리인을 죽여서 흔적을 지웠다.

지도를 살펴본 결과 슬로바키아인들이 거슬러 올라가기에 가장 적당한 강은 프루트강이나 시레트강이었다. 기록을

677

보면 최면 상태의 내가 소 울음, 물이 귓가 높이에서 소용돌이치는 소리, 나무가 삐걱대는 소리를 들었다고 한다. 그때 백작은 관 속에 누워 있고, 그 관은 노나 삿대로 움직이는 작은 배에 실려 가고 있었을 것이다. 둑이 가깝고 배가 물살을 거슬러 올라가는 터라 작은 배가 적당하다. 물살을 따라 내려간다면 물소리가 다를 것이다.

물론 시레트강이나 프루트강이 아닐 수도 있다. 그래도 조사해봐야 한다. 이 두 강 중에서 프루트강이 이동은 더 쉬워 보인다. 그런데 시레트강은 보르고 고개를 휘도는 비스트리차강과 푼두 마을에서 만난다. 강을 따라 고개를 돌아가는 이 길이 드라큘라성으로 가는 수로 가운데 가장 가깝다.

미나 하커의 일기

(계속)

내 추측을 쓴 글을 다 읽자 조너선이 안으며 입맞춤했다. 다른 사람들도 내 손을 잡고 흔들었다. 반 헬싱 박사가 말했다.

"우리 미나 부인이 다시 한번 선생님이 되어주셨군. 우리가 보지 못한 것을 부인이 다 보았네. 이제 다시 추적할 수 있고, 이번엔 성공할 수 있을걸세. 우리 적은 최고로 무력한 상태에 있으니 낮에 강에서 그자를 찾아낸다면 임무를 끝낼 수 있겠지. 그자는 유리한 조건을 쥐고 있지만 짐꾼들이 의심할 수도 있으니 관에서 나갈 수가 없어. 그러니 속력을 낼 수가 없지. 의심을 사면 사람들이 상자를 물에 던져버리자고 나설 테고, 그렇게 되면 백작은 사라질 테니. 그자는 이런 상황을 알고 있어. 그러니 서두르지 못할 거야. 자, 이제 우리는 각자 무엇을 할지 작전을 짜야 한다네."

"증기선을 구해서 그자를 쫓아가겠습니다."

고덜밍 경이 말했다.

"혹시 뭍으로 올지 모르니 둑을 따라 말을 타고 가겠습니다."

모리스 씨가 말했다.

"좋아. 둘 다 좋은 생각이야. 그러나 어느 쪽이든 혼자 가서는 안 되네. 필요하다면 상대와 맞서 싸울 수 있어야 해. 그 슬로바키아 사람들은 힘세고 사나워. 강한 무기도 가지고 있을 테고."

선생의 말에 다들 씩 웃었다. 그들이 챙긴 무기가 작은 무기고를 채울 정도였기 때문이다. 모리스 씨가 말했다.

"윈체스터 소총을 몇 정 가지고 왔어요. 적이 많을 때 쓰기 좋은 무기죠. 늑대가 나올 수도 있으니 도움이 되겠죠. 기억하실지 모르겠지만, 백작은 다른 대책도 세워두었습니다.

백작이 부리는 사람들은 하커 부인이 말을 제대로 들을 수 없거나 이해할 수 없는 존재입니다. 다방면으로 준비해두어야 합니다."

수어드 박사가 말했다.

"저는 퀸시와 가는 편이 좋겠습니다. 우리는 같이 사냥하는 데 익숙하고, 둘 다 무장한 상태면 어떤 상황에도 맞설 수 있을 겁니다. 아트, 자네도 혼자 가면 안 돼. 슬로바키아인들과 싸워야 할 수 있는데, 그자들이 총을 가지고 있을 것 같지는 않지만 그래도 그자들에게 일격할 기회를 줬다가는 모든 계획이 실패로 돌아갈 수도 있어. 이번에는 그럴 가능성이 없게 해야 해. 백작의 머리를 자를 때까지는 안심하면 안 돼. 그자가 다시 살아나지 않게 확실히 해두어야 해."

수어드 박사는 말하면서 조너선을 보았다. 조너선은 나를 보았다. 나는 조너선의 괴로운 마음을 알 수 있었다. 물론 그는 내 곁에 있고 싶다. 그렇지만 배를 타고 쫓아가는 사람들이 흡…… 흡혈귀를 처단할 가능성이 가장 크다. (흡혈귀라는 단어를 쓰기가 주저되는 이유는 무엇일까?) 조너선은 한동안 침묵을 지키고 있었다. 그러자 반 헬싱 박사가 말했다.

"조너선, 두 가지 이유로 자네가 가야 하네. 먼저 자네는 젊고 용감하고 적과 싸울 힘이 있어. 마지막 순간에는 모두의 힘이 필요할 거네. 그리고 다시 한번 말하지만 자네에게는 자네 부부를 그토록 고통스럽게 만든 그자를 파괴할 권리가 있어. 미나 부인은 걱정하지 말게. 내가 힘껏 살필 테니까. 나는 늙었어. 내 다리는 빠르게 달리지 못한다네. 오래 말을 타거나 끝까지 적을 쫓아가는 일도 힘들고, 치명적인 무기로 싸우기도 어렵겠지. 그렇지만 다른 방식으로 움직일 수 있지. 다른 방식으로 싸울 수 있다는 말이야. 젊은 사람들처럼 나도 목숨을 바칠 수 있고. 그럼 앞으로 할 일을 말해보겠네. 자네와 고덜밍 경은 작고 빠른 증기선을 타고 강을 거슬러 올라가게. 존과 퀸시는 백작이 뭍에 오를 가능성에 대비해서 강둑을 따라가고. 그동안 나는 미나 부인과 함께 적진의 심장으로 바로 가겠네. 그 늙은 여우는 관 뚜껑을 열었다가는 슬로바키아 짐꾼들이 겁에 질려 내다 버릴까 봐 땅으로 달아나지 못하고 관에 누운 채 수로를 따라가고 있을 테니, 그동안 우리는 조너선이 간 길을 따라갈 거야. 비스트리츠에서 보르고 고개를 거쳐 드라큘라성으로 가겠네. 하나도 모르는 길이지만, 미나 부인에게 최면을 걸면 분명 도움을 받을 거고 방향을 찾게 되겠지. 해가 뜰 무렵이면 그 운명의 장소 근처에 이를 거야. 그곳에서 해야 할 일이 많네. 성체를 뿌려야 할 곳들도 있을 것이고. 그래야 독사들의 둥지를 말살할 수 있겠지.”

조너선이 다급히 끼어들었다.

"지금 반 헬싱 박사님은 미나를 데리고 위험천만하기 짝이 없는 곳으로 바로 가시겠다는 것인가요? 그 악마 때문에 병들고 악에 물든 가엾은 미나를? 절대 안 될 일입니다. 천국이든 지옥이든 안 됩니다."

조너선은 잠시 말을 잃었다가 다시 입을 열었다.

"그곳이 어떤 곳인 줄 아십니까? 박사님은 그 지옥 같은 끔찍한 소굴을 본 적 없으시죠? 달빛 속에서 소름 끼치는 형상들이 생겨나고 먼지 알갱이들이 빙글빙글 소용돌이치며 게걸스러운 악마를 낳는 곳입니다. 흡혈귀의 입술이 목 아래 닿을 때 어떤 느낌인지 아십니까?"

조너선이 나를 돌아보았다. 그의 시선이 내 이마에 닿는 순간, 그는 팔을 번쩍 들며 소리 질렀다.

"세상에, 하느님, 대체 우리가 왜 이런 끔찍한 고난을 겪어야 합니까?"

조너선은 비통해하며 소파에 털썩 앉았다. 선생이 입을 열었다. 침착하면서도 다정한 목소리가 울려 퍼지며 우리를 달랬다.

"자, 나는 미나 부인을 구하기 위해 그 끔찍한 곳으로 가는 거라네. 부인이 성 안쪽까지 들어가는 일은 결코 없을 거야. 난 그곳에서 해야 할 일이 있어. 굉장히 험한 일이라 부인은 보기 힘들겠지. 조너선, 자네를 제외한 우리 남자들은 그 장소를 정화하기 전에 어떤 일을 해야 하는지 직접 봤네. 우리가 심각한 곤경에 처했다는 사실을 기억하게. 이번에 놓치면 백작은 강하고 영리하고 교활해서 100년 동안 은신하는 쪽을 택할 수 있어. 그러면 우리가 아끼는 사람이 (선생은 내 손을 잡았다) 그자의 부름을 받아 한패가 될 것이고 자네가 본 그런 존재들처럼 되겠지. 자넨 드라큘라성에서 그 여자들이 흡족하게 입술을 핥던 모습을 보았다고 했지. 백작이 집어 던진 꿈틀거리는 자루를 여자들이 잡으면서 야비하게 웃어댄 소리도 들었고. 몸서리를 치는군. 그럴 만해. 조너선, 자네를 너무 괴롭게 해서 미안하네. 그렇지만 어쩔 수 없네. 필요하다면 목숨까지 바치면서 꼭 해야 할 일이라네. 만일 누군가 그곳에 가야 한다면, 그들과 상종해야 한다면, 내가 그 일을 맡아야 하네."

조너선은 온몸을 떨면서 흐느꼈다.

"박사님의 뜻이 그러하다면 그렇게 하십시오. 모두 하느님의 뜻이겠지요."

얼마 뒤 용감한 사람들이 움직이는 모습을 보니 좋다. 이렇게 진실하고 참되며 용감하기까지 하니 사랑할 수밖에. 그리고 돈의 힘이 얼마나 대단한지 실감하게 되었다. 돈을 제대로 쓰면 못 할 일이 없는 터에, 남들 눈에 띄지 않게 쓰면 대체 어떤 일이 일어날까. 고덜밍 경은 부자이고 모리스 씨 또한 부유하여 기꺼이 돈을 대고 있으니 정말 고맙다. 그들이 아니었다면 우리 원정은 시작도 하지 못했을 것이다. 이번에 한 시간 내로 출발할 수 있도록 신속하게 준비를 끝낸 것도 그들 덕분이다. 세 시간도 안 되어 각자 맡은 일을 끝냈다. 고덜밍 경과 조너선은 좋은 증기선을 마련해서 바로 출발할 수 있도록 해두었다. 수어드 박사와 모리스 씨는 근사한 말 여섯 필을 준비하고 마구를 잘 갖추었다. 우리는 지도며 온갖 장비를 갖추었다. 반 헬싱 선생과 나는 오늘 밤 베레스티로 떠나는 11시 40분 기차를 탈 예정이다. 그곳에서 마차를 구해 보르고 고개로 갈 것이다. 마차와 말을 구하기에 충분한 돈을 챙겨 간다. 믿을 만한 사람을 구하지 못할 상황이라 우리가 직접 마차를 몰아야 한다. 선생이 여러 나라 언어를 많이 아니까 문제없이 갈 것이다. 다들 무장을 했다. 심지어 나도 대구경 권총을 챙겼다. 조너선은 내가 다른 사람들처럼 무장해야 만족할 것이다. 그렇지만 슬프게도 나는 모든 무기를 다 지닐 수가 없다. 이마 위의 흉터가 막고 있다. 반 헬싱 선생은 내가 이 정도로 무장해도 늑대가 나타나는 상황에는 충분하다며 위로해주었다. 날씨가 계속 추워지고 있다. 경고라도 하듯 눈이 흩날린다.

얼마 뒤 모든 용기를 그러모아 조너선에게 작별 인사를 했다. 우리는 다시 만나지 못할지도 모른다. 미나, 용기를 내자. 선생이 나를 직시한다. 선생의 얼굴이 마음을 다스리라고 말하는 것 같다. 하느님이 기쁨의 눈물을 허락하실 때까지는 눈물을 흘려서는 안 된다.

조너선 하커의 일기

10월 30일, 밤 나는 증기선의 보일러실 문에서 새어 나오는 불빛에 기대어 일기를 쓰고 있다. 불을 때는 일은 고덜밍 경이 맡고 있다. 그는 이런 일에 능숙하다. 몇 년 동안 템스강에 자기 배를 가지고 있었고, 노퍽 브로즈에도 한 척 가지고 있다고 했다. 우리는 계획에 관한 미나의 추측이 옳다고 결론을 내렸다. 백작이 성으로 돌아가기 위해 수로를 이용하고 있다면, 시레트강을 거슬러 올라가다가 물길이 만나는 지점부터는 비스트리차강을 거슬러 올라가는 길을 택했으리라 생각했다. 그리고 비스트리차강과 카르파티아산맥 사이의 지역을 가로질러 가기 위해 백작은 북위 47도쯤 되는 지점을 선택할 것이다. 밤에 빠른 속도로 배를 몰고 있지만 무섭지 않았다. 수량이 충분하고 강폭도 넓어서 어두워도 어렵지 않게 달릴 수 있었다. 고덜밍 경은 지금은 한 사람만 불침번을 서도 충분하니 잠깐 잠을 자두라고 했다. 그렇지만 아내가 너무나 위험하다는 생각에 잠을 잘 수가 없다. 그 무시무시한 곳으로 가고 있으니…… 우리가 하느님의 손길 안에 있다는 것만이 유일한 위안이다. 이 믿음만 있으면 살기보다 죽어서 모든 고난으로부터 해방되는 길이 더 쉽다. 모리스 씨와 수어드 박사는 우리보다 먼저 말을 타고 떠났다. 그들은 오른쪽 강둑을 살필 계획인데, 강의 방향을 확인하고 강옆의 굽이진 샛길로 빠지지 않기 위해서 고지대로 올라갈 작정이었다. 그들은 말 네 필을 끌고 가는데, 관심을 받지 않기 위해 처음에는 남는 말을 탈 두 사람을 고용할 것이다. 그렇지만 그 두 사람도 곧 돌려보낼 것이고, 모든 말들을 직접 몰 것이다. 우리가 그들과 합류할 수 있기 때문에 여분의 말을 준비한 것이다. 안장 하나에는 이동식 안장 머리가 달려 있어서 필요하다면 미나에게 맞춰서 쉽게 조정할 수 있다.

우리는 힘든 모험에 올랐다. 어둠 속으로 돌진하는 동안, 강에서 솟아난 것 같은 냉기가 우리를 덮친다. 밤의 신비로운 소리가 우리를 에워싸며 마음을 파고든다. 미지의 장소로, 미지의 길로 흘러가는 것 같다. 어둡고 끔찍한 것들이 기다리고 있을까. 고덜밍이 보일러실 문을 닫았다……

10월 31일   여전히 서둘러 가고 있다. 낮이 되었고 고덜밍은 잠들었다. 내가 불침번이다. 아침 공기가 너무나 차갑다. 두꺼운 모피 코트를 입었는데도 보일러실의 열기가 고맙다. 작은 배 몇 척을 지나쳤는데, 우리가 찾는 크기의 상자나 짐을 실은 배는 없었다. 우리가 전등을 비출 때마다 사람들은 겁에 질려 무릎을 꿇고 기도를 드렸다.

11월 1일, 저녁   종일 별다른 일이 없다. 우리가 찾는 상자를 실을 만한 배는 만나지 못했다. 이제 비스트리차강으로 들어갔다. 만일 우리 가설이 틀렸다면 기회를 날리게 될 것이다. 우리는 크고 작은 배들을 다 살폈다. 오늘 이른 아침에는 어느 배의 선원이 우리가 국가기관에서 나온 줄 알고 그에 걸맞게 대접해주었다. 이런 방식이라면 문제를 매끄럽게 해결할 수 있다고 보고, 비스트리차강이 시레트강과 만나는 지점인 푼두에서 루마니아 깃발을 하나 구해 눈에 잘 띄도록 걸었다. 이후 수색한 배에서는 이 속임수가 모두 통했다. 다들 우리를 존대했고 무슨 질문을 하든 어떤 행동을 하든 이의를 제기하지 않았다. 몇몇 슬로바키아인이 커다란 배가 앞질러갔다고 알려주었다. 선원 두 명에 보통 속도보다 빠르게 갔다고 했다. 그들이 푼두에 다다르기 전에 있었던 일이라, 그 배가 비스트리차강으로 들어갔는지 시레트강으로 계속 거슬러 올라갔는지는 알 수 없었다. 푼두에서는 배 이야기를 듣지 못했으니 밤에 지나간 모양이다. 무척 졸리다. 추위 때문인 것 같다. 좀 쉬어야 한다. 고덜밍이 먼저 불침번을 서겠다고 했다. 미나와 나에게 이토록 호의를 베푸는 고덜밍을 하느님께서 축복하시길.

11월 2일, 아침   낮이 훤하다. 나를 깨우지 않다니, 고덜밍은 참 좋은 사람이다. 내가 워낙 평화롭게 근심을 잊은 모습으로 잠들어 있어서 깨우면 안 될 것 같았다고 한다. 너무 오래 자는 바람에 고덜밍이 밤새도록 불침번을 서고 말았다. 내가 너무 이기적인 것 같다. 그래도 고덜밍이 옳았다. 나는 오늘 아침 새사람이 되었다. 여기 앉아 고덜밍이 자는 모습을 지켜보면서 엔진을 살피고 배를 조종하며 주변을 살필 수 있다. 활력이 다시 샘솟는 기분이다. 미나와 반 헬싱은 지금 어디에 있을까. 그들은 수요일 정오 무렵 베레스티에 도착했을 것이다. 마차와 말을 구하는 데 시간이 걸렸겠고, 출발해서 열심히 움직였다면 지금쯤 보르고 고개 근처일 것이다. 하느님께서 그들을 인도하시고 도와주시길. 무슨 일이 일어날지 생각하기도 두렵다. 더 빨리 갈 수 있다면 좋겠지만 그럴 수가 없다. 엔진은 웅웅대며 최고 속도를 내고 있다. 수어드 박사와 모리스 씨가 어떻게 가고 있나 궁금하다. 산에서 이 강으로 수많은 물줄기가 흘러드는 것 같다. 그렇지만 어느 물줄기도 풍성하지는 않다. 눈이 녹을 때는 수량이 엄청나겠지만 어쨌든 지금은 그렇다. 말을 타고 가는 사람들에게 큰 장애가 되지는 않을 것이다. 우리가 스트라스바에 도착하기 전에 그들과 만나면 좋겠다. 그때까지 백작을 따라잡지 못한다면, 다음에 어떻게 할지 함께 논의해야 할 것이다.

수어드 박사의 일기

11월 2일　사흘 내내 길을 달렸다. 아무 일도 없었다. 일이 있었다 한들 일기를 쓰지는 못했을 것이다. 시간이 너무나 소중하니까. 그저 말들에게 휴식이 필요할 때만 쉬었다. 그렇지만 우리 둘 다 놀랍도록 잘 버티고 있다. 우리가 함께 모험을 헤쳐온 시간이 이렇게 유용하다니. 계속 가야 한다. 증기선이 다시 눈에 들어오기 전까지는 안심할 수 없을 것이다.

11월 3일　우리는 푼두에서 증기선이 비스트리차강으로 거슬러 올라갔다는 이야기를 들었다. 너무 춥지 않길 바란다. 곧 눈이 내릴 것 같다. 눈이 많이 내린다면 우리 길을 막을 것이다. 그럴 땐 러시아식으로 썰매를 타고 가야겠지.

11월 4일   오늘 우리는 증기선이 급류를 거슬러 올라가려 하다 사고가 나서 멈추었다는 이야기를 들었다. 슬로바키아인들은 밧줄을 써서 작은 배를 잘 조절하며 문제없이 거슬러 올라간다고 한다. 몇 시간 전에도 배 몇 척이 올라갔다. 고덜밍은 아마추어 정비공이기도 하니 분명 배를 고쳤을 것이다. 결국 증기선은 주변의 도움을 받아 급류를 벗어나 다시 추적을 시작했다고 한다. 그렇지만 사고 때문에 배의 성능이 나빠졌을까 봐 걱정이다. 농부는 배가 잔잔한 물로 들어서고 난 뒤에도 몇 번 멈추었다고 했다. 우리는 더 빨리 달려가야 한다. 우리 도움이 곧 필요할지도 모른다.

미나 하커의 일기

10월 31일   베레스티에는 정오에 도착했다. 선생은 오늘 아침에 힘들게 최면을 걸었고 내가 한 말은 '어둡고 조용해요'가 전부였다고 했다. 선생은 마차와 말을 사러 간다. 길을 가다 도중에 말을 교체할 수 있도록 예비용 말을 나중에 더 사겠다고 한다. 우리는 110킬로미터 넘게 달려야 한다. 이 지역은 아름답고 무척 흥미롭다. 다른 상황이었다면 이곳을 보는 일이 얼마나 즐거웠을까. 조너선과 둘이서만 간다면 정말 멋질 것이다. 가던 걸음을 멈추고 사람들을 만나 그들의 생활을 알아보면서, 이 야성적이고 아름다운 지역과 색다른 사람들을 마음과 기억에 담는 것이다. 화려하고 생생한 풍경이다. 그렇지만 지금은…… 슬픈 일이다.

얼마 뒤 반 헬싱 박사가 돌아왔다. 그는 마차와 말을 구했다. 우리는 저녁을 먹고 한 시간 뒤 출발할 것이다. 여관 여주인은 일개 중대가 먹고도 남을 식량이 든 커다란 바구니를 주었다. 선생은 여주인을 치하하고는 앞으로 일주일 동안은 괜찮은 음식을 다시 구하기 힘들 것이라고 내게 속삭였다. 선생은 모피 코트며 목도리 등 온갖 방한용품을 잔뜩 샀다. 추위를 탈 일은 없을 것이다.

곧 출발한다. 어떤 일이 일어날지 두렵다. 진실로 하느님 손길에 달려 있다. 하느님만이 어떤 일이 벌어질지 아신다. 그래서 나의 슬프고 초라한 영혼의 힘을 다 바쳐 기도한다. 하느님께서 내 남편을 지켜주시기를, 무슨 일이 일어나더라도 내가 형언할 수 없을 만큼 사랑하고 존경한다는 사실을 남편이 알게 해주시기를, 나의 가장 진실한 마음은 언제나 남편을 위한 것임을 알게 해주시기를.

27장

미나 하커의 일기

11월 1일 종일 상당히 빠르게 길을 달렸다. 마부가 친절하게 다루는 걸 말이 아는지 기꺼이 전속력을 낸다. 여러 번 말을 바꾸었으나 말들이 다 열심히 달려준 덕에, 우리 여정이 어렵지 않겠다는 생각이 들면서 힘이 난다. 반 헬싱 박사는 필요한 말만 한다. 농부들에게 비스트리츠로 급히 가야 한다면서 말을 구하고 돈을 두둑이 준다. 우리는 뜨거운 수프나 커피나 차를 마신 뒤 계속 간다. 이곳은 멋진 지역이다. 머릿속으로 그려볼 수 있는 온갖 아름다움이 가득하다. 사람들은 용감하고 굳세고 검소하며 훌륭한 성품을 지닌 것 같다. 미신을 굳게 믿는다. 맨 처음 들른 집에서 우리를 맞이한 여자는 이마의 흉터를 보더니 성호를 긋고 손가락 두 개를 내게 내밀었다. 사악한 눈을 피하는 동작이었다. 일부러 우리 음식에 마늘을 많이 넣은 것 같은데, 나는 마늘이 싫다. 모자나 베일을 벗지 않은 뒤로는 사람들의 의심을 사지 않게 되었다. 우리는 빠르게 이동하고 있고 이런저런 소문을 옮길 마부도 없으니 물의를 빚을 일은 없다. 그렇지만 나를 보고 사악한 눈을 두려워한 사람들의 시선이 여행 내내 바짝 쫓아올 것이다. 선생은 지칠 줄 모르는 사람 같다. 종일 쉬지도 않으면서 내가 잠을 푹 자도록 해주었다. 저물녘 선생은 내게 최면을 걸었다. 나는 언제나처럼 "어둡고, 물이 찰랑거리고, 나무가 삐걱대는 소리가 들려요"라고 대답했다고 한다. 그렇다면 우리 적은 여전히 강 위에 있다. 조녀선에 대해 생각하기도 겁나지만, 왠지 조녀선이나 나나 걱정이 되지는 않는다.

지금은 어느 농가에서 말이 준비되길 기다리며 일기를 쓰고 있다. 반 헬싱 박사는 잠을 자는 중이다. 안타깝게도 선생은 너무나 피곤하고 나이 들어 보인다. 안색도 잿빛이다. 그렇지만 선생의 입은 정복자의 그것처럼 굳게 다물려 있다. 심지어 잠을 자고 있어도 얼굴에는 결의가 넘친다. 출발하게 되면 내가 마차를 몰아서 선생이 쉴 수 있게 해야겠다. 아직 며칠은 더 가야 하고, 정작 선생의 힘이 많이 필요할 때 선생이 쓰러져서는 안 된다고 이야기할 참이다. 준비가 끝났다. 곧 출발한다.

11월 2일, 아침　내 설득이 통했다. 밤새 우리는 교대로 마차를 몰았다. 이제 낮이라 밝지만 춥다. 대기가 희한하게도 무겁게 느껴진다. 무겁다는 표현보다 더 좋은 말을 모르겠다. 우리 두 사람을 짓누르는 것 같다는 뜻이다. 날이 너무나 추웠으나 따뜻한 모피는 포근하다. 새벽이 되자 반 헬싱은 내게 최면을 걸었다. "어둡고, 나무가 삐걱대고, 세찬 물소리가 들려요"라고 대답했단다. 백작의 배가 다른 강으로 올라가고 있다는 뜻이다. 나는 조너선이 필요 이상으로 위험을 무릅쓰지 않길 바란다. 그렇지만 우리는 하느님의 손길 안에 있다.

11월 2일, 밤　종일토록 마차를 달렸다. 가면 갈수록 야생적인 풍경으로 변한다. 카르파티아산맥의 거대한 봉우리들은 멀리 떨어진 베레스티에서 볼 때는 지평선 가까이 낮아 보였다. 그런데 이제 가까이 가니 우리 주위를 에워싸며 눈앞에 우뚝 서 있다. 우리 둘 다 기운 넘치는 모습이다. 내 생각에 서로를 기분 좋게 해주려고 애쓰다가 저절로 기분이 좋아진 것 같다. 반 헬싱 박사는 아침이면 보르고 고개에 도착할 것이라고 한다. 이제 주변에는 농가가 거의 없다. 선생은 지금 달리는 말로 계속 가야 할 것이라고 했다. 말을 더 구하기 어렵다는 것이다. 마지막에 말을 두 마리 바꾸면서 추가로 두 마리를 더 사서, 지금은 말이 네 마리다. 우리 말들은 참을성이 있고 말을 잘 들으며 문제를 일으키지 않는다. 다른 여행자와 마주칠 걱정도 없어서, 나 혼자서도 말을 몰 수 있다. 우리는 낮에 고개에 도착할 것이다. 너무 일찍 도착하고 싶지는 않아서, 쉬엄쉬엄 가면서 교대로 푹 쉬었다. 내일은 우리에게 어떤 일이 일어날까? 우리는 가엾은 조너선이 그토록 고통받은 곳으로 가고 있다. 하느님께서는 우리를 올바르게 인도하실 것이고, 남편과 소중한 사람들을 치명적 위험으로부터 지켜주실 것이다. 슬프지만 나는 하느님이 살펴주실 자격이 없다. 그분이 보시기에 나는 불결하다. 하느님의 분노를 부르지 않는 사람으로서 하느님 앞에 서도록 허락해주시기 전까지는 계속 그럴 것이다.

아브라함 반 헬싱의 비망록

11월 4일 런던 퍼플리트에 거주하는 진실하고 오래된 내 친구 의학박사 수어드에게 보내는 글로, 내가 다시는 그를 만나지 못할 상황을 대비해서 쓴다. 우리 상황은 다음과 같다. 아침이고, 미나 부인의 도움을 받아 밤새 피워둔 불가에서 이 글을 쓰고 있다. 무척 춥다. 너무나 춥고 무거운 잿빛 하늘은 눈을 잔뜩 품은 것 같다. 만일 눈이 내린다면 단단하게 굳은 땅 위에서 겨우내 녹지 않고 그대로 쌓여 있을 것이다. 미나 부인은 날씨에 영향을 받은 모양이다. 부인답지 않게 머리가 무거운 상태로 자고 또 잔다. 언제나 주변을 살피던 사람인데, 문자 그대로 아무것도 하지 않는다. 심지어 식욕도 잃었다. 마차를 잠시 멈출 때마다 그토록 열심히 일기를 써왔는데 이젠 일기도 안 쓴다. 무언가 상황이 좋지 않은 것 같다.

그래도 오늘 밤 부인은 생생하다. 종일 자더니 기운을 되찾은 것 같다. 여느 때처럼 상냥하고 밝은 모습이다. 저물녘 최면을 시도했지만 아쉽게도 전혀 통하지 않았다. 날이 갈수록 힘이 줄어들더니 오늘 밤은 완전히 실패했다. 하느님의 뜻이 무엇이든 어느 곳으로 우리를 이끌든 그 뜻이 이루어지게 하소서!

미나 부인이 속기로 기록하지 않으니 하루하루 기록을 남기기 위해서는 손이 많이 가는 예스러운 방식으로라도 내가 일기를 써야 한다.

우리는 어제 아침 해가 뜬 직후 보르고 고개에 도착했다. 동이 틀 것 같아서 최면을 걸려고 준비했다. 방해를 받지 않기 위해 마차를 세운 다음 내렸다. 모피로 누울 자리를 만들었고, 미나 부인은 거기 누워 평소처럼 최면에 빠질 준비를 했다. 그렇지만 최면에 걸리기까지 그 어느 때보다도 오래 걸렸고, 최면에 걸린 시간도 어느 때보다 짧았다. 전과 같은 답이었다.

"어둡고 물이 출렁거려요."

부인은 이내 깨어났다. 밝고 환한 모습이었다. 우리는 다시 이동하여 곧바로 보르고 고개에 도착했다. 이곳에 오자 부인은 열의 넘치는 모습이었다. 길을 알려주는 새로운 힘이 나타난 것 같았다. 부인이 길 하나를 가리켰다.

"이쪽이에요."

"어떻게 아는 거요?"

"물론 나는 알죠."

부인은 잠시 말을 멈추었다가 입을 열었다.

"조너선이 이곳을 여행하며 일기를 썼으니까요."

나는 처음에는 좀 이상하다고 생각했으나 샛길이 하나 밖에 없다는 사실을 알게 되었다. 사람들이 잘 다니지 않는 길로, 부코비나에서 비스트리츠로 마차가 다니는 길과 달랐다. 마찻길은 넓고 잘 다져졌으며 왕래가 많다.

그래서 우리는 그 샛길로 따라갔다. 갈림길에 이르러, 방치되고 눈도 꽤 깔려 있어 과연 길이기는 한지 장담할 수 없는 길이 나와도 말들은 알아보았다. 나는 말들이 가는 대로 따랐다. 말들은 꾸준히 계속 나아갔다. 곧 우리는 조너선의 그 훌륭한 일기에 나온 내용들을 모두 확인하게 되었다. 한참 동안 계속 이동했다. 처음에 나는 미나 부인에게 잠을 자라고 했다. 부인은 애써 잠을 청하다가 잠들었다. 그러더니 계속 잤다. 이래도 괜찮은가 의심스러워 깨워보려고 했다. 하지만 부인은 계속 잤다. 깨울 수 없을 것 같았다. 해가 될지 모르니 억지로 깨우고 싶지는 않았다. 부인은 이미 많이 힘들고, 잠이 정말 중요한 때도 있으므로. 나도 잠시 졸았던 모양이다. 별안간 무슨 일이라도 저지른 것처럼 죄책감이 들었다. 정신을 차려보니 나는 똑바로 앉아 손에 고삐를 쥐고 있고 말들은 계속 달리고 있었다. 미나 부인은 계속 자고 있었다. 해가 질 때까지 시간이 그리 많이 남지 않았다. 눈 위로 햇빛이 누런 강물처럼 쏟아져, 가파른 산에 우리 모습이 거대한 그림자를 남겼다. 산길을 계속 올라가고 있어서 그렇다. 몹시 험하고 바위투성이다. 세상 끝에 온 것 같다.

나는 미나 부인을 깨웠다. 부인은 이번엔 그리 힘들지 않게 일어났다. 부인에게 다시 최면을 걸어보았다. 그러나 내가 멀쩡한 것만큼이나 부인도 최면에 빠지지 않았다. 그래도 노력하고 또 노력했다. 어느새 우리 주위에 어둠이 깔렸다. 둘러보니 해가 이미 졌다. 미나 부인이 웃기에 돌아보았다. 부인은 완전히 깬 상태로 무척 좋아 보였다. 카팩스의 백작 집에 처음 들어간 밤에 보았던 모습과 비슷했다. 놀랍기도 하고 마음이 편치 않았다. 그렇지만 부인이 무척 밝고 상냥한 모습으로 챙겨준 덕에 나는 두려움을 다 잊었다. 충분히 신고 온 나무로 불을 피웠다. 내가 말들을 풀어서 쉴 만한 곳에서 먹이를 먹이려고 데려가는 동안 부인은 식사 준비를 했다. 불가로 돌아오니 음식이 준비되어 있었다. 같이 먹자고 했지만 부인은 웃으면서 너무 배가 고파 기다릴 수 없어서 벌써 먹었다고 했다. 아무래도 달갑지 않은 대답이고 의심이 짙어졌다. 하지만 부인을 놀라게 하고 싶지는 않아서 그냥 입을 다물었다. 나는 혼자 식사를 했다. 그 후 우리는 모피로 몸을 감싼 채 불가에 누웠다. 부인에게 내가 불침번을 설 테니 자라고 했다. 그러나 말은 그렇게 해놓고서는 그 사실을 싹 다 잊었다. 그러다 불쑥 불침번 생각이 나서 눈을 떠보니, 부인은 조용히 누운 채 밝은 눈으로 나를 보고 있었다. 이런 상황이 한 번도 아니고 두 번 넘게 반복되었다.

아침이 오기까지 나는 제법 많이 잤다. 깨어나서 부인에게 최면을 걸어보았다. 부인은 눈을 감긴 했지만 아쉽게도 최면에 빠지지는 않았다. 해가 높이 떠올랐고 부인은 너무 늦게 최면에 빠졌다. 알고 보니 최면에 빠진 것이 아니라 잠에 푹 빠져서 깨어나지 않았다. 말에 마구를 달고 떠날 준비를 끝낸 뒤, 잠든 부인을 안아서 마차에 준비해둔 자리로 옮겨야 했다. 부인은 계속 잤다. 잠든 모습이 더 건강해 보이고 혈색도 좋다. 아무래도 달갑지 않다. 두렵다. 모든 것이 두려워 생각하기조차 두렵다. 그렇지만 계속 가야 한다. 우리가

건 내기에는 삶과 죽음이, 아니 그 이상이 달려 있으니 주저
해서는 안 된다.

11월 5일, 아침 모든 것을 정확하게 기록하겠다. 수어드 박사
는 나와 함께 이상한 일들을 봐오긴 했어도, 이 글을 읽고 맨
먼저 반 헬싱이 미쳤다고, 두려움과 불안에 몹시 시달리다가
마침내 정신을 놓았다고 생각할지도 모른다.

어제 종일 이동하여 그 산에 가까워질수록 주변이 더욱
험하고 황량하게 변했다. 험준한 절벽과 거대한 폭포가 펼쳐
진 풍경을 보며 자연이 자기만의 축제를 벌인다는 인상을 받
았다. 미나 부인은 계속 잔다. 배가 고파서 시장기를 달랠 때
가 되었어도, 부인을 깨울 수 없었다. 부인이 흡혈귀의 세례
를 받은 만큼, 이곳에 깃든 위험한 마력이 부인에게 영향을
미친 것은 아닌지 겁이 나기 시작했다. 혼자 곰곰이 생각했
다. 부인이 종일 자더라도 나는 밤에 잠을 안 자면 된다고.

길은 험했다. 아주 오래되고 상태가 불량했다. 그런데도
나는 고개를 숙인 채 잠들었다. 그러다 죄책감을 느끼며 깨
어났다. 그렇게 시간이 흘렀는데도 미나 부인은 여전히 잠에
빠져 있고 해가 지고 있었다. 그러나 풍경이 완전히 변했다.
험준한 산들은 훨씬 멀어진 듯했고 우리는 가파르게 솟은 언
덕 꼭대기 근처에 왔다. 그 꼭대기에 조너선이 일기에서 묘

사한 성이 있었다. 너무나 뿌듯하고 기뻤지만 동시에 겁도 났다. 이제, 좋든 나쁘든 끝이 다가왔다.

나는 미나 부인을 깨워서 다시 최면을 걸었다. 그러나 아무 소용 없고 너무 늦었다. 해가 지평선을 넘어간 뒤에도 남은 빛이 쌓인 눈 위에 반사되어 온 세상이 한동안 황혼에 물들었다. 컴컴해지기 전에 쉴 만한 곳으로 말들을 데려가 먹이를 먹였다. 그러고는 불을 피우고 미나 부인을 근처에 앉게 했다. 잠에서 깨어난 부인은 어느 때보다도 매력적인 모습으로 깔개에 편히 자리를 잡고 앉았다. 나는 식사를 준비했으나 부인은 배가 고프지 않아서 먹지 않겠다고 했다. 소용없을 터라 식사를 강권하지는 않았다. 혼자 밥을 먹었다. 어떤 상황이든 힘이 필요할 터였다. 그러다 무슨 일이 일어날지도 모른다는 생각이 들어서 부인의 안전을 위해 부인이 앉은 곳 주변에 커다란 원을 그렸다. 그리고 그 둘레에 잘게 부순 성체 조각을 놔두었다. 그동안 부인은 죽은 사람처럼 가만히 앉아 있었다. 얼굴이 점점 창백하게 질리더니 눈보다 더 하얗게 변할 정도였다. 부인은 어떤 말도 하지 않았다. 그렇지만 내가 가까이 가자 내게 바짝 붙었다. 안쓰럽게도 머리끝부터 발끝까지 고통스럽게 떨고 있었다. 부인이 안정을 조금 되찾자 나는 말을 걸었다.

"불 옆으로 가보겠소?"

나는 부인이 불가로 갈 수 있는지 실험해보고 싶었다. 부인은 내 뜻에 따라 일어났다. 그러나 몇 걸음 가다가 무언가 충격을 받은 사람처럼 멈추었다.

"왜 계속 가지 않소?"

내가 묻자, 부인은 고개를 저으며 원래 자리로 돌아왔다. 잠에서 깨어난 사람처럼 눈을 뜬 채 나를 보더니 짧게 대답했다.

"그럴 수가 없어요."

부인은 입을 다물었다. 나는 기뻤다. 부인이 선을 넘지 못하면, 우리가 두려워하는 존재들도 선을 넘지 못한다. 부인의 몸은 위험할 수 있으나 그래도 영혼은 안전하다.

잠시 뒤 말들이 소리를 지르며, 묶은 줄을 끊으려들어서 나는 말들을 달래러 갔다. 내 손길을 느낀 말들은 흐뭇한 듯 나직이 힝힝대며 손을 핥았고, 한동안 조용했다. 밤에 말들을 여러 번 달랬고 그때마다 말들은 조용해졌다. 그동안 온 세상이 내려앉을 법한 추위가 닥쳤다. 기온이 떨어지자 불길이 사그라들기 시작했다. 나는 불을 다시 살리려고 막 걸음을 나섰다. 눈발이 들이치며 차가운 안개도 몰려온 것이다. 그런데 컴컴한 와중에 눈 위에 어떤 빛이 서렸다. 흩날리는 눈과 둥글게 몰려든 안개가 마치 치렁치렁한 옷을 입은 여인의 형상처럼 보였다. 세상은 쥐 죽은 듯 고요하고 섬뜩한 침묵이 깃들었다. 말들은 지독한 두려움에 사로잡힌 듯 힝힝거리며 움츠러들었다. 나도 겁이 나기 시작했다. 사실 끔찍하게 무서웠다. 그렇지만 원 안에 서 있으니 안전하다는 생각이 들었다. 밤이고 칠흑처럼 어두운 데다 오는 동안 계속 걱정하며 불안에 시달린 탓에 상상에 빠진 것이 아닐까 싶기도 했다. 조너선이 겪은 그 무시무시한 경험 때문에 착시가 일어난 것 같았다. 눈발과 안개가 들이닥쳐 빙글빙글 돌더니 조너선에게 입맞춤하려 했던 그 여자들이 흐릿하게 나타난 것이다. 말들이 더 움츠러들더니 아픈 사람처럼 겁에 질려 울었다. 마구 날뛰다 줄을 끊고 달아날 수도 있을 텐데, 그러지도 못했다. 이 괴상한 형상들이 가까이 다가와 빙글빙글 돌자 미나 부인이 걱정되었다. 부인을 살펴보니, 가만히 앉아 미소만 짓고 있었다. 장작을 더 넣으려고 불 가까이 가려 하자, 부인이 나를 붙잡아 뒤로 잡아당기며 속삭였다. 꿈속에서 들릴 것 같은 나직한 목소리였다.

"가지 말아요. 원 밖으로 나가지 말아요. 여기 있어야 안전해요."

나는 몸을 돌려 부인의 눈을 보며 물었다.

"그렇지만 부인은? 내가 걱정하는 건 바로 부인이오."

미나 부인은 웃었다. 나지막한 웃음소리가 너무도 이상했다.

"나를 걱정하신다고요? 왜 나를 걱정하세요? 세상에서 나보다 더 안전한 사람은 없어요."

미나 부인의 말이 무슨 뜻인지 생각하는 동안, 바람 한 줄기가 불어와 불길이 위로 확 타올랐다. 부인 이마의 붉은 흉터가 눈에 들어왔다. 이제 알겠다. 몰랐다 하더라도 곧 알게 되었을 것이다. 안개와 눈발이 빚은 기묘한 형상들이 가까이 다가왔지만 성스러운 원을 넘지는 못했기 때문이다. 이제 그 형상들은 육체가 있는 존재로 변하기 시작했다. 하느님께서 내 이성을 가져가신 게 아니라면, 나는 내 눈으로 확실히 보았다. 방에서 조너선에게 입맞춤하려고 든 여자들과 똑같은 세 여자가 내 앞에 선명한 육체로 나타났다. 너울대는 듯한 둥그스름한 형상, 차갑게 번쩍이는 눈, 하얀 이, 불그레한 혈색, 육감적인 입술을 나는 알고 있었다. 그들은 심지어 미나 부인에게도 웃어 보였다. 그들의 웃음이 고요한 밤에 번져나갔다. 그들은 서로 팔짱을 끼고서 부인을 가리키며 뭐라고 말했다. 조너선의 표현대로 물잔을 두드릴 때 나는 소리처럼 너무 또렷하고 맑아서 귀가 아픈 목소리였다.

"친구, 이리 와, 얼른. 이리 오라고!"

나는 겁이 나서 미나 부인을 보았는데, 그 순간 마음속에 기쁨이 불꽃처럼 타올랐다. 부인의 상냥한 눈에 공포, 역겨움, 두려움이 담겨 있다니 희망적이었다. 다행히 부인이 아직 저들처럼 되지 않았다는 뜻이다. 나는 근처에서 장작 몇 개를 집어 들고 성체 조각을 그 여자들 쪽으로 내밀며 불을 향해 다가갔다. 그들은 뒤로 물러나며 나직하고 소름 끼치는 웃음소리를 냈다. 나는 불을 더 피웠다. 그들이 무섭지는 않았다. 우리는 성체의 보호를 받는 동안에는 안전했다. 성체로 무장한 동안에는 그들이 내게 다가올 수 없고, 원 안에 계속 머무는 한 미나 부인에게도 다가갈 수 없다. 말들은 신음을 그치고 가만히 땅에 누워 있었다. 눈이 부드럽게 몸 위에 내려 말들이 희게 변해갔다. 불쌍한 짐승들은 더는 겁내지 않는 것 같았다.

그렇게 우리는 눈 내리는 어둠 사이로 불그스레한 새벽 빛이 비칠 때까지 밤을 보냈다. 외롭고 두렵고 고뇌로 가득 찬 시간이었다. 그렇지만 아름다운 태양이 지평선 위로 솟기 시작하자 다시 힘이 났다. 동이 트자 그 소름 끼치는 형상들은 빙빙 도는 안개와 눈 속으로 녹아내렸다. 투명한 고리 모양의 기운이 성이 있는 방향으로 사라져갔다.

새벽이 되자 나도 모르게 미나 부인에게 가서 최면을 걸어보려고 시도했다. 그렇지만 부인은 깊은 잠에 빠져버렸다. 부인을 깨울 수가 없었다. 잠든 중에 최면을 걸어보려 했지만 반응이 전혀 없었다. 이제 날이 훤하다. 지금도 몸을 움직이기 힘들다. 불을 피우고 말들을 확인해보니 다 죽었다. 오늘은 할 일이 많지만, 해가 높이 뜰 때까지 기다리고 있다. 내가 가야 할 곳은 햇빛이 있어야 한다. 눈과 안개가 햇빛을 가린다고 해도 일단은 그래야 안전하다.

아침을 먹고 힘을 내서 그 무시무시한 일을 처리하러 갈 것이다. 미나 부인은 아직 자고 있다. 다행스럽게도 잠든 모습이 편안하다.

조너선 하커의 일기

11월 4일, 저녁 증기선 사고는 심각한 일이었다. 사고가 나지 않았다면 백작의 배를 한참 전에 앞질렀을 것이고, 미나는 이제 자유를 찾았을 것이다. 아내는 이제 그 소름 끼치는 곳 근처 황량한 산지에 있을 텐데, 생각하기조차 겁이 난다. 우리는 갈아탈 말을 구했다. 백작을 쫓아갈 것이다. 고덜밍이 준비하는 동안 나는 일기를 쓰고 있다. 무장도 했다. 스가니인들은 우리와 싸울 생각이라면 조심해야 할 것이다. 모리스와 수어드가 함께 있다면 얼마나 좋았을까. 희망을 잃지 말아야 한다. 글을 더 쓰지 못하게 된다면, 이 일기가 미나에게 남기는 작별 인사가 될 것이다. 하느님께서 미나를 축복하고 지켜주시길.

수어드 박사의 일기

11월 5일 새벽 무렵 우리는 스가니인들이 짐마차를 타고 강에서 서둘러 떠나는 모습을 보았다. 그들은 짐마차 수레에 빈틈없이 둘러앉아 쫓기는 사람들처럼 급히 떠났다. 눈이 조금씩 내리고 공기가 묘하게 들뜬 느낌이었다. 우리가 흥분해서 그럴 수도 있지만, 이상하게도 기분은 울적하다. 멀리서 늑대들이 울부짖는 소리가 들린다. 눈 때문에 늑대들이 산에서 내려왔다. 사방에 위험이 가득하다. 말들은 거의 다 준비되었고 우리는 곧 떠난다. 우리는 누군가의 죽음으로 달려간다. 그게 누구인지, 어디서 벌어질 것인지, 어떤 일인지, 언제가 될지, 어떻게 될지 아무도 모른다.

반 헬싱 박사의 비망록

11월 5일, 오후 일단 나는 제정신이다. 내 정신 상태를 확인하느라 지독히 힘들었지만, 그래도 그렇게 자비를 베풀어주신 하느님께 감사드린다. 나는 성스러운 원 안에 잠든 미나 부인을 남겨두고 성을 향해 길을 떠났다. 베레스티에서 구해 마차에 챙겨둔 대장간 망치는 유용했다. 성문이 다 열려 있었지만 나는 녹슨 경첩들을 다 부수었다. 사악한 의도나 불운으로 인해 문이 닫히면 들어갔다가 다시 나오지 못할 수도 있었다. 조녀선이 겪은 쓰라린 경험이 보탬이 되었다. 조녀선이 쓴 일기 속 내용을 되살려보며 나는 오래된 예배당으로 향했다. 내가 할 일이 그곳에 있었기 때문이다. 공기가 짓누르는 듯했고 유황 가스라도 있는지 종종 어지러웠다. 귓가에서 으르렁대는 소리가 났는데 멀리서 늑대가 울부짖는 소리일 수도 있었다. 그러자 미나 부인이 생각나서 이러지도 저러지도 못하고 곤경에 빠졌다. 진퇴양난이었다. 부인을 데려올 엄두가 나지 않아 성스러운 원 안에서 흡혈귀를 피하도록 한 터였다. 그런데 늑대가 덤벼들지도 모른다니. 나는 마음을 굳혔다. 내 할 일은 여기에 있고, 늑대 문제는 하느님의 뜻을 따르기로 했다. 어쨌든 죽은 후에 안식을 구할 수 있느냐의 문제다. 부인을 위한 선택이었다. 나만 생각해서 결정을 내렸다면 훨씬 쉬웠을 것이다. 안식을 구하는 문제라면 늑대의 위가 흡혈귀의 무덤보다는 나으니까. 그래서 내 임무를 계속 좇기로 했다.

무덤을 적어도 세 개는 찾아내야 한다는 사실은 알고 있었다. 성에 머무는 존재들의 무덤들이다. 찾고 또 찾아서 마침내 관 하나를 발견했다. 흡혈귀의 잠에 빠진 그 여자는 살아 있는 듯했고 육감적이고 아름다웠다. 나는 살인이라도 저

지르는 기분이 들어 몸서리쳤다. 오래전 이런 존재들을 해치우려고 나선 남자들은 그 앞에서 마음이 흔들려 결국 굴복했으리라. 자꾸 망설이고 또 망설이다 마침내 이 아름답고 매혹적인 흡혈귀에게 홀렸으리라. 그렇게 가만히 있다가 해가 지면 잠에서 깨어난 흡혈귀를 맞이하는 것이다. 그 어여쁜 여자들이 아름다운 눈으로 사랑스럽게 바라보며 육감적인 입술로 입맞춤하면, 남자는 힘을 잃는다. 그렇게 흡혈귀의 제물이 한 명 늘어난다. 언데드의 무시무시하고 끔찍한 군대에 합류하게 되는 것이다.

눈앞의 존재는 확실히 매혹적이다. 수백 년 세월 동안 썩어가고 묵직한 먼지가 내려앉은 무덤에 누워 있는데도, 심지어 백작의 집에 고인 그 끔찍한 냄새가 풍겼는데도 그러했다. 마음이 흔들렸다. 목표가 분명하고 적을 혐오하는 나, 반 헬싱조차도 일을 늦추고 싶은 열망에 사로잡혔다. 힘이 마비되고 영혼이 움직일 수 없는 것 같다. 잠을 자지 못해서 그랬을 수도 있고, 사람을 짓누르는 그곳의 희한한 공기에 압도당했을 수도 있다. 분명 나는 달콤한 매혹에 넘어가 눈뜬 상태로 잠에 빠지고 있었다. 그때 길고 낮은 울음소리가 눈 내리는 고요한 대기를 뚫고 들려왔다. 너무나 비통하고 처량한 그 울음이 나팔 소리처럼 나를 깨웠다. 미나 부인이었다.

나는 다시 마음을 다잡고 끔찍한 임무를 수행하기로 했

다. 무덤 꼭대기를 파헤치다가 거무스름한 피부의 여자를 찾았다. 보면 또 매혹될 것 같아서 시선을 주지도 않았다. 계속 수색한 끝에 다른 여자들보다 더 사랑받은 이를 위해 만들어진 듯한 높고 큰 무덤을 발견했다. 나도 조너선도 그 여자가 수많은 안개 입자들 속에서 나타나는 모습을 보았다. 아주 매력적인 여자였다. 너무나 눈부시게 아름답고 관능적인 모습 앞에 사랑하고 보호해주고 싶다는 남자로서의 본능이 솟구치는 바람에 머릿속은 낯선 감정으로 혼란스러웠다. 그렇지만 미나 부인이 외친 영혼의 절규가 귓가에서 다행히 사라지지 않았다. 그래서 마력이 나를 더 망치기 전에 마음을 다잡아 힘든 임무에 집중했다. 이제 예배당의 무덤들을 힘닿는 만큼 다 살폈다. 밤에 우리 주변을 둘러쌌던 언데드의 유령은 셋이었으므로 실제로 활동하는 언데드는 그게 전부라고 생각했다. 거대한 크기에 나머지 무덤들에 비해 위풍당당한 무덤이 하나 있었다. 크고 균형이 잘 잡힌 모습이었다. 오로지 한 글자가 쓰여 있었다.

드라쿨라

이곳이 바로 수많은 흡혈귀를 만든 흡혈귀 왕의 무덤이었다. 비어 있는 관을 보니 내 생각이 더 확실해졌다. 여자들에게 죽음을 돌려주는 끔찍한 일을 하기 전에, 나는 드라큘라의 무덤에 성체 조각을 올려 그자를 영원히 추방했다.

그런 다음 그 지독한 일을 시작했다. 두려웠다. 흡혈귀가 하나였다면 비교적 쉬웠을 것이다. 하지만 셋이나 된다. 한 번도 무서운데, 두 번 더 해야 한다. 아름다운 루시에게 그 일을 할 때도 끔찍했는데, 수백 년 동안 살아남으며 힘을 얻어 추악한 제 삶을 지키기 위해 안간힘을 써서 싸우려드는 이 괴이한 존재들을 처리하려니 얼마나 끔찍하겠는가…….

존에게 이 작업은 짐승을 잡는 일과 다르지 않다고 전하고 싶다. 이미 죽은 사람들과 살아 있으나 공포에 휩싸인 사람들을 생각하며 용기를 내지 않았다면 계속할 수 없었을 것이다. 하느님 덕분에 맨정신으로 버티며 일을 마쳤는데도 몸이 여전히 부들부들 떨린다. 첫 번째 여자가 몸이 사라지는 최후의 순간에 안식을 찾은 표정을, 영혼이 구원받았음을 깨닫고 기뻐하는 모습을 보여주지 않았더라면 이 백정 짓을 계속하지 못했을 것이다. 그 모습을 보았기에, 말뚝을 박는 동안 끔찍한 비명을 지르며 온몸을 뒤틀고 입술에 피거품을 뿜는 모습을 견뎠다. 겁에 질려 도중에 그만두고 달아났을 수도 있었다. 그렇지만 임무를 마쳤다. 가련한 영혼들, 몸이 사라지는 그 짧은 순간 진정한 죽음을 맞이한 그들의 평온한 표정을 생각하면 그들을 애도하고 울어줄 수 있다. 그들의 머리를 하나씩 칼로 잘라내자 몸 전체가 스르르 사라져 먼지가 되어 없어지기 직전, 수백 년 전에 맞이했어야 할 죽음이 마침내 제 모습을 드러내며 '내가 여기 왔다!'라고 크게 소리치는 것 같았다.

성을 떠나기 전, 나는 드라큘라가 다시는 언데드의 세계로 들어갈 수 없도록 성의 입구를 봉인했다.

이제 미나 부인이 잠들어 있는 원으로 향했다. 부인은 잠에서 깨어 있었다. 내가 견뎌야 했던 심한 고통을 알고 부인은 이렇게 외쳤다.

"가요, 이 끔찍한 곳에서 얼른 떠나요! 남편이 우리에게 오고 있어요. 그이에게로 가요."

미나 부인은 마르고 핏기 없이 허약한 모습이었지만 눈빛은 맑고 열렬히 빛났다. 창백하고 아파 보이는 부인의 모습이 오히려 반가웠다. 잠든 흡혈귀의 혈색 좋은 모습이 생생하여 겁이 났던 것이다.

여전히 두렵기는 했지만 우리는 믿음과 희망을 품고서 동료들을 만나러 동쪽으로 향했다. 미나 부인에 따르면 조너선이 우리에게 오고 있단다.

미나 하커의 일기

11월 6일   내 느낌에 조너선은 동쪽으로 오고 있었다. 선생과 나는 늦은 오후 그쪽으로 향했다. 가파른 내리막이었지만 우리는 그다지 빨리 움직일 수 없었다. 춥고 눈 내리는 속에서 혹시라도 몸을 따뜻하게 할 수 없을까 봐 무거운 깔개며 담요를 챙긴 상태였다. 식량도 가져가야 했다. 휘날리는 눈발 너머로 주변을 살펴보니 사람이 사는 흔적이라고는 하나도 보이지 않았다. 우리는 완전히 고립된 상태나 다름없었다.

1.5킬로미터쯤 걸은 뒤 지쳐서 쉬려고 잠깐 앉았다. 뒤돌아보니 드라큘라성의 선명한 실루엣이 하늘을 가르기라도 할 것처럼 우뚝 솟아 있었다. 우리가 있는 곳은 성이 있는 언덕 아래 깊숙이 자리하여 카르파티아산맥이 성보다 한참 낮아 보이는 지점이었다. 수백 미터 깎아지른 절벽 꼭대기에 장엄하게 자리한 그 성은 사방의 가파른 산들과는 한참 거리를 두고 있었다. 야성적이고 기이한 분위기가 감도는 성이었다. 멀리 늑대들이 울부짖는 소리가 들렸다. 아주 멀리서 들려오는 데다 잠잠해져가는 눈보라에 막혀 약해지긴 했지만 그래도 소름 끼쳤다. 반 헬싱 박사가 주변을 살피는 모습을 보니 공격받았을 때 몸을 숨길 장소를 찾는 모양이었다. 길은 계속 험하고 내리막이었다. 흩날리는 눈 사이로 확인할

수 있었다.

　잠시 후 선생의 신호를 보고 자리에서 일어나 선생이 있는 곳으로 갔다. 선생은 아주 좋은 곳을 찾아냈다. 자연스레 푹 팬 바위로, 바윗돌 두 개 사이에 출입구가 난 것처럼 생겼다. 선생이 내 손을 잡고 안으로 이끌었다.

　"자, 여기서 쉴 수 있소. 늑대가 온다 해도 내가 한 놈씩 상대할 수 있지."

　선생은 모피를 가져와서 아늑한 자리를 만들어주고 챙겨 온 식량을 권했다. 하지만 나는 먹을 수가 없었다. 선생을 기쁘게 해주고 싶어서 먹으려고 해보았으나 시도만으로도 역겨워서 먹을 수 없었다. 선생은 무척 속상한 모습이었지만 나무라지는 않았다. 선생은 가방에서 쌍안경을 꺼내 들고 바위 꼭대기에 서서 지평선 쪽을 살피기 시작했다. 그러다 별안간 외쳤다.

　"보시오, 미나 부인! 보시오!"

　나는 벌떡 일어나서 바위 위 선생 옆자리에 섰다. 선생이 내게 쌍안경을 건네주고 손가락으로 가리켰다. 한층 거세진 눈발은 세찬 바람이 불어오면서 마구 소용돌이쳤다. 그렇지만 눈발이 잠시 멈출 때는 멀리까지 볼 수 있었다. 높은 곳이라 저 멀리까지 내다보였다. 한참 저편, 눈이 쌓인 땅 너머에 구불거리며 흐르는 검은 띠 같은 강이 눈에 들어왔다. 그리고 우리와 그리 멀지 않은 곳에서 말을 탄 남자 한 무리가 급히 움직이고 있었다. 그 전까지 왜 보지 못했는지 의아할 정도로 가까운 위치였다. 그들 가운데에는 짐마차가 있었는데 긴 마차가 울퉁불퉁한 길을 달릴 때마다 움직이는 개의 꼬리처럼 흔들거렸다. 눈보라 사이로 그들의 모습을 대충 확인할 수 있었는데, 옷차림으로 보아 농부이거나 집시였다.

짐마차에는 커다랗고 네모난 상자가 있었다. 상자를 보자 끝이 다가오고 있다는 생각에 심장이 쿵쿵 뛰었다. 이제 저녁이 가까워지고, 아직은 관에 누워 있는 그 존재가 해가 저물면 어떤 형상으로든 자유롭게 변신해 추적을 피할 수 있다. 겁이 나서 선생에게 고개를 돌렸다. 그런데 놀랍게도 선생은 옆에 없었다. 잠시 후 선생이 아래쪽에 나타났다. 지난 밤에 그랬듯이 바위 주변에 원을 그리고 있었다. 일을 마친 후 선생이 내 곁에 다시 왔다.

"부인은 적어도 그자에게서 안전할 겁니다."

선생은 쌍안경을 받아 들고 잠시 눈발이 잦아든 틈을 타 아래쪽을 살폈다.

"자, 저들은 빠르게 움직이고 있소. 말을 채찍질하며 최대한 속력을 내고 있군요."

선생은 잠시 후 힘없는 목소리로 말했다.

"저들은 해가 지기를 기다리며 달리고 있소. 우리가 너무 늦을지도 모르오. 하느님의 뜻대로 되길."

또다시 눈발이 몰아쳐 눈앞의 풍경을 모두 덮어버렸다. 그렇지만 눈발은 곧 잦아들었고 선생은 쌍안경으로 다시 들판을 보다가 별안간 외쳤다.

"보시오. 저기 말 탄 두 남자가 아주 빠르게 남쪽에서 쫓아가고 있소. 퀸시와 존 같구려. 쌍안경으로 보시오. 눈발이 또 다 가려버리기 전에 확인하시오."

나는 쌍안경을 받아 들여다보았다. 두 남자는 수어드 박사와 모리스 씨 같았다. 어쨌든 둘 다 조너선은 아니었다. 그렇지만 나는 조너선이 멀리 있지 않다는 것을 마음으로 알 수 있었다. 주변을 둘러보니 북쪽에서 말을 타고 오는 또 다른 두 남자가 눈에 들어왔다. 그들은 위험할 만큼 빠른 속도로 달리고 있었다. 한 명은 조너선이고, 다른 한 명은 당연히 고덜밍 경이었다. 그들 또한 짐마차를 몰고 가는 무리를 뒤쫓고 있었다. 선생에게 알려주니 소년처럼 신나게 소리를 질렀다. 눈발이 다시 시야를 가리기 전까지 주의 깊게 살핀 뒤, 선생은 우리 은신처 입구 가까이에서 윈체스터 소총을 쏠 준비를 했다.

"다들 한곳으로 모여들고 있소. 때가 되면 사방에서 집시들이 나타날 겁니다."

나는 권총을 꺼내 들었다. 우리가 이야기하는 동안 늑대

716

의 울부짖음이 점점 가까이에서 크게 들려온 것이다. 눈보라가 잠시 누그러지자 우리는 상황을 다시 살폈다. 커다란 눈송이가 곁에 떨어지는데도 멀리 산꼭대기에는 태양이 저물어가며 점점 환한 빛을 보내고 있어서 참 기묘했다. 주변을 쌍안경으로 둘러보니 여기저기서 점이 하나씩 움직이다가 둘이 되고 셋이 되고 자꾸 늘어나는 모습이 보였다. 먹이를 향해 모여드는 늑대들이었다.

기다리는 동안 순간이 영원처럼 느껴졌다. 바람이 이제 맹렬히 불어댔고 눈은 바람 따라 빙글빙글 맴돌며 휘몰아쳤다. 한 치 앞도 보이지 않을 때도 있었지만, 허공을 가르며 쉭 불어닥친 바람이 대기를 깨끗이 쓸어 저 멀리까지 보일 때도 있었다. 최근 들어 일출과 일몰을 습관처럼 지켜보다 보니 때가 언제인지 정확히 알 수 있었다. 이제 오래지 않아 해가 질 것이다.

우리가 이 돌투성이 은신처에서 지켜본 지 한 시간도 지나지 않아 여러 사람이 우리 쪽으로 모여들기 시작했다니 믿기 어려웠다. 바람은 북쪽에서 한층 더 사납게 쉴 새 없이 불어왔다. 그 바람이 눈구름을 쫓아내기라도 하는지 눈보라가 가끔 휘몰아쳤다. 우리는 쫓기는 무리와 쫓아가는 무리를 확실히 알아볼 수 있었다. 희한하게도 쫓기는 사람들은 상황을 깨닫지 못하거나, 적어도 신경 쓰는 것 같지 않았다. 그렇지만 해가 점점 산꼭대기 근처로 저물자 그들은 속도를 올리는 것 같았다.

그들은 더 가까이 다가왔다. 선생과 나는 바위 뒤쪽에 몸을 웅크리고 무기를 쏠 준비를 했다. 선생은 그들이 쉽사리 지나가지 못하게 하겠다고 결심한 모양이었다. 그들 모두 우리 존재를 알아채지 못했다.

갑자기 두 사람이 고함치는 목소리가 들렸다.

"멈춰!"

한 명은 조너선이었다. 감정이 끓어오른 목소리였다. 다른 한 명은 모리스 씨로 침착하면서도 단호하게 명령했다. 집시들은 그것이 무슨 뜻인지 모를 수는 있어도 그 어조를 오해할 수는 없었다. 그들은 본능적으로 고삐를 당겼고, 고덜밍 경과 조너선이 한쪽으로 돌진하는 동안 수어드 박사와 모리스 씨가 다른 쪽에서 달려들었다. 집시 우두머리는 말을 탄 모습이 켄타우로스처럼 인상적이었다. 그는 손을 들어 물러나라고 경고한 뒤, 부하들에게 계속 나아가라고 난폭하게 지시했다. 집시들은 말을 채찍질하며 앞으로 나아갔다. 그러나 네 남자가 윈체스터 소총을 겨누고 있었다. 멈추라는 뜻이었다. 반 헬싱과 나도 그때 바위 뒤에서 일어나 총을 겨누었다. 포위되었다는 것을 안 집시들은 고삐를 당기며 물러났다. 우두머리는 부하들 쪽으로 방향을 틀어 한마디 외쳤다.

그러자 모든 집시가 칼이며 총이며 가진 무기를 모두 꺼내 공격 태세를 갖추었다. 두 무리가 맞섰다.

우두머리는 고삐를 빠르게 움직여 말을 앞으로 몰고 나가더니 먼저 태양을 가리켰다. 이제 태양은 산꼭대기 근처까지 기울었다. 그런 다음 그는 성을 가리키며 내가 이해할 수 없는 말을 했다. 그 말에 답하듯 우리 편 네 남자가 말에서 내려 수레를 향해 돌진했다. 조너선이 위험한 상황으로 내달리는 모습을 보며 나는 분명 겁을 집어먹어야 했지만 그렇지 않았다. 싸우고자 하는 열의가 다른 사람들뿐 아니라 나에게도 영향을 미친 것이다. 두려움 대신 무언가 해야 한다는 거센 욕망이 치밀어오를 뿐이었다. 우리 편의 빠른 움직임을 본 집시 우두머리가 명령을 내렸다. 집시들은 짐마차 주변을 에워싸려고 노력했지만 서로 어깨를 밀치거나 부딪치는 등 우왕좌왕했다.

그렇게 집시들이 모여든 한쪽에 조너선의 모습이 보였다. 퀸시는 다른 쪽에 있었다. 그들은 집시 사이를 헤치고 짐마차로 가려고 했다. 해가 지기 전에 일을 끝내기로 마음먹은 모양이었다. 아무도 그들을 막거나 방해할 수 없어 보였다. 집시들이 겨눈 총이나 눈앞에서 번뜩이는 칼도, 뒤쪽에서 들려오는 늑대들의 울부짖음도 그들의 관심을 끌지 못했다. 목표를 향해 맹렬히 달려드는 조너선의 모습이 집시들을 압도했다. 집시들은 본능적으로 자리에서 비켜나 조너선에게 길을 내주었다. 조너선은 짐마차로 순식간에 뛰어 올라가 어마어마한 힘으로 그 거대한 상자를 들어 올려 마차 바퀴 옆 바닥에 내던졌다.

그사이 모리스 씨는 마차를 둘러싼 스가니인들을 뚫으려고 애썼다. 나는 숨을 죽이고 조너선을 쳐다보는 틈틈이 모리스 씨를 곁눈질했는데, 밀고 나가려고 필사적으로 애쓰고 있었다. 그가 드디어 길을 터 짐마차까지 왔을 때 집시들의 칼이 번뜩였다. 집시들은 모리스 씨에게 칼을 휘둘렀다. 그는 보이 칼로 공격을 막아냈다. 처음에는 모리스 씨도 무사히 짐마차까지 온 줄 알았다. 그렇지만 모리스 씨는 짐마차 아래로 뛰어내린 조너선 곁으로 뛰어오는 동안 왼손으로 옆구리를 움켜잡고 있었다. 손가락 사이로 피가 쏟아졌다. 그렇지만 모리스 씨는 망설이지 않았다. 조너선이 커다란 쿠크리 칼로 관 뚜껑을 뜯기 위해 온 힘을 다해 관 한쪽 끝을 찔러대는 동안, 모리스 씨는 다른 한쪽을 보이 칼로 미친 듯이 쑤셨다. 두 사람이 애쓴 덕분에 뚜껑이 열리기 시작했다. 못이 끽끽대며 뽑혀나갔고 뚜껑이 휙 열렸다.

이때쯤 윈체스터 소총으로 포위된 집시들은 고딜밍 경과 수어드 박사에게 목숨이 달렸음을 깨닫고 더는 저항하지 않았다. 태양은 산꼭대기까지 거의 내려왔고 온갖 그림자들이 눈 위에 길게 드리워졌다. 나는 상자 속 흙 위에 누운 백작을 보았다. 상자가 짐마차에서 거칠게 떨어진 탓에 백작 위로 흙이 튀었다. 백작은 밀랍으로 만든 형상처럼 창백했다. 그의 붉은 눈은 내가 너무나 잘 아는 무시무시한 악의로 이글거리고 있었다.

지는 해를 본 백작의 눈은 증오에서 승리감으로 빛났다.

하지만 그 순간 조너선의 큰 칼이 번뜩였다. 조너선이 백작의 목을 벤 순간 나는 비명을 질렀다. 동시에 모리스 씨도 보이 칼을 백작의 심장에 찔러 넣었다.

기적과도 같은 일이 벌어졌다. 바로 우리가 보는 앞에서, 숨 한번 마시면 끝날 짧은 시간 동안 백작의 몸 전체가 부스러져 먼지로 변하더니 사라졌다.

백작이 이 세상에서 소멸한 마지막 순간 그의 얼굴에는 내가 절대 상상하지 못했던 평화가 깃들어 있었다. 나는 살아가는 내내 기쁠 것이다.

드라큘라성은 이제 해가 저무는 하늘을 배경으로 우뚝 서 있었다. 부서진 흉벽의 돌마다 지는 햇빛을 받아 또렷이 보였다.

집시들은 그 죽은 사람이 희한하게 사라진 이유가 우리 때문이라고 받아들였는지, 몸을 돌려 말없이 말에 올라타더니 있는 힘을 다해 달아났다. 말을 타지 못한 사람들은 짐마차에 뛰어올라 말 탄 사람들에게 자기들을 버리지 말라고 소리쳤다. 안전거리가 확보될 만큼 물러나 있던 늑대들은 우리를 두고 집시들을 따라가버렸다.

바닥에 쓰러진 모리스 씨는 팔꿈치로 몸을 받친 채 옆구리를 손으로 꾹 누르고 있었다. 피는 아직도 손가락 사이로 쏟아지고 있었다. 이제는 성스러운 원이 나를 가두지 않았으므로 나는 그에게 달려갔다. 두 의사도 모리스 씨에게 달려갔다. 조너선은 모리스 씨 뒤에 무릎을 꿇고 앉아 자신의 어깨에 부상자가 머리를 기대게 했다. 모리스 씨는 잠시 한숨을 쉬더니 피가 묻지 않은 손으로 힘없이 내 손을 잡았다. 내가 얼마나 고통스러워하는지 얼굴을 보고 알아차린 것이다. 모리스 씨는 미소 지으며 말했다.

"도움이 되어서 그저 기쁠 따름입니다. 하느님!"

모리스 씨는 갑자기 기를 써서 앉더니 나를 가리키며 외쳤다.

"죽을 만큼 가치 있는 일이었습니다. 보세요, 봐요!"

태양은 이제 산꼭대기에 걸려 있고 붉은 빛줄기가 떨어져 내 얼굴은 불그스름한 빛으로 가득했다. 모리스 씨의 손이 가리키는 곳을 본 남자들은 다 같이 충동적으로 무릎을 꿇고 깊이 감동해 '아멘'을 외쳤다. 죽어가는 사람이 말했다.

"모든 일이 허사로 돌아가지 않게 되어 하느님께 정말

감사드립니다. 보세요. 부인의 이마는 눈처럼 깨끗합니다. 저 주가 사라졌어요."

용감한 신사 모리스 씨는 사무치게 슬퍼하는 우리를 남겨두고 미소를 지은 채 조용히 숨을 거두었다.

후기

7년 전 우리 모두 불길을 통과하듯 힘든 시간을 겪었다. 그때 견딘 고통만큼 우리 몇몇은 행복을 누렸다. 미나와 나는 아들을 얻었고, 아들의 생일이 바로 퀸시 모리스의 기일이라는 점 또한 우리에겐 기쁨이었다. 아이의 어머니는 그 용감한 친구의 영혼이 우리 아들에게 전해졌다고 남몰래 믿고 있다. 아들의 이름에는 동료들의 이름이 다 들어가 있지만 우리는 퀸시라고 부른다.

올해 여름 우리는 트란실바니아에 여행을 다녀왔다. 우리에게 너무나 생생하고 끔찍한 기억으로 남아 있는 과거의 그곳에도 갔다. 우리가 직접 보고 직접 들은 것들이 실제 사실이라니 믿기 힘들 지경이었다. 그 모든 흔적은 다 사라졌다. 성은 전처럼 고립된 황무지 위에 우뚝 서 있다.

우리는 집으로 돌아와 그 시절 이야기를 나누었다. 이제는 절망 없이 회고할 수 있다. 고덜밍과 수어드 두 사람 모두 행복한 결혼 생활 중이다. 오래전 여정을 끝낸 후 한참 동안 금고에 보관했던 자료들을 꺼냈다. 전체 기록들 가운데 미나와 수어드와 내가 직접 쓴 일기장과 반 헬싱의 비망록을 제외하면 모두 타자한 사본이라 정식으로 인정받을 문서는 아무것도 없다는 사실에 우리는 충격을 받았다. 이 믿기 힘든 이야기를 다른 사람에게 알아달라고 말하고 싶어도 우리 자료들을 증거로 내밀 수 없었다. 반 헬싱은 우리 아들을 무릎에 앉혀놓고 이렇게 정리해주었다.

"우리는 증거를 원치 않아. 누구에게도 우리를 믿어달라고 하지 않을 거야. 이 아이는 언젠가 제 엄마가 얼마나 용감하고 담대한 여자였는지 알게 되겠지. 엄마가 사랑하는 마음으로 다정하게 키워준다는 사실은 이미 알고 있을 테고. 훗날 이 아이는 어떤 남자들이 엄마를 얼마나 사랑했는지, 그리고 그들이 엄마를 위해 얼마나 큰 위험을 무릅썼는지 알게 될 거야."

W 윌북 클래식
호러 컬렉션

드라큘라

펴낸날 초판 1쇄 2022년 12월 20일

지은이 브램 스토커

옮긴이 진영인

펴낸이 이주애, 홍영완

편집장 최혜리

편집4팀 박주희, 이정미, 장종철

편집 양혜영, 박효주, 유승재, 문주영, 홍은비, 강민우, 김하영, 김혜원, 이소연

마케팅 김태윤, 최혜빈, 정혜인, 김미소, 김지윤

디자인 박아형, 김주연, 윤소정, 기조숙, 윤신혜

해외기획 정미현

경영지원 박소현

도움교정 권영민

펴낸곳 (주)윌북 출판등록 제2006-000017호 주소 10881 경기도 파주시 광인사길 217

전화 031-955-3777 팩스 031-955-3778

홈페이지 willbookspub.com 전자우편 willbooks@naver.com

블로그 blog.naver.com/willbooks 포스트 post.naver.com/willbooks

페이스북 @willbooks 트위터 @onwillbooks 인스타그램 @willbooks_pub

ISBN 979-11-5581-557-1 04840
       979-11-5581-556-4(세트)